临南

Lin Nan

天如玉 著

目录

Contents

卷一

石青

临南

第一章

涂南坐在围栏边上，望着天空。边疆的天一片湛蓝，大朵的白云飘在空中。今天是个好天气。

身后的人问："你真打算走？"

她没回头，"嗯"了一声。

那人说："你再考虑考虑吧，实在太可惜了……"

涂南没应声，往下方看，一群游客浩浩荡荡，正跟随讲解员走进幽深的洞窟。

她所在的地方是一处山崖，错落分布着大大小小十来座遗存的石窟。早年这地方还无人问津，这些年却跟风似的被带起了热度，成了个热门景区，几乎天天人满为患。

今天，又是一拨。

很快，涂南就听见讲解员在说她听过八百回的解说词："我们现在所在的位置是第六窟，位于整个窟群的第二层，始建于五胡十六国时代的北凉，是典型的北朝式平顶方形覆斗顶窟，距今已有一千六百年的历史，是我国最早的佛教石窟之一……来，大家注意看，这就是这里最值得一看的壁画了。"

一阵赞叹声随即传出。毫无疑问，他们看到了壁画。涂南甚至能想象出他们的表情，毕竟她自己第一次来的时候也曾这样赞叹。墙上，头顶，乌青的画面流转，盘旋，绕升……那些画面美得神秘雄奇。她猜游客们一定会忍不住想拍照。

像是回应她的想法，下方洞窟里又传出讲解员的几句劝告："大家不要拍照，闪光对壁画有伤害……"

猜得真准。

紧接着她听见有人问："上面的洞窟能去看吗？"

"不行，"讲解员回道，"上面封了，最近有专人在临摹壁画，不对外开放。"

"哦……"人声转小了，他们应该是准备出去了。

一个洞窟最多参观几分钟，因为人的呼吸、体温都能产生大量二氧化碳，湿度和温度一变，壁画就会脱色，对壁画依然有伤害。涂南对这些了如指掌，因为她就是那个在上方洞窟负责临摹壁画的人。

至少在今天之前都还是。

身后的人还没走，是和她同一个临摹组的女组员。尽管她们并不是特别熟悉，对方还是在这里跟她交谈了快十分钟。“涂南，还是别走吧。”近十分钟的谈话，说来说去也就这么一句。

涂南的目光又望向天，发现刚才看到过的云变了样，从大朵大朵变成了丝丝缕缕，像她临摹时笔下拖曳出来的笔触。她垂眼看地，黄褐色干裂的西北大地，也像是笔下的色彩。本来她每天都跟这些事物打交道，可现在，没法继续了。

“我画错了，”她说，“不能再留在组里。”

女组员说：“可这是徐老师的组啊，多少人想进都进不来，你怎么能说退就退呢?!”

涂南沉默，脸上没有表情，终于回头看一眼，看的却是身后那黑黢黢的洞窟。

十分钟前，她还站在里面，接受徐老师的审问。

徐老师徐怀，是壁画临摹界响当当的人物，她是他的关门弟子，不知道多艰辛才入得他门下。但现在，一切都成过去了。

涂南临摹的，是一幅《凉王礼拜护法图》。这幅壁画保存得非常完整，上面描绘的不是常见的佛祖、菩萨、飞天等形象，而是古印度佛教里的护法帝释天和大梵天，代表的是佛教从古印度传入中原大地的过渡形态，因此具有很重要的研究意义。组里安排她来独自临摹时，是经过了一番慎重考虑的。

尤其是徐怀，考虑了整整三天。

这是涂南第一次挑大梁，可是她画错了。

十分钟前，在洞窟里，很多组员都替她求情，说这不算大错。也许是不算什么大错，只不过一笔颜色的误差，也就帝释天衣领上的一道褶皱而已，但错了就是错了。为了这幅壁画，涂南已经在这里待了足足七个月，就要收尾，就因为这一笔，让她七个月的辛劳都付诸流水了。在发现错误的第一时间，她就给徐怀打了电话。原本他老人家带着全组其他人在一千多公里外的地方进行另一项临摹任务，今天匆忙赶来，就被告知这样的消息。

结果可想而知。徐怀非常生气，他其实是个很温和的人，典型的知识分子，却险些在佛前动了大怒，他脸色铁青地指着涂南骂：“眼高手低！我就不该让你独挑大梁！”

不止这一句，他一连说了好几句，在那个小洞窟里，压着音量，忍着愤怒，每一个字都说得极重。涂南全程都没回过嘴，只默默挨训。

古人画壁，后人临摹，虽然方法各有千秋，但讲究的都是最大程度地还原。世世代代的传承积累了诸多技巧经验，老师傅手里有老经验，有老经验就有老规矩，错了就是坏了规矩。她跟在徐怀手底，却坏了他的规矩，无话可说。

组员们劝徐怀，涂南只有一个人在这里，工作量太大，又是第一次挑大梁，犯错也是在所难免的。徐怀当场就指着一个人说："人家肖昀第一次挑大梁的时候怎么就没出错！"涂南朝他指的方向看了一眼，看见那个站在洞窟口的男人，他始终站得离她最远，到现在没有说过半个字。

肖昀是他座下最得意的弟子，八成是要继承他衣钵的，她当然比不上。组员们看他拿肖昀比较，也没话好说，只好说错误也许还能补救。但涂南其实并不想补救，她希望可以重新临摹一次。重新临摹，意味着一切从头开始，又要花上七个月，甚至更久。但她还是想重新临摹。

没等她说出所想，徐怀伸着手指，在她那幅临摹的画板前画了两下："这一笔，光是这一笔就能看出你的毛病了。涂南，你的心思压根就不在壁画上！"涂南一直没有辩解，直到这时候，她才说："壁画废了是我的错，我承担一切责任，但您要是说我没放心思在壁画上，这罪名太大，我不敢担。"

几个组员顿时纷纷给她使眼色。

涂南明白他们的意思，是希望她不要顶撞徐怀，让他尽情地指责完，或许就会雨过天晴。但她自己不这么觉得，她知道徐怀跟她一样，眼里揉不得沙子。徐怀被她那句回话气到了，气极反笑："那你怎么画错了？倒是说出个站得住脚的理由来我听听。"

涂南看着自己的画，忽然就没了声。

错就是错，又何必找理由呢？她终究还是低了头："是，老师说得对，我的心思是不在壁画上。"

"涂南。"一声警醒的低喝，洞窟口站着的肖昀终于出了声。

涂南并没看他，只当作没听见。好一会儿，徐怀沉声问："你要怎么承担责任？"

涂南慢慢启唇："我自愿退组。"

所有在场的人都看着她，寂静无声。

徐怀接连冷笑两声，一只手重重拍了下膝头："好得很，我也有这个意思，那你就退吧！"

涂南于是走出了洞窟。

如果不是这个女组员追出来劝说，她可能已经直接走了。

女组员没能劝动她，离开了，很快，又出来个男组员。和前面的人一样，他对涂南说的话大同小异——“没什么的涂南。回去跟徐老师认个错就完了。”

涂南笑一下，徐怀都给她定了性，怎么可能认个错就完了。

依然没劝成。

这次男组员离开时说：“看来只能让肖昀来劝你了。”说完他走了，也不知是不是真去叫人了。涂南站了起来，头也不回地往下方走。远处有雪山，风吹下来凉飕飕的，现在还是夏季，这里却丝毫没有夏日该有的酷热。她走到景区最下面的时候，之前见到过的那一批游客刚刚乘坐大巴从景区大门离开。两个解说员结着伴站在胡杨树下面喝水休息，和她已经混熟，老远看到她就招了招手。

“今天看你们全组的人都来了，看样子你是完工了吧？”一个解说员问。

涂南淡淡一笑：“算是吧。”

“唉，真羡慕，咱们还不知道什么时候是个头呢。”

“算了吧，”另一个解说员感慨地指指涂南，“人家妹子一个人在这儿辛辛苦苦大半年了，起早贪黑的，连假都没一个，太苦了。我可不羡慕。”

“这么一说也是……”

涂南从他们跟前走了过去。

她住的地方很简陋，不过一间简易的土房子，山壁里掏出来的。

还有很多东西要收拾，收拾完就启程离开。她一边走，一边想着，走到景区的溪流边，站定。溪流是从雪山上流淌下来的，蜿蜿蜒蜒的，像条白练，景区给修了石桥，方便游人经过，据说还给这条溪流编出了个壁画恋人的故事，充作传奇，吸引游客。

肖昀站在石桥上。涂南走上去，跟他隔了快有一米远。

他开口说：“徐老师让你把工作证交出来。”

涂南低头看一眼胸前，吊牌上的“壁画临摹证”几个字有点扎眼，她伸手摘下，往他面前一抛。肖昀差点没接住，皱了下眉，转头就走。还没下桥，他忽又停下来，回头说：“涂南，你明知道全组徐怀对你最严苛，你就不能忍着，非要走到这一步？”

涂南侧对着他，看桥下流水：“也许吧，我也有点后悔了。”

“这种时候你就不能认真一点？”

涂南沉默了两秒，问：“你这话是作为前同门说的，还是作为前男友说的？”

肖昀似乎被问得无话可说了，有一会儿才说：“都不是，我只是觉得你画错了是因为我。涂南，我不想欠你。”涂南险些冷笑起来，所以他刚才在洞窟里叫她，原来是不想欠她。“我画错，跟你有什么关系？”

“昨天……”肖昀话说一半，收了声。

昨天的天气不如今天，一整天狂风大作，整个景区都停了电。涂南收到他发来的微信消息，说希望她后面能腾出点时间来，他有重要的事情要跟她谈。涂南腾不出时间，每天都在作画，不过为了男友的要求，尽管已经连续超时工作了好几天，她还是提着手电筒进了洞窟。洞窟里光线本来就暗，没有照明，更加暗得不行。也许是太疲惫，也许是光太弱，总之她看走了眼，颜色中本该很淡的一笔二青，在阴影层叠下被她看出了偏差，设色也走偏。回去赶工时，这一笔就被她用成了色重的头青。

直到半夜，肖昀终于发过来要说的话——我们分手吧。五个字的微信消息，这就是他口中重要的事情。

现在回想，如梦一场，也不知道是因情误事，还是因人误情。涂南只知道这是她自己的责任，怨不得别人。“那一笔是我画上去的，责任就是我的，跟你没关系。”她淡淡地说。

肖昀回应得不大自在：“是这样最好。”

他们之间开始得匆忙，结束得也猝然，过程里长期分隔两地，各自临摹，似乎也没有什么值得留恋的回忆。现在分开了更生分，也许还有点唯恐避之不及。涂南转过身，准备走人：“离我远点，可别叫徐老师发现他的得意门生跟我这个不争气的有过一腿。”

仿佛默认，肖昀真就转头走开两步。她再没看他一眼，从他身边走过去，下了桥，踏向归途。

第二章

花了将近一天的时间，涂南回到了阔别七个月的城市。地处南方的商业大都会，热闹繁华。街上倒是没多大变化，高楼大厦环伺，头顶那两三颗星既高又远，霓虹闪烁，四周充斥着汽车尾气的味道。刚从塞外边疆之地回归，嗅觉多少还有点不适应。

涂南坐在一个行李箱上，一只手扶着另一个，在路边等车的空隙里，看着街上的行人。她忽然想起小时候，刚刚学画人物，老师说你们要画出那种人物的动态，像不像是其次，首先要传神，传神才能达意。她画不好，就抱着写生本蹲在大街上盯着路人瞧。就如同现在一样。男人，女人，年轻的，沧桑的……她看了很久，却没有一个有让她拿起画笔去画画的冲动。或许，那一笔画错之后，她已经失去以前的劲头了。

七个月前，离开这里时，她还带着那股劲头，走进洞窟，去独挑大梁；七个月后再回来，孑然一身，一败涂地。世事还真是挺可笑的。

口袋里，手机忽然振动，连带腰侧都一阵微微的酸麻。涂南不再胡思乱想，伸手去摸手机，一边抬头朝远处矗立的大厦电子屏看，上面的时间显示已经晚上九点，低头，屏幕上“涂庚山”三个字闪烁跳动。

是她爸。涂南握着手机，犹豫了几秒，直到旁边同样在等车的人看了过来，她才接听，背过身，一手遮掩四周的汽车声：“爸。”

“喂？小南，最近壁画临摹得还顺利吧？”她爸的语气听起来不错，叫的是她的小名。和以往一样，每次电话他都是以壁画作为开场。

涂南没说实话：“嗯，挺顺利的。”

“那你还得有段时间才能回来吧？”

“是还得过段时间。”她莫名有种不祥的预感。

“那正好，我来市里看你方阿姨，在你这儿住几天。”

涂南的预感坐实了，听他的话似乎不对，连忙问：“难道你已经到了？”

“是啊，刚到的。”听筒里传出钥匙开门的咔咔声，涂庚山接着说，“你放心吧，我就住客厅，不进你房间，保证不会给你弄乱的，顺便也给你收拾收拾。”

“……”

“怎么不说话了？”

涂南揉揉太阳穴：“那你住多久？”

“一周吧，你方阿姨最近阑尾炎开了个刀，没人照顾，我只好过来打个下手，总不能住去人家家里吧。”

“那……行吧……”

她从成年起就跟她爸分开住了。她爸在下面的区县做报社记者，又喜静，平常不爱进城，偶尔来一趟都是当天去当天回。这次真是赶上好时候了，早不来晚不来，偏偏她回来这一天来了。她总不能赶自己父亲出门。

“那你好好临摹，注意身体。”临了涂庚山都不忘叮嘱一句这个。

涂南挂了电话，心情沉重。她爸非常在意壁画，以她能在徐怀组里临摹为傲，如果让他知道她退组了，还不知道会是什么样的光景。

刚刚回来，就被这通电话弄得有家不能回。

路上终于开来一辆空车。涂南想了想，还是招手拦了。她拖着行李箱走过去，还没上车，先隔着车窗跟司机报了个地址。

过了晚上十点，除了吃喝玩乐的地方，基本所有的店都关门了。尤其是主城区外，街上一眼望过去都是黑黢黢的，只有网咖的灯牌是亮着的。涂南站在网咖外面，伸手推门，门上悬着个铃铛，一推就发出一声脆响。柜台后面立即有声音招呼："欢迎光临。"

只闻其声不见其人。一台电脑的屏幕挡住了说话的人，只看得到一个黑漆漆的头顶，不时还有一阵噼里啪啦的键盘声传出。

"方阮。"涂南叫他。那人敲击的动作一停，从屏幕后面抬起脑袋，一眼看到她就惊呼："涂南？"

涂南拖着行李箱走到柜台外："我就知道你在这儿。"

方阮问："你怎么回来了？"

"我不能回来？"

"能能能，当然能。"方阮起身给她找凳子，"这么好啊，一回来就来看我？"

涂南没空客套，实话实说："我是来投奔你的。"方阮一脸疑问："什么意思？"涂南犹豫了一下才说："慢慢说。"

方阮是从小跟她一起长大的，严格算起来，应该是她的发小。涂南长期在外临摹，在本城没啥熟人，所以他也算是她唯一的朋友了。

"我退出临摹组了，本来要回家，现在我爸来了，你应该明白我的意思。"她坐在柜台边上，慢慢说。方阮抓住重点："怎么个退出法？"

"就是我爸不能容忍的那种退出。"

"然后你骗他说你还在组里临摹？"

涂南耷拉下肩膀："对。"

"那我就懂了。"

涂南其实很想一次说全，比如她不仅没了工作，还失了恋，但开不了口。方阮一向大大咧咧的，她觉得跟他提这些都不太合适，说了吧，他不会安慰人，还得强行安慰自己，想想也是一种煎熬。

事情说清楚了，方阮也就明白了。他转着头四下看看，两手一摊："我这儿是做生意的地方，怎么收容你啊？""那你也得想个办法，这事还不是你的责任？"涂南说，“我爸说你妈割了阑尾需要照顾，你这个当儿子的不回家还在这儿打游戏，要不是这样我爸能来？”方阮听了就好笑：“得了吧，你是不知道我妈那点心思吗？她根本没多大事，就是想趁这机会把你爸拿下，我就是想照顾她都未必让。”

他们两家的家长都是独身，方阮妈暗恋涂南爸也不是一天两天了，大家都心知肚明。涂南倒是不介意给二位单身老人制造夕阳红的机会，但她真是需要落脚的地方。

“实在不行我就只能去住酒店了。”

方阮问：“那得住几天啊？”

“一周。”

“啧，那也怪贵的。”

“贵还是其次，万一撞见熟人就麻烦了，哪有你这儿隐蔽。”

“你就想说我这儿偏呗？”

“嗯。”

两相无言。

方阮倒是想起关怀她一下了：“你吃饭没有，饿不饿？”涂南摇头，都要流落街头了，哪里还吃得下。

“唉，等着，我给你泡碗面去。”

涂南真没心思吃东西，想拦他也拦不住，只好随他去了。她坐在柜台边上朝里望，乌压压一片人头，嗡嗡的人声不断。最里面一层是玻璃房，那是无烟区，除了那片区域，到处都飘着一股很重的烟味。现在的孩子作业还是太少了，她像他们这么大的时候每天除了写作业就是画画，电脑都没摸过。她转过头，瞧见墙上贴着一排海报，都是各大游戏的宣传画。本是无心一瞥，看不懂也不想懂，只不过最边上一张上面画的是古风人物，形象飘逸，很有壁画里人物的感觉，才多看了两眼。

方阮很快回来了，把手里捧着的大碗面推过来，香气扑鼻。涂南还是不想吃，摆摆手。方阮还以为她是绝食抗议，只好举手投降：“行行行，我帮你，赶明儿我妈跟你爸成了，咱就是一家人了，我不帮你帮谁？”

“谁跟你是一家人？”方阮双眼笑成一条线。

涂南给他面子，到底还是扒拉了一口面，含糊不清地问：“我住哪儿？”

“就这后面，今晚怕是不行了，我得收拾一下。你白天再睡吧。”

“行。”

临摹壁画的时候连棚舍都住过，这根本不算什么，比想象的还要好些。

面吃完了，方阮给涂南开了台电脑玩。他今天格外仗义，自己收拾，不要她帮忙。

晚上来网咖的几乎都是玩通宵的。涂南的左右两边各坐了一个男孩子，左边的屏幕上在丢火光四射的炸弹，右边的屏幕里角色在疯狂奔跑。一连几个小时，他们乐此不疲。这些涂南都不会，她的童年里没有游戏，只有画画、画画、画画……别的都还好说，游戏、电脑这些新潮的玩意，她几乎一窍不通。

以前只有临摹壁画的时候她才会在一个地方连续坐这么久，现在才知道原来不画画也这么累。她在椅子里伸了个懒腰，起身出去。正是黎明前最黑暗的时候，头顶一盏路灯照下来，穿不透长夜，就只有灯下是亮的。涂南拉一下身上的衣服，都市的夏季跟边疆不能比，她回来的时候还穿着冲锋衣呢，下了飞机脱得只剩一件衬衫都还觉得热。

不知不觉沿着街道走了很远，四周静悄悄的，两边都是黑色的树影。只有这时候，这地方才会给人一种错觉，让人觉得仿佛还身处边塞，处在长风月影、孤高冷清的洞窟前。她踢着小石子，思绪乱飞，想起了壁画，想起了肖昀，想起了组员。“哐”的一声响，不知道踢到了什么。涂南看过去，原来是个玻璃酒瓶子，这一脚直接叫它滴溜溜滚出去老远，撞到绿化带才停下来。伴随着这声响，有什么跟着动了一下。她转头，看到一个衣衫褴褛的人卧倒在路边，满身酒气，被这一脚惊醒后坐起来，瞪着两眼朝她望，仿佛随时都会冲上来。涂南不禁往后退两步。

这一带虽然比较偏，但治安一向很好，不知怎么会撞上个醉汉。但她没慌，被那人瞪着瞪着，反而勾起了怒气，甚至想，要是他真想行凶，那就跟他打一架得了。一个醉鬼，谁输谁赢还未可知，当谁还没点脾气不成！她如今一无所有，正好有火没处发呢！

醉汉晃荡着站起来，凶相毕露，彼此对峙，一触即发。在这当口，一个声音插了进来：“走吗？”涂南一愣，转头看见路边站着个人。

是个男人，路灯下长长的一道身影。

“走不走，快点。”他转身朝前走了。这语气仿佛熟人。涂南马上反应过来，快走几步跟上去。半道她回头一瞧，醉汉没跟过来。她又转头去看前面的男人，只看到路灯下被勾勒出来的宽阔肩背，双腿如带风一般行走，始终领先好几米，可瞧在眼里又是不疾不徐的架势。

他在前，她在后，亦步亦趋，无言无语。可感觉又有些奇怪，怎么他一叫就跟着走了，万一他也不是什么好人呢？直到街道转角，网咖近在咫尺，有人声传了出来，仿佛从荒野回到了尘世。男人脚步没停，也没回头看一眼，穿过街道直接去了对面。

涂南停下来，街灯掩映中就只剩下他的一个背影，一晃没了踪迹。

第三章

古怪的男人。

涂南回到网咖后还一遍一遍回味那个场景。其实说起来也没什么特别的，就是很偶然的一次路人出手相助，可是她的印象很深，脑子里全是那个男人的背影。她吸吸鼻子，收拾一下床铺。

方阮给她收拾出来的这间屋子本来是个杂物间，里面就一张单人床，什么也没有，不过她短暂落脚，也不需要太多东西，就是味道不大好，她买了瓶清新剂喷了一遍才觉得好受了点。收拾完了，她开门出去，听见柜台后面的收银员小妹在说："哇阮哥，我跟你讲，今天早上我来上班的时候撞见一个酒鬼，好凶的，见人就打！"

方阮随口回应："真的假的？"

"当然是真的！"

涂南走过去，默默听八卦消息。

方阮刚从家里过来，觉没睡好，打个哈欠，敷衍道："那你没什么事吧？"

"没事，警察来得快。还好是白天，这要是晚上还不得把我的魂给吓飞了。"

那倒不至于。涂南心想她昨晚还想跟人家动手呢。然后她不可遏制地又想到了那个男人。她越想越觉得，那并非传统意义上的英雄救美，因为那个男人给她的感觉不同，非要说的话，更像是随手的一个举动，就跟喝完水后将瓶子丢进垃圾桶一样自然。涂南甚至觉得他身上带着一丝冷漠。

终于找到原因了，难怪总翻来覆去地想起，就是因为这个！

方阮打发了收银员小妹，忽然凑到她跟前："你怎么现在就起来了，这才睡几个小时？"

涂南瞄他一眼："你不也没睡几个小时？"

"我今天有事。何况你爸一早就拎着汤去我家了，我还不得给二老制造点机会啊。"

涂南问："我爸没发现什么吧？"

“放心吧。”

其实方阮出门前还听见涂庚山跟他妈在聊涂南，说她在外地临摹壁画如何如何尽心，他深感骄傲云云，方阮实在没好意思说出来。

涂南点点头。

方阮可能是看她无事可做，怕她无聊，把她推进吧台里面去：“玩点游戏呗，都退组了就别想那些事了，在网咖就好好地玩。”涂南说：“不会玩。”“嗐，游戏都一个样，容易得很，我给你挑一个。”方阮拉了椅子让她坐下，一手拿着鼠标，在电脑桌面上点开一个图标。

瞬间弹出个界面来，上面的人物有点眼熟。涂南抬头看一眼墙上的海报，就是那个神似壁画人物的游戏，昨晚她还多看了两眼来着。“这不错，古风游戏，适合你这种……”方阮想说适合她这种做壁画临摹的，怕她不舒服，就没说下去，把鼠标塞给她，“试试。”

“怎么玩？”

“先建个人物总会吧，这游戏可以捏脸，你想怎么捏怎么捏。”

方阮给她把画面调好，让她自己动手。涂南只好拿起鼠标。

“这不就对了吗，你要习惯接受新事物，不然都跟我脱节了，咱还怎么做一家人？”

“去你的。”

方阮笑着给客人点单去了。

屏幕上左边是人物展示，可以选择体型，右边是数值栏，可以随意调节。涂南毫无经验，瞎选瞎点，全凭感觉做主。不知忙活了多久，忽然听到一个声音问：“这好玩吗？”她抬起头，一个年轻姑娘从柜台外面探着头，刚从屏幕上收回视线，又把目光转到了她身上。“一般吧。”连门都没入，谁知道好不好玩。涂南随口说完，顺带看一眼那姑娘，发现姑娘的脸色僵了一下，站直了，扭过头不理睬她了。

她怀疑自己说错话了。

“哎，你到了啊。”方阮从两排座椅中间钻了过来。

“早来了。”姑娘瞥一眼涂南，扭身朝外走，“我去车上等你，时候不早了，早去早回。”

门合上了，涂南问方阮：“她叫你去哪儿？”

“灵昙寺。”

“约会？”

“我倒是想啊，可谁约会去寺里啊！”听他语气还挺遗憾的，“人家妹子就是想去寺里看看，可那寺最近不是关了吗，就只好找我帮忙了呗。”

难怪他说今天有事。涂南问：“你能帮什么忙？”

“嘿，你这话说的，这事只有我能帮忙，我城中小霸王，哪有我去不了的地方？”

说得也是，打小他就不是个省油的灯，年纪不大，门路忒多。

方阮走到跟前戳她一下：“一起去？”

涂南摇头：“不想去。”

“去吧，反正是去城外，遇不着熟人。”方阮是不想她一个人窝在这儿，越窝越不是滋味，一边劝一边瞄了眼电脑屏幕，当场惊呼，“我去！你捏的什么啊？”

别人捏个游戏人物，无论男女皆是脸若桃李，眉目如画。屏幕上的人物却是高额圆颊，长眉细眼，鼻头圆润，宽颔丰唇。

涂南淡淡地说：“庄严宝相。”

“你故意的吧！”这壁画喂出来的审美简直太奇怪了！

涂南最终还是被说服了。

方阮一会儿说她长久未归需要熟悉家乡风貌，一会儿说她审美异常不能再荼毒电脑，理由列举了一大堆，非要她出门。这小子小时候就能凭借三寸不烂之舌天天抄她作业，现在功力依旧不减当年，叫她不胜其烦，只能答应。

刚过下午两点，烈日炎炎。涂南跟着方阮走上街道，一手遮着太阳，一边去看路边停着的车。是一辆 SUV（运动型汽车），不是方阮自己的那辆小破车。心头不知何处生出一丝诡异的感觉，她转着头看了看四周。

刚才见过的那个姑娘坐在车后排玩手机，隔着车窗玻璃看到了她，问方阮：“她也去？”方阮指着涂南：“这我妹，怪可怜的，我带出来见见世面。”

涂南拍开他的手。

姑娘似乎想笑，但忍住了，朝前努努嘴：“你熟悉路，去前面开车。”“好嘞，为美女效劳我乐意。”方阮乐颠颠地绕去前面坐进驾驶室。涂南见状只好坐到副驾驶位上，余光还能瞥见后面姑娘瞧她的眼神。古怪，她只不过说了句那游戏一般，又没说她长得一般，怎么就跟有情绪似的？

其实人家姑娘长得一点也不一般，长鬈发，波点 T 恤配牛仔短裤，打扮入时，涂南觉得她坐在车里画面和谐，叫人舒适。

方阮哼着小调发动了车。姑娘忽然喊了句：“哎等等，还有一个人呢。”方阮踩住刹车：“啊？人呢？”“等会儿，马上来了。”姑娘一边说一边拨电话。

涂南隐约听见她手机里嘟嘟的忙音，看样子是没人接听。她扯一下方阮，使了个眼色，意思是要不算了，还不知道要等到什么时候，她能不去就不去了吧。方阮抬手在脖子上做了个横拉的动作，表示免谈。涂南白他一眼，扭过头，忽然感觉车窗玻璃上一暗。

有人从窗外经过，去了后排，随后车门被拉开，那人坐了进来。

“可算是来了。”姑娘松了口气。

坐进来的是个男人，靠在椅背上，一只手捏着眉心，衬衫领口开着两颗纽扣。涂南很轻很缓地回过头，双眼眯了一下。上车前她就有种没来由的感觉，因为停车的地方离昨夜那个男人离开的地方不远。以前她从来不相信什么第六感，而现在，她信了。

姑娘说：“还好有人开车，你不会昨晚又熬夜了吧？”

男人“嗯”一声。

“这么拼，不要命了啊！”

男人笑了，眉心上的手没拿下来过。被忽略了的方阮终于找到机会插话：“能出发了吗？”

男人说：“走吧，我再睡会儿。”除了些微的疲倦，这低沉的声音和昨夜一样。

涂南拨一下后视镜。镜子里，男人稍微调整了坐姿，一手撑着额头，手肘支在窗上。舒展的五指遮挡了眉眼，只可见挺直的鼻梁和抿住的唇。身形轮廓也与昨晚所见的一致。

不得不说，世界有时候真是太小了。

车走高速，开到城外并没有用多长时间。这段时间里当然没人说话，毕竟车上还有个人在睡觉。方阮话多，憋了一路，连音乐都不能放，别提多难受了，可他是被雇来的，也不能发表意见。

寺在山上，台阶直上近百米，树荫遮道，郁郁葱葱。山门外就是售票窗口，因为最近寺庙不对外开放，已经关了。

一个沙弥在大门后面拉开了道缝，涂南一手提着刚买来的香火，从门缝里钻进去。方阮跟方丈打了招呼才能进，人家也不求钱财，但起码的尊重得有。那小子把跑腿买香火的任务交给了她，自己开着车带着人直奔后山进寺去了。涂南能说什么，车上有个睡觉的男人，一个雇主姑娘，除她之外还指使得了谁。

“多谢师父。”

“阿弥陀佛。”沙弥呼声佛号，双手遮着被暴晒的光头跑开了。

涂南抬头望，远处几个殿都在修，工人们顶着烈日在脚手架上工作，挥汗如雨。她那会儿下车的时候特地看了一眼，男人动了一下，欲醒未醒。当时她收回目光就走了，料想这时候他应该醒了。他们八成已经在里面逛起来了，估计一时半会儿碰不上。涂南自己拎着香火去大雄宝殿，这里大概是修完了，一跨进殿门就闻到一股浓烈的油漆味。内地的佛寺没有边塞的粗犷，正中的佛像垂眼下望，祥和宁静。

没有明火，她也不点，把香火直接摆在香案上，双手合十，礼貌性地拜了几拜。外面太阳这么大，晒得人无处可逃，这里反而是个好地方。她拧开瓶矿泉水，一口气喝了半瓶，舒服地吐口气。

其实这地方她小时候来过一回，是她爸带她来的。她爸说："多看一看这些地方对你是有好处的，你要记住这些地方的神妙。""神妙"这个词她当时根本不懂。现在她也不想感受什么神妙，只希望她爸千万别发现她的事。

一瓶水喝完了，她才从殿里退出去。刚到廊下，就看见有人迎面走了过来。

男人应该是彻底醒了，脚下生风。涂南看着他一路穿过雕花的走廊。到了跟前，他头低一下，看她一眼，点了个头，从她旁边走过去。

这算是打过招呼了。

涂南瞥他，眼见着他将要错身而过，忽然开口："昨天夜里，谢了。"男人停了脚步，回过头来："不用客气，小事。"

原来他也认出她了？

涂南看着他，大热天的居然有点背后生寒，他这一声不吭的，要是自己不开口道谢呢？

男人还在面前站着，她个头不矮，但他比她高了近半个头。涂南自我介绍："我叫涂南，涂鸦的涂，南方的南。"

"石青临，石青色的石青，来临的临。"

很少会有人这么介绍自己的名字，仿佛他不姓石，姓石青。石青，一种国画颜料，一种颜色。涂南忽然觉得脑仁疼，她当时画错的那一笔，就是石青。

第四章

孽缘。涂南脑子里忽然就冒出这两个字。

"你对这里应该很熟悉吧？"

涂南慢悠悠地把视线转回他身上，自称石青临的男人头微低，眼看着她在询问。

“算是吧。”她说。

石青临没多话，抬一下手，示意她先行。涂南在前带路。她没有这个义务，但也没理由拒绝，毕竟刚刚才谢过人家。

因为在整修，一路走来偶尔能看到道边堆着水泥砂浆，待用的琉璃瓦摞在一起，被太阳照得反光。寺中五树六花，放生池中荷叶卷着边儿，蝉鸣声声在枝头。涂南走上观音殿前的台阶，想起还有两个人，回头问：“不用等他们？”石青临在烈日下走近，微眯起双眼：“不用，我们时间不多，分开看比较快。”

灵昙寺是明代寺院，算不上年代久远，也不是什么知名的古迹，本地人通常很少会来这里观光，更别说忙里抽闲也要来看的了。涂南有了推断：“你不是本地人吧？”石青临说：“是，不过刚从国外回来，好多地方都不熟了。”涂南心说现在的海归居然也有参观寺庙的爱好了，果然大千世界，无奇不有。

“你呢？”突来的问话让涂南一愣，紧接着就反应过来他是在问自己，点一下头说：“是，我也是本地人。”

“那就难怪了。”石青临的尾音里带了丝笑。

涂南看他：“难怪什么？”

“难怪昨夜敢那样。”

他是想说夜半敢与人对峙，必是仗着在自己的地盘上，有恃无恐？涂南几乎一秒就读懂了他的意思。这男人，怎么跟她想象的不大一样……

石青临步子悠闲，踏上台阶到她身侧，伸手一推，推开了殿门：“进吗？”

昨夜他也是这个语调，问她“走吗”。

涂南抿着唇，跨过门槛。

要说寺中最值得一看的地方，就数这观音殿了。殿内塑像木鱼，蒲团香案，这些其他殿里都有，没什么特别的，却有一整面墙壁的彩绘是独一无二的，算得上镇寺之宝。涂南刚进殿门就听到一阵手机振动的声响，回头时看见石青临一只手拿着手机，正要朝外走：“不好意思，工作电话，我出去接一下。”

她真是不解，既然工作这么忙，又何苦走这一趟。

明代寺观壁画与前代不同，大一统的王朝是包容的，画师笔下也有不同宗教和不同教派间的融合。观音殿的墙上画的是幢幡宝盖和天宫奇景，上中下三层，诸天神佛，神兽龛座，应有尽有。一定是民间画工所作，没有富丽堂皇的沥粉贴金，只有恣意逍遥的水陆笔墨。涂南有时候觉得只有古人能画出这样的画，佛中有道，道中有儒。而后人只能一次一次从临摹中去揣摩对方的心迹，绞尽脑汁地猜测还原，规规矩矩循着前人的脚步，不可有半点差错。

她倚着柱子不知看了多久，眼在画上，思绪却不知去了哪里，恍惚间忘了时间，直到感觉外面有点吵闹，回神时发现殿里光线阴暗，似乎比之前更暗了点。等走到殿门口一看，她顿时吃了一惊，门外已经拦上了一层防护网，几个工人正在网外忙着固定脚手架。

"等等，有人！"涂南一出声，顿时就被发现了。一个工人大呼小叫："怎么还有个人在这儿呢，你怎么进来的，寺不是封了吗？"涂南哭笑不得，也无心解释，推一下防护网："能不能先让我出去？""哎你这人怎么搞的！"工人们也好笑，不知道是该怪她擅闯，还是该怪自己开工前没仔细检查，这刚装上的防护网，还得给拆了。

涂南帮不上忙，只能靠在门边等，许久，眼珠一转，看到了斜向里站着的石青临。他显然是刚回来，手机还拿在手里，看到眼前的情景似乎有些意外，停在那儿看了看涂南，然后走了过来。

好在还没装完，工人们很快就把防护网给拆开道缝，涂南从当中钻出去，脚下杂物繁多，站不稳当，一只手伸过来握住了她的手腕。那只手格外结实有力，一把就把她给拉了出去。

"回来晚了，你没事吧？"石青临松开手。涂南拍一下身上的灰，抬头看他，总觉得他眼里藏着笑。

"……没事。"

"那就好。"

涂南突然有点气闷，说不上来的那种。昨晚被他撞见跟醉汉对峙，今天又被撞见这么一幕，怎么就那么巧！

观音殿是看不成了。

石青临走在前面，涂南跟着他的脚步，不是她这个向导失职，纯粹是因为这男人走路太快，她跟不上。

禅院里，之前见过的小沙弥经过，石青临叫住了他，问了两句什么，回头对她说："你在这儿等我一下。"涂南就在原地等着，看着他过了一道院门，不知道去哪儿了。还以为要很久，没想到两分钟不到他就回来了，手里拿着瓶水，递给了涂南："挺热的，喝点水吧。"

涂南诧异地看他一眼，还以为他要去干什么，没想到是去买水给她。"你刚才受惊了。”他似乎看出了她的心思，解释说，“我的责任，是我让你久等了。”也许是怕她不接，他直接就拧开了盖，递了过来。涂南只好接住了。

她没好意思看他的脸，因为那样必须仰一下头。她朝他身上瞥了一眼，很少有人把一件简单的白衬衫也穿得这么好看，她回来的时候在大街上看了那么多人，没一个比得上这个。

“你不晒吗？”

她嘴里含着水，看向他。石青临指一下头顶，太阳在晒，而他们都暴露在阳光底下。

涂南其实是不确定他刚才会去哪儿，他说叫她等着，她就在原地等了，但这话要说出来就显得人特别傻。她把水咽下去，说：“还好，我是打算从这儿去下一个殿。”“难怪，”他笑，没察觉异样，“那走吧。”

涂南在前带路。这次他的脚步放慢了，完全是跟着她了。

她想方阮怎么还不回来，跟这样的男人单独相处，似乎有点困难。

下一个殿，他们去了文殊殿。

差不多半个小时后，方阮终于出现，和那个姑娘一起。涂南坐在柱墩子上喝水，就见那姑娘一脚跨进了殿，进门就说：“太失望了，根本没什么可看的。”

石青临在那头站着，面朝着墙壁，说：“是没什么可看的。”涂南心说不关她的事，她这个向导已经尽力了。

方阮走了过来，小声吐槽：“我给你钱买香火，你居然中饱私囊去买水。”涂南懒得跟他废话，水又不是他买的。

“你肯定不止买了一瓶，老实交出来。”方阮拨她转身，查她有没有私藏。

“真没了。”她说。

方阮拿过她手里那瓶，拧上盖子说：“还好没喝多少，应该看不出来。”

涂南还没弄清他要干什么，就见他拿着那水绕过柱子直奔人家姑娘去了。

“来来，大热天的，喝点水。”

“我不渴。”虽然不领情，姑娘还是接了过去，转头就递给了石青临。石青临接了，目光才从墙上收回来，拧开瓶盖送到嘴边，停顿一下，拿在眼前看。

涂南只能当没看见，也不好告诉方阮实情。丢人丢到家了。

她还是忍不住看了一眼石青临，只是几秒的工夫，他还是喝了，只不过是仰着头倒了一口，没沾唇。喝完他拧上瓶盖，还给方阮。方阮讨好美女不成，悻悻而回，把水又还给了涂南。

涂南简直不想理他。

那头石青临忽然问了句："还有没有什么不一样的地方可以看？"方阮是受雇的，当然第一时间回答："什么叫不一样的地方？"

他说："古朴一点的。"

方阮还没明白，姑娘先明白了："你是不是觉得这里的壁画雕塑颜色都很新？我也发现了，看了好几个殿，里面画的东西颜色都艳得很，要说是壁画，还不如说是年画呢。"石青临点一下头。

这可把方阮给难住了，他挠两下头："都一样啊，壁画不都这样吗？"一边说一边去看专业人士。涂南本不想理他，但他一看着自己，其他两个人就都看了过来。她只好站起来，拍一下衣服说："新是肯定的，以前寺里起过一场大火，除了观音殿里的，其余都是后人重新创作的，最早的可能也就是二十世纪六十年代的。"

这事还是当年她爸跟她说的，可能小孩子对火灾比较恐惧，所以她记得挺清楚。否则她为什么第一个就带石青临去看观音殿？可惜他没看到。

石青临看着涂南，也不知道是在确定这话的真实性，还是在回忆观音殿。

观音殿……涂南又觉得脑仁疼了。

片刻后，石青临忽然说："走吧安佩。"姑娘应一声，跟在他身后出了门。

方阮看看涂南："怎么了这是，不看了？"

"我怎么知道。"

等涂南下了山，车已经停在道上了。见方阮直奔驾驶室，她就自然而然地拉开了副驾驶位的门，却发现上面坐着那个被叫安佩的姑娘，再一看，驾驶座上坐着石青临。

"回城的路我来开吧。"

方阮只好坐去后排。涂南坐在他旁边，还是觉得丢人，不想理他。

车开起来的时候，石青临忽然问了句："原来的那些壁画还能看到吗？"方阮推一下涂南，让她回答。涂南朝前看，正对上后视镜里石青临的眼神，原来这话就是问她的。她下意识避开，目光落在他握方向盘的手上。那只手的手指修长，就在不久前还握过她的手腕。

"除非还有临摹本，不然就没得看了。"

"临摹本？"

"就是专人照原画临摹下来的版本，不过灵昙寺失火的年代比较早，可能并没有留下临摹本。”也许当时连专业的临摹师都没有。

石青临“嗯”一声，不再说话了。

车稳稳地朝前开。涂南不知道他为什么会问起这些，突然就对他产生了好奇，可又不好追问，毕竟他们还没熟到追根究底的地步。

第五章

那天从灵昙寺里回来后，涂南似乎就把这件事给忘了。连带那个男人，似乎也忘了。一场偶然相逢，重逢，仅仅知道了彼此的名字，再没别的了。

涂南站在网咖的角落里煮粥。面前一张小柜，上面摆着一人用的小砂锅，是她专门买来在外临摹的时候做饭用的。

时间还早，网咖里还没多少人上网，她一个人边等粥，边发呆。其实还是挺好奇那个男人到底是干什么的。海归，应该是精英吧，为什么要去看寺庙呢？

门上铃铛一声响，方阮哼着小调进了门。“涂南！”他今天似乎很兴奋，一看到她就三步并作两步地冲了过来，“快看！”他举着手机递到她眼前，跟献宝似的。

涂南定睛一看，手机上一个八百块钱的微信转账，他在下面热情地回了句：谢谢美女！后缀一长串的红心。她抬眼：“有人转了钱给你，所以呢？”

“谁让你看钱了，你倒是看转钱的是谁啊！”

涂南又看一眼，安佩，头像就是本人的照片。哦，是昨天那个雇主姑娘。

“说什么带人参观，你其实就是奔着人家姑娘去的吧，就为了要到人家微信？”

方阮说：“那当然，我堂堂一个网咖老板，又不差这几百块钱，要不是看美女面子，至于这么鞍前马后的吗？”涂南不太看好，因为想起了那个男人：“劝你趁早死了这条心吧，昨天那个男人你又不是没看到，人家可是海归，并且……”她上下打量一遍方阮，有点遗憾地说：“长得比你帅。”

方阮不忿：“都快成一家人了，你就这么打击我？”

她语重心长：“我这也是为你好，免得你到时候伤心。”

方阮信她才有鬼，她这哪里是为他好，纯粹是在他心头扎刀。但他此刻心情雀跃，浑不在意：“拉倒吧，依我看他俩绝对不是一对。”

涂南挑眉：“依你看？”

“嘿，你别不信，我给你看证据！”方阮手指迅速点几下手机，又拿给她看。

是安佩的朋友圈。最早一条是昨天发的，配了张照片：灵昙寺的菩提树下，她一手拈叶，双眼轻合，镜头只留下半张被鬈发微微遮挡的侧脸。旁书一行感想：时光明媚，人生却似迷雾，独自穿越，不问归期。

涂南歪头细看，这张照片好像是安佩自己拍的，可这个角度到底胳膊要怎么拗才能拍出来？还有这话是什么意思，她年轻貌美，人生能有什么迷雾？没研究出个所以然来，等看到下面又是一条类似的内容她就明白了。原来人家妹子一直就是这个风格。

方阮问："看出什么没有？"

"嗯，挺文艺的……"据说有人现实里和网上是两副面孔，看来这话很适合安佩。涂南没想到方阮喜欢的是这个类型，有点反差萌，也挺可爱的。

方阮急了："我不是说这个，难道你就没发现她根本就没有跟那个男人有过任何互动吗？要是一对怎么会连一张合照都没有？"

涂南想了想，还挺有道理的。继而转念一想，昨天方阮拿了她的水借花献佛，安佩转头递给石青临，她瞧得分明，后者拿过去时没有亲昵暧昧之感，反而给她另一种感觉。那感觉很难形容，仿佛安佩对他带着几分敬意，那水给他喝是天经地义的一般。

可能是画画养成的习惯，她有时候观察人挺细的，或许方阮说得没错，这两个人可能真没什么关系。不过，这跟她也没多大关系吧。涂南随意想着。"算了，你一个连朋友圈都没开的人，跟你说了你也不明白。"方阮吐槽了她一句，蹲在旁边捧着手机一条条查看安佩的状态，笑得心满意足。没两分钟，他忽然惊呼一声："哟，原来她也在玩这个游戏啊。"

涂南瞄了一眼，手机上，安佩发了一个带链接的内容：《剑飞天》大家玩了吗？真的超棒的，走过路过千万不要错过哟！还有俩飞吻的表情。发布时间是半年前，这好像是她唯一一条有实质内容的状态了，居然还是广告？

方阮分外机灵，一个劲地翻下面的评论，果然找到了安佩的账号区服，兴冲冲地去柜台后面开电脑："巧了，这不就是昨天我叫你玩的那个游戏吗？我也去建个号！"

涂南抬头看墙上的海报，那上面有名字，只不过字体做了艺术处理，龙飞凤舞的，当时并未注意，现在一看，还真叫这个名字。

剑，飞，天？这什么鬼名字……

她忽然明白了，难怪她说这个游戏一般的时候安佩会不高兴，原来人家是忠实玩家。

足足一个小时，方阮操练自己的新角色入了迷，键盘敲得噼里啪啦响，兴高采烈，不亦乐乎：“哟，没想到这个游戏还挺有意思的。”

一个老板不务正业到了极点，丝毫不顾已经陆续来客，涂南不得不去帮忙打了会儿下手。好不容易有时间休息，回来继续看火熬粥，恰好收到条微信消息。她点开一看，原来是她爸发来的，上面写的是最近边疆天气多变，夏季飞雪，她要注意身体，好好临摹，千万别耽误正事。

涂南好好组织了一下语言，顺着他的意回复完，就没什么可聊的了。

她跟她爸一直说不上亲近，除去必要的交流，翻来覆去也就这几句话，有时候比陌生人还客套，三句里有两句都不离壁画。涂南通信录上保存的称呼也不是“爸爸”，而是他的大名涂庚山。涂南习惯了，从没觉得有什么不妥。

她又翻了一下微信，发现再无其他消息。她的联系人少得可怜，不算她爸这条，最新的还是上次肖昀发的那句“我们分手吧”。

“哎哟，小样，你还打我，看我不灭了你！”方阮游戏打得兴起，大呼小叫。

涂南朝他那边看一眼，想起先前他还吐槽自己没开朋友圈，顺手就点开了朋友圈。她自己的朋友圈的确没开，临摹事多，没时间，何况每天就是画画，也没什么可发的。

粥熬好了，涂南揭开锅盖，一手随意去翻更新状态，入眼便是一张照片——一张牵手的照片，男人的手和女人的手，十指交缠，紧密不分。

没有文字描述，只有一个暧昧的亲吻表情。

发布者那里是肖昀的头像，时间是昨天下午四点五十五分。如果没记错，当时她正困于观音殿，眼前是另一个男人伸过来的手。

肖昀早年曾有过一个“白月光”，后来没成，这事涂南是知道的。当时他毫无预兆地提分手，她就心如明镜，无非是心头的“白月光”回来了，她便从“朱砂痣”成了一滴碍眼的“蚊子血”。

锅盖砰的一声盖上，袅袅米汤白雾升腾如烟，涂南冷笑一声：“垃圾。”柜台后的方阮闻言惊骇抬头。

她淡淡地说：“没说你。”

石青临驾着车，驶进停车场，稳稳停上车位。安佩早就等在外面，车刚停稳她就敲了敲车窗玻璃，朝他挥挥手。他开门下车，肩上背着个运动背包，身上穿着简单的白T恤长裤，一只手还拿着水壶，一看就知道是刚从健身房里回来。

安佩说：“你别是个机器人吧，百忙之中还能抽空去健身，哪来这么多精力啊？”

“健身不就是为了有个好身体，可以继续忙？”石青临的时间都安排得满满当当的，早就习惯了这种忙碌又快节奏的生活。他把车钥匙收进裤兜，朝外走，一边问：“有事？”

安佩追上他的脚步，摇摇手里的手机：“钱我转给那个方阮了，一无所获还要八百，也真够坑的。”

石青临说：“人是你找的，坑你也得认。”

安佩泄气，她只是听说那个网咖老板有门路，谁知道进去后会什么都看不到：“那现在怎么办，还要再去别的地方找找灵感吗？”

“来不及了，项目不能再拖了。”

“怎么，难道那边又来电话催了？”

“嗯，昨天下午在寺里的时候就打来了。”

那通电话实在打得太久了，要不是这样，他也不会没看见观音殿里的壁画。

想起观音殿自然就想起殿门口那一幕，石青临脑中首先浮出防护网那一片细密的绿，其次是隔在后面的那个人。她本来就那么等着，并没有半点狼狈相，等转头与他的视线撞上，眼神里却多了一丝不自在。

她不自在什么呢？无非就是古怪处境被他撞见了，反正又不是第一次了。石青临想起来竟然笑了：“那个涂南，就是方阮带着一起去的人，我总觉得她知道点东西。”

“知道什么东西？”安佩奇怪地看着他。

“我们要的东西，”石青临边走边说，“她好像挺懂壁画的。”

“是吗？我怎么没发现。”

石青临没再多说，或许是他想多了吧。

他手上这个项目拖很久了，急需推进，跟壁画有关，现在卡着进不了，退不了。也好久没轻松过了，直到撞见这个涂南，或许是因为这样他才有这感觉。

他脚步快，不一会儿就走出了停车场。外面是几栋写字楼，隔着一大片绿化区，马路往前延伸。那条街上有个网咖，就是那个方阮开的。

石青临的思维很发散，短短几秒内就从网咖联想到了网络，又从网络联想到了更多，走了几步之后，忽然回头说：“换个方案吧。”

“啊？”安佩正在想办法，听到这话愣一下，“换什么方案？”

“项目的方案，”石青临说，“与其耗费时间去现场看，还不如另辟蹊径。”

刚才他忽然就有主意了。

第六章

涂南背着只硕大的购物袋走在回网咖的路上。里面却不是她的东西，全是方阮叫她买的。他最近大概是中了毒。应该说他自从玩了那个叫《剑飞天》的游戏后就中了毒。明明昨天还玩到半夜，愣是被她给轰回了家，今天到了网咖后就又继续沉迷其中。本以为这就算完了，谁知他不知抽了哪门子风，又忽然来了个主意，说要给网咖里玩《剑飞天》的玩家们搞个回馈活动。理由是这游戏现在正火，他这么做有利于吸引客人，进而促进收入。

涂南对他的德行一清二楚，他这分明就是要吸引安佩。要办活动就得有奖品，方阮如今一心扑在游戏上，买奖品的任务自然就推给了她。要不是看在如今的收容之恩，她才不会同意跑这一趟。

道路两边高大的梧桐连成树荫，蝉鸣恼人，日光穿透，一路斑斑点点地漏光。网咖已经近在咫尺。涂南换个肩背购物袋，想起出门前收银小妹悄悄跟她讲八卦消息，说以前在网上看到个真事，有个妹子喜欢上了一个爱玩游戏的男孩子，为了男孩特地去玩了他玩的游戏，结果发现哎哟游戏真好玩，谁还要谈恋爱啊！于是就再也没理过那个男孩子了。小妹觉得她老板怕是要步那女生的后尘。涂南觉得这事搁方阮头上不太可能，毕竟他是好色之徒。虽说是好色之徒，可以她对他的了解，这还是她第一次看他这么有劲头地去追一个女孩子，也许这次是认真的呢？

转个弯，到了。涂南伸手去推玻璃大门，忽然听到里面传出熟悉的说话声："阮阮，你这几天怎么待在这儿的时间比待在家里都长啊？"方阮回："哎哟妈，我这是工作，不待在这儿还能待哪儿啊？你还是赶紧回去吧。"想收回手已经来不及，门一开就撞响了上面的铃铛，"叮当"一声，说话的人看了过来。

涂南扭头就走。

"咦，那是小南吗？"

方阮一下跳起来，死死拽住他妈："那怎么可能呢？涂南不是还在外地临摹吗，您老割个阑尾怎么还割出眼花来了。"他妈转头就抽他："臭小子，胡扯什么呢！"方阮装模作样地抱头躲，他妈却没像往常一样继续抽他，已经直奔门外追人去了。

"哎妈，你干吗呢！"方阮心急火燎地追上去。他妈脚步飞快："我得瞧瞧清楚，要是真的，你涂叔叔得多担心啊！"

“哎不是，你听我说，那真不是涂南！”

涂南蹲在一辆车后面，气喘吁吁的。都跑出来这么远了，隐约还能听到方阮大呼小叫的声音，恐怕他妈已经追出来了，他这是在通风报信。

千算万算没算到方阮他妈会来，以前可从没见她来过这儿。当初方阮刚开网咖的时候方阮他妈还一脸嫌弃，就连开业头一天都没来给儿子捧场，涂南还以为她这辈子都不会出现在这地方的。这周围是片高新创业园区，附近都是写字楼，路上几乎看不到人，除了树就是车，涂南也想不到其他能躲的地方了。她左右提防，眼光一扫，忽然注意到前面有辆车——那辆黑色的，熟悉的SUV。

涂南看看左右，挪过去，瞄一眼车里，没看见人，贴着车门蹲下来。躲在别人车边上可能会被当成鬼鬼祟祟的贼，这勉强也算是熟人的车，给她遮一下总没事吧。她把购物袋拿下来，抱在怀里，揉了揉被勒疼的肩膀。太阳有点晒，出了一身的汗，还不知道方阮什么时候能把他妈骗走。这情景让她想起了几年前刚进徐怀组里的时候，有一次她也是这样在一片毒辣的日头下，观摩那峭壁下被风沙侵蚀得不成样子的壁画。

涂南手指抵着车门，回忆起当时，指尖当笔，勾描点画，权当打发时间。“铿”的一声响，肩上忽然挨了一记冲击，她人往前一倾，单手撑地，下意识地转头看过去。车门开了道缝，里面的人露出一条长腿，一手扶着车门，眼看着她：“涂南？”

涂南没想到会再遇到这个男人，还是在这种状况下。

石青临今天也穿着白衬衫黑西裤，衬衫收在裤腰里，简单利落。他看着涂南，两秒后，手臂舒展，把车门推开：“不用坐外面，上来坐吧。”涂南犹豫了一下，已经被车主发现了，还不如大大方方地上车，于是站起来，坐到了车上。坐进来的瞬间她就不犹豫了，车里面的冷气在吹，舒服得要命。

她看一眼石青临，他刚才可能是在车里睡觉，驾驶座都还平放着，这会儿才摇起。难怪刚才没看到有人。

蹲在人家车外被抓个现行，多少有点尴尬，她便把购物袋放在脚边，说：“我刚去买东西，路过。”

“嗯？”石青临按一下眉心，仿佛这时候才彻底苏醒。

涂南不知他这是疑问还是随口一接，干脆不解释了。好在他也没继续问。

外面烈日炎炎，隐约可听见方阮夸张又做作的呼喊：“妈！妈！我的妈呀……”

这信号报得，好似一声一个催命符。涂南不动声色地放低肩膀。石青临看出点端倪："你在躲人？"

她回答得模棱两可："算是吧。"

石青临有点没想到，她看起来不像是什么惹事的人，居然会有要躲的人。他朝车后看了一眼，也没看见什么，但好奇心已经被勾起来了，又看身边："涂南，你到底是干什么的？"

涂南认真地思索了一下，说："网咖管理员。"

"方阮那家网咖的？"

"没错。"

石青临很仔细地看了她一遍，她身体纤瘦，坐在车座上，白净的脸上没有什么表情，所以什么也看不出来。他也不研究了，刚认识，别吓着人家，说不定以后熟悉了，自然就知道了。

他指一下她身侧："安全带。"

涂南不明所以。

下一秒，车突然发动。石青临转动方向盘，竟然直接把车开了出去。购物袋里的东西撒了出来，涂南捡回来，顺手扣上安全带，瞄一眼他的侧脸。他开车的时候很认真，看起来话很少，她也就转开视线，免得打扰他。

石青临却已看见了购物袋里的东西，主动开了口："你还用得着这么多文具？"涂南这才说："这是网咖的奖品。"

"给玩家的？"

"嗯。"

来网咖的大多是青少年，读书的年纪就该好好学习，涂南觉得送文具用品非常合适。

石青临笑一声。她奇怪："你笑什么？"

"我觉得你对现在的孩子有误解，会玩游戏的未必就学习不好，你送这些东西，可能人家根本就不想要。"

涂南居然被他说得认真思索了一下，可能有点道理，她好像不自觉就带了偏见。"那我该送什么？"

"你这是在问我意见？"

涂南问出口的时候就已经觉得不太合适，但已经问了，没有收回的道理："这里又没别人。"石青临笑："是什么活动的奖品？"

"一个游戏的，叫什么《剑飞天》的。"

他看过来："你在玩？"

“方阮在玩。”当然涂南不能说是因为安佩才玩的。

“是吗？”他说，“我想一下。”

石青临平时不是个爱管闲事的人，今天更不该管，明明他还有事，刚才只不过是临时在路边打个盹而已，但他最终还是管了。说想一下，还真就是想了一下。他很快就有了主意，开着车直接把涂南带去了目的地。也就十来分钟的车程，车停在街角一家小小的店外。店里正放着音乐，这个点没什么顾客，只有几个店员百无聊赖地走来走去。

涂南跟着他走进去，站在一排货架前。他说：“你自己先看，我去帮你看看那边。”

涂南看着他走到拐角，站在另一头的货架旁，一只手收在裤兜里，一只手拿着上面的商品看，明明挺正常的画面，却觉得不太搭。是他跟这小店，不太搭。

涂南对奢侈品了解不多，但一些很大牌的她还是有点了解的，石青临的穿着看不出来多少钱，车也低调，但他腰上那根皮带她注意到了，似乎是爱马仕的。毫无疑问，他应该是个有钱人，却和她来了这个小店，她有点后悔问他意见了，总感觉是她把他拖来的，虽然她没那个意思。

货架上是各式各样的数码产品。涂南拿起一样，又放下。明明看起来长得都差不多的东西，价格却千差万别，她对这类东西真的不够了解，看不出什么区别。

正无从选择，头顶忽然一沉，她伸手一摸，一副耳机套在了头上。转头，石青临站在旁边，手里拿着个播放器，看着她说：“试试音质。”他手指拨动一下，一阵悠扬的音乐就入了涂南的双耳。是首偏古风的音乐，起先是一阵悦耳的笛声，而后古筝琮琮，往后渐渐奔向激昂壮阔，听来有点耳熟。

涂南听了一会儿，说：“还行。”

“那就这个吧。”他伸手把耳机拿下来，“虽然不是什么贵东西，但年轻人都喜欢。”

涂南点头，抬手摸了一下头发，刚才他拿耳机的时候手指勾到了她的头发，他可能没发现，她也就当作没察觉。

石青临的确没发现，他把耳机拿下来递给她，播放器收进自己口袋里。

涂南这才反应过来：“这是你自己的？”

“嗯。”

“这里面的歌……”

他抬眼：“《剑飞天》里的背景音乐。”

“难怪。”听方阮放了那么久，早就耳熟了，她缠着手里的耳机线，“你也玩这游戏？”

石青临摇头：“不玩，我没那个时间。”

也是，一个随时随地都能补觉的人，能玩游戏才怪。

耳机线太长，涂南缠了几道竟然打结了，形如乱麻。她用手拉扯一下，拉成了结，再拉又怕弄坏，只能耐着性子慢慢解。

两根手指伸过来，捏着耳机线帮她往外抽。涂南抬眼，正对上他低垂的眉眼。

她得承认，这男人真的长得很好看。近看的时候会发现他眉宇间有股难言的味道，却又不是简单的好看，那是一种他独有的感觉，不同于任何人。

涂南忽然有些手痒，回来以后这些天，终于再一次有了拿画笔的冲动。

打结的地方终于解开了，石青临缠两圈，还给她：“这怎么行，收耳机线不该是你的基本职业素养吗？”涂南无言以对，只好顺着他的话说：“对，我还是新手。”

第七章

说出这个理由后，涂南自己也觉得可笑。但撒了一个谎，就得用另一个谎来圆，也只能这么说了。

出了小店，石青临第一件事是抬腕看表。涂南注意到了，不好再耽误他，又怕他不好直言，抢先说：“我还有点别的东西要买，先走了。”

石青临看了看她：“是吗？”

“嗯。”她不是个表情丰富的人，说什么都显得很认真。石青临信了：“那我们就在这儿暂别了。”他拉开车门坐进去，车很快发动，隔着车窗他又对她说一句“下次见”。

车从涂南的视野里开出去，她有点不着边际地想：他就那么肯定下次还能见？想完背上那个购物袋，往回走。路上，她掏出手机给方阮打电话，就听见他在那头喝水的声音，听起来很喘，肯定是跑了挺长的路。

“回来吧，”他喘着气说，“目标已经转移，现场恢复安全。”

“知道了。”涂南放心了。

等她回到网咖，方阮已经坐在那儿安安稳稳打游戏了。他也知道今天他妈会过来跟他脱不了干系，见她回来就马上夸张地张开双臂上来迎接：“哎哟我可怜的南妹妹，受惊了受惊了。”一大包东西落入他怀里，涂南把肩头卸下的购物袋扔了过去。

没能打到车，一路走回来，她累得都不想说话。

方阮低头扒拉一下，抽出两本笔记本扔到柜台上，有点嫌弃："买这干吗？"等看到下面那副耳机又满意了，"可以啊涂南，终于融入现代生活了，还知道买数码产品了。"

是她买的才怪。涂南在柜台上抽了张纸，擦了擦脸上的汗，转头拿了本他扔出来的笔记本，又顺手抽支笔，坐上凳子问："你妈没看出什么来吧？""能看出什么啊？"方阮道，"追你一路也没发现人影，当然是相信自己老眼昏花了。我说她那是心系你爸，爱屋及乌，所以也连带着思念你，大白天的都出现了幻觉。她真信了，都怀疑是不是阑尾手术做出问题了，走的时候还念叨着要再去医院复查一下呢。"

"你可真能忽悠。"

"那是，冤枉医院，保全挚友。"方阮说完看她一只手握着笔，在膝头摊开的笔记本上拖曳，还以为她是心情不好，斟酌了一下，建议说，"你要真担心被发现，要不就直接回去吧，就跟你爸坦白交代好了……"

涂南抬头打断他："我爸的脾气你又不是不知道，想我死就早说。"

方阮顿时讪讪："我开玩笑的。"

涂南低下头，笔在纸上画着线条，想着跟石青临说的话。她要真是个网咖管理员就好了，没那么多要担心的。

"对了，"方阮转移话题，"你今天到底跑到哪儿去了，怎么一眨眼就不见了？"当时他妈追人的那个劲头，他还担心一定会把涂南揪出来呢，哪知前一刻还看到了人影，下一秒就不翼而飞了。涂南看他一眼，又低下头："得贵人相助。"其实没错，要不是石青临，今天可能不会这么顺利。"什么？"方阮不信她的话，她这种成天在外忙的人在城里根本没什么朋友，除了他，谁还能出手相助啊？他故意问："什么贵人，孙悟空吗？"

"嗯。"涂南也是故意回他，心里甚至漫无边际地想：一个石青临，一个石中猴，反正都是石字打头的。

"什么玩意儿。"方阮嘀咕一句，接着打游戏去了。

纸上笔唰唰唰的，涂南在排线。她刚才顺手拿的笔是签字笔，不是很好用，她也似乎有点手生了，毕竟之前一直都是在临摹，那是国画的画法。

四周键盘敲击声响个不停，只有她眼前这一页纸张的天地是静的，她画画的时候很容易沉进去。直到方阮冷不丁的一声叫唤：“涂南！”

涂南手一晃，一笔斜飞出去，懊恼地抬头。

肇事者正趴在柜台上，盯着她手里的本子若有所思：“你这画的谁啊，我怎么看着有点眼熟呢？”

纸上画的只是一双低垂的眉眼，连张脸的轮廓都没有，他左看右看也没看出个所以然来，可又总觉得好像在哪儿见过。涂南合上笔记本：“你鬼叫什么？”

方阮这才回神，连忙朝她招招手：“快快，还坐这儿画什么呀，有的是你一展拳脚的地方，你快过来看！”涂南耐着性子走去他身边，看见电脑屏幕上开着游戏界面，界面的右上角弹出了一个网页框，古色古香的背景，上面密密麻麻地写着字。“什么东西？”方阮搓下手，似乎很激动，指给她看：“《剑飞天》游戏里的公告，官方说要搞个同人绘画比赛，跟壁画有关的。”涂南就看到一句“力求展现传统壁画艺术的含金量，最大程度还原古代壁画精髓”，像煞有介事的样子，其他就没多注意了。“所以呢？”

“我觉得你可以参加啊，那不就是你的老本行吗？”

涂南沉默了一下，摇头。

“没兴趣？”

“嗯。”

方阮拍桌：“第一名有四万块的奖金啊！你怎么能没兴趣？这四万块不就是等着你去拿的吗！”

涂南觉得他也太看得起自己了，她不过是个临摹都会出错的人罢了。更何况这个活动看起来也不靠谱。壁画和网络是毫不相干的两个领域，壁画属于洞窟深山，远离尘嚣；网络却喧嚣过度，鱼龙混杂。不知道这个比赛的主办方到底是个什么意思，感觉古怪。

“你考虑一下。”方阮还在劝，“四万块啊，真的，你别急着拒绝，再考虑一下？”

涂南朝屏幕努一下嘴：“你死了。”方阮扭头一看，自己的角色孤零零地躺在雪地里，早就变成一具尸体，赶紧抓起鼠标去抢救。

她趁机走了。

“哎涂南！你再考虑一下啊！”方阮还有点不死心。涂南没理，一路走去后面，推门进了自己临时住的小屋。她走到床边上，弯腰，从床底拖出一个黄色行李箱。里面装的都是颜料和画笔，一堆临摹壁画的工具，自她回来后就再也没有打开过。她慢慢蹲下来，两手搭在锁扣上。

停顿了很久，最终还是没开，她用力一推，又把行李箱推回了床底。

石青临开车经过市中心，路上有家他常去的咖啡馆，他把车开去停车位，想下车去买杯咖啡，没想到车位今天已经被占了。一个店员经过，跟他打招呼，因为是熟客，店员非常热心地主动提出帮他跑腿去买咖啡，一直送到他车窗外。石青临接了，坚持给了他小费。店员很不好意思："石先生总是这么大方，可是您今天怎么来晚了？"

"有点事情耽误了工作，顺带经过这里也晚了。"石青临说完举一下手里的咖啡，算是致谢，一边开车上路。

上了路，车就提了速，开得飞快，因为赶时间。他端着咖啡走进写字楼，在电梯门口就遇到了安佩。

"你可算回来了，怎么比说好的晚了两个小时？"他的时间总是排得很满，一有点变动好像全世界都发现了。石青临手指搭着咖啡杯，转一下，觉得杯子已经凉透了，不再打算喝了。

"没什么，给人做诸葛亮去了。"

"什么？"安佩没听明白，"你在说什么外星语？"

石青临笑一下，没答话，一只手摸到口袋里的手机。他忽然想到，居然还跟涂南说了下次见，其实恐怕不一定有那个机会了。安佩问不出什么来，也不问了，转到工作上："那个比赛的方案，已经按照你说的实施了。"

石青临点头，想起了什么，问："那个方阮，你跟他还有联系吗？"

他不说还好，一说安佩就翻了个白眼："我不想联系都不行。"成天有事没事就跟她发微信，能不联系吗？石青临说："他的网咖好像最近在推《剑飞天》。"

"是吗？"这事安佩倒是没想到，她只知道那小子自打知道了她在玩这游戏，就每天借着游戏的名义来跟她聊天，弄得她都好长时间不敢发朋友圈了，就怕他又从里面挖出点什么东西来。可惜了她最近想到的哲理金句。

想到这儿她觉得不对劲："他的网咖推什么游戏，你怎么会知道啊？"

"帮别人忙的时候听说的。"

"你到底帮了谁啊？"

石青临依然不说，不是故意卖关子，只是觉得没必要，私底下认识的人，应该没必要弄到尽人皆知。电梯正好到了，他的手机刚好也有消息发来，他示意安佩停一下。安佩走进去，按着按钮等他。石青临却没进来，看完收起手机说："看来后面的事也得拖一下了。"

安佩顿时苦着脸："为什么？"

"有人找我。"

安佩按下电梯，嘀咕道："没一刻闲的，可累死你吧！"

石青临走出大楼，被人从背后一把勾住了肩。那人勾住了还不够，顺手还摸两把，称赞说："又结实了。"

石青临抓住那只胳膊顺手一扭，回头看到一张痛到扭曲的脸，评价说："又弱了。"

"去你的！"对方没好气地推开他。

石青临笑着说："什么风把你薛大少给吹来了？"

"生疏了，居然不叫我薛诚，改叫我薛大少了，我一没钱二没势，哪能叫什么大少啊。"

"这叫客气，彰显你的少爷风范，与金钱无关。"

薛诚拍两下手表示欣赏，闲话就此打住，上下打量石青临一番说："我刚从老城过来。你怎么回事，回国大半年不跟我联系就算了，也不回去看看你们家老爷子？"

石青临说："不是不想去，真是没时间，你也知道干我们这行的有多忙。"

"知道，我当然知道了，可老人家的时间有限，过一天少一天，你也不能总一心扑在工作上吧。"薛诚跟他少年相识，这么多年下来，说什么话都没忌讳，反正也是好意。

石青临点头："受教了。"

薛诚乐了，撞他一下："别这么正经，不符合你的作风，我就是作为兄弟帮老爷子捎句话而已。怎么样，这么久手生了没有，要不要去杀一局？"

"现在？"

"是啊，不行吗？"

石青临没想到自己刚才跟安佩那么一说，居然还成真了，公事真的要往后拖了。"行，找个地方吧。"

薛诚说："这不就是你的地盘，还要找什么地方？"

"我的地盘只忙工作。"石青临想了想，"附近有个网咖，去那儿吧。"

第八章

说出这句话的时候，石青临就意识到，下次见的机会到了。涂南说过，她就是那家网咖的管理员。不过他真不是有心为之，思绪快，想到这儿就提了。

走过去也不远，天就快黑了，路上梧桐树多，遮挡着夕阳，昏暗得更厉害，就像已经到了晚上。

这也算是个城市特色了。石青临在国外多年，很长时间里回忆起这座城，脑子里也就是满街的梧桐，夏天绿，冬天黄，无论什么季节都有色彩。

很快就看到那家网咖，这条路那晚他走过，带着涂南走的。

“就那个？”薛诚在旁边问，他也看到了。“嗯。”石青临脚步快，先一步推开了门。

铃铛声响，柜台后面没人。他转着头看了一圈。

“你找谁呢？”薛诚看出他像是在找人。

“找老板。”石青临说，走向柜台。

老板不在，管理员也不在？

的确不在，但也不远，那两个人就跟他们一墙之隔，在涂南暂住的小屋里。屋子太小，除了床就没什么空地方，现在靠门的地方摆了一张小方桌，上面像模像样地摆了几盘好菜，都是方阮刚从全城最火的酒楼里带回来的。

“多吃点。”他给对面的涂南夹菜。

“你该回家了，再这么没日没夜地待在这儿打游戏，你妈又得过来查岗，我还得跑路。”涂南捏着筷子说。

“马上回马上回。”方阮放下筷子，巴巴地凑近，“那我走后你能再考虑一下那个提议吗？”

就知道他无事献殷勤必有所求。涂南不为所动。

“你再想想呗。”方阮竖起四根手指，晃来晃去。四万啊……

“有人吗？”外面有人唤。

涂南趁机打断他：“别废话了，有客人来了。”

方阮只好闭上嘴，出门待客。

“哟，你怎么来了？”涂南听见他说。

一个声音回：“来这儿当然是上网。”

“海归还来网咖上网？”

“怎么，你们这儿拒绝接待海归？”声音里有笑意。涂南越听越觉得这声音熟悉，放下筷子，走到门口看出去，一眼就看到石青临站在柜台外面，两手插在西裤里，笔直地站在那儿。还真是他，她刚还以为自己听错了。

她不过只从门边探出了半边身子，石青临就看到了她，脸转过来，看了她两秒，说：“嘿！”

很正常的打招呼，涂南也自然而然地想回，不过不习惯这种西方的方式，说了句：“你好。”一对比，显得她这一句特别生分。

石青临笑了，点了个头。涂南被他笑得都快觉得自己不厚道了，明明帮过自己忙的，她这么见外。

“你认识？”他旁边的男人撞他一下问。石青临又看她一眼：“嗯。”

涂南不知该说什么，想回头接着去吃饭，听见方阮问了句题外话：“哎，就你们俩来啊？”

“嗯，就我们。”

她停了一下，看见方阮一脸失望地点了两下鼠标，朝他们伸出手：“身份证。”

他肯定是以为安佩会来。涂南在心里笑他。

石青临忽然问：“上网要身份证吗？”

他旁边的薛诚已经掏出身份证递过去：“你不会没带吧？”

“没有。”石青临久不在国内，哪里知道国内上网的规矩，他问方阮：“我们共用一张行不行？”

可能是因为安佩没来，方阮一副公事公办的口吻：“那肯定不行啊，这是公安局的规定，实在不行你也可以问人借一张。”

这地方让他上哪儿去借？石青临几乎只用了一秒的时间，眼睛就又落在了涂南身上。说起来，这里除了薛诚，他也只跟她熟了。涂南在他看过来的那一瞬就明白了他的意思，他的眼珠黑，眸光亮，不用说什么，意思就很明了。更何况，他还很明确地叫了她一声：“涂南，帮个忙？”

涂南似乎从他那双眼里看到了与醉汉对峙的长夜，被防护网拦住的观音殿门，以及藏身他车旁时的头顶骄阳。他帮过她，不止一次。她说：“等一下。”说完回头，从挡路的小方桌边挤过去，在床底的行李箱里找出自己的身份证，又挤到门边，走出去，直接给了柜台后的方阮，“用我的吧。”

方阮古怪地看她一眼，仿佛在说：你也有这么好心的时候？

石青临在旁说：“谢了。”涂南没说什么。

办好了，石青临和薛诚一前一后进去里面找位置坐。

方阮这下是真得走了，临走前又一次劝涂南："你再好好想想，别错过那个比赛。"涂南没理他。

方阮叹口气，哀怨地出了门。

涂南回到小屋里继续吃饭。就一会儿的工夫，柜台上的服务呼叫就响了。她本没有在意，等响了好几声没人应才想起收银小妹上白班，现在方阮也走了，目前这里管事的就只剩她了，只好赶紧出去，看一眼座位号，循着过去。一扇高大的落地窗户旁摆着几张宽阔的沙发座椅，隔着几米远她就看见石青临坐在那儿，叠着腿，身映一街灯火。

是他按的？她走过去问："怎么了？"

"开机需要输身份证号。"石青临指一下屏幕，还处在登录界面。

她把这茬给忘了，俯身往他键盘上敲数字，一只手就顺势搭在了他的椅背上。石青临回避个人隐私，侧过了身，正好就看到了她那只手。女孩子的手，手指细长，却没有想象中该有的白嫩，靠近指甲的位置甚至有些细微的纹路。做网咖管理员有这么辛苦？

"好了。"手从眼前收走。

涂南直起腰，看他一眼，总觉得现在彼此都怪怪的，没说什么就走了。

看她走远了，旁边的薛诚才打趣："你交友还挺广的啊，连网咖小妹都认识。"

石青临调整一下坐姿，单手操控鼠标点开《剑飞天》的图标："偶然认识的。"

《剑飞天》注重格斗，游戏里有好几个比武场地，玩家打完一场就会换一个地方，等这几个场地全都跑完一遍，时间也不早了。

又一局终了，薛诚推开鼠标叹气："还是比不过你，你小子不是说自己不玩吗？"

石青临活动着手指，故意自吹："没办法，这就是天赋异禀。"

"这话我信，"薛诚乐意卖他面子，"没这天赋说不定都没现在的你了。"

石青临笑一下，被这话勾起了往事。年少时他在美国念书，其间被家里断了学费，差点被迫退学，愣是靠着打游戏赚来的奖金把学费给交上了。

他从学生时代起就挺喜欢玩游戏的，先是玩，后来开始研究，再后来开始制作，直到如今。

薛诚看他表情凝重就知道他是想起了过去，当时他就在加拿大留学，差点赶去美国接济他，这点往事当然也是记得的。

其实当时那个游戏石青临并没有玩多久，还跟他说没什么可玩性，纯粹就是冲钱去的。所以他不得不承认，有些人在某些方面真的就是天才，就比如石青临在游戏上。

“呃……”身后忽然冒出人声。两人齐齐回头，看见一个高中生模样的男孩子站在他们座椅后面，指着他们的电脑屏幕问：“请问你们玩的这是什么服啊，我也玩《剑飞天》，可是怎么感觉跟你们玩的不太一样呢？”

石青临说：“内测服。”

“内测服？”男孩惊讶，“那不是只有内部人员才能进的服吗？”

“嗯，我花了不少钱才买到的资格。”

“哦，那难怪……”男孩失望地走了。

石青临和薛诚对视一眼，忍俊不禁。

“歇会儿吧。”石青临说。

他们还和年少时一样，见面了就一起玩，连晚饭都没吃，也不在乎。薛诚从口袋里掏出烟，拈了一根，递给他。石青临接了，叼在嘴里。他会抽，但其实早就戒了，平常从不随身带烟，薛诚是知道的。

薛诚拿打火机给他点上，调侃他：“听人说这世上有两种人不能要，一种是减肥成功的女人，另一种是戒烟成功的男人，因为这两种人都太狠了，你小心以后没人要。”

石青临夹烟的手指抵了抵鼻梁，开玩笑说：“那我多抽两口？”薛诚被他弄得无语了。

“怎么样？”石青临忽然问他，手指一下屏幕，“我说这游戏，”顿一下，补充，“我的游戏。”

“很好啊，”薛诚说，“这游戏现在这么成功，都是你的功劳。”

“是吗？”石青临弹一下烟，摇头，“还差得远。”

“你指那个项目？”

“嗯。”

薛诚拖一下座椅，面朝他坐正，一脸卖关子的表情：“这么巧，我今天之所以来这儿，就是冲你这个项目来的。”他以为石青临会吃惊，可石青临只是轻描淡写地笑了一下：“我早就知道了，不然你以为我这是在干什么，随便让你进游戏的内测服，就因为你是我兄弟？”

薛诚一愣，继而失笑：“真是什么都瞒不过你。”石青临说：“那天我去参观城外的灵昙寺，投资商那边打电话过来催项目，提到了薛诚这个名字，我就知道一定是你。”

薛诚挫败道：“好吧，原来早就暴露了，还想给你个惊喜。”

“够惊喜的了。”石青临掐了烟站起来，“请你喝一杯，就当是庆祝你我首次合作了。”

柜台后面正在咕嘟咕嘟地烧着热水。涂南等着水开，一手揉着小腹。

真是没口福，吃点好的还觉得不舒服了，看来还是平常饮食太清淡了，禁不住这样大鱼大肉的奢侈。水沸了，她拿了茶叶罐去泡茶，顺带朝里间看了一眼。其实她挺好奇石青临到底是做什么的，明明看起来是个有头有脸的，怎么会跑来这个小网咖上网。目光收回来，她低头往杯子里塞草茶，眼前忽然罩下一片阴影，抬头一看，刚才自己琢磨的人已经隔着个柜台坐了下来。

“有事吗？”她下意识地问。

石青临被她问得想笑，这可真不像一个网咖管理员该有的问话，正确的难道不该是“需要什么服务”吗？

“到这儿来，除了消费还能有什么事？”

涂南回味过来，对，她现在是网咖管理员。她先往杯子里倒了热水，才又抬头问：“那你要买什么？”服务精神有点欠缺啊，居然先干自己的事。石青临看着她的举动，默默在心里点评完，抽了份台上的食单看，没有酒水类，只有饮料，他随便看了看说：“咖啡吧。”

涂南弯腰，从消毒柜里取了个咖啡杯。石青临盯着墙上《剑飞天》的海报，忽然发现好一会儿了还没听到咖啡机的声响，转头看过去，就见她侧对着他站在咖啡机前，一动不动。

他忽然发现她很瘦，从侧面看下巴又细又尖，连着脖子的线条在灯光的作用下柔和得过分，低垂的眼睫毛下一层阴影又深又沉。看了一会儿，他终于忍不住问：“你在干什么呢？”涂南看向他，有点纠结怎么开口：“要不，你自己来弄？”

石青临舔了舔后槽牙，把嘴边的那点笑意给忍下去了：“你不会用咖啡机？”

“嗯。”涂南也不遮掩，毕竟这本来就不属于她的知识范畴。她的手只抓画笔，平时太忙，根本也没有闲情逸致慢慢去煮什么咖啡。

石青临点了点头，仿佛是表示理解，但随之又摇了摇头：“不行，我是顾客，花钱消费，没有道理让我来弄，你才是这里的管理员，是提供服务的人。”

“我说了我还是新手。”这理由用惯了还挺顺口。

“那上岗前也该培训吧？”石青临想起方阮跟她关系匪浅的样子，有点懂了，

“难道你是走后门进的？”

“……”涂南眉头微挑。对，全让他说准了，还真就是走后门进的。早知道还不如让方阮留在这儿了，这男人不好对付，她也不知道怎么就把话题转到这儿来了。

石青临忽然指了一下她手底下的杯子：“你刚才泡的是什么？”

涂南看一眼，玻璃杯里的草茶已经在热水里完全舒展开来，微微泛出一层青白的茶色，清香四溢。“情人草泡的茶。”她说。

“情人草？”

“就是一种花草茶。”

这还是徐怀给她的，徐怀的老家盛产这种草茶，他当时带过来给每个组员都分了点，给她的要多一些，因为她当时正要独自去洞窟临摹那幅壁画。想到这个，涂南的心情就沉下去了。

石青临问：“怎么卖？”她淡淡说：“这不是网咖的，是我自己的。”他点点头：“所以呢，怎么卖？”

涂南看着他，这人是故意的吗？怎么好像就是要跟她对着干一样，干脆随口胡扯一句：“五十。”

石青临笑：“你这是在宰客？”顿一下，他又说：“不对，应该是杀熟。”涂南不置可否，也许吧，他们也算挺熟的了。

石青临掏出钱包，抽了张一百块纸币按在台上，推了过去，起身：“两杯，送去座上。”

第九章

这人怎么不按套路出牌？涂南脑子里就只有这么个想法。

她摆了两只杯子在面前，往里面塞上茶草，倒入热水，看一眼柜台上的百元大钞。真是不知道该说什么好，要是方阮在这儿，可能还夸她会做生意呢。她把茶杯放在托盘里，刚准备往那儿送，有个学生顾客从洗手间出来要进里间，她叫住对方，请他帮忙送一下，说自己不太舒服。

本来她也不太舒服，小腹还有点疼。学生单纯，看她脸色白白的，不像骗人，就接过去帮她送了。

涂南揉了揉小腹，朝里看一眼，不用跟他正面相对了。

两个透明玻璃杯摆在电脑前，里面情人草翻腾渐息，直至完全沉了底，茶水里的热气也几乎散尽了。薛诚说："我真没想到你说请我喝一杯就是请我喝这么养生的东西。"

石青临接一句："更没想到你居然还喝完了。"

"可不是。"其实口感还不错，看着像灰白草叶一般毫不起眼，原来遇到了融化它的热水，竟能蕴出那样丝丝的甜。薛诚端起杯子晃一下，一手敲着键盘："怎么也不来续个杯？"

石青临笑一声："那你还是别指望了。"涂南可不会有那个服务精神，连茶都是叫别人送来的。

茶彻底喝完，屏幕上的战局也厮杀到了尾声。

薛诚的角色是个蒙面刺客，袖里藏刀，行动诡谲；石青临则玩了个剑客，执三尺青锋，招数快如闪电。两个人在一张尚未对外开放的地图里决战，来来往往缠斗了数十分钟，最后还是薛诚输了。刺客被剑客一剑封喉。

"算了算了，打不过打不过。"他笑着摆摆手。石青临却没有回应，目光还落在屏幕上，看了足足有好几分钟，忽然掏出手机打电话。"安佩，下周要出的那张地图我发现了几个很关键的 Bug（程序漏洞），马上发给你，你安排解决。"电话那头传出安佩痛苦的哀号声："你知道现在是几点吗？凌晨四点！四点！为什么这个点你还会自己去测试啊！"石青临看一眼手表，已经四点半了，转头看一眼窗外，天边刚泛出一点鱼肚白："我还以为你已经习惯了呢。"

"啊——"安佩又是一阵哀号。

薛诚在旁边直摇头："工作狂，难怪至今还孤家寡人。"

石青临挂了电话，问："还战？"

"不了不了，我真认输了。"

"那就走吧。"

石青临当先走去柜台，看见涂南在那儿坐着，合着双目，脸被灯光镀出一层细密的瓷白，看不出是睡着还是醒着。他手拢在唇边咳一声，涂南没反应。

他不信她是真睡着了，往那儿一站，伸出两根手指在柜台上敲一下。

果然，涂南抬眼。

"我们下机了。"他说。

"嗯，那再见？"

电脑上有自助结账，下机后直接走就行了。涂南觉得他特地过来说明一下，要么是有事，要么就是需要彼此互道一声再见。石青临还真有事要说："你们的活动办得还不错。”

“嗯？”涂南忽然发现他的思维有时候转得还真快。

“我会让安佩联系方阮的，她那儿有些东西可以支持你们做活动。”

一个游戏活动而已，他这么上心做什么？涂南随口应了一声，算是知道了。

薛诚倒是明白：“你还挺有心。”石青临笑，也是一时心血来潮罢了，他刚才注意到这里玩《剑飞天》的玩家有很多，估计都是冲着活动来的。如果当初游戏刚问世的时候多几个这样的网咖来推广，当时的路或许就会好走一些。

话已说完，他转身要走，却又看了眼涂南：“你怎么连句送客语都没有？”不知怎么，就是很想逗她。涂南看着他，身高腿长的男人，添了一夜的疲倦，脸上没有颓态，眼里却有几分懒散，那目光落在她身上，让她觉得有些玩味。她想了想，配合地站起来说：“那就欢迎你下次再来。”说完拿起茶叶罐对着他晃了一下。一切尽在不言中。

没逗成，反而像是被她给逗了。石青临在心里过了一下，什么也没说，推门出去了。

出了门，薛诚打趣说：“你逗人玩呢？”他倒是看出来了。

“我可逗不了她，你不觉得她很像游戏里的魅影？”

魅影是《剑飞天》里的一个女性职业，看着温和善良、人畜无害，其实有一手绝招，叫“绵里藏针”，是以柔克刚的典型。石青临觉得涂南就是这样的，大概从那夜初遇时他就有这种感觉了。

薛诚说：“那我就不知道了，我只知道她长得还不错。”

石青临拿手肘撞他一下，不禁也跟着笑了两声。

当然，这他也发现了。

涂南没想到会跟石青临变成这样，原本挺和谐的，这一晚却有了点互相对着干的感觉，但她自觉不是自己的事，那男人太多变了。

她没多想，又闭上眼睛，太困了，熬了一夜，网咖管理员不好当。

到后来，迷迷糊糊的真要睡着了，连门上铃铛响了也没听见。

方阮进了门。他心里记挂着那四万块，今天起得特别早，来的路上用手机看了一下《剑飞天》的官网，发现从首日到现在还不到三天，那个比赛的投稿竟然就已经多达几千份了。可是涂南不愿参加，这比赛越火爆他心越凉。

到了柜台边，见涂南坐在凳子上好像睡着了，他一下来了精神。左右打量涂南，见她没有睁眼的迹象，他摸走她放在旁边的手机，才拍拍她：“涂南，涂南？”

涂南睁开眼：“你可算来了。”

方阮说：“是啊，你去后面睡吧。”

涂南站起来出柜台，想想昨夜好像也没干什么，可就是出奇的累。一定是因为石青临。

屋门一合上，方阮就蹲下来悄悄翻她的手机。涂南的指纹他是拿不到，但料想她也想不出什么锁屏高招，密码无非就是她生日。果然，一试就开了锁，他直奔相册。

出乎意料，相册居然很满，但拍的几乎都是资料和工具，这恐怕不是她的相册，是她的资料箱。

这么大个姑娘活得一点也不自恋，连个自拍都没有，白瞎她长那张脸了！方阮一边在心里吐槽一边挨个翻，他要找找看这里面有没有她画过的壁画，万一有哪幅是留了照片的呢？

涂南这一觉直睡到了下午，醒的时候听到自己的手机在响，手机却不在身边，她循声找出来，才发现手机在柜台上搁着。

方阮又在电脑前玩游戏，对这么吵闹的手机铃声充耳不闻。

她古怪地看他一眼，拿起手机，看到屏幕上“涂庚山”的名字，心里一沉。又来了。

匆匆走出网咖，远离了机房的喧嚣，她才按下接听键：“爸。”

“涂南，”她爸叫的是她的大名，“最近壁画临摹得怎么样了，快完工了吧？”

涂南转动着心思：“嗯，就快了。”

“那就好，那边天气怎么样，你没生病吧？”

涂南不会暴露破绽：“每天待在洞窟的时间那么长，我哪有心情去关注什么天气。”

“说得也对，”她爸停顿了两秒说，“那你保重，见到你们徐老师代我向他问声好。”

“知道了。”

“挂了。”

没事要说的时候就是这样，短暂又简洁的通话，时长还不够一分钟。涂南收起手机，走回去，在柜台上拍一下。

很轻的一下，方阮却像是吓了一跳，缩着脖子问：“你要干吗？”

她莫名其妙：“你这么害怕干什么？”

“没啊，”方阮转回头去，“我这不是打游戏被你惊到了吗。”

涂南没在意：“我问你，这几天你见我爸有什么异常没有？”

方阮又看过来：“没有吧……昨天你爸把一直给我妈炖的鸡汤换成了王八汤算吗？”

涂南瞪他。

“哦，那就是没有。”

涂南觉得可能是自己想多了。

方阮像是看出了她的心思：“放心吧，今天早上还听我妈念叨着说你爸就要走了，你还担心什么呀。”说到这儿他朝她摆摆手，“对了，住我这儿七天，你是不是该给点好处？”

“没钱。”涂南很直接。

“谁要你的钱，你有几个钱？”方阮站起来，一把拖住她胳膊就往门外走。到了门外，他指着门口那扇白白的墙说：“我让你参加那个比赛你又不肯，不然有了那四万块我还能分一杯羹，都到这步了，你好歹也满足一下我久远的小心愿吧？”

涂南看一眼墙壁：“你不就是不愿意出那点装修的钱，想要我给你画壁？算盘打得可真响。”

这还真是个久远的心愿。早几年方阮网咖刚开的时候就跟涂南提过，希望她能给这面光秃秃的墙绘点什么，他问过外面的价了，可贵了，何况画得还不如涂南一半好呢。涂南那会儿忙得很，全国各地跑，经常不着家，当然没法答应。本以为几年下来他会翻新装修，顺带也把这面墙给整了，结果几年下来他还是没舍得钱，今天又提起来了。

“要不要我给你画个观世音如来佛祖在这儿，上面写上‘入网咖者下阿鼻地狱’？”涂南坏心眼地提议。

“你会画的东西多了，就非得画这个啊？”方阮说，“要写就写‘我不入网咖谁入网咖’啊！”

涂南笑了，但笑只在脸上，没入心底。她低头，鞋尖踏着一片树叶，慢慢踱了踱，再也笑不出来了。“方阮。”

“啊？”

“其实有时候我真的一点也不想再碰壁画了。”这句话在涂南喉咙里滚了滚，但最终还是没说出来。那点情绪她一直压着，又何必传染到别人身上。

方阮本还疑惑她到底要说什么，忽然手机来了消息，他拿着手机看完就忘了这茬了：“安佩居然主动联系我了！”

涂南一下就想起了石青临走之前说的话，想不到他动作挺快的。也好，亏得他，一个打岔，那些纷纷扰扰的事就全都往心底最深的地方去了。

第十章

涂南只听石青临说要安佩联系方阮，可是没想到会把自己给扯进去。

安佩倒是联系了方阮，也说了要送他东西支持网咖做活动，可又不肯见方阮，所以最后折中的方案就是，把东西交给他妹妹。方阮哪里有什么妹妹，不就是她？

涂南其实并不想走这一趟，但方阮难受归难受，还是不想放弃这个跟安佩搭上线的机会，非要她去。她只好上路。

出来得比较早，太阳还不算烈。今天是一个周末，路上人也少。半路，涂南对着手机看了眼地址，好像离网咖不远，直接走过去就行。

的确很好找，也就两条街的距离，穿过去就能看到那一栋醒目的写字楼。到了楼下，涂南往上看一眼，至少有几十层。她收了视线，踩着楼梯走到大门口，两个保安看着她，门里面，安佩已经出来了。

和上次见面不一样，涂南看见她今天穿了一身职业套裙，踩着细高跟鞋，觉得她看起来更美了，难怪方阮会对她一见钟情。

“你来了？”人是美，可是态度冷淡，她手里提着个包，见了面就直接递了过来，“喏，东西在这儿了，你们拿去做活动吧。”一个画了《剑飞天》游戏标志的手提包，涂南接过来，感觉很沉，打开看了看，东西纷杂，抬眼问：“这里面都是什么？”

安佩伸手进去翻了翻：“这些是《剑飞天》里的游戏攻略书；这些是角色手办和武器同模；这几件衣服是游戏角色穿的同款定制，可以让玩家真人体验游戏角色的；还有这些……”她手一停，忽然说：“你不是说这游戏一般吗，你管它是什么呢？”

涂南觉得这姑娘挺有意思的，自打她说过一句游戏的不好，这姑娘就总对她态度冷淡，她故意说：“我就随便一问，其实你没必要跟我解释的。”

安佩脸上藏不住事，白她一眼，转头就走。涂南担心自己是不是过火了，还想跟她道个谢，可她已经匆匆进大楼了。

可能自己是被石青临带坏了，他逗自己，自己就逗他身边的人了。涂南觉得自己太不厚道了，别把人家姑娘真弄生气了，回头还是跟方阮说一下，让他好好哄哄。

她拎着手提包往回走，忽然想到一个可能，安佩既然在这里工作，那说不准石青临也在，来这儿的途中她就经过了上次躲在他车下的地方。

周末安佩还在加班，他可能也会加班。涂南越发好奇他是做什么的，似乎是个很忙的行业？

手机忽然响了一声。今天是她爸回去的日子，这种时候听到任何消息进来的声音都让她浑身戒备。她立即摸出手机，却不是她爸发来的消息，屏幕上提示肖昀发来了一条语音消息。

已经说了再见的人，又发来了消息，不管是什么，她都不想搭理。

她把手机收起来，继续走，没两步，又响一声，拿出来，肖昀居然又发来了一条语音消息。

路边一棵高大的法国梧桐，枝繁叶茂，遮挡了头顶阳光。涂南把手提包放在树下，站在树旁，看着微信里的两条语音，一条时间显示长，有几十秒，另一条只有几秒。

她手指点了一下，想听听到底是什么样的事，值得肖昀在划清界限后又打破。

一片梧桐叶落了下来，语音也传了出来，却不是肖昀的声音，而是一个女人的声音，很轻很柔，如同眼前的落叶，她说："你好涂南，我叫邢佳，是肖昀的女朋友，给你发这个消息没有别的意思，就是想认识一下你，感谢你之前对肖昀的照顾。另外，你的事我也听说了，虽然肖昀说与他无关，但这事就发生在你们分手期间，我总觉得愧疚，打扰你也是想向你道个歉，但愿没有冒犯到你。"

"嘀"一声，下一条紧跟而出："衷心希望你现在一切都好，期待你的回音。"

涂南心想她这个前任是不是当得太出色了，就连现任都来感谢她了。她对这位邢佳女士没有敌意，如果世上真有那种让人连气也没法生的人，大概也就是这种女人了吧，就凭这样谦和又诚恳的语气，就无人忍心苛责。但她拿的是肖昀的手机，说明这事肖昀不可能不知道，说不定他还在旁边。只要想到他们在手机那头等着她的回音，她就觉得无比讽刺。

已经人在低谷了，却还要经受一次这样的"问候"，怎么可能一点都不觉得被冒犯？涂南伸手，指甲一点点地刮着一块斑驳的树皮。是她忘了拉黑肖昀，才碰上了这样的事情，但是现在要拉黑，只会显得她没有底气。以她平时的作风，只想眼不见为净，可是这时候心里又有个声音冒出来，怂恿她狠狠地反击回去。

眼角余光里，似乎有人出现，她看过去，满腔心绪顿时一停。她想得没错，石青临的确就在这里工作，因为他现在距她也就几步之遥。他和平时一样，穿着白衬衫黑西裤，可能刚醒没多久，眼里还有丝惺忪，一手拿着杯咖啡，一手收在裤袋里，正从旁边经过。

涂南说："站住。"

石青临停下，看着她。

她抿住唇，刚才叫他完全是直觉使然，现在他真停下了，又觉得不该叫了。

"怎么了？"石青临看一眼她脚边的手提包，"东西你也拿到了，还有事？"

涂南试探说："有事，请你帮个忙。"

"说来听听。"石青临走了过来，一直走到跟前。

涂南把手机递过去："请你帮我回条语音。"

石青临看一眼手机，又看一眼她，笑了："涂南，你这是在利用我。"

果然，涂南怀疑得没错，他听到了！还以为路边没人，她就随手点开了，哪知他会正好经过，看他刚才那径自走过去的样子就不大对劲，早知道她就该贴耳听。但现在不是后悔这些的时候，涂南看着他，觉得他刚才还惺忪的眼现在又黑又亮，低声说："对，我是在利用你。"

"给我个理由。"石青临说。毕竟他也不是有意探听她的隐私，刚才看到她，是想过来打一下招呼，没想到会听到这些，但一听到就明白是怎么回事了。他忽然觉得，身为网咖管理员，她的情感经历还挺波折的。

涂南说："你有价值，有价值的人才会被利用。"

"我的价值就是这男人的声音？"石青临笑，"想不到你连夸人都这么别致。"

涂南忽然又想算了，也就是不太服气而已，没什么，直接拉黑就完了。可手收回来的刹那，手机却被石青临拿过去了。

他拿着手机靠到嘴边，看她一眼，按键说："不好意思，涂南正在忙，实在没有时间回复，还请你们不要再发来吵她了，她现在好得很，不劳挂心。"

"嗖"一声，发送出去了。

涂南看着他，他眼窝里有些许的灰，说话的声音也带着一丝沙哑，拿着手机的那只手有一根手指轻轻点着，似在数时间，数了十来秒，对面回复过来了。邢佳发来语音问："请问你是？"

涂南不禁皱眉："你会不会说多了？"

"是吗？"石青临又把手机拿到嘴边，"抱歉，涂南嫌我说太多了，那我就不多说了，再见。"

“……”

这次微信那头再无消息回复了。

涂南依然看着他，看着看着，就有点想笑。没想到她也会有这么虚荣的时候，拿一个挡箭牌来遮掩自己眼下的落魄。明明是假的，可又觉得挺畅快的。石青临把手机还给她，看一眼她的脸，看到她低垂的眼眸，本来想说“我只是在帮你”，忽然又觉得什么都不用说了，转头喝一口咖啡，紧跟着就皱眉，凉了。

“我走了。”涂南拎起包，看他一眼。

“嗯。”石青临看看她，自己先走回道上，忽又回头说一句，“放心，我会替你保密的。”

说完他看见涂南很意外地看了他一眼，但不明显，也不知道是不是看错了。然后她就沿着路走远了。

石青临收回视线，看表，很好，这次又耽误了几分钟。他最近真是越来越习惯助人为乐了。

回网咖的路上，涂南后知后觉地想起来，居然没跟石青临道声谢。这人真是奇怪，要么就逗你，要么就认真帮你，她也不知道他到底是个什么样的人。

到了网咖，情绪也慢慢平复了。她推门进去，就看见方阮坐在柜台后面，一脸发木。

“怎么了？”她问。

看到她，方阮好像更难受了，一手抓了抓头发，指着电脑说：“那个游戏的比赛，忽然截止了！我以为还要办很久，说截止就截止了！”

涂南还以为是什么事，把手提包往柜台上一放：“那不正好让你死了那份心？”

方阮真是心如死灰。他在涂南的手机相册里真找到了一张她临摹过的壁画照片，原本打算等到比赛的最后一天再悄悄传上去，到时候就算被涂南发现，撤回通道已关，反悔也没用了，可他偏偏没算到比赛时间居然提前截止了！

还不能告诉涂南，他只能自己一个人懊悔没有早点传上去。

涂南没当回事：“这种比赛还是不参加为好，本来就不靠谱。”

方阮不甘心：“可人家都没你画得好，凭什么钱给别人啊！”

“那是你把我看得太高了。”

有个词叫什么来着？粉丝滤镜。对，就叫这个。涂南打小画画就不错，那时候方阮就觉得她贼牛，在外跟人吹牛都是：“我妹子涂南，知道吧，画画贼厉害！”

她不是他亲妹子，但在画画这块，他一向捧她，不然也不会心心念念指望她给他画个壁画。涂南也挺无奈的，不知道该怎么安慰他，抬手给他顺顺头发："算了吧，截止就截止了，这点钱你又不是赚不回来。"方阮还是不爽，坐在椅子上唉声叹气。涂南也不管了，朝住的小屋里走："我得收拾收拾回去了。"

方阮还是不解气，忽然抓起鼠标，点到官网的意见栏里面去，摆正键盘，开始噼里啪啦地敲字。反正钱也没有了，还不如发泄一通，他把能想到的词都用上了，狠狠批判了一把这个比赛。上学的时候写作文都没写过这么多字，今天洋洋洒洒，塞了意见栏满满一框。打完了，刚好涂南在里面拉行李箱的声音传了出来，方阮心里一动，掏出手机，从相册里翻出涂南的那张壁画照片，一并传了上去。不是有个说法，叫"用作品说话"。那样才有说服力，骂人也骂得有理有据！

方阮又看一眼后面屋的门，涂南还在忙着，没有察觉，他低下头，悄悄点了发送。

第十一章

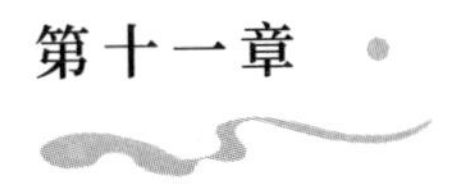

石青临坐在办公室里，面前的电脑屏幕上，是满满一页面的参赛作品。近万份图片，早就被筛选过一遍，现在能到他眼前的都被认定是精品。他花了几个小时，没有一点遗漏地看完了每一张，但看完了就看完了，心里没什么波澜。他解开衬衫领口的纽扣，慢慢呼出口气，仰头靠上椅背。

门被敲响两下，本也没关，所以这只是提醒性质的敲门，安佩走了进来："怎么样，选出你满意的作品了？"

"没有。"他闭着眼，捏捏眉心，缓解视觉疲劳。

"那就是选不出来了。"安佩气鼓鼓的，"选不出来就算了，还被人骂一顿！"

石青临拿开手，睁眼看了过来。

"有个人写信来意见栏，把我们给好好骂了一顿！"

"是吗？"石青临看她憋着气，脸都涨红了，看来很严重，"怎么骂的，叫你这么生气？"

"意见栏里，你自己去看！"

官方意见栏是直接投向安佩的，由安佩经手之后把有用的意见反馈给他，这是惯例，很久没有什么有用的意见反馈过来了，今天居然来了个骂人的，也算是别开生面了。石青临坐正，移动鼠标，点开了官网上的意见栏。果然，真有洋洋洒洒的一大通。他粗略一览，对方骂了比赛，骂了官方。用词挺不客气的，甚至算得上尖酸刺耳，甚至说官方比赛办成这样是“社会败类”。原来这个词是这么用的？

倒也说了句好话，就一句：游戏还算好玩。

石青临没生气，反而看笑了：“看来这人对我很不满啊。”

“他懂什么呀！”安佩忍无可忍，“他以为做个游戏就跟他在键盘上敲敲字一样简单啊，键盘侠！张口就来，真不怕闪了舌头！”

石青临明白她的感受，他每天没日没夜地工作，连带身边的人也都跟着一起忙。比赛这个方案是他那天临时想出来的，的确有点匆忙，如今没有选出心仪的作品已经很无奈，又被人指着鼻子骂一通，是谁都有怨气。他没有，是因为他看过太多了。从游戏问世，到如今，刺耳的声音听过太多，也就不觉得还有什么是刺耳的了。

他居然把这篇指责都耐心地看完了，鼠标一直拖到最后，忽而一顿。

安佩还在说：“真不知道为什么，我看过这么多意见，难听的话也听了不少，就看这人特不顺眼，怎么就那么自以为是、张牙舞爪的呢！”石青临忽然轻笑一声。她顿时更气了：“你还笑得出来？”

石青临抬起头：“你看到最后了吗？”

“什么最后？”

电脑屏幕被他的手一拨，转向安佩。一张照片映入眼帘，在画板上，又似在墙壁上，古朴的赭映着宁静的灰，彩衣飘带，云鬓霞飞，形象斑驳安静，色彩却似隐隐流动。

安佩一愣：“这是壁画？哪儿来的？”

“附件里的。”石青临手扶着屏幕，转回去，又看一眼那壁画，之前的疲乏一扫而空，“马上查他的账号。”

安佩看他表情认真，没有耽搁，收起一身的怨气，去看意见栏的账户。要在《剑飞天》的官网留言必须登录相应账号，都是跟游戏互通的。安佩本还以为要发给相关的同事去查，多少是要费点事的，没想到一点出那个名字就觉得分外眼熟，嘴里“咦”了一声，想了几秒，伸手去口袋里掏手机。很快她就翻出微信聊天记录，又看看屏幕，再三比对，眼睛都瞪大了一圈：“什么啊，这不是方阮的账号吗?!”

涂南左右手各提着一个大行李箱上楼。她住的房子比较旧，也不是高层，连个电梯也没有，天气太热，好不容易到了屋门前，人早已是汗流浃背。门上还贴着去年的对联，上次走的时候恰好是腊月，她连春节也没在家过。

涂南掏出钥匙开门，手一拧，锁就开了。她不禁停顿一下，她爸临走的时候怎么都不给她把门锁严实？

仅仅是这几秒间的停顿，她再看这扇门时已觉出不对，手握在门把上站了很久，直到楼道里闷热的空气又在她身上蒸出一层汗，她才终于下定决心一般推开了门。屋子里静悄悄的，光从窗户外面照进来，拖到沙发边上，变成了一小摊的灰白。涂南放下行李箱，眼睛看着沙发上坐着的人。

隔了几步远，彼此对视着。终于，还是她先开口唤了一声：“爸。”

涂庚山不知坐了多久，听到这一声才动了，从沙发上站起来，问：“涂南，你从哪儿回来？”

“……”涂南喉咙动一下，不答。这句话问出来，她就知道回答已经没有意义。

涂庚山朝她走近两步：“说话！你是从哪儿回来的？”音调高了，语气也变了。

涂南抿了抿唇，没看他：“您肯定都知道了，又何必再问呢？”不知道又怎么会在这里守株待兔。

涂庚山死死地盯着她，呼吸一下就沉了，胸膛都起伏起来：“那我问你，你是不是把壁画给画错了？”

涂南眼神飘一下：“是。”

“你还从徐怀的临摹组里退了？”

“对。”

突兀的一声响，从耳根处炸裂到脑海。涂南脸歪在一边，半张脸一阵麻木，而后才一丝一缕蔓延出火辣辣的痛感。

她慢慢转回头来，涂庚山的那只手还没放下去。

“你忘了当初是怎么进徐怀组里的是吧！好不容易跟在人家身边，没有学到一点好，画错了还有脸躲起来！”涂庚山喘着气瞪着她，“亏你方阿姨还说见到了你是幻觉，要不是我托人联系上了徐怀，你还想瞒我一辈子！”涂南耳朵里嗡嗡作响，舔一下嘴角，似乎破了，她的眼神也凉了：“我瞒你不就因为你这样？”

涂庚山手臂又是一抬，却没能落下来。

几根手指牢牢扣着他的手腕，涂南说：“爸，我已经二十六了。”

“所以呢，我不能教训你了是吧？”

“能，不过我应该会反抗。”

涂庚山脸色铁青，一瞬间空气似凝固了。“行啊，你现在翅膀硬了，我管不了你了，行啊，行啊……”他冷笑两声，一把挣开，呼吸更重，“你既然敢离组，也就是要离了壁画了，我跟你也没什么好说的了！”说完踱了几步，摔门而出。

涂南站着一动不动，几秒之后，拖着沉重的脚步走进洗手间。口袋里手机在响，她一手拿起来放在耳边，一手去拧水龙头。

方阮在电话那头喊：“喂，涂南！你爸还没走！我刚从我妈那儿听到的，你还没到家吧？喂？喂？哎算了，我还是过来找你吧！你等我啊！”

涂南恍若未闻，手机塞回口袋，一手抄了水往脸上抹，抹了几下，抬头看一眼镜子，瞧见一脸的水滴淋漓，自嘲地扯一下嘴角。她知道她爸的脾气，已经尽量回避了，可是世上怎么会有这么好的运气，左右怎样也逃脱不掉，回来迎接她的竟是亲生父亲的一记掌掴。他居然打她。

小时候学画，她也挨过打，但那最多打两下手心，是鞭策，而现在，算什么？不问问她七个月在外过得如何，有没有在外受委屈，这也就罢了，甚至也不问问她原因，居然就只有这么一巴掌。涂南对着镜子，浑身都发颤，直到又抄水狠狠泼了泼脸，才算止住。

她忽然扭头，大步从洗手间走回客厅，一直走到那个黄色的行李箱前，手指抓住把手，停顿两秒，一把提起来就出了门。

前面就是方阮的网咖。

石青临从车里下来，低头看一眼手表，已经快要晚上十点。本来想早点出来，无奈还是事情太多，一拖就到了这个时候。来这里之前安佩推断说方阮不可能会画壁画，毕竟上次去灵昙寺时他一问三不知，还不如那个涂南，明显就是不懂门道的。何况天天跟她聊天也从没见他提到过一次，像他那种爱显摆的人，要是真有这个技能，早就吹上天了。

石青临也不信，不过既然是方阮的账号，肯定还是跟他有关系，这一趟是必然要走的。

他没有告诉任何人，自己一个人来的。

入了夜，一路华灯，道路四周都被照得黄亮。穿过马路，就快到网咖大门外，他才发现网咖今天居然没亮灯牌，老远一看，发现连门都没开。这么不巧？石青临停在马路边上，本来已经打算明天再来，转身的时候余光扫到什么，倏然又看了回去。网咖门口的那堵墙不知什么时候已经变了模样。

他快走两步，很快就看清了上面多了一片迷离斑斓的色彩，容纳着纷杂各异的线条，似一张恢宏的巨幕。快三米高的墙，这幅巨幕差不多占了一大半，刚好一人的高度。巨幕下蹲着一个人，正背对着他，轻轻动着手臂，身边一只敞开的行李箱，里面一片凌乱，颜料、矿泉水、调色盘甚至摆到了地上，另一头堆了一堆的空啤酒罐。石青临走过去，站在后面盯着看，越看越难以置信："涂南？"

是涂南，又似乎并不是。

她蹲在前面，齐肩的头发束成一个马尾，衬衫脱了扔在一边，上身只穿了件黑色吊带衫，裹着纤瘦的肩背，颈边一层细密的汗，后腰上露了一块皮肤，上面似乎有青黑的纹样。石青临看着，怀疑自己是不是认错人了。这不是他之前认识的涂南。这样的涂南，意外地性感，却又陌生。

手臂一挥，一笔颜色填了上去，涂南听到了声音，回头看一眼，满眼的迷离。她此时意识混沌，只觉得眼前那人个高挺拔，其他什么也看不清，脱口就问："你是谁？"

那人说："喝得我都不认识了？"她转过头，不想搭理，可又觉得这声音挺熟悉的，就又回头看了一眼。

"涂南，"那人问她，"你怎么了？"

"我怎么了……"涂南低低呢喃，"我十恶不赦……"

她十恶不赦，画错了一笔颜色，毁了七个月的心血；看错了一个人，跟他生出了瓜葛。回来后，连画笔都不想抓了，落魄地藏在一家小小的网咖里，但终究不能好过。没错，都是她的错。

她站起来，摇摇晃晃。一只手伸过来，握住了她的手腕。

"你醉了。"伸手的人说。

她晃了一下，稳稳地站住了，感觉身上有地方很疼，可又说不上来哪儿疼，一只手被握着，把笔叼在嘴里，腾出那只手去摸脸，记了起来。对了，是这儿疼。但是为什么疼，却又好像记不清了。不能想，再想会觉得不只这地方疼，还有更疼的地方。

"涂南。"握着她手腕的人在叫她。

涂南仰起头，努力地去看他的脸，路灯发黄，他的脸被照得好暗，她看了很久才看出来。她拿下嘴里的笔，说："我没醉，我知道你是谁。"说完弯腰，把手里的笔伸进到脚边的颜料里，用力一蘸，又站直，踉跄两步，手腕一紧，他握得更紧了。

"还说你没醉？"男人的声音又低又沉。

"我没醉。"

"那你说我是谁？"

涂南握着那支笔，手腕一转，反握了他的手，低头，照着他的手就画了下去：

“这就是你……”斜拖的一笔，从男人的虎口一直到手腕，连同腕上的表带，甚至是衬衫的袖口，都沾上了浓厚的一笔颜色。是石青。路灯昏暗，那颜色也昏暗，涂南看着看着，眼眶发热，她不能再看了，这就是罪魁祸首。

她松开手，茫然地看一眼男人，终于彻底看清。是他，没错，石青临。

不想再被他看出什么。她转过头，若无其事一般，又一笔绘在墙上。

身后，石青临咬紧牙关，心潮未平。他刚才看到了涂南半张肿得老高的脸和一双泛红的眼。但无论多震撼，都比不上现在墙上的画面给他带来的震撼巨大。

粗黑的是壮阔，灰白的是冷静，湛蓝的是深邃，这原来是她构建的世界。

卷二

试用期

临

南

第十二章

涂南做了个梦。她梦见自己摇摇晃晃地在网咖外面画壁，石青临就在旁边，其间还扶了她好几次。后来她把所有东西都收拾进了行李箱，拖着箱子在大街上走，他也不拦，就在后面跟着。一路走到了最近的那条人工河，她翻过围栏，在河沿蹲了下来，呼啦一下打开箱子，一样一样把里面的颜料往河里丢。

石青临收着手在旁边问她："你在干什么呢？"她说："我在斩断前尘，抛却业根。"一边丢还一边跟他讲，"看到没，这是朱砂，临摹壁画用得最多的颜料，不要了。"

"这是云母，唐代的敦煌壁画里好多这个色，不要了。"

"这是石墨，不要了。"

"这个红珊瑚末，不要了。"

"这个赭石，也不要了。"

"……"

临到最后，她忽然一把抓住他也往河里推："还有你，石青，我也不要了！"可惜没能推得动，她自己反而差点掉下去，被他牢牢扣着肩才幸免于难，恍惚中听到他的几声笑，感觉他整个胸腔都在震动。

涂南一下睁开眼，梦醒了。她坐起来，发现自己睡在一张近两米宽的大床上，看看四周，灰白色调的陌生的房间，再低头看看身上，只穿了件吊带衫，小腹上搭着自己的衬衣，沾了斑斑点点的颜料，腿上还盖着条薄毯。脑子里先是一瞬间的空白，接着就潮水一般呼啦啦涌进来一堆记忆。

涂南光着脚下床，看见床边放着自己那个黄色行李箱，赶紧拖过来，一入手觉得轻了许多，打开一看，果然，空空如也。

昨夜那些都是真的，那根本就不是梦，她还真把颜料全给扔了！甚至，还差点扔了石青临……

后来的事就完全没印象了，她是怎么离开的河边，怎么到的这地方，一无所知。房间里冷气在呼呼地吹，她的身上却在冒冷汗。直到神思回归，一阵隐隐约约的水声传到耳朵里，她才回味过来，这里还有别人。她循着水声走出房间，停在洗手间外，手抬起来，在门上试探性地敲了两下。

里面水声小了些，传出石青临的声音：“你醒了？”

涂南猜也是他，看看左右，问：“这是你家？”

石青临“嗯”一声，隔着门的声音听起来更低沉。

“你带我来你家干什么？”

他似乎觉得好笑，反问一句：“我能干什么？我又不知道你住哪儿，难道要让你睡大街？”

“……”说得很对，她断片了。

涂南狠狠按了按太阳穴，昨夜混乱，她叫这男人见识了自己的醉态，自己的癫姿，也就罢了，居然还堂而皇之地进了他的家门。

洗手间里水停了，两声脚步响。涂南知道他要出来了，再待在这儿不太合适，匆匆说一句：“谢谢，我该走了。”说完回房，只拿了自己的衬衫和鞋，也顾不上穿就去找门。脑子里都是夜半的记忆，此刻她思绪纷乱，根本说不清是个什么心情，大概出去吹个风就好了。

“你等一下，我有话跟你说。”

涂南拉开门的一瞬回了个头，瞥见洗手间里走出的身影，她眼皮一跳，夺门而出。

“涂南？”石青临连衣服都没来得及穿好，拨了一下湿漉漉的头发就出来了。

回应他的是门合上的一声轻响。

涂南的脑子是蒙的。她甚至不清楚自己怎么下的楼，离开的那片住宅区，在路上套上衬衫，就这么茫然地一路走回了家。路上不断有人看她。她知道自己现在的模样肯定很难看，而石青临，他肯定看得更久。

头疼，疼得很，不管是生理上还是心理上。涂南揉着太阳穴，进了小区。

被风吹了一路，太阳也晒了一路，现在思绪回来了，脸上的痛感也回来了。她伸手摸一下，好在没昨夜那么肿了，身体总是要比脑子更容易淡忘的。她一路走一路揉，踩着楼梯上了楼，就看见方阮在她家门口蹲着。

“涂南！你可算回来了！”他一下站起来，举着手机给她看，“这是你画的？我还以为是在做梦呢！”

手机上是收银小妹发给他的照片，说是去上班的时候发现的，急急忙忙通知了他。

涂南看清照片里那一墙的斑斓，头更疼了。

昨天从天黑到夜半，她接连画了几个小时，根本没在意画的是什么，随心所至而已，现在才发现这上面什么都有，佛神仙怪、花树鸟鱼、祥云莲台，一锅乱炖。好在画面虽乱，但色调和谐，还能看，也不算丢了根本。何况这不是临摹，也没什么好坏对错的分别，没有人能指责批评她不正确，就算是瞎画又怎么样呢？

这么一想，她倒轻松了："你不是一直想要我画吗，那就收着吧。"

"我感动死了！"方阮是心心念念地指望着她能画，可不曾想到会是在这种情况下画出来的。他指着照片底下那一地的啤酒罐子说："我要早知道你跟李白写诗一样要喝了酒才肯画画，我请你喝啊，你一个人喝闷酒算怎么回事？喝这么多还不见人影，我可是关了网咖找了你大半宿啊，要是再见不着你就要去报警了！"

"没事，昨晚我化身观音，来满足一下你这凡人久远的小心愿。"涂南总不能说是跟石青临在一起，故意说些俏皮话转移话题。

方阮本还想追问，注意到她嘴角一片青紫，顿时倒吸一口凉气："你爸打你了？"

涂南不想提这茬，越过他去开门。

"你爸还没走，在我家待着呢。"方阮盯着她侧脸，接着往下说，"听我妈说他一夜没睡，恐怕也是因为打了你挺后悔的。"

涂南扯一下嘴角："是吗？"她爸可不是会后悔的人，这么多年都是刚烈的脾气，她还能不清楚。

"我妈也急着呢，她说叫你有空去我家吃顿饭，到时候你就趁机跟你爸把事好好说清楚，都是一家人，有什么事非得弄到动手这步呢？"

涂南开了门，仿佛没听到，径直走了进去。她记得她爸说得很清楚，退了组，离了壁画，他们就没什么好说的了。方阮跟进门，斟酌着劝她："我知道你委屈，可毕竟是父女啊，能怎么办呢，又没的选。你看看我，天天被我妈揍，我也不能离家出走不是？"

涂南说："你渴不渴？"

"啊？"

"你等着，我去给你烧壶水来泡茶，你慢慢说。"

方阮一直跟她到厨房门口："我知道你不想听，可你这样我瞧着也心疼啊，总不能就这样下去……"涂南站在水池子边洗杯子，把水拧到最大，"哗哗"地冲淡了他的说话声。

方阮无奈地挠挠头："涂南，咱俩这交情你是知道的，要是你爸真就是一混蛋，我不可能来劝你，我还会帮你离他远远的，可他毕竟也不至于。”涂南一言不发，只听他说。

是啊，在这一巴掌之前，她也觉得不至于。她爸从没这样过，这一次，过了线。

“唉，算了，”方阮似乎没辙了，“吃饭的事先就这么定了，我回头再来找你。”说完怕她不答应似的，连忙转头走了。

门关上了，屋里安静下来。杯子洗好了，涂南关了水，站了一会儿，才想起自己的目的是泡茶。她伸手拉开头顶橱柜，顿时几包东西掉了出来，落在她脚边。她看了一眼，是决明子。

临摹壁画太过费眼，时间久了可能会对眼睛有伤害，因为这点，她爸每次过来都会给她带决明子，一带就是好几包，放在她煮茶的地方，提醒她常喝。

涂南久久无声。

世上的亲情有千千万万种，唯有一种是最煎熬的，恨不到极致，也做不到决绝，因为总会有那么一两刻的间隙会叫你想起他们的好来。这一丝一缕的好，才是枷锁。

石青临从网咖里大步出来，回到马路上，拉开车门坐了上去。开车上路的时候，他又默默念叨了一遍那个名字：涂南。就来网咖的一路，这个名字快被他回味近百遍了。谁能想到要找的人就在身边，那么近，却还兜了那么大一个圈子。

原来当时的感觉没错，她的确是内行，偏偏骗他说是网咖管理员。可她现在又不在网咖了。他刚才进去找，只有一个收银小妹在，告诉他说涂南早就回去了，今天方阮也不在，她也不清楚涂南的住址。

石青临开着车，一只手按了下太阳穴，应该早点要到她的联系方式的，早上失之交臂，现在就再也找不到她了。很快抵达写字楼，他回到办公室，安佩早就在等他了。

“你联系一下方阮。”石青临一进门就说。

“为什么？”安佩不大乐意，方阮正追她追得紧呢，她嫌烦，能避就避。

“我要找到涂南。”石青临现在坐不定，就在办公桌边站着，一只手撑在桌沿，“那幅壁画，是她画的。”

“什么？”安佩声音高了几度。

“真的，”他说，“马上联系。”

安佩还是有点迟疑：“你不会是想找她来做项目吧？”

“有问题吗？”

“当然，她根本就瞧不上《剑飞天》。你知道她是怎么评价的吗？”安佩清一下嗓子，模仿了一下涂南冷淡的口气，“一般。”

也许是她学得太像了，石青临代入一下涂南的模样，忍不住笑了。还以为是多大的事，他连再难听的话都听过，这又算得了什么。

安佩没好气：“你别不当回事，我这还不是为你不值，她这是瞧不起你的心血！说不定那个意见栏里骂人的也有她呢！”

“只要是面向公众的作品，必然众口难调，游戏也一样。”石青临不以为意，“又不是人民币，怎么能要求人人喜欢？就算是人民币，也许还有人更爱美元呢。”

“……”安佩说不过他，只好掏出手机，在椅子上一坐，给方阮发微信消息。

石青临就靠在桌边等，好一会儿，低头看一眼自己的手，摩挲一下虎口，那里隐隐泛红，是被他洗太久造成的。涂南那一笔，毁了他一件衬衫，一条表带，衬衫扔了，表收起来不戴了，但这身上的痕迹，只能慢慢洗，一遍一遍地洗。

这人还是厉害，随意一笔，就叫他用了如此大的力气才洗掉，就如同她说走就走，他还得费力去找她。

“啊……”聊得好好的，安佩忽然发出一声痛苦的呻吟，“这小子简直烦死了，腻歪得要命，说半天也不给我说重点，要在跟前我早抽他了！”

平常就是方阮总缠着她，一旦她主动找过去那还得了，隔着手机屏都挡不住他的油滑。她抬起涨红的脸盯着石青临：“你为了一个涂南，就要这么逼迫我吗！”

石青临毫不犹豫地点头：“继续。”

安佩鼓一下腮，暗骂一声没人性。

微信上方阮总算是收敛了一点，开始问正事了。

方阮：你怎么忽然想起找涂南了，有事吗？

安佩：工作需要。

方阮：哎对了，我还不知道你是做什么工作的呢。

安佩：做游戏的。

方阮：什么游戏，《剑飞天》那样的？

安佩：没错，就是《剑飞天》。

方阮：啊？？？

安佩：啊个锤子，我是你官方爸爸！

第十三章

涂南不可能知道有个男人正在满世界找她，她最近心思飘忽。就像浮萍，飘摇不定，她甚至想整个人也做个浮萍，一走了之，跟自己的家庭完全决裂。如果不是方阮，她可能真就这么做了。一连好几天，方阮几乎天天登门，打断了她的胡思乱想，或许也是好事。

涂南拐进巷子，天已经黑了，方阮正站在前面的电线杆下面等她。她手里提着两盒点心，是在来的路上买的，至于什么口味完全没印象，为买而买。

刚递过去，方阮马上双手来接："瞧你，这么客气干吗，来吃个便饭而已，还带什么东西啊。"

涂南懒得客套："不要就算了，反正我也不想来。"

"要要要。"方阮好不容易才把她哄来，就怕她一不高兴就反悔，连忙推着她朝家走。方阮家就在住宅楼的一层，进了楼就到了。他打开门，回头把涂南拉进去。

涂南一进去就看见客厅里坐着她爸，他正在吃药，茶几上摆着一盒胃痛宁。偶尔胃痛是他的老毛病了。

"涂叔叔，涂南来了。"方阮朝涂南使个眼色，提着点心去了厨房。

涂庚山抬眼看了过来，脸沉着，什么也没说。涂南也没话可说，互相冷眼相对了几秒，不像父女，更像陌生人。她转头，直接去了厨房。方阮故意没出来，正在厨房里偷肉吃，本以为给父女俩留点空间他们会聊几句，哪知转眼就见涂南进来了，顿时一愣。

他妈方雪梅在旁边切菜，看见他偷吃，作势拿刀吓他，一见到涂南进来就停了手："小南可算来了，快给我瞧瞧！"

涂南叫她一声："方阿姨。"方雪梅手在围裙上蹭两下，一手拉着她，凑近来看她的脸。涂南的脸天生很白，又干干净净的，没斑没点，如今脸颊一点红肿，嘴角一点青紫，瞧着就分外扎眼。方雪梅看了直摇头："老涂真是的，怎么下得去手啊？"涂南咧一下嘴角，去水龙头下洗了把手，拿过菜刀，打岔说："我来给您帮忙吧。"

方阮嘀咕："妈你真是哪壶不开提哪壶。"

方雪梅瞪着眼把他撵出去，顺手拿了把芹菜挨到涂南身边择，嘴里劝："小南啊，你别怪你爸，你知道的，他也就是心里太在意壁画了。"

涂南切着土豆丝，嘴角一丝嘲讽的笑："是。"

是，她从小就知道。涂庚山在报社里干记者快三十年了，年轻时有一次去敦煌采访，看见了莫高窟那座巨大的艺术宝窟，从此就迷上了壁画。涂南年幼时就被人夸有作画天赋，因这份痴迷，涂庚山刻意栽培，才让她后来走上临摹壁画这条路。学画是枯燥的，小孩子时候的涂南不是没闹过要放弃，但争不过她爸，经常会挨上一顿戒尺，手心打肿了，还得去握笔接着画。后来长大了懂事了，也不再争了，只是心里清楚，她在她爸心里的分量怕是还比不上一幅壁画。

如今这一巴掌给了证明，的确是比不上。

有时候她也奇怪，别的父母压迫自家孩子，大多安排的是有“钱途”的道路，她爸却不，偏偏给她选了壁画这条清苦的路。涂南自己是喜欢壁画的，打心里喜欢，但最初还小的时候，的确是被她爸逼出来的。她喜欢这个，却不想要被人逼着去喜欢，而她爸永远不会懂这点。

方雪梅又说：“其实自打你进了那位徐老师的组里，你爸特别骄傲，要不然这次他也不会这么生气。”

涂南心道还不是因为壁画。

“不过你爸也真是的，越老越管不住脾气。也怪你妈当初抛下你们一走了之，这么多年没个女人在身边管着就是不行……”

涂南手里的刀忽地一错，后面她还说了什么，一个字也没在意了。

方雪梅话说一半，余光瞟见，“哎哟”一声，赶紧来抓她的手：“怎么切到手了？”

涂南捏着手指，拿去水龙头下面冲。沁出的那颗血珠落在池子里漂成了丝，打了两个旋，被卷走了。

方雪梅从抽屉里翻出个创口贴来，才回味出自己刚才是失言了，边给她贴边说：“怪我，不该提起你妈的，你没事吧？”

涂南淡淡说：“没事，是我太久没切菜了。”

方雪梅叹口气：“都多久的事了，是你妈一心要走的，又不是你们赶她走的，你别放在心上了。”

涂南抿了唇。没放在心上，打小这个家就不完整，她早就习惯了。如今她跟她爸闹成这样，只不过是顺着势头而已。

见了点血，方雪梅反正是再不肯让涂南帮忙了，剩下两个菜也不炒了，一面大声叫方阮摆桌上菜，一面把她推出厨房。差不多有十来分钟，涂南始终就在厨房门口站着，并不接近客厅，直到方阮摆好了桌，把她按着坐到桌前，才不得不和涂庚山正面相对。可能是看到了创口贴，涂庚山朝她的手看了一眼。涂南干脆就把那只手放到桌子下面去了。

方阮见这父女俩谁也没有破冰的意思，只好自己打头阵，夹起一筷子菜送到涂庚山碗里："涂叔叔，涂南的事您现在都知道了，打也打了，骂也骂了，难道还想老死不相往来啊？"

涂庚山两眼动了动，涂南就正对着他，那一巴掌扇得有多重他不可能看不见。他抬起那只右手说："我乐意打她吗？我用这只手推着她进了徐怀组里，是希望她有一天能继承徐怀衣钵的，谁知道她说退就退，一点转圜的余地都没有！"

涂南仿佛听到了笑话："您别是误会了什么，徐怀心里的大弟子可不是我。"

明明是肖昀。整个临摹组都看得出来。

涂庚山顿时脸色又变了："那就是你说退就退的理由？"

"错了就要承担，这不就是你从小教我的？"

"……"

方雪梅及时抢过话头："好了好了，你自己喜欢壁画多看看就得了，临摹那个劳什子壁画有什么好的？累死累活又赚不了几个钱！既然小南回来了就干脆转行得了，干什么不比干这个强？"

涂庚山说："你少胡扯。"

"我这哪是胡扯，我这是为孩子着想。"

方雪梅当年遇人不淑，嫁了个赌徒，丈夫把家里败得一干二净不说，还在外面找女人。她人好强，一怒之下离了婚，带着儿子单过，连儿子的姓都改成了跟她自己姓。这么多年下来吃了太多苦，她最知道生活的艰难，难免有几分功利，瞧不上壁画临摹这行也不是一天两天了，只是碍着涂庚山才一直没有直言，今天借着给涂南说话，就直接说了。

"小南，你等着，改天阿姨给你介绍几个有钱人，趁着年轻漂亮的时候早点结婚，省得再吃苦，你爸也就放心了。"

涂庚山自知跟她无法理论，干脆不理，盯着对面："涂南，我就问你，你以后到底怎么打算的？"

涂南知道他希望的答案是什么，但她嘴唇动了动，只说了一句："总不至于饿死。"涂庚山嘴巴一闭，重重点两下头，一把按下筷子，起身就走。方雪梅愣一下，还没来得及去追，见他已经拎着旅行包走了出来，忙问："你这是干吗？"

"回去。"

"现在？"

涂庚山走到门口，停下来看一眼涂南：“我的确管不了你了，以后你爱怎么样就怎么样吧。”他走出去，门被关上。

一顿聚餐不欢而散。

方雪梅追着去送涂庚山了，涂南也不想再留。她放下筷子，起身出门。其实根本什么也没吃，不过今晚本来也不是来吃饭的，弄成这样完全在她意料之中。

再回到巷子里，方阮追了出来，问她：“涂南，你就真没想过以后干什么啊？”

“没有。”涂南的确没想过。

徐怀在临摹界地位高，从进入他组里的那天起，她就从没想过有一天会离开。或者说，她从没想过会有离开壁画的一天。回来后没一天是安定的，也没闲暇去想。她故作轻松：“大不了就去你网咖打工啊。”

“那多屈才，”方阮说，“其实你可以试试别的机会，说不定有意想不到的收获呢。”

涂南莫名其妙：“什么机会？”

方阮却不说了，朝前看了看路，转身要回去：“我就不送你了，去看看你爸这会儿到哪儿了，回头再给你消息，你慢走。”

涂南目视着他离开，总觉得他今天很古怪。她转头走两步，却又不走了，就在路边蹲了下来。她爸走了，她应该感到轻松的，却半分感受不到。话都说开了，该觉得自由的，也半分感受不到。

眼前突然多了一束光，车灯的光，就照在她身上，涂南扭头看过去，看到一辆车停在前面，刚才竟没注意。她眯眼，站起来，这车有点眼熟。车灯熄了，车门打开，又被关上，石青临披着昏黄的灯光走过来：“我怕再不打灯，你可能会在路边睡着。”

他身上穿着西装，几天不见，头发短了一些，露出眉峰和下面一双眼，眼神锐利。

涂南看到他的一瞬没说出来话，脑子里一下回忆起太多事，全是那晚醉酒后乱七八糟的经过，好一会儿才问：“你怎么在这儿？”

“等你。”

“等我？”

石青临抬腕看表：“我等了你一个小时加四十三分钟了。”

听起来是段很长的时间，毕竟他总是那么忙。“等等，”涂南忽然觉得不对劲，“你怎么知道我在这儿？”

当然是方阮的功劳，但石青临不能直说，方阮给安佩地址的时候特地叮嘱了，最好不要让涂南知道，说涂南最近心情不好，不想惹她生气。石青临料想她也是心情也不好，虽然不知道发生了什么，但那晚她肿的脸和红的眼都还刻在他脑海里，他笑一下，给了个模棱两可的答案：“只要有心，总会找到的。”

涂南实在想不出有什么理由能叫他特地跑来找她，不自觉就想歪了：“你不至于吧，我那天喝多了才要推你下河。”他看着也不像是那种睚眦必报的人啊。

石青临抹了一下唇，还是没忍住笑，这人有时候也挺天马行空的，难怪刚开始认识的时候就觉得她有意思。他走到车边，握住门把，歪一下头：“上车吧，我有话跟你说。”

涂南摸不准他要干什么，没动：“你有什么话可以在这儿说。”

“可能会有点长。”

“那就长话短说。”

石青临看着她路灯下的影子，点点头：“那好，我想跟你合作，够短吗？”

够短，但不够明白。

石青临拉开车门：“还是上车吧。”

第十四章

在车上，涂南一直回味着石青临说的“合作”两个字。旁边，他在开车，从他们上车开始，他就没说过话。她悄悄瞥一眼，看到他侧脸被窗外倒退的城市夜景映得忽明忽暗，握着方向盘的一只手伸出根手指，在轻轻地点。涂南记得他这点小动作，好像他有时候沉思就会这样，所以他是在思索怎么说？

满怀心事地到了目的地，车稳稳停住。涂南从车里出来，眼前是那栋上次来过的写字楼。她看一眼石青临：“这是你工作的地方吧，来这儿干什么？”石青临锁了车，朝大门走：“我觉得应该让你亲眼看一看我的提议。”涂南忽然有了底，明白他说的合作原来不是随口一说，可能还跟他的工作有关。之前她一直好奇他是做什么的，没想到真到揭晓的这一刻，是在这种情况下。

大楼到了晚上几乎无人进出，只有一层的大厅里还站着两个保安，看到石青临时还冲他点头致意。涂南跟在他后面穿过大厅，走进电梯时瞄了一眼几十层的楼层按钮，问了句：“你们公司在几楼？”

“几楼？”石青临忽然笑了，一手按下按钮，“整个这栋都是。”

涂南微微挑眉，居然还挺大？

电梯上升的速度很快，一层层数字接连亮起，石青临顺着给她介绍："底下几层是对外展示区域，这几层是摄制场地，这层是宣传部，这层是动作部，这层客服部，UI 部，场景关卡部，原画部，美术特效部，过场动画部，游戏音频部，技术支持部……"

她听得很仔细，但感觉云里雾里。石青临最后说："我的办公室在最顶层。"

"你们公司……"她终于直接问，"到底是做什么的？"

"游戏。"

"游戏？"

"叮"的一声，电梯恰好在这时候到了。涂南抬起头，门在眼前缓缓打开，迎面一个硕大的标志逐渐露出真容，一把被红绸缠绕的飞剑，下面三个龙飞凤舞的大字：剑飞天。

顿时，像是多出了一根线，把之前的所有事都串了起来。她还在惊讶，石青临已经出了电梯，回头看她。

"你别告诉我你们做的游戏就是《剑飞天》。"她还是有点不确定。

石青临点头："没错。"

"……"

似乎早料到她会是这样的反应，石青临笑一下说："走吧。"

飞剑标志的另一头就是玻璃门，涂南跟着他走进去，看见安佩在那儿站着。

"你还真把她给找来了。"她说着看一眼石青临。

"当然。"石青临问，"都准备好了？"

"好了。"安佩看向涂南，还是那种不冷不热的样子，"跟我过来吧。"

石青临忽然看她一眼。

安佩马上就转变了态度，假笑着重新对涂南说："请你跟我来。"

涂南倒是没太在意，跟着她往前走时心里还有点惊讶，也明白安佩始终那种态度的原因了，不是因为她是玩家，而是因为她跟石青临都是做这游戏的。不可思议，但又有点好笑，那游戏三不五时地在眼前晃悠，谁会知道它就存在于身边不远的这栋大楼里，还跟这两个人有关。

安佩推开了门，石青临原本走在前面，却在门边停了一下，一手扶着门让涂南先进。她走进去，发现是间会议室。中间一张长条形的会议桌，几乎快要被坐满了。

涂南一进去就成了焦点，所有人的目光都落在她身上。她挨个看了一眼，男多女少，全都很年轻。有的朝气蓬勃；有的光鲜亮丽；有的戴着酒瓶底厚的眼镜，不修边幅；也有的看着好像三天三夜没睡觉的样子，眼睛都快眯成缝了；另一头有人面前开着笔记本电脑，似乎还有工作在做。

直到石青临拖开一张椅子，让她坐下来，那些人才没再看了。

墙上挂着投影仪，幕布上面是《剑飞天》的游戏画面。涂南看了一眼："这就是要给我看的？"

"嗯。"石青临就坐在她旁边，顶多半臂的距离，对安佩说，"直接说重点，她喜欢长话短说。"

涂南不禁看他一眼，这人就连偶尔的小间隙都要拿她开涮。

安佩站在那儿摆弄了一下投影仪，正对着涂南开了口："《剑飞天》打算推出一个新扩展包，包含一系列新地图和新玩法，都需要用到壁画。"

听到壁画，涂南眼珠轻轻一动，就见画面一跳，变成了一张游戏场景图——还是没完成的半成品，环形的大殿虽然看着恢宏磅礴，四周墙壁上却只是一片灰色。

"新扩展包的内容是一本记载着武功绝学的上古奇书现世，为了得到这本书，玩家需要通过一定手段进入各大场景中的壁画里，在壁画世界中完成各类任务寻找线索，所以壁画是整个扩展包里非常重要的一环。"安佩指着那几片墙壁说，"类似这几处都是等着画上壁画的地方。"

简单几句，她已经尽可能用最简短的方式来介绍了。至于玩家每次进入壁画都会有不同程度的获得，包括装备和神书线索的级别等等，这就意味着对壁画的要求很高，同时又要求所有壁画之间必须有关联，这些就不多说了。涂南听完了，也明白她的意思了，点点头说："挺精彩的，可这跟我有什么关系？"

安佩说："怎么跟你没关系，请你来就是因为你懂壁画啊。"

"懂壁画的人多了，有很多知名的专家学者，你们可以请他们来。"

"请过，"石青临忽然说，"可惜都不是我想要的感觉。"

涂南下意识问："你想要什么感觉？"

"你那样的感觉。"

涂南不禁看他一眼，差点想问他，她那样的是什么感觉？但又觉得这么问太怪了，就没作声。

石青临对安佩示意一下，后者调了画面，跳出了下一张 PPT。

涂南一抬眼，看见了自己的壁画照片。那是当初她临摹的一幅文殊菩萨壁画，就是因为这幅壁画，徐怀一眼看中她，将她收进了组里。也就是那个时候留下了这张照片，她怎么也没想到竟会出现在这里。

石青临一只手搁在桌上，手指随意点了两下，眼睛从画面转到她脸上："涂南，我认为你可以。"

他认为她可以。涂南无言，连她亲生父亲都否定她的时候，这个男人却说她可以。她也不知道自己想了些什么，转了转头，看了四周一圈，问："在座的各位是？"

石青临说："他们都是各部门的部长，我特地留他们来见你的。"

她又看一眼安佩："那她呢？"

"安佩是我的助理。"

涂南的眼睛落到他身上："那你在公司做什么？"

石青临笑了："我什么都做。"

涂南懂了："所以我有什么话跟你一个人说就行了。"

石青临朝安佩看一眼："先散会吧。"

安佩看看涂南，收了资料出门。会议桌边的人也一下子全都活了一样动起来，没一会儿就走得干干净净。等整个会议室都安静下来，涂南才看向身边："我不懂游戏。"这么说，他应该明白意思了。石青临转一下椅子，正对着她："你只需要参与进来，并不一定要懂我们的工作。"

涂南想一下，又问："你确定不是因为找不到人了吗？"

"如果是因为这个，那这个项目就不会拖到今天了，我不怕找不到人，就怕找错了人。"

涂南和他正面相对，他压下眉峰的时候瞳仁黑得出奇，下颌收紧，神情看起来无比认真。那张脸，也就看起来分外出色。她觉得分了心，移开眼："那如果我说，我现在不想再碰壁画了呢？"

石青临沉默了，想起了那晚她醉酒的事。扔颜料的时候她好像说过，她要斩断前尘，抛却业根。他不知道她心里有什么结，只知道现在他真的很需要她这样一个人加入。

涂南一直没听到他开口，看了过去，就看到他一双眼盯着她，似是要看进她心底，把她那点秘密都看光。她一下站起来："我该回去了。"走到门口，见他也跟着站了起来，她又说："你不用送我。"

石青临就停住了。

涂南立即转头走了。

在她走出去的瞬间，石青临掏出手机给安佩打了个电话，然后他坐了下来，靠上椅背，盯着仍然开着的投影仪，拿了遥控器，一张一张翻着 PPT。

游戏画面一张又一张飞速滑过，全都是他再熟悉不过的。

《剑飞天》最早就是他在美国开发出来的，成功问世之后，他觉得一个古风游戏应该生长在国内，于是大半年前把全部资源都带了回来，接受投资商的注资，成立公司，一步一步有了今天。但无论哪个游戏，都不可能靠一点根基就壮大到极限，何况《剑飞天》不过才刚刚站稳脚跟。

石青临心里很清楚，新扩展包的项目很大程度上甚至关系着这个游戏的成败，如果成功了，一飞冲天，如果失败了，万劫不复。今天是第一次受挫。

手里遥控器再一按，画面定格在那张壁画照片上。他握着遥控器，抵在下颌，就这么看着，仿佛看到了刚才还在这儿坐着的人。她怎么就这么干脆地拒绝了？有点无奈，但他笑了。

安佩回来了，看他还坐着，说："我把人送上出租车了，连钱都付了。"

"嗯。"石青临把投影仪关了。

安佩从他回国后才跟在他身边，不算太久，但石青临比较宽容，她虽然是下属，但态度直来直去，他也习惯了。今天这事她也按捺不住，现在忍到涂南走了，总算能说了："我早说了涂南对《剑飞天》看不上，她不可能加入的，今天所有部长都在，连你都亲自去请她，不也没成？"

石青临说："想不到她连条件都不跟我谈一下就直接回绝了。"

要不是上司，安佩真想笑他一句"你也有今天"。在她印象里，石青临这个人办事快狠准，又占了很多优势，哪怕光是外表也是强项，还真没有过今天这种时候。

"作为助理，我提醒一下，"安佩说，"投资商那边又来问了，什么时候能把项目真正确定下来？"

石青临又看一眼那幅壁画照片："跟薛诚说一声就行了，就说随时能定下来，我们的核心问题已经解决了。"

安佩眼都瞪圆了，想说你这话说得也太早了吧！可石青临没给她说话的机会，站起来就离开了会议室。他要好好想想，到底怎么样才能把涂南弄过来。

第十五章

涂南看着墙上一张巨幅海报。她很意外，不过是来超市买个东西而已，这里居然也有《剑飞天》的海报。

柜台后面的收银员正在给她结账，注意到她的视线，顺便推销："要买吗？我们家有他们游戏的周边卖哟。”涂南收回目光，摇摇头：“不用。”

从小她就被她爸灌输，玩游戏的都是不务正业的，不会有什么前途。但是石青临好像不在此列，他很成功，一个游戏初出茅庐就已经推广成这样了。不过关于合作，还是算了。他很成功，但不代表可以跟壁画相融，何况也不是时候，她现在心境不对，不能也不想再碰壁画。

结了账，涂南付了钱，提着刚买的日用品出门。

超市外一条长街，走了没多远，经过个熟悉的地方，她停了一下。眼前是一家美术培训机构，大门口的牌子还是木牌的，有点年头了。这地方她以前经常来，小时候她很长一段时间都在这里学画，没一个节假日。那时候这里看起来还没这么大，只是朴素的几间屋子。后来她长大了点，开始被她爸带着去一些小有名气的老师跟前求学，就再也没来过了。

门口贴着个招聘启事，要给机构请新的美术老师。涂南走了进去。里面的装饰也变了，天蓝色的墙，正中间的位置挂了一幅一幅儿童画，列了一排，边边角角里装饰着五颜六色的星星、月亮，看起来充满了童趣。

她进去时正好有个女老师在迎接学生，问她是不是应聘，让她坐在边上等。涂南原本没有那个意思，更多是想进来看看，但既然被这么问了，也就坐下了。忽然觉得也不错，换份工作，可能生活也有改变了，那个人也就不会再提合作的事了。她坐在一张长椅上，等了快十分钟，忽然听到手机来消息的声音，低头从口袋里摸出来。

是方阮发来的微信，说昨晚他妈把她爸给好好地送上了车，让她放心。

也没什么好说的，她只回了个“嗯”。

过两秒，他又发来条消息。

方阮：你在干吗呢？

涂南：找工作。

方阮：？？？

方阮明显没想到，发了一串表情过来，全是惊吓的那种。

方阮：你要找什么工作！

涂南：大惊小怪的干什么？

涂南：能干什么就找什么工作。

方阮忽然发过来一个定位共享，她顺手就点了，又退出来。

涂南：怎么，你还要来现场看我面试？

方阮没回。

面前正好有人经过，涂南收起手机，收拢双腿给人家让路，看到几个五六岁的小孩子被家长牵着手往里走。学生们都来上课了，以前她就和他们一样。等孩子们都进了画室，几个老师从对角的办公室里走出来。其中一个中年男老师直接朝着长椅这儿过来了："你是来面试的吧？"

涂南站起来："是。"

"哎，你……"对方打量了她好一会儿，忽然问，"你是涂南吧？"

他这一说，涂南也认出了他来："李老师？"

"还真是你啊！"

李老师是她当年的素描老师，这家画室就是他开的，多年不见，头发都花白了，没想到还在这儿教学生。他挺惊讶："你怎么会来这儿面试？我前两年碰见你爸，听他说你在做临摹壁画的工作啊，那可比教小朋友重要多了吧？"

听他提到她爸，涂南没什么表情："什么工作都是一样的。"

李老师感慨地摇头："你这种名牌美院出身的高才生来我这儿，也太大材小用了。"

"您别抬举我，我当初也是从这儿出去的。"

大概这话叫人挺受用的，李老师脸上笑出了皱纹："这还有什么好面试的，你要乐意就试试。"

涂南先去画室里看了看，里面十几个小朋友围着张大方桌端正坐着，每个人身上都围了小围裙，摆弄着各自面前五颜六色的颜料。她看了几眼就去办公室准备。

她没有教孩子的经验，也难怪李老师说的是让她试一试。老师们都去上课了，有个年轻的女老师挺好心，临走前还把自己的教案借给了她做参考。涂南坐在椅子上翻了一遍，觉得时间不早了，就不看了。

本以为这么久没有老师现身，孩子们肯定会吵翻天了，没想到一路走到门口也没听见什么大动静。她抬脚进门，眼光朝里一扫，滞住了。

不是没人吵闹，也许是不敢吵闹。孩子们的世界里闯入了一个格格不入的大人，怎么可能有人敢吵。

桌子旁的置物柜边上，一个人抱着双臂，斜斜地靠在那儿。涂南看着他，他也看着涂南。

太诡异了，他是怎么找到这儿的？涂南转头就要出去找李老师，还没出门，李老师进来了，手里端着个凳子："来，坐这个吧，那些小孩子的板凳坐不了。"

"谢谢。"石青临接过去，就在最后面坐了下来。

涂南看他一眼，追着李老师出了门：“李老师，这是怎么回事？”

李老师说：“你问那个男人？我还想问你们认不认识呢，他交了学费，点名要上你的课，我也不能赶人啊。”

“……”涂南无话可说。

再回到画室，石青临坐在那儿，一只手随意搭在叠着的腿上，一只手拿着手机在翻看，尽管前面还有一群小朋友，可那感觉仿佛他坐的地方是自己的办公室一样。

可能是感觉到涂南回来了，他抬头看了一眼，手机收了起来。涂南没看他，把一幅水彩画贴在墙上，叫小朋友们照着画。孩子们不知道现场什么情况，还以为一下来了两个新老师，纷纷埋下小脑袋去准备，抓笔的抓笔，找纸的找纸，比什么时候都专心。

直到这时候，涂南才终于走过去，低声问：“你来干什么？”

石青临也把声音压低：“我来看看什么样的新工作比我提出的更有吸引力。”

涂南算是明白了，看来他是不打算放弃跟她的合作了。她上下打量他一番，抿一下唇，最后什么也没说。

他喜欢看，那就看着吧。

画室里只有“唰唰”的笔触声。石青临一直看着涂南，她半弯腰，在孩子们旁边指导，说话时声音低低的，真像个名副其实的老师。但他见过那晚醉酒后的她，就知道这些不过是假象。不是网咖管理员就是美术老师，她的爱好未免有点特别。

他一只手搭在膝上，转着手机，等她终于看完了所有孩子的画，直起身，开口叫她：“涂老师。”

涂南看了过来，眼神古怪。

“你有事？”她问。这称呼从他嘴里叫出来怎么都感觉很奇怪。

石青临点一下头：“我想问一下，壁画是怎么画的。”

涂南皱眉：“你故意的？”

石青临低笑，换了只手拿手机，顺便调整一下坐姿：“做老师就该一视同仁，你教了这么多孩子，我就问了一个问题都不行？”

可能被他们的对话吸引，一时间小朋友们都好奇地伸长了脖子看着他们，谁也顾不上画画了。

涂南感到被一群孩子围观着，扫了一眼过去，小家伙们顿时全都低下了头。她忽然意识到自己会不会太凶了，又看向石青临，并不打算回答他的问题。看得出来，他也并非真的想要答案。好在这时候响起了下课提醒的音乐，涂南收了东西就出门。忽然觉得这一节课还真是漫长。

李老师就等在门外面，看到她小声问："怎么样，那个男人打扰你上课没有？"

涂南把手里的上课资料还给他："没有。"他的确没打扰她，除了刚才那个问题，真的就只是来看看一样。

李老师又问："那你感觉还好吧？"

涂南没说话。谈不上好不好，这一节课上得心不在焉。

"唉，其实我还是觉得可惜了你，待在这种小地方是没什么前途的，你自己想清楚吧。"李老师说完就走了。

言下之意其实也不指望她留下了。

画室门口挤满了来接孩子的家长，涂南让开道，余光瞥见石青临从里面走了出来，叫她："走吗，涂老师？"

"……"她转头，拿了自己先前买好的东西，出了门。

走出去，外面日头正晒。石青临的车就停在路边，离得不远是一家快餐店，里面正在放音乐。涂南站着听了听，那好像就是《剑飞天》里的场景音乐。

几个学生模样的女孩子从店里说说笑笑地出来，手里端着饮料，一边走一边闲聊——

"没想到这儿都有《剑飞天》的音乐，这游戏最近真的好火啊。"

"你也玩了吗？我喜欢里面的剑客，好帅啊！"

"玩了呀，我最喜欢刺客，刺客好玩。"

"什么时候出新扩展包啊，我还准备推荐给别人呢……"

涂南其实并没有听太明白，只看得出她们沉迷其中，俨然就是另一拨方阮的化身。这游戏大概吸引到了所有人，就偏偏除了她。她转头一看，石青临已经出来了，就站在她旁边。他双手插在裤兜里，因为头顶就是树荫，身上一小块一小块漏下来的光斑，眼神看过来，笑说："还挺巧的。"他也听到了音乐。

涂南看看他："你难道不忙吗？"昨晚他全公司都在她眼前加了班，看那样子他应该很忙才对吧。

"我是真的很忙。"石青临一手掏出手机给她看，屏幕上五十几个未接来电。

涂南立即接话："那你就去忙啊，何必在我这儿浪费时间？"一个忙成这样的人，居然还能跑来这儿上绘画课，不知道的还以为他是有多闲呢。

"没有回报的才叫浪费，"石青临盯着她，"我觉得在你身上花的时间并不能算浪费。"

涂南转过头，看着脚下，要不是知道他的意图，这话听得都要叫人误会了。她觉得昨晚说得已经够清楚明白的了，可似乎对这男人有点低估了。

“你……”她又看过去，“一直都这么坚持？”

“算是吧，”他点头，“只要是在认定的事情上面，我的确是个很有毅力的人。”

那不就是说认定了她。涂南提着装日用品的袋子，手指伸两下，缩起来。

第一次遇到这种人。

第十六章

“小南啊，你怎么想起去画室找工作了，要不是阮阮说我都不知道。”涂南站在阳台上，一边浇水一边听方雪梅说话，“那太累了，又没什么钱赚，还是得按我说的来，你才能过上舒服日子，所以今天这趟你是必须去的。”涂南嘴里“嗯”一声，手里的水也浇完了。

刚才方雪梅来她家的时候，给她带了几盆绿萝，说是要给她换换眼，调剂调剂心情。以前她长期不在家，没法养这些东西，现在倒是有时间了，就留下了。绿萝叶片翠生生地舒展，搭在窗沿，她的眼睛顺着叶尖往外望，看见了楼下停着的那辆黑色 SUV。老旧的小区里道路也窄，一辆车就几乎占据了半边的道。

闷热中蝉鸣急躁，大枣树下面摆着棋盘，围着几个叫阵厮杀的老人，似摆开了楚河汉界的战场。有人站在战场外，倚着树干，摆弄着手机，枣树枝遮到了他的肩头，能看清的只有他那双长腿。

涂南看见挎着包的年轻姑娘从旁经过，一路走一路朝他身上看。还有个老太太拄着拐杖上前问他是不是在等人，他没说两句，因为下棋的老人又是一声呼喝，声音全被盖过去了。

她收回视线，回头看一眼客厅里的钟。快三个小时了。

画室外他说他有毅力，她已经见识到了，居然在这地方等了她三个小时，并且看起来还是没有走的打算。涂南心里忽然就有点抵触的情绪了。

“小南，好了吗？”方雪梅叫她，“走吧。”

涂南回神，放下水壶。如果不是方雪梅过来叫她，她根本就不想出门。她走到门口，弯腰换鞋，方雪梅忽然盯着她的脸看了看，点头说：“挺好，天生的标致，不需要打扮。”

涂南还没明白她这夸奖从何而来，人就被她拉出了门。

下了楼，涂南又朝枣树下看过去，石青临立即就朝她看了过来。她看他一眼，马上转开脸，跟方雪梅一起朝小区外走。也许是看她身边还有个人在，石青临没有走过来。

方雪梅也朝那边看了一眼，可能是发现石青临盯着涂南，问了句："那谁啊？"

"不认识。"

"不管他，"方雪梅说，"阿姨今天带你去认识别的人。"

开在市中心的一家高级餐厅，民国时期的老建筑了，高高的脊顶，白玉石堆砌的门廊，窗外面就是一个圆形水池，里面红鲤游动。

这地方挺高级的，涂南还是第一次来，跟着方雪梅走进去时问："方阿姨，来这么好的地方干什么？"

"怎么刚跟你说过的话你就忘了？"方雪梅带着她找了个座，按她坐下，"待会儿人来了你别紧张，就随便瞧瞧，行就行，不行咱就算了。"涂南在座上左右看了看："什么人？"

"等见面了就知道了。"方雪梅挨着她坐下，"你这是第一次，别紧张。听说对方家里很有钱，不过我们也不能只看钱，男人啊，重要的还是人品，人品不好的有再多钱都没用，你想想阮阮那个不要脸的爸，是不是这个道理？总之你记着阿姨的话。"

涂南明白了："您这是要给我介绍对象？"

"是啊，"方雪梅吃惊，"难道我在你家跟你说的那些话你都没听？"

听了，可当时她楼下还有尊神在那儿，她一句也没听仔细。还以为那天吃饭的时候方雪梅是随口一说，没想到她还真付诸实施了。难怪今天选在了这么好的地方。涂南不想相亲，站起来说："算了吧方阿姨，我先走了。"方雪梅拉住她："我本来也没想操心，就是不想看你再做什么辛苦的工作了，不管怎么样你先见一见，阿姨怎么样都随你的意。"

涂南站着，有一会儿才说："您说的，随我的意。"

"那肯定。"

她这才坐下了，一只手搭在桌上，压着桌上铺着的桌布。方框形的花纹，很高雅，但在她看来很容易就联想到笼子。她觉得自己现在就在笼子里，身边的人的确全都是为她好，可没一个人了解她，只是按照自己的意思来。之前那点抵触，到了这时候更重了。如果不是方雪梅在她小时候照顾过她很长时间，她可能直接就走了。

"来了。"方雪梅拍拍她胳膊。

涂南抬头，有个男人直奔这儿过来了。

一个很年轻也很普通的男人。涂南只是扫了一眼，没多注意看他长相，大多数时间都在看桌子，看桌上的杯子，偶尔看一眼身边的方雪梅。

“妹妹，你不爱说话啊？”男人跟她套近乎。

听说有的地方男性管年轻女性叫妹妹，不过当地没有这风俗，涂南觉得他如果不是太热情，就是自来熟。她实在找不到什么话说，端起水喝了一口。

方雪梅在旁边打圆场：“小南是画壁画的，性子沉，不是那种爱疯爱闹的人。”

“是吗，我就喜欢不疯不闹的女孩子。”男人似乎很满意，又问涂南，“你会画壁画啊，跟我讲讲？”

“不是画壁画，”涂南纠正，“是临摹。”

“那不都一样。”男人年纪轻轻，语气老成，“像你这么年轻的女孩子就不要做这么辛苦的工作了，找个好人家早点结婚，趁着年轻生孩子，对身体也好，阿姨您说是不是？”

“说得是。”方雪梅点头。

这是她们这个年龄层的老观念，她当然赞同。涂南想掏手机叫方阮来救场，但想到他妈在这儿，作用不大，还是算了。那个男人还在跟方雪梅聊着，但每一句都似乎是说给涂南听的。从他家里的家庭条件，到他本人名下的房产，自己将来会如何如何疼老婆。

方雪梅显然很满意，一边点头一边看涂南。涂南又喝一口水。话没说几句，一杯水就快被她喝完了。

“我这个人实在，一见到你们就合眼缘，阿姨您看我怎么样？”男人说。

涂南心想，终于，可算是能结束了。

“小南？”方雪梅征询她意见。

她很干脆地摇了一下头。

方雪梅其实也看出来了，她到现在都冷着脸呢，只好冲男人尴尬地笑笑：“这种事就讲个缘分，既然缘分没到，只好算了，连累你跑一趟，不好意思了。”

男人倒是还想争取的样子：“你们再坐会儿，有什么不满意的地方可以说嘛。”可能是防着她们走，他一只手伸了一下。涂南就坐在边上，看到有手伸过来，下意识避让，另一只手把对方的手隔开了。

“打扰了。”

涂南转头，看见今天等了她几个小时的男人。

石青临在桌边站着，因为身高优势，桌沿只到他大腿下，挨着他的黑西裤，无形中就给坐着的人一种压迫感。他看一眼涂南，就在她对面坐了下来。旁边就是那个男人，在石青临坐下的时候竟不自觉就给他腾了个位子。石青临坐下来，招了一下手，唤来服务员叫了杯水。

方雪梅和那个男人都是一脸莫名其妙。

诡异地安静了近一分钟，直到水送上来，他才开口说：“我是来找涂南的。”方雪梅看一眼涂南，又看他：“你哪位？”石青临掏出两张名片，先递给方雪梅，又给了男人一张。方雪梅接过去，推远了眯眼看：《剑飞天》游戏总策划、总制作人，飞天游戏公司 CEO。

旁边的男人已经讶异地抬起头：“那个《剑飞天》就是你做的？”石青临笑笑：“幸会。”

方雪梅又看涂南。涂南忽然站起来：“我去一下洗手间。”临走时，她特地看了一眼对面。

石青临也看着涂南，所以这一眼他接收得明明白白。其实他很少有这样的耐心，跟着她去那个美术培训机构，又等在她住的小区里，现在甚至还来了她的相亲现场。原本他是不打算现身的，他在进门的地方找座位坐了，只是看着这边的情况，等一个合适的时机去跟涂南谈。

出于礼貌，他也不该破坏别人相亲，只不过在他看了几次之后，发现涂南脸上明显是冷淡的，就猜想她应该不太乐意接受这场相亲。于是，最后还是过来了。也不是没帮她演过戏，驾轻就熟。

涂南去洗手间了，来相亲的男人脸色不好，从他说完那句是来找涂南的之后，就脸色不好。好在也没纠缠，他很快就告辞了，连招呼都没跟方雪梅打一声。

方雪梅也顾不上他了，盯着石青临上下左右地看：“你找涂南……”

“有点事情。”石青临礼貌地笑一下，“恕我冒昧，其实现在社会变了，像涂南这样有才能的女性不应该这么早结婚，她有更大的发展空间。”

方雪梅说：“这道理我也明白的，就是希望她别那么辛苦了。”

“当然，物质也是很重要的。”

“是啊，你懂就好了。”

随便闲聊了几句，石青临得找机会出去了，毕竟刚才涂南临走那一眼给了暗示。

“抱歉，我出去一下。”他站起来，沿着涂南刚才走的方向找过去。

水池子里，鲤鱼游动得不急不缓。涂南从里面绕出来，站在这里。外面天有点阴，好像要下雨，很闷热。她低着头，把袖子一圈一圈卷上去，抬起头的时候，就看见石青临过来了。他走路快，腿长，步伐大，几步就到了她面前："终于给我机会说话了？"

涂南转头看池水："你说得挺清楚的了，我也说得挺清楚的了。"

"没有转圜的余地？"

他是正对着她的，涂南感觉他就盯着她的侧脸："你在勉强我。"

"确实。"他居然没否认，"但我认为，你需要一把力气推一下，重新打开个局面。"

她终于转头看了过去。石青临看着她："我想推你一把。"

涂南皱眉，沉默。重新打开个局面？

石青临是认真的，他想推她一把，或者说拉她一把，见过醉酒那晚她的笔，他就再也看不见别人了。差不多有半分钟，涂南终于开口："你就非我不可吗？"说完感觉这话意味不对，她补一句："我指合作。"

"当然。"石青临笑起来，连看着她的眼里都是笑，"我还以为我们相识一场，你会很乐意跟我合作的。"

"……"笑什么笑？涂南又盯着水池，不再看他，他笑起来简直晃眼，说这种话，就像是要打感情牌。

石青临走一步，侧过身，面朝水池，变成跟她并肩站着，看一眼水池，又看她："鱼很好看？"

涂南看他一眼："这是什么问题？"

"一个想跟你合作的人的问题。"

涂南心里一直憋着股劲，这两天一直在拉扯，直到这时候，忽然就被卸了大半的力道。她看向那鱼，心里好笑，真是服了这个人了。

第十七章

石青临从没在别人身上花过这么长的时间，涂南是第一个。

在这期间他回绝了所有人的电话，连短信、微信都一概没回。再回到公司的时候，安佩的眼神恨不得在他身上烧出两个窟窿来。

他走到顶层办公室外，看表，刚过早上八点。安佩在旁边低声抱怨："你可算现身了！为了个涂南你连公司都不要了！”石青临好笑，却也没纠正，问：“人到了？”安佩朝门努嘴：“等了你半个多小时了。”他点头，推门而入。

薛诚坐在他的位子上，今天西装革履，颇为正式，看到他后笑着说：“终于等到你了，怎么着，这几天总该回去见过你们家老爷子了吧？”石青临摇头。

“你就这么忙吗？”薛诚无奈，“听安助理说你这两天都没在公司，到底忙什么去了？”

时间当然是都花在了涂南身上，可要从嘴里说出来就不对味了，石青临说：“我抽空一定回去。”

“算了吧，估计你们家老爷子更希望你能给他带个孙媳妇回去，你一个人回去他还未必乐意见你呢。”

老爷子是石青临的爷爷，算得上他唯一亲近的人了。他当然挺挂念的，但没办法，回去就要被扣着不能工作，一堆的事情，丢不了，只能等有时间了再去见老人家。

“说公事吧，”他说，“别弄得像我们家老爷子的说客似的。”

薛诚知道他这个人，强硬的时候比谁都强硬，也就不提私事了：“那就说公事，听你说项目的核心问题已经解决了，我受投资方委托，来看一下进展。”

石青临猜他也是为了这个来的：“对我来说是解决了。”

薛诚翻面前的资料：“我看了新扩展包的介绍，光是壁画世界的部分就占了总量的百分之五十，这么大的体量，你是怎么解决的？”

“请专人来做艺术顾问，壁画部分会由她指导来画。”

“之前就听说你一直在等这么个人出现，我知道你眼光高，能入你眼的肯定是位高人了。”薛诚问，“那位高人在吗，我能不能见一见？”

石青临没多大反应，站在落地窗前，手指一拨，打开遮光帘，瞬间四下敞亮。他望着下方说：“恐怕还得等等。”

从这样的高度往下望，地面离得太远，已被周围的高楼大厦围成孤岛，人渺小得就像蝼蚁，其实很难看清楚什么。但他还是看着，从那一个个的黑点里，辨别搜寻。

“还要再等，难道是合作没成？”薛诚说，“你这个人就是太精益求精了，如果对方没有合作意向就算了，大不了换个人好了，就非要这么多部门等着这一个人？”

“这是我为数不多的优点，最好还是保持。”

楼下行走的人群里出现了一个点，那个点停顿了一下。石青临看见了，站直身。

“是，工作上这的确是优点，论这点谁都比不上你。”薛诚走过来搭住他的肩，压低声，“投资方这边的意思是不想再耗了，如果人定不下来，这个项目就只能再议了。”

石青临说：“那还不至于。”

薛诚皱眉：“你跟我都不能说实话吗？虽然我们这边催得急，但你也不能逞强，如果项目真的定不了，你就直接说，我也许还能帮你想想办法。”

“投资方居然这么不信任我？”

“不信任你就不会给你注资了。”薛诚语气变得认真，“但是投资方毕竟是大爷，你听我的，怎么着也不能弄到为这事召开股东大会的地步吧？”

石青临听出弦外之音：“所以你的意思是今天要是见不到这个人，就意味着我是在欺骗投资方了？”薛诚被他的话弄得愣一下，反应过来又撞他一下：“当兄弟的这是为你好，你怎么就会反将我？”

石青临笑一声。薛诚坐回座位上：“那怎么说，具体什么时候能见到这位艺术顾问？”石青临没回答，他在等。

等了快三分钟，薛诚都要没耐心了，忽然传出了敲门声。不轻不重的三声，仿佛能看到敲门的人漫不经心的模样。石青临立即看了过去：“进来。”

门开了，外面站着涂南，她的旁边跟着安佩。门里面是薛诚，每个人都盯着她。

石青临看着她，她头发扎了起来，露出干干净净的脸，一双眼看进来，眼珠黑白分明，目光最后落在石青临身上：“我来晚了？”

“没有，来得正好。”他走过去，伸手直接把她拉进了门。薛诚站起来：“你不是那个……”

“涂南。”石青临打断他，“给你介绍一下，这位就是我请的艺术顾问，涂南。”

“什么？”薛诚以为自己幻听了。

涂南打量着四周。刚才上来前她还在大楼前特地仰头望了一眼这最顶层，现在身在其间，才发现石青临这间办公室里几乎毫无装饰。她莫名地就想起了他的房间，那天从他床上醒来，印象里看到的也是这样干净利落的样子。

刚看完一圈，就见薛诚急匆匆地站起来往外走，顺带把石青临推了出去，还带上了办公室的门。

“石青临，你居然叫一个网咖小妹假扮艺术顾问来骗我？你这不还是欺骗投资方？”尽管他压低声音，在里面还是能听见个大概。石青临笑着说：“你的想象力还真是太丰富了点，网咖小妹才是假的，你也不看看她的手，她的真实身份是壁画临摹师，要是还不信我可以给你看她的作品……”

涂南下意识看一眼自己的手，她的手算不上好看，指尖部位有些细小的皱纹，这是长期沾染颜料的缘故，平时也没有保养的习惯。她朝门口瞥一眼，这人什么时候看过她的手了？想完她转过头，发现安佩正牢牢盯着自己，忽然对她开口：“你居然还真被他给弄同意了?!”

涂南说：“别误会，我只不过答应试一试罢了。”这是餐厅外面最后说的话。

安佩还是觉得有点不可思议，眼神忽而看向门口。

涂南跟着看过去，石青临已经进来了。他对安佩说：“你去送一下薛诚。”

安佩只好走了。

门合上，只剩下他们，涂南挪一下双腿，站直看着他：“刚才算是我给你解了围？”

石青临点头，笑起来：“算是。”

薛诚是和他关系好，但也吃投资方的饭，他刚才的确很有压力，甚至有点担心她不会来了，尽管那天他们已经说好了。

“还好你来了，”石青临说，“要是不来，我只好再去找你一次了。”

涂南相信他是认真的，他的执行力她已经领教过了。她看着办公桌，黑色台面的办公桌，跟他这个人很搭，好几秒她才说：“我还是那句话，只答应你试一试。”

“涂南，”石青临笑笑，“你在我这儿是没有试用期的。”

涂南头一转，盯着他的唇：“这不是你说了算的。”

他那唇薄，唇角天生有些上扬，听了她的话，弧度就扬得更明显了，但他克制了一下，没有笑出声。昨天在餐厅外的水池边，她最后说：“如果你真这么坚持，我可以试一试，但我什么都不能保证。”

他回：“你不用试，只要加入。”

到头来还真是试一试，这试用期还不是他给的，是由她说了算的。

石青临稍低头，看着涂南，想说自己也没那么好说话，可考虑到是好不容易才请来的人，最后只说出一句：“在你面前，我应该算得上这世上最好说话的人了。”

涂南没说话，只是眼睛动了动。

石青临以前没觉得有什么，现在知道了她真正的身份，就觉得那双眼睛特别灵动，他甚至想，是不是做临摹的人才有这样的眼睛，忍不住问：“想什么呢？”

“没什么。”这地方没别人，又空旷，涂南似乎也只能看他。但他看着她的眼睛，她就不好再看他了。

石青临坐回办公桌后，忽然说："对了，那个比赛……"

涂南看过去。

"我倒是想把那四万给你，可惜你没参加。"

涂南没好意思直说，其实她当时那么快就拒绝跟他合作，有部分原因就是看不上那个比赛，顺带觉得办这个比赛的公司也不怎么样。

石青临忽然转一下电脑屏幕："帮我选一下。"涂南看屏幕，那上面是比赛的作品页面，五彩斑斓的一堆图片。石青临说："请你圈一个第一名出来应该不难吧？"

"难。"她觉得难以下手，因为很多根本算不上壁画。

"是吗？"石青临指一下，"那你就随便选一个。"

"你为什么不自己选？"涂南问。那四万又不是她的，轮不到她做主。

石青临也说不上来为什么，也许是今天心情太好了，光是看她在这里站着，这比赛怎么样也无所谓了。"因为……"他找个理由，"你现在是我的艺术顾问了。"

涂南看见他的手伸过来，捏着她的手腕，她的手就被拉着伸向屏幕，碰了一下。

"那就这个了，"石青临松开她，对着屏幕上被她碰过的那幅作品说，"专业人士的眼光，我想应该能服众。"

涂南把手收回去，不动声色地摸了一下手腕，他其实挺有分寸的，就两根手指碰了一下，但还是让她意外了一下。石青临看她，其实也就是想开个玩笑，可她静静的，眼也不看他，他还是忍住了。他可别弄过火了。把那两根手指搓了一下，他站起来说："走吧，带你看看其他地方。"

第十八章

石青临带涂南去了原画部。部长姓高，等他们进了办公室才匆匆赶来，进门后连忙跟石青临打招呼："石总，您怎么下来了？"石青临偶尔也挺幽默的，开玩笑说："被你说得我像是从天上下来的。"他转身，给他介绍："这位是涂南，以后壁画的原画工作全部都要经她审核。"高部长看一眼涂南，点点头："明白了。"

涂南对这个高部长也有点印象，上次会议室里见到的那一群人，有几个忙得跟几天没睡觉似的，这位部长就是其中之一，看来做游戏这行都不轻松。她还有很多不了解的地方，正好问他："你们打算怎么处理壁画这个部分？"

高部长说："先原画画出来，再交给建模部的人建模，最后植入游戏里。"

《剑飞天》是网络 3D 游戏，3D 游戏基本上都是这么个步骤。原画还是属于比较抽象的部分，建模后更具立体感和真实感，能给玩家身临其境的体验。

涂南不是很明白，看一眼石青临。石青临倒是一下就明白了她的意思，给她解释："这方面我们早就考虑过了，墙壁上最大程度地保留壁画的原画形式，在玩家进入壁画世界后，里面的空间就转为建模形式。"她明白了，一言不发地出了门。石青临跟上。"有困难吗？"他边走边说，"我指游戏这方面。"

"一知半解。"涂南毫不避讳，"但你说过的，我不需要懂。"

"嗯，我说过。"她当然不需要懂，只要懂壁画就行了。石青临觉得有意思，像她这个年龄的人居然会对游戏一点兴趣也没有，出乎他的意料。

"涂南，我有时候挺好奇你的童年的。"

"我的童年？"涂南说，"天天画画。"

难怪，石青临忽然就明白了她为什么连咖啡机都不会用，她的生活简单，甚至说得上单调枯燥。他不同，他从小爱玩，什么游戏都玩，太早就领略了网络世界的缤纷精彩。他看了看身边人的侧脸，她走路的时候更安静，基本上他说一句她答一句。他不知道她是怎么做到的，可也许就是因为她做到了，她才能画出那样的壁画。

原本还有几个部门要去，现在他忽然改了主意："尽管你不用懂游戏，我还是希望你能感受到游戏的魅力。"

"什么？"涂南还没明白他话里的意思，人就被他带进了电梯。

下了十几层楼，到了地方，先听到一阵鼎沸的人声。涂南眼前有很多人，大多是青春正盛的学生，也有一些一看就是社会人士，身上挂着玩家代表的牌子，他们在前面排成了长队。队伍的尽头是一扇双开的大门，有人站在门口，和电影院里的检票员一样，挨个查牌子放人入场。她问石青临："你们在办活动？"

石青临和她并肩站在最后："也许。"

有活动也是宣传部的事情，他的事情太多了，这种小事情还用不着他亲力亲为，他不清楚是正常的。

当初《剑飞天》在美国问世就拥有了一批忠实粉丝，以至于现在大火了，仍有很多人以为制作游戏的是美国的公司，现在偶尔让玩家进公司内部体验体验未尝不好，更有利于宣传。

队伍前进，轮到了涂南。检查的工作人员看她胸前没有牌子就拒绝了："不好意思，这里在办专场活动，没有证件不能进。"涂南还没说话，旁边石青临手臂一抬，在她脖子上套上了什么。她低头看，是个工作牌，上面有他的姓名和照片，还有工号，工号是001。

“拿着用吧，反正我平时也不用。”石青临转头问，“现在能进了？”

工作人员此时才看到他，连忙说：“能，石总请。”

涂南进了门，捏着那工作牌问：“为什么是001号，你又不是员工？”

石青临边走边笑：“不都一样，给别人打工和给自己打工，都是打工。”

涂南又低头去看上面的照片，蓝底的一寸照片，看不出是什么时候拍的，只觉得头发比现在略长，把脸衬窄了。他的五官本来就很立体，到了平面的纸片上竟也没什么变化。她手指摩挲了一下，仿佛这样就看得更清楚一样。

“别看了，证件照又不好看。”石青临在旁看到了她的动作。

涂南抬起头：“还好吧。”

他的眼光落过来：“你这是在夸我？”仿佛还真有那个意味，涂南松开手，就任由那工作牌挂着了。

这里面其实是个展厅，都是和游戏相关的内容。橱窗里是各种角色手办，有些很高，将近一米。一个男生在那儿惊呼：“这个帅啊，想抱一个回去！”

还有人在跟墙上的海报合照，原本是一两个人，后来就越聚越多，成了一群人合照。本来互不相识，报上各自玩的门派职业，就和认亲大会一样，顷刻打成了一片。涂南站在游戏介绍的电子屏前，那上面展示了从最初的一个游戏设定到后来的一个游戏模型，最后成为一个游戏的过程，一分钟不到，很简略，也很清晰。她往石青临身上看，这是他的世界。虽然是虚拟的，但这个世界似乎征服了很多人。

中央位置还有个小型的演出台，有主持人在和玩家互动，周遭都是《剑飞天》里的背景音乐，只要有穿着游戏角色服饰的人出场，下面就会发出一阵掌声。石青临带着她在下面坐下来，问：“怎么样？”

“说不上来。”

“就没点感受？”

涂南翻着刚拿到的活动介绍，这上面说这活动还要持续两天，今天不过是刚开始。看完她抬头扫视一圈，说：“感受就是大家都很热情。”说话声很快就被周围的喧闹声淹没，石青临不得不凑近才能听清她的话。

涂南感觉他的眼睛盯着自己的双唇，只好说详细些：“一个模型，一张海报，他们也能这么高兴。”

“高兴是因为这些都是游戏里的。”石青临与她肩抵着肩，头也几乎挨在一起，他动一下腿，斜靠向她时仍维持着一个舒适的坐姿，“你看到刚才那个手办了没，安佩说方阮就非常想要一个，因为他玩了那个职业。”

涂南马上就说：“别给他。”

“为什么？”

“我不乐意。”

石青临当然知道是什么原因，手碰一下唇，忍笑说：“行，那等你什么时候乐意了再给他。”涂南觉得话题已经岔了，就不作声了。

石青临忽然问：“难道你就没有什么想要的东西吗？”他的意思是，如果有，大概就能理解他们，不能理解，不过是因为圈子不同。

涂南想一下，嘴角扯了扯：“有过，一支笔。”

“一支笔？”

“嗯。”那是徐怀的笔。

她没见过，但以前听临摹组里的组员们说过，据说徐怀有一支笔，是他师父传下来的，传了好几辈，只有被认定是可以继承衣钵的大弟子，最后才会接过这支笔。所以是有过，因为那也只是最初进组时的想法罢了。现在，早已没了那个念头。

石青临看了看她的神情，就知道那不是一支寻常的笔，手一抬，在她眼前打个响指：“你开小差了。”

涂南瞬间就从思绪里抽离，两指压着那份活动介绍折了几折，坐正一些，却发现离他似乎更近了。他的一只手搭在扶手上，几乎触到她，袖子挽了几道，露出的小臂结实匀称。

她装作不经意地问：“你有什么感受？”

“我？”石青临眼睛看向喧闹的人群，离得近，声音连同气息都刮过了她的耳郭，“我只是觉得，以后回想起来，这些人的青春里都曾有我参与，也挺不错的。”

涂南不禁抬头看他一眼，他脸上的表情和平时一样，仿佛就是随口一说。这世界也挺神奇的，他们相遇的时候，从没想过有一天会坐在一起说这些。

离开展厅的时候，石青临的手机开始时不时地发出声音。涂南站在那儿等电梯，见他一边看手机，一边还抬腕看了看表，会意地说：“你要是忙就去吧。”

石青临每时每刻都忙，今天纯粹是挤出来的时间而已，他点头：“有什么事记得随时找我。”涂南不太习惯这样的叮嘱，随时找他，让人感觉像格外照顾她一样：“到时候再说吧。”

石青临掏出手机，那声音全被他清除了，他把手机递过来：“你的联系方式。”他可不希望再通过方阮找她了。

涂南接过来，刚好屏幕暗了，他伸手过来，拇指按亮，让她继续。

“别遗漏，”他说，“所有的联系方式。”

涂南低着头，先输入了电话号码，又加上微信，还有什么，她想着，有必要加得那么全吗？

电梯到了，有人从里面出来。她还低着头，没有注意，差点被撞上，胳膊被石青临握住一拉，往他那里站了站，抬头就见几个人从旁边擦了过去。

“不好意思。”一个女孩跟她道歉。

涂南没在意，进了电梯，脚下也没注意，在缝隙处蹭了一下，好在胳膊还在石青临的手里，他一直没放，就这么把她拉进了电梯里。她动一下那条胳膊：“你不放手我不好打字了。”

石青临这才松了：“小心点，第一天工作就有个闪失就不好了。”

电梯间里密闭的空间，他的声音听起来也更沉。涂南下意识地又动一下胳膊，觉得他的手掌原来这么温热。

第十九章

灶台上刺刺地响，热气顶着锅盖往外翻。方阮探头朝厨房里看。涂南刚回到家不久，正在做晚饭。

他来了后就一步不离地跟着她，可她怎么也不理他。他心一横，扒着门就喊了句：“涂南，你到底原不原谅我？”

涂南回头：“你知道错了？”

“我错了，”方阮双手合十，“我真错了，我不该不经过你同意把你的行踪告诉石海归，求求你原谅我行不行？”

“知道错就还有救。”涂南拿起根黄瓜。

方阮抢过去：“本来你是不肯跟人家合作，现在你都进人家公司了，就原谅我吧。”他把黄瓜横在脖子前：“你要是不原谅我，我就死在你面前！”

涂南拿过去，一刀劈断，不过脸色缓和了点。“要不是看你之前收留了我，你根本就不能在这儿站着。”

“是是是，我真知错了。”方阮可怜地举掌对天发誓，“我发誓以后再也不干这种事了。”

涂南看他态度诚恳，才算松口：“记着你的话。”

“一定！”方阮刚才一直只敢在厨房外面站着，现在终于进来，帮她打下手，“其实进他们公司是真不错，你不知道现在《剑飞天》有多火，几乎天天都能上热搜。”

涂南关了炉火：“敢情我还得谢你了？”

“不不。”他忙说。

涂南想想他说的话，不知怎么就想到句“木秀于林，风必摧之”。短时间里就这么火，谁知道是好事还是坏事。

方阮看她饭做得差不多了，也不帮忙了，走出去，在客厅沙发上一坐，搜索《剑飞天》的消息，没一会儿，又说：“你看，连个玩家活动都请了这么多人去，还有这么多网络红人到现场，我也想去，可惜没拿到资格。”他一边说一边瞄涂南。

涂南一看他表情就知道他在打什么主意：“你别做梦。”

刚重归于好，方阮很安分，不敢多麻烦她，但又有点不死心：“那你能不能给我带张签名？就那个柔美歌姬小Y的，我超喜欢她。”

“没空，你有本事帮人家公司，怎么不让他们给你入场证？”

方阮苦着脸，有这么打击人的吗？

涂南看墙上的钟：“你该回去了，我又不打算留你吃饭。”

打击他还下逐客令，方阮嘀咕一句“绝情”，站起来，出了门。

刚撵走他，涂南的手机上就有微信进来了。她摸出手机点开，石青临发来了一份文件，新扩展包的壁画作画方案，附注一句：你看一下。

涂南回：晚点看。

石青临：在忙？

她不忙，但看这感觉他现在一定还在忙。

涂南：忙着准备吃晚饭。

石青临：吃什么？

他居然还有闲心问这个？涂南之前总被他逗，干脆也回敬一下。

涂南：饭。

石青临：是我的理解能力有问题，还是你的理解能力有问题？

涂南：……

好像还是被他占了上风。

那头没回，涂南猜他大概是在笑了，甚至脑子里都能浮现出那副模样来。

这还是她收到他发来的第一条消息。她把手机拿近，盯着他的微信头像看，他的头像有点特别，是一张纯色图片，深色调，深邃且暗沉。她当然认识那图片是什么颜色，是石青。涂南手指一动，点开他的朋友圈——他没有开通朋友圈。

不意外，他这种工作狂，如果有朋友圈才奇怪。

第二天，涂南再去公司的时候已经是中午了。石青临不用她按时出现在公司，需要的时候人在，随时能联系上就可以了，她在时间这方面享有很大的自由。

上楼前看见一层大厅的显示屏上正在播放展厅里的玩家活动，今天是第二天，看起来似乎比她昨天去的时候更热闹了，镜头里到处都是人。很多人手里都举着牌子在挥舞，上面写着不同的名字。涂南只扫到一个“小 Y”，觉得这名字有点熟悉，想了一会儿才想起来，是方阮嘴里说的那个什么柔美歌姬。看屏幕里玩家的状态，这人人气似乎还挺高的。

想到方阮，她就顺道过去了。到了大厅门口，发现石青临就在那儿站着，身边围着两个人。涂南走过去，他一眼就看到了。

“方案看了？”

标准的工作狂，第一句话就是这个。涂南说：“看了一部分。”

“然后呢？”石青临刚从健身房过来，一边说话一边活动着手腕，头发上还有淋浴后未干的水渍。涂南盯着他的发梢，觉得染了水后他的发色黑得过分，看着看着发现他看着自己，才移开眼：“后面我还没看完，但我可以说，行不通。”

石青临盯住她。

“你不用这样看我，我实话实说。”每一幅壁画都要跟线索结合，又要保留传统壁画的精髓，光靠几个文字方案是没有用的，她言简意赅，“画吧，没有什么比动手强，画里出真章。”

石青临很少见她这样，像她这样肤白的人，眉色却深，眉尖处些微挑起，据说这样的人骨子里就有几分倔强，很难被旁人左右。他觉得自己看得够久了，点头说：“原画部那边我会发话的。”

涂南毫不意外，他一向雷厉风行。

石青临想起来问一句：“你怎么又到这儿来了？”

涂南说：“方阮想要那个柔美歌姬的签名。”

他有点意外：“你连手办都不肯给他，还肯为他要签名？”

“嗯，我打算拿到手之后去他面前撕成片。”

石青临忍不住笑了，忽然想到个可能：“你不会也这么报复我跟安佩吧？”

“谁知道呢。”涂南故意扯一句，至少他们给的酬劳还是很丰厚的。她接着问：“你怎么也来了？”

“宣传部希望我来说两句话。”石青临看表，“我只有二十分钟。”

里面有人正在唱歌，隔音这么好都传了出来。石青临身边的人请他进去，他唤涂南："一起吧。"

到了舞台那边，习惯使然，他们又坐在了昨天坐过的位子上。

台上还在唱歌，涂南看了看，是个年轻女孩，着一身到脚的白裙，一头黑顺的长发，脸上化着精致的妆容，声音出奇地甜美温柔。

下面的人呼喊："小Y！小Y！"

石青临朝上方看了一眼："方阮想要的签名就是她的？"

"应该是吧。"太吵了，涂南都不想说话。

旁边有工作人员凑过来跟石青临说话："石总，这首歌结束您就上去说两句，大家都很希望见到您。"

石青临又看一眼表："现在你只剩十五分钟了。"

工作人员赶紧去准备了。

舞台上一首歌快结束，小Y手里拿着枝玫瑰在场边绕，在尾音里和大家互动。

玫瑰是《剑飞天》游戏里的一个道具，玩家可以在游戏场景里摘来送给心仪的对象。在游戏里是数据，到了现实里就成了真实的玫瑰，台下众人分外激动，朝她挥手，希望能收到玫瑰。没想到最后小Y直接下了台。

涂南正低着头给方阮发现场照片，眼前多了一枝鲜艳的玫瑰。她抬起头，看着眼前的人。

"是涂南吧，终于跟你见面了。"小Y没用话筒，这点声音很快就淹没在了喧闹声里，她朝涂南伸出手，"你好，我是邢佳，还记得我吧，我们联系过。"

旁边石青临已经起身上台，走时朝涂南这边看了一眼。邢佳，有点印象，是肖昀的"白月光"。

为了防止她又发什么语音道歉的消息，涂南已经把肖昀从联系列表里拉黑了，没想到现在居然看见她真人了，还是一位网络红人。

她的第一反应居然是去看邢佳的手，想看看是不是跟当初肖昀朋友圈里发的那张照片上一样，没看出什么，竟然笑了："真巧。"

"是啊，真巧。"邢佳在石青临的位子上坐下来，"没想到来这儿做活动会遇见你，昨天在电梯外面差点撞到你，我还以为是看错了，本来就想着来了你的城市要正式拜访一下，这真是缘分。"涂南记起来了，的确是昨天电梯外面见过的那个女孩，当时没注意看，她今天化了浓妆，形象差别也有点大，刚才根本没联想到。她客套一句："怪不得你声音这么好听，原来是歌手。"

“算不上什么歌手，我也只是偶尔在网上唱唱歌，你别见笑。”邢佳看起来竟有几分局促。

拿不起放不下的才会局促，涂南断得干脆利落，也不喜欢拖泥带水，倒比她自在多了。她只是觉得疑惑：“你怎么会认出我？”

“我见过你的照片，在肖昀的手机里，你很好看，我就记住了。”周围有不少人在围观，邢佳说话时用手遮了唇，离涂南很近。

涂南毫无印象：“我不记得跟他拍过照片。”临摹那么忙，谁有空拍照，连谈恋爱都是隔空的。

邢佳只是笑笑。她早看出那照片是肖昀偷拍的，拍的是涂南临摹壁画时候的样子，一张侧脸，两张全身。

虽然迅速分手和邢佳在一起足以看出肖昀的态度，但那几张没删的照片还是让邢佳感觉有些不舒服。那天她问肖昀，可不可以用他的手机给涂南发语音道个歉？肖昀犹豫了一下，最后还是同意了，她才感觉好受一些。她看了一眼台上：“对了，那位就是你的新男朋友吧？昨天在电梯外面也见到他了。”

石青临正在说话。

台下已经沸腾了，他说的什么一句也听不清——

“制作人居然这么年轻？我还以为是大叔啊！”

“现在做游戏的都这么帅吗？”

“圈粉了！”

涂南明知故问：“什么，你说哪位？”

邢佳一时僵住，柔柔地微笑，看一眼她身上挂着的工作牌，指了指男人的照片：“就这位啊，他连工作牌都给你用啊。”

第二十章

涂南调整一下坐姿，胸前的工作牌跟着晃一下，打了个旋，照片那面朝里，随即紧紧贴在她胸口。感觉有点古怪，仿佛石青临的脸就贴在她胸口一样。可要动手拨过来更古怪，因为邢佳还在看着。

“你说他啊……”她淡淡开口，“他不是我男朋友。”

邢佳一愣。

涂南觉得自己最大的优点可能就是敢作敢当了，临摹错了就认错，欺骗了她爸就认栽，彼时心有不甘造成的结果，现在也无所谓了。反正偶然一会，她不打算跟这位柔美歌姬再有什么交集，她爱怎么想就怎么想吧，犯不着为了点脸面把石青临给牵扯进来。

一阵掌声，台上石青临已经说完，正走下来。邢佳站起来给他让座，一边温柔地打了声招呼："你好，制作人。"

随即就听到旁边的工作人员叫他"石总"，她才反应过来他不仅仅是制作人，不好意思地笑了："原来还是东家，有幸参加贵公司的活动，幸会。"

石青临颔首："欢迎。"

他一开口，邢佳立即就回忆起来了："是你啊，你的声音我记得，当时替涂南回微信的就是你吧？"

涂南差点忘了石青临那嗓子多么低沉且富有辨识度了。

石青临刚才就在想她为什么直奔涂南而来，听她这么一说才回忆起来有这事。他看一眼涂南，她脸上平平淡淡，没什么表情，好像事不关己。但眼前这种情况，显然不可能是事不关己了。邢佳冲涂南笑了笑："现在不用否认了，你没必要不好意思，我和肖昀都希望你能幸福。"涂南不需要这样的祝福，仿佛扔一个烫手山芋之后还要顾及一下扔的姿势是否够雅观，未免太多此一举。她只不过想一刀两断，不相往来而已。如果不是这姑娘表现得太客气，她根本连理都不会理。

"不，他真不是我男朋友。"涂南不想再留，站起来说，"我还有事，再会。"

邢佳面露尴尬，看向石青临："不好意思石总，是不是我误解了什么，给你们造成了困扰？"

石青临笑着说："没错，我们的确不是男女朋友。"他看一眼涂南的背影，"可能我还需要更努力吧。"

涂南刚走没两步，一下停住，回头看他。"啊，原来你还在追……"邢佳暧昧地笑了笑。石青临没有太注意邢佳的表情，光顾着欣赏涂南精彩的神色了，直到涂南转过头直接出门，他才回头说："对了，涂南有个朋友挺喜欢你的，能问你要个签名吗？"

涂南走到门口，喧嚣远去，一下就安静不少，她轻轻拍了拍耳朵，感觉还有些嗡嗡作响。片刻工夫，石青临就走了出来，到她身边，手一扬，将那张签名递给她："我这么帮你，是不是可以让你提前结束试用期了？"

这人思维转得快不是虚的，居然能发散到这事上。涂南两指捏住那张签名："这是两码事。"石青临笑一声，当然是两码事，还不是怕她尴尬才这么说的。他又看腕表，再无时间可以耽搁："走吧，我还有事要处理。"

他也没往后看，直接往前走，一只手在她背后一按，状似亲昵把她带出了门，松手时低声说："不客气，演全套，送佛送到西。"

"……"

活动结束时已经是下午五点，涂南下楼时特地看过介绍，明天没有邢佳的演出，她倍感欣慰，否则明天大概可以考虑旷工一天了。她站在公司大门外的台阶上，伸出手臂，接到几滴雨。这城市就这样，每到夏季末尾就会时不时地变天，一层雨一层凉，然后冷不丁就冷起来了，本地人都吐槽一年两季，只有夏冬，还季季分明，根本不带过渡的。

涂南没带伞，倚在柱子旁，准备等雨停了再走。

身后高跟鞋嗒嗒作响，安佩夹着文件风风火火地走出了大门，看到涂南在也没停顿，目不斜视地下了台阶，直接走进了雨里。时间仿佛卡得刚刚好，路上正好开来那辆 SUV，到她跟前停住，车窗一开，她就把那份文件递了进去，急急忙忙说了几句什么就又扭头回来了。

这次经过涂南身边的时候她说了句："真羡慕你不用加班。"

涂南目送她进了门，很低调地没告诉她自己今天看了多少份画稿，要是再加班，眼睛恐怕就要吃不消了。等她回过头来，却发现那辆车还在门前停着，石青临正隔着车窗看着她。

"没带伞？"他问。

"嗯。"

车门轻响，解了锁，他说："我送你？"

涂南刚刚看着安佩把文件送进他车里，知道他有事，她看一眼迷蒙的天："不用了吧，你忙你的。"

视线里，石青临一双眼被车内光线衬得分外地暗，他忽然伸出只手，搭在窗沿，朝她身后一指。涂南随着指引转过头，就看见邢佳和几个工作人员一起，正穿过大厅往外走。邢佳身上的演出服已经换了，穿了身便装，妆也卸干净了，一张脸白淡淡的，在这消沉的雨天里看着多出几分柔弱来。涂南看到她就想起之前那次会面，觉得头疼，回过头，毫不犹豫地就下了台阶，冒着雨走向他的车。

身后传来邢佳一声呼唤："涂南？"

涂南没应，怕一应就又是半天说话的工夫，只当没听见，拉开车门坐了进去。

石青临正在翻文件，车还熄着火。

"不开吗？"涂南看着他。

"等会儿,"他头也不抬地说,"既然人家好奇,就让人家多看几眼。"涂南看向窗外,果然邢佳正在朝车里看。她转过头,免得与对方视线相接,心里却在暗想旁边这人的心思真是深沉,怎么跟玩人家似的。直到窗外风裹着雨飘进来,石青临才终于把车窗升起来了。一瞬间内外隔绝,这里成了静谧私密的空间。

涂南隔着车窗玻璃上一层雨渍,看见邢佳和那几个工作人员一起坐进车里了。直到这时候她才想起来,和肖昀一起临摹的时候好几次见过他听歌。他喜欢用手机听,她见过一回他的歌单,里面好像大部分歌都是"小 Y"的,唱的都是古风歌曲。临摹壁画的喜欢听古风歌,她没觉得有什么,也从没留心过"小 Y"这个人。现在好了,他可以天天听了。

涂南想完,听到耳边纸张轻响,余光里石青临手指翻飞,还在看那份文件。她瞥见那一页页的纸张上都是打印出来的剪贴文件,有些是微博上的大 V 言论,有些是杂志报纸的复印,大概有十来张。石青临停止翻看,看她一眼:"想看看吗?"不等她伸手,他就把那沓文件放在了她膝上。

涂南翻了一遍,发现都是批评《剑飞天》的言论。

昨晚方阮还说这游戏现在如何如何火,她就觉得树大招风,竟然一语成谶,现在居然被点名批评了。言论也无外乎那几句,就是游戏影响身心健康,妨碍学生学习什么的。

石青临说:"你看最后一篇,言辞犀利,我都不忍看了。"

涂南手指一翻,翻到最后一篇,是篇报纸上摘下来的,果然说得更激烈,等看到作者名字,她忽然也不忍看了。

"挺巧的,写这报道的也姓涂,跟你同姓。"

"当然,他是我爸。"涂南闷声说。那作者赫然就是涂庚山。

这倒是没想到,石青临一下笑了:"看来伯父对我们这行意见很深。"

涂南无言以对。她爸大概只有对壁画没意见,游戏这种行业是不可能入他的眼的,否则他又怎么会从她小时候起就勒令她不准玩任何游戏,理由很简单,玩物丧志。

今天石青临卖了她一个人情,如果可以,她也想回一个人情给他。可惜她左右不了她爸,更左右不了他所在的报社。这件事也只能看着了。

石青临已经发动了车,这些事安佩着急,他其实并不太在意。涂南把文件放在扶手旁:"你不解决?"

"无所谓,树大招风,多的是盯着你的眼睛。"他双手握着方向盘,涂南看着,觉得他的手指分外有力,紧跟着听见他说,"我已经习惯了,总会好的。"

她忽然意识到，他能到这个位置，也许并不是那么简单就做到的。

车行一路，雨并没有转小，到了小区门口反而更大了。涂南本想下车直接跑回去，要推车门的时候，石青临却没开锁。

“等下。”他转身，在后座抽出把长柄雨伞递给她。

涂南说：“你有伞？”

“我说我没伞了？”

“那你刚才可以直接借我伞。”

石青临把伞放在她膝上：“你的意思是，让我一个坐在车里的男人明知你可能淋雨，却不愿意送一程，反而只愿借把伞？”

涂南差点忘了，男人也是讲绅士风度的生物。她拿了伞，走下车。男人的伞也有男人的感觉，通体全黑。石青临看着她把那伞撑开，瞬间顶开一层雨帘，只剩了双腿可见。从没见她穿过裙子，她夏天也穿长裤，裤腿一圈晕开的水渍，往上一提就露出一截白白的脚腕。那双脚踩着一地雨水走向大门。

石青临忽然发现自己居然对她观察得这么细，不再目送了，坐正开车，转向驶离。

第二十一章

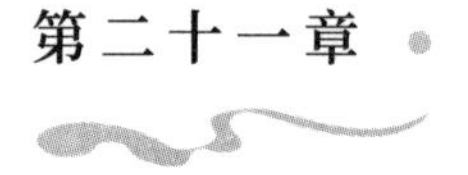

例行工作的一天。涂南盯着画纸。像这样的画纸在她面前的桌子上堆了厚厚一摞，每一张上面都铺排了细密的线条，盘绕成一个又一个繁复的形象。她一张一张地翻看，时不时捏一下手指。

据说吃手上功夫饭的人，都喜欢有事没事摆弄自己的手，近来她似乎也有这样的习惯了。

办公室里鸦雀无声，原画部的高部长就站在她旁边，又似松入狂风，大半时间不动，偶尔晃一下身子，搓着手闭着嘴，等待裁决。他在无声中悄悄观察涂南的表情，什么变化也看不出，又去看她那两根手指，女人细白的指尖，每在纸张页脚划过时“刺啦”一声，就像是在他心头划过一样。

这是她本周的第三次审稿。第一次是周一，涂南来了之后翻了两张就摇了摇头，结果是全部作废。部长问她为什么，她让他自己去看一看古代壁画到底是什么样子，说完就走了。第二次是三天前，看到了一半，但最后也是全都废了。今天也许要好点，至少到目前为止，稿子已经快看完了。

涂南手指一动，翻完了最后一张，然后全部推开。高部长瞬间冰冻，盯着她的唇，就担心她下一句脱口而出的又是“重画”两个字。但涂南没说，她从那一堆纸里抽出了一张来，说：“只有这张还可以。”一瞬间空气流通，整个办公室像是活过来了。高部长接宝一样把那张纸接过去：“那我们就按照这个感觉接着往下画了？”

“嗯，可以去准备了。”

高部长一愣：“准备？还要准备什么？”

涂南反而好奇他的反应：“这还用问，当然是准备画壁画的东西。”

“……”

见高部长不作声，她就有数了：“你不会以为给这些线条上了色就算是壁画了吧？”高部长有点犹豫：“如果按照传统壁画的作画方式来，那也太……”

“麻烦？”涂南接过话，“现在说这个是不是太晚了，在决定做这个项目的时候你们就该知道这点的。”高部长不好明言，谁都知道一幅真正的壁画画起来不是短时间内就能完成的，如果按照那样来，根本拖不起，他们原画部不过是第一步而已，后面还有很多工作在等着展开。最后他只好提议：“我们先送去给建模部建模看看可以吗？”

涂南摇一下头：“你现在送去的根本不是壁画，最多算个线稿。”

高部长闭上了嘴，连日接触下来，他越来越觉得眼前的女人在壁画这方面简直执拗得不可理喻。部里的所有绘图员都在现场，此时也全都噤了声。涂南看了他们一眼，又看了看眼前那堆纸，余下的话就不想说了。说了也没用，这些跟她所想的壁画差距还是太远了。

午后，石青临从一堆事务中抬起头，正好看见办公室门外走过的人影，她目不斜视，就这么走过去了。

他开口唤一声：“等等。”

涂南回了头，从门外一路走到他旁边：“怎么？”

石青临问：“听说你今天又毙了一次画稿？”

“没有，我明明还通过了一张。”

“可是高部长跟我说，那跟全毙也没什么区别。”

涂南上下打量他：“你这是要跟我说情吗？”石青临想笑：“真要跟你讲，那我还用客气，不是还帮你演过一场戏嘛，这才多久的情分？”

涂南这两天刚刚才忘了这事，根本不想提起。好在现在清静了。

那天安佩还特地过来通知她，说是已经叮嘱过宣传部那边，以后公司再有什么活动都不会邀请“小 Y”参加了，她猜这也是他安排的。

“我不会替原画部说情，不过我有个打算，”石青临指一下电脑，“先按你通过的那张定几份稿，做出个大概出来，投放到游戏里测试一下。”涂南瞄他的电脑，密密麻麻的代码，她眯一下眼，完全看不懂，干脆不看了。

“可那些还算不上壁画。”

“我知道，我们只是先看一下效果。”

涂南抿下唇：“这是你的游戏，如果你坚持，那就定吧。”

“我就当你同意了。”石青临敲起键盘。电脑里文件打了包，发送出去了，他推开键盘，按了一下电话上的按钮：“安佩，东西发给你了，安排一下，今天下午就测试。”

安佩的嗓音高了几个度，几乎带出杂音：“今天下午?!”

石青临说：“我今天正好有一下午的时间。”

“你觉得一下午的时间很长了，我们得多赶啊，原画部得炸了，你是魔鬼吧！”

“我这个魔鬼已经把能做的都做好了，够仁慈的了。”石青临断了通话，看一眼身边，就想起了先前原画部部长来他面前哭惨的模样。

“涂南，我忽然觉得在壁画这方面，你才是魔鬼。”

涂南挑一下眉：“是你请我这个魔鬼来的。”

“没错，说得对。”

他承认，并且发现在某些方面，他们都同样够坚持。

“噼里啪啦”的键盘声响彻网咖。方阮今天在《剑飞天》里连胜三局，整个人都异常兴奋，已经坐电脑前几个小时没有挪过窝。直到门上铃铛撞响，有人进门，他都没抬一下头。

忽然一只手伸过来，不轻不重，在他后脑勺上拍了一下。所谓打人不打头，方阮没好气地抬起头，刚要发飙，一看到来人就笑了：“哟，你怎么来了？”

涂南站在柜台外，身边还站着高大挺拔的男人。方阮看看涂南，又看看他：“今天这是吹的什么西北风啊，涂南来了，还把你这尊大神又给吹来了，我现在该怎么称呼你来着？”

石青临手在柜台上一搭：“叫客人就行了。”

“你又来上网啊？”

“不上，我需要一些真实玩家帮忙测试点内容，借你的地方用一下。”石青临朝里间看了一眼，一眼看过去屏幕上很多都是《剑飞天》的画面。

方阮往门口张望："测试好说，不过，就你们俩来吗？"

石青临笑一声："等着，这次安佩会来的。"

方阮顿时心满意足："嘿，那你们以后常来我这儿测试，我所有的顾客都是你的小白鼠。"

石青临说："你不用告诉他们，测试内容还没到公开的时候，我希望保密。"

"放心放心，我懂的。"

涂南稍稍倾身，往柜台里的电脑上看，果不其然他又在玩《剑飞天》。桌上鼠标垫下面还压着张纸，上面笔画飞舞，写了"小 Y"两个字。方阮注意到她的眼神，连忙抽出来捏到手里。签名是他从涂南家的垃圾篓里翻出来的，涂南当时说看见就烦，连撕都懒得撕，随手就扔了，他悄悄翻出来，纸都皱了，一直在这儿压着呢。

涂南看他："这么宝贝呢？"方阮不知道她为什么看这个也会烦，但左右一权衡，那些都是虚的，无论是从短期还是从长远来看，还是眼前人更重要，当即把签名一揉就扔了："怎么会呢，我就是不小心捡到的，不要了！"

涂南这才不看他了。

方阮扔完了还装模作样拍两下手，转头朝石青临招招手："客人，你今天来得正好，这游戏是你做的，能不能帮我过个关卡？"

"什么关卡？"石青临不客气，已经拿了个玻璃杯给自己倒了杯凉水，端着水走进柜台里面。

方阮拖过椅子让他坐。电脑上《剑飞天》的游戏画面是一片茫茫大漠，前方到处都是游荡的红名玩家。

"打不过去啊，你怎么把这游戏做得这么难。"方阮在旁吐槽。

他玩的是个刀客，手持一柄宽背弯刀，现在装备红了，血条也见底了，游戏画面逼真，甚至连刀口都能看出已经卷了刃。

"等我一下。"石青临喝口水，放下杯子，一手握鼠标，一手按键盘，开始操作。

方阮起初还以为这话是跟他说的，反应过来才发现是对涂南说的。涂南倒是无所谓，反正也是要等安佩的。她打开手机，准备翻看安佩昨天发给她的新扩展包剧情本，却看到了一条新信息。不知道什么时候发过来的，她到现在才看到。

"听说你现在进了个游戏公司，真是了不起。"发信人：涂庚山。

涂南盯着"了不起"那三个字看。文字多奇妙，只要联系到那个人，即使不用念出来，也能感觉出那是什么语气。她能想象出她爸打这行字时满脸嘲讽的神情，他可能还生气地拍了两次桌。

不出意外消息应该是方雪梅告诉他的，在方雪梅眼里这是千载难逢的好机会，在他眼里显然不值一提。长这么大也没能得到过一句他这样的夸奖，没想到今天用另外一种方式领受了。涂南不知出于什么心思，转头就去了门外，找了个好位置，对着墙上她画的那幅画拍了张照片，编辑一下，发送给了涂庚山。

什么也不用说，他会知道这就是她画的。

她不在意她爸怎么看，父女关系走到这步，有时就是会互相一刺，在所难免的事。

再回到网咖里，方阮游戏里的关卡早就过了。他还在一旁吹捧，连看石青临的眼神都快变成仰慕："厉害啊，不愧是游戏的制作人，这都能打过去。"

石青临往后靠上椅背，问："还有什么地方过不去？"

"有有有，这儿！"方阮打开地图指给他看。

石青临单手操控着键盘，另一只手端起杯子喝完了里面最后一口水。

方阮立即抢过杯子："大神稍候，我再去帮您倒一杯。"

涂南坐在凳子上，随手拿了柜台上一个橘子在手里剥。从小就不止一次听她爸说，打游戏的孩子没一个上进的，不能学他们，现在她眼前坐着的这个人却不同。她发现这男人玩游戏的时候非常放松，坐在那里操控着键盘，像是操控着整个世界，话也很少，几乎只有手在动。大概是涂南剥橘子的香气传了出来，他回头看了一眼，她才发现电脑屏幕上已经不是《剑飞天》的画面，是另一个没见过的游戏。

"别的游戏你也能玩？"

石青临笑："为什么不能玩，都是游戏，就像你，别的画不也能画？"他回过头，键盘上十指如飞。

涂南觉得挺有道理的。

方阮倒了水回来，也看见了，惊呼一声："你连这个游戏也玩得这么好，你也太牛了吧？"

石青临接过他手里的杯子，喝了一大口水："随便玩一下，看看别人有什么长处。"

方阮已经服了。

石青临没再继续，退出游戏界面，在他的电脑里手动输入程序，为稍后的测试做准备。涂南剥出一瓣橘子，再看他已经是工作的状态了。男人原来也千人千面。她看了看时间，问："你确定他们能赶出来？"

"能，定好的时间，他们不赶出来也得赶出来。"

涂南心说，难怪被称作魔鬼。

第二十二章

安佩终于带着测试包来到网咖，天都黑了。石青临已经和方阮划定好了测试区域，差不多只有十几个座位。为了保障新扩展包不外泄，范围越小，测试越安全。

内测服平时是不对玩家开放的，得有相关的资格才能进，但安装了测试包后就可以免去资格直接进入。

安佩在装测试包的时候，方阮跟在她身边一步不离："麻不麻烦，我帮你吧。"安佩白他一眼："离我远点，碍着我事了。"方阮作势离远两步，却仍围着她转悠。安佩也没办法，只好随他去了。

涂南在测试区的附近找了个座位坐下，等着看结果。身旁沙发椅一陷，石青临坐在了旁边。

准备就绪，陆续有人上机开机。方阮有意安排，用这些机子的都是玩《剑飞天》的玩家。大部分地图都没有异常，只有一两张新地图里会有壁画的出现。在现有的客户端里这两张新地图是未开放的，内测服里会有相关的指引把这些玩家吸引去那两张新地图里。

"咦，出 BUG 了吗？这里居然能进！"已经有人进入了。

涂南往那儿看，身体也随之往旁边靠，鼻间嗅到一阵淡淡的味道。石青临的衬衫就快贴着她的脸，带着他身上的气息，男性香水的淡香混着男人身体的气味，形成他独有的味道。尽管他每天都很忙，衬衫却永远没有一丝褶皱。但他似乎喜欢穿出随意感来，袖口经常卷起来，领口也时常解开两颗纽扣。涂南偶然一瞥，就瞥见了男人领口间的锁骨和喉间明显的结。

她眼神一晃，感觉那味道忽然浓了些。人果然改不了动物本性，动物对异性的气息永远敏感。耳朵里听到石青临的声音，他凑近，声压得很低："开始了。"

"嗯。"涂南稍稍坐正。

"这是什么啊，墙上这些是壁画吗？"一个玩家正在大殿里转悠，四周墙壁上都是一下午辛苦赶出来的成果，画的是神秘莫测的人物和玄奇的景象。

旁边的人问："你也看到了？应该是吧，我觉得有点恐怖。"

"对啊，感觉阴森森的。"

"画好看点啊，弄得跟在庙里一样。"

游戏里有程序跟踪记录玩家的踪迹和操作，关注他们停留的时间，以及在其中有没有继续探索的意愿。涂南忽然站了起来，走去玩家们身后。游戏里画面存在光效，为了营造神秘效果场景做了特别处理，让人有种在洞窟深穴的感觉，乍一看到那画面的确会受到很大的冲击。

涂南生平第一次见到壁画时也有种受冲击感，但和现在所见的感觉截然不同。

键盘敲击中，一边玩一边吐槽的人有很多。也有人说："壁画就是这样的吧。"

"无所谓，好玩就行了。"

安佩在柜台后面操控方阮那台管理员的电脑，很快走到石青临后面，弯腰在石青临耳边说："情况不太好，后台反馈的记录不是很理想。"

石青临看一眼涂南："先保存下来，回去再讨论。"

安佩点点头回去了。

测试时间最多十分钟。十分钟后所有数据将会被删档，玩家强制下线，一切当作 BUG 处理，痕迹全抹。

还没到时间，涂南就走了回去，发现石青临一直在注视着她。她问："你觉得还有必要测试吗？"

石青临反问："你觉得呢？"

"我觉得没那个必要了。"涂南直接出门。

方阮在柜台边叫她："这就走了吗？不是还没测完吗？"

出了网咖，早已一路灯光，梧桐树掩映的马路上徐徐有风。涂南走着走着才发现身后男人斜长的影子。石青临的脚步向来快，很快就到她旁边，成了并肩之势："有些人年纪偏小，不够了解壁画。"

涂南踩着他的影子往前："我只知道这些人都是你的玩家。"

石青临轻笑："对，还算是我的衣食父母。"

涂南轻扯嘴角，所以关系就是不对等的，给游客看的壁画是人家慕名自愿而来的，到了游戏里却是要主动吸引玩家的。

"在前面停一下。"石青临忽然说。

涂南停下来。

他们已经走出半条街，前面有一家日式居酒屋，悬了一半的湛蓝门帘，偶尔被风掀动一下，形同招客。"进去吧，你还没吃饭。"石青临掀帘进去，在门口停顿，一只手挑高帘子。涂南从他手臂下低头进去。

里面并不大，也没满座，才两三桌客人，跑堂的也只有一个服务员。他们坐在靠墙的位置，服务员把菜单递给涂南，她没接，服务员只好递给石青临。他边翻边问："不喜欢在外面吃饭？"涂南说："还好，只是没那个习惯。"

“那你平时吃饭呢？”

“自己做。”

“临摹的时候也这样？”

“就是因为临摹才这样。”大多时间是在旅游景区或者深山野外，只能自己解决吃饭问题。

石青临被这一问一答的模式弄笑了，仿佛在审问一样，他点了两个菜，又审一句：“有没有什么忌口的？”

“除了辣都可以。”

石青临点头，除了芥末这里就没什么辣的，从吃这点来看，她也挺好养活的。

菜单被服务员拿下去了。

等餐期间服务员送了一盘糕点上来，是附带赠送的。几小块盛在漆盘里，很精致，压着片粉色的花瓣。石青临说：“这颜色有点特别。”涂南端详了一下：“这叫酡颜。”

“酡颜？”

“就是脸红色，酡就是喝醉酒的状态，酡颜就是喝醉酒后脸红的颜色。”她说的是古称，也称酡红。

石青临很自然地接了句：“不就是你那晚的脸色？”

那晚。涂南知道他说的是她醉酒那晚，眼转一下，云淡风轻地说：“当时那么黑，你可能看错了。”

“是吗？”男人的笑声低沉得过分，“那晚我可是跟了你好几个小时，怎么会看错？”仔细想想，她脸上的颜色比这糕点可能还要深些。

涂南眼神在他脸上飘动：“跟着我为什么要看我的脸？”

石青临笑声更沉：“不然我该看哪儿？”

话题似乎开始往不对的地方飘了。

石青临见好就收，指一下糕点：“尝尝。”涂南拿着筷子夹了一块，送到嘴里。绵绵的甜，她并不喜欢这种纠缠不清的口感，吃了一块就放下了筷子。她问石青临：“你怎么不吃？”

“我不吃甜的。”石青临自小被家里严格管束，甜腻的东西几乎不沾一口。

有人说喜甜的人性格好，易满足。他觉得未尝没有道理，他自己的确就是个不易满足的人。

没几分钟，服务员送了餐上桌。

涂南觉得有点热了，脱去了身上的薄外套，搭在椅背上。这几天雨水多，天转凉，她出门多穿了一件，脱了之后就剩了里面一件无袖衫。石青临看见她压在桌沿的两条细白胳膊，手指搭在腕上，转了转表带："关于今天的测试，你还有没有什么想说的？"涂南捏着手里的两根筷子："我只看得出来，游戏跟壁画几乎是融不到一起的。"他黑漆漆的眼动了一下："我们会放到内部再测一下。"

"这样的画不算壁画，测了也没什么意义。"

石青临看着她："我们已经做出了壁画效果。"

涂南说："真正的壁画效果是做不出来的。"

现代临摹技术已经很发达了，有很多科技可以辅助人工达到最大程度的复制还原，但永远比不上手工临摹的效果。

机器是死的，人是活的，只有人才能感知人作出的画。

石青临笑了一笑，抽出筷子："先吃饭，吃完了我回去处理。"

安佩回到公司都快晚上十点了。

离开网咖的时候方阮软磨硬泡请她吃了顿饭，她好不容易才摆脱了他，到现在才回来，还以为晚了，没想到在大门口正好遇见石青临。

她看了看他来的方向："你这是刚送走涂南？"

石青临"嗯"一声。

"她怎么说？"

石青临边走边说："她的反馈比玩家还不好。"

安佩没好气："出师不利。"

石青临笑着叹口气："你知道，一个人的感觉是很难传递给别人的，尽管有她把关，原画部也只能勉强做到像她，却永远不可能是她。"

但他中意的就是她那种感觉。她能复制壁画，原画部的人却不能复制她。

安佩撇撇嘴："那也没办法，这么大的工作量，总不能让她一个人来画，我们可没那个时间耗下去。"石青临捏一下眉心，往大厅走。谁都清楚，时间对一个游戏而言有多重要。

安佩跟在后面说："从现在反馈的信息来看，也只能改动风格了。"石青临没有说话，似乎在思考这个提议，直到快到电梯的时候，才说了句："这可是我好不容易才请来的人。"

"啊？"安佩莫名其妙地看着他，知道他的思维肯定又迅速地转到什么别的地方去了，听这语气却像是一句感慨，根本没法接。

石青临却什么都没再说了。

第二十三章

涂南到底还是很在意测试后续的处理，第二天一大早就进了写字楼。穿过大厅，眼看着前面电梯门就要合上，她快走几步，身一侧，险险挤了进去。只有安佩一个人站在里面。涂南站在门边，她站在最里角，二人呈一条对角线互相注视。足足对视了快一分钟，安佩忍无可忍道："你看看你的脸，多滋润，你再看看我！"她指自己的脸！"我都快熬成老干妈了！"

涂南一眼就看出她昨夜睡眠严重不足，连黑眼圈都出来了，朝她走近两步说："真的吗，那我看看。"安佩本来就是一句抱怨，没想到她还真凑上来看了。不仅仅是用眼看，涂南还托起了她的下巴，左右端详，看得分外仔细。

"好得很啊，还是个美人。"

安佩推开她的手，后退一步："你玩我。"涂南心想真是可爱，笑着说："说实话，我要是方阮，我也要喜欢上你了。"

"少跟我提他！"安佩翻白眼，出于不忿，动手也摸一下她的脸，"你怎么就这么白？"女人总是习惯多看女人的外表，她观察涂南已经不止一次了。很多人看人先看身材，涂南工作习惯所致，总穿长裤，她身体纤瘦，个子不矮，一双腿很直很细，什么样的裤子都能驾驭。但其实她身上最占优势的还是皮肤，天生就晒不黑，脸上没有多少红润，看久了甚至有种病态的白的感觉，却胜在十分有光泽。漆黑的头发掩着脸散落到肩，这样的肤色出奇地适合她这个人。

涂南说："其实我擦了粉。"说着还用手指刮一下脸，什么也没刮下来。安佩翻个白眼。

说话时没注意电梯已经停顿，有人从外面进来，发出一声饶有兴味的"哇"。涂南扭头，发现进来的是薛诚。

"贵公司真有意思，一大早就这么劲爆啊。"他只看见两个女人凑一起，随口就打趣了。涂南跟他不太熟，看他说话时脸也只冲着安佩，就站回了门边。

安佩问薛诚："薛先生怎么这么早就来了？"

"来找你 BOSS（老板）问进展，他那个人吸血鬼出身你又不是不知道，不吃不喝不睡都没事，听说昨晚拉着全公司又是内测又是评估，连投资方那边都关注了。"

涂南默默听着他们的对话。

"叮"一声，电梯到了。薛诚先出去，越过涂南身边还冲她笑了笑。涂南拦住要出去的安佩："昨晚你们又内测了一次？"

安佩不想多说："差不多吧。"

"结果怎么样？"

"反正你很快就会知道了，我先去忙了。"她匆匆出了电梯。

看她这样涂南心里多少也有数了，结果肯定还是不好。

大概因为昨夜全公司集体加班，白天在写字楼里走动也没看见什么人。涂南走进原画部的办公室，那位高姓部长正在带头作画。宽大的办公桌上铺了半米来长的画纸，他埋着头在给画上色，眼睛几乎贴到纸上。涂南脚迈进去的刹那他就抬起了头，迅速用手掩了一下画稿，还顺手抽了张画纸盖了上去，站起来问："今天也有审稿？"他也忙了一夜，只睡了几个小时，怀疑自己是不是太迷糊了都忘了有这个安排。

"没有，我来看点东西。"涂南没看他画什么，走到靠墙放置的文件柜旁，边看边问，"你们以前给游戏画的那些原画作品有没有留底稿，我想看看。"

"有是有，不过你要看那个干什么？"高部长说话间已经过来帮她取。

"没什么，就是看看。"涂南看着他伸手去够最顶层，他人有点胖，身高不够，伸长手臂没多久就停一下。

她搬了凳子过来说："算了，我自己来吧。"

高部长停手给她让位。涂南踩着板凳站上去，觉得高度正合适，干脆也不拿下来了，就这么站着在上面，想看哪个就抽哪份。

《剑飞天》有完整的主线剧情，关于剧情的原画当然也有很多，主要场景和NPC（非操纵角色）都留了底稿，这些是一个游戏基本的框架。涂南的确觉得传统壁画和游戏是两个无法融合的东西，但这不代表她会在工作上含糊，她已经看完了全部剧情，昨晚的测试又促使她以最快的速度来了解这游戏的画面特点。这跟临摹其实没什么分别，为了临摹好一幅壁画，常常需要揣摩古代作画的背景甚至是原因，有条件的话就连画师都需要了解，她的手机相册里就存了很多资料。而游戏，从童年至今，在她这里一直是块空白领域。

高部长不好当着她的面画稿，只能在旁边陪着，转头就见又有人走了进来。石青临一进来就看见了涂南，她本就身材纤瘦，站在凳子上感觉更高挑。高部长想说话，被他阻止了。他抽了桌上的画稿，在手里卷起，眼睛看着涂南。

涂南背对着他，看得仔细，并没有注意到多了个人。她正在看一幅长卷轴，边看边移，卷轴一头随着移动往下坠，就快落到地上。她担心这样会扯坏画稿，腾出只手去捞，眼睛还盯在画上，捞了几下没捞到，重心一移，凳子晃了一下。一只手在她腰后扶了一把，顺手捏着卷轴那头塞到她手里。

“谢谢，你忙吧。”她接过去放好，以为是高部长。石青临看了她几秒，回头冲高部长摇了一下头，表情凝重地出了门。

一共有一百多份留存的底稿，每一份都很厚。整整看了一个多小时，涂南把能看的全都看了。她脚踩到地，转着脚踝活动发麻的小腿，才发现部长桌上的画纸没了：“你已经画完了？”

“嗯啊，对，你来的时候就收尾了。”高部长生怕她说出要审稿的话。涂南没说，她心里还在梳理刚看到的那些画面，点了个头就走了。

几分钟后，到了电梯外面，涂南又遇到了薛诚，他看起来像是要走了。

“你好啊小妹。”他还记着她做网咖小妹的事。

涂南微微挑眉：“我可没你这个哥哥。”

薛诚顿时就想起之前去网咖那次，石青临说她逗不了，他现在信了，笑着说：“我没妹妹，你要乐意认我这个哥哥也行。”

涂南知道他是玩笑，只是笑笑，没接茬。

薛诚胳膊夹着个画筒，她看见了，问：“你们谈了画稿的事吗？”

“是啊。”薛诚说，“他们昨晚熬夜讨论定下来的样稿，我带回去给投资方过个目。”说着又笑道：“其实那些资本家未必会看，关心的只是自己的钱有没有回报而已，走个过场。”

涂南盯着画筒：“能给我看一下吗？”

薛诚很干脆地把画筒递给她：“你这个艺术顾问应该看过了吧。”

“想再看一遍。”涂南随口回答，掀开封口，抽出了画稿。几眼就扫遍了全图，她问：“你刚才说这是他们连夜讨论定下来的样稿？”

“是这么说的。”不知是不是错觉，薛诚觉得她的表情似乎变冷了。他瞄一眼画稿：“还是挺好看的吧？”画上线条很流畅，人物和场景都美轮美奂，颜色也很绚丽。他一个不懂画的人单纯以欣赏的眼光来看，也觉得很好看了。

“嗯，是挺好看的。”涂南唇角微启，把画稿塞回去，封好口又还给他。

薛诚接住：“我到现在都还好奇石青临是怎么发掘到你的，他那个人，天之骄子，我跟他认识这么多年，很少有人能入他的眼，你是我见过的第一个。”

“是吗？”

“当然。”薛诚按下电梯按钮，“我先走了，再见小妹。”

“不送。”涂南看着他进了电梯，等到电梯下去了，她按了上行按钮。

石青临再去原画部的时候，发现涂南早就走了。等他再回到顶层的办公室，却发现她就在他的办公室里，两个人完全错开了一步。

“我还以为你已经回去了。”他合上门。

涂南站在落地窗前，点头：“我是该回去了。”

“今天来这么早，回去也这么早？”

“当然，这里应该也用不着我了。”

石青临脚步顿了顿，停在办公桌前：“怎么？”

涂南看过来：“你的样稿换风格了？”

石青临抿一下唇，已经明白了是怎么回事：“这件事我正打算跟你说。”

“不必了，我已经看到了。”涂南轻笑一声，“不错，挺适合你游戏的画风。”

石青临不自觉收紧下颌。

这是个艰难的决定。他好不容易才请到她，自己也不免感慨，但昨夜轮番内测，结果都不理想，投资方也施压，时间上更是所剩无几。所有部门连夜开会到凌晨四点，几乎所有人的意见都是这个。身为决策者，他必须做决定。

“涂南，我觉得在保留你画面感觉的前提下，是可以尝试做些改动的。”

“但你改掉了传统壁画的精髓。”

涂南忽然想起那个比赛，当时她就觉得他们不过是想拿壁画做个噱头，毕竟是个游戏公司，根本不可能真的去追求什么传统壁画的精髓和效果。这男人倒是一度让她怀疑自己看错了，现在看来，还是没错。石青临很久没有出声，他很少跟女人直接交锋。涂南的口气越是波澜不惊，他反而越觉得那是另一种惊心动魄。

“画面影响玩家选择，最直接的影响就是没有可玩性。对一个游戏而言，没有可玩性是致命的。”他忽然笑一下，“涂南，我毕竟是个商人，游戏也是商品。”

涂南点两下头，当然，他还曾在方雪梅面前说过物质很重要。他是商界骄子，以他的立场而言，做任何决定都是应该的。

“说得没错，我完全理解。那你为什么要请我来呢？我并不是个商人。”她摘了脖子上那个工作牌抛过去。

试用期结束了。

石青临一手接住，门在眼前合上。

卷三

男人对女人

临
南

第二十四章

短短几天，这座城市就彻底地进入了换季期，连绵的阴雨席卷了大街小巷。方雪梅一到这种时候就腰酸背疼，却还惦记着如今涂南一个人在城里，但凡做了点吃的喝的总要送一些过去给她。今天又去了，可惜刚到没多久就犯了腰疼。

涂南直接把她拖来了医院，方雪梅嫌破费，絮絮叨叨说了半天，最后才勉强同意医生给她开几服中药调理。

她们来的时候已经是上午十点多，等到了药房外，那里早已排起了一条长龙。方雪梅好不容易排到了前面，站得累了，一手不停揉着腰，另一只手还搭在涂南臂弯里，正好看见墙上的电子钟上显示日期是周五，工作的日子。她不知道涂南的具体工作时间，一般去她家都是赶在大家上下班之外的时间点，今天也是一早就去了，现在一看都到这个时间了，生怕耽误了她工作。

"小南，你还得去那个游戏公司工作吧，快去吧。"

涂南说："没事，我已经不去了。"

方雪梅惊奇："怎么了这是，我记得你刚进他们公司也就一周多吧，这么快就不去了？"

"没怎么，就是理念不合。"

"你们年轻人，总有那么多理由，那个希艺欧是真不错，你怎么能说走就走呢？"

涂南回味了一下才明白过来她说的是"CEO"，发音没到位就成这样了，感觉有点好笑："哪儿不错了？"

"哪儿都不错啊，一看就是有教养家境好的人，不过这种人肯定眼光特别高。你别不信，我这半辈子看了这么多人，还是有点准的。"

"信。"涂南心说这么准的眼光怎么就看上她爸那样的了。

方雪梅还要再往下说，队伍前移，轮到她这儿了，只好先打住。

涂南把药单递进去，一个年轻的药师接过去看了一眼，转头麻利地称重、包装，很快就把一大包药递出来，方雪梅想接，药师看出她是病人，递给了涂南：

“还是让你女儿拿吧。”

方雪梅闻言眉开眼笑：“哪里有那个福气，这要真是我女儿，我就得高兴死了。”

涂南笑笑，提着药，扶她出门。

可能是“女儿”这个词刺激到了方雪梅，叫她想起了涂庚山，她边走边道：“说起来，你爸都好几天没接我电话了。”

涂南说：“可能是最近报社里忙吧。”

她一向不掺和这两人的事，遇到这种问题也只能这么安慰她。

方雪梅说：“真是忙倒不要紧，就怕是人有点头疼脑热的，这几天天气不对，人容易生病，叫人怪担心的。”

涂南没作声。

出了医院，到了等车的地方，天阴得厉害，看起来随时又要泼一场雨下来。方雪梅又说起先前的话题：“你真不去了啊？当时人家那么请你……”

涂南打断她：“快下雨了，我没带伞，再不回去要淋雨了。”

方雪梅只好不说了，她松开涂南的胳膊：“我自己回去就行了，你别送了，不然还得绕远路。”

“您一个人能行吗？”

“行啊，被你弄得跟我走不动路一样了，你瞧瞧，我这不还好好的。”方雪梅作势走两步给她看。

“那好吧。”涂南只好给她拦个车，抢在雨落下来前让她上车。

方雪梅坐进车里，接过她手里的药：“既然你真不去那公司了，那现在也有空了，要不你就去区县……”话说到这儿她又打住了：“算了，你当我没说。”

涂南猜方雪梅是想说让她去看看她爸，当不知道，跟方雪梅挥手：“路上小心。”

方雪梅也挥两下手，关上车门，车开走了。

涂南直起腰，等下一辆车。

眼前这条马路原本正在施工修整，现在迫于下雨而停了，被黄黑的安全警示牌给拦了一半，路上好几处积水，偶尔有车经过就会出现一阵冲天的水花。对面的公交站牌下只有零零散散的几个人在等车，站牌后的路边上停了几辆车，最边上的是一辆黑色 SUV。

黑色的，SUV。涂南扫到那辆车时，顺带看了一眼对面的商业区，各种各样的招牌伸出，在这阴天里像是垂头奄耳了一般，正对着她的是家星巴克。

其实满城多的是差不多的车。她移开眼，去观察路上有没有出租车开过来。

“先生？”

石青临回过头，星巴克里的女店员正等着他后面的要求。

“无糖，谢谢。”

“好的，请稍候。”女店员下单时还带着笑多看了他一眼。

石青临付完了账，又转过头，隔着玻璃看向对面，涂南站在那里，他刚才就看到了。她今天穿了件亚麻色的开衫，随性得很，在这样暗沉的天气里并不算显眼，可一条马路上，他偏偏一眼就看到了她。也许是她那纤瘦高挑的形象在他的脑子里印得太深刻了。

他看一眼涂南身后，那里有个医院，不知道她是不是从那里出来的，看起来也不像是病了。视野里，涂南站在那里眼睛一直盯着路上，始终没有看过这个方向。只一会儿工夫，她忽然抬头望了望天，手抬起来，挡了下头顶。

石青临也看一眼外面的天，发现又下雨了。看样子她今天又没带伞。

“先生，您的咖啡。”

石青临回头接了咖啡，走到门口，拿了自己的伞大步出门。撑着伞走到路边，却发现涂南已经不在对面，他找了一下，才看见她已经往另一个方向跑去了。他顺着方向跟了几步，隔着条街看见她快步进了地铁口。以前怎么没发现她跑起来还挺快的。他站在原地，喝了口咖啡才又往回走。等回到车上，石青临发现手机被他扔在了车座上，一直在响。

他一边发动车，一边戴上蓝牙耳机，安佩的声音立即传出来：“石总！我被各部门的部长追问到不行了，请您解释一下为什么要突然暂停项目！”

“我需要再考虑一下。”

“您老从涂南走后就在考虑了。”

“嗯。”

“……”安佩可能是一下被他噎住了，居然没了声响。

“没什么事就先挂了。”石青临摘了耳机，随手扔在一旁。

车开出去，沿街景象倒退，人是在前进的，石青临却不清楚自己现在算不算是真的在朝前进。他的目标一向明确，要求向来清晰，却在遇到涂南之后出现了些微的偏差。这点偏差可能会带来什么后果，他必须考虑清楚。

下着雨的城市少了许多行人，路上没那么拥堵。石青临的车一路畅行无阻地开了三十多分钟，停在了市中心的贸易大厦外。巍峨的大厦，是这座城市经济繁荣的标志之一。

薛诚早就在大厅的休息区里等着，手里的一根烟刚好抽完，正拿着烟盒在倒新的，就看见他过来了。石青临在他对面坐下，冲着烟盒动了一下手指。薛诚稀奇道："真是难得，你今天居然会主动要抽烟了？"

"有点心烦。"

"心烦？你活该，样稿都定好了，好端端的忽然暂停项目，我看你待会儿怎么在会上解释。"薛诚说完才把烟盒抛给他，又从裤兜里掏出打火机一起扔过去。

石青临笑一声，拿了根烟叼在嘴里，一手摁出火苗点燃。他心烦的可不只这些。薛诚看着他，眉头皱得紧紧的："我是不知道你跟涂南是怎么闹掰的，但你也没必要因为一个女人就弄得这么麻烦吧？"

"什么叫因为一个女人？"石青临眼前烟雾缭绕，"游戏的制作权是我的，怎么做游戏还是我说了算。"

"那资本你就不考虑了？"

"考虑，但我首先还是得考虑我的游戏，这一点再雄厚的资本也不能左右。"

薛诚板着脸，头一次因为工作上的事跟他生气了。

石青临看他一眼："你那是什么脸色，真要为游戏好就该相信我。"

薛诚盯着他好一会儿，叹口气："你这种人，我迟早要被你玩死。"

涂南从地铁站匆匆跑回家的时候雨还没停，浑身几乎都要湿透了。她在干旱少雨的边疆待得太久了，出门总不记得带伞。这些雨水要是挪去那里下该多好，沙漠都成绿洲了。进了门先冲了个澡，又换了衣服，她还怕会感冒，到处找板蓝根，结果只找到一罐情人草。还是当初卖了一部分给石青临的那罐。算了，不麻烦了，就泡这个喝得了。涂南拿了杯子放进草茶，正往杯子里注热水，手机响了。

她放下水壶，从一堆湿衣服里翻出了手机，手指还没按下接听，忽然就没电了，只好找了数据线出来充电。结果插上插座却没有丝毫反应，按了按电灯开关才发现家里也断了电。小区太老旧就是麻烦，一场雨都承受不住。涂南叹口气，拿着手机下楼去找物业。

这回出门终于想起带伞，她顺手在门口一摸，就摸到了石青临当时借给她的那把长柄雨伞。那柄漆黑的雨伞被她撑在头顶，她边走边寻思是不是该还给石青临，已经不是合作伙伴了，东西理应交割清楚。这可是一把商界精英的伞。她想要不到时候就让方阮带过去好了。

物业办公室就在小区门口，去了涂南才发现他们已经在处理这事了，正打电话叫人过来修理。她把伞收起来，搁在门边沥水，问里面的工作人员借了个充电宝给手机充电。没两分钟手机就复活了，几乎同时铃声就又响了起来。涂南拿起手机放到耳边，“喂”了一声，一边朝门外看。天暗沉沉的，雨终于停了。

第二十五章

晚上八点，从城市开往区县的车准时进站，大巴笨重地停靠进车位，“哧”的一声，刹车时犹如沉重的叹息。

“到了！”司机例行提醒一句，下车走了。涂南从后座站起来，提着包走下车，一只手拿着手机。

出了站，街边三三两两有灯牌亮着，行人屈指可数。毕竟是小地方，连路灯都没城里的亮。城里的雨已经停了，这里的却好像还没下下来，空气沉闷，周遭气压很低。涂南边走边看路上有没有车，手机上有电话进来了。她立即接了，那头的人说：“不好意思，涂庚山已经自行出院回去了。”

涂南问：“他情况严重吗？”

“摔伤，伤处骨折，不算太严重，不过因为他送过来的时候是昏迷的，最好还是做个全身检查，作为家属，希望你能尽早劝他返院。”

电话挂了。和之前她接到的那通电话一样，这个电话也是从医院打来的。医院通知她涂庚山出了个意外，她才赶了过来。谁能想到方雪梅的预感那么准，担心她爸出事就真出了事。

涂南放弃了打车，虽然好几年没来过这里了，地方还是熟悉的，挑近路走，十几分钟就走到了一条巷子。这一片是区县出了名的多条巷，串在一起犹如迷宫，但只要走对了就十分节省时间。最后从巷子里出来的时候，涂南的眼前是一座院子。院门没上锁，虚掩着。她推门进去，院子里亮着灯，四下照得亮堂堂的，角落的花坛里栽了棵榕树，这么些年下来越发枝繁叶茂了。

涂庚山就在树下站着，腋下撑着拐杖，两手托着水壶，正在往花坛里浇水，闻声转过了头。一瞬间，父女二人只是互相看着。没有意外，更没有什么惊喜。

涂南看清楚了，他摔伤的地方是脚，右脚打了厚厚的石膏。

“医院怎么把你叫来了。”涂庚山放下水壶，拄着拐杖一步一挪地回屋。

涂南一言不发地进了门。屋里一张旧沙发，铺着米白的垫子，上面放了装药的袋子，看得出来他也是刚回来不久。她放下东西，进了厨房，不出意料，冷锅冷灶。冰箱里只剩了面条，几把青菜，连个鸡蛋都没有。

涂南生了火烧水，等水开的时候听见她爸在外面接电话，嘴里一直说“没事”，“好得很”，不用猜就知道肯定是方雪梅打来的。涂庚山脾气古怪，不好亲近，这么多年早就不跟亲戚走动，方家倒成最亲近的了。

她忽然想要是她爸早点答应方雪梅就好了，那样的话现在来这儿的就会是方雪梅。方阿姨一定非常乐意，不管腰酸背痛也要赶过来照顾他。可惜谁都看得出来，涂庚山对方雪梅还没到那步。涂南也清楚，如果不是她幼年时得到过方雪梅不少照顾，受了点恩情，估计他连现在的态度都没有。所以说感情的事，不管到什么岁数都是无解，她只能“作壁上观”。

水开了，涂南把面放进去，盯着那团火。直到沸了，水卷着面条翻滚。端着面出去的时候，涂庚山电话早就讲完，正在吃药。除了袋子里拎回来的药，还有他常吃的胃痛宁，手心里的药粒几乎快满一把，他一股脑塞进嘴里，端着杯子咽了一大口水。

涂南把面放在他面前，什么也没说。涂庚山把药收起来，看一眼碗，面上搭着绿油油的几根青菜。他没动筷子，口气生硬：“你跑这儿来干什么？你不是进了游戏公司，还能自己画壁画了，这么能干还有空到这儿来？”

涂南冷着脸，蓦地笑一下：“你说为什么，就因为你是我老子，我是你女儿！”

涂庚山脸上一阵青白，闭紧了嘴巴。

“麻烦你尽快回医院。”说完涂南离开客厅。

涂庚山有没有回医院涂南不知道，反正第二天一早就没看见他。涂南吃完了早饭，从屋里走到院里也没见到他人，给医院打电话，对方说并没有见到涂庚山来医院。说明没去。

挂了电话，涂南迟疑了一下，还是去了她爸房间。房门没关，她站在房门口朝里一看，就发现人也没在屋里休息，要走时瞥见了桌上的相框，又留了下来。

早晨的光亮从菱形的窗格里照进来，正好成一束，打在相框上。相框里的照片是一幅唐代的飞天壁画，应该是从某本书页里剪下来后复印出来的。一群飞天衣裙飘曳，臂带飞云，飞绕在佛陀的头顶。有的缓缓下降，有的昂首腾空，有的手持鲜花，在为佛陀说法散花、歌舞、礼赞，以作供养。

虽然不知道缘由，但这是她爸最喜欢的一幅壁画。

涂南看了一会儿，听到院门有动静，走出了房间。院门开了，涂庚山回来了，是被一个戴眼镜的中年男人扶回来的。涂南站在门口看了一眼，有点印象，好像是她爸的同事。

“你都摔成这样了还往外跑，那个展览你就别去了，大不了让社里安排别人去就行了。”

涂庚山说：“我一手促成的活动，我怎么能不去？”

“别了别了，你为忙这个都摔成这样了，就别逞那个能了。”同事说着话，看见了涂南，“这是你女儿吧，都这么大了？”

“嗯。”涂庚山看一眼涂南，脸色说不上多好。

“咦，我记得你女儿就是做壁画工作的啊，那让她替你去就行了啊，她可是懂行的。”

涂南问：“去哪儿？”

“你爸啊，”同事指着涂庚山，“之前忙前忙后地联合咱们报社搞了个壁画展，结果都忙晕了，腿给摔成了这样。他是去不成了，你反正懂壁画，替你爸去一趟也好。”

涂南明白了，这的确是她爸热衷的事：“今天的展览？”

“可不是？就在今天。”

涂庚山不轻不重地哼了一声：“她不做什么壁画的工作了，游戏展叫她去还差不多。”

涂南反倒被他这一声冷哼弄出了叛逆之心，对那位同事说：“我正好有空，可以去，麻烦你们报社回头送他去医院就行了。”

涂庚山瞪了她一眼，碍于外人在场才忍着没说什么。同事有点奇怪他们父女间的氛围，尴尬地笑笑，不好说什么，先扶着涂庚山进屋去了。涂南听到她爸跟对方小声解释：“别听她胡扯，我已经没事了。”

同事说：“那你也得好好休息，其他的事先别管了。”过一会儿，他走出来，跟涂南握手：“你叫涂南是吧？”

“是。”

“行，待会儿过去打扮稍微正式点就好。”

这区县之所以被称为区县，无非是因为以前是县，现在撤县改区了，大家习惯了就都这么叫了。区县的中心地带就像个圆盘，路呈环岛状，周围一栋一栋的建筑，夹杂了一座挑出飞檐的仿古建筑，门口的牌子上写着区县展览馆。

下午两点，涂南从报社的车里出来，走到门口。那位同事已经领着报社的人进去了，有两个人扛着很重的拍摄器材，看起来像模像样。

涂南并不抱多大期望，这类展览一向没多少人参与，普通民众不感兴趣，何况是在一个小地方。进到里面，果然人数寥寥。偌大的一个展厅，空空荡荡的。

真正的壁画是没法挪出来展示的，这里展览的当然都是临摹作品。四面墙壁上挂满了作品，有的横放在橱窗里，加起来二三十幅，但涂南扫了扫就发现临摹的几乎都是各地的名作，料想能弄过来展览也费了不少的事。涂南存了点别的心思，但看了一圈，并没有看到一张徐怀组里的临摹作品。

也是，他的组里能人辈出，算得上顶级的临摹作品了，都是能入馆珍藏的级别，当然不会出现在这种小地方。没有看到最后，已然兴致乏乏，涂南刚要出去，那位同事拿着录音笔找了过来：“涂南，你等一会儿走，替你爸做个采访。”

涂南说：“简短点，我不太擅长这些。”

“没事，就说点壁画上的东西，今天还有城里专程赶来的人物，我们等下还得去采访他，耽误不了你几分钟。”

涂南这才点了头。

问题问了还没三个，那头就有人跑过来叫人了：“人来了，走吧。”

那个同事收了录音笔：“那就这样吧，你先看着，回头见。”不等涂南回话他就匆匆走了。

涂南走出展厅，发现外面地面是湿的，天光灰白，照到脚下拖出一层浅淡的影子，应该是刚刚才下过一场雨。

她的手机响了。涂南看到号码，接起来，故意不说话。对面“喂”了两声，有点迟疑：“怎么回事，没打通吗？”

她这才开口：“通了。”

“你……”安佩在那头叫嚷，“你这人怎么回事啊?！”

“怎么了？”

“算了，不跟你说这个。”

“那你要跟我说什么？”

“我问你，你到底想怎么样？”

这话仿佛绑匪谈判一样，涂南好笑：“什么怎么样？”

“你要怎么样才肯回来？新扩展包的项目停了，整个公司一下回到原点了，真是要疯了。”

“停了？”涂南不自觉地发声。

“停了！你走了就停了！”

明明样稿都定了，怎么又停了？

“我现在连我们那位 CEO 都找不到了！”

涂南心想这总不关她的事吧。

“而且你不回来，我那百分之十的加薪……”

“嗯？”

“没什么。”

涂南看一眼手机，电话突兀地挂了。她收起手机，朝另一头的展厅入口看，看见几个工作人员态度恭谨地让开条道，那个同事拿着录音笔追着一个男人从里面走了出来。穿了西装的男人走路时一只手收在西裤里，长腿迈出，步伐一如既往很快。瞬间她的耳边回响起安佩那句找不到他们CEO的呐喊。很快，男人与她的距离就缩短到了几米。他的脚步慢了，眼神也凝住了，收着的那只手抽了出来。

“涂南。”唯有这一声称呼，简短有力。

石青临一路走出展馆大门，才摆脱了记者。回头等一下，涂南慢慢走了出来。

“你怎么来这儿了？”涂南忽然想到个可能，皱眉，“难道又是方阮？”

石青临不禁笑了：“这次真跟他没关系。”

涂南想起那个同事的话：“你别告诉我说你是来看展览的。”

“没错，我就是来看展览的，活动的发起人是涂庚山，我觉得应该值得一看。”

毕竟和她有关。石青临昨天看到消息就联系了报社，约好了时间过来，只是没想到会有这么隆重的待遇。能在这里遇见她，却是意外之喜。

“你在这儿又是因为什么？”

涂南沉默两秒：“家事。”

石青临点点头，没有多问。

涂南转头，沿着路缓行。下过雨的地面又湿又滑，铺着砖石的地面凹凸不平，为了这个活动，她来之前特地去买了双高跟鞋穿，现在走起来摇摇晃晃的。石青临跟在后面看着，视线似乎也跟着摇晃：“知道我今天看了这些作品有什么感想吗？”这是刚才记者采访的问题。

涂南眼一动：“什么感想？”

“都不如你。”

“……”这感觉很奇妙，让涂南回想起当初他去灵昙寺看壁画的时候。安佩说公司又回到了原点，仿佛还真是回到了原点，他又开始看作品了。她轻飘飘地问：“你不是都定好样稿了吗，还看什么展览？”

石青临两手收进西裤：“也许是因为我觉得还可以更好吧。”

昨天和投资方会晤时他已经把该说的都说了，游戏到底要怎么做，最终还是取决于他。商人追求利益，制作人追求完美，这二者未必不能结合，只是艰难。他现在依然承受着莫大的压力。

“是吗？”涂南没想到他会这么做，还特地跑到这儿来看展览，不过是为游戏找个卖点，却又不合常理地认真。

想得出神，脚下踩到凸起的石块，顿时一崴。胳膊被男人的手紧紧握住，涂南才免于倒地。石青临看一眼她的脚，笑了：“你何必呢？”

“……”

第二十六章

路边一张长椅，因为淋过了雨而挂满了水滴。石青临脱了西装扔上去，扶着涂南的胳膊往那儿送：“坐下来。”涂南看着他那件整整齐齐的名贵西装，犹豫了一下，最后拗不过他手上的力量，还是坐下了。

“你确定没事？”石青临盯着她的脚。

“没事。”涂南转着脚踝，其实有点疼，但她觉得不是很严重，也并无向人求助的意思，可能是习惯什么都一个人了。

石青临看了看前后，展览馆外就是主干道，他们此刻在人行道上，这里绿化不比城区，道旁没有树，车一过去就是一阵烟尘，他问：“你住在哪儿？”

“离这里不远。”

“那你什么时候能走？”

涂南误会了他的意思，看了看他：“你要是急着走就走吧，我等会儿自己回去。”

石青临笑：“谁说我要走了？”

“你不是一直都很忙？”

“现在不忙。”石青临脑子里思考着后面的行程安排，又推后了一堆事情。

涂南想了想，还是站起来：“走吧，我觉得不要紧了。”

“坐着。”石青临把她按回去，抬腕看表，“我看着时间，休息够了十分钟再走。”

“你把我当你的员工来命令了？”

“应该还没有哪个员工敢在试用期里炒掉我这个老板。”

简直哪壶不开提哪壶。涂南只好坐着去看人来人往的大街。偶尔有人经过，看到她坐在男人的西装上，都会顺带看一眼石青临。

他没什么多余的表情，手插在西裤里，整个人挺拔地站着，今天衬衫扣得严严实实的，一股精英气质。路上一辆车经过，停了下来，她爸那个同事从车里走下来："涂南，刚还找你呢，怎么坐这儿，我送你回去啊。"话刚说完石青临转过了头，他有点意外："你们认识啊？"

石青临说："我送她回去就行了。"

明摆着是认识了。那个同事走过来，隔着只手在嘴边跟涂南小声说："早知道让你出面采访他了，你爸搞这个活动出来一点水花都没有，好不容易来个城里的商界精英也没采访到，我们还担心明天没东西见报。"

涂南低语："那你们还发文批评他的游戏。"

"什么？"

"没什么。"

那个同事看看石青临，又看看涂南："那我就先走了，你回去跟你爸说一下，就说办得挺圆满的，省得他惦记，叫他好好休养。"

车走了，石青临问："你爸怎么了？"

"没怎么，受了点伤。"

石青临本还想问，又觉得那样像是在探听她的家庭情况，就打住了，低头看眼腕表，说："走吧。"

"到十分钟了？"涂南站起来。

"还差两分钟，我是见你被路人看得已经够久了，还是走吧。"他笑着拿起西装，随意拍两下，搭在臂弯里。

十几分钟的路程，涂南走得很慢，石青临在旁边不疾不徐地跟着，他向来走路快，现在完全是迁就她的步伐。进了巷子，路更加狭窄不平，他绅士地伸出手，看涂南走得算稳，又默默收回了西裤口袋。

终于到了那座院子外面，涂南说："我到了。"

石青临看了一眼院门："就这儿？"

"对。"

他点头："那我就先走了。"

涂南推开一半院门，转头看他，想说一句再见，又觉得意味不对，就几秒的犹豫他已经走出巷子了。阴灰的小巷，男人的背影，一幅格格不入的画面。她马上弯腰，揉了揉脚踝，直到这时候才算完全接受了在这里遇见他的事实。或许这世上真的存在一种东西叫缘分。

走进客厅，涂庚山又在吃药。涂南看见他手心里又是和昨天一样的一大把，仰头吞咽的时候他喉咙滚了又滚，好像费了很大的力才终于吞下去。也不知是不是因为天光阴暗，他打着石膏的那条腿绷直搁在一边，整个人孤孤单单地坐在那儿，忽然就有了种萧瑟感。

她慢慢走去柜子旁，涂庚山注意到了她走路的动作，看了一眼她的脚。

涂南打开柜上的医药箱，翻出好几个常见的胃痛宁瓶子，不禁看那边一眼，涂庚山早盯着她："那是我囤着的，别乱动。"顿一下又说："喷雾剂在抽屉里。"

涂南合上医药箱，从抽屉里拿了喷雾剂。

涂庚山似是犹豫了一下才又开口："展览怎么样？"

"不怎么样，"涂南口气淡淡的，并没有按照涂庚山同事交代的话说，"几乎就没几个人看，报社明天可能都发不出文。"

涂庚山脸色瞬间转差。

涂南心想如果告诉他最积极地去看的人反而就是那个被他狠狠批评过的游戏的制作者，不知道他会怎么想。

她拿着喷雾剂回房，经过厨房的时候朝里看了一眼，水池子里有待洗的碗筷，说明他好好吃过饭了。涂庚山看见了："我断的是腿，又不是手，生活还处理得了，用不着你在这儿待着。"

涂南没理会，直接进了房间。

坐在床沿喷喷雾的时候，手机里进来了几条消息。她窝在床上点开，是方阮发来的，问她人在哪儿。她不能说在区县，否则他回去跟他妈一提，方雪梅肯定又要神探附体，推测到她爸是不是出了什么状况，多一事不如少一事，于是说随便出去走走，散散心。

方阮回："你跟石海归约好的？安佩找不到他，我也找不到你了。"

涂南差点笑出来，可不是，还真跟约好了似的。她回："是不是安佩派你来做说客的？"

方阮贼诚恳："她是说了，不过我可不敢插手了，你要不要回去游戏公司随你的便，只求你在她问起来的时候千万得表现出我特别特别卖力地劝过你。"

涂南信他说的，这小子一向机灵，绝对不敢得罪她两次。

方阮那头又发来几张图片。

涂南："什么东西？"

方阮："我刚打过的局，太爽了，给你看看，嘿嘿……"

涂南放大图片，是《剑飞天》里绚丽的打斗场景，他用手机拍的，有些模糊不清。

方阮不是第一回给她发这些，人沉浸在自己喜欢的东西里时，总会忍不住跟身边的人分享，哪怕明知对方不感兴趣，也按捺不住那种浓烈的倾诉欲。

涂南忽然开始明白石青临当初的那句话，以后回想起来，这些人的青春里都有过他的痕迹。他们都曾为他的游戏疯狂过。

她放下手机，不自觉地翻个身，脸埋在枕头里。这个圈子她还没有完全融进去，有些感受却已能体会了。

在区县的第二个早晨，又是在没见到涂庚山的状况下来临的。涂南不用猜也知道他肯定是去了报社，好不容易找到他们报社的电话打过去，正好是昨天那个同事接的，果然涂庚山是去那里关心刊报情况了，他叫涂南别担心，回头就亲自给她把人送回来。

涂南说："你最好直接把他送去医院。"

同事无奈："那我就做不了主了，这得听你爸的。"

听他的永远去不了。挂了电话，这空荡荡的院落涂南也不想待，她走去厨房看了看，冰箱里依然空空如也，便回房拿了钱包出门。

到了院外，窄巷深深，尽头处立着一个熟悉的身影。石青临靠在那儿，手指在手机上飞速挪移，在她接近的时候收手抬头。

涂南惊讶地停下脚步："你还没走？"

"我应该没说过我要走。"

好像是没说过。

石青临今天穿了件黑西装，一看就是新的，一丝不乱，似株黑松。他直起腰，随着这个简单的动作发出一声低低的呻吟，仿佛已经站了很久没活动一样，然后和往常一样说："走吧。"

涂南问："走去哪儿？"

"那得看你了，"他抬手捏一下肩，"这地方我又没你熟。"

涂南走去他身边，他看一眼她的脚："昨天一晚上休息好了？"

"本来就不要紧。"她先朝前走了。

巷子曲曲折折，七拐八绕，涂南有点佩服石青临只走过一遍就能准确无误地找过来。出了巷子，街道一下就宽阔了，昨夜下过一场雨，现在路上依然湿漉漉的。近处房屋挨着房屋，不知谁家刚会走路的小孩追着个狗咯咯笑着跑了过去，后面大人在追；还有人在路边摆摊卖菜，一边跟人讨价还价一边目光如炬地盯着四处，随时准备在城管出现的刹那跑路。远处则是天色灰蓝，一座青山披着淡薄的雾霭冒出头。

石青临问："那是什么山？"

太过嘈杂，涂南没听清："什么？"

他指着那山，低头凑近又问一遍："我问那是什么山。"

涂南看一眼："白土山。"

石青临已朝那里走："去看看吧。"

涂南顿一下才跟上去，不是说去哪儿看她的吗，怎么成陪他去看山了？

他们很快就到了山脚下。

一下甩开那条街后，周围显得特别安静，石青临觉得这里才是说话的地方，他抬头往上望："这地方像不像灵昙寺的山？"涂南也往上看，是有点像，只不过没有那座山好走，这里的山道只是一块块垫上去的大石。石青临手抬一下，示意她先行。就连动作都跟灵昙寺里那次一样，涂南怀疑她是来做导游的了。

"你要上山干什么？"

"我昨天听展馆里的人说，这里有座白土山的土是可以作壁画的。"

涂南意外，没想到他来这儿居然不只是看看，还真往深处去了解了。最终，一女一男一前一后呈一字往上缓行。

大石上原本就有点青苔，雨水的作用使之愈加湿滑，涂南走了几步就觉得难受，她的脚踝昨天崴了一下，虽然不严重，走山道却还是有点不利索，转头看一眼，石青临在后面亦步亦趋。她又往上走了几步，干脆心一横，说："等一下。"石青临停住，就见她俯身脱了鞋，把裤腿卷了两道，手提着鞋，赤着脚往上走。

湿漉漉的石块上泥混着水渍，女人的两只脚白嫩如膏脂。因为位置关系，石青临比她矮了半截，视线一垂就将这一切尽收眼底，他不自觉地眯眼，早知道她肤白，但从未像此刻这样白得这么有冲击力。那脚踝的外围还有一小圈微微的红肿，尽管不明显，还是因为肤色差而暴露了出来。他心如明镜，抬眼看她纤瘦的肩背，昨天逞强的后果。

"走慢点吧。"他把原本就不快的速度又放慢了半拍。

涂南以为他累了，抬脚放缓，少了束缚的双脚舒服了很多。

山顶是去不了的，连日下雨早就被围了，山腰因为有个很小的土地庙，倒是还有人往来。虽然不是什么旅游景点，也照样有人在庙外占地做生意，一台冰柜，一把大阳伞，就成了个门面。

石青临走过去买水，结果没有水了，只剩了冷饮，看起来所剩无几，估计是换季期的最后一批了。他看一眼涂南额头上细密的汗，拉开冰柜，扫了一圈，凭观感挑了一个，递过去。涂南觉得这是小孩子爱吃的东西，摇头："不要。"

他手晃一下："拿着，我还得付钱。"

涂南只好接了。

山风吹过来，微微发凉。涂南咬了一口冰激凌，嗞一声："怎么这么酸？"草莓味的，也太重了。

石青临笑："不好意思，我不吃这个，随便选的。"

又一阵风吹过来，临高远眺，叫人整个心胸都畅快了许多。

涂南放弃继续吃冰激凌的时候，看见石青临已经脱去身上西装，正在解衬衫袖口纽扣，修长的手指挑开纽扣，卷起衣袖，他迎着风垂着眼，又解开两颗衣领纽扣。风拂过他额前碎发，瞬间就让他从精英转为一介闲散客。她忽然觉得这时候的他出乎意料地迷人。

"吃完了？"石青临看了过来。

"不想吃了。"涂南不想勉强自己的胃，转头去找垃圾桶。

等她回来，石青临已经从容地等着她了："土呢？"

涂南走到往山顶去的道上，蹲下来，拔去几丛草，露出下面一大片白色的土层，她用手指拨了拨，说："这里的白土比较细，以前有临摹师用它来做底色临摹壁画。底色就是做出墙壁效果，也不是非要用白土，一般根据临摹对象的画面效果和画法而定，手法要求也高，如果底色做不好，会直接影响后面的敷色。其实用这些白土做底色的那些临摹作品都不是很成功，展馆的人会那样跟你说，无非是强行扯点关系，让你觉得这小地方很有壁画的历史底蕴罢了。"她还是第一次跟人耐心地说这些。

石青临明白了："原来临摹壁画有这么多讲究。"

"嗯，我的老师以前一整年才临摹了八平方米的壁画，这还算是快的了。"顿一下，涂南又说，"当然，如果是自己创作的壁画就没这么多讲究了。"

石青临点点头，人只要走出一步，就会看见更多。他的眼睛从那堆白土移到涂南的脸上。他们对视着，似乎谁都有话要说。

最后还是他开口："涂南，我们谈谈吧。"

第二十七章

其实石青临这些天一直都有找涂南谈谈的意思，一是没有具体考虑好项目的事，无从开口，二是没机会。如今碰上了，时机也到了。

涂南赤着脚蹲在山道上，恍若这山间的精灵："你说。"他提一下西裤，也在她旁边蹲了下来，两人的目光同时望向山下，树木掩映房屋，道路绕如盘龙，人群渺小如蚂蚁。

"涂南，我问你，除了传统壁画的精髓被我改掉了，你对我有没有其他不满？"

涂南手指刮着脚边的一株细草，她对这个男人的感觉其实有些复杂，最初是因为那一笔石青，后来是因为他坚持要跟她合作时的执着，当然他也曾数度帮过她，硬要说不满，倒不至于。

"没有。"

石青临脸上露笑，对这个回答很满意："也就是说还没到无法挽回的地步。"

涂南看他一眼："你为什么非要传统壁画的感觉，如果仅仅是壁画，我什么都不会说。"

"因为这是个古风游戏，我希望能有古代的东西在里面。"

越是在海外待过的人越是明白传统文化有多重要。国外的精灵游戏可以带动全世界去关注一片从不存在的中洲大陆，就是源于其中的文化符号。石青临的野心很大，他希望有一天他的游戏不只是国人在玩，他希望它蔓延、拓展。而没有自身文化基因的游戏，只会沦为一大堆游戏的同质化产物，最终湮灭在时代的洪流里。

这些念头他从未对任何人提起过，他是个彻头彻尾的商人，只不过对于自己的商品更有规划罢了。涂南接受了这个说法，微微颔首。

石青临说："你能不能用最通俗的方式告诉我，传统壁画的精髓是什么？"

涂南想了一下："能让人一眼看到就觉得那就是幅古代壁画，就是抓住了精髓。"

这个说法的确很通俗。"也就是说在保证精髓的前提下是可以融入创新的。"

"壁画也有很多流派，从古到今就一直在融合，我从没说过不行，"涂南抿一下唇，"但是非常难。"

石青临也明白："我听原画部的高部长说，你之前特地去看过游戏的原画。"

"是又怎么样？"

“是就说明我们都很努力。”

“你的努力就是乱改？”

石青临听到这句嘲弄居然笑出了声。

涂南听到笑声立即盯住他：“如果不是看你现在有点诚意，你觉得我会在这儿跟你说这些？还浪费时间跟你解释什么白土……”

石青临竟从这句话里听出了一丝嗔怪的意味，心头闪过一股难言的感觉，语气都低了一分：“你是觉得我之前没有用心？”

“不只是你，整个公司都不专业。”

他接受批评：“对，所以我才更需要你。”

涂南沉默一下，忽然问：“你跟谁都这么说话吗？”

“嗯？”石青临很快反应过来，摇头，“当然不是。”他其实挺会打官腔的，尤其是在投资方面前。至于在其他人面前，他一向就事说事。

涂南不作声了。

“好了，”石青临站了起来，“我觉得谈得很愉快，意思也很清楚了。”

涂南没说话，感觉得出，他似乎仍有合作意向。

她想站起来，蹲得太久腿有些发麻，身体往前倾了倾，一只手撑在地上，上衣因动作而上提，露出一截纤细的腰肢。

“那是什么？”

她扭头，发现石青临正盯着她的后腰，立即一把捂住。

石青临眼里多了些不可思议，他刚才看得清楚，她雪白的后腰上有一块乌青的文身：“我发现了什么了不得的事情，涂南，你居然有文身？”

涂南皱一下眉，语气却平淡：“嗯，有问题吗？”

那是她叛逆期的产物，十几岁的时候她一度想要摆脱涂庚山的掌控，摆脱壁画，跑去文身不过是叛逆手段之一。文身师问她要文什么，她随手勾了个图样，结果已经开始文了她才反应过来那图是佛前莲花，还是从壁画里看来的，实在可笑，就又作罢。最后就留下了个不伦不类的痕迹。

这文身就连和她谈过恋爱的肖昀都没见过，却暴露在了他眼里。

石青临眼里带着笑：“当然没问题，又不难看。”

涂南拉一下衣服，她觉得挺难看的，如今过了那段叛逆期回看，还觉得当初这做法有点无聊。不过谁在青春里没无聊过？

“下去吧。”石青临笑着走在前面，他看起来心情忽然变得特别好。

再回到街上，涂南才想起她最初出来的目的是采购，被石青临打了个岔都快忘了。时间已经过了中午。她找了最近的超市，以最快的速度买了满满两大袋子食材，石青临就在旁边陪着，出门的时候还把那两大袋东西接了过去。

"你的脚不方便用力。"

涂南已经穿好了鞋，听到这话动一下脚腕，就见他已经朝前走去，身高腿长，脚步散漫，用力的小臂肌理肉实。路边有年轻的夫妻经过，妻子抱着孩子，丈夫提着厚重的购物袋，这场景让她眉头不自觉地上挑，再去看前面的石青临，居然觉得有点不自在了。

回到院子前已经是下午了，太阳居然冒了个头，阳光又白又淡。

石青临把东西交给涂南，刚要说话，院门开了。

涂庚山扶着门，看着他们，目光来回扫视两圈之后，落在石青临身上："你是……？"

石青临笑一下："您一定就是涂南的父亲了，我是涂南的……朋友。"

"朋友？"涂庚山看一眼涂南，又上下打量他一遍。

涂南提着东西进门，石青临想说的话没说成，抿住唇，已准备要走，却听涂庚山忽然问："你吃饭了吗？"

他回过头。

涂庚山把门拉开点："今天早上出门我就看到你了，你要是愿意就在这儿吃个便饭再走。"

石青临看一眼涂南，长腿一抬，迈进了院子："那就谢谢伯父了。"

涂南莫名其妙，但又在预料之中，涂庚山对外人一向还算客气，甚至比对她这个女儿强，这是好面子之人的通病。

她提着东西进了厨房，准备做饭的时候听到客厅里两人在有一搭没一搭地闲聊——

"你从美国回来？"

"对，我十七岁就出国了，今年才回国定居。"

"是本城人？"

"是。"

"今年多大了？"

"快满三十了。"

涂庚山点点头："三十也不大，正是年轻的时候。你跟涂南认识多久了？"

"算不上久，"石青临一条手臂搭在沙发上，状态放松，"但感觉有很久了。"

涂庚山看他两眼，后面没再说什么了。

饭菜上桌已经快下午三点，这根本已经不能算一顿午饭。石青临把涂庚山扶到桌边，涂南坐在对面，就这么默默看着他们这“和谐”的相处画面。

“我现在相信你都是自己做饭吃了。”石青临看了眼满桌的菜对涂南说。

“难道我还会骗你。”

他笑了：“厉害。”

其实都是些家常便饭，但对石青临而言已经是大厨级别了，毕竟他很少在家吃饭。

涂庚山看着二人你来我往地交谈，一直没说什么，直到开动，才又问石青临：“还不知道你是做什么工作的。”

涂南不自觉地捏紧筷子，好了，终于问到正题了，她觉得石青临会留下来吃饭也真是心大。

然而石青临气定神闲，他放下筷子说：“我是做壁画研究的。”

涂南睁大双眼。

“哦？”涂庚山瞬间来了兴趣，“你做壁画研究怎么会去美国留学？”

“我在普林斯顿大学念的经济学，回国后才开始做壁画工作。”

“哦，那是个好大学，我听说过。”涂庚山赞赏地看他一眼，自行推理，“所以你才会认识涂南。”

“没错，我觉得涂南的临摹作品都很值得研究，”石青临表情认真，半点不像说谎的样子，“她临摹的壁画严循古人的足迹，但里面透着一股灵气，那是别人所没有的。”

涂庚山看一眼涂南，冷哼：“她以前的老师徐怀也是这么说的，可惜现在她沦落到去游戏公司了。”

涂南回以冷淡的一瞥。

石青临从进门就看出这对父女关系疏离，他的思绪飞转，转到涂南醉酒那晚，她脸上的红肿，泛红的双眼，也不知是不是有关联。他笑了笑说：“是啊，可惜。”涂南不禁看向他，他唇边还是那抹惯常的笑，漆黑的眼底有一丝狡黠。涂庚山却似遇到了知音，跟他说的话反而多了。

气氛不浓不淡，但还算融洽。饭到中途，石青临去了洗手间，饭桌上只剩下父女二人，就安静了下来。

涂庚山忽然说：“这人各方面都挺不错的，如果你们正在发展，我不反对。”涂南古怪地看着他，他以前从不过问她的感情生活，这会儿居然会说出这种话来。

“我记得你说过以后都不会管我的事情了，那你反不反对又有什么意义？”

涂庚山立马拉下脸，冷冷地说：“那你就赶紧走，不在我门口我还真没那个闲心管。”

“谁要走？”石青临回来了，拿了张面巾纸慢条斯理地擦着手。

涂庚山的脸色还没缓过来：“我是跟涂南说。”石青临坐下来，拿出手机：“也好，其实受了伤还是有专业的护理来最好，伯父不介意的话我可以替您安排。”

“不用。”父女俩首次异口同声。

石青临已经给安佩发了消息让她去办，收起手机后对涂庚山说：“时间也不早了，我该走了。”

涂庚山说：“这么快？”

“不快了，我还有很多事情要忙。”

涂庚山理解地点头：“应该的，优秀的人都忙。”

石青临笑了笑：“临走之前，我还有点实话想告诉您。”

“实话？”涂庚山一愣。

“其实我不是做壁画研究的。”

涂南顿时就回味过来他要说什么，他已经开口了：“我真正的身份是一家游戏公司的老板，亲手制作了一款游戏叫《剑飞天》，蒙您赐教，已经在报章上领略过了伯父的刀锋文采。”

涂庚山从眼神到脸色都变了样。

“刚才我是有意欺骗，”石青临脸色稍沉，轮廓显得分外深，“那是因为我希望您能摒除偏见，不要先入为主地看待我及我的行业，我自认无论是事业还是人生都经营得还算不错，不是您批评的那种因为沉迷游戏而毫不上进的一类人。并且，您的女儿也是我诚心诚意邀请进公司的，不是沦落去的。”

涂庚山十分震惊，完全说不出话，只是死死地盯着他。石青临站起来：“如果冒犯了您，我向您道歉，谢谢今天的招待。”说完他看一眼涂南，告辞出门。

涂庚山青着脸，忽然狠狠地看一眼涂南：“你也走！”

石青临出了门，天色昏暗了一层，眼看一个下午就快过去了。涂南跟在他后面出来，越想刚才的事情越觉得情绪翻涌。她从没见过她爸吃这样的瘪，脸色变了好几番，偏偏什么话也说不出来，不知怎么，竟然有点爽，甚至连那一巴掌的气都解了。

最后她就在院子里的花坛边蹲了下来，脸搁在膝上的臂弯里。石青临回头时就见到这么一幕，她蹲在那里肩膀轻轻抖动，仿佛在笑。“涂南？”涂南抬眼看他，嘴角还微微翘着。

“我刚才可是撑了你爸，你这是什么反应？”

涂南无法评价他这种行为，也许就跟她当初跑去文身一样，都挺无聊的，可又合乎道理，她觉得舒畅，又觉得好笑，最后只是轻轻“喊”了一声道：“幼稚。”石青临轻笑一声，又低又沉，就当他幼稚好了。他背对院门，垂眼看她，忍到现在的话终于问了出来：“那么请问，你是否愿意跟我这个幼稚的人回去？”

第二十八章

涂南走到客厅，手里提着刚刚在房间里收拾好的行李。涂庚山就坐在客厅的沙发上，到现在仍然板着脸。

涂南本可以直接一走了之，可看到他面前的药，还是停下了脚步。

人到底还是老了，伤病加身，再强硬的人也没了往日的气势。她看了两眼涂庚山，觉得他现在就是这样，终究还是开了口：“爸。”涂庚山抬起头，这是这段时间以来涂南第一次叫他。涂南动一下嘴角，口气还是冷淡的：“其实我们俩这样挺没意思的，我走了你就去医院好好检查，该怎么样就怎么样，这样我们谁都不用不痛快。”

回应她的是涂庚山的冷哼和冰冷的话语：“管好你自己就行了。”他坐在那儿，连动都不动，眼一垂就化身成了泥塑。

涂南抿住唇，她的气消得差不多了，就如同负重的人卸下了肩头的大石，但她爸没有，经过这一出明显还气得更严重了。

说到底这人还是她爸，她是他女儿，这是至死也改不了的事实，不求其乐融融，但求相安无事。“就这样吧。”她提着包出了门。

院门合上了，父女俩的世界也隔开了。

沿着曲折的小巷走出去，到了宽阔的街道上，那辆黑色的SUV早已停在那里。涂南拉开车门，坐到副驾驶位上，石青临刚刚讲完一个电话，放下手机看向她：“可以走了？”

“嗯。”涂南支着一条手臂在车窗上，一只手扯着安全带去扣，扣得不够认真，几次也没扣准，所幸石青临及时接了手，温热的手指接过那卡扣，“咔嗒”一声，帮她扣上了。

“安佩已经安排好了，明天照顾你爸的护工就会过来。”把车开出去时石青临说。

涂南盯着窗外：“你这是在收买我。”

石青临一边加速一边笑，笑声在车厢里回荡，酥人的耳：“你如果真这么好收买就好办了。”能用钱解决的都是小事，哪还用得着他费这么大的劲。

区县离城区有点远，走高速路开车也要两到三个小时才能到。他们出发的时候就不早了，到了城里已经是晚上，华灯初上，满街都是绚烂的灯火。等开到涂南住的小区外面，灯火就暗了。老小区外面的路普遍都是树木成荫，路灯的光被遮遮掩掩，黑色的车就像是藏在了其间。

涂南刚要开门下车，石青临拉了一下她的胳膊，她停住，就见他朝车窗外使了个眼色。她顺着他的视线看出去，看见一男一女两个人从小区里走了出来。

安佩走在前面，高跟鞋有七八厘米，身上还穿着职业装，一步裙都困不住她风风火火的步伐。

方阮紧跟在她后面，生怕她会摔跤，一手拿着她的包，一手还时不时伸出想去扶她：“哎你慢点，我都说了她不在家，我是真找不到她人，但是我已经发消息劝过她了，真的，我劝得贼认真！说不定她明天就回心转意了呢！”

安佩停下来回头问：“你没唬我？”

“那怎么可能啊，我还舍得骗你吗？”

“呸，你少恶心。”安佩拿过他手里的包，掏出手机翻了翻，嘴里还在数落，“我那个老板也是的，我在辛辛苦苦给他找人，他倒好，不见人影就算了，还叫我安排什么护工去区县里。他是做游戏的还是做慈善的啊！”

方阮立马追问：“哪个区县啊？”

“跟你又没关系，你问什么？”

“哦。”方阮顷刻就把这事抛诸脑后，扯一下她衣袖，“别烦了，走，请你去吃水煮鱼。”

“不吃，你自己吃吧。”安佩踩着高跟鞋噌噌噌往前走了。

方阮在后面追：“吃吧吃吧，吃完心情就好了……”

等那两人走远了，涂南看一眼旁边的男人：“为什么我们要像做贼一样躲在这儿？”

“这不是躲，”石青临有理有据地说，“是他们没看到我们。”

“那……”涂南推开车门，“那就感谢你今天做的慈善，再见。”

“等等。”

涂南扶着车门回头看他。

石青临手臂撑在方向盘上，转过上半身正对着她，忽然问：“你喜欢在什么样的环境下作画？”

“嗯？”涂南对他这动不动就跳跃的思维也快习惯了，想了一下说，“作画能要什么环境，只要安静就行了，你问这个干什么？”

“没什么，今天太晚了，明天你来公司一趟。”

涂南关上车门，隔着车窗说：“我要是不去呢？”他之前问她愿不愿意跟他回来，她回来了，可没说过其他的。

石青临说：“那我就只好来接你去了。”

“……”

“明天见。”他升上车窗，驱车离开。

一夜无事，到了白天，城区的天气还是灰蒙蒙的，但终于不再下雨了。

上午，涂南终究还是去了公司。写字楼里并没有什么变化，一切按部就班。大厅里还是不见什么人，人都在各层的办公区域里忙着。她乘电梯直接到了顶层，门一开就看见抱着一堆文件的安佩。

“你真回来了？”安佩的眼睛都睁圆了。

昨天晚上石青临回来，通知她推掉今天的其他安排，要在公司里等涂南，她当时还不信呢。

“听说这里有个人特别惦记我，还上门去找我，我就只好回来看看。”涂南边出电梯边说。

安佩立即翻白眼：“得了吧，我那是为了工作，你当我乐意呀。”

“不乐意？”涂南掉头往回走，“那我走了。”

“哎！”安佩一把扯住她衣袖，差点把文件弄掉了，瞪眼说，“你怎么这样啊，就不能心疼一下我们忙了那么久的项目？铁石心肠！”

连“铁石心肠”都用上了，涂南不逗她了，继续往里走。

安佩提醒一句：“石总在开会，你等会儿吧。”

涂南还是第一次听她这么正儿八经地叫石青临“石总”，忍不住多看了她一眼。

“看什么看！”她嘀咕着扭头走了。

涂南走到石青临的办公室外，听到里面隐约有说话声，但什么也听不清，只能大概听出那是薛诚的声音。没一会儿，门开了，果然是薛诚从里面走了出来。他冷着脸，脚步飞快地走了两步，见到涂南才停了下来：“涂小妹，你终于回来了？”

薛诚其实长得不错，只是五官有种刻板的感觉，在涂南这种拿画笔的人眼里就有点千篇一律，是随手就能画下来的那种人。涂南看得出他刚才脸上有气：“是我回来让你不高兴了？”

“我没有什么不高兴的，青临高兴就行了。”

原来是跟石青临生气。

薛诚走过她身边，想了想，又停下来说一句：“投资方那边一直紧盯着，希望你们这次别再出什么岔子了。”

“你这是在给我施压？”

“我刚跟石青临就是这么说的，要施压也是给他施压。”薛诚指一下办公室的门，意味不明地笑一下，“我有时候真羡慕他这个人，干什么都随心所欲。”

“这不叫随心所欲，”办公室的门开了，石青临站在门边，一身笔挺的西装，“这叫有详细的规划。”

“随你的便。”薛诚没好气地走了。

涂南看一眼石青临：“你们不是关系很好吗？”

“是啊，认识十几年的好兄弟了，不过最近好像关系不如以前了。”话是这么说，石青临脸上还有笑，他走近，伸手拨一下她的肩，“跟我过来。”

涂南跟着他走了十步不到就停了，面前一扇办公室的门。“我昨晚叫人临时准备的，在我的办公室旁边，绝对够安静了。”他伸手推开门。看见里面的瞬间，涂南眼光凝滞了一下。这不是间办公室，里面没有一件办公家具，只有画架、画板、椅子，全是作画的工具。三面墙壁雪白如纸，靠外的一面是高大的落地窗，天光透入，照在里面像是蒙了一层模糊的光。也许是跟这栋写字楼太不搭了，这里看起来让人觉得不太真实。

她环视一圈后问：“这是干什么？”

石青临手在她背后一推，就带着她走了进去：“从今天开始你不再是这里的艺术顾问了，我正式聘请你为新扩展包的总画师，以后除了支线，所有主线画面都由你来亲自完成。”

涂南以为自己听错了：“你不怕时间不够？”

“我刚刚已经将项目时间延长了一倍。”

涂南走到画架前，手指搭在椅背上，上面包了软皮，稍微用力一戳就是一个小坑。她看着他，轻声问：“那你就不怕你的游戏没有可玩性了？”

石青临走过来，双手在她肩上一按，按着她坐到椅子上：“让游戏有可玩性是我的工作，壁画交给你，以后你想怎么画就怎么画。”

涂南一时无言，男人站在背后，看不见他的神情，唯有搭在她肩上的那双手沉实有力，大概只有他敢说这样的话。

“还有，”石青临一只手在她肩上拍了一下，无意间碰到了她散下的头发丝，不禁捻一下手指，“别再说试试看这种话了，这次不允许有试用期。”

第二十九章

“怎么样？人回来了？”

“早回来了！你的消息也太落后了！”安佩在手机上回复了方阮发过来的微信消息，心想他肯定要说这是他的功劳。

果然，方阮下一句就是：“我就说我有好好劝过涂南吧，她现在肯再回去我功不可没啊！”

安佩白眼都快翻到天上了，手机一收，不再理睬他，一面伸头朝那间画室看，只看到里面一大群人，再一看，石青临从隔壁的办公室里出来了。

原画部的高部长今天领了全部门的人站在画室里。涂南刚刚起好线稿，放到画架上：“高部长，你觉得这样的图面效果是否可行？”高部长还在惊叹呢，刚才亲眼看她勾的线，中间没有停顿修改，几乎全是一笔而成，很少能见到作画这么胸有成竹的，乍一听到她的问题很是意外：“你在问我意见？”之前都是被她严格审查，高部长有点转换不过来。

涂南点头：“你随便说。”

高部长又看一眼那画：“感觉构图跟之前不大一样了。”

“我用了古代壁画的构图方式。”涂南用了开阔的构图，这种构图直观性和表现力更强，正适用于新扩展包隐藏奇书线索的剧情。

“哦，那就难怪了。我觉得是可行的，就看你怎么想了。”

看得出来涂南加了一些新的东西在里面，传统风格里又有游戏原画的一些特点。感觉上她这次回来像是彼此都让了一步。可高部长不敢妄下论断，还是被毙稿毙出心理阴影了。涂南拿笔在画上标了个时间：“那就这么定了，你们回去画支线，我们明天上午再碰一下就往后推进了。”

“明天上午？”高部长惊了。

“嫌慢了？”涂南看他一眼，“那就今天下午。”

“可……”高部长背上的汗都下来了，怎么这人工作起来跟石总一个性质啊，“要不……我看还是明天上午好了。”

“嗯。”

一群人赶紧走了，出门的时候忽然一迭声地打招呼：“石总。”

涂南看过去，就见石青临正倚着门框站在门口。

“你来多久了？”

“看了你们全程，”石青临忽然说，“你刚才那招是学我的吧？”

涂南挑眉，故意不回答他。还真是跟他学的，果然有用，个个就范。

石青临意会地一笑，也不追问，转头叫一声安佩：“晚上定个地方，我要请薛诚吃饭。”

安佩一边掏手机一边说：“人家生你的气好几天了，现在才知道请客吃饭啊。”

“能挤出时间来就不错了。”石青临说完又看向画室里，“你也一起来。”

涂南看他：“你们吃饭为什么要带上我？”

“顺便庆祝我们正式合作。”石青临理由充分，说完就走了。

晚上八点，几人如约而至。安佩预订了一家临江的西餐厅，窗户一开就能看见江边夜景，偶尔还有船灯扫过，夜色便在江水里碎成了一片珠光，颇有情调。

安佩今天也在座陪同，四人座的位置，她和薛诚坐在一起，吃到一半还不忘跟他炫耀：“怎么样薛先生，我这个地方合不合你的意？”

薛诚眉头还没松：“还行吧。”

“小气，还生气呢。”安佩嘀咕。

石青临在对面笑：“就是，你小不小气。”

薛诚说：“你少来，要不是你非要延长时间，我能跟你生气？整整一倍的时间，敢这么折腾投资方，姓石的你可真够大爷的。”

“时间是可以缩短的。”突然的一句话让满桌都安静了一下。

涂南坐在靠窗的位置，紧挨着石青临，放下手里的叉子时心里琢磨着没有筷子可真麻烦。石青临看她表情漫不经心的，还以为她只是随口一说：“你说什么？”涂南把盘子推开一点，认真说：“我说时间是可以缩短的。”

新扩展包的剧情是记载着武功绝学的上古奇书最初现世就惹来了大肆厮杀屠戮，所幸有多名世外高人联手平息了风波。最后这本书就由几人藏匿，但为了不失传，几人又命画师在各自的修炼之处绘壁作画，留下了线索，以期能传给有缘人。这些世外高人都是玩家们所玩各门派的掌门或者长老，足迹遍布天下，壁画自然也到处都是，但并不是所有壁画都是真的，有的是故意画出来混淆视听的，也就是支线。主线壁画与支线壁画既有联系又有区别，工程量当然也就跟着大了。

涂南自己画这些门派掌门、长老的主线壁画，支线交给高部长他们。她今天梳理了一下，觉得很多地方可以化繁为简，再加上她采用大构图的方式，时间上完全可以缩短。

薛诚问："能缩短多少时间？"

"三四个月。"涂南想了一下，又摇头，"我不能说绝对可以，毕竟过程中也可能出现各种状况。"

"三四个月？"安佩直接惊呼出声，甚至惹来了旁桌客人的侧目。

涂南看她一眼："别嫌短，这是极限了。"

"我是觉得长！那么高强度的工作量你能行吗？"她激动得脸都红了。

"高强度的工作我又不是第一次做了。"临摹壁画同样是高强度的工作，涂南很适应，她在这种状态下反而工作效率很高。

旁边石青临忽然动了一下，涂南转头时正好看见他的脸侧向椅背，以一种俯身捡东西的姿势靠近她背后，说了句："涂南，你要是个男人我现在就把你抛起来了。"

她压低声："什么？"

"没什么，这是夸张，表达一下激动的心情。"

"我没看出你哪里激动了。"

"所以才要用语言来表达。"

涂南朝窗外看一眼，故意问："这地方你敢抛？"外面是江。

石青临没忍住，低低笑了。

薛诚在对面拍拍桌子："你们俩嘀咕什么呢？"

石青临坐正："怎么样，现在满意了？"

"把你得意的，你请的人给你长脸了。"

"嗯。"石青临瞥一眼身旁，涂南的脸一半藏在暗沉江水里，一半浸在迷离灯光里，从鼻尖到脖子勾出一段柔软的线条。事实证明他的坚持没有错。涂南看了看薛诚的表情："怎么，这个消息不值得你高兴？"薛诚一愣，紧跟着笑出来："我怎么不高兴了，你能缩短三四个月我也不叫你小妹了，叫你姐都行。"他站起来："走，庆祝一下，我请你们去喝酒。"

结果饭局结束又去酒吧续摊。涂南到了地方就坐进了宽大的沙发里，百无聊赖，听着舒缓的音乐，偶尔也听一听对面两个男人聊商业上的事。

“知道为什么投资方最近一直给你施压吗？”薛诚晃着手里的酒，对石青临说，“《剑飞天》火了，很多公司就冒出来跟风了，你也不想想之前那些微博大V、报纸杂志记者为什么一个劲地盯着《剑飞天》批评，还不是有人在背后推波助澜。”

涂南心说：反正她爸不是受人指使，他批评得真情实意。

“这点我早就想到了。”石青临的口气仿佛事不关己。

薛诚笑一声：“你这人非要什么时候摔一个跟头才会知道疼。”

“你算什么兄弟，也不盼着我好。”

几声笑，话题就结束了。

安佩忽然从涂南旁边探了探身，朝石青临摆两下手。

“怎么了？”石青临看过来。安佩朝吧台那儿努嘴。涂南看过去，一个风姿绰约的女人坐在那儿盯着这里。

“我猜她马上就要送酒过来。”安佩说。

如她所料，不出一分钟，服务生端着杯酒送到了石青临面前：“先生，那位女士请你的。”

薛诚说：“没天理，当我不存在吗？”安佩见怪不怪：“老办法，要我出场吗？”石青临坐着动都没动：“随便你，薪酬在工资里加。”

“瞧好吧。”安佩站起来整理一下衣服，又撩一下头发，施施然朝吧台去了。

涂南只见她跟那个女人说了几句什么，那个女人就没好脸色地走了。

须臾，安佩踩着高跟鞋凯旋。

涂南看得好笑，这是什么连续剧情节。连薛诚都忍不住拍手：“怪不得你雇助理要雇漂亮的，好用啊。”话说完一顿，他又指着涂南说：“不对啊，你身边请的全是漂亮的，改天不会让涂小妹也替你去做挡箭牌吧？”

涂南懒得理会。

石青临倒是朝涂南这边看了一眼，笑说：“我可没那个时间天天来这种地方。”

“是啊，一年能来三回就不错了，回回他都有桃花，我这个助理干得累不累？”安佩一坐下来就吐槽，“要不是看在他出手大方的分儿上，就这非人的工作量我早不干了！”

薛诚指着石青临：“你说那些女人都看上他什么了？”

“长得帅又有钱，脾气也好呀，要不是知道他是个魔鬼，我都要爱上他。”

“帅是真的，有钱也是真的，要说他脾气好我就不能认同了，越是看着脾气好的人才越可怕，你不知道他当初在美国念书的时候当街打架都闹上新闻了。”

“真的假的？”

涂南不禁看向石青临。

他叠着腿坐在沙发里，带着笑，提醒般唤一声："薛诚。"

薛诚自顾自往下说："真的啊，当时那场面把我都惊呆了，那会儿……"

"薛诚。"石青临又唤一声，脸上笑还在，只是口气不对了。

"OK，陈年往事，不提也罢。"薛诚举双手投降，一只手在嘴边一划，做了个拉拉链的动作。

安佩失望地"嘁"了一声。

涂南盯着石青临的坐姿，他端酒的那只手搭在膝上，昏暗的灯火描摹出宽阔的肩线，又抚过他的下巴和微敞的衣领。让她想起初见那晚，他带她走出去后头也不回地就走了，只留下一个背影。

后来再没那感觉，直到此刻，他慵懒的动作里散发出来的，是一种说不清道不明的疏离。

十分钟后，涂南端着手里的酒杯走去吧台。时候已经不早了，吧台上的挂钟已经指向晚上十点。身旁光线一暗，石青临到了旁边。涂南瞥一眼他端酒杯的两根手指，忽而生出一丝坏心，淡淡说："美国名校的高才生还会当街打架？"

石青临低沉地笑一声："名师座下的临摹师不还当街醉酒？"

"……"没占到半分便宜。

石青临忽然靠近看了眼她面前的酒，又看她眉眼："别怪我没提醒你，这里面有鸡尾酒，度数可比啤酒高多了。"

涂南不以为意："我一口没喝。"酒是安佩点的，蓝莹莹的，她闻着味道就不喜欢。

石青临说："那就好，不然待会儿醉了我还得再扛你回去。"

"再？"涂南的眼皮不可遏制地跳了一下。

石青临扬着嘴角看她一眼，也不解释这话是真是假，端起她面前的酒一饮而尽。放下空杯时他对服务生说："给她换一杯……"他看向涂南，揶揄："橙汁？"

涂南抿了抿唇："白水，加冰。"

第三十章

这一晚也是有趣，醉过酒的那位倒是最清醒的，其余的人都喝了不少。第二

天石青临坐在办公室里的时候，手里的咖啡都比平常喝的要浓一倍。

阳光从落地窗外照进来，洒了一地，今天是个难得的好天气。他放下咖啡杯，看向电脑屏幕，上面是游戏的画面。

法务部的王部长站在对面："石总，这个游戏模仿咱们《剑飞天》也太明显了，要不要处理？"石青临扫了一眼就说："这种事也不是第一次遇到了，就按程序处理吧。"

"好，我马上去办。"王部长出了门，可能是走得急，一下撞到了谁，石青临听到他叫，"哎哟对不起高部长，你这是来这儿开会？"

"是啊，刚跟涂总画师碰完画稿。"

石青临喝完最后一口咖啡，站起来出了办公室。

王部长已经走了，高部长还没来得及走，看到石青临后打招呼："石总。"

石青临看一眼高部长腋下夹着的画稿："还顺利吗？"

"顺利是顺利，不过……"高部长本就胖乎乎的，说话又慢吞吞的，眉一皱，细眯的眼就成了道缝，会让人感觉他正在卖关子。

石青临问："不过什么？"

"前面咱们把整个作画的安排都捋过一遍了，都没什么问题，就是后面说到敷色这一块，涂南就忽然不说话了。"

石青临点点头："知道了，你去忙吧。"

高部长走了。

敷色是壁画的事情，石青临自问给不了什么建议。他走去画室门口，看见涂南坐在椅子上，盯着画架上的画板。薄薄的日光打在她的发梢眼角，镀了层光，让她的神情看起来分外认真，也不知道在想些什么。

石青临本想走，想到刚才那个游戏又停了下来，敲了敲门，她就看了过来。

"过来一下。"他返回办公室。没一会儿涂南就过来了。

一进门，石青临就指着电脑对她说："你去玩一下这个。"

"玩什么？"涂南坐到他的椅子上，看到电脑上的陌生游戏画面才知道是要她玩游戏，她莫名其妙道，"你又不是不知道我不会玩游戏。"

石青临说："你就试试感觉。"

涂南只好挪着鼠标点了点，居然是个免费游戏，都不用注册。不过她听方阮说过，这类游戏都具有诱导性质，只要继续玩下去就会被强制要求注册，还会伴随着道具收费，本质反而是开销巨大的土豪游戏。

鼠标游移，纸片样的网页画面全是鲜艳的黄绿色，太过扎眼，她看了一会儿，眼都不自觉地眯了起来。人物风格明显模仿《剑飞天》，只是太不走心，像是一下从 3D 画面降到了 2D。

石青临走到她身边："怎么评价？"

"难看。"涂南已经放下鼠标，半点兴趣都没有。

石青临忽然问："在你眼里是否够得上一般？"

"比一般差远了。"

"那就行了。"

涂南看着他："什么意思？"

石青临笑着说："没什么。"

安佩曾说过她给《剑飞天》的评价是"一般"，现在这游戏还不够"一般"，不就是不如《剑飞天》吗。他忽然觉得"一般"算是个夸奖了。

涂南无法理解他变幻莫测的思维，看一眼电脑上的时间，起身说："我还有事，先走了。"石青临还没说话，她已经出门走了。他猜应该是有关敷色的事，不然不会这么急，也就不过问了。

整整忙了一上午没有空闲。

中午，石青临经过画室门口，无意一瞥，发现里面空无一人。安佩正好过来，看到就说："涂南不在，出去了。"她昨天喝得最多，石青临给她放了一上午的假，说话的时候她一只手都还在揉太阳穴。

"知道涂南去哪儿了吗？"

"谁知道啊，我来的时候在路上碰到她，这会儿已经走了。"安佩直来直去惯了，紧跟着就说，"她这样怎么行啊，昨天还口口声声说能省下三四个月的，现在人都找不到了，不会是哄我们的吧！"

"要是都像你这样那还真挺好哄的。"石青临笑着往外走，"你不用管，我去看看。"

"我才懒得管她呢。"安佩撇撇嘴，忙自己的去了。

石青临下楼进了停车场，掏出手机给涂南发了条微信消息，简单的三个字："在哪儿？"坐进车里的时候，他手指点着手机，猜测她几秒会回，结果等了快一分钟她才回复。

"在外面找东西。"

"为了项目？"

"不然呢，你以为我旷工？"

这口气……石青临不自觉地笑了，发一句：“给我个详细地址，不然就算你旷工。”

涂南很简洁地回了他六个点，附带一条地址信息。

半个小时后，石青临找到地方。原来是隐藏在商业区里的一个卖画具颜料的商店。店门是双推的铜铁门，门口还放了两只石狮子，不知道的可能会误以为这里是什么高档饭店。涂南就站在店门外一只石狮子旁，手里拿着张纸擦着手指。

石青临走过去，只看见她指尖上不知从哪儿沾染了一点朱红，艳艳地附在她白皙的指尖，简直有点灼人的眼。他移开眼，问：“你在这儿干什么？”涂南擦来擦去擦不干净，干脆不擦了，揪成纸团说：“找颜料。”

“找颜料？”石青临回想起来了，“难怪高部长说你说到敷色就不说话了，就是因为没颜料？”

“嗯。”

他朝店里看一眼：“这么大的店也没你要的颜料？”

涂南摇头：“不只是这里，我跑了很多地方了，都没有能用的。”

“怎么？”

“画壁画用的都是矿物颜料，而且要是顶级的，必须是我自己用的那种颜料才行。”

“那你自己用的颜料呢？”

涂南看着他，眉微微蹙了一下：“你说呢？”

石青临在她黑白分明的眼里凝了一下心神，一下回忆起来了：“哦，那晚……”

“我扔了。”涂南截断他的话，说出这句的时候有点咬牙切齿。

石青临笑着微微倾了倾身子，在她面前挡住一片日光：“对，你还差点把我也给扔了。”

涂南眼动了动，又回想起那晚的场景，可真够乱的。

“顶级的矿物颜料……”石青临忽然自言自语。

涂南觉得他语气有点奇怪，连表情都变得兴味盎然起来，不禁问：“怎么了？”

石青临笑：“怎么了？都挺贵的啊，你不觉得你这行为挺败家的？”

“……别提了。”当时扔得潇洒痛快，是因为抱着不再碰壁画的心思了，谁会想到现在又有了要用的地方。她已经够头疼的了。

石青临不知道她跑了多少个地方，但看她鼻尖都有细细的汗，料想到现在没停歇过。他问：“必须用矿物颜料吗？”

“当然，那是国画的传统颜料，画壁画最重要的就是颜色，古色才能出古香，不然出不来那个韵味。”涂南微微叹气，“有些矿石要国外进口的，很难弄到，市面上以次充好的东西太多了。”

石青临站在原地思考了一下，也就三四秒的时间，忽然掏出手机拨了电话。

“安佩，给我匀两天出来，我有点事要办。”说完他把手机推远。

下一秒，里面传出安佩的呐喊：“两天?! 我怎么给你匀出来?!”

石青临放回耳边：“就这么定了。”挂了电话，他掏出车钥匙，对涂南说：“走吧，带你去个地方。”

涂南莫名其妙地跟着他往停车的地方走。

车开出去，沿着马路一路疾驰。涂南看着车窗外倒退的风景，沿街的高楼大厦逐渐被抛在脑后，繁华的商业中心也渐渐远离，视野里开始出现红砖绿瓦，灰白街道，还是旧时的格局，在成荫的梧桐树下闪现。她看出来了：“这里是老城吧。”

“嗯。”石青临握着方向盘，也朝外看了一眼。

这城市太大了，划分了大大小小十几个区域，老城在城东南，他的公司则在新兴发达的西北角，简直是一条对角线。最后停车的地方是一间朱门灰瓦的院落外。

涂南下了车，站在门口看了看，怀疑自己到了古代的哪家高门大户。石青临已在抬手敲门了，敲了两下，又拍了拍门上的铜环，发出几声脆响。里面有脚步声，终于有人来开门。门一拉开，里面的人朝外望，一位鹤发鸡皮的老人，穿一身唐装，精神矍铄，站立如松，撑着根拐杖，感觉有点多余。

石青临笑着迈脚入门：“老爷子，我回来看您了。”

回应他的是一记拐杖。

“小崽子，你还有脸说回来，回国这么久了终于长良心了，啊？薛诚都来看过我好几回了，你连他都不如！”

石青临胳膊上挨了一下，也没躲，脸上还在笑，眼看第二记又要落下，才轻轻巧巧地一把抓住：“别这样老爷子，还有人在呢。”

这一下于是没有落下来，老人家看到了他身后站着的人。

现场虽然有点混乱，但涂南看得津津有味，脚步都没挪一下，连表情都云淡风轻的。不用说她也能看明白，这人应该是石青临的爷爷。

“这位是？”老爷子问。

石青临说："我带回来找您的。"

"进来进来。"老爷子马上拐杖一收，脸色也好了。

第三十一章

厅里，石青临坐在太师椅上，卷着袖子揉自己的小臂，上面被老爷子那一拐杖生生打出了块淤青。"老爷子，我可是好不容易才挤出两天过来，您居然下这么重的手。"

老爷子刚好点的脸色又严肃起来："就你忙，我就不信这么久你都腾不出空来，你就忙成这样？"

"要不是您定了个回来至少待两天的规矩，我肯定常回来。"

"我那是为你好，你看看你成天的有假休没？"

石青临无奈道："是，我现在休假了。"

"哼，等着，我给你找药酒去。"老爷子摆脸色归摆脸色，到底还是疼亲孙子的，拎着拐杖大步出门去了。

涂南一手搭在太师椅上，终于有机会问："你带我来见你爷爷干什么？"

石青临小声说："我们家老爷子可是个厉害人物，你要是想要颜料，就得问他。"他指一下墙。

涂南抬眼，墙上好几个大相框，里面是老爷子各个时期跟不同人物的合影，正中那幅合影上，写着"赠国画颜料大师石敬年，望君惠存"。

"国画颜料大师？"涂南念叨一句，低头看他，"你爷爷会做颜料？"

"手工做，全是顶级的。"

她惊讶："我怎么从没听过他的大名？"

"他已经很多年不做了。"石青临像是在说悄悄话，"我们家老爷子懂颜料也赏画，在游戏里加入壁画元素就是我从他身上得到的灵感。"

"难怪……"涂南早就好奇，他分明跟壁画半点搭不上关系，没想到有这样的原因。

说曹操曹操到。石敬年正好返回，一脚跨进门就看见两个人凑在一起低语，笑眯眯地问："说什么呢？"他可不只拿了药酒，右手还提着个白瓷茶壶，左腋夹个红檀木盒，右腋夹着自己的拐杖，走得四平八稳，没有半点老态。

涂南直起腰，手指戳一下石青临的胳膊，冲他挑一下眉头。

石青临知道她的意思，笑着开口："老爷子，我还没给您介绍呢，她叫涂南。"

"涂南？好名字，好名字。"石敬年似乎一高兴就喜欢把话连说两遍，一边把药酒递给石青临，一边把东西都放在桌上，打开那个红檀木盒往涂南面前推，原来都是些果子蜜饯类的零嘴，"来，尝尝。"

涂南不好打击老人家的热情，随手拣了个话梅："谢谢。"

"东西可以慢慢吃，我们先说别的。"石青临倒了点药酒摁在伤处，皱了皱眉又松开，笑着往下说，"其实我们俩有点事想请您帮忙。"

"好说啊，什么事？"

"想请您赐点颜料。"

石敬年脸上的笑没了，拿拐杖指着他："好你小子，我就知道你没事不会过来，你压根就是为了这个来的吧？"

石青临无奈："老爷子……"

"你给我过来！"石敬年再度扭头出门。

石青临只好把药酒搁下，站起身，悄悄对涂南说："但愿能糊弄过去。"

涂南问："糊弄什么？"

石青临看她一眼，笑了笑，也没回答就出门了。

涂南在厅里喝了两杯茶，感觉天都快黑了，仍不见那对祖孙回来。她出门去找，踩着脚下灰砖砌成的走廊，转过弯就看见石敬年和石青临一前一后地迎面走来。人未至，一声呼唤先传过来："南南？"

涂南微怔，叫她的是石敬年。

"我老人家能这么叫你吧？"

她回神，点头："能。"

记忆里只有她妈会这么叫她。她妈离开的时候她还太小，除了这个称呼几乎就没别的印象了，难免记得深刻，乍一听不大适应。

石敬年和刚才一样热情，跟她一起边走边聊："你是做壁画临摹的？"

"是。"涂南瞄一眼石青临，他慢慢地跟在他们身后。

石敬年说："做这行的可不多啊。"

"嗯，是不多。"

涂南进徐怀组里前也跟其他人一起临摹过，当时同组十二个人，最后只剩下三个。且不说临摹要求高回报低，光是这枯燥单调的工作内容已经足够让大多年轻人望而却步了。后来她进了徐怀组里就刻意不再和组员们接近，除了肖昀，因为总觉得有一天大家会各奔东西，却没想到这次先走的是她。

每每想到这个她都觉得可笑，这大概就是所谓世事无常。

石敬年一路走一路感慨：“能干这行的年轻人都是好样的，像你这么年轻的姑娘更是难得。不像我们家这个……”他竖起拐杖指指身后的石青临：“跟他爸一样，全是唯利是图的商人！”

石青临在后面轻笑：“老爷子，讲点道理，没我们俩这唯利是图的商人，您能不能住这么好的宅子？”

“你当我稀罕？”石敬年丝毫不给面子。

说话间进了屋后的园子，涂南放眼望去，以为进了哪个园林，地上铺了细白沙，鹅卵石的小径旁种了常青的绿植，一角甚至还修了流水假山。她算了一下本城的地价，觉得老爷子刚才能喊出那句他不稀罕，也是相当有风骨了。石敬年走到假山边上，又接着前话道：“南南，我就喜欢你这样的孩子，做事坚持本心，不求回报，现在的社会太浮躁了，就缺少你这样的人。”

“其实……”涂南想说自己已经离开这行了，承受不了他这夸奖，但被石青临打断了。他抢话说：“我就不坚持本心了？”

“你坚持忙的本心！”石敬年挥挥拐杖。

石青临趁机说：“那您就不能体谅我忙，赶紧给涂南颜料？”

涂南想起颜料，忙唤：“石老？”

石敬年“啧”一声：“还叫什么石老啊，叫爷爷就行了。”

老爷子忽然绕到假山后面，从那儿抽出根鱼竿来，往石青临面前一抛：“你给我去钓条鱼上来，不然别说颜料，连今天的晚饭你都没的吃。”石青临拿着鱼竿，皱眉：“您知道我有多忙。”

“忙什么忙，你今天要是敢看一下手机试试，快去！我就在厨房里等着。”石敬年说完还不忘冲涂南笑一下，又拎着他那根多余的拐杖往前屋去了。

涂南盯着石青临：“你到底跟你爷爷怎么说的？”

石青临换只手拿鱼竿，笑得嘴角翘起来：“我什么也没说，全是他自己想的。”说着他朝水池子走去：“他现在可喜欢你了，至少比我这个‘唯利是图的商人’强。”

涂南忽然明白他糊弄的是什么了。

园子里有个不大不小的池子，里面荷叶稀疏，盛夏不再，绿已不翠，叶面泛出微微的黄。涂南很久之后找过去，就见石青临人倚在树上，手持鱼竿，偏偏一身西装革履，画面怎么看怎么古怪。

她问：“一无所获？”

石青临抬起手臂看了看表：“没错，我感觉我正在浪费生命。”

“不算浪费，这毕竟也是工作。”

他点头：“可以，你还会安慰人了。”

涂南觉得这更像是安慰自己，忽然感觉水面一动，眼光飘过去：“有了？”

石青临站直，手指扯动鱼线，水波荡漾，有鱼露出白白的肚子，一晃就消失在水下了，他手指又松开：“老爷子是真狠，明明今天喂过了鱼，还叫我一定给他钓一条上来。”

涂南也很无奈：“我就说过程里可能会出状况，你们家老爷子就是。”

石青临霍然转身看着她：“涂南，我们来做个君子协定，我帮你摆平老爷子，拿到了颜料，你再帮我缩短点时间？”

涂南皱眉：“你还真是个商人，这么会讨价还价。”

“薛诚是投资方，你在他面前说的话肯定是能保证的，那就说明还有商量的余地。”

涂南抿住唇，几秒之后才说：“最多五个月，这真的是极限了。”

“成交。”石青临把鱼竿递给她。

涂南下意识接住：“干什么？”

石青临脱了西装，笑着卷起衣袖：“鱼而已，下去抓一条就行了。”

“你行？”

“你看我行不行。”

他已经脱了鞋袜，卷起裤腿，涂南发现他的小腿修长又结实，淡淡的小麦色，被阳光附着的颜色，有种难言的性感。那双腿站进了水里，瞬间水面就没过了他的膝。

石青临踩了踩水底，看着她：“水有点凉，你拿好别动，我速战速决。”

“嗯。”涂南双手握住竿，看着他的动作。

屋里忽然传来老爷子的一声呼喝：“石青！都多久了，你小子到底钓不钓得上来？”

石青临刚俯身，闻言微晃一下，笑着叹气：“鱼差点被他吓跑了。”

涂南从声音来源的方向缓缓收回目光：“他刚刚叫你什么？”

“石青，”石青临盯着水面，头也不抬地说，“我的名字是老爷子取的，家里一直这么叫我。”

涂南恍然大悟："怪不得你当时那么介绍自己。"

石青临，石青色的石青，来临的临。怪不得他连微信头像都是一张石青色的图片。原来如此。

涂南脚蹭着松软的泥土，思绪翻飞，从洞窟里的那一笔，到眼前的这个人，冥冥之中似有天意。她忍不住笑了："石青？"

"哗啦"一阵水花，石青临抓扣着掌中的鱼抬起头，看见岸上的女人在淡淡地笑。"你叫我？"

"是啊，"她的笑加深了，"石青。"

秋风已至，天高云淡，她在傍晚的风里笑得眯起双眼，眉眼间神采前所未有地生动。

石青临心脏忽然一缩。

突然想起认识以来她还从没叫过他的名字，这是第一次。那轻飘飘的两个字从她口中念出，便从苍白的文字到染上了色，成为那趋向于暗沉的一片深邃。

片刻后，他冷不丁也笑了。

涂南还在轻轻笑着，就见水里的人已经大步上岸，走了过来。怀里陡然一沉，鱼竿应声落地，她迅速收拢手臂，兜住那条活蹦乱跳的鱼。

"你笑什么，嗯？"石青临抬手一弹，掠过她走了。

涂南抱着那条鱼，被他溅了一脸的水珠。

第三十二章

涂南把鱼送去厨房，石青临已站在流理台边，手里端着个杯子正在喝水，眼光往她身上斜射过来。

石敬年接过那条鱼，数落："瞧瞧你们俩都弄成什么样了，赶紧去弄干净了。"说着指着石青临数落："尤其是你，把你能的，还跳水里抓鱼，快去洗澡，冻病了麻烦！"

两个人于是被赶了出来。彼此在门边对视，都是一身泥水，狼狈不堪。

涂南说："你干的好事。"石青临失笑，转头踏上走廊："跟我来。"涂南跟着他走到头，那里有一间屋子，他推开雕花的木门，站在门口，等她先进。

她进了门，发现里面挺大，家具都很现代，沙发电视一应俱全，甚至有张办公桌，还有隔间，摆了张床，一看就是他住的房间。石青临打开衣橱，找了两件衣服出来，扔给她一件："你没带衣服，穿我的吧。"涂南接住，拿在手里看，白色的男士T恤，不知放了多久，带着股樟脑丸的清香，她拿在手里进了洗手间。

石青临在外面等着，洗手间的门是毛玻璃的，他扫一眼就看见隐约的人影，在窸窸窣窣的声音里不真实地晃动，手臂抬起，是脱衣服的动作。他干脆转头走出门，抱着胳膊倚着门框，抬头望天，心里觉得好笑。人就不能生出别的念头，生出来了，就会有更多的杂念。

好在洗手间的门很快开了，打断了他的杂念。

石青临回过头，涂南已走出来，身上的白T恤松松垮垮，短袖几乎被她穿出中袖的感觉，但她生得高挑，还是驾驭得住。他点头称赞："不错，我的衣服你也能穿。"

"拜你所赐，不能穿也得穿。"

石青临笑。

涂南嫌T恤宽大，手指绕着衣摆打了个结，在腰上系紧，顿时就合适多了。她把自己本来穿在外面的开衫披上，看他一眼："我好了。"

"我得洗个澡。"石青临朝洗手间走。

涂南走出去，替他掩了门，忽然觉得诡异，这是什么工作，进了他家老宅，见了他爷爷，连他的衣服都穿上了。她把外套穿上，刚好遮掩了身上的男T恤，走回前厅，石敬年正在等她。

"南南，来，给你看个东西。"他招招手，手里捧着本相册。涂南跟着他坐下来，他把相册翻开，给她看，原来都是石青临小时候的照片。一张一张的，看得出来他藏了很久，保管得很细致。

"看，这个是他四岁的时候，这张大概是八岁……"

涂南配合地凑近细瞧。为了颜料，她也只能配合。

"跟他现在不太像。"她说。看来看去，照片里的人白白嫩嫩的，就像个漂亮的小姑娘，跟石青临现在的样子差别太大了。

"是不像，他还是小时候长得乖。"

涂南深表赞同。

没一会儿，石青临回来了，石敬年头也不抬地说："你去把饭做了。"

石青临换了件干净的衬衣，袖口高高挽起："老爷子，您换个方法整我行不行，钓鱼就算了，怎么还让我做饭。"

石敬年说："你不做其余的就免谈。"

涂南看一眼石青临，他也看了她一眼，彼此无言，他转身回了厨房。

没办法，现在老爷子就是主子，他们都得听话。

涂南低头再去看相册，石敬年又滔滔不绝地跟她讲解，哪张是石青临第一次进学校，哪张又是他出国前拍的。出国前的照片似乎是张全家的合照，背景是机场，石青临站在正中间，十几岁的少年已然身高腿长，几人之中最显眼，有些青涩，但笑起来跟现在一样，嘴角轻翘，乍一看简直感觉有点像不良少年。他的左右分别是一男一女，估计是他的父母，尤其是女人，眼鼻和他很相似，老爷子站在后排，身边没有老伴，想来可能已经独身很多年了。

涂南问："这里面都是您的家人？"

石敬年点头："是啊。"他语气竟有些感慨，看了两眼那照片，忽然合起来："哎哟都这个点了，我得去把我养的那两只鸟提回来，回头再接着给你看。"

涂南本来也只是给面子地互动一下，毫不在意地说了声"好"，目送他夹着相册出了门。

肩上有什么跳过，落在地上，她垂眼看，是个细尖的干辣椒，回过头，石青临倚在厨房门框旁，冲她勾一下手指。

"怎么，要我帮忙？"

"当然，"石青临看一眼手表，"不知道老爷子什么时候回来，快点。"

涂南起身，走进厨房，发现他根本都还没开始。她脱了外面的开衫搭在一边，走到流理台边，一边扯着T恤领子闻了一下。石青临就站在她身后，看到这幕问："你闻什么？"

"有味道。"之前没想到樟脑丸的味道有这么重，穿了一会儿才发现。

"是吗？"石青临低下头，嗅了一下她的肩，抬眼时打趣道，"嗯，有我青春的味道。"

涂南头一转对上他的脸，他身上一股沐浴露的味道，半干的碎发散在额前，遮掩了双眼里微微的笑意。她眼光微动，感觉似乎有点太亲密了，避开他眼神："原来你的青春是樟脑丸味的。"

石青临盯着她垂下的长睫毛："那你的青春说不定是颜料味的。"

"你还要不要我帮忙了？"

"当然，不把老爷子伺候好了，颜料怎么能拿到？"石青临站直了，怕再说下去她要走人。

涂南看了看那条鱼："这点时间我可能只来得及做这条鱼。"

石青临让开两步："没事，你看着办吧。"

结果晚饭真的就只有那条鱼。

石敬年回来的时候菜已经上了桌，涂南和石青临就坐在桌边等着他。老爷子拿了筷子夹起一块放嘴里，看看石青临："你小子什么时候手艺这么好了？"

石青临也不遮掩："不是我做的，这是涂南做的。"

"我就知道。"石敬年一点不生气，反而冲涂南笑出皱纹，"还是南南知道心疼人。"

涂南看旁边，石青临神情自若。她想了一想，趁机说："那颜料的事……"

"好说好说，先吃饭。"石敬年眉开眼笑。

两人默默叹息。

完全是在各种逢迎老爷子里度过了这天。

第二天清晨太阳刚升起，涂南已经起床好几个小时。老宅里的客房摆的是老式的木板床，枕头略硬，她睡了一夜感觉有点落枕，一边揉后颈一边走，经过石青临房外，听见他正在打电话。他说的是英语，涂南是第一次听他说英语，又低又沉的语调，听起来仿佛是外国电影里的对白。她不禁站着多听了一会儿。

门忽然从里被拉开，石青临看到是她才笑了笑："还以为是老爷子呢，你来得正好，帮我看着点，我要回个电话给安佩，她催一夜了。"

老爷子不准他碰手机，昨天在他房里盯了大半夜才走，到现在他才有机会忙工作。

涂南随口问："怎么帮你看？"

"注意着点老爷子就行了。"石青临已经拨通了电话，那头顿时传出安佩高分贝的声音。

涂南等于替他挡在了门外，脸正好对着他的脖子，他可能刚起床，衬衫还没扣好，露出胸口，紧实的肌理感，似绷紧的缎子。她晃了晃眼，看够了，才慢慢转过头。远远地，石敬年已出来了，一边朝这儿走一边甩胳膊做着打太极的动作。

涂南心想怪不得他一把年纪了身体还这么好。她轻咳一声，提醒石青临。石青临工作时专注，眼神只落在她额角，听到这一声马上收神，三两句挂了电话。

"南南！"石敬年已经到了跟前，跟没看见石青临似的，朝涂南招招手，"来，跟我来。"

涂南看一眼石青临，快步向老爷子迎了上去。一路走到厅堂里，涂南看见桌上摆着个藤条箱子，看起来好像有些年头了。石敬年摸摸那个箱子，像摸宝贝："打开看看。"

涂南依言打开，里面全是颜料，一份一份分门别类地放着，上面都标好了名字。

“这些本来都是我藏着做念想的，本以为用不上了，没想到就遇到了你，这也是缘分啊。”石敬年笑眯眯的，“我知道你们有用处，都拿去吧。”

涂南小心翻了翻，基本上她需要的颜色都有了，老爷子的确细心。“您磨这些费了不少功夫吧？”

“现在不比当初，只能断断续续地磨了，磨了好几年。”

涂南看他说话时揉着手腕，猜想是落下了腱鞘炎，她知道干手上吃力活的都可能落下这个职业病，忍不住问：“这么多年您怎么不找个徒弟？”

石敬年叹气：“谁吃得下那个苦啊，我本来想把这手艺传给石青他爸，可他爸当年一心下海经商。后来又想传给石青，他打小就没这个兴趣，我也不好强迫，就这么算了。不过话说回来，要没他俩赚钱，我也买不到那么多好矿石回来。如今好多颜料都是机器生产的了，出不来那个味了。”说到这儿老爷子脸色又好起来：“所以我才喜欢你呀，颜料啊，壁画啊，这些都是咱们老祖宗传下来的东西，总得有人往下传不是。”

涂南点头：“是。”老爷子是真正有风骨的人，她却已经不干临摹了，半分也比不上。

石敬年却是越说越高兴，神神秘秘地道：“我手上还有块上好的青金石，高价从阿富汗进口来的，改天磨出来给你，以后你想要什么颜料就来找我，爷爷都给你备着。”

这一腔盛情，涂南感觉有点受宠若惊了。

等她拎着那个藤条箱子坐到车上，石青临已经去跟老爷子告别了。

他这个人分秒必争，拿到颜料就再也待不住了。

没一会儿，涂南看见他从大门里走了出来，石敬年拿着拐杖站在门口：“记着你说的啊，以后常回来。”

石青临说：“记着了。”

“带南南一起来。”

“没问题。”

涂南手指在喇叭上摁了一下，吸引了两人的注意力，石青临看了过来。

她看着他，眼神不言而喻。没问题？谁说的没问题？欺骗了老爷子她已经很内疚了。石青临看她一眼，什么也没说，回过头继续跟老爷子说话。

“好了好了，都催你了，快去吧。”石敬年会错了意，笑呵呵地冲涂南挥挥手，背着手进门去了。

涂南也跟他挥了挥手，转头时石青临已经坐上了车。

“我们家老爷子还是心软，说着整我们，其实一早就给你准备好了。”他发动车时说。涂南瞥他一眼，又盯着窗外的路，忽然问：“你是不是什么项目都敢这么糊弄你们家老爷子？”

石青临握着方向盘笑起来：“不敢。”

这个项目应该是他做游戏以来最上心的一个了。

第三十三章

安佩心急火燎地给石青临打电话，不是没有原因的。国内每年都有例行的游戏产业年会，今年的举办地点就定在了本市。这活动在国内算是行业标杆，背后又有政府扶持，要是能得个表彰，企业形象和前途就会光明万丈，没有哪个游戏公司会小视。《剑飞天》今年势头正猛，不出意料地也受到了年会邀请。

本月公司的例行集体会议上，她把这个消息一说，在场众人都很激动，就连弥勒佛一样的高部长都眉飞色舞了半天。

安佩一本正经地问石青临：“石总，这算不算公司目前的头等大事？”石青临坐在上首，正在看游戏的本季度报告，闻言头都没抬：“算，不过最重要的还是做新扩展包。”

安佩一点也不意外他这么说，头一转，却发现他旁边坐着的那人更厉害，一脸无动于衷。涂南当然无动于衷，她根本是第一次听说这个年会。

安佩于是故意说：“新扩展包不是推进得挺顺利的吗？我看涂南画得挺快的，就算随时再拿去测试一次都行。”

石青临合上报告，看着涂南：“真的？”

涂南看他一眼：“差不多。”

这得感谢他们家老爷子。涂南当时提着那一箱颜料回公司，就如同打仗的人提回了满满一箱弹药，兵困马乏的军队迎来了满满一车粮草。大家都干劲十足。

石青临于是接受了安佩的提议：“那正好，就再测一次。”

安佩忍不住自己拍了一下自己的嘴，干吗没事找事说这个，平白又多出一个工作。

会议很快结束。开会的时候各位部长都很严肃，散会后就活泼起来。一个部长喊：“石总，这次年会我们能不能一起去参加啊。”

石青临说："当然可以。"

又有人道："那要是《剑飞天》拿了奖，我们能发奖金吗？"

"也可以。"

众人兴高采烈地离开了。

最终测试就定在了年会活动的前一天。

涂南提一下衣领，站在落地窗前接电话。最近天气明显转凉，她已经穿上了针织衫。电话是石青临安排的那个护工打来的，对方告诉她看护工作已经完成，她爸的腿早就拆了石膏，能踩地了。

"那他去医院检查过了？"

护工说："这个我就不知道了。"

涂南没再问了，她爸要干什么连她这个做女儿的都无法左右，何苦为难一个不相干的外人。她挂了电话，转头出门，正好撞见出办公室的石青临。他今天穿着格外正式，黑西装，还打了领带，身材挺拔，他一直走到她跟前："今天的测试你真不去？"

"嗯。"之前就说好了，这次的测试涂南就不去了。

"怎么，害怕结果不好？"

涂南倚着墙，淡淡地说："结果要是不好，大不了我再走。"石青临眼里有笑："那恐怕不行。"他这个人开会的时候严肃，私底下说话，稍稍一压低声音就特别沉，听起来充满磁性。

他挡在她身前，就像挡住了一条路。彼此脚尖相对，涂南从他的腿扫到他的腰，又嗅到他身上那股淡淡的男性气息，打量他一遍，问："难道你也不去？"

"嗯，不去了，我跟薛诚要去投资方那边，明天直接去年会现场。你也准备一下，明天会场见。"

涂南想起整个公司都很雀跃的样子，点了点头："好吧，明天见。"

石青临脚动一下，准备走："待会儿测试的时候你就去我办公室，我给你准备了个账号，你可以亲身体验一下，看自己的壁画效果如何。"

涂南没料到他会有这项安排，有点犹豫："我要是不会操作呢？"

"没关系，不会我教你。"

下午三点，安佩独自带着测试包再度去了方阮的网咖。

涂南刚在石青临的办公室里坐下来，就接到了方阮的视频通话。他拿着手机，脸离镜头太近，整张脸都被放大了一圈：“涂南，听说你不来，我特地给你视频直播一下测试结果，我够不够意思？”

涂南说：“也好，给我看看到底怎么样。”

方阮把手机镜头对准安佩，凑得太近，被她一把推开：“拿远点，不知道这样照显脸大啊。”

方阮笑嘻嘻的：“怎么会呢，你怎么样都好看。”

“嘁。”安佩已经走出镜头去忙了，不一会儿，传出一声，“OK了。”

涂南计算着时间。

“咦？”不知多久，安佩忽然出声。

她问：“怎么？”

安佩拨一下镜头，愁眉苦脸地冲她摇了一下头。

看来不理想。涂南不自觉地皱一下眉。

哪知下一秒，安佩又忽然笑起来：“骗你的！涂南，你也有今天，哈哈哈！”

“……”

“其实结果还不错吧。”

“真的？”涂南已经不信她的话了。

“真的啊。”安佩说，“当然不能说完全没问题，不过比上次好多了，至少画面接受度比之前高多了，等我做个详细记录，我还得汇报给老板，就这样吧。”

屏幕一黑，涂南知道了结果就直接切断了画面。

半分钟后，微信进来条消息。涂南手指点开，是石青临发来的语音：“恭喜你，涂总画师，获得了玩家的……初步认可。”也不知道他现在正在什么地方，感觉人似乎很放松。

涂南虽不至于兴奋，但心里的确也落下了一块大石头，回了句：“同喜。”

石青临：“我给你的账号登了吗？”

涂南看了眼电脑屏幕，拿起了鼠标，尝试着登了上去，一眼看到个随机取名的游戏角色，拿起手机问了句：“这个是什么角色？”

石青临：“魅影，我一直觉得这个角色很适合你。”

涂南：“为什么？”

石青临：“没有为什么，就是感觉。”

魅影是成年女性角色，有着堪称完美的身材，脸是早就捏好的，却不是千篇一律的杏眼桃腮，反而有点真实感。涂南贴近看了看才发现原因，那脸居然有点像她，尤其是眼睛。难道是石青临捏的？

魅影是妖娆的化身，一袭红衣，黑发如瀑，可惜在她手上有点笨拙，尝试好几次之后才成功从画面上一跃而起，进入了测试场景。

涂南第一次以这样的方式看见自己的画。烛火映照的大殿里，墙壁几乎都是空的，只有角落放着两幅用来测试的壁画。科技的好处在这时候体现了出来，画上细微的纹路几乎都能看清。

石青临又发来一条语音消息："有什么情况就跟我说。"涂南没回，已摸索着操控角色走近，附近有不少玩家挤在一起，有的在互相打斗，场面有点混乱，甚至"附近"频道里还有人在说抢宝贝什么的。她想试一试游戏做到哪一步了，能不能真的实现进入壁画场景里，就在靠近壁画的刹那，面前特效飞闪，她的角色应声倒地。

魅影被杀了，瞬间空了血条，一个男性角色站在她的尸体边，引来各路角色围观。近聊白字在发："又来一个抢宝的，快杀。"涂南想起来，她听安佩提起过，这次测试要伪装成跟上次不一样的BUG，用了"引诱"的法子，玩家都是被沿途掉落的宝箱一路吸引过来的，大家都以为又是BUG，抢在出BUG期间能捞好处就捞好处，难怪她一往前挤就杀她。

她想问一下石青临该怎么处理，可又觉得未免有点小题大做，就等了等，直到复活提示出现，点了复活，刚站起来，不知道谁动的手，角色又躺下了。涂南挑眉，不愧是古风游戏，讲究个快意恩仇，要杀就杀，凭技术说话。她没技术，无话可说。

再死一次，复活的时间特别长，她觉得测试耽误太多时间了，准备下线，忽然一道人影闪了出来。她的尸体边上，最早杀她的那个男性角色头顶血条瞬间降了大半，下一秒就伴随一声惨叫的音效倒了地。一个乌衣剑客落在了魅影的尸体旁。

其他玩家可能以为是帮手，瞬间就乱起来了。

电话响了起来。涂南接听，石青临的声音传出："被杀了怎么不说？"

她反应过来："那是你？"

"嗯。"

"一个游戏角色而已，被杀就杀了。"

"那你也不能就这么躺着，你的目的是测试，说了让你有情况就找我。"

涂南没作声，她只是觉得没那个必要，因为游戏角色被杀了就找他来做帮手，总觉得太矫情。

"你要测就去测，我给你挡着。"

她看一眼屏幕，点了复活，再度往壁画靠近。壁画前挤的角色一旦靠近，剑客的剑便紧跟而至。涂南一手握着手机，听着那边的键盘声。游戏里早已演变成一场群斗，她在虚拟的世界里一路往前，无人可挡。

直到手机里石青临说："时间就要到了，下吧。"

涂南停了下来。

没几秒，屏幕突然一黑，角色强制下线，测试结束。定格在她眼里的最后一幕仍是混乱人群里剑客持剑的身影。她的一根手指轻轻蹭着手机，想笑，以前她从不玩游戏，更不会有什么代入感，直到刚才，看到石青临那个角色护在后面，有一瞬间真的感觉自己就在这场景里，那个魅影就是她本人。

可是容易陷进网瘾的无知少女才会分不清虚实，她都多大的人了啊。

车窗外秋意已深，梧桐叶落，整座城市都似染了一层微黄的色调。

薛诚坐进车里，转头看一眼，石青临坐在副驾驶位上，刚刚摘下蓝牙耳机，膝头放着手提电脑，正在活动手指。薛诚记得这是他玩游戏的时候才会有的习惯性动作，于是探头看了一眼他的笔记本电脑，看到他刚退出游戏。

"你让我给你当司机，你自己居然开着热点在这儿打游戏？"

"测试而已。"石青临看一眼腕表，前后花了十分钟都不到，拿开电脑，懒懒地靠在车座上。

"是吗，结果如何？"

"比预期的好。"

薛诚把车开出去："那我就放心了。"

第三十四章

涂南以前从没参加过什么产业年会。一个行业集体选了个日子聚会罢了，她作为一个外行，用不着太积极，只要不迟到就好了。

当天下午，她从画室里走出来，已经是下班的点了。刚刚给一幅壁画敷完色，她的手上沾了不少颜料，于是走进洗手间，拧开水龙头搓洗。洗到一半，手机铃声忽然尖厉地响起。涂南想伸手去口袋里掏，又是一手的水，干脆任由它响着，先耐心地洗手。安佩正好从外面进来，夸张地捂了捂耳朵："你手机在响，怎么不接啊？"

“帮我接一下。”涂南转头朝右边口袋示意一下。

“麻烦。”安佩就是刀子嘴，说话的时候已经伸手替她从口袋里掏出手机，按了一下放到她耳边。

涂南“喂”了一声。

那头却没人应答。

她退开看一眼。

安佩也跟着转过手机看一眼：“怎么了，我没挂掉啊。”

涂南又凑近“喂”了一声，还是没声：“算了，挂吧。”

安佩按了挂断，把手机塞回她口袋前特地看了一眼，是一串数字，不是熟人。她一边从化妆包里掏出口红，一边说：“肯定是打错了。”

“嗯。”涂南洗完了手，抽了张纸慢慢擦干，看到镜子里安佩的脸就忍不住想拿她开玩笑：“今天你去了现场，肯定艳压群芳。”

“你少来，肯定又玩我。”

“谁美我玩谁。”

安佩知道她是打趣自己，但这种玩笑还是让她很开心，涂口红的时候嘴角都忍不住上扬，差点把口红给画歪了，忍不住“啧”一声，一边涂抹，一边通过镜子去看涂南。

涂南并没有特地打扮，只不过为了稍显正式，身上穿了件折领外套，下身一件高腰阔腿长裤，甚至连高跟鞋都没穿，那双腿就完全撑起了一条长裤，束着纤细的腰肢，身材比例好得过分。学美术的人审美真不错，她穿衣一向有自己的风格。安佩看了心里暗暗赞叹，可不愿表露出来让涂南骄傲，不然还得压自己一头，这人看着平和，其实坏着呢。她画好了，抿抿唇，拧上口红：“走吧，就剩我们俩了，再不去得迟到了。”

石青临已经先一步到了现场。

今年的产业年会比往年任何一届都要盛大，偌大的会场里摆了不下百桌，据说还邀请了不少政界商界的巨擘。各家游戏公司代表都在忙着跟同行联络情谊，部长们也加入其中递名片交流，只有他在位子上坐着没动。

薛诚从会场那头一路穿越众人走过来，坐下后说：“如果今天《剑飞天》获了奖，你又要上升一个台阶了。”石青临一只手转着桌上的杯子，沉着道：“不一定那么好运，以《剑飞天》现在的实力，还是要差一点，不过我的目标本来也不在这里。”

“你的目标在全球？”薛诚摇头，“野心太大了兄弟。”在他看来，国内的游戏目前还真没有几个能拿到全球大奖的，能维持名利双收的局面就不错了。

石青临不答，有些东西不需要别人了解。见他不说话，薛诚便换了话题：“怎么样，新扩展包进展还顺利吗？”

“嗯，”石青临靠上椅背，“有我们家老爷子出手相助，当然顺利。”

“我听说了，你居然把涂南带去老爷子那儿。老爷子是什么人？你把她带回老宅，到底把她当合作伙伴还是当女朋友了？”薛诚从没见过他的父母，印象里石青临跟父母也不怎么来往，只跟老爷子感情好，带异性去老宅可不是什么常规举动。

石青临没有回答，因为他们说的人正朝这里走来。

涂南走在安佩后面，身材高挑，皮肤白皙，反而十分显眼。

薛诚冲她吹声口哨，瞄石青临：“难怪。”

安佩正好到跟前，坐下时问：“什么难怪？”

薛诚说：“问你老板。”

安佩看着石青临。

“你不用理他。”石青临的目光扫过涂南，从她雪白的脖子上转过去。

涂南在他旁边坐了下来。

她们一到，部长们也纷纷归了位。

薛诚忽然伸手朝前一指：“看到那几个人没有，最近冒头的东恒，一直追着《剑飞天》，声响挺大，还挺引人关注的。”

其他的人都没说话，只有涂南不明白：“什么东恒？”

石青临说：“上次我叫你试玩的那个游戏你还记得吗？”

涂南想了想：“那个模仿《剑飞天》的劣质游戏？”

“劣质”两个字让石青临满意地笑了：“没错，那个劣质游戏就是东恒制作的，我已经叫法务部维权了。”

涂南明白了。

话题到此结束，主办方和一行特别邀请的嘉宾已陆续入场。石青临朝那边看了一眼，看见那些人里有个人朝这里遥遥看了过来，转开了视线。

会上安排了不下十场表演节目，但专心看表演的人不多。

涂南发现有很多人都在趁表演节目期间奔走各桌，悄悄打探奖项入围情况，看一眼石青临，他完全没有这个打算。

薛诚侧头过来跟她小声闲谈：“你觉得石老爷子人怎么样？”涂南没料到他突

然问起这个，顿一下才说：“老爷子高风亮节，人也亲和。”

“他一定很喜欢你。”

石青临看了过来。薛诚注意到他的视线，就不问这个了：“对了，听说这次测试效果不错，你的壁画怎么样了？”

“还算顺利，后期可能会麻烦点。”

“为什么？”

涂南在脑中梳理着剧情线：“有个门派的掌门是会舞蹈的，没有舞蹈动作我画不了，可能需要找人参照。”

薛诚看向台上：“这不就在跳？”

涂南看过去，一群美人正在跳水袖舞，领舞长袖一甩，灵动妖娆。

薛诚点评：“不过舞要跳得好还是难得，青临，你说是不是？”石青临低头在看手机，随口“嗯”了一声。

下一个节目是歌曲演唱，吉他手先上了台。歌手紧跟着款款落座，音乐响起，歌手对着话筒缓缓启唇，露出渐渐陶醉的表情。安佩小声说：“这不是那个……”石青临闻声抬头，又看一眼涂南。涂南早看见了，那是邢佳，这么久没见都快忘了还有这个人了。

“小 Y，是叫这个吧。”安佩想起来了，她安排过这个小 Y 的事，石青临吩咐以后公司活动都不要邀请她来参加，所以有点印象，“我还以为她就是个小网红呢，想不到还能到这种场合来表演啊。”

涂南说：“谁知道呢。”她也不在乎，人家的工作而已，反正这么多人彼此谁也看不见谁。

表演终于结束，正戏开始。领导上台，公布今年行业里的佼佼者。涂南盯着台上，来的路上安佩说全国大大小小的游戏数不胜数，能获表彰的不超过十个，她也想知道有没有《剑飞天》。

“得奖的是……”

前面几个，没有。第五个，第六个，直至最后一个……也没有《剑飞天》。获表彰的都是业内一些老牌的门面游戏。薛诚捏拳击一下石青临肩头：“别气馁。”

“意料之中。”石青临没有多大心理落差，毕竟《剑飞天》还太年轻了。

尽管他发了话，众人还是难免陷入了沉寂。原本热情高涨的安佩已经沮丧得连话都不想说了。

哪知上方领导说完几句总结词，忽然话锋一转：“今天我们还要口头表扬一下行业内的新秀，来自飞天游戏公司的《剑飞天》，制作人石青临。”

掌声四起，石青临却没动。

薛诚催他：“干吗呢，快起来答谢啊。”

石青临腿一收，只起了半身，两秒后就坐下。

“怎么，还嫌不满？”

“不是。”石青临把手搭在膝上，“只是没想到还给了个安慰奖。”

在座的人又高兴了，安佩都有了精神：“总比没有强啊。”

涂南什么都没说，她只是在石青临起身时鼓了掌。脸一偏，看向他，暗淡灯火里他的眼窝极深，双眼都藏在了阴影里，她也看不出在想什么。

表彰结束还有酒宴。薛诚已经走了，他向来神出鬼没。

投资方的人不在，公司内部人员之间就放松了，大家纷纷对石青临道喜。高部长好说话，被推出来当枪使，问：“石总，口头奖还有奖金发吗？”

众部长都笑。石青临拿根筷子敲敲杯子，待大家安静后说：“这次的奖金先记着，跟着涂总画师完成好了新扩展包，一次性给你们。”

众人齐刷刷扭头看向涂南，仿佛她已掌管了金钱大权。

涂南筷子上夹了只虾，被一群人看着，她只能放下，回应一句：“大家加油。”

安佩呛她：“你当赛前动员呢！”

不一会儿，有人来敬酒。

这种场合，得奖的游戏自然会成为万众瞩目的对象。以前的产业年会从没哪个公司特地被拎出来口头表扬，今年有了《剑飞天》，倒像是比那些受表彰的还要惹眼。

石青临不打算喝酒，他还要开车回去，谢绝了一切“好意”。

安佩便示意众部长顶上。

涂南放下筷子，她吃得不多，很快就饱了。

一根手指在她眼前点了一下，她有默契地抬头，看着旁边的石青临。这微小的动作像是暗号，她觉得是在叫她。他问：“不吃了？”

“嗯。”

两个人没有对视，低低地说话，被周围吵闹的环境衬托着像是圈出了自己的小天地。

石青临说：“那等一下就走。”涂南正好也想走了，没作声，当作默认。

正好这时候旁边有了些小骚动，高部长挡住了两个人，彼此正在推推拉拉。安佩低声凑过来告诉石青临：“东恒的人也要来敬酒。”

“你应付着。”石青临站起来，手指又在涂南面前点了一下。他先出去了。

涂南也趁机离席。

走的时候高部长还在跟那两人拉扯，但这点小动作在喧闹的会场里根本毫不起眼，安佩在那儿坐镇指挥，俨然一名女将军。

石青临从偏门出会场，涂南走的是另外一扇门，出来后没见到他，便顺着走道去找。一直走到电梯外，她的脚步停了下来。她忽然意识到这个举动显得她对这个男人格外上心。这种感觉有些微妙。

电梯门开了，她让了一下道，没人进也没人出。就在门要自动合上的刹那，一只手搭在她背后，推着她进了电梯。她转过身，石青临就站在她身后。

会场酒店的电梯是观光电梯，透明的玻璃可见一城灯火，浅浅地映出他们的身影。

“还以为你已经走了。”石青临低头，站姿放松，这样正好迁就了她的身高，能嗅到她颈边若有若无的香气，不是香水的味道，也许只是某种沐浴露或洗发露的味道，但很好闻。

涂南说：“没有，在等你。”

石青临嘴角轻轻翘起一个弧度。

涂南在玻璃上看见，说：“你现在倒是挺高兴的了。”

“嗯？我什么时候不高兴了？”

“被表扬的时候。”

“没有，我挺高兴的。”石青临一手撑在玻璃上，看着她淡淡的影子，“但你好像还没向我道喜。”

好吧，也许是她会错了意，涂南只好说：“恭喜你，石总。”

石青临笑：“这么正式，你不叫我石青了？”

“那就恭喜你，石青。”

石青临其实很喜欢听她这么叫自己，平常只有他爷爷叫得最多，有个女人这么叫自己，感受大不相同。他喉咙动了动，声音忽然低了：“再叫一次。”

涂南抬眼：“你干什么？”

石青临手触一下唇：“就想听你叫一下。”

涂南转头去看城市夜空，之前她每次叫这两个字就会不自觉地想起那一笔错误，现在却有些不一样了，这两个字关联的是这个人。

“没事叫什么。”她故意说。今晚只有两三颗星。

石青临笑着，没再说什么。正好有手机信息来了，他收了心，站直了打开来看。

电梯到达一层，门打开。他收起手机："再等我一下，临时有点事。"涂南点一下头，走了出去，没两步，肩上一沉，回头一看，石青临脱了西装搭在了她身上。

"披着吧。"他走了。

第三十五章

穿过大堂，有个专供贵宾休息的接待室。石青临走进去，里面只有一个清瘦的中年男人在，穿着西装，没有坐，就站在沙发边，见到他后立即迎上去一步："少东家，很久没见到你了。"

"的确很久没见了，陈叔。"见他站着，石青临就随意坐在了沙发扶手上。

陈叔是他父亲的秘书，跟了他父亲几十年，一直管他父亲叫东家，管他叫少东家。从年轻到如今，除了人沧桑了点，几乎没什么变化。

"算起来得有十多年了吧，自从你出国留学就没见过你了。"陈叔很感慨，"你是不是该回去见一见你父亲了？"

石青临转了转腕表的带子，几秒的时间，脑子里就思考了一番："应该不用了，刚才他跟主办方进会场的时候我见过他了。"

当时那群人进场时他第一眼就看到了，他的父亲也朝他的方向看了一眼，虽然不知道是否看到了他。能在这个场合相遇他也没想到，他父亲涉足很多行业，唯有游戏这行是从没碰过的。

陈叔说："我是说回家见，你们都这么多年没坐在一起吃过一顿饭了。"

听到"家"这个字石青临不禁笑一下，他对家的概念只停留在老爷子的老宅上，那地方他在出国前住了将近十年。至于他父亲的家，他早就没什么印象了。何况他父亲如今住在首都，不在本城，就更疏远了。

"陈叔，我实在忙。"

"那就现在见，你父亲还在会场里，我马上请他过来。"

"真不用了。"

陈叔叹气，石家家庭关系复杂，他是外人，尽管有心，有些话也只能说到这个份上。

"我得走了。"石青临站起来。

陈叔一愣："这么快？"

"还有人在等我。"石青临走了两步，又停下来，"临走前麻烦您带个话给我父亲，我知道他有钱，但下次别再给我买奖了。"

陈叔脸上茫然了一瞬，随后才明白他的意思："你别误会，今天那个表扬可不是买来的，你父亲真要买奖也不至于买个口头的吧。"

石青临也是怀疑，尽管他父亲做得出来这种事，可陈叔是实在人，既然说没有，那就是没有。"那最好。"

他走到门口，又被陈叔叫住。

"少东家，老爷子打电话告诉你父亲，说你带了个女孩子回老宅，家里也挺关心这事的，那是你女朋友吗？"

石青临一手握着门把，只是笑笑，没有回答就出去了。

大堂里零星有几个人在走动，他一直走到前台，忽然很想抽支烟，但身上没有烟。前台服务生敏锐地察觉到顾客有需求，微笑着询问："先生，有什么可以帮您的吗？"

石青临问："有烟吗？"

"有，不过抽烟要去吸烟区。"

他要了一支，顺带借了打火机。

吸烟区在走廊上，隔着玻璃拉门，灯光昏暗，里面没有别人在。石青临走进去，把门拉上，拢着手点了烟，一手拉开窗，让风吹进来。曾经在美国有段时间他抽烟也挺厉害，但在正式进入游戏这行后就戒掉了。烟瘾和工作一样，都是可以让人充实的东西，不过工作是持久的，烟只有那么几分钟。如今他的烟瘾小了，连这几分钟的感受也不是那么深了。

手机上有微信进来了，他咬着烟嘴低头点开，看到一条消息。

涂南：我在外面花坛。

她去外面等他了，怕他会找不到，发来消息提醒。

石青临：好。

收起手机，这条微信竟然比烟更让他熨帖。石青临手指夹着烟搭上窗台，任由风把眼前的烟雾吹散，看着手机上她的那行字，想着刚才她在电梯里叫他石青，手指轻轻点了点。

从没有哪一刻的感受会比现在更清晰。身为一个年届而立的男人，石青临很清楚这是一种什么样的感受。

无外乎男人对女人。

他还清楚地记得老宅水池边，她笑着的样子。脑子里又突然很古怪地回忆起第一次见她的场景。那个盛夏的夜晚，他原本要走的是另一条路，在岔口看见她与醉汉路边对峙，纤瘦的肩背微微绷紧，侧脸被路灯照得昏黄，最终还是走近了她。

或许一切从那个时候就已经开始改变。等他发现的时候，这感受早已存在了。如今陈叔、薛诚，甚至老爷子，每个人都问到了她。他用夹烟的手指揉了揉眉心，自顾自地笑了一声。

一支烟快抽完，外面有新的吸烟者进来，思绪被打断了。石青临退出微信，掐了烟，走出吸烟区。

涂南发完微信，把手机收回口袋。旁边花坛里，盆景被修剪出了迎客松的形态，她就站在迎客松的旁边，交叉双手，扯住肩上的西装，感觉周身都被男性温度裹挟，她低头嗅一下，还是那股熟悉的气息。

虽然有风在吹，但她身上有外套，其实并不觉得冷，没过一会儿，她还是把西装脱了下来，捏着领口叠一下，挂在臂弯里。

她很早就独立生活，并不习惯于接受男士的照顾，但石青临的举动从来都十分自然，甚至让她感觉不到照顾的痕迹，她接受得也很坦然。

陆陆续续有人走出酒店，偶尔有人经过时会看她一眼，涂南夹着那件西装，朝那边看一眼，没有看见石青临。她转过头去看马路，就在她前面不远的地方停着一辆保姆车，一个穿着白色外套的人站在车尾处，似乎也在等人，路灯下拉出一道影子。涂南本没有太在意，也许是路灯太亮，也许是因为只隔了一条马路的距离，总觉得对面好像有目光落在自己身上，于是望了过去，正好看见那人的脸。

原来并不是陌生人，不过数月不见而已。

涂南没有任何表情，内心或许有一丝丝的波动，是因为她觉得这人这个时候会出现在这地方很奇怪。

对方看她的神情却明显是意外的，仿佛没料到会在这里遇到一样。

那是肖昀。他还是老样子，头发长了而已，人又瘦，整个人有种艺术家的颓靡气质。

涂南以前很欣赏他这种气质，让人觉得腹中有货，胸有丘壑，哪里想到后来会发现他心里也有私货呢？

“肖昀。”有人叫他，从马路这头朝他走过去，是邢佳。

经过涂南时，她停下了脚步：“涂南？”她看看肖昀，又看过来，语气还是温柔的，只是眼神有了些变化，“你们刚刚碰到的？”

场面一瞬间变得有些奇怪。涂南自己都觉得诡异，她看一眼肖昀，他闭着嘴低着头，早已看向了旁边的路灯杆。刷黑漆的路灯杆被路灯照得亮黑，他的脸上也出现了一片黑影。

她没有说话，并且还往花坛另一头走了两步，就当作没看见。真是没看见就好了，她刚才不该看那一眼。

邢佳开了口却没回应，脸色有点难看地去看肖昀。肖昀已经站不住了，抢先说：“走吧。”

邢佳又往涂南身上看一眼，肖昀过来，直接拉着她上了保姆车。

车门拉开又关上，那辆车很快驶离。涂南摸了摸被风吹得有点发凉的脸，心里已没有半点起伏，这可能是最尴尬的前任会面，没有一个字就结束了。

片刻工夫，她转过头时，石青临的车已经开到了她的面前。

“抱歉，让你等这么久。”他透过车窗说。

“也没太久。”时间掐得正好，涂南心想假如他早来几分钟，就会看到刚才那尴尬的一幕。

石青临轻车熟路地开到涂南小区外面，差不多已过夜半。涂南从车里下来，正要回头跟他道别，发现他也下了车。

“走吧，我送你。”石青临关上车门。

“我已经到了。”

“我是说送你上楼。”

涂南隔着辆车，从下往上把他看了一遍。

“你都等我那么久，不送你到家怎么行。”他笑着先进了小区。

涂南跟上去，他的脚步又放慢了，很快两人并肩而行，树影灯火间两道影子叠在一起。

离得近，她嗅到了他身上淡淡的烟味，其实刚才在车里她就闻到了，她侧头看他一眼：“你抽烟了？”

“嗯。”石青临手指扯一下领带，放松了领口，忽然转头问，“介意吗？”

涂南走着路，摇下头：“不介意。”

“那就好，”石青临笑一下，“我不常抽，你要是介意我就不抽了。”

涂南不禁又看他一眼。他在顾虑她的感受？她怀疑自己想多了。

穿过一排树下的水泥路，进了楼道，里面比小区里的路更暗。墙壁是多年前粉刷的，已经从白变成灰白，头顶的照明的感应灯造型还是上个世纪的风格，光线也是有气无力的，从狭窄的楼道上去，仿佛摸黑上楼。涂南走在前面，石青临落后她两步台阶的距离。

到了拐弯处，黑得厉害，一只手贴上了她的后腰，石青临扶了她一下："小心点。"

涂南走得稳当，却握了一下楼梯扶手。黑暗里触觉太敏感了，被他碰过的后腰一颤，甚至能感觉出他手掌的轮廓。她继续往上走，淡淡说："没事，我天天走，习惯了。"

"那你也得走慢点，我是第一次走。"光线稍微亮了些，他松开了手。直到她家门前，才算是好一点，至少能看清楼道里的情形。

没有窗户，所以才暗，原本该有窗户的地方贴了不少广告牌，上面是一些近期上映的电影宣传海报。都是些新潮的海报，只是因为在这环境里，被朦胧的灯光镀上了一层雾，就有了街头画报的调调。石青临扫了一圈，转头看正在开门的涂南："你有想看的电影吗？"

涂南转钥匙的手停一下："我？"

"除了你，这里还有谁？"

"我不大看电影的，"她继续拧动钥匙，"太忙了。"

石青临舔一下牙关。确实，他也忙。过去这些年他一直在工作，早就没有这些娱乐消遣的活动了，现在要捡起来，竟然有些不适应。"等哪天你不忙了，我们一起去看。"

门刚开，涂南扭过头看着他："嗯？"看电影？她没听错？

石青临被她的表情惹笑了："我是说等我们都不忙的时候。"他手臂一伸，替她把门推开："进去吧。"

涂南走进门，回头再看他，他已经踩着楼梯下楼，脚步又恢复了平常的速度，转弯处只能看见他脑后漆黑的短发，一闪就下去了。哪里有他口中说的第一次走的样子。

卷四

房客

临南

第三十六章

说是要看电影，可似乎成了张空头支票，因为接下来的一整周，两人没有一天是不忙的。石青临其实根本不爱看电影。他没有那个闲情逸致，但他思绪转得快，当时看到海报就那么跟涂南说了。他知道涂南特别，性情难测，有时候为人很冷淡，或许用这种温和的方式会比较好，他还不想吓到她。

石青临坐在车里，转过头，透过车窗望向外面。刚好碰上早高峰，路上堵得水泄不通，焦躁的喇叭声此起彼伏。原本他赶着要去公司，现在却被迫停在了这里。急也没有用，他手指一摁，打开车载广播打发时间。

广播里，活泼的男女主持人在一问一答地说搞笑段子，说完了又开始闲聊本城一些有趣的地方，说的都是游乐场地和景点之类的，还提到了城外他们曾去过的灵昙寺。

石青临右手扶着方向盘，左臂撑在车窗上，手指刮着唇，思索着这些地方是不是也可以去一下，随即就忍不住笑了。这真不是他会想的事情，十七八岁的时候都没干过这些事，到这个年龄了居然一本正经地考虑着要去做一遍，他什么时候有过这样的耐心，居然这么按部就班，徐徐图之。

手机响了，石青临关了广播，戴上蓝牙耳机，正好路也通畅了，他一边等待前车开走，一边接听。安佩在那头说："还有多久到啊，我这儿一堆新扩展包的文件，就等你签字了。"

"马上，路上有点堵。"石青临说完，顺口问，"涂南到了吗？"

"她啊，一大早就到了，我看她画室门关着呢。"

石青临记起来，最近涂南画壁画的时候一直关着门，尽管顶层足够安静，在作画的关键阶段，她还是不想被打扰。

"知道了。"他准备挂电话。

安佩很疑惑："你这几天为什么老是问起她？"

"少好奇，多工作。"石青临挂断电话。哪有为什么，就想知道她在哪儿，在干什么。

到了公司，勉强还算早。经过画室门口，果然门是关着的。石青临停在门口，听到里面有细微的响动，料定涂南正在忙，没有敲门，掏出手机，翻了翻，最终也没有发微信。站了十几秒的时间，他走到自己办公室里，从办公桌上拿了张便笺，拧开钢笔写了行字。写完又走回到画室外，弯腰，把便笺从门缝里塞了进去。

安佩正好抱着文件过来，看他在画室门前直起身，奇怪道："你干吗？"

石青临朝她伸出手："没干什么，文件呢？"安佩把文件递过去，他拿了就回办公室忙去了。

"莫名其妙。"安佩小声吐槽一句，走了。

涂南手上的画笔暂时停下，她转过身，把笔放进水桶里慢慢清洗，就在抬眼的时候，看到了门口的东西——一张白色便笺。她把笔搁在桶沿沥着，走过去捡起便笺，看见上面写着一句话：中午一起吃饭。下面落款：石青。

涂南不知道他是什么时候塞进来的，居然还对着门研究了一下，然后回味过来，赶紧掏出手机看时间。已经快中午十二点了。公司午休的时间是十一点半，也就是说饭点早就到了。她把作画工具简单收拾了一下，一手抽纸擦手背，一手还捏着那张便笺在看。

雪白的纸上漆黑的字。没想到他在国外多年，汉字居然写得很不错。画画的人看字也带着看画的眼光，都说字如其人，石青临的字笔画拖得张扬，转折处又锋芒毕露，看起来竟有点凌厉的味道，但他这个人看起来并不是这样。

涂南想起去酒吧那次，薛诚说他曾有过打架的"辉煌历史"，她忽然觉得自己对他了解得还不够深。她把便笺对折了两道，不知该放哪儿，又不好扔了，最后干脆收在口袋里，走出了画室。

写字的人正在等她。

石青临其实也刚出办公室，她到现在没有回应，他就知道她还没看见他写的字，就在门口等了一下，猜得一点不差。

"想吃什么？"他这么一问，就等于认定两个人已经约好了。

涂南对吃不算太讲究："都可以。"

"你这回答跟随便有什么区别？"石青临笑着说，都是难度系数最高的回答。

涂南说："就在楼下餐厅吃，都可以。"

原来她以为一起吃中饭就是在公司的内部餐厅吃？石青临弯起拇指，顶了顶眉头，是不是他以前把她当工作伙伴，导致她连吃饭想的都是工作餐。他想笑，又忍住了，乐意迁就她的想象："行，那就楼下餐厅，走吧。"涂南走在前面，他迈出长腿，走得快，几步跟上，又放缓脚步。

公司餐厅在底层，整层都是，面积太大，并没有印象里那种大众食堂的拥挤，甚至算得上豪华，一溜的沙发座椅，原木长桌，设计得简洁。饭点高峰已过，吃饭的人少，东一桌，西一桌，看起来甚至很空旷。涂南通常自己做饭带来公司，这里还是第一次来。没想到刚走进来就看到有人在朝自己遥遥挥手。

“涂南，这儿！”是方阮。

涂南看一眼石青临：“他怎么在这儿？”

“不清楚。”石青临心沉了沉，他觉得今天的饭可能不是两个人吃了。

涂南走到方阮跟前，他已经热情地在跟石青临打招呼：“哟，石哥，好久不见啊。”

“什么时候叫得这么亲热了？”涂南古怪地看他一眼。

“他打游戏那么厉害，我叫一声哥怎么了？”方阮恨不得叫他石神，可是听起来太像“食神”，又太中二，不如叫哥来得亲切，何况还是个有钱的哥，以后可以抱大腿的。

石青临脱下西装外套，搭在沙发背上，按一下涂南，让她坐里面，自己在外边坐下来，看了眼方阮：“是好久不见了，你怎么来这儿了？”

“安佩请我吃饭啊，你们不是在我网咖里测试了两次吗，她要还我人情，盛情难却啊。”方阮一脸喜色藏都藏不住。

石青临想起来了，这还是他的安排，安佩当时还不乐意，他认为这是工作层面的事，要求她执行的。结果她就请方阮在公司餐厅吃饭，未免敷衍了点。涂南已经直接说出来了：“就请你在这儿吃，你也能这么得意？”

“在哪儿吃重要吗？”方阮义正词严，“重要的是跟谁吃！”

石青临觉得这话挺受用的：“有道理。”

“你看，连石哥都赞同我。”方阮冲涂南直摇头，“跟你说白搭，像你这种没谈过恋爱的人是不会懂的。”

“你……”石青临看一眼身边，“没，谈，过？”三个字说得几乎一字一顿，尾音拖长。

涂南的目光微微闪了闪，她那点事方阮根本不知道，应该说身边谁都不知道，最清楚的反而是石青临。

石青临当然看出来了，为免方阮生疑就没再说什么，揶揄地一笑，起身去饮水机边，取了一次性纸杯接水。水下来的一瞬，他意识到，原来那个前男友算是她的初恋。石青临扶着饮水机，看向涂南，她坐在那里，有一搭没一搭地跟方阮聊天，表情又淡然如常了。

初恋，他想，不知道在她心里有多少分量。

等他端着水回去，就听方阮在说："今晚来我家吃饭啊。"

涂南问："为什么？"

"我妈过生日啊，"方阮说，"听说你最近一直在忙着画壁画，谁也不好打扰你，我妈想叫你一起吃饭都忍好几天了，今天碰到了正好叫上你。"

石青临在旁边坐下来，手里端了两杯水，给方阮一杯，又推一杯给涂南。

涂南还没意识到让他一个老板倒了水，耳中听着方阮的话，很自然地就接住了，看着方阮，想了起来，方雪梅的生日好像的确是在这个月："差点忘了，我最近的确挺忙的。"

"那你有空来吗？"

涂南思考着："应该可以去。"她手上壁画推进得快，不缺这点时间。

方阮忽然看向石青临："哎，石哥也一起来啊。"

石青临看过去："你也请我？"

"我妈经常夸你呢，你们一起来，都来，也叫上安佩。"方阮算盘打得响，他的意思其实是群体邀请，石青临这个老板去，安佩少不得要去，要是他自己开口，安佩肯定是不会答应的。

石青临看一眼涂南，似在征询她的意见。

涂南看看他："随便你。"又不是他亲妈，她怎么能左右他去或不去。不过她还是瞪了一眼方阮，觉得他这提议太莫名其妙了，跟人家什么关系，就请去给自己妈过生日。

石青临考虑了一下："有空我一定去。"

方阮喜忧参半："那我回头把地址给你，你尽量腾出时间？都来啊，你们一起来。"

正好安佩过来了，看到座上坐了三个人，愣了一下："怎么都在啊？"

方阮大大咧咧地说："不是你叫他们来跟我一起吃饭的？"

"你当你是谁啊，这么大的面子。"安佩白他一眼，又看看石青临，"石总来这儿吃饭，是想让厨师慌得扔了瓢吗？"

石青临现在还真有点后悔来这里了，还没说话，偏偏手机又响起来。他拿出来看了一眼，就挂掉了。

涂南已经看到了："工作电话？"

"嗯。"

这个点要做的工作，肯定也是在饭桌上进行的，他犯不着在这里跟她一起吃员工餐，涂南摩挲着纸杯说：“你还是去吧。”石青临扫一眼安佩和方阮，一起吃饭的计划已经被破坏了，就点了头。他转身，从沙发背上拿外套，借着错位在涂南耳边轻轻说：“下次还是出去吃。”

涂南反应过来的时候他已经起身朝外走了，她看着他边走边干脆利落地穿上西装，经过一张桌子边，那里坐着吃饭的员工连忙跟他打招呼。他点了个头，走到门口，推门出去了。涂南抬手摸脖子，他刚才凑过来那一下衣领蹭到了她的脖子，有点痒。她下意识瞄一眼左右，安佩在旁边跟方阮说着什么，没有注意到这个小动作。

也没人注意到，她隐隐的那点不自在。

石青临从餐厅出去，走过大厅，出了公司大门，薛诚的车停在那里。他拉开车门坐上去，薛诚立即问：“今天是怎么了，你还是第一次挂我电话。”

“以后吃饭时间都别再给我打电话。”石青临说。

薛诚觉得诡异：“怎么着这是，工作狂转性了？”石青临低着头，翻着手机：“我需要点私人时间。”

“私人时间？你一个黄金单身汉也需要私人时间了？”薛诚打量他的表情，“有情况？”

石青临笑一下，不答。

薛诚盯着他的侧脸，毕竟认识多年，了解够深，他今天的状态明显跟往常不同，说不定是真有什么情况。然后他就想到了涂南。他有些话想说，但最终还是忍住了，开车上路。

路上，石青临把手机上的通信录都分了组，工作相关的都分到一边，和私人相关的区分开。最后发现，归类到私人那组里的就只有老爷子，还有涂南。他收起手机，自我反省了一下，以前真的是太顾着工作了，等到这么个人出现，才意识到这点。

方雪梅虽然人叫雪梅，但她生在秋天。

方阮告诉涂南，其实她也邀请了涂庚山，但涂庚山回应说工作太忙没时间过来。八成是借口，不过他不来也好，涂南更轻松。

临晚天气就变坏了，一直在刮风，比白天冷了好几摄氏度。涂南敲开方阮家门时，几乎缩着脖子。门一打开，方阮就朝她身后望：“就你一个人？他们呢？”

“不知道。”涂南来的时候石青临还没回公司，不确定他会不会来，本来他说的也是有空才来。

“也许人家没空。”她进了门，掏出口袋里的红包塞给方阮，“给你妈，要是推辞我就走。”她没有充足的时间去买礼物，包个现金红包，省时省力。

方阮心里怅惘，拿着红包心不在焉。石哥没来，安佩也不会来了。

方雪梅正好从厨房里出来，一眼就看到了那红包，马上上前来拿了，一把塞回给涂南：“干什么你，小辈给长辈包红包，像什么样子？”

涂南递回去：“应该的方阿姨，就是怕您不要我才给方阮的。”

“你阿姨我是爱钱，可你也没钱，怎么能收你的，拿回去。”

涂南干脆走到沙发那儿，把红包放在茶几上。方雪梅又要来推却，经过方阮时脚绊一下，差点摔着，涂南赶紧伸手扶她，走得急，手先伸出去，险险架住她。

方雪梅撑着她的手臂站稳，回头就把方阮一顿骂，方阮才从遗憾里回神了，叹了口气。

“这小浑球，不知道在想什么东西……”方雪梅又骂一句，回头看看涂南，实在敌不过她的固执，也不多说了，“坐下歇着吧，我去上菜，今晚咱们吃火锅。”

“嗯。”涂南在饭桌边坐下，揉了揉手腕，方雪梅身子有点沉，刚才那一架她手腕吃了点力。

直到火锅吃完，也没见到有人来。方阮反正是彻底失望了，收碗筷的时候跟涂南嘀咕：“亏我石哥石哥的叫得亲，不给力呀。”

“你当谁都跟你一样闲。”涂南打击他。

“唉，你也不给力，向着外人。”方阮怏怏捧着碗筷进了厨房。

涂南不打算多待了，怕天会下雨，回去不好走，连方雪梅端出来的蛋糕也不打算吃了。

方雪梅一直把她送到门外，忽然悄悄问：“小南，你最近跟那个希艺欧怎么样了，没再理念不合了吧？”

涂南一听她念“CEO”就觉得好笑：“没有，我们最近……挺好的。”她也形容不上来，总感觉有些地方变得不太一样了，那是一种细微的感觉，只能说挺好的。

“那你好好把握啊，这人真不错。”

涂南心想可能她是真到年龄了，方雪梅如今跟她的对话里已经少有不离婚恋方向的了，笑笑：“不说了，我走了，阿姨生日快乐。”

方雪梅挥手："路上小心啊，要不还是让阮阮送你？"

"不用了。"

离开方家的小区，走到路上，风裹着一地的落叶往人身上扑。涂南拉高衣领，一边走一边揉着手腕。手腕不转的话是没感觉的，转动的时候微微有点不灵活，隐约有痛感，对常人来说根本不算伤，她是考虑明天还得作画，对手自然更呵护。

她走路时贴着边，为避风，低着头，直到视线里出现被路灯拉斜的人影，才察觉有人走了过来，抬眼，发现是石青临。他的车就停在前面路边。不知道他是从哪儿来的，换掉了身上的西装，白衬衫外面加了件薄风衣，深灰色的风衣剪裁合体，太显身高了，走动的时候让人的注意力几乎全放在了他那双长腿上。

涂南还没开口，他就到了跟前，眼睛盯着她的手腕："你怎么了？"

没想到这点小动作都被他看到了，涂南轻描淡写地解释："手腕有点不舒服，不要紧。"

石青临问："就左手？"她刚才一直用右手手指捏着左手手腕。

"就左手，"涂南说，"放心，我拿笔用右手。"左手需要托调色盘，木质的调色盘，时间久了还是有点重的，不过比起执笔的手当然还是次要的。

石青临看她一眼，他只是问问哪只手不舒服，结果她这回答显得他太绝情了。他看了一眼那手腕，没看出什么："你这样揉就能好？"

"嗯，揉一揉活络开了就行了。"

石青临点一下头，在涂南反应过来的时候，他已经抓起她那只手，四指搭在她腕上，拇指揉了起来。"我的力度是不是要更适合一点？"他问。涂南微微眯眼，太适合了，还是男人的力度更好一点，于是谢绝好意的话没能说出口，只轻轻"嗯"了一声。

她的手被风吹凉了，他的掌心却是热的，被他揉的那一圈手腕也热起来，她不自觉地蜷缩手指，忍住手背往热源蹭动的冲动。她觉得该说些什么打个岔，不然站在这街头，任由一个男人揉着自己的手腕，也太奇怪了，路人可不知道他们都是为了壁画着想："你一个人来的？"

"嗯。"石青临应一声，觉得手里她的手腕太细了，又白，揉了没两分钟手腕都泛红了。他刚才接过她手腕的动作太快了，连他自己也觉得有点冒昧，看一眼涂南，自己的行为似乎没被当作轻浮，就继续了。涂南想到方阮的反应，往下说："没叫安佩就好，方阮就是想借你套她来。"

石青临这次肯定不会叫安佩的，工作上可以要求安佩跟方阮接触，在私事上他不能强迫下属。他笑着看她一眼："你还挺为我着想的。"

涂南瞥他一眼，平时打趣还好，这个时候他还握着她的手腕，就无端生出了一丝引人遐想的意味。她动了动手腕："差不多了。"

"确定？"

"嗯。"

石青临松开了手，顶多一分多钟而已，他却感觉自己的手指已经僵了，明明捏着她的手腕，却更要保持克制的风度。他站直了，搓动着手指，上面残余的肌肤触感却根本没搓掉，干脆把那只手收进风衣口袋，左右看了看说："找个吃饭的地方，我还没吃饭。"

涂南想了一下："这里的店都挺普通的，不知道你吃不吃得惯。"

"我又不是什么娇贵少爷。"石青临笑着让开道，"带路。"

上一顿饭没能一起吃，这顿勉强也算补上了。

涂南带他去的是一家再普通不过的小吃店，她不常出来吃饭，这家店还是方阮说好吃她才有点印象。

天气不好，客人也少。石青临让她做主点餐，她记得他不吃甜，给他点了小笼包和锅贴，觉得可能太油了，又加了碗汤。两个人坐在一张小得不能再小的桌子上，胳膊几乎要挨在一起。

涂南把胳膊放下去，搁在膝上，感觉桌面下他的腿也贴着自己，只要一动，裤管摩挲就会带出窸窣轻响，反而更没法忽视。她干脆保持不动，看着对面的石青临慢条斯理地吃饭。

其实他的确没什么架子，融得进任何环境，如果不是吃相文雅，真的不会让人感觉出他是第一次来这种地方。

石青临吃饭间隙抬起头："你倒是说两句话。"

"说什么？"

"随便，我们又不是第一次一起吃饭了，之前怎么说的你就怎么说。"

之前？似乎说的都是工作，在这小地方谈工作不太合适。涂南转着面前的玻璃水杯，随便起了个头："我没想到你会真来。"

石青临放下筷子："其实我不是为方阿姨贺寿来的。"

"那你是为什么？"

"我就是比较好奇，"石青临抽了张纸，却只是在手里拿着，"第一次见那位方阿姨的时候，我还以为她是你的母亲。"他说的是那次她相亲的时候，后来方阮告诉他，才知道那不是。

上次在区县里，他还有心回避她的隐私，没有问太多她的家庭状况，现在却开始忍不住探索。他想多了解她一些，知道得越多越好，但他不能唐突，所以才接受了方阮的邀请，可惜来晚了。

涂南手指搭在玻璃杯的边缘，慢慢蹭了半圈："她不是我妈，我妈早就走了。"

石青临停顿一秒："对不起，我不知道。"

"不，不是那种走，"涂南知道他误会了，马上解释，"就是走了，字面意思的走。"

石青临会了意："明白了。"那就是跟她父亲离异了。"知道她去哪儿了？"

"不知道。"很小的时候涂南听她爸打过一个越洋电话，似乎是打去了欧洲哪个地方，心里一直在猜想，她妈可能是在国外。但她从没想过要去寻找，所以也就压在了心底。

"其实，"过了一会儿，石青临忽然开口说，"我妈也走了。"

涂南看着他。

"不是字面意思的走，是真走了。"他说。

涂南动一下唇，忽然想起在老宅看到的那张全家福，她问起那是不是老爷子的家人时，老爷子当时就合上了相册，可能是因为想到了这个。

"没想到……"她有点感慨，印象里照片上他的母亲很漂亮，有种端庄温和的美。

"所以我们都是没妈的孩子，"石青临稍微低了头，凑近时，下面的双腿几乎完全抵住了她的腿，紧紧贴在她小腿外侧，"只能互相扶持了。"

涂南看着他的双眼，他眼底阴沉，并不像是要笑的样子，但脸上有笑，看得出来是有心活跃气氛。于是她也慢慢地笑了一下："扶持一个 CEO，我可没那么大的能耐。"

石青临盯着她的脸，她笑起来跟不笑完全是两个样子，不笑的时候冷冰冰的，笑起来却让人忍不住想要接近。

他的心情也跟着转好，手指在膝头点了两下，像是压住了自己那点就快要按捺不住的耐心。

第三十七章

吃完了，两人出店。

店门是扇老旧的拉门，一拉开就是一阵“吱呀”声。在开门的刹那，石青临已经做好准备脱了风衣给涂南穿，但走出去发现风已经停了，没之前那么冷了。他也就没了机会，一只手已经搭在衣襟上，又放了下来。以前他也没这么绅士，就连在他手底下工作至今的安佩也没有得过他额外的照顾，只有在涂南跟前，一次又一次，他忍不住，像是本该如此一样。明明她外表也没那么楚楚可怜。

石青临回想着最早一次对她产生这种照顾心理的契机，好像是在区县里那次，看到她崴了脚，很自然地就照顾上了。彼时觉得一切都是对她能力的渴求，现在想想分明就不是他平常的做派。

他不能再想了，再想会觉得自己太过后知后觉，像个不谙情事的毛头小子，随后又觉得挺好笑的，不禁咳了一声，清了清嗓子。

路上静悄悄的，角落里散落着被风刮来的塑料袋，偶尔有车经过，掀起来，飘到半空，鼓起来的样子像个落魄的气球。涂南听到他的声音，看了他一眼，刚才在店里还没感觉有什么，现在越想越觉得不对劲。

为什么要提她妈的事情呢？这么多年她从来没跟任何人提过，就连方阮认真跟她交心的时候都会避开这个话题，这就像是个禁忌，怎么自己那么自然跟石青临说了？就因为他说了一句好奇？而且他也跟她说了他的母亲。他们之间的话题不是一直都是工作吗？怎么忽然聊得这么深入了。

想到这些她又不自觉地想起之前他看着她的双眼，桌子下面彼此紧挨的双腿，他告诉她他的母亲已经不在了时，那一瞬间极细微的表情。原来她都注意得那么清楚。

短短十几步路，两人走得各怀心思。石青临在感慨自己差点被工作拖垮了情商。涂南在怀疑人生。又走了几步，石青临停了下来，他原本走在前面，回头看到涂南低着头，走在外侧，便停下来等着，等她到跟前时，落后一步，绕到了外侧。“这个周末你有时间吗？”他问。

涂南思绪一收，抬起头：“有事吗？”

“之前不是说了有空去看电影吗。”石青临垂在身侧的手擦过她的袖口，差点触到她的手指，瞄了一眼，不动声色地把手收进口袋里，接着说，“这周末我有空。”

他不说涂南都快忘了这件事，原本也以为他是随口一说的，她根本没放在心上：“你还真打算去看？”

“你以为我说着玩的？”

涂南不自觉地捏一下衣角。

石青临看了看她：“怎么，没空？”

“我们去看电影，”她顿一下，眼睛看过来，“不会很怪？”

“哪里怪了？”

哪里都怪吧。感觉上这就像是个约会邀请。可发出邀请的是石青临，他平时思维转得飞快，涂南实在拿不准他的心思，她不想自作多情。

石青临还在等她的回答，没等到，自己先笑了。

“涂南。”他笑着唤她，涂南抬眼，见他低了头，彼此对视，他的眼里映着路灯昏黄的光，声音沉得不能再沉，“你觉得，跟我看电影会很怪吗？”

跟我，会很怪吗？一句话里带着试探。是谁说的，感情的最初总是试探。石青临说完，观察着眼前人的反应。

一瞬间，涂南仿佛失了声。

这不是平常的石青临，至少不是工作时的石青临，他像变了个人，从眼神到言语，都变了，让她招架不住的那种。她抿唇，没说话。

“尽量腾出时间？”最终还是石青临开口，像是征询意见，却更像是一锤定音。

说完他一下站得笔直，手抽出来，想顺带着在她肩上揽一下一起往前走，但终究还是克制住了。

当晚，石青临又把涂南一直送到了家门口，这次直到看着她进了门才走。

涂南差不多一整晚没有睡好，几乎翻来覆去地想他那句话——“你觉得，跟我看电影会很怪吗？”直到此刻，在画室里休息的间隙，她仍然控制不住去思索。

涂南把目光集中到眼前的壁画上，定了定神，不再想了，只是顺带看了一眼左手手腕。石青临的力度太好了，把那点不舒服祛散得干干净净，除了拇指揉动的地方留下了一块淡淡的按痕，像是什么都没发生过一样，她现在画画完全不受影响。

画室的门被敲了两下，不等她回答，安佩推门而入。

“哇，你画得好快啊！”她一进门就看到满室的画板，脱口而出。

“还行吧。”涂南不是那种会太受情绪影响的人，即便满脑子都在回味着石青临那句话，手上的工作一点没落下。

如果不是现在这个点是下午两点，秋乏易困的点，她也不会停下来休息几分钟。结果休息的这几分钟里还是在想石青临的事。真是莫名其妙。涂南打住，看向安佩：“怎么样，我提的事能安排吗？”

她说的是工作上的事，壁画已经画到了中期剧情，敷完手上这一幅壁画的色后，很快就会进入她在意的那一环，那个会舞蹈的掌门人壁画一环。

虽然她做壁画临摹的时候画过不少善舞的飞天、神女之类的形象，但游戏里的舞蹈是不一样的，可能还需要设计，比较麻烦。她让安佩安排找找本城的艺校，看能不能挑个会跳舞的人出来，设计一套舞蹈动作，届时她照着画就可以了。

“我联系了市里最好的艺校，”安佩说，“不过我不懂跳舞啊，人怎么样你自己去挑。”

“可以。”涂南问，“什么时间去？”

“就这周末。”

这周末？他们还有看电影的时间吗？

“怎么了？”安佩盯着她。

“没什么。”涂南拿起画笔。

她原本就是个表情不太丰富的人，安佩也看不出什么，见她要工作了，只好出门。

就要带上门的时候，安佩想想还是按捺不住，扶着门把说了一句：“你们最近都古里古怪的。”她指一下涂南，“你，”又指一下隔壁方向，“还有那位老板，全都古里古怪的。”

“我们怎么了？”涂南问，“没有好好工作？”

“工作没的说，就是古怪。”安佩说不上来哪儿古怪，反正就觉得他们有什么事情藏着掖着。心直口快地说完了，又怕涂南叫她，她带上门就走了，不给人开口的机会。

涂南低头调颜料，她怪什么，怪的分明只有那人吧？

她忽然想起来，安佩虽然刚才指了隔壁，但石青临根本不在隔壁，那晚之后，到现在还没见到他。估计又在忙，这么忙还想着和她看电影。

和她。这两个字触动了涂南的神经，调颜料的手不禁停了一下，几秒之后，才缓缓继续。想什么呢？她心里好笑。

石青临坐在咖啡馆里，膝头摊着手提电脑，键盘上十指如飞。为了新扩展包的问世，今天他和薛诚一起约见了运营方的代表，现在事情已经谈完，运营方也走了，他却还留在这儿。

面前的小圆桌上，白瓷杯里的咖啡已经凉了。他端起来喝了一口，皱了眉，运营方请的咖啡太腻了，根本起不了神。他放下杯子，往椅背上靠了靠，换了个比较舒服的坐姿，手指继续在键盘上游走。

薛诚从洗手间回来时就看到这一幕，瞥一眼他的电脑，看到天书一样的代码："你至于吗？谈个工作的空档还要忙技术上的事？"

"赶时间，"石青临朝桌上的杯子动一下下巴，"帮我另点一杯，美式无糖，我还得再忙几个小时。"

薛诚嘴一闭，耐着性子去吧台那儿给他点了咖啡，顺带给自己也点了一杯，回来后把杯子放在他面前，问："你到底在赶什么？"

"周末有事，想把手上的工作提前做完。"石青临端起咖啡喝了一口，还是不够醇白，不过苦是够了，至少比之前的对味。他昨晚就忙了大半夜的工作，急需要咖啡因的刺激来振奋精神。

薛诚看着他忙，没几分钟，就忍不住了："你腾出周末，就是上次说的私人时间？"

"嗯。"

"为了谁？"薛诚终于问出来，"涂南？"

石青临笑笑，没有否认，稍停一下，端起咖啡又喝了一口。

原本听说他把涂南带去老宅也只是怀疑，现在终于坐实了。薛诚从没见他这样过，他在工作上虽然忙，但有条不紊，为了个女人这么拼命加班的劲头，可能连当初游戏问世时最忙的阶段都不曾有过。

"涂小妹那样的，看着不像是会主动的人。"他说。

"她没主动，"石青临说，"是我在追她。"虽然很隐晦。

"我没听错？"薛诚的眼光变成了打量，"你居然会主动追人？"

"嗯，你没听错。"

薛诚似乎很久才消化了这个消息。他看了看左右，想给双眼找个着落处，只看到咖啡馆里闲坐的男女："以前都是别人追你的，你还记得吗？"

"多少年前的事了。"石青临笑，又低头看起了电脑。

薛诚却还沉浸在回忆里："那个追你最久的，你忘了？"

石青临看他一眼："我应该记得？"

"对，你忘了，我还没忘呢，"薛诚笑一声，"好歹也算我们共同的朋友吧。"

石青临敲着键盘，置若罔闻。说共同的朋友有点微妙，毕竟到今天前他们谁也没再提起过这个人。

今天薛诚却像是一定要提一样，又问："她至今没有联系过你？"

"联系过，"石青临敲着键盘，手没停顿，回答得敷衍，"在老宅里接到过一个电话。"当时一通美国来电，他接了。后来正好撞见涂南过来，他让她给自己挡着，打电话给安佩。

“然后呢？”

“没然后了。”电话内容石青临都忘了，大概就是几句寒暄。

薛诚看了看他的表情，他的心思完全在工作上，根本不想跟他说这个。他掏出烟盒，往外抽出根烟，在指甲盖上有一下没一下地弹：“你这次来真的？”

石青临手终于停了一下，是怕分心打错关键的地方，他端起咖啡杯，悬在嘴边看着对面：“我们相处很久了。”看似没头没尾的一句，意味不言而喻。从陌生人到相识，再到合作伙伴，是一点一滴积聚起来的，他并不是心血来潮，一时起意。

薛诚点了烟，抽了一口，好笑道：“算了，这是你的事，我管不着。”

“别管，当作不知道最好。”石青临并不太在意别人的看法，如果今天薛诚不问，他根本不会说。看中了谁就是谁，他没必要向任何人汇报。他看一眼时间，点了保存，合上电脑。

“准备回去了？”薛诚看着他。

“嗯。”现在回去，涂南可能还没走，石青临站起来，“这杯我请了。”

“封口费？”薛诚打趣道。

石青临唇角半扬，拿着电脑去吧台结了账，转头朝他挥个手就出了门。

薛诚吐出口烟，看着门外他远去的背影，评价一句：“恋爱中的男人，啧啧。”

下班的时间早就过了，涂南在画室里又多画了几个小时。其实是例行的加班，但今天也许还有点其他的想法，比如这样或许就可以给周末腾出点空来。一场电影最多能有几个小时，三四个小时？她觉得应该是空得出来的。

门又被敲响，她转头，进来的还是安佩。

“还是之前的事？”她问。

“不是，有人找你，”安佩站在门口，神秘兮兮地道，“一个男人。”她那表情仿佛在说，居然还有男人来找你啊。

涂南没在意她那点小表情：“什么男人？”

“我怎么知道，又不认识，是保安告诉我的，说是在大楼外徘徊很久了，问了才说是找你的。”

“明确说了是找我？”

安佩快没耐心了：“那不然呢，我没事骗你干吗？今天又不是愚人节。”

“那你叫他上来吧。”涂南想想她这么有好奇心，改了主意，“算了，还是我下去。”

“小气，我还能偷窥你们啊，我下班了！”安佩走了。涂南把工具一件一件收拾好，放起来，起身出去。

公司的人走空了，天也早就黑了。她出了公司大楼，没看见有人，两边看了看，才看见停车场的入口处有个人影，走了过去。

没到入口，那人已经走出来，和她在台阶下碰头。

涂南想象过到底会是谁，但真在这一刻看到了，还是觉得不可思议。

来的居然是肖昀。他还是穿着上次见面时穿过的那件白色外套，手里提着个宽大的行李包，天色昏暗，如果不是写字楼里还有灯光照射出来，照到了他的脚边，他看起来就像是一道瘦长而又不真实的影子。

一边是路，一边是台阶旁的石柱子，两根，一左一右，遮挡着写字楼的大门，早已没人进出，这地方完全可以放心地说话。涂南跟他隔了五六步的距离，却没作声。就在她以为会和上次会场外见面的情形一样时，肖昀开了口，他把那个行李包往她面前放过来："组员们让我带给你的。"涂南看一眼那包，他放得很快，在她脚边放了就退回了原来的位置，仿佛他们中间有条分界线一样。

"他们老家的一些特产，"肖昀解释，"我手上临摹完成了，休假过来，他们听说了，就叫我带点东西给你。"说到这里他停顿一下，又说："推辞不了。"

组里没人知道他们之间的关系，只听说他要来这个城市，是涂南的家乡，就托他问候，的确没理由拒绝。涂南在组里跟那些组员一直算不上多亲近，就是正常的交流罢了，没想到退组这么久，他们还惦记着她。她的心情有点复杂："那就谢谢他们。"

再相逢，居然是因为这么个磨不开面子的人情化理由。

彼此又是一段沉默，近乎半分钟。

肖昀不自在地想拉一下身上外套的拉链，却发现拉链早就是拉上的，又松开手指。

来之前，他想过打电话跟涂南约个时间，结果发现除了微信，电话也被她拉黑了，当初是他说的要划清界限，行动上却是她干脆果决。

游戏产业年会那天，他陪邢佳去会场前，是有点时间的，他换了个新号码打了过去，但听到涂南声音的那一刻却又不知道该说什么，终究还是作罢。这个行李包原本也不打算拿来了，就当枉费组员们的一片好心，如果不是那晚在会场外面又见到她的话，他可能真就这么做了。但真来了这儿，发现涂南似乎什么都不在意，她不在意他为什么会出现在这里，是怎么样过来的，带着什么心情，来了就来了，仅此而已。

肖昀不好打量她的脸，目光只落在她手上，借着昏暗的灯光看到了她的手指上沾着颜色，忍不住问："你还在画？"

涂南没看他，看着柱子边角，那上面雕着细细的纹样，淡淡地说："嗯，没想到？"

是没想到。肖昀说："我听邢佳说你进了这家游戏公司，以为你退行了。"

"是吗，她还说我什么了？"

"没什么了。"肖昀抿住嘴，其实还说了游戏公司的老板正在追求她。至今他还记得邢佳的原话："又高又帅又有男人味，你说，涂南这算不算因祸得福？"他不太记得当时邢佳的语气了，只记得这内容。那晚在会场外，他看到涂南臂弯里挂着件男士西装，就又想起了这段话。

他觉得涂南变了，从那晚见到她时就察觉到了，不是外表上的变化，是一种感觉，她变得很陌生，让他快认不出来。又或许这才是原本的她，跟在临摹组里时不太一样。他不知道是不是因为邢佳口中的那个人。

话似乎说完了，没什么好聊的了。

涂南的耐心是针对那些组员的好意，她因为这一包特产才留到了现在。她走动两步，活动站久了的双腿："还有事吗？"她发现这句话说完，肖昀似乎僵了一下。他没回答，因为手机响了。涂南看着他接起来，侧过身，脸冲着柱子的方向低低说了两句："知道了，很快回来……你又乱想什么……"

这种语气，这种口吻，对面必然是邢佳。

涂南没想多听，鉴于他跑了这一趟，留点应有的礼节，只想等他打完说句再见，然后提上包就走，但可能是周围太安静了，竟然无意中从听筒里听见邢佳提到了她的名字。肖昀很快挂断，转过身来，留心到了涂南的眼神，虽然只是一瞥，但很冷，让他感觉很不舒服。

"她这个人就是缺乏安全感，没别的意思。"他解释说，不过脸色不太好，或许只是因为光线太暗。

涂南笑了一声："有这个必要？我们都没到那一步，她有什么好担心的？"

没到那一步，要不是在外面，她已经直接说出来了。她这个人，很传统，却并不保守，有时候一言不发，温和平静，有时候一句话出来，狠戾似刀。这一句，声音低，充满了嘲讽，刀锋更锋利。

肖昀表情绷着，被这一刀割开了心底那点男性自尊。他盯着涂南，盯着她晦暗里那张白白的脸，半天才从牙缝里挤出句话来："涂南，你有时候就是这样！"

"怎样？"

"凉薄，永远也焐不热！"肖昀几乎咬牙切齿。

"是吗？"涂南说，"那当然是比不上你心头的白月光了。"

"涂南！"

很好，终于不表面客气了，涂南心说差不多是吵架的架势了，他们没在分手的时候吵架，没在当初发语音过来时吵架，在这时候有了这个趋势。

她一脸冷笑地看着他，等着看他的反应，就像是故意的一样，又刺了一刀："我这个人就是一身的毛病，那当初又是谁非得藏起我的颜料，吸引我的注意的？"

肖昀知道自己现在的脸色一定非常难看。

涂南半分颜面也没给他留，就像身上有块疮，捂着藏着不让人发现它的丑陋，结果还是被她狠狠地挑开了。他犹豫挣扎了这么多天，放下可笑的那点骄傲跑来见她，得到的就是这么个下场。他紧紧咬着牙，咬得腮帮子发酸，终究什么也没说，转身就走。路上的梧桐落了叶子在他的脚边，踩上去"咯吱"一声响，他用力踝了一下，脖子转动，但终究没勇气转回头再看一眼。

涂南说不上多爽快，她很少会有逞口舌之快的心情，今天完全是不满邢佳。分了手就断干净点，她一个外人"被存在"于他们中间算什么？撕了那块遮羞布，以后谁也别烦谁！

她弯腰拎起那个行李包，拉开拉链看了看，都是一些干果。组员们来自五湖四海，他们平常休假回归后，聚在一起的第一件事就是互相分享家乡的特产。

慢慢把拉链拉上后，她试图回忆那些人的脸，其实都还有印象，只是不深。她不想了，拎着包往归路上走，寻思着该如何还回去。没几步，她脚步骤然一停。

台阶下来左拐不远就可以进停车场，中间没有缓冲带，只有一个保安值班用的小亭子，保安不在，亭子空着，侧面，有人走了出来。

涂南不自觉放下了手里的包，看着他。

石青临从那里一路走过来，身上西装敞着，领带也随意地挂着，一只手拿着台手提电脑，另一只手收在西裤里，脚步不快，甚至说得上缓慢。

直到近了，涂南才看清他眼下有两片青灰，看起来很久没有睡好的样子。

"你……"她微微皱眉，刚才在肖昀面前不是挺伶牙俐齿的吗？怎么这会儿说不出口了？

石青临停在她面前看着她。

"你刚才，"涂南还是问了出来，"都看见了？"

“嗯。”石青临的声音比平时低沉，带着倦意，“看见了，也听见了。”

“……听见了多少？”

差不多全部，所以也很容易猜出对方是谁。但石青临觉得这是她自己的私事，只要她没有陷入为难境地，他就不该现身，应该让她自己解决。“你很在意？”涂南不知道算不算在意，但确实不太想让他听见那些话，总觉得很难堪。她偏过头，手指拨了一下眼前的刘海，心里的情绪起伏没有半点表露。石青临看着她，她把头偏过去像是回避他的视线，眼垂着，睫毛却在轻轻地动，那缕刘海刚被她的手指抚过，又垂了下来，他甚至想亲手给她拨开。

涂南把头转回来，看见他的下颌线，弧度那么好看，像是用笔画出来的，但是总感觉绷得很紧，她视线上移，看着他的眼睛。“我听到，他把你的颜料藏起来吸引你的注意？”石青临嘴角上提，眼睛却垂着望下来，没有半点笑意，“涂南，原来你这么好追？”他忽然觉得自己挺没意思的，一步一步地张罗着、布置着，怕吓着她，只能步步为营，为了跟她约个会还要赶出时间来。结果另一个男人就用了这么一个拙劣的手段就赢得了她的初恋？未免也显得他太可笑了。

涂南没有作声，沉默了十几秒，那双眼才从他脸上移开，脸上冷了，口气也冷淡：“是啊，我就是这么好追，怎么样？”

她拎起那只行李包，从他身边走了过去。

第三十八章

离开咖啡馆的时候，石青临的心情还是明快的。他想着回去差不多赶上涂南收工，她平常大概画到什么时候他早已了如指掌。公司到这个点已经没什么人了，他们可以不受干扰地一起吃个晚饭，哪怕说几句话也是好的，然后他送她回家，再回去接着把手上的事情做完。再然后，就可以安心地等待周末到来。

计划得不错，可是没想到会旁生枝节。

他有点累，在车里睡了半个小时，又或许只有十来分钟，走出停车场的时候还特地提了提精神，是为了状态不错地去见涂南，而不是去见她的前男友……

石青临一遍一遍地看手机，微信点开，退出，点开，又退出。

涂南在生他的气，他很清楚，否则她不会走得那么快，直接到路上拦了辆车就离开。他应该追过去的，可是自己也带着情绪，脚没动。以前干脆利落，现在他握着手机，站在公司大门前，第一次觉得要发个微信消息都那么难。当然发微信消息也说不清楚。

“石总。”保安换班回来，看到他连忙打招呼。

石青临回了神，点个头，收起手机，换只手拿电脑，踏上台阶，进了公司大门。保安没觉出有异，他看起来和平常并无两样，成天埋头工作，眼里只有工作。

“当老板也不容易啊。”保安暗自感慨。

涂南气得不轻。

到了家，她把那个行李包随手扔在沙发上，人也跟着坐上去，陷在当中，动也不想动，只有胸口微微起伏。石青临不是第一次在嘴皮子上让她吃亏，他向来喜欢逗她，但之前都没觉得有什么，只有这次，他不是在逗她，她也当了真。明明他以前不这样，他帮她回过微信消息，还打趣叫她别误会，不过是在帮她。也帮她做过戏，应付邢佳。从来都是洒脱的，今天却用一种陌生的口吻，说她好追。

说她好追，跟说她好泡有什么分别。她觉得自己就像是一粒尘埃，被他看低，踩在了脚底，不屑一提。不是别人，偏偏是他。涂南已经不只是生气，只要想到看低她的是石青临，她就觉得无比烦闷。工作上越来越有默契，私底下他却这么看她。

她往前倾，两条手臂撑在膝头，扶住脸，觉得心底有一处揪着，揪得难受，忍不住冷笑，自言自语："莫名其妙。"连她自己也不知道，这一句是在说石青临，还是说自己。

接下来几天，谁也没见到谁。

石青临敏锐地察觉到，涂南是刻意避开了他。他坐在办公室里，对着开着的电脑，电脑上飘着的还是《剑飞天》的游戏标志。尽管她现在一定就在隔壁，却做到了让他一面也见不到。他不知道她是怎么做到的，连个偶遇都没有。

安佩正在办公桌边核对事项进程，一边翻了翻他面前堆积的文件，惊讶地说："你居然把这么多工作都做完了？"

“嗯。”当然都做完了，本来是为了看电影赶工的，这几天则完全是为赶工而赶工，工作的时候才可以暂时放下别的事情。有点可笑，工作效率反而更高了。石青临抬起左臂，想看一眼时间，却先注意到了表带，看见表带上有一抹颜色，他才发现自己戴错了表。

这只表他只在涂南醉酒作画那天戴过，那天她拿笔从他手腕到虎口画了一笔石青，毁了他一件衬衫，以及这一根表带。衬衫早扔了，虎口的痕迹也洗清了，只有这只表，数月以来没再戴过，就这么放着，之前从没拿错过，今天出门的时候却拿错了，又戴在了腕上。秒针在走，时针指在下午四点，而日期已到了周末。工作做完了，时间有了，他却没办法再约涂南。石青临想抽烟，但这念头最终被他压了下去。

安佩正高兴着："这周我终于可以不加班了，早知道今天不来了。"

石青临说："忙完这些你就回去。"

安佩喜上眉梢，二话不说，拿了相关的文件就准备送去各部门，忽然听见石青临问："涂南现在怎么样了？"

她现在对他动不动就问起涂南已经习以为常了："她啊，最近也是拼命工作。"她把文件抱在怀里，停在门口说："简直没日没夜地画。"

石青临转头看过来："有多久了？"

"好几天了吧，我查过出入记录，她最近几乎天天凌晨回去，可是一大清早就又来了，我都怀疑她是不是住在画室里了。"

"为什么不汇报？"

"啊？"安佩一头雾水，"这种事情也要汇报吗？"

难怪最近总是见不到她。石青临霍然起身，出办公室。

安佩见他直往画室走去，快步跟上去，就见他已经站在那里敲响了门。

不轻不重的三下，他压着力道，也压着耐心。门里没有回应。

安佩故意开玩笑："也许她是急着早点画完走人呢。"石青临忽然看她一眼，安佩觉得这一眼很严肃。他还在美国期间她就已经通过视频应聘成为他的助理，共事也很久了，但还是第一次见他这样。她以前一直觉得他性格很好，从不生气，所以也直来直去惯了，现在却被这一眼弄得噤了声。

"你先去忙。"他开口说。

安佩看看他，又看看画室，心里猜测着，走向电梯。这要是还看不出什么来就是傻子了，难怪最近古里古怪的，这两人怕是有点情况。

等整个顶层再没别人，石青临再次面朝着门，手抬起来，最后却只是撑在了门上。

"开门。"没敲门，直接开了口，他知道涂南能听见。

一扇门隔着两个人。

涂南的确听见了，她拿着笔，眼睛盯着面前的画板，笔尖伸过去，仔细填色。门外有轻微的脚步声，涂南甚至能感觉出石青临隔着门站着的样子，他可能走动了两步，但她宁愿只在脑子里想着这画面，也不转头看一眼，更不会开门。

“涂南，”石青临在门外叫她，声音比平时低沉，“开门。”

涂南调色，蘸色，继续敷色。直到最后一笔，又一幅壁画完成，她盯着画面，很好，没有任何问题。

门外没声音了，石青临似乎走了。她没动，仍然看着壁画，也不知道还有什么好看的。片刻后，门外忽然响起了钥匙入孔的声音。

她陡然转头，一下子反应过来。怎么给忘了，这根本就是他的地盘。

门开了，石青临抽回钥匙的时候，眼睛早就看着她。涂南原本在敷下方边角的颜色，就蹲在了画板前。石青临进来的时候她已经转过头去，只留给他背影。原本就瘦，又蹲在那里，石青临看在眼里，不自觉就攥紧了手心里的钥匙。他觉得自己挺浑蛋的，这几天在干什么呢，到现在才过来，由着她折腾自己。

涂南放下笔，把颜料也仔细收好，感觉他已经到了身后，阴影就罩在她身上。

“起来，涂南，”他声音低，语气也轻，“你需要休息。”

画室里完成的壁画又多了，这才短短几天而已，他真怀疑她要赶紧画完离开了。这念头让他很不舒服。

涂南没有搭理，她做她的工作而已，懒得说话，干脆不说。石青临看着她，最多两秒，弯腰，直接握住了她的手臂。涂南抬起头，人已经被他拉了起来。他终于看清她的脸，她皮肤白，从没见过什么瑕疵，现在眼底下难得一见地有了黑眼圈。头发散着，掩着脸颊，下巴更显尖瘦。

涂南却没看他，轻轻挣了一下：“放手。”石青临只好松开：“你知道今天周几了？”他声音更低了：“周末了，你连续工作好几天了。”

周末了。涂南眼动一下，本来他们还约着要去看电影。但是谁要跟一个看低自己的人去看电影。

不过，似乎还有别的事。她想了起来，拿起外套，转头出门。

走得快，没想过身后还跟着他，进了电梯，石青临从外面紧跟而入，涂南才发现。她转身按下楼层，站在电梯的角落，看上方跳动的数字，看电梯的铁壁，就是不看他。石青临也沉默，涂南就是这样，甚至感觉不到她在生气，绵软，却又藏着刚硬，他明白得越透彻，反而越不忍心。

出了公司，涂南拿出手机看安佩之前给她的地址。整个过程里，石青临始终跟在身边。他像是有话要说，也许又想劝她休息。

她收起手机，改变方向，走向最近的地铁站。本以为这下他不会跟过来了，但进站的时候她朝后瞥了一眼，还是一眼就看到了他的双腿。他的西裤熨得一点不皱，浅灰色，不是平常穿的深黑。

涂南心一横，直接刷卡过了闸口。她不信他一个没坐过地铁的人会有地铁卡，买单程票费时间，他最珍惜时间。很快到了列车前，拦门映出她模糊的身影，下一班车还有两分钟到。周围有不少人在等车。涂南抱着外套，盯着拦门上自己模糊的身影，看起来的确有点颓废。这几天的忙碌让她充实，充实得近乎混沌，身体进入了现在的时间点，思绪还停留在那天。

拦门上的身影忽然多出了一道，她眼神微动，看过去，石青临已经站在她旁边。看不清他的脸，拦门是黑色的，似在他身上加了层黑色的滤镜，浅灰的西裤，浅灰的西装，全都被染上了一身深邃。她难以置信，他居然还是跟来了。

石青临手里捏着张单程票，他第一次坐地铁，去买票的时候那里排起了长队。有个老太太可能是发现他一直望向闸口，热心地问他是不是赶时间，如果赶时间可以让他插队。他道谢，说惹了人生气，要赶着去道歉。老太太更热心了，直接走去最前端，原来是她老伴在买票，她说了后就顺带着帮他也买了一张。

不知道涂南要去哪儿，他直接买了最远一站的。石青临看着涂南，思索着怎么开口。列车就在这时候进了站，呼啸声席卷过来，什么也听不清，他只能暂时压下开口的打算。

车门打开，根本没几个人下车，里面很挤，早已没有座位。涂南快步跨进去，就靠门站着，脸朝着座椅，因为石青临就在她旁边，要是转头，就会变成面朝他。座椅下面摆着别人携带的一个纸箱，伸出来，就抵着她的脚。她没法站直，只能一手握着座椅边的扶手，维持着平衡。旁边还站着个男学生，肩上背着鼓鼓的书包，车一开动，他没站稳，差点摔倒，书包横撞过来。涂南下意识仰头回避，一下磕到门，脑后一声闷响，却没觉得多疼。

她转头，石青临的左手垫在她脑后，右手拉了一把那个男学生。

"对不起。"男学生勉强站住，腼腆地道歉。

"没事。"石青临把人扶稳了才松手，那条手臂就握在了涂南面前的扶手上，隔开了对方的人和书包，也把涂南圈在了门边一角。

他看一眼涂南，搁在她脑后的手此时才收回来，有点麻木，他活动两下手指，不动声色地收进口袋。涂南被他彻底罩住，有种无处可逃的感觉，眼神也无处可放，淡淡地扫过去，看见对角有姑娘在瞄石青临。大概是他们站得太过亲近了，也有别人在看他们，终于她还是抬眼看了他一眼。

结果他早就盯着他，彼此视线撞个正着。她想移开眼已经来不及，眼珠转一下，干脆就盯住了他。也是这时候她才发现他看起来似乎比她还累，又是低着头，额前碎发搭下来，遮掩着眼下的青灰，哪怕穿着齐整的西装，也遮掩不住他身上淡淡的颓唐味。几天以来，彼此终于对视。

列车在漆黑的隧道里行驶，车厢里说话声和列车摩擦轨道的噪声混在一起，形成了单调乏味的背景音。

“涂南，”石青临忽然叫她，用只有彼此能听见的音量问，“还在生气吗？”这是明知故问，不过是为了引出后面的话。

涂南轻声嘲讽：“怎么，难道我不该气？”

石青临忽然猜不透她的路数，倘若是别人，也许会反问“我为什么要生气”，或者来一句“我才没生气”，但她这时候偏偏直接来了一句。

“我当时那句话，并不是那个意思。”他重重抿了下唇，“我没有贬低你的意思。”

是那句话坏的事，他说出口的时候就知道。只是不知道该怎么解释。原本不该是那样的对话，但有时候话一出来就变了味，无非是嫉妒作祟，妨碍了理智。

“那你什么意思？”涂南放平视线，正好看见他的喉结。他喉结轻轻滚动，像一句话哽在了其间，吐不出来，咽不下去。

石青临转开眼，看了那男学生书包上的钥匙扣，看了对面乘客手里的手机，甚至连车厢上贴着的房地产广告都看了一遍，才又看向她：“我只是觉得，有些人也太好运了。”他喉结又滚一下，说：“那么轻易地就追到了你，还不珍惜。”也许是他过去站得太高了，学习、创业，哪怕是情路上也从来没有低过头，傲了这么多年，实在不想承认自己会对另一个男人心生嫉妒。这种情绪让人没有面子，丧失风度。他并不想承认。可一旦开了头，反而容易往下说了，他嘴角有了平时的笑：“我是替你不值，当初你就不该让他轻易得手。”

涂南想过很多，就是没想到那句话根本就不是冲着她说的。她偏过头，唇动了动，最终还是不发一言。

石青临看见她散开的头发，微微弯曲，看起来很软，只要他再往前一步，她的头就会贴在他胸前，他握着扶手的那只手抓紧了些，头更低，在她耳边轻笑着说：“对不起，是我多管闲事。”

终于道歉，歉疚的却是没有立场，他又不是她的谁，没资格不甘，也没资格替她不值。但话说出来，他也轻松了。涂南垂眼，有意无意，让头发遮住了耳朵。她一直没说话，脚下的地铁在轻轻地晃，人在晃，心也在晃，脸上什么表情都没有，心里的情绪却似浪似潮，一层一层地翻涌。

这男人如果不是巧言善辩，就是心思太深。前一秒还让她觉得被看成了尘埃，下一秒又让她感觉被捧在了手心。实际上，都有可能，他本来就是个猜不透的人。

过了很久，她才轻轻说："胡扯。"

进徐怀组里快三年，她跟肖昀在一起只有七个月，就是临摹那幅壁画前后那段时间，他没有轻易得手，只不过是轻易放手了。

石青临没听清，看着她。涂南却不想再说第二遍，看一眼上方的站点说："到了。"

地铁进站，开了门。石青临松开扶手，把自己圈出来的方寸天地放开一条道，让她先出去，自己才跟着走了出去。

站台上，涂南慢慢穿上外套，又用余光瞥了他一眼。刚才车厢里说的话，暂时收住了。

站外就坐落着安佩之前联系的那家艺校。

涂南最近整天地耗在画室里，后知后觉，今天来晚了。石青临没有问她为什么过来，看到艺校大门的瞬间他就知道原因了，她在产业年会上跟薛诚提到过，虽然只是一句，但他都记得清清楚楚。

"忙完就回去休息。"终于转回最初的目的，他是要让她暂停工作，不是要她接着工作。

涂南不答，之前是不想，现在是不知该怎么说。石青临只当她还气着，收着手，克制着步调，也克制着耐心，跟在后面。

如果换个时间，他可能已经直接把她押回去，强迫她休息了。现在不行，怕关系更糟。

学校安静，只有他们的脚下有声音。

涂南也是学艺术出身的，对艺校的布局不陌生，穿过校园里的林荫道，很快就找到了舞蹈学院的练功房。一扇双开的玻璃大门，里面就是一面橘色的墙壁，上面嵌着"练功房"三个镏金大字。但现在天边的太阳已经要下山，过了约定的时间，大门口也没安佩联系的人来接应。一个穿制服的保安巡逻经过，注意到他们想进去，过来提醒一句，校外的人不让进。

涂南只好离开大门口，绕半圈，走到侧面。因为挨着另一栋教学楼，侧面形成了条巷子，有扇窗户在她头顶的位置，即使踮脚也看不见里面，但能听见里面有人声，说明这个时候还是有人在里面的。

她站在窗下，也许是真的累了，脑子居然停止了思考。之前是一心想离开画室，远离这个男人，现在来了这儿，没法进去，又不知道该不该马上走。

“想看？”

她慢慢转过头，看着石青临。他一直站在她旁边。涂南心想又进不去，问了又有什么意义。石青临看一眼窗户，不知道想到了什么，一只手摸了下鼻梁，眼里有笑：“涂南，你要想看就说。”

涂南终于开口，心不在焉的：“怎么看？”

石青临的笑更深了：“可能会得罪你，只要你答应我不会因为这事更生气。”

涂南不明白他的意思。

“不说话就当你同意了。”

涂南真没说话。

两秒后，她看见石青临从裤兜里抽出另一只手，脱了身上的西装，西装没地方放，他就随手扔在了地上。他前后看一眼，几步走到她跟前，贴着她站着，然后半蹲，手臂绕过她的双腿，头仰起来，盯着她的眼，像是在说，知道我想怎么做了？涂南回味过来的时候，双腿已被箍紧，她整个人瞬间被托了起来，下意识地伸出双手扶住他的肩，垂眼看他，睁大了双眼。石青临朝窗户递个眼色：“快看。”

她很艰难地才转过头去，看向窗内。

这个姿势，其实跟抱没什么分别。她看见室内的人，却愈加心不在焉。男人的双臂箍着她的大腿，往上一点就是她的臀部，但他没有再往上一寸，除了手臂必要受力的地方，没有碰她任何地方，维持着该有的分寸。即便这样，她还是有点无所适从。永远没法了解这个男人，他可以认真地跟你道歉，也可以略显轻佻地把你举起来。她的思绪乱成了一锅粥，脸上却更没表情了。

石青临一直仰头看着她，两侧是她搭在他肩上的手，让他感觉他的脸就埋在她的怀间。她看着里面，他就只能看见她下颌到脖颈的线条，柔和，却又显出冷淡。他可能是故意的，想要打破她的沉默，破开彼此间的薄冰，可高估了自己的克制力。涂南不重，他托得并不累，只是离得太近，她身上的味道十分明显，也许有颜料的，还有沐浴露的，说不出来的味道。他能感觉她尽力地把脊背挺得笔直，身体却是那么柔软。

只有十几秒的时间，涂南一下清醒了，手轻轻推他一下：“放我下来。”石青临把她放下来，像是从怀里卸下了一块大石。

顿时，仿佛谁都松了口气。

涂南觉得自己果真是累糊涂了，一早就该拒绝的。

“看到了？”他问。

“没有。”里面没人在跳舞，全在休息，穿着舞蹈服坐在地板上闲聊，涂南扫了两眼就没看了。

“那白用力了。”石青临想说白抱了，临时改了口，担心涂南觉得冒犯，雪上加霜。

忽然有人喝了一声：“干什么呢！”是之前那个保安又巡逻回来了。

石青临一把拉住她的胳膊：“走。”

涂南匆匆弯一下腰，捡起他扔在地上的西装，人被他拉了出去。

两个人快步跑出去，秋风在耳边呼啸，弄得人什么也来不及想。两人直到远离了舞蹈房，也远离了大片的教学楼，出了校门才停下来。

一定是跑太快的缘故，涂南心跳得迅速，呼吸急促。

石青临松开手，她把西装塞给他。天将黑，暮色四沉，谁也看不清谁的表情。

“做贼一样，”石青临说，“还不如下次找个时间大大方方再来。”

涂南缓口气，在心里说：再也不来了。

没了声音，又陷入沉默。

最后还是石青临发话：“这下你必须休息了。”

第三十九章

在他发布完命令后，涂南的脑子仍然有点乱。

石青临带着她离开，这次是打的车。一路上，两个人坐在出租车的后排，没有交流过。直到他们一起下车，上楼，站在公寓的门前。涂南只听见“咔嗒”一声，是石青临开了门。黑暗里他看起来更显高大，她站在后面，看着他进了门，手臂在门边伸了一下，随即灯亮了。暖白的光从屋子里透出来，一直照到她脚边。

“进来。”石青临把门推开到最大，回头说。

涂南跟进去，才回味过来：“为什么要来你家？”上车时没注意他报地址，他居然直接把她带来了他的家。而她竟然跟过来了。

“你需要休息。”石青临合上门，看着她，“如果让你回去，难保你不会又跑去画室折腾。”

他管这叫折腾？之前是谁希望她帮他节省时间的？现在她卖力工作了，他又要来拦了。涂南暗想着，打量四周。

这是她第二次来他的家，上次走得匆忙，根本没好好看。他的家很空，除必要的家具之外没有多余的装饰，让人感觉没什么人气。入门的地方连着敞开式的厨房，灰白的大理石流理台，冷淡地反射着顶上的灯光。她看向石青临："你要看着我？"石青临把手里的西装扔在门口的置物柜上，笑了："对，我要保证你今天得到良好的休息，休息好了，要走要留，我绝对不阻拦你。"

他早就想这么干了，一直忍到离开艺校，要是她再这么忙下去，说不定说倒就倒了。他平时有多忙，就有多清楚身体有多重要。涂南不像他有健身习惯，那么瘦，一看身体素质就跟不上，不能由着她乱来。

两个人在门口站着，像是对峙了一下，直到涂南转头看着厨房，问了句："有水吗？"她是真累了，身体的第一反应就是渴，嗓子到现在没沾到过水，像有把沙子在里面来来回回。石青临走进厨房，先拧开水龙头洗了个手，才拿了个干净的玻璃杯，指一下客厅："去等一下。"

涂南走向沙发，深灰色的沙发，一坐下去，不柔软，反而有点硬，让她更觉疲惫。挺奇怪的，之前忙成那样也没觉得累，现在浑身都疲乏，脚指头都不想动。

她朝厨房那里看一眼，石青临正低着头给她倒水，解开了衬衫领口，袖口也挽到了臂弯，露出小臂，头顶的白灯光照下来，在他周身描出一圈白色光晕，侧脸如刀削一般，下颌线清晰，像她很久以前画过的雕塑。

石青临忽然看了过来，眼一抬，直接锁住她的视线，仿佛早就知道她在看他一样。涂南立即移开目光。

没一会儿，他端着水走了过来，递给她。

涂南接过来，默默喝了一口。

他没说什么，转头又回了厨房。涂南松了口气，仿佛他一走开，就少了一分注视一样。

石青临走回流理台，背对着涂南，一只手搭在台上，手指一下一下地点。点了快一分钟，回头看，涂南头靠在沙发上，睡着了。

他走回去，看着她的脸。还是睡着的时候可爱，毫无防备，表情也是松弛的。石青临在她旁边坐下，手伸出去，悬在她上方，才想起自己并没有这方面的经验，考虑了一下才决定该怎么动手。先一只手把她的头轻轻托起来，手臂枕在她颈后，再另一条手臂伸到她双腿膝弯里，低头看了看她的脸，一用力，将她抱了起来，走向房间。

房门虚掩，他用膝盖顶开，怕有声响，又用脚钩了一下，才继续走，把她送到床上。人被放下去的一刻，他也跟着俯下身，胳膊还枕在她颈后，脸对着，鼻尖触到鼻尖。一瞬间，平时思维飞转的大脑像是停滞了。他感觉涂南鼻间均匀的呼吸一下一下冲过来，眼睛不自觉地从上往下，扫过她的睫毛、脸颊、嘴唇、下巴，最后回到嘴唇。

刚刚喝过水的唇还沾着水，石青临看了几秒，别过头。

他把手臂从她颈后抽出来，给她脱了鞋，把她的双腿挪到床上，扯了毯子搭上去，转身出门，把门掩上。这一系列动作迅速干脆，毫不拖泥带水。走回厨房，他打开冰箱去取冰水，发现没有冰水了，只有冰啤酒。他拿了一罐在手里，拉开拉环就灌了一口。

涂南不会醒，是因为他倒水的时候在水里给她掺了小半颗安眠药，本意是为了让她睡个好觉，可现在思来想去，总觉得不对劲。他把她带上门，把她弄睡着了，还对着她的脸想了半天，忽然就觉得这行为挺猥琐的。石青临没忍住，好笑地骂了一句“shit”，一只手拨弄了下头发，关上冰箱门。

涂南还在睡着。而石青临，无事可做。在提前完成了工作后，他现在有空闲了，可居然不习惯。他拿着啤酒进了涂南房间的隔壁，这间本来是次卧，被他改成了工作间。桌上两台电脑，一台竖屏，是他用来敲代码的，另一台是横放的。他把啤酒放在桌上，坐下来，打开横放的那台。《剑飞天》的登录界面跳出来，他随手登了个号进去。

游戏里比他想象的热闹，满世界都是滚动的聊天内容。石青临一手握着鼠标，另一只手去操控键盘，才发现左手指节是青的，伸缩两下，隐隐地疼，应该是之前在地铁上给涂南挡那一下弄的，到现在居然一点也没察觉。

电脑右下角显示的时间是晚上七点五十六分，这个点吃晚饭正合适，可是他居然把这件事给忘了。涂南没吃饭，他也没吃，他是完全感觉不到饿，可能是脑子里只有她生气这件事了。他盯着屏幕上热闹的游戏世界，思考着该准备点什么吃的。不过涂南很有可能会一觉睡到明早，也许要准备明天的早饭了。那早饭该吃什么？想了一会儿没有头绪，他干脆在游戏里敲了句话。

几秒后，游戏里，世界频道上，忽然冒出了一个黄澄澄的系统公告——

［世界］GM（游戏管理员）：请教一下女玩家们，平时睡醒后，最想吃的是什么？

［世界］玩家一：？？？？

［世界］玩家二：？？？？

［世界］玩家三：？？？？

瞬间世界频道就是满屏的问号。什么情况，GM 大晚上的调戏女玩家？

终于，一堆复制问号的人里，有人回复了。

[世界] 玩家 H：GM 大大，我是女玩家，我睡醒就喜欢吃小龙虾。

[世界] 玩家 N：同女玩家，我喜欢烧烤。

…………

石青临挨个看了，又打行字——

[世界]GM：早上吃的，就没有清淡点的？

他记得涂南口味清淡。

[世界] 玩家 X：想清淡，那喝粥啊。

太诡异了，游戏的 GM 向来都跟机器人一样，现在居然活了，还在跟玩家互动，说这种日常生活的话题。

有玩家忍不住喊话：GM 大大，再聊两句啊！

[世界] 玩家 Y：我只想跟制作人大大聊，看过本人，贼帅的！

[世界] 玩家 Z：楼上滚，制作人大大是我的。

歪了楼，玩家们好像已经遗忘了刚才那个“GM”了。

石青临早就没看电脑了，他已经出了工作间，左手手指活动着，右手握着手机，翻找城里评价最好的粥店。

涂南不知道自己一觉睡了多久，醒过来的时候窗户里已经有稀薄的晨光透进来。四周静悄悄的。这一觉睡得太好，没有做梦，完全深度睡眠。她意犹未尽，翻个身，脸埋在枕头里，先闻到一股淡淡的味道。清爽，干净，好闻，像青草尖的味道，男性香水的味道，秋风的味道，石青临发间……的味道。

这味道如此清晰，是因为不久前她被他托着，双手搭在他肩上，不可避免地嗅到了他的头发。于是涂南记了起来，这不是她的床，也不是她的房间，人猛地坐了起来。

她伸手摸了摸身下的床，这张床和记忆里一样大，她摸到床沿，双腿挪下去，踩到地，彻底醒了，觉得室内不够亮，伸着手去摸床头，找到按钮，按亮了灯。

床头灯方方正正，完全是男性线条的设计感。光线倾泻出来，乳白色，照了她全身。她在光里坐了一会儿，探下去，手指钩着鞋跟，把鞋穿上。忽然看到墙角放着一个行李箱，那个黄色的行李箱，是她的。

涂南扔了颜料那晚，这个箱子被他一起带了回来，里面大概还有几样残余的作画工具。第二天她走得匆忙，一直以为他扔了，也没好意思再提，却没想到他还好好留着，就放在他房间一角，上面搭着他的衬衣。

雪白的衬衣，以一种随意的姿态搭在箱子上，这行李箱仿佛成了他的所有物，俨然成为他居家的一部分了。涂南盯着看了好一会儿，越看越觉得诡异，总觉得，这个家已经有了属于她的一部分记忆。她站起来，去开房门，先打开一道缝，朝外看，没看到有人。

石青临似乎不在。

她拉开门出去。的确没看到他，客厅里灯还亮着，她看墙上的钟，早上五点，难怪觉得不够亮。她又在沙发上坐了下来，才发现沙发上搭着毯子，已经拖到地上，顺手捡了起来，琢磨他昨晚是不是就是睡在了这里。恐怕她上次来这儿，他也是这么干的。

涂南摸了摸口袋，掏出手机。不知道石青临在哪儿，要不就发条微信消息跟他说一声，然后回家。

她点开微信，发现他们上次对话的内容还是游戏产业年会那晚，她说在外面等他，他说好。感觉有点怪异，之前有话说话，清清楚楚，倒衬托得如今不清不楚。想想又有点犹豫，还没和好，有必要发微信消息吗？涂南手里转着手机，面无表情，心潮汹涌。

门忽然一声响，她扭头，刚才要找的人回来了。石青临一手提着个袋子，进了门换了鞋，才发现涂南在沙发上。

两人互望。

他换了衣服，里面穿了件白T恤，外面套着风衣，敞着，随意至极，完全没有平时穿西装的那种精英味，就像是居家的状态。

涂南第一次见他这样，挺新鲜的。

石青临把袋子放在流理台上，冲她笑一下："醒得正好，梳洗一下，吃点东西。"

袋子里放着刚刚送过来的粥。清清淡淡的皮蛋瘦肉粥，不知道合不合涂南的胃口，石青临昨晚在手机里翻了半天，找了本城评价最好的一家澳门粥庄，定好了这个点送过来，猜想她昨晚睡得早，今天肯定也起得早。

他住的这所公寓比较高档，管理严格，外卖不让进，所以只好自己下楼去拿。拿完了外卖，又不急着上楼了，他顺便去街边商店给她买洗漱用品，还买了包烟。

涂南说过不介意他抽烟，他也就无所谓了。其实也不是有瘾，就是想到楼上睡着个人，又想到自己在她睡着时的表现，连自己都觉得自己陌生了，排遣一下罢了。

他站在楼下的花坛边抽了一支烟，几分钟的时间，一幕一幕回味自己的所作所为，好笑，又想叹气。老爷子以前骂他，天天忙，就知道忙，等哪天喜欢上个姑娘就知道厉害了。他现在知道了，真的是厉害，能把人变个样的那种厉害。

烟没有抽完他就掐灭扔了，早上风大，吹久了袋子里的粥可能就凉了。上楼的时候他就在猜涂南可能已经醒了，开门一看，果然，真是心有灵犀。

涂南本来已经打算走了，所以他把毛巾牙刷递过来的时候，她没有接。

石青临说："你想就这么出门？"

涂南一想，前前后后睡了近十个小时，恐怕不成样子很难见人，才接了过来，进了洗手间。镜子里映出她的脸，她摸了摸，还真是，睡太久了，脸都睡浮肿了。这样子叫他瞧见了，也有点丢人。

她手沾水拍了拍脸，才拿出牙刷，天蓝色的，新毛巾的花纹也是格子的，果然是他会买的东西，都带着他的风格，完全不女性化。

洗手池边摆着的全是单人用品，她拿起那个白瓷杯，明知道是石青临用过的，也只能硬着头皮用了。等她洗完出来，粥已经倒在了碗里，摆在了茶几上。

石青临在流理台那儿煮咖啡，低着头，看起来挺专注的。

涂南坐在沙发上，拿起勺子，心想吃完就走。她真饿了，都饿两顿了，本来作画就耗费体力。

一个人在那头站着，一个人在这头坐着，彼此都没出声，只有咖啡和粥的香气混在一起。

吃完最后一口，涂南想把碗送去水池，站起来的时候才发现石青临看着她。

他哪有煮咖啡的心情，不过就是找点事情做罢了，看似认真，其实早就看着涂南，亲眼看着她把一碗粥都喝完了。

"味道还好？"目光接触的时候，他说。

"还好。"涂南开了口才发现嗓子也哑了，清了清嗓子，走过去，把碗放进池子里。

两个人在厨房里挤过，她转过身，瞄到了他的左手，发现他指关节是青紫的，肿着。起初没想起来，紧接着她才记起地铁上的事情。

之前不还大大咧咧地托起了她，还以为没事呢，原来有这么严重。不过仔细一想，当时她都听到了闷响，肯定是不轻的。她忍了一下，还是没忍住，说："你得贴膏药。"

"嗯？"石青临回头看她，他其实听清了，不过是有点不确定，也不知道她是不是还在生气。

涂南盯着他的手指，简洁明了地说了三个字：“贴膏药。”

“有必要？”石青临抬起那只手，五根手指卷曲，又张开，“你上次手腕不舒服不就是揉揉就好了，要什么膏药？”

“那不一样。”

“那要怎么贴？”他漆黑的眼盯着她，“你帮我？”

涂南抿唇，不知道他是不是故意的，这三个字说的语气都不一样，她转头看周围，故意忽略这事：“医药箱呢？”

石青临去置物柜里取出来，放在她面前。

她低头在里面找了半天，才找出一张伤痛筋骨贴，都不知道放多久了。

“还要什么？”他问。

涂南总觉得他在笑，但仍冷漠地说：“剪刀。”

石青临找来剪刀给她。

涂南把那张膏药剪开，一条一条的，正好符合关节的宽度，撕开一条，对着他：“伸手。”

石青临伸出手，很配合。五根手指修长有力，除拇指外都有伤。涂南把膏药绕上去，仔细沿着关节贴了一圈，抹一下，贴好了。换个手指，又贴一圈。

没人说话，她低头慢慢贴，石青临就倚在台边看着，看她垂下眼时认真的脸，看自己被她碰到的手指。

他的手指没动过，虽然很想动，甚至想干脆一把抓住她的手。自己伤得并不重，就是将计就计的苦肉计，让她心软了，或许她就不生气了。他觉得自己有时候也挺坏的。

终于贴完，没觉得舒服，反而像受了场煎熬。石青临来回翻那只手，笑了：“你是不是故意的，这样让我怎么出去见人？”

涂南把东西收起来，背过身，一股脑塞进医药箱，不禁抿了下唇，心想活该。

第四十章

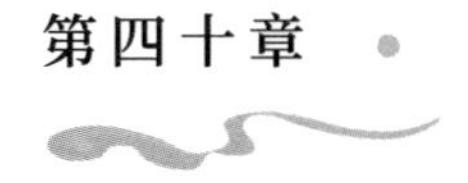

台面上煮着的咖啡香气已经浓郁得过了头。石青临关了火，转头看见涂南把刚才放在水池里的粥碗、勺子都给洗了。

她把湿抹布拧干，铺在一边，碗搁在上面，又洗了把手，关上水龙头。这几个动作像是在宣告，这里再没什么事情了。她转过来，看他一眼，抿唇。

“要喝吗？”石青临问了句，指一下咖啡壶。问出口时他就知道答案，涂南不喜欢喝这种东西，只是因为察觉到她想开口，他才抢先问了一句。

涂南果然摇头：“不用。”

两个人面对面站着，但没什么话好说的了。

该回去了。她只是在想怎么说，睡了他的床，喝了他的粥，或许该道谢？她刚才注意到了他拎进来的粥袋子，看起来只是一碗粥，但那个店她多少知道，价格不菲。

在这种情况下，好像连正常的交流也变得困难。可她再回想一下，造成现在这种情况的是谁，不就是石青临自己吗？所以还是他活该。涂南想明白了，说：“我……”

门忽然被人敲响了，“要走了”三个字被打断。她看一眼门，又看一眼石青临。石青临也没想到，他已经做好了涂南要走的准备，门却在这时候被敲响了。

外面的人又敲了两下，改成了拍门，喊：“青临，是我，还没起？”是薛诚。

涂南忽然快步走出厨房，直接进了洗手间，一把关上了门。她反应奇快，石青临都意外，甚至想笑，他把被她缠成粽子的手收在口袋里，走过去开门。

门开了，果然是薛诚在外面。

“这么早来敲我家门干什么？”石青临身体抵着门沿，一只手扶着门框，差不多只开了一半。

“经过这儿就上来了，”薛诚说，“今天不是周末吗，你工作都做完了，一起出去玩一下？”

“玩什么，没兴趣。”石青临作势关门。

薛诚用脚抵住门：“你这有点重色轻友了吧，私人时间就不能分点给我？难得新扩展包的项目进展顺利，抽个空培养一下兄弟感情也可以吧？”

听到“重色轻友”的时候，石青临头稍转，朝洗手间的方向看一眼，离得远，涂南应该听不见。他把薛诚的话分析一遍，觉得也有点道理，不是把私人时间分出去有道理，而是觉得能带上涂南参与，这也许是个不错的建议：“今天不行，下次。”

“这还像句话。”薛诚搓一下手，他出来得早，只穿了件单薄的外套，有点凉，朝门里看，嗅到了味道，“煮着咖啡？怎么不请我进去喝一杯？”

“想喝自己去买。”石青临推门，笑着说，“我真有事，下次再约。”说完直接把门关上了。

薛诚倒没纠缠，就是在他门上捶了一下，像是控诉他的无情。

确定人走了，石青临才转头走去洗手间。

涂南两手撑在洗手池的边沿，对着镜子皱了一下眉。

这举动，其实有点不妥，来的是陌生人还好，偏偏是薛诚，被他撞见她在这里就有些说不清了。

门被敲了一下，石青临推开了门。他没进来，就站在门口看着她。

洗手间并不小，算得上宽敞，但他站在门口，涂南突然就产生了拥挤感，仿佛连走路的地方都没了，只剩了他们彼此间的这点空间。

"人走了？"她只能问这个。

"嗯，"石青临说，"他就是来说几句闲话，没发现什么。"

不说这句还好，说了反而尴尬。涂南不语，垂眼时忽然注意到一个细节，她还穿着自己的鞋，石青临却穿着拖鞋。他独居，家里地板干干净净，也没要求她换鞋。她抬眼，只看到他的下巴，往他身侧走，想出门。

就要错身而过的刹那，男人的手臂忽然在眼前一横。

涂南停住，石青临的手臂撑在门上，挡住了她的路。她转眼，看着他。

石青临拦着门，身体微倾，在凝视她。他最近总在看她，涂南似乎都习惯了，但这时候还是觉得不自在，他有时候盯着她，会给她一种全世界就只剩下她一个人的错觉。

"涂南，"他低声说，"今天是周末的最后一天了。"

"所以呢？"她问，声音有点飘忽。

"我们的电影还没看。"石青临说完就等着她的反应，不是一时冲动，是刚才薛诚来这一下，打断了涂南，他压到现在没能说出来的事就被引了出来。他有种直觉，错过这次可能就再也没机会了。

涂南没想到他旧事重提，沉默了两秒，说："我不想去电影院。"忙到现在，灰头土脸的，又在这里睡了一晚，她要回去洗澡换衣服，合情合理，顺便也就把这个提议拒绝了。

"不用去电影院，"谁知石青临说，"就在这里看也一样。"

涂南看着他。

石青临撑着门的是左臂，他动一下，搭在门框上的手翻过来，缠着膏药的手指露了出来。

她看得清清楚楚，连他黑漆漆的眼珠也看得清楚，咬一下唇，心想他一定是故意的，要让她心软，连拒绝都不好拒绝。

“看完我就送你回去，”他头低了点，询问，“嗯？”

涂南又看一眼他的手指，的确有点心软，但不想承认：“你家里怎么可能有电影？”他看着又不是那种会在家玩乐的人。

“你答应了就有了。”石青临答得简洁迅速。

这下真没理由了。

石青临看她的脸，知道目的已经达成了，站直了，收起手臂，侧身让她出去。

这间公寓是他回国前就买好的，装修的时候被问过要不要弄个家庭影院，他工作忙用不着，所以拒绝了，现在居然有点后悔没接受当初的建议了。

涂南坐回沙发上。

“等我一下。”他说着走进了工作间。

昨晚电脑居然没关机，他离开后搜了粥店，觉得累了就直接在沙发上睡了，完全忘了之前还登录了游戏。GM 账号就这么挂到了现在。

石青临坐下来，敲字。很快，游戏世界频道再次冒出了黄澄澄的系统公告——

[世界]GM：诸位有没有适合两个人看的电影推荐？

[世界]玩家一：昨天的 GM 大大又来了？

[世界]玩家二：昨天吃饭，今天电影？

[世界]玩家三：GM 大大，你在追女生吧？

又歪了楼，世界频道上乱哄哄的。

石青临都快以为没人回答问题了，好在还是零星冒出了几个回答，有几人提议看恐怖片，理由是趁女孩子害怕可以占便宜。

他好笑，要是为了占点便宜而看电影，就不用这么麻烦了。何况他也不觉得涂南会是那种害怕的小鸟依人型。

[世界]玩家 X：两个人肯定是看爱情电影啊……

还是昨晚提议让他买粥的玩家，因为采用了对方的建议，石青临对这个 ID 还有点印象，他看完了对方列的几个片名，调出程序，给对方寄了个游戏礼包。

[世界]玩家 X：我收到了绝世神兵！

玩家们又疯狂了。

一堆人复制：GM 大大，以后常来问啊，我们一定知无不言，言无不尽啊！！！

这句话一直刷屏到石青临退游戏，关机。

他拿出手机，朝外面看一眼，涂南还在沙发上坐着，没见多无聊，她向来是耐得住性子的人。

石青临又出去了一趟，这次是为了取影碟。

就算是在家看电影，也得尽量正式点，他找了城里仅存的正版音像店，打电话让人送过来。那个玩家可能是个内行，列举的全是爱情大片，他选了部比较经典的。

走得快，回来都觉得有点热了。他脱了风衣放在进门的地方，去厨房给涂南拿水，开了冰箱看到啤酒时其实想逗她一下，鉴于她还没彻底放开，还是算了。

涂南一直在客厅等他。

石青临脱了风衣后就只穿了件白色短袖T恤，尽管不合身，走动时还是能看出上身的身材线条。她看着他端着水放在茶几上，动手拆影碟包装，好奇他怎么这么短时间就真弄来了部片子，她还以为他会嫌麻烦就放弃了。

也没注意那是什么电影，石青临把影碟放进机器，拿着遥控器坐到沙发上，一手按下播放键，叠起腿，看了她一眼。涂南这才去看电视屏幕，屏幕倒是很大，但是她猜在这之前肯定就是个装饰，说不定他还是第一次用。片名跳了出来：《泰坦尼克号》。

石青临看过来："你看过？"

"没有。"只听过，太经典了，但涂南的确没看过。

"正好，我也没看过。"石青临也是只闻其名，选片的时候他花了一分钟迅速翻了一遍那几个推荐名单的简介，因为这部影片的男主角是个画家，就选了这部。

涂南坐得靠边，右边就是沙发扶手，石青临坐在她左边，离得很近，她眼一动就能看见他叠着的腿，他露着的手臂。

吃早饭都嫌早的点，他们两个居然坐在家里看电影。这样一想，她莫名想笑。

"你那是什么表情？"石青临问。

涂南看他一眼，明明挺认真地盯着屏幕，怎么看到她的表情的？她收敛了表情，反问："我们平时这个点在干什么？"

"工作。"石青临说。

"所以不觉得很好笑吗？"

"每天都工作是挺好笑的。"

涂南又看他一眼。

石青临不像她，笑得很明显，可见这句话就是故意曲解她的意思，在她看过去时还指了一下屏幕："看电影。"

涂南只好转过去继续看。

原声碟，全是英文对白，得看字幕。不过她想石青临肯定不需要，她记得听过他说英文，就有电影对白的感觉。联想到这一点，看电影的时候就一直在听男主角说话，说什么也不重要，就是觉得很好听，尽管声音一点也不像。

都没看过这部片子，只知道相关的沉船事件，所以当里面出现裸露镜头的时候，谁也没想到——男主角帮女主角画裸体素描那段。

明明是白天，周围光线却像是忽然暗了。裸的是女主角，涂南倒是可以大大方方看，但是旁边还有个男人，那感觉就不大一样了。她瞄一眼石青临，挺平静的，说不定是久经沙场呢，她想。

那张脸忽然就转了过来，她差点以为自己腹诽他被发现了，眼神闪了一下。本来就坐得近，石青临头一侧，声音就近在她耳边，带着笑："你们画家是不是都这么浪漫？"

男主角给女主角画裸体素描，是挺浪漫的，但是把涂南扯进去就不同了，仿佛她也会给人画裸体一样。

她又瞄了眼他裸露在外的小臂，影片没有给她多大的感官刺激，他的话却让她有了些奇异的感觉，他这句话多了层暗含的意味，她的脑子里多了点不合时宜的画面，一时间竟不知道该把目光投向哪儿了。

"我又不是画家，"她勉强找回了自己的声音，"做临摹的，顶多算匠人。"

石青临本来就是怕她尴尬才打趣的，结果她这么认真地解释，哪里还有半点浪漫了，他摸了摸手指上缠着的膏药，忍着笑想，看来浪漫跟她不沾边。

没想到，很快又是一场激情戏。

他想起了之前和涂南贴脸相对，她带着水迹湿润的唇，低下头，一言不发地解开腕表。涂南也没看了，眼神移开，看了一眼旁边，发现石青临低着头解下了手表，顺带着就看到了那根表带。"那是什么？"她发现表带上有一笔石青色。

石青临转头，顺着她的目光看一眼表带，脸上一下轻松了，把表递给她："你的杰作，忘记了？"

涂南接在手里，手指摩挲一下，表带是皮质的，白色，这一笔颜色在上面就很扎眼："我干的？"

"嗯，"他提醒，"你自己想想。"

涂南搜索了全部的回忆，跟石青色有关的很好找，很快记起来："难道是我喝醉那天？"

石青临点头："答对了。"

"……"对，那天她在他手上画了一道，还说这石青就是他。

石青临忽然说："送你了。"

涂南看他："我要一块男表干什么？"

"随你处置。"石青临笑着说。本来就是戴错的，回来后一直忘了拿下来，以后应该也不会戴了。他说完起了身，去了房间。

涂南真是摸不准他在想什么，垂眼看那块表，一看就是名表，居然就随她处置了。

她又看一眼电影，激情戏还没过去，还好他走开了。石青临进了房间，打算等那场激情戏过去了再出去。这也是为了照顾涂南，如果她觉得尴尬，看到他没在看，多少会自在点。但他转头朝外看了一眼，发现涂南也不在，下一秒，看到她从他的工作间里走了出来，手里拿了一支笔，朝他说："借用一下。"

"用吧。"他看着她又坐回沙发上，走到床头柜旁，弯腰，拉出抽屉。

里面是手表收纳盒，收纳着十几块他平时换着戴的手表。他挑了一块，刚放在腕上，想想又放了回去，小腿一撞，合上了抽屉。

平时是忙着工作，分秒必争。而今天，不需要，已经嫌时间够短的了，何必再戴个表提醒自己。

他出门，余光瞄到了墙角的行李箱，走回去时，对涂南说："你的东西还在。"边说边坐下来："那个行李箱。"涂南当然知道，她侧坐着，靠在沙发扶手上，握着笔，手下压着那块腕表，轻轻地动："嗯。"

石青临原想问要不要拿走，但又打消了念头，改口说："哪天有需要就来拿，先放着吧。"

涂南没作声，那样还得再上一次门。

没再说话了，接着把电影看完。

挺长的电影，所以这次涂南多留了好几个小时。

看完了，似乎也不记得讲了什么，涂南只是有点大概的感觉，应该挺感人的吧。

石青临按了关机键，从沙发上起身，去拿外套。涂南看见了，知道他是要送她，先一步朝门口走："不用送我了，我自己走。"

他跟着走到门口，没说话。摸索到现在，他已经清楚涂南这个人是有根弦的，偶尔霸道一下能让她顺着你的意，但也要偶尔顺着她的意，不然她固执起来就跟之前一样，到头来吃苦的还是他。所以他就不坚持了："好，路上注意安全。"

涂南拉开门，走出去，像是一下从这封闭的世界回到了尘世，她自己都觉得不可思议，居然在这个男人家里待了这么久。回过头，石青临站在门边看着她。她拉上外套，手揣在口袋里，拿出来，把那块表还给他：“给你，我不能收这么贵重的东西。”

石青临拿过去，眼神都变了。

涂南注意到了：“你说的，随我处置。”

他抬起眼，盯着她。

“我走了。”涂南像是要隔绝开他的视线，伸手一拉，自己把门关上了。

她对着关上的门站了几秒，把手收回口袋，转头下楼。门内，石青临又低头看那块表。

难怪她之前问他借笔，表带上被她用笔画上了纹样，从不知道一支简单的油性笔也能有这么好的效果，顺着那笔石青色延伸出去，描绘出来的像云，又像花草，抽象，但是不再突兀，成了最好的装饰。

他怕碰掉颜色，捏住表盘，反身靠在门上。谁说浪漫跟她不沾边的？那块表被他拿在眼前，他眯眼笑起来：“全球唯一限定版。”

以后更不会戴了。

第四十一章

回家的时候涂南也是坐的地铁。

不是工作日，车厢里几乎是空的。她没坐，就对着门站着，看着门上映出的自己，回想先前的行为。也不知道是怎么想到的主意，也许是看电影受了启发，想到就那么做了。画的时候也没想好要画什么好，就是顺着那一笔修饰的，黑色的油性笔，要修饰石青色，还要不突兀，怎么样都难。就像原本无心的东西，忽然有心去做了，反而难以下手了。最初画的几笔像情人草，她担心太女性化了，而石青临是个太男性化的人，利落硬朗，配这种不合适，就改了方向，后来画成什么自己也不知道了。

最后出门时她其实都不太想拿出来，觉得画得不怎么样，石青临看到了八成又会拿她打趣。可真给了他，看到他眼神的一瞬，她就发现自己想错了。他好像完全没想到。

涂南从没见过他那样的眼神，眼睛那么亮，连神采都变了，她承受不住，赶紧关上门就走了。她拎高衣领，遮住脖子，心说还是对他太心软了，转眼盯着地铁的门，越盯越不爽，不就是这地方造的孽，让她对他心软的。

可能是注意到了她的眼神，座椅上坐着的一个大叔古怪地盯着她。她只好转过去，不盯了。

回到家刚好到中午。

涂南洗了个澡，换了身衣服，准备去做午饭，还没进厨房，听到了手机微信通知的声音。她回头，在沙发上找到手机，翻开看，一张照片。

是石青临发来的。那块表被他收在了盒子里，拍了张照发了过来，他托着盒子的两根手指一并入了镜。白丝绒做垫子的盒底，即使表带上是涂鸦，也一下就被衬得高大上了。没有多余的词，就这么一张照片，他好像就是特地拍了来跟她分享的。涂南对着那张照片看了很久，这张照片一出现，他们之间的话题似乎也就自然而然地转变了一个方向，一下就有了生活气息。

她想了半天，没想到该回什么，好在他又发了一句。

石青临：到家了？

涂南：嗯。

石青临：OK。

石青临：下次到家记得跟我说一声。

石青临：不用回了，休息吧。

很好，话全让他一个人说了。涂南握着手机，盯着他的头像。

石青色里最深的一层是趋近于黑的暗蓝，这种颜色深邃，冷漠，但现在看，居然看出了点暖来。

名字就是石青临，他把微信就当一个联系工具，工作上用得多，所以一直用本名，她也一样。看了一会儿，涂南手指点开他的头像，找到备注的地方，给他改了个备注名：石青。改完后其实犹豫了一下，因为觉得有点亲近，但也只是一下，反正也不会有人知道。她放下手机，该干什么干什么。

可能是在石青临那儿休息得太好的缘故，涂南后来没觉得疲惫。工作日再来的时候，她也是神清气爽的。

她套上件薄毛衣外套，走出家门，下楼去公司。刚出小区，听见车喇叭的声音，方阮从他那辆小破车里伸头出来，朝她招手："上车。"涂南拉开车门坐上去："干什么？"

"能干什么，顺路送你上班呗。"方阮开车上路。

他这辆车挺旧了，平常自己都不开，今天居然主动开出来送她上班？涂南怪意外的："这么好心？"

"顺路嘛。"方阮打开音乐，一边跟着哼哼，一边瞄她。

其实是石青临让他来的，说是惹了涂南不高兴，让他来看看情况，至于具体什么事情，石青临没说。不过他看涂南的样子，好像也没多大事啊。他也没想太多，还以为这两人是工作上的摩擦。

涂南正听着车里的音乐，是首古风歌曲，声音有点熟悉。

方阮半道又瞄她一眼，发现她盯着音响的位置，马上伸手关了："我给忘了。"他讪笑："没想起来你不喜欢那个小Y。"

难怪会觉得熟悉，原来是邢佳唱的。涂南也没放在心上，歌是歌，人是人，她说："你想听就听，我无所谓。"

"不听了。"方阮两手把着方向盘，专心看路，忽然想起什么，"对了，说起来，小Y分手了，你知道吗？"

涂南转头看他。

"真的，"方阮以为她不信，"就这周末的事，我那天看她直播的时候都哭了，真可怜啊，不知道被哪个渣男伤透了心……"涂南没说话，这消息有点突然，不过那两个人要分要合，跟她都没什么关系。就是忽然觉得，这个周末还真是挺精彩的。

路还算不堵，很顺利地到了公司楼下。涂南下车的时候，方阮朝楼里看了看，没看到安佩的身影，才跟她挥手道别。她进了楼，上电梯时留心了一下时间，还早，石青临也许还没来。

石青临不在公司，他今天要出差。也不是很远，《剑飞天》在邻市参展，主办方希望制作人能过去，推不掉。昨天确定下来的，当时他正跟涂南发微信消息，拍了手表的照片给她看，说了几句闲话，工作的事一个字没提。

他收了几件换洗衣服在包里，走到门口，把包放在置物柜上，低着头，拆手指上的膏药。要出差，总不能这么去，出门前也只好全都撕了。刚撕完，手机来了消息。他悬着那只手，另一只手拿出手机，方阮发来的：石哥，问题不大，看涂南的样子不像在生气。

似乎是个好消息。其实从她给他那块表的时候，他就有了感觉，他们之间应该是缓和了。

道了谢，他把撕下来的膏药归拢到一起，也没扔，就这么放着了。

紧接着电话响了，是安佩打来的："你出门了？有没有什么需要带的？我给你送去。”石青临说：“没什么要带的，你不用过来了。”

“哦，那你一路顺风。”

电话挂了。石青临却没急着走，又拿起手机。点开微信，点开和涂南的对话界面。她的名字，在他这里已经不是涂南，只是一个“南”字，他早就改了，还特地设置了一下，以免错过她的消息。他低头打了一句话，发送。

退出来时看到手机屏幕上自己模糊的脸，他照了一下，摸了摸下巴。昨天没有睡好，涂南走后他做了不少事情，在给她发完微信后还忙了一些工作，很充实，但晚上还是没睡好，那张床被她睡过后，他怎么可能睡得好。

第一次带她上门的时候没这样过，果然是心境变了。他自嘲地一笑，拎上包，开门出去，又接着低头发消息，发完了就一直握着手机，等她的回复。

涂南动作快，已经在画室里开工画了一会儿壁画。画室太安静，所以手机一响，就特别明显。她几乎第一时间就想到石青临，除他之外，她的微信几乎就是个摆设。她把笔放下，擦擦手，拿出手机。果然是他。

石青：我办公桌上有份文件，能不能帮我送来？

涂南觉得奇怪，这好像是安佩的工作吧？没等她回复，紧接着又是一条。

石青：我赶着出差，急用。

石青：当然，你要是还在生我的气的话，就当我没说。

他要出差？那就意味着暂时见不到了。涂南站了起来，动作先于意识，站了起来才察觉出自己还是打算去了。但又纠结了几秒，是因为觉得他最后那句说得太狡猾了。

也就几秒的时间，还是拿定了主意，她拿上外套出门，一边打字回复：你在哪儿？

他发来一个地址定位。

石青：不用急，我等你。

刚才不是他说要急用的吗？涂南去隔壁办公室里拿了文件，下楼时心想这人居然会说前后矛盾的话。

原本以为地方会很远，但其实不远。她打了个车，十分钟就到了。

下来后先看到一家哈根达斯店，开在人来人往的闹市区。她走过去，推门进店，看见了石青临。他脚边放着个棕皮的旅行包，人站在柜台边上，身上穿了件短款的双排扣风衣，一只手拿着手机，一只手收在口袋里，原本在低头看手机，但涂南一走进去，他的眼睛就离开了手机，看向了她。

涂南走过去，把文件递给他，看了看他的脸："怎么在这儿见？"

石青临说："怕你不好找。"

这话半真半假，他想在临走前见一下她，可真把她叫出来了，又不想她跑太远，所以自己也走了一段，正好跟她在中途会合。本来没想在这儿见，刚好经过，想到哈根达斯那句暧昧的广告词，就走进来了。

他转头，指指柜台："要不要吃一个？"

涂南看了一眼缤纷多彩的橱柜："不要。"

意料之中的答案，石青临直起腰，他多希望涂南是那种看到什么就开开心心地说想要想吃想买的女孩子，那他就太省心了，可真要是那样的，估计他也不会动心了。她什么都不要，有时候连忙都不要他帮，可他偏偏喜欢她这样的。

涂南时不时看他一眼，柜台后的店员可能是见他们没有点单的意向，始终在看他们，偶尔进来几个顾客也朝他们身上望，她转身说："还是出去吧。"石青临拎上包，拿着她送来的那份多余的文件，跟在她后面出门。

外面路边停着一辆车，一看到他出去，车里就有人探头出来朝他张望。涂南看看那辆车，回头问："接你的？"

"嗯。"石青临对那人说，"马上。"

对方点点头，仍然在看他，好像很急。

早就到了该出发的点，那边安排来接的人本来是要去他家楼下接的，刚才等涂南的时候他把地方改到了这儿，还拖了会儿时间。

涂南又看他一眼："去几天？"

"两天。"石青临本想说一句不远，但又故意压下没说。

涂南也没问，以为是挺远的地方，又瞄一眼那边的车："那你一路顺风。"

这句话太客套了，石青临盯着她，然后朝她走了一步，刚好挡住了路边车里的视线，低声问："气全消了？"

涂南朝两边看了看，路上人来人往，都行色匆匆，没人注意到他们，才看向他。果然狡猾，这时候问这个，她故意不开口。

"给你个忠告，"石青临忽然说，"不要轻易原谅男人，因为男人都是得寸进尺的生物。"

她睁大眼睛，这人到底说什么呢，自己说自己？

石青临笑了，她肯来，他就知道她已经原谅他了。"我得走了，给你发微信。"他拎着包，几步走到车边，拉开车门坐了上去。

那么干脆，要不是前面说的话，涂南都怀疑她是主动来送他的，他还爱搭不理的那种。

车还没开，手里的手机响了。她低头，看到两句话。

石青：你喜欢他什么？

石青：我指你前男友。

果然得寸进尺，好了伤疤忘了疼，马上就又提这个了。涂南抬眼看过去，石青临就坐在后排，隔着茶色的车窗玻璃，一张侧脸微垂，没有看她。

她低头打字：不知道。

从没想过这个，她现在也很想问问自己，当初到底喜欢肖昀什么。

石青：那你都打扫干净了？

涂南：什么？

石青：有个比喻，人的心就像房子。

石青：被前面的人住过，打扫干净了才能迎接下一任房客。

这说法连她都听过，一点都不新鲜。

涂南：什么房客？

她完全是顺着他的话在回，这句打得太顺手了，也太怪了，打完就抬头看了过去。车正好开动，石青临转头，隔着车窗看了她一眼。

那一眼太快，她没看清，他就从眼前离开了。手机又是一响，她低头。

石青：那就得看你想要什么样的房客了。

第四十二章

涂南把手机从左手换到右手，眼睛盯着微信，将那句话翻来覆去看了两遍。这句话不难理解，转换一下，就是：那就得看你喜欢什么样的人了。她喜欢什么样的？从没仔细想过。本来她就是个想得少做得多的人。以前和肖昀在一起前，她都没想过，后来决定跟他在一起了，就觉得喜欢的也就是他那样的吧。而现在，她想了一下，脑子里一下跳出来个画面——

居然是那天练功房外，她被男人手臂举起来的一刻。她的双手搭着他的肩，他抱着她，托起来，仰头看着她。忽然，心跳就快了。

旁边有人经过，不小心撞了一下她的肩。涂南回了神，连那人道歉都没在意，抬起一只手，按了按心口。她一直没有细想过这种问题，却在想通的一瞬间明白了是怎么回事。

她对石青临……恐怕是有了想法。

大街上有风，她就站在风里，让风吹醒自己。其实早就隐隐地有点感觉，但她一直没太在意，直到现在，被他挑明了。她对他，居然有了工作之外的想法。

低头看手机，早就黑了屏，涂南手指按亮，距离他那条微信消息发出来的时间已经过去了快半个小时。

这么长时间她就在这儿站着，吹风，沉思，发呆。

她把手机收进口袋。那条微信，没有再回复。

当天，涂南的工作效率奇高。

她跟其他人不一样，脑子里有事情的时候就无心工作了。她的状态奇特，越是想的东西多，工作的时候越是专注，于是事半功倍。

涂南在画室里直起身，看落地窗外，天早就黑了。她一件一件地收拾工具，手里的一支画笔狼毫有些分叉了，她用手指慢慢捻起来，耐心地捻了快一分钟，然后穿外套，关灯，出门。本来回去也是和平时一样，自己做饭，吃饭。可是她今天没有心情做饭，第一次主动想要出去吃饭。一时也想不到什么可去的地方，她就去了上次带石青临去过的那家小吃店。

可能是她来得晚，跟上次一样，店里也没什么客人，她坐在坐过的那张桌子上，点了上次给石青临点的一样的小吃。老板比较厚道，给她上小笼包的时候提醒她一句，可能点多了。

她一想也对，她的饭量又比不上男人，是点多了，于是退了一样，最后就一份小笼包，一碗汤。

吃的时候她忽然觉得真矫情啊，这家小吃店距离游戏公司得有四十分钟的车程，坐地铁要一个小时，那么远的路，她也有心情跑到这儿来。结果越想越不对劲，吃完都觉得堵得慌，抚着胸口半天。

老板以为她噎着了，送了她一碗汤。

她谢绝了，结账出门。

回去的路上，涂南一只手摸了摸口袋里的手机。那个问题她没回复，石青临也没再发消息过来。她不知不觉走出去很远，认真看路，今晚的月亮真亮，照在地上跟水一样，难怪有个词叫月色如水。路边有一群青年经过，笑笑闹闹的，还有个故意回头对着她吹了声口哨。她根本看都没看，直到听到他们当中有个人忽然骂了一句什么，才朝那边看了一眼。

原来是路边有个人喝醉了在吐，差点吐在他们身上，几个人骂骂咧咧地避开走了。

涂南原本也没在意，人都已经走了过去，忽然觉得那人有点熟悉，回头看了一眼，对方也在看她。

“涂南？”他好像不太确定，看了好几眼才出声。

涂南上下打量他：“你怎么弄成这样了。”

他不说话了，蹲了下来。涂南就这么看着他。

好一会儿，她才想起来，方阮说过，他分手了。

不过喝成这样，好像跟方阮说的有出入，不像是他伤透了邢佳，更像邢佳把他伤透了。

“肖昀。”涂南叫了他名字，本来想说“你也有今天”，但突然善心大发，又不打算落井下石了，话咽了回去。肖昀忽然站起来，像是要走，一脚踏出去，正好踩在马路沿上，人往前摔了下去，膝盖一弯，磕在地上。这一下摔得重不重不知道，反正挺尴尬的，因为涂南就在他前面，这一磕就跟向她跪下了似的。他是想站起来的，两只手都撑在地上了，背挺了一下，还是没能起来。

涂南看到现在，看不下去了：“你住哪儿？”

肖昀撑着地，勉强抬起头：“难道你……还会送我？”

“你放心，”涂南说，“帮你叫个车的钱我还是付得起的。”

这附近没见有能喝酒的地方，她也不知道他是从哪儿喝的这么多酒来的，也不想知道，遇上了算她倒霉。

“我分手了。”没想到，肖昀忽然开了口，“就这两天的事……”好像还不够醉，至少他口齿还是清楚的。

涂南默默听着。

肖昀说得断断续续，原来这情况不是第一次了。

以前肖昀没跟邢佳在一起的时候，怎么看她都是好的，真在一起了，才发现她这个人和他想象中不一样，说好听点是没有安全感，说难听点就是多疑。从发现了他手机里涂南的照片开始，就始终问题不断。开始闹闹情绪，反而感情更好，可后来次数多了，用分手威胁，意味慢慢就变了。他们不是第一次闹分手了，只不过这次闹大了闹真了而已。

上次肖昀去找涂南，就是导火索。邢佳跟他冷战了很多天，提了很多要求，最后肖昀也烦了，说了句“那就分吧”，事情就闹到了这地步。

“她这次，希望我离开临摹……”肖昀说着，人就在马路沿上坐了下来，“她说我待在组里，没什么前途……”涂南居然没多意外，可能邢佳在“演艺圈”里待久了，人都变浮躁了，见惯了灯红酒绿，怎么可能看得上临摹。她问：“你同意了？”

肖昀一时间没说话。他其实还有句话没说，邢佳很羡慕涂南，羡慕她退了组才有前途，羡慕她身边有条件那么好的男人追求。这些邢佳没有明说，但他都能看出来。说不出口，人醉了，心还是清楚的，说出来丢的是自己的脸。

终于，他说："我给徐老师……打了电话。"

涂南口气冷淡："你还真打算退，亏徐老师把你当作接班的弟子。"她当初是迫于无奈，他这算什么，为爱牺牲？

"接班的弟子……"肖昀忽然笑了一声，至于退还是没退，再没说半个字。

涂南没心情跟他再说下去，掏出手机给他叫了辆车。附近挺好叫车的，很快就有辆出租车开了过来。她没有扶他一下，只是帮他遮挡了一下行人的视线，叫司机过来帮忙。

司机过来的时候，肖昀挣扎着站了起来。涂南想走，刚转过身，手被他一把抓住了。她回过头："你干什么？"肖昀低着头没看她，却抓住她的手腕，特别用力。

司机搞不清楚状况，看着他们。涂南皱眉说："帮忙。"司机才赶紧过来扶人。

没想到肖昀会突然来这一出，可能是醉酒惹的事，他一直抓着她，但又不说话，直到司机把他扶起来，架着他往车上走，他才终于松开了。

路灯照着路，一片昏黄，人被送上车，车窗一闭，就什么都看不清了。

可能以为是小两口吵架，司机把肖昀送上车后，看涂南的眼神都是暧昧的："放心吧，我一定给你把人好好送到。"

涂南没理会，提前在手机上结了账，多付了钱，看着司机把车开走了，摸一下手腕，还好隔着外套的衣袖，不然可能都红了。喝醉酒的人力气真大，这一下都要叫她怀疑肖昀在恨她了。

她低头看着手机，又点开了和石青临的对话。之前他问她，喜欢肖昀什么。刚才忽然想到，也许就是肖昀当初在临摹壁画上有造诣，才打动了她。但也只是一个推测，因为都不重要了。

涂南朝前走了两步，又看一眼手机上和他发的微信消息，忽然很想发句什么给他，可是又想不出该说什么。总不能说自己刚刚遇到了前男友。

最终直到回家，涂南也没能发出一条微信消息。

睡觉前，躺在床上她还仔细想了想，好像发什么都会暴露点东西，结果一个字没发。她干脆发了条消息给方阮，问他平时联系安佩说什么，方阮回：想说什么说什么啊。

简直是废话。

方阮：你问这个干什么？

涂南：随便问问。

她翻个身，伏在枕头上，厌恶这种状态，因为人不够洒脱了。

后来就这么睡着了，醒来是被一声微信通知吵醒的。涂南睁眼，立即拿起手机按开。

石青：早。

她忽然就无言以对了。这人是不是太过分了，抛下几个问题，把她弄得胡思乱想，甚至还纠结了一晚上要发点什么给他，结果第二天就若无其事地发来一个早？

涂南看一眼时间，是挺早的，还没到早上七点。她平常都这个点起床。

涂南：早。

一边套衣服一边发出去。发完了看着手机，感觉他就要发来下一句了，想也没想自己就先打出了下一句。

涂南：对了。

中间隔了两秒，继续——

涂南：我打扫干净了。

发完，她鬼使神差地把手机调成静音，放下手机，再也没看一眼，直接去洗手间洗漱。

心就像房子，她都打扫干净了。忽然发这句给他，怕他会领会不了她是在接着他的问题说的，又怕他领会了，会看出来什么。

涂南拧开水龙头，拍了拍脸，看一眼镜子，还好表情不会看出来什么。等到洗漱完出去，她才拿起手机看了一眼。他的消息早就发过来了。

石青：非常好。

涂南盯着这三个字，想象不出他的表情，怎么感觉他的语气就像带着夸奖一样。

石青临坐在餐厅里，一只手拿着手机，一只手捏着两片吐司。他昨天一直没有等到涂南再回复，后来就始终在忙，等到不忙了，回到酒店，想给她发条消息，时候已经不早了，估计她也睡了，就算了。

早上特地定了个闹钟起来的，在餐桌旁坐下时推测该到她起床的点了，第一件事就是给她发了个“早”。他放下吐司，端起水喝了一口，低头看着屏幕上的三行字，尤其是最后一行。

南：我打扫干净了。

尽管天马行空，他还是一眼看到就知道她在说什么。

问那几个问题的时候，他也有点犹豫，怕她会再不高兴，但要是不问，他也按捺不住了。没想到她真回答了，到现在才发过来这句，不会是思考了一晚上吧？石青临被这想法惹笑了，一只手放在嘴边，遮掩了一下，另一只手迅速打字。

非常好。如果在她身边，他恨不得摸着她的头这么说。也不知道她看到了是什么感觉，手机上她又没回复了。

这次涂南差不多快两天都没有回复他。看到微信就忍不住胡思乱想，她干脆就不看了。

画室里，工作又推进了一步。涂南一边画，一边看着画上的剧情。其他部分都画得差不多了，终于到了舞蹈相关的情节。这部分情节之后，就会进入最后一部分了。进展得这么快，超出了她的预料。涂南手里的画笔停了一下，但也只是一秒的时间，她就又集中精神画了下去。

门忽然被敲响。

门没关，一转头就能看见敲门的是谁，她还以为是安佩，没想到是薛诚。

“辛苦，我来看一下进展。”他走进来，西装革履，一副投资方代表的标准做派。

“随便看。”涂南转头接着画。

薛诚看了一眼四周，完成的壁画都好好地摆放着，按照顺序，乍一看就像看连环画一样。他到这时候才真的佩服起涂南了，之前听石青临说不过是耳听，亲眼看到，才发现她能从文字剧情里拎出这些来画成画面有多厉害。

他没细看，很快就去看涂南手上在画的那幅：“听说你需要一个会跳舞的人？”涂南停了笔，回头看他：“你还记得？”上次产业年会说过一次，她还以为他不会放在心上。

“当然了，一起赚钱的项目，我也得出点力。”他从口袋里掏出手机，操作了一下，递过来，“给你推荐一个人。”

涂南拿过来看，手机里是个跳舞的视频。她点开，灯光炫目的舞台，一个年轻姑娘在台中央独舞。

薛诚说：“这人很厉害，什么舞都能跳，不仅会跳，还会编。”

看起来是很不错。涂南不懂跳舞，只是凭着画面的感觉来判断。她把整个视频看完，抬头问：“你从哪儿找到的这位？”

“一个朋友。”他笑着说。

想不到他还认识跳舞的朋友。她问：“那我怎么才能见到你这个朋友？”

“你想见？”薛诚说，“容易，到时候我带你去见。”

涂南点头，掏出手机：“这个视频发给我吧，我再仔细看看。”

薛诚二话不说就发给了她。发完也没什么事了，他闲聊两句就走了。

等他走了，涂南点开石青临的微信，把那条视频发了过去。

涂南：有个跳舞的人选，给你看一下，做个决定。

有了工作内容，她发起来快多了。

最多三秒，对面回了。

石青：你自己做决定吧。

石青：我相信你的判断。

一看就没看视频。涂南正不知道要回什么，他又发来一张图片。

石青：看这个，想不想要一个留作纪念?

图片是他拍的展览品，不知道是哪里的相关周边，一排圆乎乎的小人偶，五颜六色，拿着笔刷，看起来就像是一个个作画的人。他很少有这个闲心。

涂南看着那个人偶，她以前从没有什么童心，料想石青临可能又是故意在逗她，可还是把图片里每个都仔细看了。

涂南：黑色那个。

黑色那个，感觉有点像他，当然只是感觉，她不能说出来。

石青临边走边看一眼手机，脚步一下停住了。他还以为涂南会跟之前一样又是淡淡地回一句“不要”，所以只当是白问，没想到她居然选了一个。他马上回头，快步走回之前经过的展台。

黑色的那个居然已经卖掉了。他问展柜的人还有没有，对方遗憾地摇头。他又问是谁买的，对方指了一下刚刚走远的一个女生。石青临追了上去。

女生背着个书包，忽然被人叫住，有点意外，上上下下地看他。石青临问她能不能把小人偶转让给自己。“你还喜欢这个啊？”女生觉得不可思议，看他也不像是玩这个的年龄啊。石青临说：“不是我喜欢，买来送人的。”

“送女孩子的吧？”

他笑：“对。”

他一笑，女生脸都红了，也不好意思拒绝，把人偶让给了他。

石青临多付了她一倍的钱。

他站在原地，看了看那个玩偶，一点特别之处都没有，居然叫涂南看上了，也真够意外的。本来想发微信告诉她买到了，但那边主办方过来请他了，他只好把手机收了起来。

薛诚再来找涂南是下午的事了。

很巧，涂南手上的壁画正好画完，正是时候去处理接下来的部分，立马就跟他出发了。薛诚开车，载着她几乎绕了大半个城市。最后到了市郊，一个类似于度假村的地方，入口是栋很豪华的酒店。

“怎么到这地方来？”进去时涂南问。

“这地方适合约会啊。”

涂南看他一眼：“什么意思？”

薛诚一看她脸色就笑了：“我知道了，只有青临约得动你，别人不行。”

听他的口气，涂南都要怀疑那天在石青临家里被他发现了，打岔说：“你那个朋友呢？”

“就在里面。”

涂南跟着他走去前台，他报了自己的名字，前台请他们稍候，打了电话过去问，过了一会儿告诉他们往里走，人在里面等他们。

薛诚走前面，涂南发现他今天穿得很休闲，一身运动装，好像一早就准备好的。

他们走出去的地方是个看台，她往前看，看到那里站着个年轻女孩，穿着红色的运动装，戴着遮阳帽，特别引人注意。下面是个塑胶运动场，拦着网，好像有场比赛正在准备。

“真真。”薛诚叫她。

女孩回过头，看了看他，又看了看涂南。

涂南一眼就认出她就是那个视频里跳舞的人。

“介绍一下，”薛诚站在两人中间，“黎真真，涂南。”

女孩伸出手，涂南握一下，彼此互道“你好”。

“看球赛吗？”黎真真指着下方的赛场。涂南看了一眼，摇头：“我是来跟你谈事情的。”黎真真看薛诚，后者点头：“她就是我说的那位总画师。”涂南问：“编古典舞有把握吗？”黎真真笑一下：“没有我没把握的舞。”

涂南被她的话说得多看了她两眼，她的五官很艳丽，张扬浓烈的那种美，也许是对自己有信心，眼神里有点淡淡的倨傲。不过找人不就是要找这种有自信的吗，涂南点点头：“那我们找时间去公司。”

“行，时间你定。”

话说完了，涂南准备走了。

刚要开口，薛诚似乎看出了她的意图：“怎么，刚来说几句就要走了？我还准备叫青临过来呢。”

涂南停住。

薛诚说：“本来我就是想约青临一起出来玩一下的，没想到他出差了，他今天应该回来了吧？”是今天回来，涂南一直故意没想这件事，又被他提起来了。她故意说：“不清楚。”

薛诚笑一下，掏出手机，拨了号。很快那头忙音就传了出来。涂南转过身，手臂搭在看台上，朝远处望，今天这边的天气不错，不知道他那头什么情况。她连他在哪儿都不清楚。

那头传出一声应答，简单的一声“喂”，涂南却听得特别清晰。声音怎么这么沉。薛诚在问他能不能过来。电话里可能是说了不来，薛诚没好气地在数落他。没说两句，薛诚把手机递过来：“涂南，你跟他说。”涂南转头看过去，他把手机往她面前伸了伸：“快啊。”她只好接了过来，把手机贴在耳边。

“涂南？”石青临在那头问，“你在？”

“嗯。”

那头安静了两秒，窸窸窣窣的，不知道在干什么，然后他说：“等我，最迟一个小时就到。”

第四十三章

涂南把手机还给薛诚，他不用问都知道结果了，提议边看比赛边等石青临。黎真真走在前面，找了个座位，指了指上方说：“那里会提供点心，你们别客气。”

涂南往上看了一眼，几个服务生推着餐车站在那儿，车上摆着点心和茶饮。薛诚歪头过来，小声跟她说：“这儿是她们家的产业。”他指黎真真：“有钱人。”

那就难怪是这副待客的口吻了。

看台上一排排的塑料座椅，蓝的红的分区排列。黎真真在中间坐了下来，薛诚坐在她旁边。涂南故意没跟他们坐在一起，觉得人家朋友关系亲近，她冲着公事来的，没什么话聊还妨碍人家。她拿出手机，打开看看，没有来新消息。

薛诚回头就见她坐在后排，还隔了好几个空位，又看到她手里的手机，暧昧地笑了一下，转过头去了。涂南觉得那点小动作都被他看得清清楚楚，只当没看见，朝下方赛场看了过去。网球赛，她不感兴趣。看看右前方，黎真真倒是看得挺认真的，薛诚偶尔跟她小声讨论几句。她从头到尾没回过头，仿佛忘了这里还有个人。涂南也不介意，她也不喜欢跟刚认识的人套近乎，低头看手机，过去了十分钟。

刚才电话里石青临说最迟一个小时就到。他从哪儿来，时间这么紧，够吗？她把手机放进口袋，过一会儿，又拿出来。

第一次觉得，一个小时还真长。好在有一场比赛，时间在其中流逝，似乎也没那么慢了。

涂南不再看手机，在脑子里想壁画的剧情，思考着回头跟黎真真怎么协商，刚才跟她只说了几句话就把这事给定了，详细的还没谈。

不知不觉，时间就过去了。有人赢了球，薛诚跟黎真真都在鼓掌。涂南趁机去了趟洗手间。等她回来，手机就响了。她在座椅上坐下来，拿着手机看。

石青：我到了。

她转过头，远远地看向入口，下方正好又是一个关键赛点，一阵呼声，她不禁往下扫了一眼，再看回去，就看见了石青临的身影。

石青临从入口处过来，身上卡其色的风衣领子竖着，边走边看，很快目光就转到了这边，脚步一下就快了。

“青临来了。”薛诚也发现他了。余光里，忽然有人站了起来，涂南看了一眼，是黎真真，她冲着石青临的方向看着。

薛诚拉了她一下，她又坐回去了。看这模样好像认识？涂南在心里琢磨了一下，回过头，眼前一暗，石青临已在她身边坐了下来。

一坐下，他人就往后仰了一下，靠着椅背，一条腿伸直，毫不遮掩一身的倦意，眼睛早就看着她：“刚在前台寄存了一下包，没迟到吧？”

涂南看了看手机：“你还早了几分钟。”

他笑：“怎么会到这儿来？”

“来见那个舞者。”

石青临朝薛诚那边看了一眼：“嗯。”他什么也没问了，就像之前说的，完全交给了她。

涂南看见他脖子上还挂着参展的证件，一看就是直接从展厅过来的，伸手指了一下。他看见了，马上摘了，随手收在口袋里。

“你可以慢慢过来，没必要这么赶。”她小声说。

“怕你等得久。”

这话接得太快，涂南都不知道该怎么回，视线里，他的头发被阳光照着，有层淡淡的光，整个人都多了层暖色调。

面前伸过来一只手，手里是一个黑色玩偶，石青临把那个玩偶放在了她膝上：“你选的，必须收下。”这就是件小东西，他还真不确定涂南是不是真的想要，但他一个大男人都去跟人家小女生开口了，涂南不要也得要。涂南看了看他，把那个玩偶收进了外套口袋，那只手却没拿出来，在里面轻轻抚摸。

“怎么今天话特别少？”他问。

“没有。”不是话少，只是在他面前突然就不知道该说什么了，他说的每句话每个字都向着她，就会让她忍不住多想。

“我还以为你没话跟我说了。”他故意打趣，一只手捂了捂肚子。

涂南没顾着回他的话，却注意到了他这点小动作：“怎么了？”

“没吃饭。”石青临笑一下，有点不好意思，“出来得太急了。”他没等专车送，自己叫车回来的，本来定好的饭局也推掉了，到现在的确有点饿了。

涂南想了一下，站了起来。

“去哪儿？”他问。

“随便走走，”涂南声音低低的，“我马上就过来。”

石青临收起双腿，让她过去，一路目送她去了上面，回头就看见两双眼睛盯着他。

“青临，”黎真真叫他，“好久不见了。”

石青临只点了个头：“好久不见。”

薛诚说：“一过来就顾着跟涂南嘀嘀咕咕，把我们两个老朋友丢在一边？”

石青临一条手臂搭在椅子上，眼睛望着下方的球场：“可能是我现在脾气太好了，还让你学会用饵来钓我了。”饵是谁，显而易见。薛诚笑了一下，他知道石青临的脾气，不是真生气，但会说出来，多少肯定是有点不爽了。“那也得钓得着你才行，我们也只是想跟你聚一聚而已。”说完他看一眼黎真真。黎真真从刚才打完招呼就低下了头，没有出声。

“聚吧，至少地方还不错。”石青临的眼睛没离开过球场，这会儿倒像是要认真看球赛的样子了，尽管比赛都快结束了。他本来也打算找机会带涂南出去玩，换成这地方也不是不行。

薛诚抓住话头，趁机就跟他讨论起球赛，刚才他不在的时候赢了一局如何如何精彩。话题转到运动上，刚才那句话带出来的一点不快的气氛也就消弭了。石青临没怎么说话，一直在听薛诚说，本来赶了一路就有点累，涂南不在，他连说话的心情都没有了。

涂南最多只走开了五分钟就回来了。薛诚看她回来，很识趣地把话题给结束了，转过头去继续看球。石青临看着她一路过来，她越过他的腿，膝盖擦着膝盖过去，一只手放在外套后面，坐下来后先朝薛诚他们的方向看了一眼，才看向他。

"给你。"她放在外套后面的手拿出来，屈起的腿撞着了他的小腿。

石青临低头，看见一个纸袋子，在她的手指间，因为她刚才撞了自己，纸袋子还在轻轻地晃。听她声音比之前更低，所以他也尽量把音量压低："什么？"

涂南另一只手伸过来，打开纸袋，从里面拿出一块点心。她还记得黎真真指过的那个地方，刚才听他说没吃饭，就想到了那里，走过去问能不能带几样点心走。

服务生给了她专门的纸袋，可惜餐车上只有点心，她挑出来几样不甜的，放在袋子里拎了过来。第一次干这种事情，居然有点心虚，她刚才真有点担心薛诚他们会看见，还好那两个人都没回头。

石青临一直没动，他盯着那块点心，目光慢慢转到涂南脸上："特地给我拿的？"涂南手里的点心都递到他眼前了，这么明显的事情他还要问，看着他的眼珠不禁动一下："嗯。"石青临忽然低下了头，在她疑惑的时候又抬了起来，脸上有笑，眼睛都是亮的："这么好？"

半真半假的询问，声音低得往她耳膜里钻，她觉得捏着的那块点心都要在手里化了，往他眼前送一下："快点。"

石青临没接，直接抓住了她的手，低下头，在她手中把那块点心吃到了嘴里。

涂南愣一下，看着他的脸抬起来，手还保持着刚才的姿势。

他的眼睛盯着她，眼珠很亮，手还没放开。氛围忽然有点变了。

直到一阵掌声响起，石青临朝前看一眼，松了手。涂南坐正，下意识又看薛诚那边，那只手握了起来。薛诚回过头来："走啊青临，去下面打一场！"

下方的比赛终于结束了。这种表演性质的比赛，看的人也就他们几个，居然也打了个完整。

石青临慢条斯理地把手里的纸袋子折起来："赶过来都累死了，谁要跟你打什么网球。"

“就你这非人的体力怎么可能累，走吧，难得有时间。”

黎真真站了起来：“你们去吧，我要去练一下古典舞，后面好配合你们。”她走出来，朝出口那头走了。

石青临看涂南：“你去不去？”涂南摇头：“我不会。”薛诚说：“得了，就我们俩去，多久没跟你一起玩过这个了，你还真不肯分点时间给我了。”他直接过来，把石青临拽了起来。

石青临站起来，又看一眼涂南，才跟着薛诚走下去。

从看台下去，很快到了下方的球场。

薛诚是早就准备好的，石青临完全没准备。他也无所谓，把风衣脱了搭在网边，穿着衬衣就进去了。

比赛留下的球具还在，薛诚拿了网球拍抛给他：“你跟涂南就这么你侬我侬？在那儿半天了，就没见你眼里有别人。真真刚从美国回来，好歹相识一场，你连理都没怎么理。”石青临一手拿着球拍，一手卷起衣袖：“这不是被你打断了？”薛诚发现他连回答都完全无视了黎真真的存在，拿起个球在手里掂一下，抛过去：“看来真真回来这趟没什么意义了。”

石青临接住，抛了抛，没有接话。

薛诚笑一声：“人家在美国追了你那么久，从你回国那刻起就计划着追回来，现在知道你的游戏需要舞者马上积极地找上来，连刚才走都是要为你的工作尽心尽力，你就没什么想说的？”石青临完全像是没听到，他拿着球朝对面走，眼睛朝看台上看，涂南还坐在那里。他停下来，不走了。

薛诚说了半天，也没见他有回应，喊他一声：“你想什么呢！”

想什么？石青临想的全是刚才被打断的一切，全是看台上坐着的那个女人。

涂南摸着口袋里玩偶的样子，拿着点心给他的样子，他当时差点就想把忍了很久的话一起说了。接着他想起，她在微信上说，她都打扫干净了。石青临忽然就想摸烟，意识到这里是球场，手才没动。手没动，心思一直在动，从离开本市到回来，点点滴滴都想了一遍。

他忽然转头，大步朝那边走。

薛诚叫他：“你干吗去？”

石青临一路走向看台。

涂南觉得他们还要打上一会儿，准备离开看台，站起来要走的时候，忽然听到有人在叫自己的名字：“涂南！”

她回过头，看见石青临从球场那头一路走了过来。他把球拍和球放在地上，绕过球网，到边缘，两手撑着围栏，一跃，翻过来，就站在她正下方。

“你看，”他张开手臂，后退两步，仰着头注视着她，“我这样的房客行不行？”

第四十四章

他的声音传到耳朵里，不亚于平地起惊雷，把涂南定在了原地。

“你看，我这样的房客行不行？”

这一句话，只有他们彼此懂得是什么意思。涂南看着他，脸上完全蒙了。他的意思是，他对她……

脑子空了一瞬，石青临这个人太难懂了，她反反复复地猜测，却不好断定，哪怕刚才被他抓着手的刹那，也只是怀疑。怀疑他是在逗她。人有时候就是这样，自己动了心思，就怕那点心思是自作多情。她刚才坐在这里，翻来覆去想了好几遍。直到现在，他忽然说了出来，让她措手不及。

她太错愕了，甚至忘了该开口说话。

石青临仿佛看出了她的心思，他垂下手，冲着她笑着，声音不高不低地说了句话，然后又跃回球场，拿起网球拍和球，回到刚才来时的地方。

薛诚早在那里叫他。

涂南听见了他刚才说的话，他说的是：“回头说。”

他这是在给她时间消化？她慢慢转过身，看不到他的人了才彻底回了神，刚才心就跟跳停了一样，到现在才一点一点复苏。

耳里，脑海，反反复复的是他说那句话的声音……

石青临走回球场，隔着网，站到薛诚的对面，脸上还是有笑的。他从没像这一刻这样轻松过，压在心里的话终于说出来了，也许是觉得到时候了，总之在说出口的那一刹就觉得很舒坦。薛诚听到了他刚才的那句话，正莫名其妙：“什么房客，你还要租房？”

石青临笑得更深，别人都不知道，他们之间说的话就像是暗语，他却很享受这种秘密感。他手一抬，球发了过去。薛诚连忙去接，没接到，捡起球说：“你这是发的什么球？姿势都不对。”

“不对就不对，”他说，“随便打吧。”

心思根本不在球上，爱怎么打就怎么打吧。他转头又朝看台看一眼，涂南已经不在那儿了。应该不至于落荒而逃了。回过头，薛诚的球已经飞了过来，他也没接到。无所谓，这种时候，谁还在乎输赢。

结果显而易见，这一局网球完全随性发挥。到后来薛诚忍无可忍，先叫了停："算了算了，不打了，你从过来到现在就没一刻是正常的。"

"薛诚，"石青临转一下手里的球拍，隔着网看着他，"我跟涂南告白了，所以以后就别在我跟前提别人了，尤其是涂南在的时候，一个字都别说，不合适。"

薛诚愣一下，跟着笑一声："你当我想提？"

石青临笑笑，多余的没说。男人之间，话说到这个份儿上就有数了。他放下球具，在网边拿了风衣，拎在手里，走出球场。

一场球的时间，不知道够不够涂南接受这个消息了。

到了这个时候，忽然又有点担心了，担心她接受这个消息之后的回答。刚才那一场球的时间，是给她的，或许也是给自己的。

上了看台，从出口出去，回到进来时的那间酒店里。石青临没耐心去一个地方一个地方地找，掏出手机发微信。

石青临：去哪儿了？

涂南回得不慢，也就几秒钟的时间。

涂南：就在附近。

他笑了，抿住唇，又打字。

石青临：紧张了？

涂南：没有。

石青临：那为什么躲起来？

涂南：我没躲。

感觉像是有目光看着自己，石青临抬头，看到了涂南。

她还真没躲，就站在酒店的大堂里。一个长方形的鱼缸，里面几条热带鱼在水草间摇摆，她就在鱼缸那头，身体被挡了一半，一只手拿着手机，隔着鱼缸看着他。

彼此隔了十几米的距离，不长，也不短。石青临低头，沉着地打出两个字。

石青临：过来。

他抬头，发现涂南低头看了手机，然后又看向他。最终，她绕过鱼缸朝他走来。

她的脚步很轻，走得也不快，但不知道为什么，就像是踩在了他的心上，每接近一步他都觉得心跳在加快。

石青临摸一下鼻子，心里发笑，还以为她会紧张，他自己也没好到哪儿去。

涂南到了他跟前。她的确没有躲，只是一路走到了这里。

球场不是说话的地方，但显然这里也不是。虽然不是什么节假日，这种度假的酒店就没什么客人，但前台还有人在。

她看着刚刚打完球的石青临，他把风衣搭在了肩上，敞着衬衣的领口，卷高衣袖，一只手拿着手机，倦意里带着几分落拓和不羁，只有看着她的眼神是认真和温柔的。

还没开口说话，安静的大堂里传出了脚步声。涂南循着声音看过去，来的是黎真真。可能是刚练完舞的缘故，她换了衣服，穿上了便装，原本扎着的头发也散了下来，看起来好亲近了许多。

"青临，"她走过来，笑着说，"这里有电脑房，我们去玩一下你的游戏吧，正好我也熟悉一下。"

石青临一直看着涂南，听见黎真真叫自己才看了她一眼。

"你叫他打游戏？"接话的是薛诚，他正好从网球场过来，时间掐得挺准，"别找虐了吧，跟他打游戏有什么意思，谁打得赢他？"石青临顺着他的话说："那就别玩了。"黎真真看着他："那就玩别的，我们难得聚一下，总得一起玩一下。要不打牌吧，开个套房，点点吃的。"

薛诚说："要玩就一起，涂南也来。"

涂南从刚才开始就一直在观察黎真真，被薛诚点名才看过去。薛诚一手搭在石青临肩上，指她："你也来，我们四个玩，放心，这次你要是还不会就让青临教你。"

石青临看着涂南，这次眼神有点兴味盎然了。

涂南说："理由都被你说完了，我还能说什么？"石青临笑："那就来。"

黎真真看一眼薛诚，又看一眼石青临，先去前台安排开房。

房间很快开好，在27层。四人先后走进电梯，谁都没有找话说。涂南站在靠门的位置，石青临就挨着她，胳膊都和她碰在一起。她有心瞥了一眼，黎真真就在他那边站着，离他也很近，他的那只手是收在口袋里的。

她现在可以确认黎真真的确认识他，看情况还不仅仅是认识。她以前从没发现自己有什么女人的直觉，直到今天，发现自己竟然变得这么敏锐。

涂南不是个妄自菲薄的人，但眼前这么一个漂亮自信又出身优越的女孩子明显对石青临有意思，还是会忍不住想，石青临到底看上自己什么，甚至开始不确定那句话是真是假了。

电梯到了，她没再往下想。

黎真真开了间总统套房，外面有休息室，棋牌什么的都准备好了。薛诚先推石青临坐下，自己坐在他旁边，要打二对二的扑克。

这种牌必然要分组，石青临看涂南："坐我对面。"

那就是要跟她一组了。涂南坐了下来，看见黎真真在旁边站了几秒才在薛诚对面坐下。

"会玩吗？"石青临在对面问她。

"一点点。"扑克还是会点的，以前她跟方阮一起玩过，虽然次数不多。

"那我再讲一下玩法。"他还真有耐心教她，居然就这么停下来慢慢地跟她讲了一遍玩法，"简单地说，就是你我配合，赢他们。"

"嗯。"涂南心不在焉，这种时候，她的心思怎么可能在牌上。

牌打了起来，果然，一团糟，没多久她就出错了牌，被下家的黎真真给截了个正着。好在轮到石青临，他又给扭转过来了。

"怎么回事涂小妹，你故意坑青临呢？"薛诚打趣。

谁都看得出来她那错误有多低级了。

涂南看一眼石青临，没作声。

石青临也看她一眼："没关系，我带的人，坑我我也乐意。"

涂南拿着牌，感觉牌像是粘在了一起，手指快要拿不动了一样。原来摊开了之后，他说什么都这么明显了。

薛诚在旁边笑："佩服佩服。"一连说了好几遍。

直到被黎真真的一句叫牌打断，几人才又关注战局。

玩了半个多小时，石青临一打二都连赢了好几把。薛诚不满："你连牌都不带让让人的？""让什么，都是游戏，游戏就有输赢。"石青临甩出最后的牌，又赢了一局。黎真真放下牌说："你还是跟以前一样厉害。"

薛诚笑了一声，仿佛在笑她输了还要夸敌方。

正好有服务生来送餐食酒水，打断了一下。牌干脆不打了，开始聊天。黎真真先起头，说的都是美国的事，她告诉石青临，当初他住过的那条街有了什么样的变化，认识的朋友当中有人结了婚，等等，琐碎，但也亲昵。薛诚偶尔还能接几句，涂南完全加入不进去。她借口喝水，走到外边，站在餐车边透了口气。明明只是普通地玩个牌，却好像各怀心思。

口袋里手机振动了一下，她掏出来，点开微信。

石青：我跟她关系不深。

她朝里看，看见坐在那里的三个人，其他两个人都还在说着话，只有石青临，靠在座椅上，懒洋洋地摆弄着手机。

手机又振动了一下，她又低头看。

石青：不想让你误会。

石青：如果你想走，我们现在就走。

涂南：你们不聚了？

发完朝里面看一眼，发现他对着手机笑了。

石青：聚什么，要不是你看上人家跳舞好，我至于在这儿待这么久？

合着还是她的原因了？涂南打字：那走吧。

里面休息室里，石青临站了起来："行了，玩也玩了，聚也聚了，我该回去了。"

黎真真跟着站起来："这么快吗？其实你们在这儿住一晚也行。"

"还有工作，我到现在还没回家。"石青临已经走了出来，看一眼涂南，交换了个眼神。涂南朝里面两人点了个头，跟着出门。黎真真走了出来，一直送到门口，看着门合上。

薛诚走到她身后："该说的我都帮你说了，你看见了，他心里有别人了。"

黎真真转头看着他。

"何必呢？"他接着说，"能让石青临低头告白的人，谁还扭转得了？"那么傲的一个人，连家里斩断他经济来源，在美国走投无路的时候都没低过头的人，现在却在一个女人面前低了头，你说还有什么能扭转的。

涂南下了楼，石青临已经取好了旅行包等在大门外，先一步叫好了车。

他们住的地方不在一个方向，其实根本不该坐一辆车，但还是坐在了一起。一路上，没法谈话，因为还有个司机。彼此坐在一排，却只有手机时不时振动。

涂南低着头，视野里是自己的手机屏幕，还有旁边靠着自己的男人的一条腿。

石青：我们之前的话还没说完。

霎时间看台上的风又吹过来了，还有他的声音，一个字一个字在她心里撞。

涂南：嗯。

话的确没说完。

石青：等会儿说。

涂南收起手机，看着车窗外，天黑下来了，凭借窗的倒影可以看见他的脸始终朝着她的方向。

四十分钟后车才停，停在了她小区外的街道上，他有意先把她送到了家。

石青临叫司机等他一下，然后对涂南说："下车。"涂南推开车门下去，他跟在后面下来，还是没穿风衣，就那么一件单薄的衬衣，似乎感觉不到冷。

路跟之前走过的无数次一样，树荫遮蔽，晦暗不明。两个人默默走了一段，涂南的胳膊被拉住了，她停下来，回过头，石青临也松了手。

她一下就明白，他要开口了。

石青临站在她面前，脸浸在灯光里，看不清晰："之前那话，我是认真的。"涂南仰着脸看他，没出声，两只手无处可放，只能收进口袋。一句话就打消了她的疑虑，他是认真的。

"什么时候……"她不知道为什么会问出这个，声音都变了，面对面说这个太考验人的心脏了。

石青临轻笑："我怎么知道什么时候？你还没让我住进你心里，就先占了我的地盘了。"

涂南更接不上话了，抿抿唇，口干舌燥。

"给我个答复吧，"他的声音低得不能再低，头也低下来，终于让她看见他的眼睛，"不是现在也没关系，我可以等。"已经等了这么久，对她，他还能更有耐心。

涂南很轻地点了头。

"我等你。"他转头上车。

涂南看着他坐进去，车开走，脸埋进衣领，嘴角忍不住扬了起来。

这好像还是从没有过的感觉。

第四十五章

这一晚回到了家，涂南把能做的事情都做了。做饭、吃饭、洗衣、拖地、收拾画具、整理资料，都是一些琐碎得不能再琐碎的事情，仿佛只有做事才能让她的心情平静下来。直到无事可做，她坐在沙发上，不停地把玩手机。

点开微信，看石青临的个人资料，就那么几行字，一眼就看完了，她却不停地看了好几遍。他说的每个字，都被她来来回回想了好几遍。

石青临居然向她表白了。只要想到这个，心头就像有把火在烧着，又热又烫。他说不清是什么时候开始的，就像她，也说不出来是什么时候起的心思。

她点开他的微信，上面还是他的那句：等会儿说。这句话就像是在提醒，他还在等她的答复。涂南放下手机，不再看了。再看下去，担心今晚会失眠。

好在没有失眠，工作也还要继续。

涂南再走进公司时，黎真真已经到了。她一早就收到安佩的提醒，没上顶层画室，直接去了安佩提前安排好的地方。地方在十四层，原本是动作设计部的地盘，现在挑出来做了舞蹈间。到了门口，安佩刚从里面出来，正一手合上门，看到了她。

“听说这人是投资方推荐的？”她小声问，一边把涂南要的剧情本递过来。

薛诚推荐的，可不就是投资方推荐的。涂南接过来说：“嗯，还是留美回来的。”

“那就难怪这么傲了。”安佩又朝门内看一眼，撇一下嘴，走了。

涂南推门进去，黎真真正在墙壁边压腿，身上已经换上了那一门派掌门人的服饰。

门派就是魅影，女性门派，掌门原本也是个女性，这套游戏里的衣服在她身上还挺合适的。涂南看着，无端就想到了石青临曾给她玩的那个账号，也是魅影，还说适合她。这么一想，简直像是在互相比较。

她清一下嗓子，提醒黎真真，也是提醒自己。别分心了，该工作了。黎真真收了腿，看着她：“先从哪部分开始？”

“先过一下剧情。”

“好。”

涂南合上门，走过去，把剧情本给她。黎真真拿在手里翻看，就站在她面前，看了两眼，视线忽然从纸张上转到她身上：“听说你见过青临的家人了。”涂南看她一眼，黎真真身材修长，和她几乎一样高，两双眼睛自然地对视了：“嗯，怎么了？”

“我还以为，我会是第一个有这个机会的人。”黎真真说，“当时他差点就接受我了。”

这单刀直入的一句，多少有点突然，但从她这样的女孩子嘴里说出来一点也不奇怪。用安佩的话说，她有点傲。那也是因为她有那个傲的条件。涂南表情却很平淡：“那很遗憾。”尽管当时是因为工作原因去的，但她不想解释。

黎真真表情一下凝住了。可能是没想到，她会这么轻描淡写地略过。涂南指一下剧情本：“不介意的话，我们先工作。”意思是不想在工作时间说私事。黎真真回了神，重新去看剧情：“不好意思。”后面就再没提过别的事了。

一个小时后，涂南从舞蹈间里出来。

黎真真过完了剧情，需要编排动作，她只要等着到时候去画就行了。

到了门外，才又回想起之前的话。心里不可能毫无波动，尤其是听到黎真真说石青临差点接受她的时候。尽管明白那都是过去的事了，多少还是有点不舒服。她提提神，刚要走，薛诚迎面走了过来，西装革履的，一看就是刚从工作中过来的。

“忙完了？”他打招呼。

“你应该不是来找我的。”涂南说。

薛诚笑着说：“不是，我等真真。”

涂南点个头，正要越过他，他又问：“她跟你说什么了吗？”

她回过头看着他：“你指什么？”

“装傻吧，你会不知道我指的是什么？”

涂南只好实话实说：“说了。”

薛诚笑笑：“我就知道。”他连内容都不需要问，真的就像是一清二楚的样子。

涂南打量他，忽然察觉出他自黎真真出现后就总在她周围出现：“你喜欢她？”

薛诚看她，似笑非笑地问：“怎么看出来的？”涂南也是猜的，但看他这样反而确定了：“不喜欢她不可能连她说什么都这么在意吧？”

薛诚拿她开涮：“你看别人的事挺准的，怎么青临追你就看不出来了？”

涂南转开脸，淡淡地说：“那不一样。”

“怎么不一样？是你当局者迷，还是他比我复杂？”这种工作的地方，偶尔还会有人经过，他居然就在这儿说这些。

涂南随口说了句：“差不多吧。”直接走了。

薛诚在她身后笑：“你们女人就喜欢复杂的男人。”口气也听不出来是认真还是玩笑。

涂南进了电梯，去顶层。先去画室里做了些准备，后来她还是没按捺住，去了隔壁。

走到那间 CEO 的办公室前，才发现门没关，她往里看了一眼，办公桌后，座椅是空的，石青临不在里面。有点失望，却又像是松了口气，她扶着门框自嘲，自己到底是想见他，还是不想见他。

原本涂南以为石青临一次不在办公室是偶然，毕竟他也经常外出工作。可没想到，接下来几天都没见到他的人，手机里也没收到他一条微信消息。如果不是安佩提到他每天都还在工作，她都快怀疑他失踪了。偏偏她还不能问，怕被安佩问东问西。

涂南再一次走出舞蹈间时，手里已经捧着一沓画稿。黎真真几天之内就编好了一支完整的舞，她照着画下了一份厚厚的底稿。身后，黎真真跟了上来，忽然问了句："你另外还有作画的地方吧？"

涂南转头看她一眼："有什么问题吗？"

"没什么问题，就是问问。"黎真真没说什么，回去换衣服了。

涂南拉开门出去，毫不意外地又看到了薛诚。

"今天的工作成果不错啊。"他和最近几天一样打招呼。

涂南"嗯"了一声就走。

他追着问一句："怎么着，好像不高兴啊？"

涂南没理会，进电梯去顶层，把画稿送进画室里。

一直忙到天黑才出来，这次没有和之前一样再去隔壁看了，直接下去，出了大楼。到这个时节，天更冷了，风往脖子里钻。她低着头，盯着脚下的路，手指在口袋里有一下没一下地轻轻摸着手机。那人到底在干什么？边走边想，她的视线往边上瞄了瞄，忽然瞄到一道影子，就叠在她的影子上。她停下脚步，回头看，看见了那个心里正想着的男人。

石青临两手收在风衣口袋里，就跟在她身后，在她回头时站定，一只手从风衣口袋里抽出来，摸一下鼻梁，笑着说："我一直在想，该怎么提醒你。"涂南盯着他，之前还被乱七八糟的思绪缠着，这时候全都没了，只剩了看到他时的那点惊喜："你什么时候来的？"

石青临指一下身后写字楼的大门："早就在楼下等你，不过你直接走过去了，根本没看见。"

她出门时的确什么都没看。

"没想到你会在，你这几天……"涂南停顿一秒，找了个比较含蓄的问法，"一直在外面忙工作？"

"嗯，我故意避开的。"石青临走近点，刚好给她挡了风，"不是避开你，那个舞蹈间是我叫安佩特地安排远离顶层的。"

涂南懂了，他是有心避开黎真真。难怪黎真真还问她是不是有另外作画的地方，估计一直没见到他，也察觉到了。

"我还以为……"她及时收住，盯着他的风衣领口，他今天穿的是长风衣，黑色，衣领拉得很高，只能看见喉结。

“以为什么？以为我在回避你？”石青临笑了，“我又不是小孩子，表个白还要害羞得躲起来。”

涂南被他的直白弄得眼神游移了一下：“是你自己一点消息都没了。”她这才会多想的。

石青临看着她的脸，她今天头发扎了起来，那张脸完全露着，头微低，下颌线漂亮柔和。“想发消息给你的，”他说话时一直观察她的脸，怕错过她的表情，“又怕你以为我是在催你。”

涂南迅速看了他一眼。他忽然笑了，因为觉得这么说更像是在变相地催她了。他抬腕看表，故意提高音量：“走吧，带你去个地方。”话声一大，像是把人从刚才那点小心思里给拎出来了。

涂南跟上他的脚步，去了他停车的地方，他连车都没停在公司，停在了离公司不远的一条马路上。

石青临驾着车，带涂南出发，开了将近一个小时才停下来，仍是在一条路上。

他下了车，过来替她拉开车门，指了个方向：“还有段路，我们走过去。”

车不过是代步的，其实如果不是太远，他宁愿跟她一路慢慢走过来，那样还多点相处的时光。

涂南下了车，他又问：“冷吗？”

她身上穿着件长毛衣外套，一点都不冷，摇了摇头。他这才朝前走，就贴着她，肩并肩。

穿过马路，前面是条商业街，人来人往的，很热闹，可一拐上旁边的岔路就安静了。眼前的路变得微黄，是路灯把地上的落叶都照出了这个色调。路的对面是一家气派的中餐厅。石青临带着她走了进去。

涂南问：“特地跑这么远来吃饭？”

“嗯，这地方不一样。”他边朝里走边说。

位子是早就订了的，餐厅中间的一张大圆桌。石青临走过去，给涂南拉开张椅子，才说：“我出国前全家最后一次吃饭就在这里，这张桌子。”

涂南坐下来，再看这家餐厅和这张桌子，眼神就不太一样了：“为什么带我来？”

石青临刚脱下风衣，一手拎着搭在椅背上，转头看过来：“不带你来带谁来？”一句反问，一下撞到她心上。她顿时就没话说了。的确是多此一问，他都向她表白了，不带她来带谁来。

石青临在她旁边坐下，拖一下椅子，离得更近，眼盯着她："你那儿有没有什么地方是我没去过的？"

涂南想了一下："好像你都去过了。"

她小时候常去培训的美术教室他去过，她住的地方他去过，就连她爸住的区县他都去过了，还有什么地方是他没去过的？

石青临低笑："还不够。"

涂南看过去，他脸上带着笑，已经叫来服务生点餐了。

其实石青临也没有刻意安排，他想让涂南参与他的过去，以前的那些老地方就从脑子里一个个冒出来了。在这方面，他的确占了点优势，好像更早参与了她的生活，但还不够。点餐的时候他看了看涂南，她坐在他左边，这个位置以前坐的是他的母亲。都是生命里在意的女人，不过感受是截然不同的。

这一顿饭，吃得很特别。

涂南没怎么说话，她时不时看一眼石青临，他们的头顶悬着一盏乳白色的灯，灯光打在他的鼻梁上，又高又挺的一道高光，把他的眼窝衬得深深的。她一直在想，当时他们全家在这里吃饭是个什么样的场景，那时候的石青临又是什么模样。

薛诚知道他当初的样子，黎真真也许也知道，只有她不知道。

他忽然看过来："你看什么？"

涂南避无可避，只好说："你们当时吃饭都说了些什么？"

石青临回忆一下："不太记得了，好像老爷子很担心我在美国吃不惯东西，其他的就没什么了吧。"

"嗯。"涂南也不问了。

石青临见吃得差不多了，放下筷子："还想再坐会儿吗？"

涂南看看他："这就看你了。"

"我可不是个喜欢缅怀过去的人。"石青临站起来，"先出去等我。"

他去了前台，风衣还留在座位上，涂南拿在手里，出了门。

没一会儿他就出来了，她把风衣递给他，他拿过去，伸手套上，一只手伸在她背后虚揽一下，歪一下头说："从这儿走。"涂南跟着他走出去，没多远看到一条小河，这是城里的人工景点，上面有座石桥，桥对岸是条安静复古的街道。从这儿走，绕到停车的地方，会很远，她心里很清楚，但当作不知道。

街上行人来来往往，她瞥他一眼，视线扫过他的下巴到胸膛，那晚的感觉一下涌了上来。

“石青。”她叫他。

“嗯？”他很自然地看过来。

刚好几个行人从面前经过，说说笑笑的声音传过来，把他们的声音都盖住了，她的唇动了一下，合上了。该怎么说，难道要说“我准备好了，要给你答复了”？涂南一向不是个拖泥带水的人，可在大街上，还是太难开口了。

石青临像是察觉到了什么：“有话跟我说？”

“嗯。”她觉得应这一声就表明了要说什么了。

石青临停了下来，有两秒没说话，只是看着她，然后看了看左右，指一下前面：“去那边说吧。”

涂南默默跟着他走过去。

这里已经是道路尽头，只有一家咖啡店开着，外面露天的座位上寥寥几个顾客，都是外国人，应该是游客。他们就站在店的拐角，避开了路上其他的行人。石青临说：“这里都是老外，听不懂你说什么，适合说话。”涂南还是“嗯”一声，她不是很关心别的，就听到“适合说话”几个字了。

“那你要现在说吗？”他问。

涂南抬眼，他正看着她，眼神让她心口发麻。

好几秒钟都没有言语。

“涂南，”石青临低头，看着她的眼睛，低声说，“几天了，我跟你心情差不多，你没必要那么郑重。”

涂南被他说中心事，又被他盯着，不自觉地瞄了一眼周围，还好那群老外都在聊着自己的事。她低声回：“没那回事。”

“你看起来很郑重，”他笑，“其实，我想你应该，”话在这里稍微顿了顿，声音更低，他盯她也盯得更紧，“你应该没想拒绝我。”

涂南瞬间和他视线相对。他脸上却没笑了，瞳仁漆黑，神情很认真：“我猜的，总觉得以你的为人，要是想拒绝，你也不可能和我一直待到现在了。”涂南抿住唇，转头去看那几个外国人。这人有时候真挺坏的，一步一步都在心里算得门儿清，如果不是还有点不确定，简直就是胜券在握了。

石青临直起身，看她的眼里又带了笑：“要不要点杯喝的，喝完再说？”

涂南看他一眼：“随便。”

他笑着进店里去了。

涂南慢慢吐出口气，自顾自笑了笑，其实没多难开口，可在他面前什么都不一样了。

她走出拐角，恰好那几个外国游客也动身离开，一个金发碧眼的中年男人走过来，说了句“Excuse me（不好意思）”。

不到两分钟，石青临从店里出来，手里提着两杯咖啡，没看到涂南，只看到那几个外国人。那个中年老外直接上前拦住他，手里拿着张纸条，问他上面的东西可以在哪里买到。

石青临看了看，复杂的一大串单词，是药品名，他给他们指了药店的方向。

老外道谢，嘴里念叨着刚才的女孩说得没错，找他就对了。

石青临本已要走，忽然听到他口中的一个词，停下来，礼貌地打断他，追问了一句，当时他口中的女孩儿让他来找自己时是怎么说的？

老外很认真地复述了一遍。

石青临道了谢，和他们告别，走出去时，脚步一下变得飞快。身后的老外朝他挥手，大声道谢，还用英文祝他们爱情甜蜜。他回过头，笑着又道了声谢，再回头时脚步更快了。

沿着原路回去，他一手掏出手机，边走边发微信消息。

石青临：你刚才跟那个老外是怎么称呼我的？

南：不记得了。

石青临手指迅速地打出一个词，发过去。

发完他对着手机笑起来，抬起头，停下脚步，已经回到那座石桥，桥面上站着涂南。她已经看到了他，手机的蓝光还照在她脸上，把她眉眼里那点细微的笑也照了出来，她要收起手机已经来不及，心口忽然一紧。

手机屏幕上是他刚发过来的那个词。

石青：Boyfriend（男朋友）。

之前那个老外问涂南时，她发现是非常难理解的专业词语，于是指了一下石青临。

老外不确定会不会得到帮助，所以问了句那是她什么人。

她说，那是她男朋友。

涂南收起手机，转过身，沿着桥面继续走。

身后脚步急促，她的胳膊被一把拉住，一回头，正好撞进男人的胸口。石青临单手就把她抱住了。他低头，在她耳边问：“去哪儿，女朋友？”

第四十六章

如果人的眼神真的有温度，那他现在的目光就太灼热了。涂南被他的手臂圈着，动不了，一只手抵在他胸口，隔着风衣都能感到硬实的触感，还有他的心跳，很快。和她一样。

"我哪儿也不去，"她看了看桥上来来往往的人，不停地有人在看他们，她小声说，"你松手。"

"你这么说，就是承认了。"石青临那只手仍箍得紧紧的，就揽着她的腰。

涂南是顺着他的话说的，却像是着了他的道。她垂着眼，能感觉他的呼吸就在额头上一下一下地拂动，眼睫毛颤了颤，轻声说："反正又抵赖不了。"石青临笑，是被她这时候的坦诚给弄笑的。他终于松开她，想起了手里的咖啡，递了一杯过去，还好没凉。涂南没喝，捧在手里暖手，一边盯着杯子看了看，棕色的装饰杯，又看看他手里的，一样，只有花纹男女化的差异，竟然是情侣杯。

石青临看到她在看，笑着说："老板推荐的，我就买了，算是未卜先知？"

涂南唇抵在杯沿，瞄瞄他，不作声，就当是默认了。

哪有什么未卜先知，连她自己都没想到的事，前一个小时还是单身呢，现在身边这个人已经成了她的男朋友了。不知道是不是咖啡烫的缘故，她觉得脸也被烘得发烫了。她得转移一下话题，于是问："那个外国人后来跟你说什么了？"

石青临虽然松开了她，可还离她很近，胸口就贴着她的肩背，只要稍低头就能嗅到她头发的清香，他说："人家祝我们幸福，还说你很漂亮。"

话里带着笑，涂南觉得他是在揶揄她，有点后悔问他这个了。

石青临端着咖啡杯站直，很自然地又揽一下她，让她靠自己更近，朝路上看一眼，仍然有人时不时看他们。以前他也经常在路上看到各种各样的情侣，尤其是在美国的时候，街头经常都是吻在一处的男女，他从没觉得有什么好羡慕的，现在成了其中一员，才发现路人什么眼光不重要，重要的是眼前人的这一刻。

他看向涂南，正好她也看过来，视线相接，刚才那点情绪还在彼此眼里烧着。

"回去吧。"他终于说，虽然还想再跟她一起待久点，但桥上风大了，怕她冻着。

涂南点头。

咖啡没有喝完，两个人走下了桥。走了最长的路，才绕到了停车的地方。

上了车，涂南刚坐好，石青临就先一步帮她扯着安全带扣上了，俯身的时候短发扫过她的下巴，她一低头，他一抬头，正好对上，顿时她心又漏跳了一拍。石青临笑了，手指替她拨开刘海，忽然说："你得习惯。"说完坐正去开车。涂南不禁也抬手拨了一下刘海，她得习惯，习惯他的举动，甚至是亲密的。

忽然发现一个悲哀的事实，虽然恋爱过一次，但在他面前，她几乎没有任何经验可以借鉴。瞄他一眼，他倒是挺从容的，她忍不住想，到底是他本身就经验丰富，还是因为年长几岁，又或者仅仅是因为男人比女人在这方面天生就有优势？

车开得很慢，但终究有到达的时候。

石青临还是送她到家门口，现在有正大光明的理由了。这次走到楼道里漆黑的地方，他拉住了她，抓着她的手腕一路走上去。太黑了，谁也看不清谁的表情，只有彼此的脚步声，一声一声踩在楼梯上。

到了门口，涂南想伸手掏钥匙，他才放开。

昏暗的灯光照着，她开了门，一手扶着门把，转头看他："我到了。"

石青临一直看着她的动作，明明一路很长，到了地方却发现时间太短。他走过去，靠着涂南，近距离看了她一眼才说："好好休息。"

她的脸低在他胸前："嗯，你也是。"

石青临笑着退开，转身下楼，到转弯处又朝她挥一下手："回去给你发消息。"涂南还维持着刚才的姿势，目送他下了楼，直到完全没了他踪影，才按捺不住笑了笑，进屋关门。

进了门，她手里还端着那个咖啡杯。

不可思议，这么久都没嫌累赘。

她走进厨房，站在水池边，把剩余的咖啡倒了，杯子冲洗干净，不打算用了，想就这么放在家里。如果没记错，石青临的那个还在他的车上，他应该也不会丢吧。她擦干净手，掏出手机，看了眼屏幕，记住了日期。从没有过的念头，今天居然有了，记住这个日子，是她和他确定关系的第一天。

这一件件的小事，要是被别人知道了，还挺不好意思的，好在家里只有她一个人。她走到客厅，把手机搁在沙发上，就像搁下了自己的小秘密，然后去洗手间洗漱。

刷牙的时候，涂南对着镜子，拨了拨眼前的刘海。前几天她还嫌这缕刘海长得长了，妨碍她作画，思考着要不要剪短点，但今天被石青临在车里拨过了，忽然又不想剪了。她吐出泡沫，漱好口，抬头又盯着镜子，轻轻咧开嘴角。这一晚上，几个小时，她这样有意无意地笑过好几次，自己也察觉到了。

她转了转头，欣赏了一下自己这个笑容，低低自言自语："挺好的。"以前很少笑得这么频繁，以后在他面前多笑笑？

微信的提示音响起来的时候，已经过去快四十分钟了。涂南正在换睡衣，扣子还没扣好，匆匆走回客厅，从沙发上拿了手机，又小跑回房间，坐在床上看。

石青：我到家了。

涂南知道他家离她差不多就四十分钟车程，所以他肯定是第一时间就发了消息过来。

涂南：嗯。

不行，好像太敷衍了。她刚想补一句，他发了张图片过来。是那个咖啡杯，他果然没扔，就放在了他厨房的流理台上。涂南捧着手机，一头倒在床上，心都麻了。怎么会有跟她这么有默契的人啊，一个普通的塑料咖啡杯都能想到一起去。她手指点字，发送。

涂南：我也留着了。

石青临发过来的是一个爱心的表情。

涂南翻个身，以为眼花了，好像第一次看他发文字以外的表情符号。

涂南：你居然发了表情？

石青：很奇怪？

涂南：以前没见你发过。

石青：以前你也不是我女朋友。

顿时就无话可说了。还挺有道理的，谁要对着工作伙伴发多余的表情，有事说事就好了。涂南还在想要说什么，他又发了一串爱心过来，像是故意的一样。

石青：你要不要换掉你的微信头像？

涂南看一眼自己的头像，当初随便从相册里选了张图片贴上去，拍的是洞窟外的一片云，这是她极少数自拍的照片。

涂南：换什么？

石青：我的照片。

他的照片？涂南先是愕然，接着心里就软绵绵的了，换自己男朋友的照片，好像也是天经地义的吧。

涂南：我没你的照片。

石青：回头拍给你。

涂南：这么正式？

石青：当然。

石青：这是宣示主权。

涂南被这一句“宣示主权”戳到了心尖上，一个字也打不出来了。听他说的，好像自己成了什么了不得的人物，被他争着抢着才得到的一样。

她叹了口气，再这么下去今晚还怎么睡？只好强行叫停心里的兴奋，她打字说：困了。

那边没再打字，发来了一条语音，她点开，男人低沉的嗓音就传出来：“睡吧，晚安。”听完了好像更睡不着了。

又是一条语音，她手指一点，听他又说：“不跟我说晚安？”

这句里有了点挑逗的意味，她甚至能脑补出他说这句话时带着笑的唇角，把手机贴到嘴边，迅速地说了两个字：“晚安。”

回复她的是三个爱心的表情。

又来了，绝对是故意的。她把手机倒扣过来，塞进枕头下面，强迫自己睡觉。

石青临还坐在沙发上，一只手拿着手机，放在耳边听涂南的那句“晚安”，她说得很急，带着气音，他连着听了好几遍，感觉像羽毛一样刮着耳郭。听够了，他才拿开。看手表，过了夜里十一点了，回来后就一直坐在这儿聊天，刚才要是涂南不打住，他也得提醒她早点休息了。

但他还不想睡，睡不着。他站起来，在置物柜上拿了烟，抽出一支点了，走到阳台上，一只手拨电话。风吹得人头脑清醒，他叼着烟，拢一拢风衣的衣领。

几声忙音之后，电话通了，老爷子石敬年的声音传过来：“臭小子，这么晚打电话来吵我？”

“爷爷，”石青临拿开嘴里的烟，笑着说，“有个好消息告诉您。”他平常叫老爷子，是因为老人家就跟老顽童一样，祖孙俩亲近，没大没小也没关系。现在叫爷爷，是因为很认真。

石敬年问：“什么好消息？”

“给您找了个孙媳妇。”

“怎么着，你把南南追到手了？”

石青临笑出声，就知道老爷子没那么好糊弄，一早就看出那时候是做戏了。“嗯，就是您喜欢的南南。”

“好小子！”石敬年声音里的睡意都没了，“那我就原谅你最近不回来看我了，不不，不用回来看我了，你们俩该多花点时间谈恋爱……”

石青临听着他唠唠叨叨地往下说，插不上话，只能偶尔“嗯”一两声。末了，老爷子停了下来，说了句：“石青，以后你就不是一个人了，爷爷挺高兴的。”电话里剩了隐隐的电流声，石青临又“嗯”一声，轻轻笑了：“不说了，早点睡吧。”老爷子又叮嘱两句，心满意足地挂了。

石青临抽口烟，迎着风，吐出来。他眼里就老爷子这一个亲人最重要，这种时候最想告诉的人就是他老人家，说了心里挺畅快。翻过手，再看一眼手机，又忍不住点开涂南的微信去看。

以前忙的时候，觉得自己之外多了谁都是累赘。现在觉得，不是一个人了真好。

卷五

My Love

临
南

第四十七章

涂南最终还是没有睡好。早上起床洗漱的时候，她在镜子里发现自己眼里居然有了些红血丝，赶紧放下毛巾去找眼药水点了，点完又进洗手间照镜子，还好，没黑眼圈，也没长痘。等擦了脸，她才醒悟过来，以前也没在意过这些，今天居然这么在乎外表了。恋爱了就是不一样吗？

她抬起湿漉漉的手，在镜子上抹了抹，好笑地走出去做早饭。吃完饭和往常一样去公司。

涂南走出小区，几个上学的孩子从她面前跑过去，差点撞到她，她让了一下，往外走，抬头就看到了那辆黑色的SUV停在大门外。她的脚步加快了，走过去时车窗正好降下，石青临从车里露出脸，他早就看到她了。涂南坐上去，把车门关上，看着他："你早就来了？"

大清早的，他身上只穿了件衬衫，下巴上干干净净，可能是早上洗的澡，身上有股沐浴露的味道。"嗯，刚一会儿，"他发动车，"顺路。"

哪里顺路了，相距那么远，分明就是特地绕路过来的。涂南看着他，都不知道该说什么好。

"这么远，你不用特地过来的。"涂南一方面是不想麻烦人，一方面也是不忍心，这么一大早就等着，肯定很早就起床了，他平时那么忙，能睡几个小时？

石青临看她："这么心疼我？那你干脆住去我那儿，就不用我每天跑这么远了。"

住去他那儿？他忽然抛出这句，涂南心慌了一下，转开眼坐正了，悄悄看一眼后视镜，脸上倒还平静。旁边，石青临低笑着说："好吧，我是开玩笑的，别生气。"涂南看看他，他握着方向盘，车开得稳稳的，看起来刚才的确就是随口一个玩笑。

"没什么，"她拨一下刘海，看着前面的路，"其实在我面前，你不用这么小心。"

她能感觉出来，他在她面前很克制，一直很有风度，言辞上也很注意。如果不是偶尔几次“泄露”，让她看到了他玩世不恭的一面，他表现得近乎完美。何况他在美国待了那么多年，应该也挺开放的，会说这些话不奇怪，她猜他只是在自己面前才刻意收敛了。

石青临看过来，笑得更深：“这可是你说的。”涂南瞥他，不应声，他有时候说话就跟话里有话似的。

今天路况不错，车一路畅通无阻地到了公司。

在停车场里停好车，石青临从后排拿了西装，开门下车。涂南在旁边等他。他套上西装，边理着袖口边走过来，理好了，手放下来，贴着她，顺势就牵住了她的手。涂南被他牵着手朝外走，她一直觉得自己的手在女孩子里不算小的，可还是被他整个握住了，整只手都是他手心里的温热，垂眼看了看，男人的手背上几条细细的青筋，白色的衬衣袖口上压着黑色的西装袖口，没来由地觉得好看。

她往前看，动一下手腕：“会有人。”就要出停车场了。

石青临一手牵着她，一手收在西裤里，说：“等到有人的时候再说。”

涂南只好任由他牵着，走了出去。

他们来得早，进大楼一路也没看见有人，等进了电梯，却一下来了好几个员工。

涂南抽出了手，往角落里站了站。石青临看她一眼，在公司里他还是得注意点上级的形象，那只手只好收进西裤口袋。涂南看到他的动作，有点想笑，转过头去，听那几个员工跟他打招呼，一个个地叫他“石总”，他“嗯”了一声，就算全应付了。

电梯门开合了几次，那几个员工陆陆续续下去了。再往上，就要到舞蹈间所在的十四层。

涂南看一眼上方的楼层数字：“我得走了。”石青临抽出手，伸过来：“不是还有几层？”

涂南莫名其妙地被他这个简单的小动作弄得耳根发烫，手刚一动，就被他捉到了。其实是他的手指碰到了她的。他仰头盯着上方，手动着，一根一根包住她的手指，最后完完全全地握在了手里。她被这过程弄得有点心猿意马，抬眼发现电梯到了。石青临松开她，手在她腰后扶了一下。

门打开，外面站着薛诚和黎真真，看起来他们也是刚到的。

“巧啊，果然要来得早才能见到你。”薛诚说着看一眼涂南，仿佛在问是不是一起来的。不过没问出口，他一只脚踏在电梯门口，防止门合上，对石青临说：“见到你正好，晚上我在酒店订了位子，记得来。”

“有事？”石青临问。薛诚说：“能有什么事，工作饭局。合作一场，真真都来几天了，我们总得吃顿欢迎饭。”石青临转头看着涂南，不用开口，用眼神征询她的意见。涂南低声说：“这也是应该的吧。”

薛诚都说是工作饭局了，这也是礼数，照理说石青临该主动提的，她总不能小心眼。

石青临站直，对薛诚说：“那我回头通知安佩安排。”十足的公事口吻。

涂南走出了电梯，看一眼黎真真，她一直看着电梯里的石青临，直到电梯门合上，升上去。薛诚回过头来看看她们：“那我就不打扰你们工作了，晚上见。”

等他也搭电梯下去了，黎真真才看了眼涂南，往舞蹈间走。涂南跟上，没说什么，她觉得她们之间保持工作沟通就好，其他说什么都是多余。

舞蹈编排得很顺利，基本上没什么疙瘩，这对壁画创作也是件好事。

晚上六点，是安佩来电话提醒涂南，她跟黎真真才结束工作。薛诚在投资方那边话语权很重，他的饭局就是投资方的饭局，还是不能迟到的。

跳了一天，黎真真一身是汗，说了句还要回去洗澡换衣服，就先离开了舞蹈间。涂南多待了一会儿，一张张收拾好画稿和工具，忽然想到石青临可能在等自己，才匆匆关灯离开。

下了楼，果不其然在大门口看到了他的车。他人不在车上，站在路边上抽烟，看到她，就马上把烟掐了，扔进垃圾桶，大步走过来。

“等很久了？”涂南闻着他身上淡淡的烟味。

“没有，”石青临以为她指抽烟的事，“我是懒得应付饭局。”他替她拉开车门。这是实话，以前倒是没感觉，工作上什么事都可以应付，现在饭只想跟她吃。

涂南坐上了车，本还想问他刚才有没有见到先一步下来的黎真真，想想还是算了，显得好没肚量。

酒店有点远，开车过去花了四十分钟。石青临开进了地下停车场，等车停好了，跟她一起上去。路上他又牵住了她的手。一直到了饭厅外，涂南的手挣脱。

石青临看着她：“怎么，这里也不行？”

“不是，”涂南摇一下彼此握在一起的手，“我要去洗手间。”

石青临笑着松开了。

涂南走到洗手间的门口，刚好遇到先到一步的安佩。安佩一走出来就看着她，忽然脸一转，越过她的肩看出去，神神秘秘地指一下：“那位美国小姐原来这么会打扮啊？”

涂南回头，看到她口中的“美国小姐”，不禁多看了两眼。

是黎真真。她来得够快的，身上换上了一身长裙，红色，托胸收腰，鱼尾的裙摆，正往饭厅方向走。

安佩一副人精模样：“看她这样，目标不是薛诚，就是我老板，当然百分之八十是我们那位老板。”涂南没接话，心里默默说：你老板已经有主了。

没几个人吃饭，但饭厅里的圆桌足够容纳二十几个人。墙上的电视在播英超球赛。

石青临跟薛诚坐在一起，边看边聊了会儿，黎真真走了进来。薛诚的视线立即就被吸引过去了，看一眼身边，石青临也朝她那边看了一眼，不过接着就又看向了电视屏幕。那一眼是因为她穿的是红裙，突然一道亮色出来，谁都会看一眼。其他的就没多大感觉了。

黎真真在他旁边坐了下来，给自己倒了杯水，也没说什么。

石青临一边是薛诚，现在一边又坐了她，涂南就没处坐了。他想起涂南去洗手间有一会儿了，站起了身。

“不聊了？”薛诚问他。

“出去打个电话。”他随口找个理由。

出了饭厅，安佩正好过来。石青临说：“正好，替我进去陪着。”

“是，老板！那不就是我的工作吗？”安佩撇撇嘴，推门进去了。

石青临一直走到走廊上，看到了涂南。

这酒店楼层不高，仿欧美风格的建筑。走廊连着个小小的阳台，两扇玻璃门隔在那儿，涂南正好走到那儿，看到了他，不往前走了，然后往他身后看。她今天穿了件米色的长外套，敞开着，腿上是黑色的长裤。这么随性的打扮，只有她穿得有味道，头发散着，细看很有女人味。

石青临走到她面前，问：“你看谁呢？”

涂南目光收回来：“没谁。”

石青临还是转头看了一眼，黎真真走了出来，在跟一个酒店的服务员说话，可能也是要找洗手间。他回过头，手在涂南肩上一搭，另一手推开了玻璃门，揽着她到了阳台上。门合上，里面的人看不见了。他的手还搭在她肩上，他忽然说：“你穿裙子肯定比她好看。”

涂南没料到这突如其来的一句，耳郭被他的话音拂得发痒，好笑地说：“你又没见过我穿裙子。”

“不用看，”石青临笑笑，“想想都知道了。”

涂南看他一眼，低低说：“你脑子里乱想些什么呢。”

“自己的女朋友，怎么想都可以。”

涂南咬一下唇，一只手搭在栏杆上。

巴洛克风格的栏杆，一根根的，刷得雪白。透过缝隙，可以看到下面的绿草地，远处是车水马龙的街市。昏暗的光线里，石青临看着她的脸，注意到她咬了一下唇，手臂收得更紧了，头低下去，贴着她的耳朵说：“早说好的，叫我不用在你面前太小心的。”不是她叫他放开的吗？

涂南转头看他，正好扫过他的鼻尖，对上他的眼，还没看清他的眼神，呼吸一下乱了，她的手握紧了栏杆：“嗯，是我说的，我又没不认。”

石青临笑，呼吸打在她脸上，离得太近了。这么近，都快碰到一起了。涂南的呼吸渐渐不受控制。

“紧张吗？”他忽然问。

她一下没了话音，像被挑逗了一样，都不知道他是不是故意的，轻轻把脸别过去。好几秒也没回头，她肩上的头发被男人的手指挑开了，侧脸和脖子露了出来，被风吹着，有点凉，但很快就被一阵温热取代。

涂南抓着栏杆，用力得很，好像整个脖子都要烧起来了。

石青临慢慢抬起头时，她连力气都要没了，转过头，发现他垂着眼，视线似乎就落在她的唇上。顿时她心跳又乱了一拍。石青临倒没再继续，毕竟还在酒店里。“下次继续。”他说。涂南瞥他一眼，呼吸急促，太突然了，一点心理准备都没有。石青临被她的眼神弄笑了，把她搭在栏杆上的手拉下来，一并牵着。

第四十八章

脖子上有点热辣辣的。涂南抽出只手去摸，被石青临看见了，他的手伸过去接替了她，手指按在那地方，轻轻地揉，低下头问：“我太用力了？”

“不是，”她不确定是不是整个脖子都红了，淡淡地说，“是你亲太久了。”

他笑了：“我还嫌时间短了。”

涂南人被他揽着，贴着他胸口，被他笑起来时胸腔的震动给感染了，也笑了。什么人啊，早就知道他面孔多变，可还是小看他了，有时候简直一肚子坏水。她往玻璃门里看了一眼，走廊上好像有人在往这儿走，连忙推开了他。

石青临的手刚拿开，门就被推开了。薛诚走了出来，眼神在他们身上打转："是谁说要出来打电话的，结果是在这儿二人世界，还要我亲自来请你们去吃饭？"

涂南手指拉了一下外套，另一手拨一下头发，不动声色地遮住了脖子。怕留下了印子。石青临站直了："那就过去吧。"说完手在涂南腰后碰一下。

薛诚给两人让开道，等涂南先走过去，才跟上石青临，小声问："怎么着，进展挺大？"

石青临没回答，只笑了一声。涂南听见了，也只能当作没听见。

进了饭厅里面，黎真真还在原先的位子上坐着，对面是安佩，离那么远，看起来好像也没聊天。

石青临自然不会再坐原来的位子，等着涂南落了座，他在她身边坐了下来，脱了西装搭在一边。黎真真从他进门就看着，总算跟他说了今晚的第一句话："怎么到现在才过来？"

薛诚坐下，似笑非笑地看着两人："当然久了，人家一起躲起来了，不知道在干什么呢。"黎真真不禁朝薛诚看了一眼。

亏得涂南一向表情不多，不然这边一个安佩盯着，那边又是两双眼睛盯着，心里的不自在早就表现出来了。她拿起面前的玻璃杯，想去够旁边的玻璃水壶倒水，石青临手一伸，先拿了水壶过来，往她杯子里倒，一边慢条斯理地说："我跟自己女朋友在一起，还用得着躲？"淡淡的一句话，却像是一道霹雳，瞬间饭厅里一点声音也没了。

先开口的是安佩，她惊愕地看了看涂南，惊呼："你们两个……什么时候的事？我就猜你俩有问题，还真有！"

薛诚毕竟是收到过消息的，没那么惊讶，笑两声，看着石青临："看来这顿饭不用我做东了，得换你来。"

"可以，"石青临给涂南倒好了水，放下水壶，"你们随意，我请。"

"那我得再加瓶好酒。"薛诚说着看一眼旁边，高声叫服务员进来。

他旁边的黎真真半个字也没说。

涂南端起杯子喝水，一口一口地抿。她看得出来，石青临是故意选在这个时候说的，当着大家的面，把话说得清清楚楚的，可能是不想让她多想。

酒送上来，薛诚开了头，给自己倒了一杯，刚放下酒瓶，一只手就伸过来，把酒拿走。是黎真真，她握着酒瓶口，往自己的杯子里倒了满满一杯，仰头喝了下去。

安佩见了都咋舌，客套一句："黎小姐酒量可真好啊。"黎真真没看她，连话都没接，又倒了一杯，自己喝自己的。

饭桌上的气氛开始变得诡异，因为太明显了，任谁都看得出来她是因为刚才那个劲爆的消息不高兴。

涂南发现安佩朝自己这边看了好几次，当没看见，给黎真真面子，对她这么明显的举动也只装作若无其事，只悄悄瞄了眼石青临。他坐得有点偏向她，脸也朝着她的方向，根本没太在意，也一口酒都没沾。到后来还是薛诚抢过了黎真真手里的酒瓶，开玩笑说酒是他点的，不能便宜了她，打了几个岔，给遮掩了过去。

大家看似相安无事地吃着饭。

到后来，一瓶洋酒，薛诚抢了不少，还剩下不少没动，黎真真却还是喝多了。她捂着嘴站起来，薛诚想去扶她，被她推开了。

薛诚只好转头求助安佩："安助理，帮个忙。"

安佩一看就不情愿，还是走了过去，扶了她去洗手间。

涂南看着她们出门，那一身红裙有点紧，限制了黎真真的步伐，安佩扶着她走得不快。

等人走了，薛诚一下坐在椅子上，看起来也喝高了。他指一下石青临："你可真够意思，一口都没喝。"

石青临心里很清楚刚才是怎么回事，他不喝是不想被误会成替黎真真挡酒，越是这种时候越要划分得明明白白，没可能的事就别给人一丁点希望。他问："你打算怎么回去？"喝成这样，车肯定不能开了。

薛诚说："我好说，真真都快不省人事了，还不叫我沾边，送都不能送。"

"要么找人来接，要么在这儿订房间住一晚，明早走，"石青临很干脆，"你选一个。"

"让她住着吧，这样也走不了。"薛诚选得也干脆。

石青临准备去订房间，转头拿了西装，看一眼涂南："在这儿等我。"

"嗯。"她点头，看着他一手撑着她身后的椅背站起来，出门去了。

回过头，薛诚正似笑非笑地盯着她看。涂南没在意，反正无非是想取笑她。

薛诚掏出了烟盒，倒了支烟出来点了，边抽边说："今天这顿饭真不错，收到你们俩这么个好消息。"

涂南问："对黎真真也是吗？"

“算是吧，”他没否认，“叫她认清现实也好。”说到这儿，他意味不明地笑一下，“就是没想到她反应这么大，居然当这么多人的面喝成这样。”

涂南默默听着。

薛诚忽然看她一眼：“我有时候真挺羡慕他的。”前面还说着黎真真，涂南一下没回味过来他口中是在说谁，问了句：“羡慕谁？”

“还能有谁？”他笑着说，“你男朋友。”

涂南被这称呼拉动了情绪，刚才还像是在听别人的事，现在不知不觉认真了：“你羡慕他什么？”

“你觉得呢？”薛诚反问一句，“他这个人，出身、头脑，哪一样都占尽了优势，干什么都从没失过手，连女人也对他死心塌地，什么不值得羡慕？”

他说的的确是石青临，可涂南又觉得不完全是石青临。不知道该接什么话，就这么安静下来了。

没一会儿，饭厅的门被推开，石青临返回了。“在聊什么？”他问。

“没什么，”薛诚笑答一句，点着烟灰说，“你们先走吧，我再坐会儿。”

石青临说：“我交代过安佩了，她会把人送去休息。”薛诚点头。

石青临看着涂南，她站起来，跟他出门。

他那件西装一直在手里拎着，直到出了酒店大门才穿上，他转头问涂南：“着急回去吗？”涂南摇一下头：“不着急。”回去也是自己待着，当然不着急回去。

“那就去我家吧。”他接着说。

涂南看着他，耳根“唰”一下就热了。明明他说得那么随意又坦荡。

“明天是周末，”石青临盯着她，“我们可以一起多待会儿。”

又到一个周末了。涂南想起上个周末还跟他闹别扭，在他家里看了场电影，这个周末，他们居然已经在恋爱了。她抿一下唇，不自觉地，居然有点心慌了。

·

酒店离石青临住的地方不是很远，前后不到半小时的车程。

车开到他家楼下，涂南跟着他上去，现在已经算得上轻车熟路了，可这是她第一次作为女朋友上他家。感受很不一样，她一路上都没怎么说话。

石青临开了门，又开了灯，回过头，她才从他身后走出来，慢慢走进了门。

他还是第一次见她这种模样，脸上平平淡淡的，可睫毛在轻轻地动，她的眼睛是典型的杏眼，双眼皮的褶子深，眼珠黑白分明。石青临伸手，握着她手腕，把她一直拉到自己胸前，手臂环抱住她，低头看着那双眼：“紧张什么呢？”

涂南看他一眼：“太快了。”她声音低了不少：“我还没准备好。”

石青临真没见过她这局促的样子，竟然可爱成这样。他抿紧了唇才忍着没笑出声：“我知道，我就想跟你待在一起，别担心，今天亲过了，不碰你了。”

涂南被他的直白弄得都不知道该怎么接，低声说：“流氓。”

“我还真宁愿自己是个流氓。”他笑着松开手，去换鞋，打开鞋柜的时候说，“下次给你也备一双。”他歪头看她，一副很认真在计划的样子。

涂南“嗯”一声，走去厨房，装模作样地找了杯子去倒水喝，转过身时，趁他没注意，拍了拍脸。怎么回事啊，老大不小的人了，总是被他三言两语撩拨得心跳飞快。

石青临换了鞋，又去洗手间里洗了手和脸，走到厨房的时候，发现涂南在切水果。白瓷盘里放着刚切好的苹果，去了皮，一瓣一瓣，十分均匀。她左手还拿着半个，右手握着刀压在上面，停下来看着他：“刚在冰箱里看到了，就拿了。”

“随便拿，”他站在她身后，看着她忙，接着说，“这房子里没什么是你不能动的。”

涂南觉得这人真是太会说话了，她只是想找点事做，也能被他一句话说到心窝子里。她低着头把水果都切好了，顺手捏了一瓣递到他嘴边。石青临低头叼了，一手端着盘子，一手牵了她去客厅。

水果放在茶几上，他在沙发上坐下来，涂南还想去洗把手，被他拉着坐下来，一下歪在他怀里，他趁势就把涂南给抱住了：“哪儿都别去，就在这儿，跟我说会儿话。”涂南看着他，之前在饭桌上没说几句话的人，这会儿却要跟她说话了。

“说什么？”

“随便说什么。”还没开始话题呢，石青临先笑了，是挺奇怪的，他一个最怕浪费时间的人，跟她在一起待着，就是说些没有意义的废话也不会觉得无聊。光是看她这么在他怀里窝着就挺满足的。他偏着头，下巴正好抵着她的头顶，脸低下去，想碰她，想起之前的话，最后也只吻了一下她的头发。

涂南有点察觉，抬头看他一眼。他还抱着她，她稍微一动，他的那只手就搭到了她身上，掌心温热。那一层衣料太薄了，她觉得他那只手几乎就是实实在在地触碰了，又瞄他一眼。

石青临看见了：“放心，真不碰你。”

涂南被他一只手弄得心不在焉的，满脑子胡思乱想，心想他是不是经验老到，才能这么一本正经地逗她，一边想一边盯着他看。

薛诚说的话忽然就回到脑子里了，这可是他口中能让女人死心塌地的男人。

“怎么这样盯着我？”他问。

好像的确盯得有点久了，涂南动一下眼，忍了一下，还是没忍住，问他：“你以前谈过恋爱吗？”

搁以前，她真不是个在意对方过去的人，对肖昀也从没问过这种事情，邢佳的事还是她无意间发现的。但石青临不同，想知道他的过去，要是他也有个邢佳……她好像做不到洒脱。

“没有，”他答得很干脆，“念书的时候有机会，没喜欢的，后来做游戏了，没时间也没那个心情了。”

涂南说：“可是你不是差点就答应了黎真真？”话一出口就后悔了，她手指攥紧，尽量表现得不介意了，到头来多多少少还是在意。

石青临看着她，不知道她是不是被今晚黎真真的举动给刺激到了才会问到这事，他自己倒是不当回事，但还是不想她误会。“是有这回事。”涂南睫毛垂下，眼神显得黯淡了。

石青临敏锐地看见了，手上抱得更紧：“不过那时候不一样，我那时候遇到了点事情。”他顿了好几秒，才接着说：“正好有个人追自己很紧，就想干脆答应她好了，后来发现不合适，还是算了。”

“你遇到了什么事？”涂南问。

到了这时候，其他的事又不重要了，最关心的还是他遇到的事。她忽然发现，她的那点在意，也许就是源自对他的过去毫不了解。不了解，也没参与过，人动了感情就会患得患失。

“其实也没什么，”石青临慢慢说，“那时候我妈过世了，我跟家里闹翻了，在美国什么都没有。”陈年旧事，没跟人说过，就连薛诚都不知道，但涂南想知道，他就说了。

涂南听得认真，不自觉往他怀里钻了钻：“那时候你多大？”

“成年了，正好十八，出国那年十七。”他回忆着，“当时不知道，出了国才知道原来父母急着送我出国是因为闹离婚，我出国不到一个月他们就离了婚，没多久我父亲就再婚了，娶的人是我姨妈，亲姨妈。”说到这儿，他脸上露出了讽刺的笑：“我就是那时候跟他们闹翻了，我妈在他们婚后没几个月就去世了，她自己受不了打击，走了弯路。”

涂南愕然，不知道该说什么。

“收到消息那天我想回国，却连买机票的钱都没有，”他笑了笑，“好不容易打游戏赢来的奖金，先交了学费，要去买机票的时候被偷了，我把对方揍了个半死，这事薛诚说过了，闹上新闻了都。”

他的语气挺轻松的，可涂南觉得很难受，也许是因为她自己也家庭不完整，她体会更深。只要想一想那时候才十几岁的少年远在异国遇到了这些事，心就揪紧了。石青临看她垂着眼不作声，心里就有数，他说这些可不是要让她可怜他的。他那只手动着，掀开她的衣服，伸了进去。涂南一下惊醒了，按住他的手，看着他，像在控诉他的出尔反尔，眼神快能滴出水来。

石青临笑一下，那只手慢慢抽出来，给她把衣服拉平了。

她觉得他的笑更让她心疼。

“还想知道什么？”石青临按着她的脑袋，靠在自己肩上，“我都告诉你。”

“没了，”涂南闷声说，“你不用说了。”

都过去了，她不想再揭他的伤疤。早知道一开始就不问了，不该忍不住的。

第四十九章

石青临心知肚明，涂南就是个外冷内热的人，说着没有想知道的，其实是不想让他难受罢了。

他咬着牙，心里的感受是压着的，家里的那点事在他眼里就是桩伦理丑剧，在她面前说出口，确实是故作轻松，不想被看轻，更不想被同情。在喜欢的人面前，总想表现出最好的一面。

“那我们说回前面，”他抱着涂南，摸摸她的头发，“我当时只是答应考虑一下，后来就拒绝了，跟她之间什么也没发生。”他说的是黎真真。年少时情绪冲动，想借着一段感情来分心，被那个女孩追了很久之后终于松了点口，可在要给答复的那天才忽然察觉，自己竟连对方的姓名都叫不全。他觉得可笑，这样的自己，对待感情随便，毫无责任可言，跟他父亲又有什么分别，于是最后还是拒绝了。这就是仅有的关联，之后再没其他了。对他而言，黎真真可能顶多算是个认识的人。

涂南想象着当时的场景，但都是凭空想象。她想当时他一个人在美国举目无亲，忽然有个女孩这么追他，常理来说也会答应吧，这么一想她都觉得是应该的了。

“没关系，都过去了。”她没那么介意了。

“涂南，”石青临叫她，语气忽然很认真，“别忘了是我追的你，不是我认定的人我是不会主动的，你就是我第一个女朋友。”

她因这句话彻底安心了。他还不算自己第一个男朋友呢，自己却在这儿吃醋，好像挺不该的。

“我没别的意思，不是怀疑你，就是……”她看他一眼，“就是觉得你挺熟练的。”

石青临笑了，手指刮一下她下巴：“你这么说，我就当你是在夸我了。”

涂南的下巴被他的手指刮了一下就热了，听他的意思，好像他自己都不认为那是熟练。她想果然还是她自己想多了。

石青临盯着她的脸笑，如果涂南不说，他还真不知道自己在她眼里居然是个“老手”的形象了。他的确是没正儿八经地谈过恋爱，但占了点外表的优势，从十几岁开始就不断有人追，这方面开窍还是很早的，没吃过猪肉也见过猪跑，总不至于是个什么都不懂的傻小子。

反倒是她，谈了场恋爱，跟没谈也没什么区别。不过他挺满意的。

“不喜欢我这样吗？”他故意问。

“不提这个了。”涂南的眼睛正好看着他搭在膝上的左手，刚才这只手碰了她的下巴。她看了两眼，伸手，抓住他那只手拉到眼前，仔细看了看他腕上的手表，才发现时间已经不早了，“快十一点了。”

石青临反把她的手拉回去，抵在胸膛上：“这么晚了，干脆别回去了。”

一句话，就把她想说的给堵回去了，她眼不自觉地眨了一下。

“我还记着我的保证呢。”石青临怕她担心，“要是你还不放心，我就睡这儿。”他一只手拍了拍身下的沙发，“反正又不是没睡过。”

还能说什么，全被他说完了。涂南不是不相信他的人品，相反，是怕自己心猿意马。她挣开那只手坐正了，低声说：“那我去洗漱了。”

石青临松开了抱她的手：“我去给你找件换洗的衣服？”

“不用。”涂南站起来，去了洗手间。穿他的衣服，恐怕会更不自在，还是忍忍吧。

按亮了灯，她把门合上，看洗手池边上，她上次用过的牙刷还在，旁边是他的电动剃须刀。那块她用过的毛巾也还在架子上挂着，挨着另一块白毛巾，也是他的。

隔了一周，她的痕迹还在，像跟他的生活交融了一样。她笑了，抬头看镜子，一只手撩开头发，脖子上果然还是红了一小块。不是很重，微微的一小块红，形状像个不规则的椭圆。看来看去还是觉得露着太显眼，她最后又把头发放下来了。

石青临把水果盘端去厨房收拾了，又去房间里找了两件衣服，出来等了一会儿，涂南就从洗手间里出来了。他看了看她身上，她的外套脱了，穿着里面那件白色的薄打底衫，长裤也穿得整整齐齐的，他顿时就想笑了。知道她的确是没准备好，也不取笑她，他说：“去房间睡吧。”

涂南看他要进洗手间，想了想，还是伸手拉了他一下。

石青临回头，就见她朝沙发那边看了一眼，说：“你不用真睡那儿。”这里毕竟是他家，一次两次地把他赶去睡沙发，她也不好意思，像鸠占鹊巢一样。

石青临笑笑，她这是体贴他，他不可能看不出来，伸手摸一下她的脸：“知道了，去吧。”涂南看着他进了洗手间，一只手贴着脸，转身慢慢走进了房间。

按亮床头灯，房里还是老样子，他的生活习惯不错，房间从来都不乱，甚至她的那个行李箱都还摆在原先的位置没动过。她在床沿坐了有一会儿，才躺下去。

仔细想想，她的确不想走，想陪着他，特别是在这个时候，就想在他身边待着，不想他和当年在美国一样孤身一个人，什么都没有。

大腿上忽然一麻，是她口袋里的手机振动了一下。她拿出来点开，原来是方阮发来的微信消息。

方阮：你居然一声不吭地跟石哥谈起恋爱来了！

肯定是安佩告诉他的。

涂南：嗯。

她不习惯把私事到处说，这消息一直没告诉他。

方阮：你老实说，石哥是不是被你的脸迷惑了，你那么冷。

涂南：……

方阮：开玩笑的，嘿嘿。

方阮：好好谈，别搞砸了啊！

涂南没理他了，什么朋友，尽泼她冷水。八成还是以为她是头一次谈恋爱，对她没信心。

房间的门开了，她把手机放下，感觉身后一陷，翻过身，正好对着石青临的脸。床够大，躺两个人也有富余的空间，但他是紧贴着她躺的，侧着身，手臂一伸，就把她抱住了。

涂南发现他洗完澡穿的是件T恤，长袖的，腿上套了件运动款的长裤，就知道他那话不是说说而已。在自己家哪里需要捂得这么严实，他是真照顾了她的心情。

床头灯乳白的光照着，他的脸逆着光，鼻梁更挺，眼窝更深：“抱着睡总可以吧？”

涂南不出声，算是默许了。被他盯着，眼睛无处可放，只能落在他胸口，他T恤的胸前有个刺绣的英文字母“S”，她用手指轻轻刮了一下，就当是转移注意力了。

石青临看到了，给她解释：“这衣服有点旧了，我在美国时候穿的，上面这个S是我的姓的英文缩写。”

涂南听到美国，又想起他之前那些经历，沉默了一秒，问：“为什么决定回国？”如果是她，恐怕宁愿在美国待着，再也不要回来了。

“很多原因，游戏，老爷子……”石青临低声说，“之前也犹豫过，但现在觉得，回来是对的。”不回来，还怎么遇到你。

他没说出来，但涂南还是懂了。他的语气那么暧昧，想不懂都难。她心里五味杂陈，有点替他心酸，沉溺于他话里的甜，许多味道交织在一起，胸口闷闷地发堵，形容不出来什么感受，反正还是第一次有这种感觉，干脆手伸过去，人凑近，把他抱住了。石青临怔一下，低头看着怀里的人，心里一下就暖了，这好像还是她头一回主动亲近他，他手臂一收，把她抱得更紧。

“你这样叫我怎么睡，嗯？”他故意逗她。

涂南抱他的那只手在他背上拍了一下，本意是想打他，碍于姿势，没使上劲。

结果他笑得更凶了。

她埋着头，随他笑去了。刚才方阮还说她冷，肖昀也说她凉薄，连她自己都承认，但她独独不想让他觉得自己冷，别人怎么样都无所谓。

到后来，终于有点犯困了。涂南每天画画，本来就很累，先前又听了石青临那么多事，脑子没停过，现在放松下来，疲倦就上来了。迷迷糊糊的，她听到男人的声音说：“睡吧。”额头上温热的一下，她脑子还有点清醒，心想说好不碰她的呢，但挡不住倦意，还是睡着了。

石青临看着她睡的，刚才那一下，是他在她额头上吻了一下。

在她面前，他很难克制住亲近她的冲动。

石青临托一下她的头，放到自己肩窝里，让她枕得舒服点，一时半会儿没有睡意，他怕灯光照着她睡不好，把灯也按灭了。在黑暗里搂着她，感受更明显了。她抱着他的手松了点，他轻轻拿起，搭在了自己胸口，让她的手掌贴着自己的心房位置。

睡不着，只能想点别的。后来他干脆想了一下这里还缺她的什么，回头去买全了，以防她下次来没的用。然后又计划了一下明天能带她去干什么。他早留心了城里最近有个画展，不知道她感不感兴趣，其实他连票都买好了。以前他只对工作才会做这么周详的计划。现在不一样了，有关她的事情，再详细都嫌不够，还担心自己做得不够好。

想到这儿他在黑暗里无声笑了，就这样她还觉得自己熟练呢。

第五十章

有光照着双眼，涂南动一下，醒了。醒的瞬间就有意识，想起不是在自己家里，她一睁开眼，就看到了旁边的男人。

石青临还在睡着。

她本来是枕着他的肩的，早就滑开了，变成和他共枕一个枕头，手倒是还搭在他身上，贴着他的胸口，掌心下就是他平稳的心跳。

睡着的男人，呼吸平缓。离得这么近，涂南甚至连他闭眼后安静的眼睫毛都看得根根分明。他睡着的样子毫无防备，瞧着都无端地心动，她看他挺直的鼻梁，看他额前垂下的碎发，最后越看越觉得他生得英俊。

涂南一手搭在额头上，挡了脸，又不是刚知道他长得出众，一大早的，怎么还对着人犯花痴呢。悄悄拿开手，又看一眼，她忽然想起什么，伸手去摸手机，摸了一会儿在枕头下摸了出来，调成静音，打开相机，对着他的脸拍了一张。

看看，还是不够，支起上半身，换着角度，又拍了几张。

把手机收回口袋，她手撑着床，怕惊醒他，慢慢挪到床尾才下去，赤着脚出了房间。

到了客厅里，她又翻起手机，看着相册里那几张照片。

一张一张，手指点着照片上男人的眼睛、鼻子、嘴唇，慢慢看了个遍，她嘴边含着轻轻的笑，选了一张，手指点开微信。她是想换成头像的，可一想，哪能这么换上去，一张他睡觉时的照片，赫然成为她的头像，太引人遐想了，也显得她太没羞没臊了。

一定是睡糊涂了。还好，她抿抿唇，心想还好反应过来了。

石青临比涂南晚醒两个小时。当然是因为昨天很晚才睡着。他没贪睡的习惯，一醒就醒彻底了，睁了眼，发现涂南不在身边，肩膀有点发僵，坐起来，用手按了两下，记起来这地方昨晚被她枕了大半夜。

他下了床，开门出去找涂南，隔着客厅，看见她站在敞开的厨房间里。

开门的声音惊动了她，她转头看了过来："你醒了？"她指一下冰箱："本来想做个早饭的，但你这儿的东西都是现成的。”他这里连大米都没有，冰箱里只有燕麦片和牛奶，还有吐司，都是拿了就能吃的东西。

石青临也不想让她忙，穿着拖鞋走过去，端了流理台上的凉水喝了一口，清了清喉咙：“别做了，等我一下，我们出去吃。”

哪能让她跟着他一起吃速食早餐。他马上去了洗手间，怕涂南等得久，他动作很快地刮了下巴，洗了脸，又去房间换了身衣服。

再走出去，涂南已经拿了外套在门口等他。这个时候他才意识到，这一晚上的时间还是太短了，匆匆地就过了，她又要走出这扇门。

涂南看他走过来，一只手已经握住门把手，准备开门，却发现他的脚步声停了。她转过头，看见他站在置物柜边上，手里拿着一串钥匙，安安静静地，在动手拆钥匙圈。

他下巴刮得干干净净，额前的碎发也弄得整整齐齐，身上换了牛仔外套，里面是件白T恤，腿上穿的也是牛仔裤，脱去了平常工作时的西装，身上忽然多了一点亲和感。她默默在心里想，这人怎么穿什么都这么好看……

回过神来，他手里的钥匙圈已经拆好了，拿了把钥匙在手里，走了过来。

涂南转头，手转下去，要开门，他的手伸过来，又把门给推上了。

“等一下。”他手撑在门上，把她罩住了。

涂南背靠在门上，抬头看着他。

石青临的头低下来，看着她的眼睛：“今天是新的一天了。”

涂南顿时就懂了，呼吸急促起来。他答应了昨天不碰她，但今天是新的一天了。

石青临鼻尖抵着她的，她的手不自觉地想去抓点东西。她努力去看他的唇，想象着他随时都会贴上来，他的唇角扬了起来，下一刻，涂南唇边一热，被吻上了。

他吻在了她的唇角，若有若无地扫到了半边嘴唇，眼前是他的脸，她的大脑似乎也被侵占了。到后来，差点心动过速。

终于，他的唇移开了，到了脸颊，她的意识才回归。

石青临一只手扶着她的脖子，吻了吻她的脸，贴在她的耳边：“下次不管怎么样，我都不会错过了。”

涂南说不出话，心里麻麻的，怎么会有这样的男人，就连这种时候都还顾着她。她很想碰一下他，才发现手一直紧紧拽着自己的外套，都快没感觉了。

“真不想你这么早就走。”石青临抓住她那只手，握在手心里，“以后这里你随时来。”

说完他自己就笑了，心想男人的确是得寸进尺的生物，希望她来，就希望她留下。他终于松开手，站直了。涂南让开点，看着他打开门，跟着走出去，手握了一下，摊开，是他刚才塞在她手心里的钥匙。他之前在那儿站着，原来就是要拆下一把家里的钥匙给她。

她握紧了，收进口袋里，又用手压了一下。

早饭是就近吃的，涂南起得早，石青临怕她饿了，没有走太远。

吃完了走出店门，他从口袋里掏出两张票，递给涂南：“一起去吧。”

涂南接过来，发现是画展的门票。

“怎么会买这个？”她自己一个画画的人都没注意到最近有画展，他那么忙怎么还能知道？

“想不到你还有什么感兴趣的，就只能带去你这种地方了。”石青临半开玩笑地说。

“可你对这个又不感兴趣。”她只记得他当初为了壁画才去了一次她爸办的那个展览，但那是为了工作，他本人肯定是没多大兴趣的。

石青临点头：“我对画没兴趣，对人有兴趣就行了。”

有事没事就爱逗她。涂南故意低下头不看他，但还是忍不住笑了，肩头的头发散下来，她用手指撩一下，搭去耳后。石青临看着她这不经意的小动作，她站在深秋的阳光里，在紧挨着车水马龙的大街的人行道上，背后是一棵高大的梧桐树，一个绿色的垃圾桶，这种普通的画面，有了她，就一下烙在了眼睛里。

他掏出手机，伸手拉住了她，人忽然贴近。涂南下意识地转头看过去，四目相对，耳朵里听见“咔嚓”一声，才发现他另一只手举着手机，镜头对着他们。

他直起身，手指点开来看：“差点忘了要拍照给你了。”看了两眼，他拿到涂南眼前，又给她看：“这张怎么样，就用它？”

涂南看着手机屏幕，男人和女人脸对着脸，凝视着彼此。抓拍得不算完美，但真实，是属于他们的那一瞬间，一秒就定格成了永恒。

她摇一下头。

“不好？”石青临问，拿回手机，“那重拍一张。”

“不是，”涂南忍不住笑了，“我已经换了微信的头像。”

石青临看着她，眼神意外：“你换的什么照片？”

涂南从口袋里拿出手机，点开微信，从相册里，发了张照片给他。

石青临点了接收，看到一张照片——他睡着的照片，头侧着枕在枕头上，正对着镜头，睡得十分平稳。

“偷拍我？”他看过来，嘴角带着坏笑。

涂南瞄一眼他的手机：“你刚才不也偷拍我了，扯平了。”还挺机智，都没话反驳了。石青临点头：“行，那就用这张。”

一边说一边点开她头像看，却发现并不是他这张照片，而是照着这张照片画成的一幅画。完全是照着那张照片画的，缩小了看轮廓是一样的。

涂南解释：“早上我在你工作间里画的。”当时起得早，她有足够的时间，在他的工作间里找了纸和铅笔，对着他的照片画了个素描。

画得简略，因为刻意淡化了一些细节，男人的脸一半在枕头里，一半露着，眼睛被碎发遮挡，只有鼻梁和嘴唇看得最清楚，还有T恤领口里露出的喉结。

画倒是挺好画的，拍是最难拍的，手机对着纸拍怎么也拍不好，好在他工作间里有个扫描仪，她摆弄了一下，用那个扫描出来导进手机里。

石青临的视线从手机移到她脸上：“不够好，还是换照片好。”涂南看着他，眼神有点纠结：“那样太露骨了。”石青临朝路边停着的车走过去：“嗯，那就这样吧。”

涂南怔一下，皱眉，难道生气了？

她跟着走过去，拉开副驾驶位的车门，看着他坐进车里，准备发动车了，才坐上去，关上车门，扯着安全带扣上，又看他一眼。

石青临一手握着方向盘，一手握着手机打字。

涂南手里手机振动，低头，微信上是他发来的话。

石青：骗你的。

石青：我很满意。

她抬头，撞上他的目光，他手臂搭在方向盘上，正冲着她笑。她顿时没好气，原来又是在拿她逗趣，她还真以为他是生气了。

石青临收敛了笑，坐正，手指点几下手机，放下来，发动了车。涂南手机又振动了，垂眼看过去。

石青：Thank U.（谢谢你）

石青：My Love.（我的爱人）

车开起来了，涂南的心也恍惚了，眼里始终都是那两个英文单词。

My Love.

原来有的话不用说，仅仅是用外文写出来，就有了丝浪漫的意味，感受竟也会这么深，就像是深到了骨子里。她悄悄瞄石青临的侧脸，这男人真是太会撩拨人了。她握着手机，不想被他察觉自己一直盯着这个称呼，退出了对话框。底下有个好友申请，点开的时候心不在焉的，她顺手就点了通过。过一会儿，不自觉点进对话框，最后仍然是那一句英文，她忍不住又看了一眼。

画展的展馆挨着市立博物馆，周末去博物馆的人很多，门口挤了很多人，所以去展馆的路也被堵了。

石青临揽着涂南，从一群拥挤的学生中间穿过去，好不容易走到检票的地方，又是一条长队。涂南站在队尾等着的时候，口袋里的手机一下一下振动了好几下。她看一眼石青临，还以为他又用微信给她发什么了，却没见他拿手机，一只手从口袋里掏出手机来看。

方阮：我去，你这是什么头像？

方阮：果然谈了恋爱就不一样了。

方阮：看着好像石哥。

方阮：到底是不是石哥？

涂南忽略了，不打算理他。看样子他也没看出来这是石青临，只觉得像。那就对了，她还挺满意这个效果。

退出来，还有几条信息，好像是她之前通过的那个人，没有头像，名字叫XY，她点开，看到几句话——

XY：涂南，是我。

XY：有没有时间？

XY：我想见你一面。

听口气是熟人。涂南对着这两个字母反复看了几遍，反应过来，打字问：你是肖昀？

XY：是我。

居然真是他。

“谁发来的？”石青临就站在她旁边，一偏头，就看见她在聊微信，没看内容，这一问也是随口问的。

涂南说：“一个无关紧要的路人。”说着手指已经点开他的头像，准备再拉黑一次。“路人用得着拉黑？”石青临看看她的脸，这要是看不出点什么就不可能了。涂南也没想瞒他：“我那个前男友，他说想见我。”她干脆把手机递给他了，让他自己看。也没什么好遮掩的，她在他面前早就没什么秘密。

石青临拿在手里看完了，手指点了点，开始打字。

涂南一开始没注意，听到手机振动的声音才察觉到，意外地问了句：“你干什么？”

“回复他，他不是想见你？我同意了。”石青临边打字边说。

涂南搞不清楚他什么意思：“没那个必要吧，直接拉黑就好了。”

“让他来，”石青临把手机还给她，笑一声，“我见他。”

第五十一章

涂南去看手机上他们的聊天记录，发现他还真不是说说而已。

涂南：在哪儿见？

XY：到我这儿来吧。

涂南：很遗憾，我不是涂南，也不会去你那儿。

涂南：要见面，另外找个地方。

XY：行。

这一个“行”字和那句“我不是涂南”之间隔了足足一分钟，她不知道肖昀怎么会答应的。下面是他们约定的地方，其余就没了。她抬眼，看见石青临把身上的牛仔外套扣上，拉高衣领，抬起左腕看着时间，看起来是真要去赴约的样子。

“你真要见他？”她皱眉，“我跟他早就没瓜葛了。”

石青临看着她，因为正对着阳光，眼睛微微眯着，可神情很认真：“我知道，见他不是不信你，而是有些话只能男人之间说。”

涂南抿住唇，紧皱的眉头松开了。

“画展就要开始了，”他朝展馆大门歪一下头，“你先去看，回头我来接你。”

涂南往大门口看，队伍已经往前去了一大截，就快要轮到她，她往前走了几步，又回头。

石青临还在后面看着她，看她回头，笑了起来：“怎么，就这一会儿的工夫都舍不得我？”涂南转过头，快步去门口等待检票。没再回头，但知道他是一直看着自己进的门。

进去了涂南才发现这次画展展出的全部都是国画作品。石青临的确是用了心的，知道她临摹的壁画就属于国画，大概是特地选了这个展览想带她看。

她在展厅门口抽了份手册，想认真地去看里面的作品指引，可翻完了也没记住什么。哪有看画的心情，只想着那两个人见了面会怎么样。尽管石青临信她，她还是有点担心肖昀会说出什么让石青临介怀的话来。

这时候忽然就很后悔，后悔当初和肖昀在一起。人如果可以提前知道会发生什么就好了，如果她知道后来会遇到石青临，喜欢他，一定不会跟别的人有什么牵扯，现在也就不会有这样的事了。

涂南往大门方向看一眼，猜测石青临已经离开了，收回目光，又继续翻了翻手册。算了，还是先看画展吧。不管怎么说，她也是信他的。

石青临从展馆外走到博物馆门口，人依然很多，继续往前走，过了街道，是个小公园，晨练的老人们早就散了，这时候也没什么路人，四周安安静静的。穿过公园一下就又热闹了，街上一排招牌，其中一个最花哨的高高挑出来，指示着二楼有个游戏厅，他顺着指引走了上去。

是肖昀定的这地方，看得出来，他对自己不算毫不了解。

不管什么地方，也比去肖昀落脚的地方好，石青临先前看到肖昀微信上的话差点冷笑，真给他脸了，居然还想把涂南叫去他住的地方。顿时他就更想会会这位肖先生了。他信涂南，但不信这个肖昀，这是男人的直觉。

因为是周末，游戏厅里有很多年轻人，一片嘈杂。石青临走过一群玩投篮游戏的男孩子身边，在射击游戏区的座椅上坐了下来，叠起腿，等着。上一次来这种地方好像是初中时代的事了，高中时他就去了美国，没再去过类似的地方。记忆里那时候还没这么多玩法，提起游戏，大部分人最容易想到的仍是这种街机风格的电子游戏场所，但不久，网络游戏的时代就彻底到来了。

随便想了些事情，时间就过去了。比他想象的要快，大概等了二十分钟，人来了。石青临见过他一面，所以有印象，人一在视野里出现就认了出来。肖昀一路走过来，四下张望着，直到他面前，站了下来。

“你好。”他先打招呼，语气生硬客套。

石青临看他身上穿了件西装外套，挺正式的样子，给人一种有备而来的感觉，反观自己，今天却是最放松休闲的状态，不禁动一下嘴角，点了个头：“石青临。”

“肖昀。”他在旁边的座椅上坐下来，手里拿着几枚游戏币，“先玩一局吗？”

“随意。”石青临接了一枚过来，塞进投币口。

两人的见面，以一场游戏开始。多年不玩这种游戏，石青临有点手生，但好像也没什么妨碍，基本上手里的枪弹无虚发。他盯着屏幕，射出最后一发子弹，挺直上身，自己提前结束了游戏。

旁边的肖昀早就落败停下了。“再来一局。”他又要投币。

“不用了。”石青临双手交叉，活动着手指，“这不是你的强项，你赢不了。”

肖昀看石青临一眼，刚换来的游戏币没再拿出来，却被石青临的话激出了点不甘：“一个游戏而已。”

“没错，一个游戏而已。”石青临笑。

那语气和那笑，让肖昀觉得他仿佛在说：一个游戏而已，你照样赢不了。真他妈傲。

肖昀的确赢不了，会选在这种地方见，就是想看看对方是不是自己猜想的那个人，那个号称正在追求涂南的游戏公司老板。见了面，却是靠涂南的微信头像一眼将人认了出来。这么久，他没见涂南换过头像，这次却换了个男人的肖像，点开看就知道是她亲手画的。印象里涂南除了壁画人物几乎从不画人，至少肖昀没见她画过，还是一个睡着的男人。

“你跟涂南，是什么关系？”问出这句话的时候，他才发现自己的口气很不正常。

“你觉得呢？”石青临说，“什么样的关系会拿手机给对方用，你不应该是最清楚的吗？”当初他的手机不就被邢佳用来发过微信消息？肖昀看着他，这句反问让他脸色不大好：“那好，我懂了。”

石青临手指活动开了，搭在座椅的扶手上，人靠着椅背。他觉得自己的态度实在算不上好，但他尽量客气了，实际上他根本看不上这种人。在感情这方面，他最钦佩的是自己爷爷，他的奶奶离世很早，他连见都没见过。老爷子独身了大半辈子，却从不拈花惹草。反之这种对待感情摇摆不定的，就像他的父亲，让他厌烦。

“我不知道你要见涂南是为了什么，”他说，“你要见她我也不会阻拦，由她自己决定，这是她的自由。”来这一趟，他不过是为了把话说清楚罢了。他转了一下座椅，脸正对着肖昀：“但我劝你不要回头，她是人，不是你想丢就丢，后悔了就又能捡回去的东西。”

肖昀死死盯着他，却发现他的脸绷着，眼神很冷。

“有我在，你没半点机会。”这是他紧接着的一句话，或者是警告。涂南的过去，他不会过问，现在，有他在，他就不会再给别人可乘之机。不管眼前的人有没有复合的心，都最好把他的念头扼杀掉。

画展涂南没看完。她按捺不住，提早出了展馆。

大门外，秋阳温柔，从正头顶照下来。从室内出来有点不适应光亮，她拿手遮了一下，正好看见石青临从远处回来。他两手收在牛仔外套的口袋里，走过来，脚步不像平时走路那么快。到了她跟前，涂南想问他去了那么久都说了些什么，还没开口，他先问："画展怎么样？"

"还不错。"她只能这么答。

"那就好。"他抽出只手来牵她。

涂南手伸过去，又收回来，觉得他刚才是在转移话题，但看他的表情，又像是无事发生一样。石青临看了看她那只手，又看她的脸，忽然问："我跟你前男友比怎么样？"

涂南被这突如其来的一问弄得一怔："为什么要跟他比？"

"刚见过他，当然会忍不住跟他比。"他笑着解释了一句，那只手又收回了口袋，转身说，"走吧，我随便问问，你可以不回答。"

石青临走出去时就在心里笑自己，可以在另一个男人面前充满自信，在她面前却还是难免忐忑。自己在她心里做到了几分，他有数，却没把握。

涂南看着他朝前走，来不及多想就追了上去，手伸过去，挽住了他的胳膊。石青临停一下。她正看着他，手臂在他的臂弯里，低声说："他比不上你。"

他顿时笑了，拉一下她的手臂，按住，让她挽紧。什么都不用说了。

涂南跟着他去停车的地方，口袋里手机振动，似乎又有微信消息进来了。她腾出只手掏出手机，点开，是肖昀发来的消息。

石青临松开了她："回吧。"他不用看就知道是谁发来的，是他说了肖昀可以再找她，由她自己决定见或不见的。

涂南低头看着手机，他站在旁边，替她看着路况。

手机上，一连发过来好几句——

XY：你那个现任很厉害。

XY：这大概是给我的报应？

XY：可能你也不想见我，就在手机上说吧。

XY：有个东恒的公司请我，也是做游戏的。

XY：我本来是想听听你的意见，现在看来，你也未必会跟我说什么了。

涂南一条条看完了，顾不上回复，先把手机递到了石青临眼前。

他看下去，笑了："看来我不限制他找你还是做了件好事，得到这么个重要消息。"

东恒，那家之前就一直模仿《剑飞天》的游戏公司，忽然请同样跟壁画有关的肖昀过去，恐怕要做的也是跟壁画有关的东西。

“会影响新扩展包吗？”涂南也察觉到了。

“也许。”石青临想了想，看着她，“如果我尽快对外宣布新扩展包内容，你会不会很赶？”

“不会，”涂南回答得很认真，“我可以配合你。”

石青临心里有一处沉甸甸的，只有她会跟他这么有默契，一句话就打消了他所有的顾虑。

“那好，就这么定了。”一旦对外宣布，就占了先机，东恒哪怕是得到了风声，想再模仿也没办法了。

被这件事一打岔，涂南差点忘了微信消息，低头又看一眼，想想还是给了回复。肖昀会问她意见，看来是真动了要离开临摹组的心思。

涂南：我建议你，不要放弃临摹。

涂南：真心的。

想了想，又打出一句——

涂南：只有临摹时候的你，才称得上有魅力。

那头没有回复。

这句话算是在骂他还是在夸他，不重要了。至少在涂南看来，他这样的人，一旦离开了临摹，也就毫无光芒可言了。

抬起头，石青临正看着她：“说好了？”

“嗯。”早就是清清楚楚的，现在只不过是画了个句号。她面前站着他，眼里哪里还容得下别人。

第五十二章

这件事不能拖，解决得越快越好。石青临上了车就马上给安佩打了个电话。安佩在电话那头一个劲地抱怨他为什么都谈恋爱了还改不了工作狂的本性，直到他把肖昀的话告诉她才算消停，紧接着她又改口骂了几句东恒。

挂了电话，石青临看向身边，涂南安安静静地坐着，一只手扣上了安全带。他有点无奈，好好的周末就这么泡汤了，所有原定计划都得暂时抛到一边。

“先送你回去。”他发动车。

涂南摇头：“我跟你一起去公司。”

“回去吧，我不想让你跟我一起加班。”他握着方向盘，想让她过个舒服的周末。

“我想。”这话脱口的瞬间她就看见他转过了脸来，顿时又有点不好意思，“壁画虽然开始进入最后一部分了，但也是要赶的。”

石青临笑，什么也没说了，有个人愿意这么陪着自己，还有什么好说的，干什么都满足。最后两个人一起去了公司。一个去召开紧急会议，一个进了画室。

这一忙，就停不下来了。新扩展包要发布，石青临这个制作人肯定是最忙的，各个环节都需要他亲手解决。没两天就定下了发布会的日期，投资方、运营方，都需要沟通，他连公司都没空回。

涂南再走进画室时，已经有一阵子没见到他了。这段时间几乎只能靠微信联系，石青临每天晚上都会抽出点时间来跟她说会儿话。两个人离得最近的时候明明就在隔壁，一忙起来却也只能靠电波恋爱。

涂南打住不再想，熟练地调好了色，握着画笔蘸了颜料，对着画板敷上去。画面上，整个舞蹈场景都已经添了色彩，人物在其中飞旋。

两声敲门响，她停笔，转过身，看见画里的人就站在门口。

黎真真说：“不好意思，来晚了。”

从那晚她在酒店里喝醉之后，到现在涂南才又见到她。涂南知道原因，所以这些天没催过她，现在见了也当作无事发生：“没事，我们去下面的舞蹈间吧。”黎真真环顾了一圈这间画室，又朝隔壁看一眼，什么都没说，点了个头。

只要是见过在美国时的石青临，就很难想象出他也会做这种事情。实际上他根本不是个好亲近的人，但他在这整整一层只有他一间 CEO 办公室的情况下，专门辟出了一间画室给涂南。

黎真真瞄一眼收拾画具的涂南，心想能成为那样一个人的女朋友，一定挺幸福吧。

涂南收拾好了，关门出去，和她先后进了电梯。下去舞蹈间的楼层，从电梯里出来，正好遇到了薛诚。看起来他似乎是特地在这层等着的，但黎真真没跟他打招呼，直接就朝舞蹈间的方向走了。薛诚面朝着黎真真的方向，目送着她离开。

涂南察觉出不对劲，看他一眼：“你们吵架了？”

“要是吵架就好了，”他笑一下，“说出来可能要叫你笑话，其实我是被拒绝了。”

涂南没想到他已经表白了，这个结果，也不知道该说什么好。这么看来，这些天黎真真没现身可能也因为这件事。

“都这样了也不肯给我个机会，也许是觉得我比不上青临吧。”薛诚又笑两声，走进电梯。

“何必这么说。”涂南不擅长安慰人，别人的感情她也不好多嘴，只是听他话里带上石青临就怪怪的，这事跟石青临又没关系。薛诚只是笑笑，也不知道是笑自己还是笑她，按下按钮，电梯门关上了。

涂南走去舞蹈间，黎真真已经换好了衣服，正在做拉伸动作。涂南还是当作什么都不知道，平静地准备作画。

石青临在为新扩展包的发布忙着，她只想帮到他，其余的事听一听也就过去了。

舞跳完，到了晚上。

黎真真拿着毛巾在擦汗，涂南整理着画稿，一边在脑子里过着剩下的剧情，不算多了，她轻松不少，安心结束了工作。

手机响起了微信提示音，她第一反应就是石青临，一手捧着画稿，一手就去口袋掏手机，点开，果然是他。

石青：明天就是发布会了。

她看一眼手机上的日期，还真是。

涂南：嗯。

石青：总算能见面了。

涂南捧着手机，嘴角克制不住地往上扬，忽然想起还有人在，抬头看向黎真真，后者正看着她。

看了她几眼，黎真真默默走了。涂南收收心，简单收拾一下，关了舞蹈间的灯离开。路上还一直跟石青临聊着微信。他一定是在外面忙着，有时候回复时间会间隔很久，她就耐心地等着。

微信里跳出另一条消息。她退出来点开，是方阮发来的，说是要送她回家。涂南朝路上看，前面往网咖去的路上，还真停着他那辆小破车。她走过去，拉开车门坐进去，方阮正戴着耳机摇头晃脑地哼着歌，看到她来了，马上摘下来，抓抓头发：“听说你们明天要开发布会了，能不能带我去现场看一下？”

涂南说：“果然无事献殷勤都是有目的的。”

“怎么说我现在也算是有关系的人了，那不得好好利用一下啊。”方阮看她正好拿着手机，催促说，“快，给石哥打个电话，给我开个后门。”

涂南想石青临肯定正忙着，没理他。

方阮手疾眼快地抢过她的手机。他一手防着涂南来抢，一手翻出石青临的号码，按了拨出，不耽误开车，又开了个免提。涂南伸手要来拿，也就一声忙音的时间，电话就通了。石青临的声音通过电波传过来，又低又沉，带着笑："想我了？"

车里安静了一秒，方阮顿时投来暧昧的一瞥。涂南瞪他一眼，耳根发烫，清一下嗓子说："方阮在，是他要给你打电话。"

方阮立马大声接话："石哥，是我。"

"有事吗？"石青临的语气严肃不少，一下就把距离拉开了。

方阮有点不好意思地把意图给说了。

"不用问我，问涂南，"他在电话那头说，"只要她同意我没意见，你以后有什么要求就跟她提。"

方阮惊了，瞪圆眼睛看一眼涂南。真没看出来啊，石青临那样一个精英海归，平常看着挺傲的，居然被她吃得死死的，这么惯着她。涂南被这一眼看得耳根更烫，夺过手机，把免提关了，贴到耳边跟石青临说话："不用理他，你还忙着吧，有没有耽误你工作？"

方阮开着车，还时不时朝她看一眼。她把车窗降下来，别过脸朝着外面。石青临的声音听起来有点疲倦，她想让他多休息一会儿。

"没事，想跟你多聊会儿。"那头有人声，不止一个人的，石青临的声音压得很低，可能是避开谈话来听她电话的。

涂南想着那画面心就软了，这些天他可能都是这么忙过来的："不聊了，你忙吧，明天不就见到了吗？"

石青临笑笑："好吧，那明天见。"

涂南轻轻"嗯"一声，挂了电话，转过头，方阮正好又看过来。

"涂南，你可以啊，"他感慨，"石哥这是把你当老婆了吧？"

"少胡扯。"涂南低低骂一句，又看窗外，拨一下头发，遮起快烧起来的耳根。

刚好红灯，车停下。她的目光落在路边一家店的橱窗上。玻璃橱窗里，塑料模特身上裹着一身长裙，她上下看着，脑子里忽然想起石青临说的那句话："你穿裙子肯定比她好看。"都有点出神了。

"看什么呢？"方阮探头过来张望。

"没什么，"涂南收回目光，"好好开车，不然别想去发布会了。"

方阮一下坐正了，双手握着方向盘，无比乖巧。其实是骗方阮的，石青临早告诉她发布会也会邀请玩家代表参加，要给方阮一个位子其实不难。

发布会的场地定在了本市最好的五星级酒店，这一天公司工作暂停，算是处于放假状态。

涂南出去一趟，拎着个纸袋回到家，看了看时间，差不多该出门了。她走进房间，打开纸袋，从里面拿出件衣服，摊在床上，是一条黑色吊带长裙。

路上偶然看到那家店，她到底还是去买了。看了几眼，她拿起来换上，刚好，正合身。她找了件厚外套加在身上，扣上扣子，转头出门。

几乎是掐着点到的酒店。涂南走进会场时，发布会正好开始，安佩正在台上做准备，台下灯光已经暗下来了。

还没见过这么大的排场，会场里来了很多记者，长枪短炮般的镜头对准台上，底下乌压压的坐满了人，谁也看不清谁。玩家们都在最后几排，太暗了，她没找到方阮在哪儿，干脆不找了。走到前面，看见高部长他们坐在那儿，也没跟他们坐在一起，找了个边角的位置坐下了。

往前看，最前面坐着薛诚，那里应该就是投资方了，今天没看见黎真真。

台上，安佩开了口，所有人的注意力顿时被吸引了过去，另一头，石青临从暗处走上了台。涂南看着他，就这阵子没见，他的脸好像瘦了点，也许真是太忙了。他身上西装笔挺，打着领带，脸上很严肃，视线扫下来，转到她的方向，脸色就柔和了。

她摸一下脸，这么暗的灯光，也不确定他是看到她了，还是自己想多了。

安佩递了支话筒给他，走下了台，他背后的屏幕上开始曝光新扩展包的相关内容，台下顿时闪光灯不断。整个新扩展包的内容都是石青临一个人介绍的，没有稿子，他做的东西，内容都在他的脑子里，没有一个字停顿。

全场鸦雀无声，直到他停下来，底下才开始鼓掌。

后面是记者提问环节，现场一下就嘈杂起来了。记者的问题大同小异，无外乎他是怎么会想到在游戏里加入壁画这个主题的，又是怎样实现的，具体新扩展包大概多久能正式上线，等等。石青临回答得一板一眼，这种时候跟私底下简直判若两人。涂南看了很久，眼睛也没有挪开。认真工作时的男人的确是最帅的，她现在信了。

半个小时后，采访结束，后面就是发布会的其他内容，安佩安排了专业的主持人上去，制作人可以休息了。几乎同时，石青临放下话筒，大步走下了台。眼尖的记者和玩家们纷纷望了过去，就见他直接走到了边角一个毫不起眼的座位前，一手撑着座椅扶手，低下头，贴近了座位上的女人。

“制作人有女朋友了？”不知是哪个玩家先回过神来。

“是不是炒作啊，新扩展包发布弄个花边新闻炒热度吧？”

“那可不一定，年轻有为的帅哥有女朋友不是很正常吗？”

方阮在众人之中冒出声：“不是炒作，是真的。”

一群人看向他。

“那两个人感情好着呢。”他继续爆料。

那边，石青临已经直起身去前排投资方那里，一行人一起出了会场。涂南没有抬头，刚才他忽然过来，弄得她有点措手不及，其实他只是贴在她耳边说了句“待会儿见”。特地过来，就是为了说这句话。人走了，留在她耳边的气息还是热的。

发布会结束，玩家代表和记者都离开了，公司内部还有场答谢晚宴。涂南去赴宴时收到方阮发来的微信消息。

方阮：为了答谢你让我参加，我帮你巩固了一下老板娘的地位。

涂南：什么？

方阮：不用谢我，谁让你是我的南妹妹呢。

涂南不知道他在说什么。她脱下外套，放在进门的地方，走进宴会厅。安佩就在门口，看到她目光一下移过来：“真难得，第一次见你穿裙子。”

涂南不是第一次穿裙子，但的确很久没穿过了。她低头看一眼身上，问：“适合吗？”

“适合啊，这种场合就是得盛装出席，我还怕你不知道呢，至少现在能看出你是我们公司的总画师了。”安佩自己也换了衣服，穿的是条淡紫的包臀裙，脸上妆容精致。

涂南恭维一句：“你更合适。”

“喊。”安佩现在只能无视她的调侃了，毕竟是老板的女朋友了，多少得给面子，“走吧，先去吃点东西，石总要应酬，不在这里，你就是穿得再好看他今天也见不着了。”

涂南怔一下，他不在？可之前他还跟她说了待会儿见。她抿住唇，没说什么，和安佩一起走向餐台。

整个公司的人都在，每个人都穿得挺正式的。高部长穿着西装也遮掩不了挺出的肚皮，正叉着食物往嘴里送，看到她经过停下，张着嘴，顺着她的走动脸转了半圈。早听说石总跟她在一起了，难怪啊……

安佩渐渐和大家玩开，端着吃的加入众人。涂南独自站着，只吃了点水果，端餐盘的手里，还一直握着手机。盘子里是一块块切好的杧果，方方正正，她捏着叉子叉了一块送进嘴里，没吃出什么味道，一心留意着声音。

一直没等到微信提示音响起，她也不知道他说的待会儿是多久。原本好些天没见，也没觉得有什么，真正能见的时候见不到了，才觉得失落。心里有点发堵，剩下的一口也吃不下了。

那头大家今天兴致更高，嘻嘻哈哈地开着玩笑，宴会厅的门开了。

石青临走进来时，众人都安静了一瞬。他的西装外面套着件宽大的长风衣，一看就是从外面过来的，没来得及脱，就这么往里走。很快他就看见了涂南，眼睛一下移不开了。涂南没看见他，独自站在餐台边，垂着眼，盯着手里的叉子，一下一下轻轻戳着餐盘，那件黑色的长裙紧贴着身体，露出她雪白的肩和手臂。

石青临慢慢从上往下将她看了一遍，走了过去。涂南感觉眼前光线一暗，抬头看到他的脸，一下竟没回过神。石青临接下她手里的餐盘、叉子，放到餐台上，眼睛盯着她。还没开口，涂南嗅到他身上若有若无的酒气，轻声问："你喝酒了？"

"嗯，推不掉，好不容易才提前走的。"他看见了她手里握着的手机，"等我很久了？"

涂南看一眼周围，整个公司都在围观，声音更低："没关系，反正你也来了。"他笑了，伸手抓着她的手腕，又落到她手上，握住："我剩下的时间都是你一个人的。"涂南真怀疑大家都听见了，周围好像一点声音也没了，全看着她这里。

石青临牵着她往外走。挡道的纷纷让路，嘴里说着"石总慢走"，一个个都惊讶得不行。这还是那个工作狂吗？怎么跟变了个人似的，来了一句话也没有，眼里就剩一个涂南了。

涂南被石青临牵着，一路走出酒店。

她几乎忘了自己只穿了条长裙，直到他停车的地方，一阵冷风袭来，才想起出来得太快，外套忘记拿了。石青临察觉到她冷，一手把她揽在怀里，一手就去拉车门，但涂南把门推回去了："你喝了这么多，不能再开车。"他低头看她，目光落在她肩上："我早说了，你穿裙子会很美。"

涂南本来觉得冷的，可他站在身前，整个人完全罩住了她，那半边肩膀在他手下越来越热。她靠在车门上，抬头看他："你喜欢吗？"石青临头往下低，抵住了她的额头，胸口发胀，酒气上涌，低低说："快被迷死了。"

几个字砸下来，从耳膜一直震到心口，涂南轻轻咬住唇，却还是没能挡住笑，再抬眼，看见石青临看她的眼神，路灯那么暗，又被车身遮挡了大半，她却还是看见了他好看的眼睛。那双眼睛盯着她的唇。他一只手撑着她旁边的车门，一只手松了松领带，头更低了，脸贴近。涂南眼里只剩下了他挺直的鼻梁，以及那薄薄的嘴唇、微扬的嘴角。她预感到了将会发生什么。上次他揉着她的唇说，下次不管怎么样，他都不会错过了。现在，他正盯着她的唇。

她不自觉地松开牙齿，不再咬了。

石青临像是察觉到了她的情绪，轻笑，额头抵着她的额头，鼻尖抵着她的鼻尖，一笑就酒气缭绕。下一秒，唇上一热，他直接贴了上来。没给她思考的时间，他直接就付诸了行动。

涂南脑中嗡一下，快要炸开了，呼吸困难，呼出一口气，吸进去的是他身上的酒气，她觉得自己也要醉了。

隐约听到一阵脚步声，接着是安佩自言自语的声音："人呢，衣服都不要了？"她瞬间紧张，动了一下脖子。石青临贴近她，她肩上一暖，是他用风衣把她裹住了。

周围很快没了动静，涂南被他吻了很久。

石青临站直，把风衣脱下来，披在她身上，给她拢了拢衣领："还冷吗？"他一只手捏着西装，想一起脱下来给她。涂南按住了他的手，摇摇头，有一会儿没说话，心跳太快了，浑身发麻，唇上也是麻的，她得缓缓。

石青临松开手："不开车了，打车送你回去。"他的呼吸也还不稳，声音一样不稳，有点低哑，是酒的后劲上来了。

第五十三章

涂南浑身上下就一个手机，家门钥匙还收在外套口袋里，要回去还得先拿回外套。她又返回酒店，刚进大堂就看到方阮在那儿站着，手里就拿着她的外套。

方阮从发布会后就一直没走，是为了等安佩，结果安佩就把还涂南衣服的事情交给他了。本来他还以为得给她送到家里去呢，哪知她又回来拿了。

两个人见了面没多废话，方阮把衣服塞到她手里，看见她身上披着件男士风衣，遮得严严实实的，一脸好奇地问："听安佩说你被石哥拉走了，你俩刚才上哪儿鬼混去了？"涂南走回来时特地多吹了会儿冷风，脸没那么烫了，料定他也看不出什么，却还是不自在地抿了一下唇："管好你自己吧，我走了。"

方阮看着她出去那模样，忽然后悔，刚才该在酒店外面等的，说不定还能看到点什么呢。

涂南拿着外套走回去，石青临已经在路上打好了车，车门开着，他坐在后排等着她。她坐进去，看他靠在座椅上不怎么动，眼睛在看过她之后就是闭着的，想跟司机说他家的地址，被石青临抢先开了口。他直接说了她家的地址，眼睛睁开，坚持先送她回去。

涂南只好由着他了。

到家门口时，已经是午夜时分，左右邻居都睡了，整个楼道里安静得一点声音也没有。涂南低头打开门，按亮了灯，回头看着他："你真没事吗？"声音很轻，怕扰民。石青临站在门口，一只手扶住了门框，冲她笑，也低声说："要不要我再吻你一次，证明一下？"

涂南不作声了，瞬间脑子里全是他之前那个绵长的吻。

石青临只是逗她，没真行动："本来想多陪陪你的，今天可能不行了。"他站直了，扶门框的手垂下来，手伸过来，握住她的手腕，"过来，抱一下我就回去了。"涂南被他一把拉过去，抱了一下。

他说话算话，抱了就松开，转身下楼去了。涂南看着他下去，直到再也看不见了他的身影才合上门，又摸一下唇。是错觉吗？刚想完那个吻，再看他，总觉得他刚才一下就克制起来了。

她把手里的外套放下来，看见身上的风衣，才意识到居然没把衣服还给他，匆匆走去阳台，隔着窗户往下望，想看一眼他走到哪儿了，好一会儿都没看到人。

不可能走这么快吧，下楼也是要时间的。

石青临根本没走远，就在楼下，两只手撑着墙壁，头低着。酒是真喝多了。新扩展包的内容发布了，投资方那边是必要的应酬。一桌投资人亲自到场，他却赶着要走，已经很不给面子了，送到面前的酒就不好再推辞了。

他酒量其实算很不错了，但也架不住这种洋酒混白酒几瓶一起灌。以前薛诚还会帮着替他挡一挡，今天却没出手。他也不是个会说软话的人，实打实地喝到了一群人放人，赶到涂南面前时就是忍着的，忍了一路，知道酒劲上来了，才急着把她送回来。

到现在，风吹一路，是真不行了，再不走恐怕就要醉倒在她面前。

他这个人，喝多了吐不出来，这才是最难受的。他转过来，靠在墙上，伸手进裤兜里掏烟，想借着尼古丁的刺激清醒一点，烟盒摸出来，"啪"一声掉在地上，弯腰去捡，头很沉，人往前倾，一只手撑在地上，只能跟着蹲了下来。

楼道里的灯忽然亮了。涂南想想还是不放心，下来看看，结果一下来就看到这么一幕，顿时就明白怎么回事了。石青临抬起头，看着她，她穿上了自己的外套，手里拿着他的风衣，逆着光神情看不清楚，足足看了他快半分钟，她才走过来蹲下，抓着他的手臂搭在她肩上。他还从没有被女人架着的时候，但涂南在拽他，用了力气，看来是动真格的。他只好撑一下地，顺着她的拉扯站了起来。

她也不说话，把风衣往他身上搭，石青临觉得她好像有点生气了，叫她："涂南。"涂南不理他，直到风衣披好才看他："你很厉害吗？为什么不说？"

果然是生气了。石青临笑一声："不告诉你就是不想让你看见我这么狼狈，万一被你嫌弃了怎么办？"这时候都不忘开玩笑，涂南不知道该说什么好，怎么会有这样的人，喝多了都还要强撑着，不知道该气他还是该心疼他。她又把他胳膊架在肩上："下次再这样我就不管你了。"

石青临原本真是为了点颜面，只想着在心爱的女人面前表现出好的一面，现在被她发现了就怕她误会自己把她当外人才这么遮掩，毫不抵抗了，什么都顺她的意："没有下次了，以后都不瞒你。"

涂南到底还是心软了，架着他往回走。

"慢点。"石青临知道喝了酒的人都沉，尽量走稳，特地没把重量往她身上压。

上楼就不够稳了，涂南有点吃力，呼吸重了，手抱住他的腰。

好不容易进了门，她把他送到沙发上坐下来，松了手，喘着气脱了外套，匆匆进了厨房。

石青临把风衣脱了搭在一边，原本强撑着的身体一下子疲惫不堪，头脑却还很清醒，他看着涂南在厨房里忙碌的身影，身上又只剩下了那条黑裙。雪白的胳膊，雪白的肩背，黑色的裙子，眼里只剩下黑白分明的画面。是酒精在作祟。

涂南出来时手里端了个碗，里面是她煮的糖水："快喝了，解酒的。"石青临不碰碗，抓着她的手，低头来喝，真是有点醉态了。涂南怕翻了，两只手托着，慢慢往他嘴里送，看着他一滴不剩地喝了。喝完了他眉头是皱着的："太甜了。"

知道他不吃甜，但也没办法，涂南说："家里只有这个，没其他能解酒的了。"她想抽出手，拉一下，石青临却不放，反而抓得更紧了。

他把她手里的空碗拿开，放在茶几上，手上用了点力，拽着她到自己怀里。涂南不由自主地避开他的视线，目光往下，看到他西装两侧皱得不像话，才想起之前被他吻住时，她揪他衣服揪得有多紧。

"刚才我可是克制着才没进这道门，你偏偏又把我捡回来了。"

原来刚才他真的是克制。涂南抬眼，发现他的眼睛里似乎有点朦胧。"那我总不能把你赶出去。”她没好气地回。

石青临笑了，腿动一下，衣料摩挲出一阵响，他贴在她耳边低低说了一句话——

“穿得这么美，还让喝了酒的男朋友进家门，知道有多危险吗？”

涂南心一紧，伸手推他一下。他笑着头往后仰，她又担心了，怕他磕着，扯着他的领带拉了一下。石青临停顿住，背靠在沙发上，顺着她的手指往上，看着她的脸。涂南被盯得垂下眼，看着手里那条深色的斜条纹领带，手指动了动，放松了，想把扯出的褶纹抚平。

他忽然说：“帮我解开。”

涂南看他一眼，手指伸到他领口，慢慢地去解那条领带，不熟练，忙中出错，好一会儿才解开，从他颈上取了下来。

“还有这儿。”他动一下脖子，喝多了实在难受。涂南又去解他领口的扣子，解了一颗，怕他还是不舒服，又解开一颗。

石青临手在她背上按一下，让她靠着自己。涂南防着裙子往下滑，不由自主地贴紧了他。

石青临不为难她，手压在她的背上，裙子是丝绒的，边缘柔滑。彼此几秒无声，他侧过头，忽然在她耳边低声问：“这是什么？”

“别问。”涂南脸别到一边去。

他笑出声，不问了，就当一句醉话，手慢吞吞地动着。涂南一动不动，像上好了的发条一样紧。

“会不会冷？”他问，声音无意间低哑了一些。

涂南不作声，怎么会冷，浑身都热起来了，看到自己攀着他肩膀的手臂，起了一层细细的鸡皮疙瘩，肯定不是因为冷。她半天没动，因为感觉得出男人的身体一样是绷着的，像有根弦，怕一动弦就断了。

一时间，屋子里特别静谧，只剩下了彼此的呼吸。酒精的气味，身体上的气味，搅和在一起了。

可能真是酒的作用，他看起来像是变了个人，涂南从没有过现在这种感觉，伏在他身上，怕出声音，牙关咬得紧紧的，腿想动也使不上力了，有点心不在焉地想，他现在怎么不吻她了。

石青临是故意不吻的，头晕着，身体不舒服。

直到一声清脆的微信提示音响起，才打破了安静。

“你的手机。”石青临抽回了手，帮她把肩带拉了上去，指尖碰到她的肩，有些潮湿。

涂南被那潮湿感弄得头皮都麻了一下，喘着气扫一眼沙发边角，手机从回来后就扔在那里，屏幕上有消息提醒，方阮的。她起身，强装镇定："你不能这么坐着，能洗澡吗？"

"能。"石青临捏了捏眉心，用那只刚刚碰过她的手。

涂南拉着裙摆，缓缓站起身，腿还有点软，没表现出来。她转头去了房间，找了两件衣服出来给他："我爸的，将就穿吧。"声音还有点飘。

石青临拿了，从沙发上站起来，慢慢往洗手间走。

涂南看着他进去，等门一合上，顿时深吸了两口气，一把拿起手机，匆匆回了房间，先把这身裙子换掉。从里到外都换了衣服，外面套上了一身纯棉的长衣长裤，她才按开手机，看方阮说了什么。

方阮：你是不是把石哥带回家了？

涂南：问这么多干什么。

方阮：嘿嘿，老实说你们到哪一步了？

方阮：别不好意思，都是成年人了！

涂南：等会儿就把你说的发给安佩。

方阮：不瞒你，其实就是她让我问的，人在我旁边看着呢！

涂南：……

两个八卦分子。她坐在床沿，盯着手机，想起刚才，身上某一处像沸了一样。

想到这儿，她不自觉朝外面的洗手间看一眼，又看一眼身下的床，心想：慌什么，都是成年人了。

石青临冲了个澡，特意用凉水，冲完清醒不少。走出来时，涂南刚好从房间里出来，看到她身上的衣服，他就笑了。

涂南被他那笑弄得心虚，仿佛换衣服是防着他一样，又想起方阮的话，心烦意乱的，再看看他身上的衣服，突然也笑了。深灰色的男士衬衫和长裤，老气横秋，涂庚山个头比他矮，穿在他身上有点小，裤管也短了一截。

石青临刚才在镜子里看了一眼，自己也觉得这样子挺好笑的，不过在她面前也无所谓了。他坐回沙发上，仰靠着，慢慢地，不想动了。

涂南早想洗个澡，进了洗手间里，先找了个吹风机出来放在他膝上："把头发吹干，会感冒的。"说完又进洗手间。她担心石青临的状况，洗得特别快，很快就出来了，看见他根本没动过，吹风机还放在膝上。确实是喝多了。她走过去，拿起吹风机，坐在他身边说：“你别动，我帮你吹。”

“嗯。”

热风吹到头顶，石青临抬眼看着她。湿漉漉的碎发遮着他的眼睛，他连眼神似乎都是湿漉漉的。

涂南顶着这注视吹了一会儿，刚才被打断前的感觉又回来了，那时的身体里，有阵热流，是陌生又熟悉的躁动，到后来拿开了吹风机，手指下他的头发还是半干。

他的脸贴过来，鼻尖抵着她的脖子，手压在她腿上，还是那么烫。涂南呼吸稍急，但他没干什么，最后脸错过去，靠在她身上。

石青临想说：“涂南，我没力气了。”

力气没了，意识也要涣散了，都撑到现在了。还想碰她，可也没办法了，头沉，身体也沉，酒后乱性都是骗人的，真能乱性一定不是真醉，醉了根本什么也干不了。涂南只听到一声低低的呢喃，唤她的名字，再低头去看，石青临靠在她身上睡着了。她忍不住笑自己，被他刚才的行为弄得方寸大乱，差点以为真要发生什么。摸一下他头发，半干，扎手，第一次看他睡成这样，眉头还是皱着的，肯定很难受，涂南悄悄埋怨：喝这么多干什么啊，太不爱惜自己了。

第五十四章

石青临睡得不好，夜里醒了一回，半清醒的状态，头疼得厉害。第一感觉是想喝水，喉咙里干得不行，手摸了脖子几下，想坐起来，一双手扶住了他，他睁开眼，看见涂南的脸。

“想喝水吗？”真是贴心的问题。他“嗯”一声。

她托起他的后颈，端着杯子放到他嘴边，喂他喝了几口，又放他躺下去。

石青临这才发现自己躺在她膝上：“涂南？”

“怎么了？”她以为他有什么需求。他什么也没说，知道是她就放心了，动一下，脸贴着她身上软软的棉衣，睡安稳了。

再醒过来，天亮了。

石青临坐起来，发现自己躺在沙发上，身上盖着的一床空调被滑到地上，涂南坐在另一头，歪头靠在沙发背上，还在睡着。

回忆一下昨夜的情形，顿时就知道昨晚她是怎么过的了，恐怕一夜都没睡觉。

他拇指按按太阳穴，人彻底清醒了，捡起被子，盖在她身上，看着她的脸，心里涌出一阵说不清的滋味。从没被人这么照顾过，哪怕是小时候跟在老爷子跟前，也没有过这样细心的照顾，就喝醉了酒这么件小事也能把你照顾得如此妥帖。他干脆在沙发边上蹲下来，看着她。

阳光从窗外照进来，映着她的脸，她的眼皮抬一下，合上，又抬一下，睁开了眼睛。石青临对着她的脸笑了，开口的声音哑哑的："涂南，你这样，我恐怕再也离不开你了。"

涂南一睁开眼睛就听到这么一句，眼珠动两下，睡意全无。

一大早就有个男人在面前说这么一句话，谁还能有睡意。她慢慢坐正了，看着他的脸："你昨晚……"说了几个字，她咳两声清了清喉咙，接着说："说睡就睡过去了，我搬不动你，只能让你睡这儿。"

他太沉了，她试了几次，把他扶起来又被他压回去，到后来实在不行了，就算了。后半夜他一直不舒坦，她好几次摸他，身上都是烫的，只能守着，直到酒劲消下去。

她又说："昨晚的事情你还记得吗？"

石青临点头："当然记得。"

"你还强撑着要回去。"她的语气淡了不少，看他的表情也是淡的。

石青临于是明白了，这是昨晚的话留到了今天，就是等着他彻底清醒了来算账的："这我也记得，不是跟你道歉了吗？"

"等你酒醒了再说一遍，免得你当时说的回头就忘了。"

石青临忍笑，点头，神情很认真："我都记得，不会忘的。"

"还有呢？"

"还有什么？"

涂南看着他，安静了一秒，说："其他的，你做的事情。"

石青临笑："什么事，我应该记得吗？"

涂南拨一下肩膀上的头发，眼睛眨了两下，不再说话了。

两个人默默对视，四五秒的工夫，涂南一下反应过来，看墙上的钟："都这个点了，还得去公司，要迟到了。"已经迟了，墙上的钟都快指向早上十点，平常这时候他们早就在公司里了。她从沙发上起身，快步进了洗手间。

石青临手撑着膝盖站起来，又揉两下太阳穴，头不如半夜那么疼了，喉咙还是发干。茶几上还放着他昨晚用过的水杯，旁边是水壶、毛巾，涂南摆得整整齐齐的。他倒了两杯水灌下去，舒服多了，跟着走去洗手间，正好看到涂南准备换衣服。

她把上衣往上拽，露出又细又白的腰，看到他过来就停了下来，又把衣服放了下来。石青临看到了她后腰上那块青黑色的文身，她注意到了，特地把衣服又往下拉了拉。她不是很喜欢这个文身，总觉得很难看，自然也不想被他看见。

洗手间很小，两个人都在，更显得拥挤。石青临挨着她站着，目光从她后腰上收回来："不用挡，挺好看的。"

涂南转头看他："真的？"

"真的，"他说，"其实我也有文身，要看吗？"他一手把衬衣掀起来，一手抓着她的手，搭在裤腰上，意思是就在这儿。

涂南不信，从没听他说过。手被他带着，往下拉到腰下一掌的地方，停了。什么都没有。

"骗你的。"他笑着松开了她的手。

涂南的手缩回来，转过头去，拿架子上的毛巾，是为了回避眼睛里刚刚看到的画面。裤腰拉那么低，连他的人鱼线都看见了，她的手指也碰到了那线条。

石青临站在她身后，发现她明明面色如常，耳后却有点泛红了，开玩笑是为了让她放松一些，结果好像适得其反了。

涂南头一转就瞥见他的眼神："一大早就捉弄我。"她往外走。

石青临怕她真生气，一把拉住她，她挣一下，挣不开。

"昨晚，"他低头，在她耳边说，"干了什么我都记得。"

涂南迅速看他一眼，后悔问这问题了，她只是想知道他当时到底够不够清醒而已……

"反感吗？"他忽然问。

她睫毛轻轻动一下，低低地说出实话："没有。"

"那就是喜欢？"这样问就有点耍流氓了。

涂南拿胳膊肘撞一下他胸口，在他看来是不痛不痒的一下，他闷声笑了，又贴她耳边说了句话——

"还没准备好吗？"

涂南又看他一眼，眼里快滴出水来，最后答非所问，因为想起时间真不早了："快点，真该走了。"石青临其实也赶时间，这几分钟的耽搁是偷来的，想吻她，没洗脸没刷牙，忍住了，只好松开她，出去找衣服换。

两人匆匆洗漱完，赶紧出门。涂南在玄关换了鞋，一边拿钥匙一边看了眼手机，发现昨晚方阮后面还发了两条消息，她当时没看见。

方阮：安佩说投资方那边怪石哥早走呢。

方阮：听说他被灌够了酒投资方才放人的。

其实她多多少少知道一些具体情形，可真被人告知，心里感觉还是不一样，像被软绵绵地打了一下。这种事石青临自己是不会细说的，他这个人心思深，宁愿跟她开个玩笑，逗着她，其余的都自己扛着。

她带上门，走出去，石青临站在楼梯的拐角处等着她。西装皱了，没法再穿，他直接把风衣套在了衬衣外面，西装搭在胳膊上。看涂南走了下来，他转头接着下楼，手忽然被轻轻拉了一下。

他停住，看着她。涂南拉着他，语气很淡："这周末，我去你家里。"

有人下楼，石青临反手拉住她，走到角落里，把她堵在了墙角，眼睛是亮的："你说的。"

"嗯，"她低声回答，"我说的。"

有时候，男人跟女人就像是有着某种密语，一个主动，一个接收，心意互通。她知道，他懂她的意思。

下巴被托了起来，石青临低头吻上了她。

很快的一个吻，吻一下，又坏心眼地咬一下，然后才分开。

之前忍住了，现在听到她的话不想忍了，就想吻她。可惜楼道里有人来来往往，他只好及时停住了。

涂南也担心被人看见，心跳得飞快，她家里没有剃须刀，他下巴上的胡子没有刮过，碰到她脸上微微发痒，被咬过的唇又微微发痛，就几秒的时间，这男人也要给她留个深刻的滋味。她跟着他下楼。

下楼时他说："周末我等你。"

周末之前，都是繁忙的工作日。涂南忙着画主线壁画的收尾剧情，石青临忙着推进新扩展包的进程。有点空闲的时候就一起吃个饭，忙起来就连面都见不着，不过似乎也习惯了。周五是最忙的时候，涂南每周要在这一天去原画部看一下分线剧情的进展，做一下纠正，可能还要动手画几笔，忙完又回到舞蹈间里，继续画黎真真的舞姿。

黎真真在场地中间身体舒展，回旋，折腰。这个部分，今天做了好几次，她都不是很满意。

"壁画里是有玩家探索剧情的线索的，这支舞得融进线索，再想一下动作吧。"

黎真真拿着毛巾擦了擦汗，涂南在工作上要求很高，她一直没有异议，两人相安无事地合作至今，对对方的工作态度也有一定程度的了解。

擦完了汗，她又重新编排了动作。然而涂南还是不满意。到后来，黎真真有点不耐烦了，汗也不擦了，站在灯光下说："听说新扩展包确定上线时间了。"

涂南拿着画笔，抬起头看着她："嗯。"

这是最近两天的事，发布会公开了扩展包的内容，壁画这个主题是定了，石青临跟着就确定了上线时间，在年底，不知道她为什么会提到这个。

黎真真紧跟着说："看你这么赶，我这部分应该很快就结束了。"涂南有点懂了："所以呢，因为要结束了，影响你发挥了吗？"

这话的含义不言而喻，黎真真觉得自己的想法被看得清清楚楚的，这个女人平时话不多，但真说起话来比较直接。的确，就要结束合作了，就要离开这儿了，远离那个人的范围了，黎真真不可避免地受了影响。

"也不算，"她不想承认，因为在涂南面前承认，感觉自己输得一败涂地，"我父母今天回国，我赶着去接他们，时间比较急。"

涂南开始收拾画具，算是接受了这个理由："那就再约时间，回头把最后一支舞跳完。"这是在给她时间调整。黎真真没说什么，低着头出了舞蹈间。

涂南整理好了东西，想想自己刚才的话，可真够生硬的啊。不过对着一个对自己男朋友有明显意图的人也算客气了吧，她做不到宽容大度，只要有关石青临，她就做不到。

今天提前结束，离开时也还早，她算着时间，今晚开始，就是周末。手机响了起来，她猜想是石青临，忍不住笑着，掏出手机来接，一边关上舞蹈间的门。

接通了，那头先传出一声呜咽："小南。"

涂南怔一下："方阿姨？"

石青临踩着拖鞋走到玄关，看一眼腕表，晚上十点了。他掏出手机给涂南发了条微信消息，把手机搁在置物柜上，等着，拿了烟盒抽出根烟，拇指摁着打火机，火苗蹿出来，烟点燃了，叼在嘴里自顾自笑一声。

之前回家的时候，他在外面见了几个人耽误了时间，生怕涂南已经到了在等他，赶得匆忙，路上也没来得及买什么东西给她，回来时还有点担心，结果进了门没见到人，反倒是他在等。

也好，他等她，总比让她等强。

一根烟抽了半截，等的时间似乎有点久了，石青临拿起手机，按亮了，他发的消息还在。

石青临：我在等你。

涂南没有回应。他没心情抽烟了，掐灭了，直接给她打电话，心里已经有点担心了，怕她来的路上遇到什么事情甚至意外，越想越不妙。电话没人接。

最多响了五六声，石青临已经转身去取外套。手机夹在肩上，他一手拿车钥匙，一手换鞋，用最快的速度出了门，去找她。

第五十五章

涂南不在市里，在区县，人站在医院的走廊上。

方雪梅就在她旁边，手里捏着张面巾纸，抽抽搭搭地哭着："小南，这是真的，你爸他……"

她爸……很长时间里，涂南没有说话，只是这么站着，一动不动地听着她说的每一个字。

接到电话后，她立即赶了过来。方雪梅告诉她，她爸进了医院。这次和上次不一样，电话里听到方雪梅的哭声时她就知道不一样，等到了这里听了消息，发现确实如她所想。

事情发生得猝不及防。方雪梅有一阵子没看到涂庚山，按捺不住，正好天冷了，她买了点东西来区县里看望他。原本一切如常，什么事也没有，什么都好好的，结果涂庚山在她面前吃着药就昏了过去。

方雪梅慌忙地打120，送到医院一查，差点晕过去，清醒过来，哭着就给涂南打了电话。

癌症。医生说涂庚山得了癌症。

涂南一直觉得这两个字很遥远，直到刚才，她亲自去求证，从穿着白大褂的医生口中听到这冷冰冰的两个字。

走出来时，方雪梅跟了过来，把事情原原本本地告诉了涂南，在她面前始终克制不住地掉泪。

"我拿他吃的胃痛宁给医生看，医生说那里面根本不是什么胃药，是抗癌的药……"方雪梅边说边哭，"他自己早就知道，一直瞒着你……"

涂南像是听进去了，又像是一个字都没听到。

方雪梅说："涂庚山说了，是不想妨碍她，希望她把心放在壁画上。还说他这些年的积蓄都投到壁画相关的项目上了，没留下什么治病的钱。他认为自己的希望不大了，谁也不想麻烦……

涂南不知道听了多久，转过身去病房。方雪梅跟了两步，声音颤抖地叫她："小南，你没事吧？"

走廊上的灯发白，照得涂南更加白了，她太冷静了，冷静得让方雪梅发怵。

"没事，方阿姨，你休息一下，"她往前走着，轻声说，"我去看看我爸。"

病房的门没有关，她走到门口就看见了病床上躺着的人。

她来的时候涂庚山就在方雪梅面前昏过去了，到现在一直没醒，他仰面躺着，闭着眼，头枕着蓝白条纹的枕头。命运仿佛开了个莫大的玩笑，父女俩已经数月没见，再见面却是这样的情景。用物是人非也不足以形容。涂南发现他的脸颊看起来瘦了不少，凹了下去，没有病态的苍白，只是人颓了。假如这个秘密不揭开，没人会相信他得了这么严重的病。

她没进去，就站在门口看了看他，然后伸手，把病房的门轻轻带上了。一手握着门把，站了很久，直到方雪梅回来叫她。

"方阿姨，把方阮叫过来吧，"她轻声说，免得惊扰了病房里的涂庚山，"我怕这边一忙顾不上您。"

"我叫了，你别担心我。"方雪梅忙说。

她点点头，脑子里在想接下来该干什么。

区县的医院不能再待，得转院。

涂南处理了医院的事情，连夜回到她爸那个冷冷清清的家里。她收拾了几件他的换洗衣物放在包里，拎着放到客厅，看到那张沙发，想起之前她爸坐在这里，腿上还打着石膏，当时他摔断了腿，也是因为昏了过去，她从医药箱里拿到他的胃药，他说别碰，那是他囤着的。

那时候他就瞒着她了，可他那时候在干什么，在忙着画展。假如这次不是方雪梅发现了，她可能直到最后一刻才会知道。

方雪梅在医院里的话瞬间也回到涂南脑子里了——不想妨碍她，希望她把心思放在壁画上，积蓄都投给了壁画，没留下什么治病的钱……

壁画，又是壁画！涂南蓦地悲从中来，竟想冷笑，到这时候都还不忘壁画。是他的命重要，还是壁画重要？

她忽然去了他的房间，柜子、抽屉，任何可以放东西的地方都找了一遍，找到几张存折，打开看了看，果然都没留下什么了。

涂南转头，目光落在桌上那幅壁画照片上，她爸最爱的飞天壁画，怎么看怎么刺目，心头一把无名火起，她拿起来就砸了下去。相框玻璃四分五裂，碎片在灯光下面折射着点点的光。她低着头，看见地上的壁画照片，那后面还粘着一张照片，她弯腰捡了起来。

一张两寸的小照片，依稀看出是个女人，因为已经花了，可能是夹在相框里太久的缘故。涂南慢慢在手里揪紧，揪成了团。

以前听说过，她妈生在江南温婉之地，就连名字里都有个婉，所以她出生后涂庚山给她取名叫涂南。

涂南生得不像她妈，像涂庚山多一点，她不知道她妈长什么样，没印象了，现在就算有照片，哪怕是完好无损的，她也不想看，不在乎。涂庚山应该是在乎的，他把这张照片夹在了他最喜欢的壁画旁边。

她扔了相片，走出去，火气似乎又没了，或许只是累了，站在客厅里，一点情绪波动都没有，如同一潭死水。直到墙上的钟忽然敲了一下，她才回过神，抬眼去望，居然已经凌晨一点了。新的一天都到了。

心猛地一提，她想起了什么，赶紧去掏手机，摸了长裤口袋，没有，又摸外套口袋，终于找到了，按亮了，上面十几个未接来电。

手机从画画的时候就调成了静音，之后就忘了调回来，她身上穿着的外套太宽松，手机收在里面不贴身，从医院到现在，思绪太乱，根本没留心过手机。

点开微信，看到石青临的那句话：我在等你。

院子门忽然被拍响了，重重的几声，像砸在人心上。涂南有点匆忙地跑出去，拉开门。夜色像被撕开了一角，那一角里站着她刚刚正在想的男人。石青临手举着，停顿在那儿，外套领口一边没有折好，立在脸旁，额前的碎发被风吹过，松散地遮着他的眼，他有点喘。

“涂南！”语气很硬，因为人是气着的。

石青临找到现在，从他家到她家的一路，公司，甚至是一起去过的地方，再见不到她，他担心自己会疯了。

为什么连个消息都没有？他想质问，喘了口气，话已在口边，却看到面前的人一只手搭在额头上，遮住了眼。

石青临伸手去拉开她的手：“你干什么，知不知道我找了你多久？”

涂南手被拉开了，人靠过去，将他抱住了。“对不起……”她将脸埋在他胸口低声说。

石青临生气是因为担心，真看到人了，想严肃起来说两句，让她别再这么考验他，现在被她一抱，什么责问的话也说不出了，她情绪不对，从那一句“对不起”就听得出来。他手臂伸过去，搂住她，声也低了：“怎么了？”

涂南两只手都放在他腰上，脸颊压在他外套的扣子上，冰冷的铁扣，可她不想分开，反而收紧了手臂，抱得那么紧，才能克制住身体不颤抖。原本强撑着的情绪，在看到他那句“我在等你”时就压抑不住了，等见到了他，瞬间决堤。

从收到消息开始到现在的几个小时里，她都以为自己可以冷静，条理分明地对待她爸的事，直到这个男人出现，理智就垮了台，她只想触碰他，躲在他的臂弯里，也许是人变得软弱了。

“你到底怎么了？”石青临一只手贴着她的背，另一只手按在她脑后，让她贴近自己。

涂南的身体不再抖了：“不是我，是我爸，他病了……”话说得慢，也不敢说到最坏的部分，因为生死太重，不敢轻言，就怕成真。那毕竟是她爸，是她唯一的亲人了。

石青临明白了，抱紧她，觉得心疼，想低头吻她，最后只吻到她的额角，一下一下，吻了好几下。早知道是家里出了事，怎么还会忍心怪她，只怪自己来晚了。

天还没亮，石青临跟涂南一起去医院看涂庚山。

方阮已经到了，从网咖直接赶过来的，风尘仆仆。他让方雪梅先回涂庚山家里休息去，自己在病床边守着，见到涂南的时候唏嘘不已，从椅子上站起来叫她一声，又不知道该说什么来安慰她，抓了抓头发。

谁能想到前些天还高高兴兴地跟她聊着谈恋爱的事呢，转头就出了这样的状况。生命真是无常。

趁涂南跟方阮在一起说话，石青临出门去打了几通电话。

刚听到这个消息，他的思绪也被打乱了，站在窗户边上打电话的时候，他特地把窗口推到最大，夜风吹了满脸，他似乎才信了这是真的。

涂南遇到事还是会自己撑着，他得替她分担，以往是同事交情，现在不止，是责任。

电话打完再回到病房里，涂庚山醒了。他醒得突然，还是方阮发现的，方阮推推身边的涂南，她两手抵在膝盖上，撑着额头，抬起脸，看着病床。

“爸，”涂南叫了一声，很轻很缓，“都到这一步了，你能不能别这么固执了。”怨气和怒气不是没有，只是对着病人，她已经不想发作了。

涂庚山看着她，有一会儿没作声，纸包不住火，他知道这一刻迟早会来，不然也不会对着方雪梅和盘托出。

“伯父。”是石青临在叫他。

涂庚山视线一转，落在他身上，又看一眼涂南。方阮在这时候出现不奇怪，他在这时候跟着她一同出现就不一样了，涂庚山心里多少有点数：“你们现在什么关系？”

涂南一瞬间坐直：“这时候你该关心的是你的病。”她知道涂庚山不喜欢石青临，但涂庚山不应该在这个时候针对石青临，换个时间怎么都好说。

“我的病怎么样我自己很清楚。”涂庚山看一眼石青临，“你们都出去，我跟他单独说几句。”

涂南看看身旁，实在担心，她喜欢这个男人，可是家里人不喜欢，偏偏这个情境下没法做出任何抵抗。

石青临把外套脱下来，从口袋里掏出钱包放到她手里：“时候不早了，你跟方阮一起去吃个早饭，帮我们也带点过来，要是顺路的话，再帮我买包烟？”他特地说得云淡风轻的，是在暗示她不要紧，自己应付得来。涂南拿着他的钱包，站起来，又看一眼涂庚山。方阮在背后拉了一下她的衣角，她终于转身，跟他一起出去了。

石青临看着病房的门合上，在椅子上坐了下来，没有叠腿，没有靠椅背，这是很认真，也很尊重人的坐姿。“我现在可以回答您，我跟涂南早就在一起了。”顿一下，他补充，“是认真的。”

涂庚山一贯严肃的脸上很平静，没有半点意外：“你有多认真？”

第五十六章

有多认真，石青临根本不用去想，他自己心里最清楚有多认真，能在这种情况下对着生病的人说出来也足以说明了。“只要您愿意，我不介意用任何方式来证明。”

两人之间是长辈对晚辈，也是男人对男人，很多东西不言而喻。涂庚山看得出来，他现在很郑重，让人觉得这是个说得出就做得到的人。

“你知道当初在我家，我为什么留你吃饭？”

石青临两手架在膝上，身体稍向前倾，思索一下说：“我想，可能是为了考验我。”

涂庚山点头：“果然是聪明人，明白就好。”

石青临也是现在才回味过来的。

“那时候我就想看看你适不适合涂南，”涂庚山说，“人就是这样，知道自己病了，很多事就想起来去做了，那时候看到你，我是动了给涂南找个归宿的心思，否则……”话停住了，他是想说：否则哪天真出什么事，这个家里就只剩下她孤零零一个人了。但那时候父女关系非常僵，这些不过是他自己的想法罢了。停顿了好一会儿，他才接着说：“我那天本来对你是很满意的。”

“那我很遗憾，表现得不够让您满意。”石青临说得很含蓄，明明当时都已经把涂庚山惹得动了气，“不过在当时那种情况下再来一遍，我估计还是会那样。”他的本意是扭转他的观念，而不是顶撞冒犯，所以只有遗憾，没有歉疚，也不会道歉。说出这番话，心里不能说没有半点忐忑，毕竟他现在谁也不是，只是一个放下姿态，希望能和对方的女儿长相厮守的晚辈。可他看向涂庚山时，却看到他点了一下头。

“你该庆幸你当时说了那些话，不然今天我不会跟你说这些。”

石青临眼睛一抬，瞬间就明白了什么。

“你当时那些话有多少是为自己说的，有多少是为涂南说的，我听得出来。难得，能有个人这么护着她。”现在能说出这些很轻松，但当时涂庚山是的真气得不轻，只是在这几个月里才渐渐想明白。

石青临笑一下，几乎做了最坏的打算，没想到话竟转到了这个方向。那时候算什么护着，最多是不想她难堪，现在才是真容不得她受半点委屈，光是昨晚看她那样无助地抱着自己就恨不得什么都替她受了。

“伯父，这种话我这辈子可能只会说这么一次，”他不笑了，眼睛定定地看着涂庚山，脸色认真，手指戳了戳心窝，“我这地方装了涂南，就再没旁人的位置了，除非有一天她不要我，我永远不可能不要她。”

男人在感情上的承诺通常是怎么做的，他没有概念，他信的是做胜于说，真要说了，就是掏心窝子的话，一个字一个字都是在心里凿过的。

涂南回医院的时候，手里提着两份早饭，给涂庚山的那份是蔬菜粥，配菜里的葱和蒜都被她挑出来了，因为好像听说这些会让他加重病情。给石青临买的是份三明治，想着他一夜没合眼会困，回来的路上又给他买了杯热咖啡。

事无巨细地考虑过了，似乎也就没那么担心那两个人会说什么了。方阮在路上安慰了她几句，说来说去就是一句："别想多了，都这时候了，你爸跟石哥知道轻重。"应该吧。涂南心想。

走到病房外，看见了石青临，他站在走廊尽头的窗户边上，早晨的阳光洒在他身上，在他头发上、脸上，都镶了一层淡淡的金边。

石青临正看着他们，像是特地出来等着他们一样。方阮有数，接过涂南手里给涂庚山的粥说："我来，我给你爸送进去。"给他俩留点空间说话。

涂南走过去，把早饭和咖啡递给石青临，钱包也还给他："没买烟，不知道你抽什么牌子的。"

石青临不在意，不急着吃，把早饭和咖啡放在窗台上，钱包收进口袋里："没关系，我只是想让你在外面多待会儿，不是真要抽。"

涂南当然明白，她在外面待得够久了："那你们聊得还好吗？"

"比我预计的好，"他拉一下外套袖口，伸手拉着她紧靠自己，托一下她的脸，让她看着自己，"别担心，你爸并没有反对我们在一起。"

涂南轻声问："真的？"

"真的，"石青临嘴边带了点笑，有意让她轻松些，"虽然我在你爸眼里就是个做游戏的，但他好像也没那么嫌弃我。"涂南眼垂下去，听着他的话，心慢慢地被抚平了。她不在意她爸是怎么看他的，担心的是在这情形下节外生枝，担心他在她爸跟前放下骄傲自尊受冷眼，又担心她爸继续顽固，现在只觉得不可思议，心里松了口气。

顿两秒，石青临又说："你爸还是关心你的。"

涂南眼神动一下，脸浸在阳光里，一夜的倦怠显了出来，没有说话。

石青临摸摸她的脸："我只说我的看法，不影响你的判断。"她和涂庚山之间怎么样，只有她是亲身经历过的，任何人都没资格去评判，他也不会过多插手。说完他一手拿了窗台上的咖啡，手指摸杯身，还是热的，送到她唇边："喝一口，一夜没睡觉，得累了。"

涂南抿了一口，她买的时候特地没加糖没加奶，这一口从舌尖苦到了心底，人却也跟着被唤醒了，之前十几个小时仿佛都在做梦。

石青临端着咖啡送到自己嘴边，眼睛还在看她，然后才垂眼看咖啡，忽然转一下杯子，贴着她刚才喝过的地方，喝了一口。像是一个隔空的吻。涂南的手不自觉地抓紧了他腰侧的外套，在这个时刻，眼里都是他冷静克制的亲昵和温情。

石青临喝了几口咖啡，把三明治吃了，收拾一下，扶她站直："去办一下手续，今天就给你爸转院。"

涂南想起昨晚他到了医院就在打电话，已经明白了：“你是不是都安排好了？”

石青临点头：“找了几个人，问了一下比较好的医院，首都的专家、国外的专家都能请过来，先治，其他的别多想。”

不用想也知道这是笔多大的花费，涂南昨天还算了算自己这些年那些存款，完全不够，但他已经一声不吭地替她全扛了下来。她捏着他的衣角，手指无意识地摩挲着那上面的纽扣：“我以后把钱还你。”石青临目光落在她干干净净的额角，知道她是独立惯了，也想她能依赖自己一回，故意说：“谁要你的钱？我只要你的人，你拿人来还。”

涂南抬起头，又低下去，肩上的头发散了下来，她抬手拨回去，心里有个地方酸麻发胀。这些年来，这是第一次有个人挡在她前面，为她遮风挡雨，她的忧愁苦闷都由他消解了。别说人，就连这颗心，只要他要，也一并给他好了。

当天下午，涂庚山转到市区的医院。

原先涂南以为出院不会太顺利，但她办完手续去见涂庚山时，他也并没有说什么，很平静地接受了这个安排。

方阮在守着他吃早饭的那段时间里倒是打听到了点东西，事后告诉涂南，那是因为石青临跟他谈话的最后说了句话，原话不清楚，大概内容是：“有些事情说永远比不上做，所以我建议您好好治疗，亲眼看看我对涂南有多认真。”

一句话，又让涂南心里一暖。如果不是石青临已经不得不回到公司去忙工作了，她可能会忍不住再去抱住他，从没想过自己有一天会变成这样。

转院一周，专家轮番会诊了几次，治疗方案也定了好几个，最后还是决定手术。癌细胞已经扩散，风险很大，主治大夫告诉涂南，成功的概率可能不到百分之四十，但不手术，结果只有最不好的那个。

涂南靠在病房门口的白色墙壁上，给石青临发消息，手指发颤，打错了好几个字，撤回又重打，反复了好几次。

石青：你想不想让他接受手术？

涂南：想。

她想，至少想让她爸活下去。

石青：那就问问伯父的意见。

石青：生命是他的，我们得尊重他。

涂南靠着墙，闭上眼，好一会儿，开门进了病房。

涂庚山的精神状态比在区县医院时要好，他把两只枕头叠在一起，人靠在病床上，自己在条纹病服外面穿上了件马甲外套。

单独病房，没有别人，涂南一进来，他就看着她。

“爸，”涂南站在床尾，正对着他，喉咙发紧，声音听起来很轻，“做手术吧。”

“什么时候？”涂庚山没说不好，也不说好，反而问什么时候。

涂南说：“很快。”从收到消息以来，她的生活里只剩下了两点一线的家和医院，完全没有注意到过去多久了，只觉得时间过得很快，手术的日期也不会遥远。没等到涂庚山的回复，涂南只看见他低着头在掏口袋，这些天他头发长了，总躺着，也有点乱。其实她还记得他十几年前的模样，早年的涂庚山算得上美男子，不然也不会被方雪梅惦记了这么多年，只是上了年纪，涂南的印象里只剩下他的顽固，再没关注过他的相貌了。直到如今他被病痛缠身，可能时间所剩不多的时候，她才意识到已经很久没有仔细看过自己的父亲。

涂庚山在口袋里掏了好一会儿，掏出了一张纸，也不是纸，涂南看出来，是那张他最喜欢的壁画照片。他拿在手里说：“听说相框碎了。”

方雪梅也知道这是他心爱的宝贝，去他家的时候发现了，来的时候特地给他带了过来。

涂南淡淡地说：“不是自己碎的，是我砸的。”

涂庚山看她一眼，有一会儿没开口。

涂南两只手握起来，颈后似绷紧了一根弦。多年父女相处的经验告诉她，这时候可能无可避免地又会有一场争吵。然而涂庚山并没有发作，沉默了快两分钟也没发作，他把手里发皱的照片边角摁平了才问她：“你看到里面的照片没有？”

“看到了，”涂南的弦一下松了，“被我扔了。”

涂庚山看着她，仿佛在判断真假。

涂南没说谎，是真扔了，当场就揪成了团，然后就扔了。

又是一会儿的沉默，他问：“你知道我前几年为什么那么想让你进徐怀组里？”

涂南看他：“因为你喜欢壁画。”

“我是喜欢，不过更喜欢的是你妈妈，没有壁画，我跟你妈不会认识，更不会有你。”

涂南无言，不知道他为什么要提起这个，这么多年来他们之间对她妈这个话题避而不谈已经是共识。

涂庚山却像是思绪被扯远了，扯到了年轻的时候，他跟年轻的女人相识在洞窟的壁画前，有共同的喜好，很快走在一起，婚后有了个女儿。起初是幸福的，可事情渐渐地变了，婚姻有了裂痕，就没法再一起生活下去。谁也没责怪谁，他怪的是自己，也许是自己脾气太古板了才挽留不住妻子，又或许这桩婚姻本身就是错的。

她喜欢壁画，喜欢看临摹作品，尤其是临摹大师徐怀的作品，经常在涂南儿时胡乱涂鸦的时候打趣说，让女儿长大了就去干临摹这行，能看到自己女儿的画作进博物馆那得多骄傲啊。涂庚山让涂南走上临摹的路，走到徐怀的组里，多少是因为那个跟他共同生活了几年的女人。早些年也没什么，这只是一个选择，可这两年身体每况愈下，他开始着急。他希望涂南能在组里表现好，出人头地，那样她的母亲或许会找回来，跟她相认。他想着自己可能时间不多了，至少不能让她成为孤儿。

等到那一巴掌下去，自己像是失去了女儿。

漫长的回忆，说完了，像是重新经历了一遍，他问涂南："你难道不想见你妈吗？"

涂南听着他说的话，就像是在听别人的故事，那些事情里似乎只有很小的一部分与她相关，摇头："不想。"

涂庚山想起了石青临，忽然觉得她身边能有个人也就行了，到了这个时候，再多的强求都没了意义。他把壁画照片揣回口袋："该说的都说了，真动了手术有个什么万一，也不至于让你不明不白的了。"涂南的手扶在冰冷的床尾横杠上，他忽然说起这些的时候她就明白，他肯定是同意做手术了。没几秒，她松开手："我去跟医生说。"

走到门口，听到一声唤。

"小南，"涂庚山叫她的小名，眼睛垂着，刚才的精神没了，整个人颓得厉害，"这么些年，恨爸爸吗？"

他没看她，话说得不畅，很艰难的模样，再多的固执到了生命的岔路口也都放下了，这句话他早想问她，当初打了她那一巴掌，他在外徘徊了近一夜，被方雪梅拉回家去的时候，他就想问她，恨他吗？

他知道自己不是什么称职的父亲，曾经也不是什么称职的丈夫，这个家被他经营得支离破碎，但她是他唯一的女儿。

涂南的脑子是空的，她转过头，看向窗外，秋季快到尽头，树上的叶子一直在掉，一片连一片地从玻璃窗户外栽下去。"我没恨过你，"她喉咙滚动一下，"但我也可以说，我原谅你了。"

涂庚山没再作声，人往后，靠在枕头上，躺下了，也许是累了。

涂南走了出去，带上门。

她想去跟医生说一下的，可没去科室，反而去了楼梯间，在空无一人的楼道里站着，贴着墙，打开手机，看见微信里新收到的消息。

石青：你现在怎么样？

石青：别担心，我会尽快过来。

涂南：我很好。

她肩抵着墙，握着手机，慢慢滑下去，蹲在地上，抱住膝。一滴一滴的透明水滴，落在了手机屏上，字体被放大，模糊了一片。

第五十七章

石青临看着手机上的那三个字，明明说的是“我很好”，他却有些担心她，可是目光转到眼前的办公桌上，是成堆的报表，电脑屏幕上还有一堆等待处理的邮件。

安佩在旁边收走几份他刚签完字的文件，注意到他在看手机，犹豫了一下，还是问了句：“你跟涂南最近没什么事吧？”

石青临问：“我们能有什么事？”

“有段时间没见她了，我还以为你们吵架了。”在这新扩展包即将上线的关键时刻，涂南却好久没露面，不怪她会这么想。

“没有，是她家里有点事情要处理。”石青临说着，习惯性地看腕表。

“难怪。”安佩心说应该是挺大的事吧，不然以涂南那工作态度不至于这样，接着就想起前些天，石青临半夜打电话叫她安排好医院的事情，好像还找了不少关系去联络什么专家名医，也不知道是不是跟涂南有关。

她跟着石青临工作至今，还从没见他因为什么事情去低头和人攀关系的，那天是真有些意外。

“能给我匀出点时间来吗？”石青临忽然问。

安佩遗憾地摇头：“以现在的工作强度，你还能正常吃饭睡觉就不错了，我都恨不得把涂南拖回来，原画部那边现在也画得差不多了，好多事情需要人管。”石青临听到这儿，只好把原本的念头打消了：“别打扰她，你跟高部长说，让他有什么事情直接来找我。”

安佩惊讶，他一个 CEO，自己忙得脚不沾地了，还要接手这些琐事，是真打算不吃饭不睡觉了吧？本还想劝他两句的，可他说完就抬了一下手，意思是停止闲话，要忙工作了，她也就只好告辞了。出门的时候，她感慨：以前一直以为哪个女人跟他这种魔鬼在一起肯定会苦死了，现在发现真是错了，被这么宠着呵护着，怎么可能苦啊！

安佩走后，石青临又专注地忙了将近一个小时，终于又听到微信提示的声音，他几乎立刻就从工作中抽离，拿起手机。

南：我爸同意手术了。

隔了这么久才发过来，不知道这段时间里她都经历了什么。石青临打字，快发出去的时候又取消了，改成语音模式，对着手机说了句："没事，一切都会好起来的。"这种时候他还是想跟她说说话。发送了出去，隔几秒，涂南回复了，也是一句语音，他点开，是一声带着鼻音的"嗯"，比平常听着要软，可又让人很安心。

石青临放下手机，拉两下袖口，先是白色的衬衣袖口，然后是黑色的西装袖口，把腕表遮住了。时间紧迫，人生无常，而工作永远都做不完。他不能再去看时间，否则还是会忍不住想去见她。

决定手术的那天，医生告诉涂南，要做好心理准备，毕竟失败的可能性大，而且就算成功了，也不能保证以后不再复发，总之一切都是未知数。涂南明白了，这是在向老天爷偷时间，至于能偷到多久，谁也不知道。

手术时间就这么定了下来，原本定在周日，她告诉了石青临，石青临说会抽空过来，可没想到后面临时变更，医生建议不再拖，把时间提前，挪到了工作日。涂南便没再特地通知石青临，她知道他在这个当口有多忙，她自己应该可以挺过这一关，何况还有方雪梅和方阮在。

手术当天，她一早就出现在病房里，看着涂庚山换好了衣服，躺在病床上，被护士们推进了手术间。

方雪梅这些天哭了太多回，眼睛都肿了，在手术间外哑着声音安慰她："小南，你别太担心了……"

涂南这些天想过很多，早就做了最坏的打算，现在这一刻真正来临，她没有担心，反而无比平静。倒是方雪梅时不时还抹一下眼泪，方阮在旁边小声劝她，大概是觉得不太吉利，她最后终于止住了。

整个手术的时间非常长，十几个小时，从早到晚。涂南从没在一张椅子上坐那么久，中间被方阮叫去吃东西，她答应了，转头又忘了，最后他只能买了个汉堡过来，塞到她手里催她吃："你要是不吃我就告诉石哥，让他来看着你吃。"

石青临的名字很有作用，她终于拿起来吃完了。

方阮又去督促方雪梅。

手术室门上的灯熄灭时，天刚黑，涂庚山被推出来，送往重症监护病房。

满头是汗的医生连手套都没来得及摘就朝涂南走了过来："观察看看，熬过去就成功了。"原来真正的考验才刚刚到来。涂南点点头，送走医生，一路跟去重症监护病房。

她在门外徘徊了好一阵，可这里不需要家人看护，什么也干不了，只能回去等。

方阮追过来，叫她赶紧回去休息，又回头劝眼巴巴瞅着病房的方雪梅走，但方雪梅不肯，非要等到消息出来。

涂南听着他们你一句我一句的低语，转过身，慢慢走出了医院。城市有了冬季的感觉，风刮过来有了力度，街道上华灯初上。涂南本意是要透口气，可不知不觉走了很久，像是无意识一样，脚却有自己的记忆，等她停下来时，已经到了公司楼下。

她站在大楼下面，仰头看顶层，一片漆黑，没有灯光，石青临一定是在外面忙着，她想还好没告诉他，不然他又得推掉一大堆事情，来和她一起经受这漫长的十几个小时的折磨。

大门口的保安看见了她，打了声招呼，问她最近怎么没来公司。涂南勉强笑一下，说家里有点事。她掏出手机，按亮了，想发条微信消息，却看到了一个意想不到的人给她发的消息。

黎真真：我休整得差不多了，你什么时候有空？

涂南想一下，打字：就现在吧。

她收起手机，进了大楼，去舞蹈间。

感觉好像很久没来这里了，涂南进了门开了灯，摆好了作画的工具，在椅子上坐了下来。拿着画笔，对着画纸，但她的思绪如同白纸，一片空白。

黎真真进来时就看到她坐在那儿一动不动，手里的笔悬在纸上，不知道这个模样保持了多久，脸上一点表情也没有，人看着有点憔悴。"能开始了？"涂南目光转到她身上，终于把笔压在纸上："开始吧。"黎真真换好了衣服，站到了中央，手臂抬起，起势。

舞蹈按照之前的要求重编过了，她转了一圈，没听到评价，余光瞄过去，也没见涂南动笔，不禁收势停住，感觉不大对劲："涂南，你怎么了？"涂南看着她，忽然问："会跳剑舞吗？"黎真真愣一下："会。"她点头："最后一支，改跳剑舞吧。"黎真真古怪地看着她，但最终还是按照她的要求去取来了剑。

传说唐朝时，将军裴旻丧母，请画家吴道子去作壁画超度，吴道子在作画时反而请他为自己舞剑助兴。裴旻将军当即除去孝服，欣然起舞，留下了千古杰作。

涂南不知道自己为什么会想起这个传说，她不是吴道子，黎真真也不是裴旻，也许她是在感慨古人面对生死时的超脱。感慨着，好像自己也释然了。这个家里，她早就习惯了自己一个人，最坏也不过是剩下她一个人，既然这样，那什么结果都能接受了，又有什么不能超脱的。

直到深夜才结束了这支舞，涂南走出公司，连告别的招呼都没跟黎真真打，要再回医院。走在路上，电话忽然响起。她拿出手机，看到屏幕上方阮的名字，迟疑了一秒，接通。电话那头有车喇叭声，方阮先把他妈哄了回去，自己直到现在才出医院，在一片噪声里跟她说着话。

她听完了他说的话，有点不确定："你再说一遍。"方阮复述："医生说你爸暂时脱离危险了。"停顿一下，他又说："反正命是续上了。"涂南情绪翻涌，语气平静："嗯。"方阮在那头问："你不要紧吧？"这种语气，让人怀疑她太无情了，又担心她是不是故意忍着。毕竟这也算不上真正的好消息，得了这么重的病，以后的事谁也说不准，只能说暂时逃过了一劫。

"放心吧，"涂南说，"我只是想开了。"这世上的人终究会离去，或早或晚罢了，看开了，心里会轻松点，至少在下一次分别来临前还有时间。

她挂了电话，看了眼手机上的时间，已经是凌晨一点，太晚了，但她忽然很想见石青临，抑制不住地想。她把手机收进口袋，手指摸到把钥匙，摸出来，对着路灯看，看了好几眼，双手揣回口袋里，去路上打车。

石青临从外面回家，到家门口，先掏出手机给涂南发微信消息。忙碌之后一空下来，最想知道的是她那边的情形。手指点了发送，才发现时间太晚了，他一手掏出钥匙开门，耳中忽然听到一声隐约的提示音，似乎是从门里传出来的，抬头看一眼，伸手拧动，推开，门里有灯光泄了出来。

一只手从里面拉开了门，涂南拿着手机站在屋子里，看着他。

她脱了外套，身上穿着件宽松的针织衫，宽松的高领围着脖子，她头发扎了起来，露出来的脸瘦了一圈，下巴尖了，眼下两片青灰。他进了门，反手把门关上，手机随手放在一边，眼睛没离开过她："是不是出什么事了？"这个时候忽然过来，他简直惊喜得不知该说什么，却又怕是有什么不好的消息。

涂南摇头："我爸暂时没事了。"

石青临问：“动过手术了？”

“嗯。”

“怎么不告诉我？”

“不想让你担心。”

石青临皱眉，这话说得简直欠收拾，什么叫不想让他担心，他担心不是天经地义的吗？可看她这模样又不忍心，不知道她这段时间是怎么过来的。“那你现在怎么来了？”

“因为，”涂南看他一眼，“有点想你。”

轻飘飘的一句话，直击心房。石青临咬一下牙关，笑了笑，认栽了，朝她伸出手：“过来。”涂南抓住他的手，刚靠近，人被他一把抱住，下巴被他一手捏着托起来，双唇相贴。她双手没处可放，只能抵在他胸口。

石青临把她两手拉下来，环在自己腰上，抱紧她。涂南头皮一阵阵地酥麻，什么思绪也没了。

终于松开，石青临把她按在自己起伏的胸膛上：“下次还瞒我吗？”涂南说：“不瞒了。”

他笑，算是满意了，贴着她的耳朵叹息：“只是有点想我？”他觉得有点不公平。

男人的胸膛结实温暖，他西装里还穿着马甲，打着领带。涂南轻轻摇一下头，把脸贴在他胸口上，听着他的心跳。

怎么会是有点，生平第一次，对一个男人快想疯了。

卷六

他还有她

临南

第五十八章

人的情绪在一段时间的低落后，很难一下拔高起来。石青临知道涂南这些天不容易，还没有彻底放松下来，已经很克制了，否则他这样的“教育”可算轻的了。想多抱她一会儿的，但实在太晚了，他松开怀抱，看她脚上，一双崭新的拖鞋，鞋面上有雪白的绒毛，是他早就说好给她备着的，买好放在这里一直等着她，现在才等到了。

没再说别的话，他握着她的手腕去了房间，拉着她坐在床上，把枕头垫高，自己靠上去说：“陪我躺会儿。”其实是想让她休息，她看起来太疲惫了。涂南只想见他，见到时心就定了。她把鞋脱了，躺到他旁边问：“你这些天每天都忙到这么晚吗？”她来的时候在厨房里看到了他煮剩的咖啡，怀疑他最近就靠咖啡撑着了。

“没有，就今天这么忙，刚好被你碰上。”石青临避重就轻，跟她说了一下最近公司的大概情况，新扩展包就要上线，各个部门现在到了最后冲刺的时候，他只说过了这阵子就好了，说完他摸了摸她的头发，岔开了话题，“跟我说说医院的事。”

涂南把手术的过程跟他说了，连手术之前她爸跟她说的那些话也告诉他了。石青临认真地听着，像是把错过的这几天的经历给补上了。“放下了？”他问。

“嗯，”涂南的脸贴在他肩窝里，手指一下一下抚着他西装压出来的褶皱，“都过去了。”

石青临信她，也羡慕她能放下，到后来只剩下心疼，当时该在身边陪着她的。

涂南还说着话，声音越说越小，石青临把她往怀里揽，想听清楚些，后来发现都是些迷迷糊糊的话了。慢慢地，她搭在他西装上的手也停下不动了，他低头去看，才发现她说着话就睡着了，看来是真累坏了。

石青临好笑，躺了一会儿，撑着床坐起来，轻手轻脚地离开房间，去洗了个澡，换了身衣服才回来，躺回她身边。

涂南睡得不沉，动了动。他把灯关了，拍拍她的背，她才算睡安稳。

有点意外，这时候的她简直柔弱得像个孩子。

石青临自己也累了，不清楚是什么时候睡着的。

醒得也突兀，睁了眼发现时间还早得很，窗外天才蒙蒙亮，应该才睡了两三个小时。手摸了摸身边，没有人，他似有感觉，侧过头看床边，涂南坐在床尾旁的一张小沙发椅上，在一片昏暗里，身体是一道深色的瘦削剪影。

他把床头灯按亮，乳白色的光一下把房间照亮，她的脸转过来，光照着她的头发她的脸，浅浅淡淡的，像一层白色水雾。

"我把你吵醒了？"她开口问。

"没关系。"石青临下了床，走过去，在她面前蹲下来，发现她原来起来洗了个澡，穿着单薄的打底衫，身上有沐浴露的清香，淡淡的薄荷味，跟他身上的是一个味道，"睡不着了？"

涂南摇头，低声说："就坐会儿，感觉像做梦一样。"

哪怕睡得不久，醒了也有种之前一切都不真实的感觉，她刚才坐在这里，回想着自己是怎么来到这儿的，又是怎么在这里等到他的，就连她爸生病住院的这些事她都分不清是真是幻了。

石青临拖过她的手贴在自己脸上："那你看看我是不是真的。"她真摸了一下："真的。"

石青临动了下嘴角，他也经历过人生变故，面对变故时，人的平静都是外在的，没人能做到内心毫无波动。他能猜到她现在是什么样的感受，按着她那只手，贴着自己的脸："涂南，什么都别想了，你只要记得，不管有多少人会离开你，我都不会。"

涂南有几秒的时间完全说不出话来，耳朵里，脑海中，都盘旋着他这句话，心里对他毫不设防，一下就被击到了最深最软的地方。她想过的，在做最坏的打算时想过，可能最后身边剩下的人就只有他了。可由他亲口说出来还是不一样，她眼眶发涩，鼻子也有点酸，但都忍住了。

这个男人为什么总是能知道她在想什么，在她最需要的时候，三言两语就让她安心。这样下去，就算他想离开，她也舍不得放手了。

贴着他脸的那只手轻轻蹭过去，到他脑后，她人往前靠近，两条手臂搭在他肩上，抱住了他的脖子。灯光照着他的脸，一半明，一半暗，她主动碰了一下他的唇。石青临看着她湿润的双眼，两只手抱住了她的腰。涂南被他带着站起来，到床边，又被他按着躺下去。他跟着躺下来，声哑了："接着睡。"

她有点窘迫，好一会儿才说："我是……"

"嗯？"他听着。

是想更珍惜你。但说不出口，涂南翻了个身，背对着他。

石青临贴近了，炙热的身体贴着她的背，他的唇贴着她的耳，低低说了句话。

上次她说要来时，他忙了很久才赶回来，等着她的时候还想到了该做点准备，但后来找了她大半夜，哪里还顾得上这些。这段时间彼此又都这么忙，也就忘了这件事。

涂南不说话，脑子里乱糟糟的，一动不动，身体绷紧，能感觉到身后男人的变化，就知道他说的是实话，忽然有点后悔那么问他了，仿佛自己在故意点火使坏。石青临像是猜到了她的想法，笑出声来，揉了揉她的头发，起身下了床。

涂南听着他的脚步声，他应该是进了洗手间，水声响了起来。很快他就回来了，躺回她身后，身上带着凉气，显然是冲了个冷水澡。

涂南拇指抵在唇边，无意识地咬了一下，不知道该说什么。

石青临的手揽着她的腰，把她往他身边拉了拉，又贴近，他在她耳边低笑："内疚了？"他手在她腰上按一下："那就以后加倍补偿我。"

涂南更窘迫了，前一刻还是正人君子，下一秒就流氓一样，她轻轻踢了一下他的小腿。

以前她从没有这样肢体上的小动作，跟他恋爱后才会这样，这种陷入恋情的模样，想掩饰都掩饰不了。

两个人又睡了个回笼觉。

涂南后来是被明亮的阳光照醒的，石青临已经起了，不在身边。回想起后半夜的情形，她摸了摸脸颊，觉得很丢人。

她下床，出了房间。本以为石青临去忙工作了，没想到开门就看见了他。

石青临正在厨房里喝水，身上没穿西装，也没穿衬衣，穿了件套头T恤，外面是件军绿色的飞行夹克，休闲得很，不像是要工作的状态。

"起了？"他放下杯子，"正好，我陪你去医院。"

涂南问："你不用忙了？"

"不忙，有时间。"石青临走去门口，把腕表解下来放在置物柜上，又把手机调成了静音，收回口袋。这些天忙得天昏地暗是为了什么，不就是为了挤出时间陪着她吗，今天反正是不会再碰任何工作了。

涂南立即进了洗手间，快速洗漱，边穿外套边往外走，跟他一起出门。

下楼时石青临想来牵她的手，伸过来时低笑一声。涂南一下又想起昨夜的事，飞快地看了他一眼。好在他只是牵着，没说什么。

这一觉睡得太久，都快到中午了，两人在医院附近随便吃了个饭就赶去了病房。

涂庚山已经转到了普通病房里，正好可以探视，不过人还没醒，也只能看看。

从病房里出来，刚好碰见过来探望的方雪梅和方阮。

方雪梅舒心了不少，脸上可算有笑了，进病房前还跟石青临说了几句话。石青临告诉她，自己已经提前安排好了两名护工，可能不出一个小时就会过来，就是为了让她跟涂南不用太辛苦。说完了，他跟涂南说："我去医生那边问一下情况。"

涂南点头，看着他走了。

方雪梅忍不住感慨，她一直觉得自己算跟涂家亲近的了，可今天听到他这番话，觉得他才是人家的自己人。"小南啊，我早说了这人靠得住，你看看。"方阮附和："能靠不住吗，就冲他花了这么多钱也靠得住啊。"他竖一下拇指："还是女朋友呢就这样，石哥真男人，你还说他不是把你当老婆！"

涂南听着他们母子你一言我一语，心里酸酸的。石青临为她做的她都记得一清二楚，光是听着他被人夸也觉得满足。

方雪梅不说了，急着进去看涂庚山。涂南也体恤她，把病人交给了她，顺带将方阮也支走了。她自己去找石青临，走到科室门口，一个护士推着车经过，认出了她，停下来问："是涂庚山家属吧？"

涂南点头："是。"

"刚刚有个人想来探望涂庚山，"护士说，"考虑到对方不是家属，我们就没告诉他病人的病房号。"

涂南问："是什么人？"

护士描述："看起来有点年纪了，文质彬彬的。"说着从口袋里掏出张名片递过来："这是那人让我转交给你的。"

涂南伸手接了。涂庚山没什么朋友，听护士形容还以为是他那些同事里的一个，可低头看到名片，她却愣了一下。

护士推着车要走，涂南抬头叫住她，问："对方刚走吗？"

"刚走，"护士急着去工作，手指指了下电梯的方向，"人刚下去。"

涂南把名片收在口袋里，想了想，还是走向了电梯。进了电梯，她拿出手机给石青临发微信消息。

涂南：我出去一下，见个人。

石青：好。

石青：见完了告诉我。

涂南：你怎么不问我要去见谁。

石青：为什么要问？

石青：你想说会说的。

涂南还以为他会和其他人一样问她要去见谁，男人还是女人，可他没有。她一只手捏着那张名片，摸了摸，百感交集，又低头打字。

涂南：我要去见我的老师。

第五十九章

涂南的老师徐怀，印象里并不是个会关心组员私生活的人，只对壁画有很严格的要求，可能做过的最温柔的事情也就是当初送了组员们一些情人草茶。

以前还有组员在背后悄悄叫他“徐铁丝”，不是真正的铁丝，是铁面无私的“铁私”。如今他会来看涂庚山，涂南真是一点也没想到。

到了医院大楼外面，隔了这么长的时间，她终于再次拨通了徐怀的电话。上一次给他打电话，还是她画错那一笔石青，不得不通知他去洞窟里好向他认错的时候，一晃这么长时间就过去了。

电话里忙音响了有一会儿，终于通了：“喂？”

“徐老师。”涂南开口。徐怀好像没有多意外：“蛮巧，我还没走远。”他说了个附近的茶楼，刚好他才走到那儿：“既然这样，过来见一面吧。”

电话挂了。

涂南收起手机时抬头看了一眼天，今天云白天蓝，很像她离开临摹组那天，在洞窟外看到的边疆天空。她沿着路，慢慢走出去。

茶楼不远，才离医院几百米。涂南进去时就看见徐怀坐在一楼靠窗的位置上倒茶。他穿着灰色的中山装，独自坐在长条形的茶桌后面，倒完放下紫砂茶壶，茶杯往外一阵阵地吐着白雾。

茶楼里空旷，左右的茶桌都空着，就他那座坐了人，看在眼里其实是个挺有壁画感的画面。涂南走到他对面，又叫他一声：“徐老师。”除了地点不对，他人看着并没多大变化。

徐怀看她一眼，点头：“坐吧。”

涂南坐下来，手放在膝上，坐得很端正。

她进徐怀组里这几年，跟这个老师的交流仅限于壁画，这样私底下坐在一起说话是从没有过的事，有事说事，无话闭嘴，差不多就是这个状态。更何况她是带着错退组的人，也没有什么往日旧情可叙，徐怀没有对她横眉冷对已经算不错了。

“你父亲怎么样了？”徐怀先问了这句，把茶壶推给她，示意她自己倒。

“暂时没事了。”涂南没碰杯子，没有要喝茶的意思，问了句，“您怎么会来看他？”

徐怀说：“你父亲给组里捐过一笔钱。”

离了壁画，讨论的是卧病的涂庚山，师徒间似乎把当初洞窟里退组的不快给忘了。

徐怀告诉涂南，涂庚山自从当初问过她退组的事后就一直跟他有联系。前段时间涂庚山捐了笔钱给组里，他想感谢一下，没能联系上人，最近打电话去涂庚山工作的报社一问，才知道涂庚山原来身患重病了，就特地赶过来探望一下。说到这儿，也许是为了安慰涂南，他口气温和了许多：“人没事就好。”

其实涂南想过这个原因，只是不确定，她爸以前就说过他们临摹挺苦的，但没想到她都离开了，他还会捐钱过去。她口气淡淡的：“不用谢他，他为了壁画什么都舍得。”

徐怀喝口茶，放下茶杯：“你们父女间的事情，我听你父亲说过一些，听他说，你最早是被他逼着才会选择壁画这条路。”涂南没说话。他接着说：“可能在你眼里他算不上什么好父亲，不过对临摹而言，我得感谢有他这样的父亲，这样我们这行才不至于后继无人。”

他们这行是比较小众的一行，很多人接触不到，自然不了解也不关注。大多数学美术的人眼里看到的还是西方的绘画，那有更普遍实用的技巧，更广阔的空间。如果说国画靠的是热爱，那壁画，大概只能靠情怀。所以他会这么说也不奇怪。

大概吧，涂南心想，这世上的事就是蝴蝶效应，她爸当初的一个决定造就了她，也让徐怀如今坐在了她面前。她说了句客套话：“有您在，总不至于后继无人。”徐怀摇头：“可能你觉得我是在危言耸听，这么跟你说吧，组里今年一下走了三个人，包括你在内。”涂南有点意外，随即就有数了：“肖昀是不是还没归组，有他在就不至于。”徐怀既不否认，也不承认：“我组里一向是来凭本事，走也不强求，他要怎么样都是他的自由。我知道组里私底下都认为肖昀是我内定的接班人，看来你也是这么想的。”

涂南说：“是，大家都这么觉得。”

徐怀冷笑，这一声，让她瞬间又想起了那天洞窟里他的样子，似乎是动怒的前兆。他手指了指她：“你们俩那点事情你以为我不知道？就在我眼皮子底下！”

涂南无言以对，知道他说的是她跟肖昀的事。

徐怀没有说下去，点到为止：“肖昀怎么样且不说，我这趟来，也是为了找你涂南。”涂南想起护士拿名片给她时说的是对方让转交的，好像真是来找她的。

徐怀的确是特地来这一趟的，给涂庚山探病是目的，也是契机，其实主要就是要找涂南。

涂南这个人在壁画临摹上有造诣，凭的是天赋，天赋不是人人都有，但也得靠打磨。师者，就是这个打磨的人。

他说：“你别忘了，你可是我的关门弟子。”

涂南默默听着，觉得他话里有话。

徐怀说了很多，从她进组时的表现说起，这几年似乎从没跟她说过这么多话，到后来，气没了，只剩叹息：“你临摹过这么多壁画，画过太多神佛故事，成神成佛都要历劫，人又何尝不是？我当初说你心思不在壁画上，你退组这么久了，是不是也该悟了？”涂南抬眼，面无表情，但心如明镜：“那一笔石青，的确让我领悟了很多。”

杯子里的茶冷了，徐怀也不喝了：“还不够。你有没有想过，为什么全组我就对你最严苛？为什么你犯错我不留情面？说退组就让你退组？”他把杯子推开：“你好好想想。”

想得够明白，意思也都清楚，涂南已经知道徐怀来这一趟是为什么。

他知道她这段时间在做什么，就是肖昀告诉他的，他不反对，说起来也很支持。原话是：壁画太冷门了，跟游戏合作也好，这大概也是种历练，你经过这些事之后也有变化。

从临摹中脱离，这一番蜕变，又能否再回去。

涂南离开茶楼时，还想着他说的最后一句话：“你还叫我徐老师，其实心也没离开过组里。”

她站在路边上，回想了一下，居然有点哭笑不得。能让徐怀本人亲自来请的，可能就她一个了。她掏出手机，点开微信，十分钟前石青临来过消息，他一直在附近等她。涂南快步走过去，先看到他的车，就停在路边。他坐在车里，一条手臂搭在车窗上，手指上夹着烟。外面阳光明亮，车里显得很暗，在这车水马龙的街景里，他的侧影隔着一层烟雾，她简直看不够。后来石青临发现了她，他像是看穿了她一直在看他，两条手臂都搭上车窗，脸朝着她似笑非笑的，手摆一下："看什么呢，还不过来。"

涂南走过去，上了车。

石青临把烟掐了，把头顶天窗打开通风，一只手伸过来，抽出安全带在她腰边扣："见到你老师了？"

"见到了。"

"咔"的一声扣上了，他手松开："怎么样？"

"还好。"涂南看了看他，"我有没有跟你说过我退组的事？"

"没有，"石青临说，"不过能猜出来，当初你爸说过，你是'沦落'到我这儿来的。"

涂南也想了起来，动了动唇角："你想知道吗？我那时候画错了一笔。"

石青临发动了车："说说看。"

车往前开出去，涂南一五一十说了。石青临全听完了，握着方向盘说："难怪当初要把我扔到河里去。"

涂南回想起来也好笑，侧着头，看他单手握着方向盘，一只手搭在挡位旁，莫名就很想伸手去握住那只手，但怕妨碍他开车，悄悄按下了心思。"石青。"

"嗯？"她一开口，石青临就应了，眼睛自然而然地看她一眼。

涂南说："你最近还有空吗？"

"那完全取决于你，只要你想我有，我就有。"他反问，"希望我有？"

涂南点头："等我爸好点，我想跟你好好待一段时间。"

石青临看着前路，两只手都握住了方向盘："好，我安排。"

涂南看他的反应，太平淡了，明明前面还说得那么好。

石青临忽然脸朝她转一下，眼睛很亮："看什么，少胡思乱想，要不是在开车……"他突然笑了。

"怎么？"

"我早吻你了。"他说。没想到她会忽然来这么一出，简直让他受宠若惊。

涂南脸转到窗外，手指摸了摸鼻子，轻轻笑一下，又想起徐怀，思绪翻涌，心中五味杂陈。

他们哪儿也没去，又回了医院，石青临陪着她，在那儿待了整整一天才走。

涂庚山恢复得不错，第二天下午醒的，没过两天已经能进流食了，只是说话还有些勉强。涂南放心不少。

据说后来徐怀又来过一回，这次她叮嘱过了，医院没阻拦。不过人她没再见着，她一直在医院照顾涂庚山，那天正好照顾了一宿，白天回家睡了大半天。睡醒了，方阮通过手机告诉她这个消息。

他很惊奇："你都退组了，老师怎么还会登门？"

可能在他眼里，这跟小时候念书不好，老师上门找家长是一个性质的事。涂南没回复，这事说来话长，一下两下说不清楚。

退出他的消息，正好进来石青临的消息，她立即点开。

石青：时间安排好了，等会儿来接你。

多事之秋过了，时间进入年尾，天气进入初冬，而他跟她，也终于能有段好好相处的时间了。涂南这么一想，既心酸又无奈，低头打出一行字——

涂南：跟工作狂谈恋爱，真艰难。

石青：你想反悔也没机会了。

涂南垂眼盯着手机，眼前的刘海散下来，挡着视线，她用手拨开，又散下来，她又拨开，突然反应过来耽误了时间，把手机放下来，匆匆去洗脸换衣服。穿好了外套，她没急着出门，停下想了想，又走回房间，找出一个行李包，一样一样收拾了要用的东西和衣服。

提着包出门，脚步就快了，下楼时一步一个台阶，迅速得像点下去一样，走下最后一层楼梯，一出楼道就看到石青临站在那儿，他还是早到了。他身上穿了件大衣，黑色的，站在那里分外瞩目，挺拔得像海报里走出来的，明明也不是第一次来了，偶尔经过的几个邻居还是会朝他看。涂南平复一下呼吸，走过去。他看到了她手上的包，伸手来拎，脸上露出笑来。

"你笑什么？"她问。

石青临抓住她的手，揣进他的大衣口袋里，另一手掂一下那包："你说呢？"不言而喻。

连包都收拾好了，那不就意味着，时间都是他的了。

第六十章

涂南没有反驳，她说要跟他一起待着，就会挤出时间来兑现，除去医院，能

挤出来的就只有在家的时间，那就干脆收拾了东西不回来了。

石青临把她的包放在车后排，拉开车门坐进来：“我手机会一直开着，护工那边叮嘱过了，有什么事会打过来。”

涂南坐在副驾驶位上，心里暖着，他早就考虑到了，大概是怕她跟他在一起时还不安心。“没事，我也跟方阿姨说好了。”

方雪梅在家无事，只惦记涂庚山，每天必去，恨不得占领病房，甚至嫌那两个护工碍事，早就劝涂南不用常去医院，该忙些自己的事，多陪陪石青临。那天还用过来人的口吻告诫她，这么好的男人要下点心力，人家为她爸出钱出力不说，还动不动就往医院跑，不能冷落了。

涂南跟她说不会冷落的，可现在想想，又觉得很没底气。

“你有想去的地方吗？”石青临忽然问，他看一眼窗外的天，“时间还早，不用急着回去，我们可以去别的地方转转。”

涂南忽然想起他们恋爱以来好像很少一起去过什么地方，思索一下说：“我想去这城里最高的地方。”

她以为石青临会问为什么，但他没有，只是双手扶在方向盘上想了一下，然后果断开车上路：“走，就带你去最高的地方。”

城市北郊地势高，石青临知道那儿有个山，山顶有观景台。他小时候去过一回，那时候父母感情还算好，那也是全家为数不多的几次出行之一，这么多年过去了，路他还记得。车抵达山下，他们先在街上找了家店，简单地吃了点东西，又买了点喝的准备带上去。他问涂南还需不需要再带什么。涂南摇头说不用了，带一堆东西，弄得像郊游一样。

今天刮着风，有点冷。石青临不想让她走上去，重新上车，循着山道，一路把车开上去。

不符合季节的大片葱绿扑过来，又沿着车窗两侧快速倒退。涂南把车窗降下，风立即呼呼灌进来，速度感一下特别明显，心跳也应和着风声，她合上，转头说：“你慢点。”

石青临笑：“别怕。”

这两个字配合着速度，一时间让他整个人显得意气风发。

车上坐着涂南，石青临不可能真冒险，车开到山上停车点，稳稳刹住。涂南从车里下来，心跳还是快的，但又莫名地觉得刺激，朝车边看，他下了车，正在套大衣，黑色的及膝大衣一上身，刚才那张扬的劲头就被遮住了，他又恢复了沉稳的精英模样。

观景台就在前面，天黑之前还能赶上最后一批登上。他们的确是最后一批，和一群外地的游客一起。游客大多是老年人，可能是着急，一下把电梯全占了。

两个人再等下一班电梯，迟迟不来，而时间在一分一秒过去。

石青临看一眼手表："不知道还能不能赶上看一场日落。"

涂南不愿时间就这么浪费了，拉着他离开电梯："没事，就在下面看也是一样的。"

整栋观景大楼都是钢体搭巨型玻璃的结构，视野是开阔的。她拉着他走到玻璃墙体边，站定，两手做框，推远，说："看，从这儿看也是极佳的构图。"

"我看看。"石青临靠近，从她手指中间看出去。树木茂密，夕阳摇摇欲坠，都框在她指间。他没用心看，转头看她的脸。涂南转过身，把手指又对准他的脸比画一下，才垂下手。

石青临好笑："我这构图怎么样？"

涂南不作声。

该怎么形容，看他时只想着能留住这一刻。她眼转一下，看到另一头还站着别的观光客，也是对情侣，搂抱在一起旁若无人地亲着。她赶紧把眼转开。

"好看吗？"石青临手一伸，就搂着她的腰拉到跟前，"我们亲起来比他们好看。"他低头，贴近了她，唇跟唇就快碰到，却迟迟没有动作。

越是碰不到，越是想触碰。

涂南手指抵住他的领口。石青临实在喜欢她这种时候的模样，他声音不自觉低了点："你老实告诉我，在我之前，是不是没人吻过你？"

涂南有点不自然地看了他一眼："很丢人吗？"

他笑："不丢人，这有什么好丢人的。"不过是觉得她那夜还能那么主动地向他抛出橄榄枝，可真是了不起，他心里受用，胸口发紧，"我只能说肖昀是个傻子。"

涂南拨一下刘海，被他的话弄得发笑："他没机会，我们经常被安排在两个地方临摹。"

"那还是你的老师比较英明。"石青临半开玩笑地说，"我得感谢他的安排。"

听他提起徐怀，涂南没再说话。

石青临当她不好意思，抬眼看向外面："夕阳要下去了。"

余晖透过玻璃，在他们身上覆了层淡淡的红。涂南没看，她的心思已经不在这上面了。

"石青，"她叫他，在他转过脸来时说，"我有话跟你说。"

"嗯，说吧。"听出她语气认真，石青临松开她，两手收进大衣口袋，人正对着她，等她开口。

涂南手指轻轻刮了刮玻璃："我的老师，有意让我重新归组。"

石青临看着她，目光定住了。他是有感觉的，这一路上能感觉到涂南带着心事，不过起初还以为她是牵挂着涂庚山，想逗她笑，分散她的注意力，直到现在听到这个消息才明白缘由。涂南没听到回应，转头看他，只看到他抿紧的唇。她很想说点什么，又不知道该从何说起。

一时间彼此都沉默了。

好一会儿，石青临才说："难怪会想跟我一起待着。"

涂南听不出他话里的意味，一直观察他的脸，但他看起来一切如常。

石青临伸手提一下她的衣领，给她把扣子扣上了，拨一下她的脸，朝向玻璃外面："不说了，看完日落。"

她看了，看得心不在焉。

那一头的小情侣离开了，走之前还往他们这边看了几眼，那模样仿佛觉得他们刚刚吵架了。她更有点心不在焉。

太阳下沉了，一天就会过去，时间就是这样，你越希望它走慢点，它就偏偏不如你的意。

天黑后，他们离开观景台，下了山，在餐厅里吃了晚饭，最后回到石青临的家。涂南换上她那双专属的拖鞋，脱下外套，拎着行李包进了房间。

站在衣柜前，她把包打开，把自己的衣服一件件放进去，做这件事的时候就像在进行某种仪式，宣告着她正式融入这个家了。

她手停一下，心仿佛被家这个字眼扎了一下，明明有自己的家，但那不一样，跟房子无关，因为这里有他们共同的印记。她把衣服都放好，从包底拿出自己绘画用的画本，拉上柜门。一转头，发现石青临就在房门口，他脱了大衣，身上只穿着薄薄的浅灰色衬衫，靠在门边，全程看着她做完了这件事。

本来没什么，可想到被他注视着，涂南就觉得刚才她把自己的衣服和他的衣服叠在一起，多了几分暗示的意味。

他也没说什么，只是笑，然后转头离开了。涂南看到他的笑，心里轻松了一些，可又带着几分不确定，说了那个消息后他还和平时一样，没问下去也没发表任何意见，她希望他是真在笑。

出了房间，石青临没在客厅，她在工作间里找到他，桌上电脑开着，他衬衫的袖口拉到臂弯，手在敲键盘。屏幕上是《剑飞天》的游戏画面。

很久没看到他玩游戏了，她拖了张椅子，在他侧面坐下来。

石青临在游戏里排除了一下 Bug，不知道为什么要做这些，可能这时候需要工作一下来理清思路。

等这件事做完，他双开了游戏，建了两个新的游戏角色，一个是剑客，一个是魅影。剑客号是他的，ID 是石青，魅影的 ID 是南，不用猜也知道是谁的。他把两个游戏角色挪在一起，看了一会儿，终于忍不住去看身边。从涂南坐在他身边时起，她就时不时地在看他，他是知道的。

涂南不打扰他，在他做事的时候也在干着自己的事，她膝上摊着绘画本，手里握着支黑色的签字笔，在勾线。

“在画什么？”他问。

涂南抬头，把画本给他看：“把今天看到的画面画出来。”

石青临看了眼，分辨得出来，纸上是她当时用手指框出来的那一幅景象：“画这个干什么？”

涂南看他一眼，低头继续：“想送给你。”

石青临一向思维敏捷，瞬间就想明白了，她想去这城里最高的地方不是心血来潮，画本也备好了，就是打算在那儿留下个画面，亲手画下来送给他。

他想笑，又想叹气，什么思路也不需要理了，站了起来，弯腰，朝她伸出手。手臂穿过涂南的膝弯和腋下，膝上的画本掉在了地上，她猝不及防，抬起头，听到他说：“搂住我。”

连笔也来不及放下，她两条手臂抱住了他的脖子。石青临一把将她抱起来，出了门就吻上了。涂南紧紧搂着他的脖子，心跳得飞快。

房间的门被他用背打开，他用脚带上，“砰”的一声合上，像信号。

光在眼前摇曳，她抓身下的床单，抓了两下才发现笔还在手里，松开手指，放下笔……

以前她就想过，他一个人睡这么大的床有什么意义啊，现在发现意义体现出来了，人可以完全瘫在上面的。她找到那支笔，握在手里，伏在他腰上，在上面画。她腰上的文身是瓣莲花，她在他腰上也画了一瓣，像是同一朵。

画完了，她抬眼看着他，像是在问：喜不喜欢？

石青临两眼早就紧紧盯着她，一翻身，在她耳边笑着低语：“还有力气，看来还是不够。”

涂南低低抱怨：“画的要蹭没了。”

“谁管那个。”他说。

到了后半夜，涂南忽然醒了。

其实她不记得自己是什么时候睡的，身上是真没力气了，到现在都软着，好一会儿才坐起来。床上只有她一个人，床头灯还亮着，像是唯一的见证者。她随手拿了件衣服罩上去，摸了下脸，拉起毯子披在身上，赤脚下床，走出房间。

地面很凉，但她不觉得冷，直到一阵风吹过来，她才忍不住裹住了毯子。

阳台的门开着，石青临站在那儿，在一片昏暗里抽着烟。指间的火亮一下，他的脸也跟着亮一下。涂南走过去，他转头看见了，伸手把她揽住。

“多穿点，会冷。”他也赤着脚，穿着休闲的运动长裤，上身的衬衫敞着，胸膛一览无余。

“不冷。”涂南让出毯子的一角，想往他身上披。石青临没要，顺手把她裹紧了，抱在怀里，下巴在她额角蹭一下：“看，天上出星星了。”

涂南往黑漆漆的夜空望，一天星斗，在都市里真是难得一见。

“不过我想你应该见过更美的。”他手摁在栏杆边，慢慢按灭了烟。

涂南明白他的意思：“嗯，边疆的星空比这里更美，可我还是觉得比不上今晚的。”

石青临沉默了一会儿，手揽着她，开口问：“涂南，你是不是真心喜欢临摹？”她轻轻点了一下头：“喜欢。”石青临看着她，笑了：“那就去吧。”既然是她的选择，那他尊重。

涂南看向他的眼，说不出来话，把脸埋在他怀里。“别难过，又不是见不着，这点距离不是问题。”他反而安慰她。

没关系，去吧。用你曾经征服我的那支笔，去征服所有人。

第六十一章

那天过后，涂南又去了趟医院。

进病房前，就在医院的走廊上，她跟徐怀通了个很长的电话。电话打完，她进病房，发现涂庚山正好醒着。他靠坐在病床上，刚吃完东西，旁边的方雪梅在给他收拾保温壶。涂南进去时，两个人同时看了过来。

“方阿姨，”涂南开口，“我有几句话要跟我爸说。”方雪梅担心父女俩又有什么不对，看看她，又看看涂庚山，实在没看出有什么争吵的迹象，才站起来："行，那我等会儿再来。"说完出去，还帮他们把门给带上了。

涂庚山两手搁在被子上，等着她开口。涂南说："我决定回组里去了。"

涂庚山脸色明显意外，那天徐怀来看他，两人说话时没怎么提到涂南的事，他对这件事一无所知，也没再抱希望，没想到今天忽然听到她说要回去了。

"不是因为你，"涂南和以往一样，语调淡淡的，"是我自己的选择，我不喜欢的东西，你就是再怎么逼我也没有用。"

涂庚山沉默了很长时间，才问："你跟他说了没有？"

不用问也知道他指的是石青临。

关于石青临的记忆霎时间涌入脑海。涂南说："说了，他支持我。"

"好。"涂庚山只说了这个字，像是概括了一切。顿了顿，他又说一句："我很快就能出院，你什么都不用担心，放心去吧。"

涂南没再说什么，把这件事告诉了他，也就彻底地下定决心了。也许有过摇摆，但在石青临跟她说出"去吧"两个字时，她就不再动摇了。

方雪梅很快回来，她已经离开了病房。

什么地方都没去，她直接返回了石青临的家。原本石青临是想陪她一起来的，但她没让，这个消息她还是想单独告诉她爸。她怕路上堵，特意坐地铁回去，半个多小时后到了他公寓楼外，没到楼道入口就看见他在那儿站着。

石青临收着两手在大衣口袋里，眉眼被凉风吹着，有了点冷峻的味道，也不知道等了她多久。"跟你爸都说好了？"

"嗯。"她点头。

"也跟你老师说好了？"

"嗯。"她又点头。这么多人里，她最早告诉的是石青临，决心也是跟他一起下的。

石青临当然是明白的，捏一下她下巴，打趣说："怎么跟个机器人似的，走，去吃饭。"

没有回公寓，涂南被他拉着往街上走，问他："怎么不回去吃？"

石青临边走边告诉她："大家想跟你一起吃顿饭，订好位子了，不远，就在街角的餐厅。"

"大家？"

"很多人，"他答，"去了就知道了。"

到了地方，果然很多人。长方形的餐桌，几乎要坐满了。

方阮、安佩，公司里合作过的原画部同事们，熟悉的人，除了黎真真和薛诚，全都来了。

一大群人在她和石青临到了后诡异地安静了几秒，最后还是方阮把涂南拉着坐下来，大家才开始你一言我一语地说话。高部长说："没想到涂总画师这么快就要离开公司了，回想刚开始合作的时候，好像还在昨天。"原画部其他人都很感慨，不知道是感慨被她压榨的日子到头了，还是真惋惜她要走了。

涂南手上的壁画虽然都画完了，但还惦记着新扩展包，对高部长说："有壁画方面的事你可以联系我，最后的收尾就靠你们了。""知道，知道。"高部长应下，其他人也跟着附和。

他们说完，轮到安佩。她还是直爽，张口就说："好不容易看你顺眼点，这么快就走了，别指望我给你看着石总啊，小心你回来后哭！"

涂南今天没心情逗她，被她开涮也没说什么。

只有方阮跟她说了句悄悄话，指一下她旁边："真舍得走啊你？"

刚听说这消息的时候，大家都觉得涂南傻了，放着大好前途不要，跑回去继续干清苦的临摹，还要跟男朋友分别，方阮也觉得她是真想不开。涂南转头，石青临坐在她旁边，面前搁着菜单，手一页一页地翻。大家聊得热闹的时候，他没参与，反而是最安静的那个。当然，其他人也没敢打扰他。

她回答不上来。

这个时候，忽然就有了分别的情绪。这群人聚在一起，是因为她要走了。

饭吃到一半，石青临的电话响了。他离席去接，没说几句，就回来了，拉涂南起身，把手机递给她："你来听。"涂南拿着他的手机贴到耳边，听到熟悉的笑声，里面的人叫她南南，是石敬年。

老爷子也听说了她的事情，本来想来见她的，可一堆年轻人在一起，他觉得硬凑过来不好，就作罢了，但电话还是要打一个的。

涂南在电话里被他夸上天了，一口一个好样的，老人家就欣赏这种肯投身到壁画里的年轻人，何况涂南不是外人，也算是自家人了。说到自家人的时候，老爷子有点埋怨的意思了："你是不是该对我换个称呼了？"

涂南下意识看一眼石青临，他一直站在旁边。她离开座席，走出了好几步，抿一下唇，低低叫了一句："爷爷。"

那头一声响亮的应答，老爷子笑个不停。涂南捂一下手机，回过头，石青临正看着她，仿佛是知道她通话的内容一样。

她迎着他的视线，把手机还给他。石青临接了手机，把她那只手也拉住了，转头对在座的人说：“你们吃吧，我们先回去了。”说完拉着她直接出了门。

大家七嘴八舌地议论，也不知道石总是不是真淡定，公司大将兼热恋女友，说走就要走了，还能跟没事一样。

涂南答应回组，但跟徐怀提了个小小的条件，她希望把当初画错的那幅壁画重摹一遍，这是她一早就有的念头。徐怀同意了，特地没有给她设时限，方便她有什么突发情况可以随时回来照顾涂庚山，只要求她在条件允许的情况下尽快返组。

组里缺人不算什么，缺的是那支有灵气的笔。

人到底是人，不是木头，再怎么刻意去无视，到了分别的时刻，也还是会难受。涂南想找点事情做，她在厨房间里忙了一个下午，切菜，洗菜，炉火烧着，没停下过。石青临拖出了她那个黄色行李箱，在他这里放了那么久，终于又派上用场。他把箱子拎到客厅，看到她低着头，在碗上蒙保鲜膜，刘海遮着眉眼，唇抿得紧紧的。

不想让她再忙了。他走过去，还没开口，她先说：“这些你下班回来热一热就能吃。”她打开冰箱，一份一份放进去，“不能放太久，最多一两天，必须全吃完。”

石青临看着她把碗放好，合上冰箱门，无奈地笑了：“这是干什么，我是找了个女朋友，又不是找了个保姆。”涂南看他一眼，准确地说，应该是瞪了他一眼。

石青临是故意开玩笑，没见她轻松，只好全答应了：“好，我记住了，一定吃完。”涂南心安了些，这种微不足道的小事，非要亲手做了才踏实。她走出厨房，看到了那个行李箱，该回去收拾了。

石青临已经拿了外套过来，取了车钥匙。

涂南看着他，忽然说：“你别送我行不行？”

他停在门口看她，眼神渐渐黯淡了，直到这时候他才毫不掩饰地用这样的神情看着她。“我想送你。”他说

“别。”她声音很轻，想说本来还好，一旦送了，反而更不舍了。以往每一次都是她自己来自己去，没这么伤感过，这次也不想弄得多特殊。

石青临最后又笑了：“行，那我送你上车总可以吧？”

他也不想弄得那么伤感，这时候他但凡表现出一点失落，她都会跟着难受。

两人下楼，他开车，送她先回她家里。推开家门，涂南就开始收拾。以前经常出门，她收拾起来已经有了经验，需要什么，不需要什么，迅速干脆得很。

石青临帮不上忙，在旁边看着，等到她收拾好了，才伸手过去，两只手全提着了。

涂南锁好门，他已提着她的行李箱下楼。她跟在后面，耳朵里听着彼此的脚步声，一声一声的，像在提醒她人正在离去。

早在她收拾的时候，石青临就已经叫好了车，到了路口，车已经等着了。他把行李放进后备厢，又去前面跟司机叮嘱了几句什么，最后站到她跟前。

“过来。”他说，脸上带着笑。涂南已经习惯他说这两个字，靠过去，让他抱着自己，两手环抱他的腰。

“不用担心你爸，我会看着，经常给你发消息。”他在她耳边说。

“嗯，我会尽快回来的。”她声闷闷的，“不过应该看不到你新扩展包上线了。”

“没关系，等你回来，正好不忙，还能陪你。”

他每句话都很轻松，涂南却更不舍了。

“没多久……”她低声说，说给他听，也像说给自己听。是没多久，最多几个月，何必呢，她提醒自己。

“好了，”石青临松开手，给她拉开车门，“到了给我发消息。”

涂南坐进去，关了车门，车窗一直没升上去。他敲一下窗框，指了指，示意她闭窗，有风。她只好闭上，隔着玻璃看着他。

他退到路边，谁也没挥手，就是互相看着，直到司机把车开出去。车在视野里看不见了，石青临才返回自己车上。

在密闭的车厢里，他拿着手机，点开微信，反复看了两眼，点开设置，朋友圈。屏幕上弹出提示，是否确认开启朋友圈，他手指点了确认。忽然觉得，以后得记录点什么，以前总感觉浪费时间，现在觉得这个功能也不错，发在那儿，只想给她看看自己的生活状态。

涂南特地一路没有看手机，直到进了机场，过了安检，在起飞前她才看了一眼微信。

石青：把朋友圈打开。

涂南：我的？

石青：对，打开。

石青：我已经开了。

她退出去看了一眼，愣了。他居然开启了朋友圈？

石青：开着，我想知道你每天都在干什么。

石青：以后也发给你看。

涂南想笑，可又笑不出来，她每天都在画画，有什么可看的啊。

涂南：怕你觉得无聊。

石青：看不到才无聊。

她没话说了，心里说不上来什么滋味，退出去，把朋友圈打开了。

再回到对话，他下一句已经发过来。

石青：有任何事，任何时候，都要找我。

涂南忍了忍，回复了“好”，再不想说了。很多话他都没有当面说，只在这时候才说。

她想他可能是故意的，当面不说分离，就像分离不在面前。

第六十二章

那片边疆大地没有变，那片洞窟群也没变。

变的是气候，寒风席卷了整个大地，这里已经接连下过几场大雪。游客几乎绝了迹。

两个多月的时间悄然过去了。

涂南站在洞窟外面，对着天上的太阳伸出手，手里拿着手机，伸出去再缩回来。她不禁搓了搓手，心想可真冷，眼睛没闲着，早就盯着手机，屏幕上显示终于有了4G信号。她立即点开微信。

“涂南。”有人叫她。涂南转头看身后，是肖昀。

在她回来的一个月后，他也回来了。那天她从洞窟里出来，正好看到他提着行李站在徐怀面前，当时他的头低着，似乎察觉到她出现，才朝她看了一眼。

徐怀什么也没问，没有问他这段时间在干什么，为什么又回来，让他该干什么干什么。

自从涂南上次离组后，组里就结束了在别处的临摹工作，徐怀带着全组到了这里，大大小小几十座洞窟，工程量浩大，如今他们全组都在一起作业。当然也包括肖昀。

“该吃饭了。”他叫她是为了这个。涂南说：“你们先吃吧，我再等一下。”每天都在临摹，空闲的时候不多，她不想浪费，低下头，点开了朋友圈。

肖昀当然知道她在干什么，归组的这么多天，她几乎一有时间就抱着手机不放，谁都能看出点端倪，后来有人问了她一回，她大大方方地承认了，大家这才知道她退组期间居然还交了个男朋友。

后来有人私下拿肖昀打趣：还以为你跟涂南是一对呢。肖昀能说什么，以前的确是一对，现在，她是别人的女朋友了。他一言不发地离开了洞窟口。

涂南刷新了一下朋友圈。

石青临已经养成了发朋友圈的习惯，频繁的时候两三天发一条，忙起来也至少一周发一条。当时不明白他为什么要这么做，后来她才知道，他早就想好了，是知道她忙起来聊天时间会少，而一条状态就像一个人生活的缩影，看一眼就能彼此知晓，距离似乎也会缩短。

她看到他最新的那条，没有配图，就四个字：一切都好。

按照计划，新扩展包应该在两个月前就上市了，但不知道出于什么安排，原本定在公历年底上线，现在推到了农历年底，之前她还担心地问过一回。可能他说的是这个吧。涂南习惯性地点了赞，总感觉有点不一样，起初没想起来哪儿不一样，翻到下面他之前发的东西才记起来，他之前发状态都会配图。有时候配的照片是一杯咖啡，有时候是他偶然看到的街景。最早的一条，配的是她离开时给他做的吃的，她做的饺子，还有春卷，被他盛在盘子里，放在流理台上，被暖黄的灯光照着，拍出了温馨的味道。

这么一比，这条动态简直太简单了，像是报平安一样。

她点开他的微信，发了一句：说会儿话吧。

字还没打完，信号断了。

天气不好，信号也时有时无。她试了几次还是没有，只好把手机收起来，咬了一下唇，重重吐出口气。

好久没跟他好好说过话了，这破信号，连这点小心愿都没法满足她。

吃完了饭，涂南打算返回洞窟去继续临摹，走到景区的那座桥下面，被徐怀叫住了。他的后面跟着好几个组员，大家一起在桥下面站定了。

徐怀让她把手上重摹的壁画先放一放，上面希望组里派人去配合着临摹一幅损坏比较严重的壁画，这个任务他交给了她。

“这任务不算重，”他说，“忙完这个你休假，回去一趟。”

涂南眼睛一抬，听到“回去”两个字时情绪就已经翻涌起来。

“就这么定了。”徐怀怎么不知道她那点心思，为她爸是一方面，组里的人都知道她谈了恋爱是另一方面。以往在组里多冷淡的一个人，现在情绪都这么明显了，真是让他开了眼，也算是那次退组后的变化吧。

“我再找个人跟你一起去。”他说着回头看组员，“你们谁有空？”

组员们七嘴八舌地议论了一下，最后站出来的是肖昀：“我去吧。”徐怀看涂南：“有没有问题？”

“没有。”听得出来徐怀试探的意味，但对她而言早就是过去了，肖昀只是组里一起临摹的同事，除此之外什么也不是，当然没有问题。

上面派了人来接，车已经在景区大门口等着了。涂南很快收拾好，拎着个包坐上去，肖昀紧跟在后面坐进来，跟她一起坐在了后排。她看他一眼，要是特地坐去前面，未免太刻意了，也就这么坐着了。

路上肯定是没什么话说的，但好在开车的司机是个话多的人，自称小林，一直跟他们闲聊，肖昀跟他聊得多，有一搭没一搭的。涂南正好不用说话，靠在车窗上，又按亮了手机，看石青临发给她的消息，很多张照片，有她爸出院时在医院拍下来的样子，有她爸回家后安顿下来的样子，有她画的壁画导入游戏场景后的效果，事无巨细，唯独没有他的自拍。

她调出相册，去看以前拍的他睡着的样子，翻来覆去看了好几遍，紧接着眼睛往上一扫，惊喜地发现又有了信号，马上坐正了，打开微信，把之前没发出去的那句话发了出去。

涂南：说会儿话吧。

这一路很长，至少得两三个小时，他们有时间可以好好聊一会儿。

手机调成了振动，振动了一下，是他回复了——

石青：开语音。

涂南：不方便，我在车上。

石青：那你听我说。

涂南立即在口袋里掏来掏去地找耳机，没找到，他一句话已经发了过来，她只好切换成听筒模式，拿在耳边听了。

车窗外，还残留着大片来不及融化的积雪，被阳光照着，白得刺目，道路上也有，不怎么好走，车开得慢，还摇摇晃晃的，他的声音也在她耳边晃着，往耳膜深处钻，带着点笑：“都不知道说什么好了。”

这么多天没见，开口似乎有了种慎重感。虽然偶尔能语音聊天，条件允许还能视频通话，但都不是真人。涂南听着他的声音在想他的脸，觉得太不真切了。

“哟，跟你男朋友语音呢？”前面的小林说。

没戴耳机，多少有点漏音，男人的声音很容易被听出来。她“嗯”一声，瞄一眼旁边，肖昀正看着她。

“甜蜜呀。”小林打趣。

她把脸转向车窗外，打字。

涂南：还是打字说吧。

涂南：车上有人。

石青：那等没人再说。

涂南：好。

石青：给你看个东西。

发过来的是一张图片。

石青：我打算用这个做头像。

涂南点开，拍的是她腰上的文身，那瓣莲花，不知道他什么时候偷拍的，她赶紧打字。

涂南：不行！你可是个 CEO。

石青临发了几个大笑的表情。

原本涂南是打算问一下他那条朋友圈的事的，可完全被他的话给岔开了，后面一直在围绕这个劝他，不是不好意思，是真觉得不合适，他好歹也是个有身份的人吧。

最后他终于被说动了。

石青：好吧，谁让我惧内呢。

涂南看到那两个字，唇抿了又抿，还是忍不住笑了。

担心另外两个人又看着自己，她抬头往前看了一眼，眼神一下凝住了。

“小心！”涂南下意识地往前去拉扯小林，他已在迅速地打方向盘，前方猛然一阵冲力，像只手一样狠狠地推过来，旁边有只手把她挡住了，护着她挪到一边。

石青临这时候并不在公司，在车里，车停在路上。有电话进来，他只能先不管微信，按了接听。

“怎么样了，找到薛诚了吗？”安佩在电话那头问。

“还没有。”他眼睛盯着窗外，前面有栋公寓，薛诚住在那儿，他刚去过，人不在家。

“那怎么办，总不能新扩展包还拖下去吧，说了年底，结果推到农历年底，下次可没有文字漏洞可以让我们钻了啊。”

“我会去见投资方，越过他也一样，人你接着找。”石青临挂了电话，手臂搭在方向盘上，撑住额头，眼睛直直地望着前路。

早在两个月前他就计划着去看涂南，因为新扩展包的投资迟迟不到位，不得不拖延了上线的时间，到今天也没能成行。

的确很久没见薛诚了，为涂南饯行的那次就想叫他，他推辞了，后面就一直没见到他的人。以石青临的判断，应该是出了状况，但没到最后一刻，不好下定论。他只庆幸涂南不在，不知道这些，在朋友圈里也只发一句“一切都好”，都是为了让她安心做自己想做的事。

微信响了，他拿起来，提了提神，好让自己精神饱满地跟她说话。

打开，她发的是语音。他点开时嘴角带了点笑，的确有一阵子没听到她的声音了。

涂南：“石青！”

他愣一下，这一声不对劲，很大声，慌乱急促，但又戛然而止，夹杂着一阵嘈杂的背景音，像出了什么事。他马上翻出她的号码拨过去。一阵女声提醒他对方正忙，暂时无法接通，占线了。

石青临又发微信消息给她：“涂南，你是不是出事了？”等了不到十秒，没有回复，他已经等不下去了，又给安佩打电话。

“怎么了，人找到了？”安佩在那头问。

“帮我订一张机票，要时间最近的……”他嘱咐着，心始终提着，这种感觉熟悉又陌生，仿佛多年前的噩梦又回来了。

他现在什么都不想，只想立刻见到她。

第六十三章

涂南发出那一句语音时惊魂未定。

当时一辆大货车从正面过来，也许是因为路上湿滑，忽然方向失控，直直冲向他们。小林及时打方向盘回避也没能幸免，还是被撞到了，巨大的冲力使整辆车被撞到了马路外面，侧翻在积雪里，大货车却趁机逃逸了。好在路上还有其他车辆经过，有人停车过来帮忙打开了车门，将他们弄了出去。

她意识一片空白，蹲在路边，第一件事是就对着手机叫了他的名字，像是要证明自己还在，还能跟他说话一样。而且因为耳鸣得厉害，叫他的时候也没注意声音大小，叫完才感觉似乎太大声了。

头晕着，没有办法思考。

有人看到她正好拿着手机，抢过去打电话报了警。

现场很乱，等她缓过来，头不晕了，才想到刚才的那一声有可能会让石青临听出什么，连忙把手机拿回来，想撤回已经来不及，只好在微信里打了句：没事，回头跟你说。怕说多了惹他生疑，发送完她赶紧去看另外两个人的情况。

小林伤得最重，头上流了血，人还清醒着，自己脱了外套摁在伤处。肖昀的一条胳膊被碎裂的车窗玻璃扎破了，还好他穿的是冲锋衣，伤口不深，但也见了血。涂南记得他当时替她挡了一把，脱了脖子上的围巾，缠在他胳膊上。

肖昀看着她："你没受伤吧？"

她还没完全回神，摇摇头，把围巾塞到他手里，说了声："谢谢。"

围观的人都在说万幸啊，没有出人命。

很快警车过来，派了人把他们送去医院。

不出两个小时，徐怀就带着组里的人赶来了。

涂南轻微脑震荡，拍了片子，没什么事，被要求静卧休息。她之前发晕和耳鸣都是因为这个。

躺了半个小时，觉得不难受她就再也躺不住了，几个月前每天都去医院，早已厌烦了这种药水的气味。趁着大家都在看望肖昀和小林，她出了诊室，找了把休息椅坐下，给石青临发消息。

手机上有他的未接来电，微信里还有她没来得及听的语音："涂南，你是不是出事了？"

果然是担心了，她赶紧回了句："没有，我没事。"发出去却没有回音，连之前她发的那条也没回，再打他的电话，关机了。

涂南不确定他是不是在忙，倒希望他是在忙，只是虚惊一场，连累他担心没必要。

手机只剩下一格电，赶在电耗尽之前，她发了好几条消息过去，反复强调自己没事了，当时就是喊他一声，没有别的意思。

徐怀来看她时，就见她坐在靠墙的椅子上，身上墨绿色的羽绒服，领口一圈绒毛，掩着脸，脸白白的，两手握着手机，搁在腿上，眼睛一直盯着手机，屏幕却是暗着的。

"不要紧吧？"

涂南抬起头："不要紧。"

徐怀看一眼她手机："想家了？"

她摇头。

徐怀觉得她是还没缓过来，也不问了。

“肖昀伤了右臂，”她忽然说，“可能临摹有困难，他那部分我替他临摹吧。”

徐怀往旁边看，她顺着他的目光看过去，肖昀刚好出诊室，冲锋衣披在身上，胳膊上包扎了纱布，看着他们这里。

“都听见了？”徐怀问肖昀，然后看涂南，“换别人跟你一起去好了。”

涂南点头。

肖昀没发话，正好几个组员出来，跟他说着话，拉着他去休息。走时他又看了眼涂南，她低着头，根本没注意。

刚刚安静下来，徐怀的手机忽然响了。他从口袋里掏出来，背过身去接，说了两句，又转过身来：“你问涂南？你哪位，怎么会有我的号码？”

涂南听到，看了过去。

徐怀断断续续地答话，说了很长时间才挂了电话，看着她：“一个姓石的男人问你的情况，说要过来看你，你认识他？”

她一下怔住了，只听到那句他要来：“他到哪儿了？”

“说是刚下飞机，马上坐火车过来。”

涂南一下站起来，走出去两步，又回来：“徐老师，我请个假，很快就回来。”

徐怀绷着脸，认为她这时候离开医院不合适，但她这模样，似乎也是拦不住了，到底还是松了口，摆摆手：“去吧，注意安全。”

涂南转头就走，出了医院，脚步克制不住地快了起来，从走变成了小跑。脑子里只剩下一个念头：他来了。

石青临坐在火车上，机场在省会城市，从那里到涂南所在的地方可以坐大巴和火车，但因为大雪造成道路不畅，他只能选择火车，尽管很慢。

窗外太阳西沉，铁轨的声音听久了让人脑子麻木。车厢里充斥着各种各样的味道，各种各样的口音，有的人在吃东西，有的人在闲聊。他的旁边坐着一个女人，怀里抱着个孩子，孩子闹腾，想往他身上爬，好几次甚至扯到了他的衣领，女人不好意思，跟他道歉。他说了声没事，没有放在心上。

心不在这里，见到涂南之前，心都没有着落。他垂眼看左腕上的手表，又看右手上拿着的手机，微信里全是她发来的消息。

南：我没事。

南：你别担心。

南：只是叫你一声。

她还是没说实话，要不是他找涂庚山要了徐怀的号码打过去，恐怕还不知道她差点出了意外。

火车在中途小站停了十分钟，下去一拨人，又上来一拨人。旁边的女人好心提醒石青临，让他看好自己的行李，看他心不在焉的，车上人多，别把东西丢了。他道了谢，把那个棕皮的行李包搁在脚边放着，方便下车拎了就走。

这个包其实早就收拾好了，就是为了能随时出发来看涂南。在她刚走的那几天，除去正常的工作，他几乎随时随地都能想到她，办公室隔壁的画室里她的强硬，家里那张大床上她的柔软，到处都是她的痕迹。一个人自立了三十年，没想到会对谁生出这样的挂念，可真来了，却是在这种情形下。

四十分钟后，火车进了站。还没停稳，石青临已拎包起身，对旁边的人说："抱歉，借过一下，我赶时间。"女人抱着好不容易睡着了的孩子侧过身，让他过去。

人群往车门拥去，他尽量避过其他人，从有限的空间里穿过去，到达门口。车门一开，他大步跨了出去。

听到火车进站的消息，涂南站在出站口外，努力地向里望。到处都是人，嘈杂纷乱。

她担心会错过他，眼睛一直盯着出站口，没多久，就看到了他。一眼就看到了，其他人都穿得很厚，只有他穿的是件皮衣，黑色的短款皮衣，还是敞着的，他身高腿长，在人群里走出来，太显眼，不可能注意不到。涂南想开口叫他，张嘴的瞬间，他已经看到了她。

石青临没想到她会来，徐怀的话，她发的微信消息，无论怎么说没事都不够，直到现在亲眼看到她，悬了一路的心才落了地。

他的步子一直很快，这时候反而慢了，走过去，隔着护栏看着她，好一会儿，才低声说出句话来："快被你吓死了。"涂南说："我也是，你怎么忽然就来了，吓我一跳。"

"你说我该不该来？"他笑一下，嘴角没扬起来，像苦笑。她说不出话，鼻尖泛酸，低头忍住了。其实如果今天是他出事，她也会不管不顾地去找他的。

石青临过了闸机，走到她跟前，声音低沉："快，抱我一下，让我看看你是不是真的。"

她顿时又笑了，踮起脚，用力抱住了他。

涂南让石青临坐在候车室里等她一下，去站里的快餐店里买了杯热咖啡，递给他的时候埋怨：“怎么穿这么少就来了？”

“没注意这里的天气。”他实话实说，当时开车回家，拿了行李就直奔机场，什么都没顾上。他一手端着咖啡，一手拉着她在身边坐下：“告诉我，当时都发生了什么。”

涂南知道避不过去，轻描淡写地说了过程。他手臂撑在膝上，听得认真，眼睛盯着地面，不知道在看什么。

“石青？”她忍不住叫他。

石青临抬头，伸手过来，摸了摸她的脸：“你没事就好。”他忽然笑一下：“你不知道，我在来的路上真担心当初我妈的事重演了。”

当年他妈就是因为车祸走的。

那一天，远在美国，他在深夜里接到他妈打来的一通电话，她告诉他说打算过段时间就去美国跟他一起生活，以后再也不回国了。他那时候根本不知道他的母亲情绪早已不稳定，还跟她讨论了一下出国事宜。

一切看似都很好，但就在几个小时后，她把自己灌醉，吃了药，开着车冲到了路上，再也没回来。

“别有下次了，涂南，”他喉头发疼，“这种事情一次我能撑过去，再来一次，怕是不行。”

如果她出事了，他不知道会怎么样，根本没法想象。

涂南心酸得不行：“永远没有下次，我答应你了。”石青临咧嘴，在她面前露出笑，难得见面，不想把气氛搞得这么沉重，他端详着她的脸说：“好像瘦了。”

“你才瘦了。”涂南见到他时就想说了，他瘦了点，头发长了点。她把他皮衣的拉链拉起来，提了提他的领口，想把围巾给他，摸到脖子，才想起来围巾早就给肖昀用了。

想起这个，她还是告诉了他：“其实这次我没受伤，多亏了肖昀，他帮我挡了一下。”

石青临看着她：“那我得去谢谢他。”

“不用了。”她忙说，再不想让他们碰面了，“我就是想告诉你，也就他们受了伤，我真没事。”

“感动吗？”他忽然问。

“不是感动，是感激。”只是感激，今天这事，换作任何一个人，她都只会感激。

石青临看她一本正经地解释，又笑了：“逗你的。”

这次是真笑了，涂南看着他的笑脸，终于也轻松起来，久别重逢的喜悦到这时候才开始冒了头。“你没告诉我爸吧？”她问。

“当然没有，”他说，其实瞒着涂庚山时也是忐忑的，好在真没事，“我只说来看你。”

涂南安心了。

手机响了一声，是石青临的。他拿出来看，一条航班消息，安佩给他订的返程机票，就在今晚。看完他就关了，抬头发现涂南已经看到了。

“很赶时间吗？”她问，“是不是新扩展包上线的事不顺利？”

“没有。”石青临说得很轻松。

涂南沉默一下，又问：“还剩几个小时？”她很清楚，安佩虽然总是风风火火的，但不是真有急事不会那样催他，他可能刚来就会走。

石青临把她买来的那杯咖啡喝了，这种速溶咖啡他从来不喝，今天喝得一滴不剩。喝完了，他把空杯放在一边，抱着涂南让她坐在自己腿上，脸埋在她颈边深深吸了口气。她身上的气息没变，淡淡的香味，若有若无的颜料味，像一剂镇静剂。

他抬起头说：“今天我不走。”

第六十四章

机票改签到明天，所有安排都后移一天，石青临真不走了，至少今天会待在她身边。

距离天黑还有几个小时，离开车站后，他们去订了个酒店，其实就是个小宾馆，放下行李后，涂南提议去她临摹的地方。

“想让你看看我工作的地方。”她说。那里是附近唯一的景点，徐怀和组员们都还在医院里，派出所那边也要去人，大家一时半会儿回不来，她是知道的，正好可以趁这机会带他转转，不会有人打扰。

石青临欣然同意：“我早就想去看看了。”出门前他又说：“我们租辆车，自己开。”后怕还在，他不信任何人，暂时也不敢再让涂南搭乘任何别的交通工具。

“嗯，”涂南这时候特别听话，“慢点开，没事的。”

两人租好了车，离开宾馆上路。三十分钟的车程，石青临硬是开了一个多小时。到了地方，他居然是整个下午唯一到访景区的游客。售票处的工作人员问要不要安排一个讲解员给他，他谢绝了，指一下身后的涂南：“我女朋友是专业的。”涂南低声补充：“还是免费的。”

两人对视，都不禁笑了。

远处，雪山山顶白皑皑的，西北风从山顶刮过来，像刀子一样割人的脸，洞窟里却称得上温暖。从一个洞窟到另一个，在幽深的暗窟里，彼此都把声音压低，涂南持着手电筒往上照，说：“这就是我当初临摹出错的那幅。”

那幅《凉王礼拜护法图》盘踞在岩壁上，帝释天形象威严，她用手电筒的光把那一笔错处指出来给他看。石青临说：“我是不是该拜拜它，它勉强也算我们半个媒人了。”涂南拿手电筒扫他的脸：“你怎么这么会打岔？”石青临用手一盖，就把光遮住了，在暗处笑着。

涂南干脆把手电筒关了。筒内很暗，他的头低下来，蹭着她的鼻尖，意图很明显，是准备吻她了。

涂南也想吻他，早在车站里见到他的时候就想了，但她还是用手隔在了两人嘴唇中间：“出去再说，对壁画不好。”吻起来，人的呼吸会很重的。

石青临拉着她的手出去。

从洞窟下去的时候，风大了不少，他穿得少，涂南带他过了桥，去住的地方。石青临第一次见这样的住处，门很矮，像窑洞一样，进去了倒是整整齐齐的，那是她收拾得整齐，其实就一张床，只够单人睡，铺着蓝格子的床单，同款的棉被，两个行李箱竖着靠在床尾，其余空着的地方都被作画工具占据了。

他看向涂南：“你就住这儿？”涂南把门合上，挡住了风：“这里只是不中看，其实没那么糟。”

“这种天气，难道不会冷？”他已经皱眉了。

“不会的。”涂南从角落里搬出个取暖器，按下开关，“放心，条件是没那么好，但该有的还是有的。”

石青临在床边坐下来，想象她在这里的生活，早在认识他以前，她就在这里了，她对这一切习以为常，这才是他认识的涂南。

屋子很小，取暖器的作用明显，很快周围就热乎乎的了。他看着涂南，一直看着，脸被取暖器的光映得橙红，眼里也是，像有两簇火苗。涂南被盯得更觉得暖热，故意问：“看什么，就这么想我吗？”石青临笑，她现在居然也会这样说话了，真是难得。他两手撑在床边，眼闭一下，点头：“想，浑身上下都想得很。”

涂南真不是他的对手，这男人在她面前总会耍流氓。

就在她不说话的时候，石青临朝她伸出了手。

她伸手握住，被他拉着走近，坐在他身上。他一只手按着她的后颈，压向自己，他的脸迎上来。

外面寒风撞门，屋子里取暖器带着微微的电流声，他们在这小小的天地里，拥在一起，忘我地接吻。直到外面有声音传进来，好像是有组员回来了，他们才分开。

涂南回头关了取暖器，拉他："走。"

离开住处，没有碰到人，好像做贼一样，出了景区，回到车上。

在车上，直到发动车之前，他们又吻了好几分钟。接下来哪儿都不打算去了，石青临把车开出去时想着，直接回宾馆。

激情没有退，回去的这一路很认真，很谨慎，但一直没有退。

回到宾馆，天已经黑了，居然又开始下雪了。

没有电梯，他们踩着楼梯上去，进了房间，将门关上，互相拍着对方身上的雪花，一时很安静，谁也没说话。涂南对着掌心哈气，走进洗手间，拧开水龙头，抄着水搓了搓脸，水冰凉，刺激着脸上的皮肤，泛出一片红。石青临走了进来。

她在镜子里看到他，他也从镜子里回望她，直到走到她身后站定，他两只手撑在洗手池上，把她罩住了。

"什么时候能回去？"他低声问。

"徐老师已经给了我假期，"涂南看着镜子回答，"不会太久了。"

"那我回去等你。"

听到这句，涂南才想起他们很快又要分开，时间挤出来，但终究只有这短短一天。距离不算什么，他们之间宝贵的是时间。要是新扩展包已经上线了就好了，他的时间就会多起来，她比谁都希望他的工作一切顺利。

石青临把下巴搁在她肩上，打趣道："你那是什么表情？"涂南只是垂了眼，她眼睛抬起来，和镜中他的目光对上，洗手台下，他牵着她的手，鼓励般说："主动点。"

男人的声音带着几千公里的疲惫，低沉，略沙哑，让这句话听在耳朵里的效果放大了无数倍。

涂南转过身，人被抱住了……

雪一直在下。外面有多冷，房里就有多热。

后来，石青临抱着涂南去了窗边，让她去看雪。她拉开窗帘，在夜色里什么也没看清，只觉得有无数的羽毛从天上落下来，外面冰天雪地，屋内自己的身体焙烧着，感受到晕眩，她试图抓住什么，却不小心将窗帘扯坏了。

他气息不稳地笑她。涂南用尽力气抱住他，他知道她是在用这种方式印证她还好好的，他们还拥有彼此。

直到后半夜，雪停了。

房间里一片狼藉，像被洗劫过一场。涂南趴在床上，虚脱一样不想动，嗓子也哑了，她在想，弄成了这样，宾馆会不会问他们索赔。

石青临很直接，已经压了钱在床头的台灯下，当作赔偿。

他靠过来，亲她的文身，抬头时拿着她的手按在自己腰上。涂南轻轻摸了摸，眼睛看过去，看到他腰上赫然多了块文身，眼睛不禁睁大了："你什么时候文的？"

"你走后就文了。"石青临把身体贴近她，和她当初在他身上画下的形状一样，他也文了瓣莲花，这下真是同一朵了。

涂南这才明白他发的那张照片是怎么来的，原来不是偷拍她的，是他自己腰上的。

"你……"真是说风就是雨，她画着玩的东西他竟然也当真了。涂南把脸埋在他臂弯里，又悄悄笑了，以后再也不嫌这文身丑了。

石青临的航班在中午，这是他能推迟的最晚的时间。

他起得早，坐在床边，拿着手机，查好了路程，尽管一夜大雪，但火车还通着，飞机也没有晚点通知。

床上的涂南动了动，他回过头，发现她醒了。

"饿吗？"他收起手机，"出去吃点东西。"

涂南的确是饿醒的，昨晚他们连吃饭都忘了，疯狂了一把，体力早就消耗一空。她坐起来穿衣服，看一眼窗外，雪后放晴了。

石青临先下去退还掉租的车。涂南穿戴整齐，洗漱完毕，在出门之前，特地把扯乱的床单被子也收拾了一下，本来还想试着把扯坏的窗帘挂回去，没能成功，只好作罢。

昨晚睡之前她问石青临，这么过火，宾馆里其他住客会不会听见？他说无所谓，听见了也不认识，怕什么。

这男人有时候真是太随性了。

等她离开房间，到了宾馆外面，随性的男人早就在等她了。

周围一片银装素裹，但道路已经被清理出来，积雪都堆在马路两边。石青临提着行李包站在路上，身上的皮衣穿得严严实实的，涂南知道他又收敛了，和昨夜恣意放纵的样子仿佛是两个人。

出发后，石青临想找个地方坐下来吃顿饭，但涂南没肯，怕耽误他时间。她是有数的，看他起那么早就知道他很快就得走，于是就在路上的早点摊上买了吃的，两份煎饼，她递了一份给他，自己手里拿一份，说："就吃这个吧。"

石青临端详了两眼才咬了一口。

涂南看了看他的脸，对她来说这样的生活再正常不过，但他可能从没有体验过，这么一想，心里甚至都有些过意不去了："有我这样的女朋友，好像挺委屈你这个 CEO 的。"

石青临笑了，咬了一大口，嚼了几口咽下去："再胡扯，我先让你委屈。"

涂南不说了，吸一口气，又吐出来，低头吃东西。

"你待会儿去哪儿？我送你过去。"石青临吃完一口后说。

应该回组里，但涂南开口说："去火车站。"石青临看她一眼，本不想让她送的，可她平平淡淡地抛出四个字，明摆着是不容拒绝了。

到达火车站已经快九点了。天气并没有让出行的人减少，车站里的人甚至还多了，买票的地方排起了长队，周围太吵，他们根本没有说话的空间。

石青临买完了票要走，发现涂南没跟着，回头看见她还站在售票窗口，过了会儿才走过来，手里拿着张短途票："我送你进站。"她想送去下一站的，知道他肯定不会答应，只能送他进站。

石青临说："当初不让我送你，你自己怎么做不到了？"话是这么说，怕弄丢她，他往前走时一直牵着她的手。

涂南抓着他的手，手指把玩着他腕上的表带，其实并不伤感，能有这次见面就挺满足的了。

有点拥挤，随着人流进站时两人几乎是依偎着的，石青临牵着她的那只手抓得更紧了。可惜在月台上还没能够站多久，车就要出发了。

石青临和之前一样，拉她到怀里用力抱了一下，转身上了车。

涂南看着他，他的座位不靠窗，与她所在的窗口隔了一个乘客。石青临看过来，看了几秒，忽然站起来，越过那个乘客，朝她招手。

涂南走过去，仰着头看他："怎么了？"

"踮脚。"他像发命令。

涂南本就高挑，一踮脚，够到窗绰绰有余。

石青临一低头，吻住她。

车上顿时有人起哄一样吹口哨，涂南的耳朵开始发烫，头皮一麻，他终于放开了。

“回头见。”他轻声说。

“嗯。”涂南直喘气。

彼此看起来都很轻松，她退后一步，朝他挥手。

车开动了。

石青临坐回座位，眼睛还看着车窗外，直到那道身影彻底消失，看不见了。旁边的乘客是个中年男人，笑着跟他攀谈：“年轻人这么甜蜜，是刚恋爱吧？”

他说：“不是，那是我老婆。”

口袋里手机在响，他终于收起双腿坐正，掏出来，接听。

“石总，今天能回来了吗？”还是安佩。

“嗯。”

“那就好，投资方那边……算了，你回来自己解决吧。”她没往下说。

石青临挂了电话，沉默地看着屏幕，从亮到暗。他会回去解决，在涂南回来之前。

第六十五章

很多事情都差在那临门一脚，《剑飞天》现在的情形就是。早在发布会后，玩家就在期待着新扩展包的上线，公司也都做好了准备，现在却停在了投资上。

CEO办公室里，安佩等了很久，终于等到了石青临。他走进来，身上穿的是正装，因为刚刚才去见过投资方。

“怎么样，他们真要这么干？”她连忙问。石青临脸上没有表情：“嗯。”

“我简直不敢相信！”安佩一下火了，“他们怎么能这样?！”

石青临低头看手表，已经是晚上十点了，公司里却没有一个人下班。

“我们和东恒，他们眼瞎了吗，居然要选东恒？”安佩还在埋怨，越说越气，脸都涨红了，忽然醒悟过来，看着他，“到底怎么办啊石总，你要答应他们的条件吗？”

石青临只是看着表，沉默了很长时间，越沉默却越显出一种冷峻，到后来，他终于抬起头：“先等着，我要见一下薛诚。”

“薛诚？”安佩吃惊，“他终于出现了？”

“这种时候，他不出现也得出现。”他示意她先出去。安佩嘴一闭，忍着怒火走了出去，帮他把门带上。

石青临看着那张属于他的椅子，很久才坐下去，手拿起烟盒，一支烟往外倒出半截，他低头叼在嘴里抽出来，拇指摁下打火机，点上。

他从不在办公室里抽烟，今天破了例，因为心情坏到了极点。

离开涂南身边时，他还想着尽快解决上线的事，没想到回来等待他的是更糟糕的局面，问题出在投资上，永远都是最直接也最现实的一环。

投资方居然在这时候提出让他交出对《剑飞天》的制作控制权。换言之，他将不再对自己亲手制作的游戏有绝对掌控权，只要投资方愿意，任何人都可以参与制作，可以随意更改游戏的设定和方向。但如果不答应，资金将无法顺利到位，而他们会转投别家，也就是那个以模仿《剑飞天》闻名的东恒。

这简直是莫大的讽刺。

门开了，没有敲门声，是直接被推开的。他抬起眼，看着久未露面的薛诚。

“好久不见。”薛诚拖开椅子坐下来，看起来似乎和以往没什么两样，只是脸绷着，没有半点松弛的表情。

“的确好久不见了。”石青临笑一下，抽口烟，“问你几句话。”

薛诚也掏出烟，低着头，说：“问吧。”

以前他或许会说，我俩谁跟谁，还用问什么；又或许会说，你还有要问我话的时候。但今天没有玩笑，只有这简单直接的两个字。

石青临问：“为什么是东恒？”

“投资方只是为了赚钱，你不愿意给的东西，东恒愿意给，”薛诚道，“只要有回报，有时候他们不在乎什么名声，至少东恒听话，为了钱不择手段。”

石青临点头：“那我要是交出了制作权，我的游戏岂不是也要跟东恒做的东西一样了。”

薛诚笑笑，不答话，早知道他看不上东恒。

石青临又问：“为什么非要选在上线前提这个条件？”

“你也知道你的脾气，如果不这么逼你，你不会答应。”薛诚点了烟，话收住了。

石青临不是没被投资方施压过，但他一向软硬不吃。投资方本来放弃了要他的制作权，这一次忽然又来，摸准了他的脾气，找准了时机，还搭上碍眼的东恒，像是熟知他的所有应对方法一样，势在必得。这可能是因为，他们当中有人够了解他，知道他最不肯丢的就是制作权。

“最后一个问题，”他夹着烟的手搭在桌沿，手背上两条青筋凸起，“薛诚，你还是我兄弟吗？”

在最紧要的关头避而不见，故意把他推到现在这个境地里，他就已经明白了。

他们谁都清楚，只可能有一个回答，所以石青临也就明白，撤资就是最终的目的和结果……

安佩再回到办公室外，门开着，石青临坐在那儿，眼睛又盯着手表。没有其他人在，薛诚已经走了。

“你……有决定了？”她问得很小心。

石青临抬眼：“下班吧。”安佩愣一下，离开去通知各个部门。石青临把手表摘下来，收在口袋里，走出办公室，经过隔壁那间画室，停下看了眼门。

时间一分一秒过去，他知道她很快就会回来，可惜事情没能解决。

大雪从北往南覆盖了全国大半个版图，时间也跟着推移，只要不刻意去想，过起来飞快。

年关过后两天，涂南结束了手上的工作，远道返回。

城里是个晴天。

她拖着两个行李箱在路边等着，半个小时过去，面前过来一辆破旧的车，尾气拖得老长。方阮从车里下来，给她搬行李：“你说说你，年都过了才回来，有你这样的人吗？”

“我也不想。”她其实年前就可以回来，但边疆今年雪几乎下个不停，差不多从石青临走后就越下越大，到后来什么交通都停了，唯一可以通行的那几天她票也没抢上，只好晚两天回来。

方阮给她放好了行李，坐进来开车：“石哥知道吗？”

“我没告诉他，”车真是旧了，空调完全不顶用，涂南坐进去还是冷，她哈了口气，搓搓手，“看完我爸再去找他，你也别说。”她是想给他个惊喜。

方阮“哦”一声，又问：“你们这些天没聊天？”

“聊得少，天气不好，网络差。”涂南到现在还忍不住皱眉，年前那些天都没怎么聊过，怕耽误他工作，好不容易在过年那天想跟他说会儿话，结果彼此只互道了一句“春节快乐”，她还差点发不出去。

方阮明白了，她多半还不知道石青临的事，想告诉她，还是忍住了，发动车子，开车上路。

涂南搭他的车先回去放了行李，没停顿，接着就去了区县。小地方倒是比城里有年味得多，街上好多地方还残留着放过鞭炮的痕迹。

涂庚山家的院子门上贴上了崭新的对联，门是开着的，涂南走进去，方雪梅早就在院子里等着了。这几个月里她坚持亲自照顾涂庚山，连过年也是在这儿过的，方阮没办法，只好也过来陪同。

“可算回来了。”方雪梅来拉涂南，“你爸也在等着呢，身体还是那样。”

涂南应着声，觉得只要没再恶化都算好的，走进客厅，她看见了涂庚山。他坐在沙发上，戴着眼镜在看报纸，看见她进来，把眼镜摘下了：“回来了？”

“嗯。”

父女俩还是一如往常，只是客套里多了点自然，还是跟以前不太一样了，反正他们已经习惯了这样的相处。

过了一会儿，涂庚山又问了句：“临摹还顺利吗？”

“挺顺利的。”除去那次小意外，涂南的工作都很顺利的，当然意外她就不提了。

方雪梅早就做好了一桌好菜，就等着她回来，正张罗着要开饭，一边摆菜一边问她：“小南，这次回来待多久啊？”

“不急着走，”涂南说，“组里回去的不止我一个，现在没那么缺人了。”

她是说肖昀，他回来了，的确给徐怀减轻了不少负担。徐怀也体恤她父亲还病着，不是小病，谁也不知道将来会怎么样，给的假期挺长的，好在时间也不赶了，她后面可以慢慢临摹。

“唉，老这样也不行啊，你爸先不说，希艺欧怎么办，就这么一直分隔两地啊？”方雪梅叹着气说。

方阮在旁边打岔：“人家小两口乐意搞异地恋，这叫情趣。”

方雪梅拿着筷子抽他一下：“你懂什么，什么情趣时间久了都要黄！”

涂庚山接了话：“你真是多虑，要是壁画多得临摹不过来才叫一直分隔两地，那倒好了，那不到处都是文物了？临摹是细活，所以慢，只要不赶，她可以慢慢来，又不用一年到头都待在外面，你看她现在忙，那是徐怀在打磨她。”

方雪梅被他说得哑口无言。涂南安慰她：“放心吧方阿姨，我有数的。”方雪梅这才笑了：“你有数就行了，说起来，都好一阵子没见到他了，他之前来看过你爸好几次。”

这涂南是知道的，石青临是怕她不放心，忙里偷闲过来看望她爸，看完了都会告诉她情形，用他的话说，勉强算相谈融洽，只是她爸好像还有点放不开，可能偶尔还会想起曾经在这家里被他揍的事，然后没话说了，每到那时候他就只能坐着，到点告辞。

“他最近在忙新扩展包上线的事。”她替他解释。

“哦我知道，就是你们一起做的那个东西吧？”方雪梅只能这么理解，“下次也给我和你爸看看什么样子，不是说有壁画吗？”这么一提议，涂庚山都不禁看了一眼涂南。

“找方阮就行了，他开个电脑您就看到了。”涂南说。

方阮看看她，抓了抓头发，扯一下她胳膊。涂南转头看他，就见他抖了抖手里的手机，意思是叫她看手机。

她把手机拿出来，紧接着他的微信消息就发来了。

方阮：我实在忍不住了。

涂南奇怪地看他一眼，在手机上打了个问号。

方阮：是石哥，他那边出状况了。

手机响一声。

石青临往后靠，眼睛跟电脑屏幕的距离拉远了点。

周围很吵，是在方阮那间网咖里，他本来只是经过，没想到进来一待就差点待了一天。

掏出手机，他翻开微信，看到是谁发来的，嘴边有了笑。

南：猜猜我在干什么。

石青：猜不到。

其实他能想到，窗外天刚黑下来，这个时候她一般还没结束临摹，人可能还在洞窟里。她难得这个时间给他发消息。

南：我在泡茶。

她发来一张照片，他点开，看到透明的玻璃杯里草茶舒展，清淡的茶汤，是他喝过的情人草茶，连杯子都是一样的。

南：想不想喝?

石青：想。

他配合地答复，心也轻松下来，这些天没轻松过，看到这些字，想到她状态是高兴的，人才轻松。

南：那我给你送来。

尽管知道是在逗他，他还是扬起了嘴角，在想这女人有时候真是可爱，怎么到他身边来的？旁边有人走近，他没看，眼里只有手机，忽然听到女人的声音说：“先生，您点的茶到了。”

他一下抬起头，看着面前的人，眉毛一动。涂南站在他面前，穿着白色羽绒服，头发扎在脑后，领口围了条米色的围巾，脸被衬得很瘦，下巴尖尖的，手里端着杯情人草茶。石青临居然脑子空了几秒，心情像在这短短的几秒钟里转了几个弯，换只手拿手机，另一只手捂了下嘴，盯着她，像是在确认是不是真的。

是真的，真是她，居然一声不响地就回来了。

"放下。"他终于说。

涂南把杯子放下，手刚离开杯子就被他抓住了，人被拉到他身边。

石青临感觉到了她身上的寒气，羽绒服还没被室内的暖气烘热："刚来的？怎么不叫我去接你？"

"想给你个惊喜。"

他笑了，确实够惊喜的："怎么知道我在这儿的？"

"方阮告诉我的。"涂南指一下柜台。

之前那顿饭吃得不在状态，方阮把他知道的全都告诉她了。她再也吃不下，找了个借口就要回城。方雪梅知道她的心思，鼓励她回来，还让方阮送她，涂庚山也没说什么。方阮开着车载着她直奔网咖，她才知道他在这儿待着。

石青临朝那儿看一眼，方阮远远跟他挥一下手，算是打了招呼，笑得讪讪的。他收回视线，手一伸，拖过一张沙发椅，让她坐在自己身边。涂南趁机细细打量他，他身上穿着黑色的高领毛衣，不嫌冷地把袖口拉到了肘部，脸没变，神情也没变，就好像什么都还跟以前一样。

茶在往外冒热气，石青临趁凉之前端起来喝了一口，看看她："我这也太幸福了，女朋友回来没去接，被抓包在网咖，还送茶给我喝。"

涂南听着他的玩笑，不知该说什么，笑一下。

电脑屏幕上原本是密密麻麻的代码，石青临还开着游戏界面，他把代码打包压缩，拷进移动硬盘里，准备关掉游戏。涂南拦住他："没关系，再玩会儿吧。"

"一起？"

她摇头："就想看你玩。"

石青临压一下她羽绒服的衣领，感觉像在抱她，转头在电脑上又登了个账号，涂南记得，那是她走之前他建的号，屏幕上两个角色挨在一起，一个 ID 叫石青的剑客，一个 ID 叫南的魅影。

他敲着键盘，突发奇想，问她："要不要建个公会？"

涂南不明白："什么是公会？"

"就是帮会、领地、势力，就那个意思。"

“建成了你就是会长？”她问。

“当然。”

“那我是什么？”

石青临看她一眼：“我是会长，你说你是什么？”

涂南想一下：“副会长吧。”

“行吧，你说的，那会长夫人就给别人当了。”

“那不建了。”她淡淡说。

石青临又被她逗笑，在这里坐了快一天，一点意思都没有，可见到她笑就没停过。他真不建了，她说不建就不建了。

“给你看个有意思的。”他又敲着键盘，不知道干了什么，两个号上冒出金光，头顶闪出一行提示：“恭喜‘石青’侠士与‘南’女侠结契成功。”

随之魅影到了别处，周围一堆红名怪，很快对她发起攻击，魅影的血量不断减少，就快见底，身边闪现侠客的身影，瞬间她血量回满，剑客的血量却见了底，像是互换了血条。

“这怎么回事？”涂南声音轻轻的，眼睛却睁大了。

“新玩法，只要两个玩家互相结契，一方在生死关头，另一方会得到提示，可以瞬间传送到对方身边，甚至与对方互换生命，作为交换，攻击力会提升。”他说完演示了一下，剑客几乎几招就把红名怪给全秒杀了，“为新扩展包探索壁画开发的。”来源他没说，是她那次差点出意外，他回来后就做了这个，在忙着见投资方的间隙里，熬夜赶了出来。

“嗯。”涂南手指钩在他毛衣袖口，指甲轻轻刮着毛线的边。

石青临在她不安分的手指上捏了一下：“不玩了，走吧。”大衣搁在了柜台，他点了结账，起身去拿。

游戏没退，涂南在电脑被关掉之前，看了眼里面的世界频道。

[世界]玩家一：这些玩法早就不新鲜了，说好的新扩展包呢？

[世界]玩家二：就是，发布会上说得那么好，白期待了。

[世界]玩家三：看那公告，这游戏不会要凉了吧……

几行字一闪而过，她扫了一眼右上角的公告区，只看到一句：新扩展包将再次延后。

电脑关了，没看到详细情形。

方阮在饭桌上用手机发消息告诉她，新扩展包一推再推，这次发了公告，没说上线日期，公司只道歉了，也没说原因。

她想，原因不是没有，恐怕是不能对外说明。

方阮把他们送出网咖，寒暄两句，回去继续守柜台，话不敢多说，可能是因为之前跟涂南说了太多。

外面很冷，涂南主动牵了石青临的手，被他握着收进大衣口袋里，两人一起往前走。她一边走，一边玩他的手指，五指穿进他指间，成了十指相扣。

“我没开车，坐地铁吧。”他说。

涂南“嗯”一声，跟他去地铁站。

在闸机外，涂南以为他会去买单程票，却见他从口袋里掏出了张地铁卡：“刚办的。”他扬一下那卡，笑着说。

她低头轻轻吸口气，抬起头来刷卡进站，回应说：“真会过日子。”石青临笑得更深，手又伸过来，她牵住她。

列车还没来，在站台上等的时候，石青临告诉涂南，他最近陪老爷子过年，在他那儿住几天，人不在家，怕她去扑个空。

她问老爷子身体好吗，他说好，反过来又问她爸身体好吗，她点头，问完两个人互相笑，这次分开可不算久，可怎么就搞得那么陌生。

车门开了，一群人拥下来，石青临搂住涂南，身高优势明显，把人群隔开了，等人下完，才带着她上了车。旁边有个座位，他让涂南坐，涂南让给了别人，跟他一起在门边站着。

地铁上暖气开得足，过了隧道有一段是露天的，玻璃上很快有了水雾。涂南手指点在上面，轻轻地描画，写了个“石”字，又写了个“青”，眼睛抬起来，男人正盯着她，她抿着唇，又一点点把字抹去。旁边他一只手撑着，有他在旁边站着，她几乎被隔绝在了一个单独的空间里。他低下头，在她耳边说：“干什么呢，是不是在玩我？”

其实是被她撩到了。别看她平时不干什么，干起来，一点小举动在他眼里都有加倍的效果。

涂南看他一眼，不作声，手指在水雾消去前反反复复写他的名字，写了抹，抹了再写。石青临目光落在她侧脸上，她的耳垂很红，不知道是冻红的还是被他的语气弄红的，明明看着是个冷淡的人，结果到处都敏感得很。他体谅她，拉一下她的衣领，帮她遮住了。“回来多久？”

“别问，”她说，“我暂时哪儿也不去了。”

这话怎么说得那么认真。石青临拨开她眼前的刘海，看她的眼睛，百感交集。

从见到她那刻起就没停过，现在的他，面上和心里根本不在一个状态。

车又进了隧道，涂南的手指离开了玻璃。石青临抓着她的手，蹭掉了她手指上的水迹。她又捉到他的手指，把玩着，他的手她今天碰不够，这双游戏制作人的手刚刚碰过键盘和鼠标，在她面前演示过新玩法，也搂了她，牵了她。

那只手拉她一下，顺便也拉回了她的注意力。“在想什么，一路都在出神。”

“你呢，在想什么？”她反问。

石青临打趣：“我在想，你回来，怎么不是玩我的名字就是玩我的手。”

“嗯，我就为这个回来的。”她故意说。

他笑了，人靠在扶手上，由着她摆弄自己的手。

就这么一路也不腻，只是心里仍然在想着别的。他时不时看她的脸，事情不能再这么藏着掖着。

车进了站。涂南下了车，石青临跟下来。

站台上，很多人离开，没多久就空了，他们没走，还站着。

涂南在看对面，列车行驶过后，轨道旁的隧道墙壁上，广告牌里贴的是新春促销的内容，她记得她走之前，还有很多站牌上是《剑飞天》的广告。她转过头去看石青临，他正看着她，彼此视线撞个正着。

“我一直在想，该怎么跟你说。”他笑一下。

涂南说：“我知道了。”

方阮知道的不多，但安佩知道，涂南没告诉他，在去网咖的路上，她先联系过了安佩。

安佩后知后觉，那天石青临宣布的不是下班，是拒绝了投资方，新扩展包上不了了，谁也不知道什么时候能上。几个亿的项目，资金断了，运营不了，彻底停摆。公司现在就是这个情形，也不知道能维持多久。

石青临已经猜到了点，也好，她知道了，不用他亲口说出来，他会好受很多。

何况跟薛诚有关，他也说不出口。少年时起的情分，在他问出那句还是不是他兄弟的时候，得到的回答却是：我当不起你兄弟。

项目停了，兄弟情分没了，人从高处到低处，其实也容易得很，一个跟头就下来了。

“会反悔吗？”他喉结动一下，脸上却还有笑，“你找的这个男朋友，差不多就要一无所有了。”

“那我算什么？”涂南忽然问，两手拽住了他的大衣，“你都不算上我吗？”

怎么能说一无所有，他不是还有她吗？

第六十六章

饶是石青临这样的人，听到她这样问，也说不出话来了。

事业栽了，兄弟没了，这些都没法跟外人说，扛了这么些天，甚至还能当作什么都没发生一样，该干什么干什么，在她面前却不行，一个大男人，听了这话，感动得眼睛都涩了。他咬了咬牙关，又笑了："是我说错了话，你就当我没说过。"

涂南松开手，觉得自己刚才也是有点急了，仿佛是怕他孤立无援。

石青临拉住她："走，带你去老城敲钟。"

涂南被他拉回去等下一趟车："可是现在年已经过了。"

老城有口古钟，她知道每年除夕都有人去敲钟祈福许愿，已经是个习俗了，但除夕早过去了。

"那是别人的年，我的没有，"他说，"我就等着跟你一起过了才算。"涂南冷不丁被他灌了口迷魂汤，心里又酸又麻，他不是心血来潮的人，肯定是早就计划好了的。

车还没来，石青临口袋里的手机响了，他掏出来看一眼："老爷子的。"说着接通了。

涂南站在旁边看着，没几句他就说完了，挂了电话，告诉她："没什么事，就催我早点回去，我说跟你在一起他就不催了。"

"要不就回去吧。"涂南说。

"不敲钟了？"

"无所谓，反正我也只有一个心愿，在哪儿许都一样。"她只希望他能赶紧渡过眼前的难关。

石青临怎么可能不懂，她现在就跟团火一样，让人心里发热。他脚一转，伸手想去抱她，站里的广播正好报起了列车将要进站的消息，他忍住了。

"真不去了？"他问。

"不去了，"涂南看着他，"你打算在老宅里住几天？"

石青临顿一下："没几天了。"

涂南依然看着他，像在观察他的表情："你要不要……住去我那儿？"

他不说话了，有一会儿，才又开口："这你也知道了？"

"猜到的。"涂南说，"看到你那张地铁卡猜到的，不然你还说什么一无所有？"

石青临一下一下揉太阳穴，揉了五六下，苦笑："找女朋友不能找太聪明的，否则想留点面子都不行。”开了个玩笑，看见涂南盯着他的眼神，他立马就认真了，点头：“你说的都对，我在筹钱。”

地铁站里，列车带着噪声驶来，他的声音夹杂在里面：“涂南，我还是想让新扩展包上线。”

投资没了，另外筹钱，房子车子都用来做了抵押，这么久的心血不能烂在手里，那不是他一个人的心血。涂南什么也没说，手在掏着口袋，很快掏出把钥匙，递给他：“我家的，等你离开老宅了可以来。”

他给过她一把家里的钥匙，现在她给了他自己家的。

列车进站停靠，门打开。石青临拿了钥匙，手在她腰后一揽，带着她一起上了车。

“不是说不去了吗？”她还以为他搞错了。石青临把那把钥匙收进口袋，一手抓着扶手，一手扶着她的腰：“明天我就搬过去，今晚你先跟我一起回老宅，明天我们一起回去。”

涂南这才知道他的用意，垂眼笑了，就冲这份行动力，石青临就还是那个石青临。

往前坐了四站，出了地铁口还再走了一段才到老宅。

石青临开院门的时候，涂南问他：“老爷子知道这件事吗？”

锁开了，他推开门：“知道了，我没瞒他。”

毕竟是唯一的亲人，石青临唯一瞒他的还是薛诚的事，他不想伤老人的心。

两人进了院子，到处都是黑的，涂南在走廊上掏出手机，按亮了灯，轻声说：“老爷子好像睡了，我要不要见一下他？”

“不打扰他，明天再说。”石青临直接拉她去自己房间。

屋门推开，涂南跟着走进去，灯还没按亮，人就被一双手臂抱住了，门被她的背抵着关上了，“哐”一声响，她吓一跳，担心把老爷子吵醒，下一秒，唇被堵住。

黑暗里，涂南感觉似乎有电流流遍全身。

在吻她这件事上，石青临总是很有耐心，每次都吻很久，这次更久。久到她几乎缺氧，他才终于放过她。

灯亮了，石青临收回手，看着她：“累吗？等着，我去给你找件衣服，你去洗个澡，没能给你接风，总得洗个尘。”涂南喘着气想，这人一套一套的，是从哪里学的。

石青临转头去找了衣服来给她，涂南趁机平复了一下心情，接了衣服，按他说的去洗澡，其间还反反复复地想着他的事情。

出来的时候，石青临穿着毛衣坐在床边，正在听电话，侧脸对着她，表情平淡，口气也淡，几乎只是在说“嗯”，他脸转一下，看到涂南，说了两句就把电话挂了。

涂南没问他是谁的电话，依稀听到是女人的声音，猜测可能是黎真真。

他出了事，她会来问也正常。

“快进来。”石青临掀着被子，怕她冷。她身上穿着他那件T恤，上次来时就穿过一回，盖到腿根。涂南爬进被窝，他压一下边，她才发现他手边还放着一沓文件，瞥了一眼，都是跟新扩展包相关的，接电话前他还在忙工作。

以为他还要忙，但他把那堆文件拿开，放到床头柜上去了。

“怎么不忙了？”

“陪女朋友要紧。”他说，一边慢条斯理地摸左腕，想摘手表，其实没戴表，习惯使然。

这一晚，石青临吻了她好几次，但他们什么也没做，他抱着她，看着她睡了，就很满足。

不知道几点，涂南醒过一回，老宅这间房间大，她睡在床上，是在隔间里，迷迷糊糊看到外面有光，很弱，隐约有键盘的声音，石青临坐在椅子上，膝上摊着手提电脑，垂着眼，还在忙。但很快光暗了，键盘声也停了，直到她又睡着。

再醒来，是早上了，外面出了太阳，一直照到床尾，一睁眼就感觉暖融融的。身上搭着的胳膊动一下，是旁边躺着的石青临，他翻过身，也醒了。

“石青，石青！”外面石敬年在叫他起床。

涂南坐在床上，想着就这样走出去会不会吓到老爷子。石青临仿佛知道她在想什么，坐起来，揉一下她蓬松的头发：“我先出去跟他说。”

她如释重负，起床去洗漱。

等她收拾好出去，石敬年早在门口等着了，石青临站在一边，身上只穿了件睡觉穿的短袖T恤，也不嫌冷，她想提醒他，但老爷子已经笑着跟她说话了：“早啊，南南。”

“早……”涂南不禁拖了一下尾音，因为老人家盯着她的眼神实在太热切，她又补上两个字，“爷爷。”

老爷子顿时笑眯眯的：“我听石青说了，他要去你那儿住是吧？去吧，不过你们先别急，晚点走，我留石青有点事。”

涂南点头，老爷子也许是心疼孙子，多留他一会儿，她去看石青临，他正好转头回房间，脸上没见有什么表情。

趁他回去洗漱，石敬年叫她去吃早饭。涂南跟着去了，走到那间厅堂，看到里面站着个中年男人，没见过，但对方冲她点了个头，她只好也点下头。

“等一下啊老陈，石青等会儿过来。”石敬年说。

那人说：“没关系，正好东家也要晚点到。”

石敬年没再管他，领着涂南进了厨房，给她拿早饭的时候才小声地问她：“石青有没有跟你说过他爸妈的事情？”

涂南说：“说过一点。”

老人点点头：“看到那个人没？”他指一下门：“那是石青爸爸的秘书，待会儿他爸爸要过来。”

涂南在心里默默回味了一下，没作声，只是在想，难怪刚才他是那样的。其实他们在家庭方面很像，不同的是，他可能伤得更深。

涂南饭没吃完就出去了，听了老爷子的话没什么胃口。到了走廊上，正好看到石青临过来，他居然穿的是正装，西装里面还打了条领带，手里拿着个文件夹。

“去哪儿？”他走到跟前问。

“随便转转，顺便等你。”她说。

他又问：“知道我要去见谁吗？”

“嗯。”

“不好奇？”

“不好奇，你自己见。”看得出来他的父亲很有来头，这种时候来见他，八成是为了他游戏的事，这是他的事，她不想干扰他。

石青临笑笑，漫不经心地指一下领口，对她说：“帮我看一下领带。”

涂南伸手过去，把那条灰色的格纹领带整理了一下，系紧：“挺好的。”

“那就好，”他挑一下眉，“我可不想在他面前像个失败者。”说完低头在她额上吻一下：“等着我。”

她看着他走了，想象不出他是什么心情，但看他这么正式，不知为什么，居然有点替他难过。

石青临走到厢房，那是老爷子的书房，看到门外站着的人，他叫了声：“陈叔。”

“少东家，东家在里面等着你了。”陈叔推开门。他走进去，石敬年也在，坐在红木桌的一头，另一头坐着他的父亲石锻泉。

父子俩十几年没见面，变化都很大，石锻泉戴眼镜，长相像老爷子，气质文质彬彬的，这点跟爷孙俩都不同。

石青临坐下来，坐在了老爷子旁边。对面的石锻泉看着他，打从他一进门就看着了，的确也很多年没见到了。

“石青。”

刚开口叫他，被他打断：“石董事长，容我更正一下，我叫石青临。”

气氛僵住了。老爷子在旁一声不吭，这种情况，他也无可奈何。是他通知石锻泉来的，前两天他就提出把这栋老宅卖了筹钱给石青临，被石青临给拦下了。没办法，老人就通知了石锻泉，想让做父亲的伸手拉儿子一把，否则他还是想卖宅子，如果不是这样，石青临今天绝不会答应见面。

石锻泉还是沉得住气的，很快脸色就缓和了：“你的事情我听说了，需要多少钱，你开个口就行了。”

石青临忽然笑了。

石锻泉眉心皱成了川字：“你还是不肯原谅爸爸？我知道当初是我对不起你妈妈，自她走后，我就没好受过，年纪越大越愧疚，你姨妈至今也不敢来见你。这些先放下，我们这么多年不要孩子，就是为了你，爸爸的所有资产本来就都是要留给你的，你要就尽管开口。”

人上了年纪，还真有变化，石青临都不敢相信他会低声下气跟自己说这些，母亲去世前他还很强硬，当初他在美国跟父亲决裂，经济说断就断了，人死了，这人才知道良心受折磨了。

“别这样，你们想生几个生几个，您的财产也不必留给我，随您处置。”

“那你就不管你的游戏了？”

“管，”石青临说，“没人会跟钱过不去。”他把手里的文件放在桌上，推过去：“这是我公司游戏的相关报告书，有关投资的协议我也拟了一份，如果您看过之后真的有投资意向，也同意协议条款，那欢迎投资，我也会尽我所能给您带来回报。”

公是公，私是私，但这在他眼里，真的就是个生意，只有公，没有私。

石锻泉把文件推到一边，脸冷着：“几个亿都没法让你叫我一声爸爸？”石青临手指扯一下领带，也许是涂南系得太紧了，有点透不过气，脑子里闪过很多记忆的碎片，都很乱，就像现在的情形。

“您可能不知道，我当初在美国也颓废过一段时间，但后来又想通了，好好念书，好好做游戏，为什么？因为我知道人做了什么，就要承受什么样的后果，我不想变成一摊烂泥，就得自己站起来。所以石董事长，看开点。”

现在的结果，都是当初造成的，人有勇气做，就得有勇气承受。

石锻泉没想到，居然是他反过来劝自己看开点。

涂南利用等的时间帮石青临收拾了一下东西，出了房间，正好看到他回来。她想从他脸上看出点什么，但他情绪藏得太好，什么也看不出来，她只能明明白白地问：“还好吗？”

石青临把领带解下来，在手里卷着：“不好，这桩生意可能谈不成。”

“我没问生意，问的是你。”

“我很好，真的。”他笑，弯着手指在她脸颊上刮一下，“不要低估你男友的忍耐力。”

身体像是有惯性，被他一触碰就乱了思绪，涂南没法再问了。

“等我换身衣服就走。”他进了房间。

涂南提提神，去跟老爷子道别，走到一半，看见之前见过的陈姓中年人，旁边是老爷子和另外一个中年人，那是石青临的父亲。她多看了两眼，发现他跟石青临一点也不像，倒是注意到他手上拿着石青临的文件。

他们出了门，像是从来没来过，这里只剩下石青临，她也只在乎石青临。

第六十七章

石青临踩着凳子，手里捏着个新灯泡，拧到屋顶的灯座上。涂南整理着沙发，抬头时正好看见，他袖子卷到手肘，小臂露着，踩在凳子上的两条腿绷直，上衣提起来，后腰文上去的那文身若隐若现。

以前听方雪梅说，女人家里多个男人会很不一样，她还不信，现在发现是真的不一样，他来了这个家，连感觉都不同了。

灯泡拧紧了，石青临一低头，正好撞上她的视线。涂南说：“我好像看到，一只凤凰飞进了麻雀窝。”

话是开玩笑的，但论开玩笑，石青临比她厉害。他从凳子上下来，走过来，托起她下巴，头慢慢转着，像是从不同的角度在端详她：“是吗，让我看看这凤凰是什么样。”

她忍不住推他一下，他早笑了。

两人一起收拾着屋子，从老爷子家里回来后就一直在忙，第一次住在一起，打扫卫生，整理行李，里里外外，有做不完的事。

没多久，石青临的电话响了。

涂南正在给阳台上的绿萝浇水，听过他太多电话，光听他的语气就知道对面是安佩。果然，他接完了说要去趟公司，问她："要不要跟我一起去？"涂南把水壶放下来，都打算去换鞋了，想了想还是算了："你们忙吧，我下次再去。"

她是新扩展包的总画师，这时候去见了大家，就像是在提醒他们新扩展包的事一样，还不如不去。

石青临看看她，应该也想到了，笑了笑，出门走了。

涂南回房去，把衣柜腾出些空间，特地用来挂他的正装，出来客厅又把茶几垫高了，是方便他工作时用。做完后，她看了看屋子，早两年的时候，她还跟方阮商量着，想把家里重新粉刷一遍，后来因为忙没顾上，结果今天石青临来却说他就喜欢这样子，她现在已经把重新粉刷一遍的念头彻底断了。

微信提示音响了，她在茶几上拿起手机，以为是石青临发的，看到名字，有点意外，居然是黎真真。她们加了微信只说过一次话，就是上次她约了时间去画舞蹈那次，今天是第二次。

黎真真说想见她一面。

涂南回复了，把手机收进口袋，去拿外套。

反正有时间，见一面也无妨。

黎真真就在自己家旗下的那间度假酒店里。她走到前台，看了一眼墙上的时间，已经是下午一点五十五分，问了一下前台的人，人还没有到。约定的时间是两点，黎真真心里已经认定了涂南会迟到，不是很高兴，没想到一转过头，就看到了迎面走来的女人。

涂南太好认了，身材高挑，气质也跟别人不同，酒店里客人来来往往，就数她脸色平淡，一双眼亮晶晶的。不仅没迟到，还很准时，她是掐着点来的。

"我还以为你会不想来。"黎真真说。

"不想来我就不会答应你。"涂南把外套的衣领往下拉一点，露出下巴，"找我有什么事？"

"坐下说吧。"黎真真转头带路。

往前进了酒店的餐厅，她找了个靠里的位置，两个人面对面坐了下来。

"这里的牛排不错，要试一下吗？"黎真真翻着菜单问。现在不是饭点，涂南并不饿："不用了，你可以自己点，不用在意我。"

"一个人吃我可吃不下去。"黎真真合起菜单，叫来服务生，点了杯咖啡，又问她，"喝什么？"

"白水。"

真是个冷淡的女人，淡到摸不清她的喜好。黎真真依言给她点了杯白水。

有几分钟，双方只是这么面对面地坐着，在等喝的上来。

涂南把身上的外套脱下来，里面穿的是件白色的细绒毛衣，心形的低领，露出了锁骨，她头发长了不少，超过了肩，刘海那儿微微地弯曲着，落在脸颊旁。

以前见惯了她工作时的模样，现在的样子总让人觉得妩媚很多。

服务生把喝的送了上来，黎真真看着涂南端起来喝了一口，等她放下杯子，终于问："你知道薛诚的事吗？"

"你指什么？"她看过来。

"撤资的事，是他搞的鬼。"

"知道个大概。"涂南是联系安佩的时候知道了一些，石青临一直没说，她也没问。

男人之间的友情她身为女人无法了解，只知道石青临不一样，他面对背叛或许并不会说太多，但在心里面一定会划清界限，就像他对他父亲那样。

"你可能会以为是因为我，他才会这么做。"黎真真说，手捏着勺子搅了搅咖啡，"其实不是，他对青临，一向既羡慕又嫉妒，我跟他的事，顶多算是个引线。"

涂南的脑子里像电影片段一样闪回好几个跟薛诚对话的场景，也许是因为他们之间说话的次数本来就不是很多，她记得那一次在酒店里，他说羡慕石青临，因为石青临的出身、头脑，哪一样都占尽了优势，干什么都从没失过手，感情上也是。印象里，类似的话他说过好几次，那是个有点阴晴不定的男人，现在回想，他和石青临往来时可能一直都情绪很复杂。

"今天早上他已经走了。"黎真真喝了口咖啡，接着说，"去了加拿大，以后可能不会回国了。"

涂南点一下头，表示知道了："那看来他也没多得意。"既然成功让石青临摔倒了，却又不欣赏成果，也许是做了就后悔了，但做了就是做了，后悔也没有意义。

黎真真没她想得那么深，随口接一句："可能吧。"她没有去送薛诚，临走也不过是通了个电话，没说几句，因为有气。走到这一步，各自听天由命。

她的手一直搅着咖啡，忘了喝，和涂南对话她会忍不住要思考措辞，就顾不上别的了，也不明白为什么会这样，明明彼此差不多的年龄，她却觉得自己不是对手。

好一会儿，她才又开口："他是不是在你那儿？我找了他好几次，都见不到他。"

"如果你是说石青，他的确在我那儿。"涂南说。

石青。黎真真忽然发现一个连带着姓的称呼居然比她平时叫的青临还要亲昵，因为与众不同，所以显出了特别。她把勺子搁在瓷碟边上："今天找你来，就是为了他的事。"

她说完，再去看对面，涂南正看着她。

"我知道。"她们俩之间还能因为谁，涂南当然知道，"说吧。"

黎真真被她的话弄得怔一下："你就不怕我像电视里演的那样，叫你离开他？"

"凭什么呢？"

"凭我现在能帮他，你不能，他缺的是投资，是钱。"

"你随意，"涂南的手指扶着玻璃杯，"我反正没有离开他的打算。"

黎真真沉默了一会儿，拿起放在旁边的手包，站了起来："算了，跟我来吧。"涂南跟在后面离开餐厅，两个人先后走到酒店走廊上。涂南心里有数，之前说的那些都是题外话，或许现在才是黎真真叫她来的目的。

黎真真走在前面，身上的羊绒套裙把她的身段衬托得细长，很快涂南就和她走成并肩。她忽然说了句："羡慕又嫉妒，我对你，差不多也是一样的。"涂南淡淡地说："那我挺荣幸的。"

余光里，黎真真脸朝着她，看了看，停了下来，从手包里掏出什么递了过来："我开春后要回美国去参加百老汇的面试，走前会办个专场表演，如果愿意，你们可以一起来。"涂南止步，拿过来，是两份邀请函，做得很精致，烫金的字体，有淡淡的兰花香气，打开看了一下，是黎真真的父母替她办的，会邀请国内外亲朋和商界好友齐聚，算是让她出国前回馈一下国内亲友。她收了起来，心想难怪会想见石青临。

再往前是宴会厅，黎真真走到门口，对涂南说："里面是我父母的一个朋友，做风投的。"

"那应该让石青来。"她手伸进口袋，甚至想马上就通知石青临。

"你来或许更有用。"黎真真敲了敲门，把门推开，让她进去，"我在门口等你的结果。"

涂南进了门。

里面有个上了年纪的男人在等，坐在沙发上，身材臃肿，穿着厚厚的外套，乍一看像个假人。看到她进来，那人笑着站了起来，请她就座。两人互相做了介绍，涂南接过了他递来的名片，听着对方的说明，很快就明白了黎真真话里的意思。原来这人一向喜欢收集古董和文物，近期忽然迷上了壁画，这两天正好落脚酒店，也许是黎真真跟他提了投资的事，他顺藤摸瓜提出来要跟画壁画的涂南谈。

客套了几句，对方直奔主题："我想跟涂小姐谈个生意，我知道你是做临摹的，你的老师是徐怀，那可是位大师啊，这样吧，只要你肯把你在他组里临摹的壁画卖给我，投资的事好说。"

涂南抿住唇，怎么也没想到对方会提这个要求。

对方以为她在意价钱："放心，价格你随便开。"

她很久没说话，心里明白石青临需要的投资不是小数目，任何一个投资人出现都是机会，但最终，她还是拒绝了："不好意思，这我不能答应。"

对方正处在兴头上，当头被浇一盆冷水，脸色变了："为什么？"

"那是组里的壁画，不是我个人的。"

"那又怎么样，是你临摹的，你悄悄拿出来没人会知道，回头再临摹一幅一样的不就完事了。"

"我临摹的是文物。"涂南说声抱歉，告辞出门。

黎真真还在门口站着，听到门开的声音，转头看过去："怎么样？"

涂南摇一下头。

"看来我没说错，你的确帮不了他。"黎真真往回走。

涂南真的很想答应那个要求，但原则不允许，何况对方又没多少心思在游戏上。这些很难说清楚，不爱壁画的人很难了解其中的意义和坚持。她跟上去，脚步快，很快赶上黎真真："能不能请你帮个忙？"

黎真真回头看她。

涂南说："不管能不能帮上他，我还是想帮他的。"

那天石青临从公司回到涂南家里已经是天黑后了。

进门先嗅到一股饭菜的香，他换了鞋，走到厨房门口，看见涂南在做饭。她把头发扎了起来，身上围了条围裙，上面有菠萝的图案，不知道她为什么会买这么卡通化的围裙，跟她的形象一点也不符，可是莫名地，越看越觉得可爱。

石青临不忍心打扰她，就这么倚在门边默默看着，这个家对他而言原本应当只是个落脚的地方，现在因为这个场景，一下就像个家了。

他牙关紧咬，以他现在的处境，哪里还能在她面前谈到“家”这个字，什么也给不了她。涂南关了炉火，转过头，其实早就看到他：“不知道你喜欢吃什么，我随便做了。”他笑：“你做什么我吃什么，不挑。”

这人也不吃甜的，可嘴巴总能说出好话来。涂南又想起了酒店里拒绝掉的投资，思考了一下，还是没告诉他，只把黎真真给邀请函的事说了。

“你想去我就陪你去。”石青临脱了外套，走到洗手池边洗手，和着水流声说，一切让她决定。

“那到时候一起去。”涂南说完，准备吃饭。

“等等。”他洗完了手，擦去水，伸过来摸到她的脸，亲下去。

吃饭之前，得先吻她。

黎真真的表演定在城里最好的舞剧院，周五，晚上八点开场。

石青临当天去谈了几个客户，和涂南赶过去时已经过了晚上八点，进去时现场黑漆漆的，只剩下舞台上还有光。这是个小厅，能容纳几百人，但这毕竟不是对外公开的表演，已经算大了。里面坐满了人，两人找到座位，在前五排，很靠前。

台上，黎真真早已在跳，这一支是现代舞，音乐哀婉，她动着手臂，缓缓伏在舞台上。

下面掌声雷动。

最前排有对中年男女站了起来，在鼓掌，应该是黎真真的父母。

舞台灯熄灭，黎真真下台休息换衣，几分钟后，下一支舞开始，再次上场。涂南悄悄问石青临：“这里的人你认识多少？”他转着头看了一圈，低声说：“太暗了，看不清，有几个见过面，但不熟。”她说：“那说明来的都是有头有脸的人。”

“也包括你我？”他故意开玩笑。

“当然，”涂南指台上，“只要你点头，黎真真连美国都不回了，你马上就会成为这里的座上宾，最有头有脸的那个。”

石青临低声说：“你可能是最近又欠教育了。”

涂南嘴巴闭住不说了。

知道他的为人，他向来说到做到。

没人知道他们这点小动作，台上还在跳，下面的人看得认真。

这场表演有点像汇报演出。涂南以前读美院，也曾去艺术院校里看过舞蹈生音乐生的表演，每到毕业前都会有类似的表演，作为一场总结和汇报，展示自己的学习成果。就如同他们毕业前也会开画展一样。她觉得黎真真的父母真是有心，能在她出国前，为她做这样的安排。

黎真真没有请舞伴，一直是独舞，前半场的表演已经过了一个多小时，体力消耗大，这次她休息了很长时间，舞台上的幕布一直拉着。直到下方看客们在黑暗里窃窃私语，灯才又亮起。

音乐声起，石青临抬起头。

他之前也在看，但那是出于礼貌在看，并没有看细致，直到现在，响起的音乐是《剑飞天》里的音乐，黎真真穿的是游戏里魅影的服饰，背后的屏幕上场景换了，是巨幅的壁画照片，涂南画的。

这不是什么学院派，很新奇，台下的人在议论，就连最前排黎真真的父母也转着头在跟别人说话。

接下来，每一支舞都以壁画为背景，黎真真的服饰换了几套，但都出自游戏，这些舞蹈，当初她在涂南眼前跳过，被画成壁画。屏幕里只是照片，舞美不够逼真，但壁画里的人物在跳，台上的真人在跳，对台下的人而言，视觉上是巨大的冲击。

幕布拉起，灯光熄灭，再亮起，幕布拉开，音乐拔高，昂扬一声，黎真真手里拿着双剑。

最后一支，是涂南给她改的那支剑舞。黎真真对涂南编的动作记得清楚，没一个出错，在节点里，会跟背景里壁画上的人物重合。

涂南其实不记得当时画这些舞蹈时的细节了，只在这时候重温，才感觉到自己画得还不赖，或许她哪天该给徐怀过个目？

胡思乱想着，腰被搂紧了，石青临看过来，低声说："你叫我来，原来就是要我看这个。"

她"嗯"一声。

那天她对黎真真说能不能帮个忙，说的就是这个。这里请的大多是有头有脸的人物，或许是个机会，原定的最后几支舞改掉了，改成了游戏里的，不知道可不可行，但总得试试。

她想帮他，只要有一点机会，尽她所能。

音乐停，收剑入鞘，黎真真喘着气，鞠躬致谢。台下众人鼓掌，有人送花上台，照例得请她说些总结的话。黎真真拿着话筒说着无关痛痒的感谢词。身后的屏幕里已经放上了游戏画面，和那些壁画的照片一样，这些都是涂南提前问安佩要来的，安佩还以为她是要自己留作纪念，当时还悄悄说不告诉石青临了，别叫他知道了难受。哪里知道是这个用途。

舞台上，黎真真说到了最后几支舞，顺理成章地提到了《剑飞天》，然后话锋一转，说：“我想请壁画的创作者上台，有关游戏，她知道的比我多。”

没料到会有这出，涂南皱起眉，犹豫了几秒，只好上去。

石青临一直看着她。

舞台上灯光太强烈，涂南走上去先眯了眯眼才适应，她站到黎真真跟前，小声说：“事先没这个安排。”

“要我帮忙不是这么好帮的，”黎真真把话筒递给她，“是你的主意，你自己收场。”

涂南接过来，谈不上慌乱，但让她说壁画还好，说游戏，很难，可要是只说壁画，那就跑题了，投资不是给壁画的。

台下似乎有无数双眼睛盯着她，明暗交错里，有人在朝这儿走，宽肩窄腰的轮廓，身上没来得及换下的西装，衬衫松开领口，身姿笔挺，他几步踩着台阶走上来，从她手里拿过话筒，低声说：“还是让专业的来。”

当晚临走前，石青临去后台感谢了黎真真。

涂南其实早就订了花过来，放在她的化妆台上。她在舞台上时是真想让涂南出个丑的，好看看这女人到底有多沉得住气，但他出面了。

他从没主动找过她，这是第一次，黎真真头低着，找不到该说的话。

石青临说：“希望你去美国一切顺利。”说完他从熙熙攘攘的后台里出去了。

涂南等在剧院外面，在跟方阮发消息。

方阮：你是不是傻啊！

方阮：说是帮石哥，风头肯定全在跳舞的人身上啊。

方阮：万一石哥因为感动看上她了，你就哭吧！

告诉方阮这事，是想让他跟安佩解释一下，他却想到那么远的地方去了。

涂南：我相信他。

真要像他说的那样，顾忌这个顾忌那个，那还能帮什么，干脆袖手旁观好了。

方阮：女大不中留。

涂南回过头，石青临出来了，手里拿着外套。

他空着的那只手一伸，握住她的手腕，带着她走下台阶，去地铁站。进站，上车，一路他都没说话。光是在外面见客户就说了一天，之前在台上又说了大半个小时，像做推销，他实在累了。涂南也没说话，是吃不准他的心思，或许帮得不在点子上，反而是个累赘，他还不好直说。

直到列车里有风吹过来，他问了句“冷不冷”，紧跟着清了清嗓子，把外套搭在她身上，她才察觉他是话说多了。

回到了家，门打开，她换了鞋就去找杯子，想给他倒杯热水，家里或许还有润喉片。

他在身后关上门，把她拉住了。

“什么都别忙，”他说，把她拉进怀里，一拦腰，横着抱起，声音哑哑的，“我得先好好教育教育你。”

什么样的坎都可以来，跌了也认了，还有这个女人在，他觉得什么都值了。

卷七

春天来了

临

南

第六十八章

涂南两条手臂从被子里伸出来，趴在床上，在画画。

天早就亮了，平时这个时候她已经起来了，或者已经在做早饭，今天没有。

纸上是随手画的线条，没有具体形象，也没有意义，一团复杂，像女人和男人的纠缠，就像昨夜的她和石青临。

背上一沉，是石青临，他下巴抵在她肩上。石青临看了眼她笔下那些抽象的线条，怕她冷，把被子往上拉一下。知道她想着东西的时候就会画画，现在乱画，八成也是在乱想，他猜是他的功劳，忍不住想笑，这女人有时候实在可爱。

涂南不画了，转头看他，一眼就看到他脖子上的一个红印。是她的杰作。

昨晚她被他紧紧抱着，有一刻，她心血来潮，蓦地一低头，在他脖子上轻轻咬了一口。

怎么会用咬的……涂南默默把画纸画笔放到床头柜上，被自己的举动弄得无言以对。

石青临坐了起来，动手穿上衣服。

她问："几点出门？"

"八点，"他扣着衣扣，去拿西装，嗓子好了许多，没昨晚那么涩了，他叮嘱她说，"再睡会儿吧。"

涂南看他衬衣领口没扣好，连忙套了件衣服下床，把他拉住了，是怕那红印露出去，在外被人看见。

石青临站着，由着她给自己扣领口，打领带。房间里开着暖气还是有点冷，他手里拎着西装，抖一下，挡在她光着的腿上，眼睛看着她露了一半的肩。她也没好到哪儿去，有两块微紫的痕迹。

"疼吗？"他问。

涂南瞥见他在看自己，低声反问一句："你说呢？"她领带打不好，松开手，放弃了。

他笑着接过来自己打，一边说："那下次我注意点。"

涂南淡淡哼一声，听着他又笑了，坐回床上，拉起被子，看着他打完了领带。

石青临穿好了衣服，走到房门口，又返回，把窗帘拉严实，遮住了光，好让她继续睡，才重新带上门出去了。

涂南听着他在洗手间里洗漱的声音，剃须刀响起的声音，直到听到客厅里门关上的声音。四周安静下来，她从枕头底下摸出手机看，正好八点。她睡不着，打开微信，石青临的朋友圈好久没有更新过状态，还是当时他发的那四个字：一切都好。

如果真的一切都好就好了。

她放下手机，又从床头柜上找到画纸和画笔，撕了一页白纸下来，在上面照着这四个字写了一遍，折起来。

上次说要去敲钟许愿没去成，好像记得在哪儿看到过，把心愿写下来放在钱包里就能实现，不知道真假。其实涂南以前是半点不信这些的，就是现在，一边做也一边觉得这种事情很傻气，这么傻气的事情，她大概这辈子也就做这一回了。

再下床去找钱包，人已彻底没了睡意，她干脆起了床。

洗漱完的时候，手机忽然响了一声，有人发了消息过来。她拿着看了眼，转头回房，去找衣服换上。里面穿了件厚毛衣，外面加了件米色的呢绒大衣，涂南对着镜子照了照，出了门。

外面出了太阳，今天的天气好得出奇。

半个小时后，涂南到了商场附近，在路边的一间茶餐厅里，见到了等她的黎真真。

“找我有事？”她坐下来。

“今天能赏脸一起吃个饭吗？”黎真真答非所问。

涂南正好没吃早饭，拿起菜单，点了份鱼片粥。

“你吃东西都这么清淡？”黎真真说着，跟在涂南后面点了份百合粥，又加了一盘水晶虾饺，把菜单交给服务生后她说了句，“跟我妈妈好像，她吃东西的口味也清淡。”

“是吗？”涂南随口接了一句，不知道她怎么会把话题扯到她母亲身上。

等点的餐送上来，就知道原因了。黎真真说：“其实这次不是我想见你，是我妈妈。”

涂南隔着一层热粥的白气看过去：“你妈妈见我要干什么？”

“不知道，表演完她就想见你了。”黎真真可能是在国外待久了，拿了筷子用不惯，又放下来，换成勺子，“所以这顿早饭我请了，请你事后告诉我原因，我也很想知道为什么她会对你感兴趣。”

“不用，”涂南说，“我请，就当为你饯行。”

黎真真也不反对，也许是要走了，没什么可说的了。

“你妈妈打算在哪儿见我？”粥吃到一半，涂南想起来问。

“就在这儿。”黎真真放下勺子，看了一眼手表，“差不多要到了，我就先走了。”她拿了包，也没说再见，就这么离开了。涂南看着她出门，看她这模样，忽然就让人感觉她母亲挺奇怪的。

时间一分一秒过去，早饭吃完了，去前台结了账，但人没有来。

涂南原本以为黎母要见自己是跟投资有关，可一直没见人来，也许没那么好运，就不打算再等了。毕竟黎家做的生意不是这个领域，不太可能把钱投向游戏行业。

她站起来，出了餐厅。

离开了暖气，寒气扑面而来，涂南搓了搓手，往前走，没几步，身旁停下一辆黑色的加长轿车，她停下来，猜测是黎真真母亲，因为那车摆明了就是在自己旁边停的。

她看着后排的车窗玻璃降了下去，里面露出张女人的脸来。

“你好，是涂小姐吧？”

“是我。”涂南看着她，“您一定就是黎真真的母亲了。”

女人没答话，只是笑笑，虽然上了年纪，但保养得很好，也就笑的时候才能看出眼角的细纹。也许是因为天冷，她笑得不是很自然，嘴角是生生往上扯的。涂南等着她发话，一直没开口，一个站在外面，一个坐在车里。过了一会儿，那女人才回过神来，手连忙推开车门：“哎，看我，都忘了下来说话。”

涂南后退一步，方便她打开车门。

黎母从车里下来，身上穿的也是件呢绒的女士大衣，样式乍一看跟自己身上的很像。作为一个有钱人，这种打扮有点朴素，更别说这有钱人浑身上下连个首饰都没有。涂南以前从没见过她，也就表演的时候远远看到她的身影，现在离近了看，越看越有种古怪的感觉，唇抿着，下颌的线条慢慢地收紧了。

“涂南是吗？”黎母问，好像再一次确认一样，脸上仍是那种扯出来的笑容，“刚才我来了，没敢进去，怕认错了。对了，还没自我介绍，我叫……”她顿一下，“我叫苏婉。”

涂南终于知道为什么感觉古怪了，是因为她全身的轮廓，她说话时的声音，以及她现在报上的名字。“苏女士，”她把冻僵的手收进口袋，点个头，“很高兴认识你，可惜我今天没什么时间，有什么事的话，下次有机会再说吧。”没等对方答复，她转头走了。

后面有脚步声，似乎是跟了几步，不过最后没跟上来。

阳光似乎没有温度，街上还是有很多人，涂南一路走到公交站牌下面，听到手机响了声，掏出来看，是石青临。

石青：告诉你个好消息。

石青：有几个新投资方联系了我。

石青：你的功劳。

前几分钟在路上，就像飘着的一叶舟，他的话像手，一下把她的思绪扯回来了。涂南好受了许多，是替他高兴。

南：等你回来庆祝一下。

石青：有这么高兴？

他破天荒地发了个笑的表情。

南：嗯，今天特别高兴。

石青：为什么？

南：就是高兴。

石青：你高兴就好。

她也回了个笑的表情。

抬起头，看见一个年轻的父亲扛着孩子在旁边等车，孩子的小手还被一旁的母亲握在手里，其他等车的乘客闲得无聊都在逗小孩，闹哄哄的，又很温馨。

她不等这趟车，离开了站台。

没有坐车，也没去地铁站，一直走着，她打算走到家附近了去买点菜，晚饭做得丰盛点，脑子里计划的都是现实的事情，却在偶然一回头的时候，发现那辆加长轿车还在后面跟着。

涂南转过身，就在路口停住，双手收在口袋里，淡淡地看过去，等着那车一路开到了跟前。

车门开了，苏女士有点匆忙地走下来：“涂……”一个字喊了出来，又戛然而止。

“这里不让停车。”涂南说。

苏女士马上回头，让司机开去别处，不用等她，再回头时发现涂南已经走远了。应该说，从一开始，她就没有要停的意思。

苏女士有点慌忙地追了上去："南南！"涂南收住脚。没想到再次从这个人口中听到这个称呼是在这种情况下，或者说根本没想过会有这么一天。

她的母亲，生在江南温婉之地，连名字里都有个婉，叫苏婉。她怎么可能会忘了呢。

路边一家饮品店，外面有撑着伞的露天座位，两人相对坐着，久久无言。

苏婉两只手搁在桌面上，看对面的涂南，一眼又一眼，她眉眼像涂庚山，皮肤像自己，白白净净的，小时候没少被人夸过，可性子似乎谁也不像，这么冷淡，不知道随谁。

"南南，不知道你爸爸有没有跟你说过我的事，这些年……"话到这儿忽然停住了。

涂南发现她跟生母真是一点也不像，人如其名，这是个温婉柔情的女人，难怪她爸惦记了一辈子。

苏婉叹口气，断断续续地开了口："我还以为，这辈子都不会见到你了。"

"我也是这么想的。"她说。

苏婉苦笑。

很多事情涂南不知道，其实当初她跟涂庚山结婚时正处在人生低谷，涂南的外公外婆双双离世，她原本不错的原生家庭轰然倒塌，又跟挚爱分了手，是涂庚山把她拉出了低谷，两个人才走在一起。在头几年是很美好，可惜久了矛盾就出来了，压抑的婚姻生活让她渐渐抑郁，或许是夫妻俩都不会处理矛盾，最终她逃离了家庭。

真的是逃，她跑去了国外，借着深造的名义断了跟涂庚山的一切联系，甚至连壁画的喜好都舍去了。

逃避的结果就是无法再见女儿，没有颜面，一年一年过去，知道涂南长大了，就更胆怯了，因为孩子一旦懂了事，独立了，就不可能再原谅她了。

重回这座城市时，她还想着悄悄去看一眼涂南，看看她现在长什么样，过得如何，却没想到会在那种情况下看到她，在舞台上，聚光灯下，不用说名字，一眼就认了出来。

"是我对不起你……"她叹气。

涂南觉得挺好笑的，她爸苦心孤诣地希望她进徐怀组里，去临摹壁画，没想到她妈早就把这喜好丢了，真是够讽刺的。

"黎真真是你女儿吗？"她只问了这一句。

“不，不是，她不是我亲生的。”苏婉忙说，“我和她父亲在一起后她还小，这么多年她就管我叫妈妈了。”

“嗯。”涂南不想细想，自己跟黎真真年纪差不多，所以黎真真还小的时候，自己又能有多大呢，生母却成了别人的妈，呵护着别人长到了今天。真讽刺，她轻轻笑了。

苏婉被她那一笑弄得头皮发麻，身体不自觉地往前倾：“南南，我什么都不求，只求你让我补偿你，什么要求都可以，只要我能做到，你尽管开口。”她说得太急，有点语无伦次：“真的，我不求你原谅我，也不求你认我……”

“妈。”涂南忽然叫她。

苏婉一下惊住了，嘴唇都在颤抖，眼里还有泪花，脸上又有笑，说不出来什么神情：“南南……”

“能不能请你去见我爸一面？”涂南笑一下，“还有，能借我笔钱吗？”

第六十九章

咖啡厅里，石青临刚刚见完一位投资方代表。

谈得还算顺利。他轻松不少，低下头，转了转手腕上的表。白色的表带，上面绘着花纹，是涂南给他画过的那块表。

刚送走那位投资方代表时，对方还夸了他这块表，说这个牌子的表里没见过这款，应该是限量版吧。他笑着说：“是，老婆送的。”

全部身家都投到新扩展包里去了，除了这块表，他唯一私藏的，要不是正式场合需要，他都舍不得戴出来。

表盘上，时间指向下午三点。生意已经谈完，他该走了，之所以还坐着，是因为刚刚有个他没想到的人联系上了他。

他叫来店员续了杯，继续等了片刻，再看表时，有人走了过来。一个中年女人，衣着朴素，相貌很温和。是黎真真的母亲，通过公司找到的他。石青临并不清楚她的来意，还是客气地起身打了招呼，请她就座。

苏婉没有点咖啡，坐下后就是一副心事重重的模样。

“如果是因为上次表演的事，我向您致歉。”石青临先开口，也许是因为自己的事影响了黎真真的表演，她才会来这一趟。

“我来不是为了这个，是为了涂南。”苏婉犹豫了一下，说，“我是涂南的生母。”

石青临刚刚端起咖啡，又放下来，怀疑自己听错了：“应该不会这么巧吧？”

“我也没想到会这么巧。”苏婉顿了顿，紧跟着就把自己跟涂南还有黎真真的关系说了，不想让他误会。

石青临听完差不多就明白了，她当初出国去的地方是欧洲一个小国，那个年头当地的华人还比较少，加上她能认识黎父又是因为同乡，不自觉就把圈子缩小了，如今会在这个城市里撞上，也就不奇怪了。

他只是在想，涂南现在是什么心情。就在几个小时前，她还在微信上说她今天很高兴。

“我今天来见你，是为了你游戏的事，我答应了南南。”苏婉上下打量他，像是在看他这个人到底怎么样，好一会儿，才又说出话来，“那孩子看着那么冷，没想到对你能爱成这样，为了你，宁愿对着我这个抛弃了她的人张口叫妈。”

其实涂南并不愿意认她，苏婉是看得出来的，不然涂南不会一察觉到点苗头转头就走，从一开始她就没有要认苏婉的打算，却还是叫了她一声妈。这么多年没嘘寒问暖过，像是人间蒸发了一样，苏婉不知道涂南这一声妈叫出来时带了多少委屈和不甘，偏偏她当时还是笑着的。

两个要求，一个为了生父，一个为了这个男人，全不是为了自己，好像她一点也不在意自己这些年是怎么过来的。当时苏婉问她：“妈妈还能为你做什么吗？”

涂南说：“不用了，我的要求已经提了，你做了也就算补偿过我了，以后我们两不相欠，能不来往就别来往了。我这个人挺怕麻烦的，不太喜欢走动，何况我们也各有各的生活，你还好，我也不错，这就够了。”这是她说的最长的话，说的时候脸上依然是有笑的。

她越是笑，苏婉越心酸，当着她的面时还忍着，现在回想，越想越不是滋味，眼眶不禁湿了。

在小辈跟前这样未免失态，苏婉暗暗吸一口气，再看对面时，脸板了起来：“我知道真真也喜欢你，但你要是敢三心二意，对不起南南，我以后绝对饶不了你。”

石青临听到现在，一直没什么表示，直到这时候，才点了下头：“就冲您刚才这句话，涂南叫您一声也不算亏了。”苏婉反而被他的口气弄得愣了一下，接着就释怀了，好像一下就明白涂南为什么会喜欢上他了。

这场会面并没有谈多久，三点多碰面，四点多结束，一个小时。石青临本来要回趟公司，去了地铁站后，转了方向，直接回家。

进了小区，遇到几个经常碰面的熟人，挺客气地跟他打招呼，他点个头，算是回应，走到了楼下面。

没进楼道，他在外面站着，想抽支烟再上去，手摸到西裤口袋，掏出了烟盒。气温有点低，他出门时也没加外套，只穿着西装，便往楼道里站了站，背着风，依然挡不住寒冷。抽着烟，他想的全是涂南，心里不是滋味。

他本以为现在给不了她什么，至少还能护着她，不让她受半点委屈，可现在算什么，为了自己，叫她承受这些。他夹着烟递到嘴边，又狠狠抽一口，辛辣的味道从鼻腔滚向喉咙，他手指按了按眉心，自己在心里嘲笑自己：算什么男人啊石青临。

就这时候，一只脚在他脚后跟轻轻踢了两下。石青临转过头，涂南就站在他身后，脖子上的围巾裹得严实，一张脸被遮住了大半，几乎只露出两只眼睛，手里提着个购物袋，装着刚买回来的菜。

刚才她老远就看见他在这里站着了，走过来故意用脚踢了踢他的脚后跟。

“怎么不上去？”她说话的声音闷在围巾里，眼睛微微弯起，像月牙。

像是什么都没发生一样，她还在笑。

石青临掐掉烟，扔进垃圾桶里，回过头来提了她手里的购物袋：“在等你。”

“这么巧？”她说。

他说：“嗯，就是这么巧。”

这世上巧合的事情那么多，偏偏让她撞上最离谱的那个。

一起上了楼，一切如常。

进了门，涂南接过购物袋去厨房，把菜一样样拿出来，很快又走了出来，因为忘了解下围巾。石青临看着她忙里忙外，走过去，伸手帮她把围巾解下来，顺手拉她一下，让她站得离自己近点。

“没话跟我说吗？”他低着头，往她眼睛里看。

涂南抬起头：“我应该有吗？”

石青临无奈地笑，手想摸她的脸，想起被风吹了半天，又收回去：“你好好想想。”

“哦，”她像是真想起来了，“今天我妈来找我了，不是什么大事，没什么好说的。”

终于说了，就这么轻描淡写的两句。

石青临手臂揽上她的腰，把她往自己身上按，手上用了劲，不像抱，更像是教训她："昨天教育得还不够是吗，今天又明知故犯。"

"我没干什么。"她还狡辩。

石青临笑了，从喉咙到胸口都在发堵，他叹口气，看着她："别这样涂南，你不知道我有多心疼。"他抬起一只手，扶在她脑后，把她抱紧。

涂南的脸埋在他肩窝，贴着他敞开的西装，压在衬衣上，很久，没有一点动静。

但是石青临有感觉，衬衣那一块变得温热，她的肩在轻轻地颤抖，他收紧了手臂。

是真心疼，二十几年的情绪，他希望她能宣泄出来，别憋在心里，当作无事发生。那不是别人，毕竟是生了她的人。

涂南在他怀里，脑子里想的都是过往，可是有关她妈的事情，全都不记得了。这个人毫无预兆地走，又毫无预兆地来。她想：无所谓了，各自安好，相安无事，什么都无所谓了。

无所谓，可是眼泪一直在流。她好像从没哭得这么凶过，却是无声的，石青临一言不发，就这么抱着她，不打扰她，让她哭。

快有二十分钟，她终于抬起头来，看见他衬衣那里湿了一大片。

"好受点了？"石青临垂眼，看见她双眼红着，眼睫毛上还有没干的水迹，心就更软了。

"你是故意惹我的，"她吸一下鼻子，声音哑了，"就想看我哭吧。"

石青临笑起来："冤枉我，我怎么舍得呢？"

一句甜言蜜语，把她的难过都融化了，她推他，有点不好意思："我去洗把脸。"石青临不松手，托起她的脸，低头亲她的眼睛。涂南不禁闭起眼，眼皮上酥酥麻麻的，亲了几下，他停下，问她："是不是以前从没哭过？"

哭过，可没当别人的面哭过。医院里因为她爸哭的那次也是背地里的，她说："不记得了。"

石青临心照不宣地不问了，松开手："去吧。"

涂南在他的目视下进了洗手间。

他把腕表解下来，仔细地收进口袋，心想：就这一次，以后再不会让她哭了。

两天后，涂南再次见到苏婉。她们在车站碰的头，苏婉独自一人过来，还是穿着第一次见面时那件呢绒大衣，拎着一个普通的黑色手提包，身上没有半点有钱人的派头。

涂南也是一个人，这是说好的。

两人一起上了大巴，去区县。

前面坐满了，她们穿过狭窄的过道，坐去后面。

苏婉靠窗，微微转过身，面朝涂南的方向："你爸爸搬去区县很多年了吗？"

涂南说："我成年后就去了，离他单位近。"

"那你……"

"一个人。"她把话截断了，看苏婉一眼，"我没长歪，也没长坏，我挺好的，你真不用担心，也不用内疚，都过去了。"

"那肯定，你爸爸那么严厉，你怎么会长坏。"苏婉说着低下头，拉了拉衣服下摆。

黎真真就要回美国了，她很快也会离开国内，今天故意又穿老衣服，是揣了点心思，想让她的南南对她的印象深刻些。

"南南，如果，我说如果，"她看一眼涂南，"妈妈知道你不想互相打扰，但是如果，万一将来有机会，我们还是可以再见的吧？"

涂南的目光越过她，看着车窗外倒退的风景，过了一会儿，她"嗯"了一声："有机会的话。"

苏婉抓着衣服下摆的手松开了，脸上有了点笑容。

前后花了四十多分钟，穿过曲折的小巷，两个人走到了涂庚山那座院子前。院门没关，留了道缝，是因为来之前，涂南已经提前通知过涂庚山。她推开门，走进去，回头看了眼，苏婉跟在后面走了进来，正在打量院子，脸上有些微的怅惘。

"进来吧。"涂南进了屋，知道她爸这几天受了凉身体不舒服，正躺在床上，直接去了房门口，敲了敲门。

苏婉已经走了过来。

"进来。"传出涂庚山的声音。

涂南看着母亲。

苏婉手指撩着碎发到耳后，推开了房门："庚山，听说你病了，我来看看你。"

门合上了。

涂南转过头，经过厨房，看见方雪梅一声不响地站在里面，低着头，也不知道在忙什么，手上其实什么也没有。她走进去，方雪梅看到了她，脸上挤出笑来："小南，你看，我该回避一下的，还没出门，你们就来了。"

“方阿姨，”她能看出方雪梅的窘迫，这事是为了她爸，可看到方雪梅，她心里还是过意不去，“真对不起你。”

方雪梅苦笑：“说什么呢，你妈那样的真是百里挑一，难怪你爸惦记她这么久。”涂南沉默了会儿，说：“所以还是让他放下吧。”

藏了多年的东西，总有挑出来的时候，过去了，该放就放下吧。

第七十章

没人知道涂庚山跟苏婉故人重逢到底说了些什么，那天苏婉从房里出来的时候，涂庚山已经累了。

涂南进去，看见他躺在那儿休息，脸色很平静，她没打扰他，出了房间，送苏婉离开。

又回到车站，苏婉才跟她感慨，大家都老了，她爸又病得这么重，那些陈年往事，到了这个年纪是该放下了。说话时她的手好几次伸出来，有碰一碰涂南的意思，但终究还是收回去了：“南南，妈妈希望你找对了人，人这一辈子，蹉跎不起。”

别的母女之间或许还能聊一聊看男人的经验，但她们不行，苏婉自觉感情失败，没那个资格。有关石青临，她听黎真真提起过很多次，但没怎么接触过，那男人到底怎么样，也许只有涂南自己清楚。她们是母女，可更像是陌生人，能说的只有这句。

涂南全程没怎么说话，车站嘈杂，一半是人的声音，一半是车的声音；她站在大巴前，旁边一辆车开过，尾气弥漫，她一只手抓着车门上的把手，示意苏婉先上去。苏婉上了车，回头看她，涂南一只脚踩上来，抬头也看了她两秒，这才开了口，只说了两个字：“保重。”

随后就跟着上了车，所以这话不是冲现在说的，苏婉明白，涂南这是在跟她道别。

回去之后没几天，就在这个周末，黎真真飞往美国，黎家所有人也一起前往。苏婉当然也走了，突然地来，又匆忙地走，可能她带走的就只有那句“保重”。

天空湛蓝，阳光温柔。一架飞机从高空中飞过。涂南站在路上仰着头看了一眼，其实不确定是不是那架，刚好看到罢了。她收回目光，往前走，几分钟后，到了公司楼下。

很久没来这里，今天过来是石青临要求的。他昨天很晚才回家，今天出门又早，涂南当时还在睡着，醒来后在手机上看到他的留言，让她到公司找他。

她走进电梯，心想：忽然这么神秘，不知道他这是在卖什么关子。

到了顶层，一下回想起当初合作时的时光，她走到那间画室门口，握着门把手，一拧就开了。她门推开一半，朝里看，居然什么变化都没有，阳光从落地窗里照进来，画板画架都还好好地放着，好像她随时还会来这里作画一样。

人还发着呆，门板上忽然两声响，她眼看过去，男人的两根手指，弯着在离她耳朵不远的地方敲了两下，转过身，是石青临的胸膛，他就站在她身后，快把她整个人给罩住了。

“等你很久了，居然在发呆。”他似乎心情不错，话里有笑，把她身体拨个方向，去隔壁的办公室。

涂南的手被他握着，一边走，一边拿指甲轻轻刮着他的掌心，忽然想起问一句：“你知道黎真真今天走了吗？”

“我应该知道？”石青临反问，惩罚一样用力捏一下她那只手，“多关心关心自己男朋友，少提别人的事。”

涂南只好不提了，那只手被他捏得麻麻的，她晃一下他手，无形中撒娇似的问：“那你有什么高兴的事吗？”

“马上你就知道了。”进了办公室的门，他松开手，拿了桌上的一沓文件给她看，“这个，难道还不值得高兴吗？”

涂南翻开最上面的一份，那是投资合同，翻翻下面的，也是。她有点错愕地去看他。石青临正在揭落地窗的遮光，室内一下亮起来，他站在那儿，身上穿着黑色的大衣还没脱，转过来，那张五官深刻的脸，叫她移不开眼。

他像是从她的眼里看到了情绪，嘴角扬起来：“你没看错，投资谈妥了。”

涂南难以置信，可这话是从他口中说出来的，她怎么听都是可信的：“都谈妥了？”

“都谈妥了。”石青临走过来，把袖口往上拉一截，露出大衣里西装袖边，翻着那些合同，这让他整个人都有种放松的姿态，“十几个新投资人，本来资金还有点缺口，昨天也补上了。”

他说这话时口气很轻松，涂南却清楚他这段时间是怎么过的，很多时候都在应酬，他一个不习惯低头的人，在这段时间里不知道低了多少回头，有时候也会喝醉了回来，虽然他进门前醒了酒，也吹了很久的风，有时候甚至会故意抽烟来遮掩，她都知道。

涂南想起这些，心就被扯住了，眼看着他，其他地方都暗了，就他这个人，这张脸，蒙了一层雾光，像美化了无数倍的画面，充斥着视野。

石青临眼一转就看到她盯着自己，被她这么看着，自己其实很受用这眼神，故意低下头好让她看个清楚。没想到涂南手臂伸出来，搂着他的脖子，就把他抱住了，先是一条手臂勾着他，然后是两条手臂一起，她轻轻说："恭喜你。"

谁能抵挡住这种柔情。石青临还不满足，也不碰她，直直地站着，由她搂着自己，问："就这样？"

涂南勾着他的脖子，目光从他的眼睛，一点点往下，落在他唇上。

欣喜是一种兴奋剂，从大脑传到身体，忽然听到两声敲门声，她才想起门没关，连忙和他分开，仓促地回过头，看见安佩站在门口，脸上倒还好，耳根却不可遏制地烧烫了，背过身，往旁边站了站。

"不好意思，打扰你们，"安佩两只眼睛都是亮的，还装作很正经，"我来问一下石总，投资也解决了，是不是该安排新扩展包上线的事了？"

石青临慢条斯理地看她一眼，也许是被打断了有所不满，语气也是懒洋洋的："回头再说，你们别急着下班，等我消息。"说完示意涂南跟自己出门。安佩顿时苦了脸，怀疑他是故意的，目送他出了门，也不好问，回头就把涂南拦住了："你们俩私底下一直这么激情？"涂南耳根更烫了："你还是好好工作吧，好不容易回到正轨。"说话时出了门，脚步加快了。

安佩在她身后嘀咕："道貌岸然！"

涂南走到电梯那儿，石青临站在里面，一只手按着按钮，正在等她。她匆匆走进去，看到他一脸揶揄的样子，手指撩开刘海，打了个岔："你不是说投资本来有个缺口的吗，那最后怎么补上的？"

石青临脸上揶揄的表情没了，按下底层键，在下行的时候说："你肯定没想到，最后一笔投资，来自我父亲。"

涂南意外，本来是随口找的话题，没想到会得到这个答案。

石青临被她的表情弄得好笑："这没什么。"

昨天他父亲石锻泉亲自来了公司，陈叔告诉他，当时石锻泉离开老宅时带了他的文件，是研究过后才决定投资的，既然这样，他没理由拒绝。

涂南听他这么说就放心了，仔细一想也好，至少他父亲不至于害他。

关于投资，石青临随后又提到了苏婉那部分，苏婉是个人出的钱，能算得上一笔大数目了，但对投资来说远远不够，不过公司运营也需要钱，的确解了他的燃眉之急，否则就连现在的游戏版本也不知道还能不能再维持下去。

“这笔钱我以你的名义入股了。”出电梯时他说。

涂南看着他：“为什么要以我的名义，这笔钱是给你的，你忘了当初我爸治病是你出的钱吗？”

石青临回头看她一眼：“你是要跟我分家了，划分得这么清清楚楚的？”

她一时找不到话反驳。

石青临笑：“别逞强，我知道你不会白拿苏女士的，这笔钱肯定是你问她借的，以后如果赚回来，你连本带息还给她，赚不回来，你我一起扛。”

涂南彻底没话说了，还能说什么，这男人什么都给她计划周全了。

他们离开公司没多久，到了方阮的网咖。

门上铃铛响一声，石青临推门进去，涂南跟在后面问：“来这儿干什么？”

“找方阮。”他说。

网咖里还是和平时一样热闹，方阮正趴在柜台那儿，看到他就招手，顺带着才跟涂南打了声招呼，嘴里说：“你们为那事儿来的？打个电话就好了，干吗还亲自过来。”石青临看一眼身旁：“怕她在公司里待下去不自在。”涂南也看他一眼，仿佛在说，不自在还不是你造成的。

石青临在方阮面前给她面子，不开玩笑了，问：“怎么样了？”

方阮说：“你交代的事我肯定办好啊，都打听清楚了，他们家明天就出新扩展包，上午十一点，准时的。”

石青临点点头，把大衣脱下来，搭在柜台上。

涂南听得不明白，忍不住问：“哪家要出新扩展包？”

“还能哪家，那个东恒呗。”方阮接话，“还好我路子广，他们藏得再严实我也能打听到时间。”

涂南不禁看向石青临。他脸转过来：“怎么，觉得我变坏了，去刺探别人的商业机密了？”她点头，看着像是故意的。

石青临说：“你忘了当初他们也想做壁画相关的新扩展包，逼得我们提前发布内容？”当时可能是薛诚故意泄露的消息，不过不重要，事情过了他也不想追究，但是现在又到了临门一脚的时候，不能出错，对于无耻小人，也没什么好客气的，总得给他们个教训。

他站在柜台边上，手指点着台面，惯常思考的小动作，没几秒，下了决定：“不等了，今天就上档。”说着从口袋里掏出手机，拨通了安佩的电话，通知她去办。

别说方阮，就连见惯了他行动力的涂南都没料到，就在这间小小的网咖里，他居然直接就把新扩展包上线的决定给做了。

安佩在电话那头问他："不用提前发公告给玩家吗？宣传也得跟上吧？"

石青临说："没关系，忽然上线本来就是个话题，你现在就联系媒体，明天把东恒的相关消息全都压下去。"方阮听到了这句，悄悄跟涂南使眼色："你男人好狠啊。"

涂南瞪他一眼，被"你男人"三个字闹的。

等石青临把电话挂了，方阮玩家的劲头才表露出来，按捺不住激动地问："石哥，这得庆祝一下吧？"

"嗯，"石青临说，"你看着办吧，等他们忙完了都叫过来，我做东。"

涂南趁他们说着话，走去里面，靠在墙边，隔了一米多的距离，看着一个男孩在座位上玩《剑飞天》。

最多五六分钟，客户端跳出强制更新的提示，玩家被迫下线了。

"什么情况啊……"男孩嘀咕。

余光里出现了男人的身影，涂南转过头，看到石青临走到了她旁边，跟她一起看着那边的电脑屏幕。

更新持续了二十几分钟，网咖的网速还不错，不然可能还得更久。男孩又登上去了，画面变了，耳机里露出来的音乐也变了。

巨大的飞剑从天而降，接着是陡然一现就无踪的奇书残页，高耸入云的山崖绝壁，幽暗的深窟，一幅一幅的壁画闪过，无数英雄高手的角色闪过去，最终音乐终止，画面定格，"剑飞天"三个大字水波一样浮出来，昭示新扩展包上了线，制作人员的名字一个个跳出来，制作人：石青临；总画师：涂南……

"我去！"男孩乐炸了，接着是别的玩家，又是更多的人，网咖里一下闹腾起来。

涂南看石青临，不知怎么，心里有一处热得发堵，低低说："像做梦一样。"

石青临抓到她的手，手指穿过去，握得紧紧的，没说话，但那画面跳出来的时候，何尝不是跟她一样，就像做梦，现在，终于梦到了这个部分。

安佩果真带着公司里一大群人赶了过来。

方阮早已订好了烧烤和啤酒，就在等着呢。这里就那么大地方，他也不嫌挤，更不嫌妨碍自己生意，因为有安佩在，他无比慷慨热情。

啤酒拎出来，大家一人拿一根烤串，端着一次性的纸杯，就这么站着，或许是都放下了一块肩头大石，又或许是这段时间知道公司不容易，没人嫌弃寒酸，反而还觉得这样挺有趣的，惹得里面那些玩游戏的顾客纷纷探头张望。石青临手里也端了杯酒，在餐盒里挑了两根没加辣椒的烤肉出来，想给涂南，看见她早就被安佩拉过去了。

“好久没见你出现，必须喝一杯。”安佩端着杯酒怂恿。高部长带头附和：“该喝该喝。”就连方阮都在起哄。

涂南觉得高兴，也无所谓，就接过来喝了一口。安佩不放过她：“喝完，不然把我在办公室里看到的事分享出来。”

立即有人问：“什么事啊？”

涂南跟她交换个眼神，垂下眼，手里的那杯酒全喝下去了。

石青临本来想拦的，想想还是随她去了，难得高兴。

一群人到后来不知不觉就喝多了，越玩越高兴，完全忘了这里还是个网咖，方阮干脆提前歇业，把顾客们都请走了。很多玩家不高兴，刚上新扩展包，还没玩够呢，临走的时候好些人对着这群成年人嫌弃地看，哪儿来的一群无业游民啊，在这儿坏人兴致！

关了门，更厉害了，平时在公司里都是部长头衔的人，个个嚷着要在这儿开机子打游戏，较量一番。

涂南坐在凳子上，手臂搭在柜台上，手里还有半杯酒，是喝剩下的。

视线里，出现了一双黑色的皮鞋，她顺着往上看，看到穿着西裤的长腿，接着是被西装衬得宽阔的肩，然后是石青临的脸。

他把她手里的纸杯拿下来：“喝多了？”

“没有。”她往柜台里面看，看到方阮在跟安佩说悄悄话，两个人都喝多了，边说边笑，毫无形象，自己也跟着笑了。

就这模样还没喝多？石青临看她那笑都迷离了，手拢着嘴咳一声，忍住笑，拉她起来：“走吧。”

涂南刚要跟他走，安佩一下跳出来：“不行，她不能走，还得喝！”

石青临拿起柜台上的大衣，看她一眼：“明天还有工作，你要是耽误了扣百分之五的工资，再灌她，再扣百分之五。”

“嘁。”安佩翻个白眼，坐回去了。

天还没黑，出了网咖，风一吹，人清醒了些。石青临自己也喝了不少，不过酒量好，基本上没什么事，涂南却明显已经醉了，就在他肩上靠着。

他扶她一下，把大衣给她披上，在她面前蹲下来：“上来，我背你。”涂南盯着他的背看了几秒，趴上去了。

石青临背着她站起来，心里好笑，这回怎么这么听话，比以前那次喝醉乖多了。

涂南真没觉得自己喝多，就觉得自己是在梦里，石青临背着她，她觉得这梦好奇妙，又很安稳。

石青临有意逗她，经过人工河，把她往上托了托，故意往栏杆那儿歪：“看，下面是什么，你以前想丢我，怕不怕我现在把你丢下去？”

涂南一垂眼就看到下方的水面，手臂把他的脖子抱紧了，挣扎着要下来。

石青临加快脚步，一边哄她：“好了，别闹，逗你的。”

涂南还是挣扎，他才察觉她这回哪是乖了，还是跟上次一样。她本就身材高挑，一挣扎就难稳住，他怕摔着她，只好放她下来。

哪知下地的时候她还是踉跄了一下，涂南朝前倾身，一手撑在路边，蹲在那儿不动了。

石青临赶紧过去拉她。

涂南忽然抬起了头，叫他：“石青，看。”

他看过去，看见她酡红的双颊，迷离的双眼，还有手里一朵俏生生的小黄花。她叫他看的就是这个，他实在没忍住，蹲在她面前笑得停不下来。

“笑什么啊。”她轻声埋怨，却也跟着笑了，想让他看清楚。

春天来了。

第七十一章

房子钥匙，车钥匙，都放在置物柜上。

石青临把家具上盖着的防尘罩揭开，再回到自己这间公寓里，像是过了很长时间，好在并没有落下多少灰尘。

他转头看房里，涂南站在里面，正在帮他揭床上的防尘罩，揭去了，人站在床边没动，两只眼睛盯着床头柜上瞧，像是看入了神一样。

“还不舒服吗？”他已经忍不住笑了，那一场醉酒叫她头疼了两天，“看你以后还敢不敢再喝醉了。”

涂南看他一眼，被他说得不好意思，她喝了酒就容易上头，那天真是因为高兴，都不记得怎么回去的，好像先是他背着她，后来又成抱她，到后面是谁抱谁也不记得了，混乱得很。她岔开话题，指着床头柜说："这个你居然还留着。"石青临顺着她的视线看一眼，是她上次归组前送给他的那幅画，他不仅留着，还裱了起来，就在床头放着。"当然了，不知道是谁特地跑去城里最高的地方画给我，怎么能不留着。"

涂南觉得他在揶揄自己，不作声，忽然听他问："你觉不觉得这里有点小了？"他站在沙发旁，随手指了一下两边，也不知道他是在说客厅，还是在说整个房子。

她说："还好吧，不小。"

石青临笑一下："那你什么时候觉得小了再告诉我。"

涂南不禁多看他一眼，还在琢磨他话里的意思。他已经收拾好了，叫她："能走了。"

她手上也忙完了，从房间出去，走到门口，穿外套。

石青临没穿正装，穿着羊绒毛衣，外面套上大衣，指一下她放在柜子上的围巾，提醒她围上，一边拿了车钥匙出门，一边问："你真没不舒服了？要是不舒服今天就不去了。"

"早没事了，能去。"涂南说，跟在后面出了门。他们说好了今天要去墓园，石青临很早就想带她去见一见母亲，本来是想等到清明过去，那时候天气会暖和许多，但涂南怕到时候就要去忙临摹，可能会没有时间，最后还是把时间提前了。

路程有点长，上了车，石青临怕她无聊，打开了车载广播。开了二十几分钟，都是在播一些时下的新闻事件，涂南担心他想到他母亲会心情低沉，觉得这些不够轻松，手伸过去，想换个台，忽然跳出一条播报，说的是《剑飞天》新扩展包的事，手就缩回来了。

可能是因为太突然，这几乎成了最近的一个热门话题，不过电台的受众不是游戏玩家，也就是简短地说了一下就过了，顺带着也提了一下东恒的游戏，原话是：受到了《剑飞天》的极大冲击。播到这儿，石青临自己换了台。这几天听得多了，已经不想再听了。

"听歌吧，"他说，"比这有意思。"

换了台，在放一首英文歌，涂南在歌声里告诫他说："别骄傲。"

石青临握着方向盘想笑，知道她是拿他开胃，配合地点头："谨记教诲。"

涂南见他心情还不错，就放心了，口袋里的手机在响。她摸出来，是方阮打过来的电话，旁边石青临已经把音量转小："接吧。"按了接听，刚放到耳边，那头就是一声惨叫：“涂南，救我啊！”

她吓一跳：“你怎么了？”旁边的石青临都朝她看了一眼。

方阮说：“安佩不理我，都两天了，怎么办啊?!”

涂南松口气，大惊小怪的，顿时也不想理他了。

方阮没听到回应，忙说：“你别挂啊，我是真没办法才找你的。”

她只好耐着性子：“说吧，到底怎么了？”

方阮这个人，平时挺机灵的，正经遇着事了反倒说不清楚了，好不容易才把前因后果给讲明白，等他讲明白了，涂南才知道他那是因为不好意思。

原来就是那天喝醉酒发生的事。她还有点印象，记得当时大家都玩得很兴奋，还看到他跟安佩凑在一起咬耳朵说悄悄话，今天听他说了才知道，在她走之后，他酒壮㞞人胆，居然照着安佩的脸就亲上去了。

“她当时也没推开我啊，怎么事后就翻脸不认人了啊。”方阮口气还挺委屈。

涂南的嘴角抿了又抿，还是遮掩不了笑出来的弧度，眼瞄一下旁边，石青临正往她这儿看，她也不好说出自己听到了这么个新闻。安佩还拿她的事取笑她，结果自己就栽了。

“可能就是喝多了吧。”她对着话筒说，其实是拿不准。方阮平时吊儿郎当的，倒是对安佩很上心，到现在也没转移目标，不是随口说说的。可安佩怎么想谁知道，万一根本就看不上他这个网咖小老板，她要是说多了，徒惹他难受。

“安佩自己也这么说的，我坚决不信。”方阮表示不接受这个答案，“你怎么回事啊，我打给你是要你打击我的吗？我那么早就开始追安佩，结果你后来居上跟石哥搞到一起去了，我这儿还没进展，这不对啊！”他絮絮叨叨地说了一大通，接着又说：“你告诉我石哥怎么追到你的，我好照着学一学。连你这种冰山美人都能被拿下，石哥的法子肯定有用，快说！”

涂南看着车窗外的高速公路，没看旁边，装作在说别人的事：“没追啊，就这么在一起了。”

“真的？”方阮明摆着是不信的口吻。旁边忽然一声笑：“我没追你？”

涂南连忙捂住话筒，看他一眼，又松开，对方阮说：“我有事，先不说了。”电话挂了。

石青临开着车，眼睛看路，没看她：“来，你自己说，我有没有追过你。”涂南心说随口一句，怎么就当了真，也是有心的，冲着窗外说：“追过吧，可我没怎么感觉出来，或者你再追一次？”他回敬：“想得美。”

墓园在山上，到了山下，停好了车，石青临先去花店里买花。花店的老板拿了一束白菊花递给他，他接了，一只手捧着，一只手拿钱包付钱。涂南就在门外等着，他没回头，也没把花交给她拿，明明是一起来的，两个人看起来却像吵了架一样。

老板怕得罪人，也不好说什么，赶紧收了钱就送客。

两个人一同上山，涂南还是落在后面，水泥台阶一直往上，她看前面的男人，他穿着深色的长裤，两条腿笔直修长，步伐快，很快甩开她一截。她终于忍不住："真这么小气啊，一句话也生气？"

那双腿停了，石青临回过头看她："谁告诉你我生气了？"

发现他脸上竟是有笑的，涂南就知道自己是被他耍了。

"这是提醒你，以后少没良心。"这么多年就追过这一个人，还被忽视了，石青临都不知道她是不是故意来气他的，他手伸一下，把她拉上去，"记好了，不然下次还得好好教育。"

涂南手腕被他握着，听到这句就想说他流氓，可一想他流氓又不是一次两次了，说了也白说。

石青临玩笑开够了，把那束花放她怀里："拿着，第一次见我妈，花还是你来送好。"她捧着那束花，再看向他，发现他脸上表情变认真了，来这一趟他是很郑重的。

出发来这儿的时候还是上午，等他们离开墓园下来，正好到吃午饭的点。石青临早就订好了餐厅，领着涂南走进去时，告诉她，老爷子今天也来了。

餐厅里满座，靠里一张长桌还有座位，涂南往那儿看，果然坐着石敬年。老爷子穿了件深蓝色的棉服，纽扣扣得仔仔细细，一头银丝梳得齐整，难得用上了他那根拐杖，坐在那儿，分着双腿，一手拄着搁在腿间，一手朝他们招了招。他来了有一会儿了，本意是想一起上去看看的，可是石青临怕他腿脚吃不消，没让。老人家被说服了，就在这儿坐着等他们下来。

涂南坐过去打了招呼，感觉今天来的这一趟显得更郑重了，连老爷子都出面了。

石青临拿菜单给老爷子，他摆手推开，叫他自己看，只顾着跟涂南说话。

"南南，听石青说你爸爸病了，你看他什么时候好点儿，我去看看他怎么样？"

涂南昨天刚跟方雪梅通过电话，她爸这两天情况还好，不过让老爷子跑过去，实在说不过去。"不用了，您是长辈，而且我爸又在区县里，去一趟挺麻烦的。"

石敬年笑着说："没事，那些都好解决，反正我人老了，闲着也是闲着，说不定看哪天天气好，下区县去钓个鱼看看风景，就顺道过去了。"

涂南笑笑，起先还没想明白，接着才回味过来老人家的意思。这是要双方家长会面吗？她转着眼珠，去看石青临。

石青临把毛衣的袖口拉了上去，一条手臂挨着她，低着头，在专心地点菜。

她脚伸过去，想踢踢他，又觉得自己反应太大了，也许老爷子没那个意思呢。手心搁在膝上蹭了两下，正好想起来到现在还没洗过手，站起来说："我去下洗手间。"

等她走了，石青临才抬起头来："老爷子，你很心急啊。"

石敬年瞪他："臭小子，你不急，我也不急？我还有几年能等你们让我抱重孙啊！"

他被骂得好笑："急什么，还能少了您的？"

老爷子作势举一下拐杖，恨不得敲他的头。石青临宽慰他："放心吧，我有数。"

别的事情不谈，就涂南的事，他怎么可能不做计划，每一桩每一件都考虑好了，只是不说罢了。

涂南再回来，一切如常，陪着老爷子吃了饭，又跟他聊到自己家里，也没不自在了。

上车回去的时候，她没坐副驾驶座，坐到后排陪老爷子。结果老爷子上了高速路就开始打盹，到后来直接靠着车座睡过去了。她往前看，石青临仿佛有感应，也透过后视镜看了她一眼，两个人不妨碍老人睡眠，心照不宣地不说话。

涂南低头玩手机，发现微信里有条方阮一个小时前发来的消息，他还是不死心，叫她帮忙联系一下安佩。她不想掺和人家感情的事，可又架不住他骚扰。也是可怜，平时张牙舞爪的，这时候居然跑来问她，真是没人问了。

涂南还是发了善心，给安佩发了个消息过去。也就问了一句她在不在。不想却像是点着了炸药包，也就几秒，她就回了过来：我不在！任何跟方某人相关的人都不要来找我！

涂南简直可以想象出她激动的表情，把聊天记录截了个图，发给方阮，附加一句：加油。

方阮：你说我还有希望吗？

涂南：不好说，自己的事情自己解决。

方阮不回了，估计是自己研究去了。

一个多小时过去，车才停了，就停在老宅外面，石青临叫醒老爷子，先把他送到了家门口。石敬年早醒了，老顽童一样，想听听小两口有没有在车里说悄悄话，结果一句没听着。睁了眼，跟涂南闲话两句，又提了一嘴见她爸的事，叫她有空跟她爸说一下，问问她爸的意思，其实是怕哪天真忽然上门了。涂南低低“嗯”了一声，他才满意地下车回去了。

石青临目送着老爷子进了门，朝后看过来：“还不坐回来。”

涂南下了车，换到副驾驶座上，安静了一会儿，说：“安佩和方阮的事你想听吗？”

“不想。”石青临把车开出去，“没我们的事重要。”

她抿住唇，往窗外望。石青临知道她是被老爷子弄得没话找话，也不拆穿，正好到了十字路口，前面红灯，踩住了刹车。

涂南正心不在焉，胳膊被握住，人被拉着往他那边倾，脸上被他啄了一下，接着是嘴唇。

她往外面看一眼，这是在街上，旁边还有很多车。

石青临好像一点不介意，甚至还很认真地问了句：“为什么像是吻不够一样？”涂南似乎已经习惯了，脸没红，耳根没烫，但听到他低沉的声音，心跳还是快了。

石青临放过她了，坐正，正好红灯就要过去：“去哪儿？”去她那里和去他的公寓是两个方向，他让她选。

“随便。”涂南说。

“随便去哪儿你都跟着？”他一手握住方向盘，一手来握她的手，本来是打趣，可无意间就说得像个承诺。

涂南勾着他的手指，从无名指到小指：“嗯。”

她愿意跟着。

第七十二章

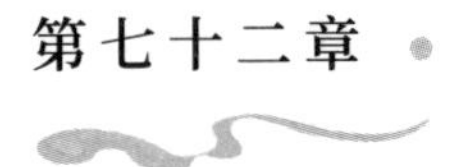

半年后。

美国，纽约。

一间工作室，两边都是书架，原本放满了英文书籍，现在被清空了，摆的都是作画的工具。书架旁是几盏白色的落地灯，正对着一张数米长的条形桌，桌子两侧坐满了临摹组的组员，大家正在分工合作，紧张地临摹一幅古代壁画。中途，有个组员停了一下笔，看向对面问：“涂南，我记得今天下午轮到你休假吧，你怎么还不去休息？”

涂南抬起头，看一眼墙上挂着的时钟，已经到了中午十二点，这才想起来。“嗯，我差点忘了。”说完又低下头，仔细捏着笔，勾填完了最后一笔腰带上的颜色，她才坐正，开始收拾工具。

他们临摹的这幅壁画是抗战时期从国内流落到海外来的，后来辗转被美国的大都会艺术博物馆收藏。美国人是不可能把壁画原物归还的，国内的文物工作者联合华人学者多次出面，费了很大的劲才总算打通关节，也只是让美国人同意他们过来临摹，好保存一份在国内，免于国人想要看自家国家的壁画还要出国门。这也是临摹存在的意义之一。

组员们大多是第一次出国，刚来时还是兴奋的，等这些日子临摹下来，就只剩下对美国的控诉了。

这是个突然的差事，本来徐怀是要亲自带队过来的，但到底年纪大了，禁不住奔波，还没出发就抱了恙，于是任务交到了涂南手上，让她和肖昀一起带队过来。在出发前，徐怀特地叮嘱涂南：“这次的大梁又给了你，你说什么也得挑好，做得怎么样，我会全看在眼里。”

涂南明白他的意思，这次比之前任何一次都重要得多，不仅仅是对技术要求高，还承载着民族情感。队伍虽然是她和肖昀一起带来的，但徐怀要考验的是她。以至于这么多天下来，也就今天她才休息半天。

东西收拾好了，她站起来，怕打搅到别人，轻手轻脚地离开了座位，拿了外套走到门外，想到什么，从口袋里掏出手机，隔着门，朝里面拍了一圈。她答应过石青临，要给他看看自己的工作环境，这一次离得太远，怕他记挂。

手机转了一圈，从里面到门外，正好扫到一张脸，是肖昀，就站在她身后，是来换她休息的。她不拍了，低着头，按了发送。

肖昀不用看也知道她在跟谁发微信，脑子里还清楚地记得那一次跟那个男人在游戏厅里的正面交锋。其实本来以为他们不会长久，毕竟涂南冷淡，有时候甚至算得上不近人情，而那个男人又傲，可偏偏这两个人好好的，直到今天，两个人一直都好好的，他完全没有想到。

涂南从看着手机时起，头就没有抬过，现在是美国时间十二点，国内却正好是午夜，但石青临回得很及时。

石青：最后那个，有点多余了。

她想了一下才反应过来，他指的是肖昀乱入的那个画面，在他口中就是“那个”。

南：你吃醋了?

石青：我算大度的了。

石青：女朋友跟前任在一起工作，我这个正牌男友只能看着。

涂南心说真是个醋坛子，走的时候还说得好好的，结果没多久就原形毕露了。

“你今天下午是单纯休息，还是有什么安排?”肖昀忽然开口问她，当作没看到她嘴角那点隐隐约约的笑。也是怕妨碍其他组员，他说话的声音很低。

涂南握着手机，嘴里回着：“跟人约好了见面。”

“在什么地方?”他问，好像没听说过她在美国有什么朋友，又说，“这里不是国内，你一个人出去人生地不熟，要是远我可以送你过去。”

涂南终于看他一眼，摇了摇头：“不用了。”

肖昀低一下头，手抄一下头发。

涂南看见这动作首先想起的是石青临，他头发短，偶尔往上抄额前的碎发，一股利落劲，肖昀的头发却偏长，这动作虽然看着自然，她却瞧出了点局促的意味。紧接着就听他说：“这次徐老师没来，我们俩带队，所以我才多问两句。”

她“嗯”一声，算是接受了这个理由。就算石青临不吃醋，她也会把分寸把握得好好的，更别说眼下他还在微信上跟她半开玩笑似的吃了醋了，私底下跟肖昀的接触一向是能免就免。

肖昀看出她马上就要走，朝工作室里面看了眼埋头临摹的组员，伸手把门带了起来，有些话不吐不快：“你没必要这样，我早就懂你意思了，当初出意外那次，我就懂了。”涂南一只脚跨了出去，收住，回过头看着他。

出意外那次，他替她挡了一下，随后在医院里，涂南就当着徐怀的面提出替他分担临摹任务，又迅速接受了别人替代他和她一起临摹的决定。当时肖昀就知道她的意思，她连在那种情况下也把界限划分得那么清楚，就是不会再给他半点机会。不管怎么保护她，也感动不了她。

那个男人放狠话说他没机会的时候，他更多的只是不甘，直到如今，是涂南的所作所为让他看清了现实。

“你懂就好，”涂南轻轻说，“这不是有没有必要，是我们本来就该这样。”她像以前一样，语气淡淡的，“我走了，工作辛苦，希望你一切都好。”

肖昀的思绪一下被拉远了，想到很久以前，邢佳用自己的手机发消息给她，也说到过一句希望她一切都好，现在这句话居然被她还了回来。

她还是涂南，可又变了，至少以前，她不会说这种话。或许全是新男友的功劳。

肖昀开门进去，拿了画具，开始工作，脑子里想的是最近不断联系他，试图回到过去的邢佳。他觉得没那个必要了，很多事情一旦过了就回不到过去了。他跟涂南也一样，他知道徐怀对他们每个人将来的方向都有杆秤，可能不用多久他和涂南就会独立带组临摹，事业分开，基本上就没多少见面的机会了。曾经以为涂南在他这里只是个过客，现在才知道，过客是他。

有组员看见他的表情，拿他开玩笑："怎么着啊肖大师兄，这是不高兴跟涂南换班啊。"

"没有的事，好好临摹。"肖昀坐下来。

一群人打趣几句，接着干正事。也有人问几句涂南去干什么了，但谁也猜不出来，最后大家说笑两句就过去了。

涂南到了外面，还在跟石青临聊着微信。

因为工作需要，工作室就紧挨着存放壁画的大都会艺术博物馆，她远远地用手机拍了一张博物馆大门的照片，发给他看。

石青：那边天气不错，我这里在下雨。

他也发来一张照片，城市霓虹点点的夜景，是在他家里的阳台上拍的，窗户玻璃上果然有淅淅沥沥的雨丝。

她瞄手机上的时间。一直没调成当地时间，她还保持着和他同样的时差，国内已经是凌晨，她这才意识到自己在耽误他的休息时间，不想聊下去了。

南：马上去睡觉。

石青：遵命。

这种口气，人肯定是在对面笑了。

紧接着，手机又响一声。

石青：你那里离我以前念书的地方不算远，如果我在，一定带你去看看。

知道一聊下去又要没完，她直接发了两个字：晚安。

他回一句：午安。

终于暂时告停。

涂南看一眼他说的话，回味一下，察觉自己也不能再耽误下去了，立即赶去目的地。凭着手机定位，她找到了一家中餐厅，进门的地方就坐着一身长袖白裙的黎真真。

知道她对这里不熟，黎真真挑的这地方离博物馆也就两条街的距离，涂南是走过来的。

可能是因为如今成功进入了百老汇，黎真真的脸上还戴了副墨镜，看到她进来才摘下来，先上下打量了她一遍。涂南穿着高腰长裤，针织的开衫，头发比在国内见面时长长了许多，是因为时间过得太快了。只有气质还和以前一样，那么多老外当中，她一眼就能被认出来。

"要约你出来一趟真难。"黎真真先抱怨一句。

涂南不否认，组里来这里临摹的事上了中美两边的新闻，几乎尽人皆知，她早就发来消息要见面，这一面却约了大半个月了才见上。

黎真真又问："还习惯美国吗？"

"用不着习惯，"涂南坐下来说，"又不是不回去了。"

"那当然，你的心又不在这儿。"这话说得像调侃，黎真真的脸上可不像开玩笑。爱情是蜜糖，再冷的人，被这蜜糖包裹着，就算甜不了，也绝不会酸苦到哪里去，就像眼前的涂南，她多少能看出来点。她把玩着墨镜说："挺不巧的，我妈妈回了欧洲，难得你来美国，也没见到。"

话说完彼此都沉默了一秒，毕竟那也是涂南的母亲。

"嗯，就算在这儿我也没空见。"涂南说。不是推辞，是真的没空。

"她其实想来见你，怕妨碍你工作，叫我来看看你，说等你们的壁画临摹完，送进国内的博物馆时，她会去看的。"

原来是为这个约见面的。"她愿意去的话，欢迎。"涂南看出黎真真已经是知情的了，也不知道苏婉是怎么跟她说的，很平静地补一句，"放心，我没有要跟你做姐妹的意思。"

黎真真看着她，眼睛转开："我也没有。"

涂南的视线落在她手腕上，她戴了一条樱花粉的珠串手链，接头的地方串着一个小蛋糕的形状，一看就知道是生日礼物。黎真真留心到她的眼神，拉一下袖口遮住："不是妈妈送的。"

"我也没说是她送的。"涂南有点好笑她的反应，就算是苏婉送的又怎么样，那也是作为她家庭一分子该做的。

黎真真忽然说："是薛诚送的。"

涂南是双眼本都移开了，又看了过去："是吗？"好奇她居然会收，明明当初说起薛诚的事时她还是生气的。

"本来不想收的，但他是寄来的，贺卡上写了句，哪天改掉那些毛病了再来见面，或许是还有救吧，我就勉强留下了。"黎真真说这话本意是想解释，可好像说多了，就像是在跟她讨论一样，于是又把嘴闭上了。

她不说，涂南也不多问，《剑飞天》如今蒸蒸日上，也只是在她这儿能听到点薛诚的消息，这个人早已淡出视野。

“对了，游戏我玩了，”黎真真转移了话题，“你们做的新扩展包，确实挺不错的。”

虽然不愿意承认，但涂南，的确是能够与石青临比肩的人。

两人在中餐厅里待了一个小时。出门时黎真真说：“你有什么想去的地方就说，我可以尽一下地主之谊。”涂南稍微想了一下，说：“没有，打算回去休息。”她点点头，把墨镜戴上，去推门：“那就再见了。”

“再见。”

说是再见，可下次再见的机会谁也不知道还有没有，这种出国临摹的重任不会随时都有的。

涂南拿出手机，搜了一下路线和交通，并没有像跟她说的那样返回，而是去了坐大巴的地方。大巴从纽约出发，目的地是新泽西州。车上，她坐在最后一排，挨着窗户，旁边坐着的恰好是个华裔男青年。看到她同样是东方面孔，男青年用中文搭讪了两句，不过说得不太好，似乎夹杂着潮汕一带的口音，涂南不能完全听懂，只能勉强听出是在问她是不是一个人，打算去哪儿。

她回答说：要去男朋友的母校看看。

男青年瞬间失望，原来有男朋友了啊，接着又问她男朋友人呢。

她说在国内。

对方顿时感慨这是一场艰苦的异地恋。涂南解释，不是那么回事，她也是要回去的，只是暂时因为工作才出国一趟，很快就会回到他身边。男青年明白了，笑出一口白牙，不好意思再勾搭她，拿出手机玩游戏。

涂南看了一眼，居然是《剑飞天》的手游版，就是应和新扩展包推出来的，没想到都传播得这么广了。她顺口问了句这游戏怎么样。男青年晃一下手机，说还不错，他身边的朋友也在玩，里面那些古老的壁画很有意思，来自那个跟他有渊源的神秘东方国度。

涂南告诉他，她男朋友听到他这么说会很高兴的。对方可能以为她的男友也玩这个，是遇到了同好，也可能是出于礼貌，送给她一句祝福：希望你们早日修成正果。

这四个字倒是说得挺标准的。

涂南多想告诉石青临，美国居然也有人在玩他的游戏了，甚至还给了他们这么美好的祝福，可想起他应该睡着了，还是忍住了。

如愿地到了地点。

本来涂南没有这个念头，可石青临提到了，她就想来了。于是整整一个下午，她都在四处闲逛，在学校里走着，一路上想着这里是不是石青临也一样走过，仿佛把他曾经的经历也体味了一遍一样。然后又想，他在美国生活了那么多年，肯定还有很多地方是她没去过的，这里不过是个缩影罢了。

但是也够了，这一个下午的休息时间耗在这里也值得。

逛累了，涂南买了瓶水，坐在喷泉旁休息。

因为对外开放，一路上经常能遇到世界各地过来的游客，也有不少就是从国内来的。其他人都是成群结队的，或者就是出双入对的情侣，而她就独自一个人在这儿游览，居然也不腻，就因为这地方跟他有关。

她拿着手机，拍了好几张照片，最后选择了一张看起来毫不起眼的角落的照片，任谁也看不出是什么地方，编辑了一条状态，发到了朋友圈里：在这里。

等她喝了两口水，再点开微信，发现有人点了赞。

不是石青临是谁。逛到现在，国内也就才早上六点，他居然这么早就醒了？

她发消息过去——

南：知道我在哪儿吗？

一股脑把拍的照片全都发过去。

石青：自己去了？

南：没错。

石青：感觉怎么样？

南：好像到处都是你。

那头停顿了两三秒才回复。

石青：我以前怎么没发现你这么会说情话。

涂南不觉得是情话，心里确实就是这个感觉，是事实。

石青：你现在在哪儿？

她站起来，把自己坐着的地方拍张照片发给他。

石青：往右边走，有一片草坪，顺着数到第三棵树，站到树下面，拍张照。

她觉得挺有趣的，顺着他的指引去找，真看到一片草坪，找到那棵树，请了一个坐在旁边休息的白人姑娘帮她拍了一张。

把照片发过去，等着他的反应。

过了一会儿，他回过来说：离得有点近了，退远点拍。

她不清楚他想干什么，又请白人姑娘帮忙，重拍了一张发给他。

石青：这次差不多了。

他回过来一张照片。

涂南点开，是他自己的照片，头发剪得很短，穿着白T恤牛仔裤，雪白的板鞋，比现在要青涩许多。角度和她那张不是完全一样，但很接近，能一眼看出来就是在一个地方拍的，也是在这棵树下面。

石青：我这儿还有很多你没去过的地方，以后都带你去。

涂南心里被这行字填满了，又绵又软。她发现这男人总能在恰当的时候说出些动人的话来，跟他谈恋爱，恐怕永远都不会有新鲜劲过去的时候。

草坪外停着辆车，里面飘出音乐来，旋律很熟悉，可想不起来在哪儿听过——

When You Say Nothing At All……

她正好想着该回他什么，按了语音录下来，发过去。

南：听听看这是什么歌？

大概五六秒，他发过来一首歌的分享链接。

歌名就是她听到的那句：一切尽在不言中。

她忽然觉得，可真应景。

这一趟心满意足。

后来回去的路上，涂南开始反过来被他催着休息了。她答应了，塞着耳机，反反复复地听那首他分享的歌，一边翻着微信，才发现他在收到她那张照片后竟然还发了条朋友圈，已经是半个小时前的事了。内容没有一个字，只是一枝玫瑰的表情，下面就是他的那张旧照和她刚拍的那张照片。镜头里，他站在树的左边，她是在右边站着的，并排放在一起就像是一左一右，隔了个时空在一处交汇了。下面有安佩的留言：难得见石总您秀一回恩爱，这什么意思啊，二位的结婚照吗？

石青临在下面回复她：你跟方阮的事怎么样了？

这一句很有威力，安佩直接回了他三个再见的表情。

涂南忍不住切回去问他：发这个干什么？

石青：想发就发了，我们俩腰上的文身都没发，怕什么。

发的是文字，可能想象出他说这话的样子。她把垂下来的刘海撩到耳后，忍不住笑了，这人张扬的劲头一出来，怎么可能拦得住。

干脆返回去，给那条朋友圈点了个赞。

耳朵里，歌声一直在循环，短时间内可能听不腻了。

国内这边，石青临又叮嘱一遍涂南要好好休息，推开车门，从车里下去。

他今天起得这么早，是因为老爷子隔了这么久，终于找机会跑去了区县里，一大早就电话消息地告诉他，把他给催醒了。涂南不在，他原本想自己还是应该出个面的，结果老爷子又不让，这件事老人家非要自己出面。石青临也就随他们去了，其实他们长辈之间见了面到底怎么样，并不会影响他跟涂南，所以也无所谓。

睡了几个小时起来，被她那突来的一出弄得到现在心里也不平静，如果可以，他真想现在就飞过去找她。可惜不行，今天约好了要接受个采访，已经在公司里等着他了。

今年的游戏产业年会提早办了，《剑飞天》去年没能拿到的奖，今年拿到了，采访就是冲这个来的。奖杯是给制作人的，但他没拿回去，早就放去了涂南的家里，他的荣誉都是属于她的。

进了公司，一层大厅的电子屏上一直在播新扩展包的片头，涂南的名字总会挨着他的名字跳出来，他每次经过都会多看一眼。

安佩匆匆小跑过来，差点冲撞到他，他没在意，目光收回来，伸手替她按了电梯键。她瞄瞄他，没好意思再提照片的事，意有所指地说：“石总心情不错啊。”

何止今天不错，这恋爱谈的，简直每天都不错。

石青临没接话，在想其他事，想着他和涂南的名字以后还该一起出现在别的地方，一直连在一起。

其实要给她的东西又何止一个奖杯。

第七十三章

两辆车一前一后开到洞窟群景区的外面，停下后，临摹组里的组员们陆续下来。

这里是天气晴朗的秋天。众人风尘仆仆，远道而归。涂南去后面拿行李，听到同车的几个组员在那边议论，说好的完成美国的任务后就可以各自回家去休假的，可徐怀偏偏又把他们召集了过来，也不知道是为了什么。

一个人说：“据说咱们组里最近得到了一大笔资金支持，招收了不少新人进组，之前离开的那两个也回来了，可能是想让我们全组见一见面。”

旁边的接话：“是吗？哪来的那一大笔资金啊？”

“我怎么可能知道得那么清楚，也就听到了点风声，好像是哪个大公司捐赠的吧。”

“多来点人好啊，以后咱们的任务就轻了，真不知道是哪个公司这么仗义。”

涂南一手扶着行李箱的拉杆，背过身，低着头，另一手在手机上打字。

南：我们组员都在夸你仗义。

石青：别客气，那也是你的钱。

资金来自石青临的公司。当初她从苏婉那里借来的那笔钱入股后，早已成功赢利，连本带息还给了苏婉。之后再赚的钱，用来设立了一个基金，用作支持传统壁画的临摹事业。

这个小众又冷门的行业，要更好地延续，更多的人加入，的确也需要现实的物质支撑。这些都是石青临和她商议之后促成的，在这方面，当然还是他这个商人比较有头脑。

石青：到了吗?

南：到了。

石青：想你了。

南：不是刚见过吗?

石青：嗯，那也想你。

一副理所当然的样子。

身旁有人拎着行李经过，涂南拿手机抵住下巴，藏了笑意，看一圈四周，才又重新低下头看他的话。

他们的确才刚见过。前天刚回国，飞机一落地，徐怀就通知全组要先过来这里。趁所有人在中途休整等转机的时候，她赶了回去。赶回去的时候还在清晨，她用钥匙开了他的家门，猜石青临还在睡着，很小心地去了卧室。

房门打开，他穿着短袖白T躺在床上，半张脸埋在枕头里，果然还在睡。她在床边弯下腰，看着他的脸。好一会儿，见他没有醒的意思，直起腰，想出去给他做个早饭，人刚转头，就被他一把抓住了手腕。

敢情从她进门起，他就知道了，一直在装睡。

之后就被他耽误了……

要不是组员后来打电话通知她还得出发来这里，差点要误了时间。

涂南赶去机场的时候连外套都丢在了他那儿忘了拿，登机的时候双唇还红艳艳的，微微的肿，有个女组员还打趣她从不化妆的人居然也开始涂口红了。

她没说什么，其实还不是叫他给吻的。

刚进景区大门，组员们就见到了新进的几张面孔和回归的老面孔，他们脖子上戴着临摹证件，早就在迎接他们。涂南一手拿着手机，一手拖着行李箱，刚刚走过去，肖昀从人群里走了出来：“涂南，徐老师留了话，让你单独去找他，他应该在窟里。”

新人老人，一大群，挤在一起说着话，闹哄哄的，闻声不禁朝他们这里看了一眼。就连肖昀，说话时也多看了她好几眼。涂南把行李交给一个女组员，立即去找徐怀。

在她临摹那幅《凉王礼拜护法图》的洞窟里，徐怀背着两手站着。她走进去，一抬头就看到自己重新临摹过的那幅壁画，就竖在窟里的空地上，他在对着山壁和画板来回反复地看，好像在鉴定有没有偏差。涂南没打扰他，一直等他看完了，自己发现她。

“来了？”

“嗯。”

徐怀指一下她临摹的壁画：“今天博物馆的人会过来，你这一幅比原先临摹得要好，就要陈列进馆了，跟美国临摹的那幅壁画一起，送去首都的博物馆。”

“谢谢老师。”她说。

徐怀不是个会直接夸奖人的人，他能当面说一句她的画比之前的好，能进首都的馆，那就已经是难以想象的夸奖了。

“你跟我来。”他转头出了洞窟。

涂南跟着他离开洞窟，绕开三三两两的游客，去了景区后面他的办公室里。说是办公室，其实就是画室，简陋得陈设了一张长条桌子，几把椅子，画架画箱搁在角落，地上沾了再也擦不去的颜料，有的被踩成了脚印，五颜六色的半只脚掌留在那儿。

徐怀蹲下，在长条桌子下面拖出一只箱子，黑灰色的皮箱，有点年头了。他吹了吹灰尘，打开，从里面拿出一只长条的木头盒子，起身走过来。

“这个是给你的。”他把那只木头盒子递给涂南。也许是因为他给得太过随意，涂南接过来时也没有想太多，直到在他眼神的示意下打开盒子，看见里面的东西，她的目光才一下凝住了。

盒子里是一支笔。

黑褐色的笔杆，笔头是狼毫，但早已秃了，枯了。毫无装饰，一点也不起眼，假如丢在地上，也许都没人会去捡，嫌浪费时间。但涂南知道这是什么。

“老一辈信这个，”徐怀说，指一下那支笔，“一支破笔，不能写也不能画，但这就是个信念，以后，这个就放在你这儿了。”

到这时，涂南才听出他口气里的郑重来。

交给她的不是一支笔，是个信念。临摹的人不是大师，不是艺术家，是匠人，得有个信念，把这匠心凿下去。

她把盒子盖上，双手拿着，才想起自己最初入他组里时就有这个目标，后来反而没了，一切顺其自然，该干什么干什么，偏偏到了最后，这笔竟真到了她手上。没有多大的惊喜，也没有多兴奋，也许早在美国这一趟任务前，徐怀对她叮嘱时，她就有所感觉。

徐怀也没有解释原因，或许当初特地去找她归组时已经有了这个念头，又或者是这次美国的任务完成得出色才有了这决定，甚至可能是因为她挑刺似的非要重新临摹一遍画错的壁画。总之，他最终没有像其他人想的那样选择肖昀，选择的是她。

“能不能拿？”徐怀问她。

“能，”她说，“您敢给，我就敢拿。”

他点两下头：“那就拿着吧。”

在古旧沉闷的环境里待久了，也见识过了外面新潮尖端的行业，经历纷杂，起起落落，笔一直没丢。有灵性是难得，其实能坚守更难得。这些都是他这个当老师的选择她的原因。

“恭喜你。”

背山的一片石窟群，因为没有对外开放，远离了景区，没有游客出入。涂南站在石窟下方，听到这三个字，转头去看说话的肖昀。

尽管徐怀没有特意当着全体人的面把笔交给她，消息还是不胫而走，渐渐地，全组的人都知道了，她才是徐怀看中的那个人。她知道组里私底下肯定也没少拿肖昀开过涮，但这时候听他说话的口气，还算是真诚的。

“谢谢。”

肖昀没再说什么，越过她，埋头往上爬。上方，陆陆续续已经上去了不少组员。

涂南低头，看着手机。

知道今天是什么日子吗？

微信里，忽然跳出来这样一句消息，来自石青临。

南：什么日子？

石青：你自己想想。

想了半天没想到，上面的洞窟口已经有组员在催促，他们今天是来考察这里面的壁画的。

涂南把手机塞进口袋，拉上冲锋衣的拉链，一直拉到底，领子竖得高高的，遮着下巴，挡着风，小心翼翼地踩着凹凸不平的山坡往上爬。

前面的女组员回过头来，伸手拉了她一把。她站稳了，顺嘴问了句："今天是什么特殊的日子吗？"

女组员说："当然是啊，考察完这里面的壁画咱们就回去休假了，怎么着，有人问你啊？"

"是。"涂南想起来了，她跟石青临提过的。

是拿到那支笔的那天徐怀宣布的。她把笔拍了照片发给了石青临，顺带着提了一下，没想到他记得这么清楚，她还以为他记得的就只有她拿到了徐怀的笔这件大事了。

女组员笑着小声问："男朋友问的吧，正在家里等你吧？"

"应该不可能。"涂南跟着笑一下，"他现在远着呢。"

石青临去了美国，说来好笑，就在她回来没两天，他随后也去了。这次去是因为《剑飞天》被提名了世界级的全球大奖。

那天她把拿到徐怀笔的消息告诉他时，她紧接着就收到了他这个消息。

他说：你已经得到你想要的东西了，说不定我也快了。

涂南打心底替他高兴，他的目标一直都很高，现在一点点地在接近了。随即灵光一现想起什么，进洞窟前她又掏出手机，觉得已经知道答案了。

涂南：今天是宣布得奖名单的日子是不是？

回完来不及等回复，怕耽误工作，手机调成静音，进了洞窟。

大家都是老手，又心急早点回去，几个洞窟考察得很快。中途休息时，组员们或站或坐地在窟外喝水说话。涂南最后一个从洞窟里出来，第一时间拿出手机，洞窟里没有信号，到了外面有了，石青临果然已经回复了。

石青：今天是你回到我身边的日子。

她咬一下唇，心里就像有根羽毛在轻轻地刮，又麻又痒。

没想到竟然真是指她回去的事，他不说回去，偏偏说回他身边，换个说法，感觉都不一样了。

涂南：嗯，就快出发了。

“涂南，走了，”有人看见她在看手机，叫她一声，打趣说，“赶紧忙完回去呀，不怕你男朋友等得急啊？”

其他人一起跟着笑起来。

涂南刚跟上去，手机振动一下。她低头看一眼，是石青临发来的定位，她以为是他发错了，虽然点了进去，心里想的却是等会儿就退出来嘲笑他。

然后猛然地，她跑到边沿，从高处远远地望了出去。

从这个位置，能望见远处的雪山、附近的景区，还有外面那一条从雪山下一路蜿蜒而来的国道公路。公路与这里的石窟群之间，却是一片荒凉无人的大地。

一辆车从远处开过来，拖着尘烟，往她的方向疾驰。手机上，定位的两个点在越靠越近。

直到那辆车的车窗降下，颠簸不停中，里面探出了男人的脸。

遥遥一眼，无法看清，但涂南已经头也不回地下去了。

等组员们注意到她没跟上来，找过去时，才发现她早已在下方，出了石窟群的围栏，往更远的地方跑了过去。尘烟过处，车停住了。一个男人从车里下来，大步走来，一边走，一边迎着风，张开双臂。涂南迎面扑了上去，跟他紧紧抱在一起，搂着他的脖子，双脚离了地，甚至被他抱着原地转了好几圈。

“天哪，那是涂南？”有人感慨，“想不到她还有这么热情的时候啊……”

肖昀从人群当中看过去，看着那抱在一起的一双人，没有半点言语。

原来她不是薄情，也会热情，只是要看对谁。

涂南跑得太快，人还在剧烈地喘气，哪怕已经在石青临的怀里，仍然难以置信。

他居然就这么一声不吭地跑这儿来了。可又不得不相信，因为这就是这男人会做的事。

石青临身上只穿着一件衬衫，袖口还挽了起来，风衣脱了扔在那辆租来的旧吉普里，可他身上半点不冷，抱着她，是再真实不过的触感。

“我以为你还没回来呢，”她舍不得松开手，两只手搭在他肩上，看他的脸，“怎么说来就来了？”

“不惊喜吗？”石青临握着她的两只手，把她的两条手臂从脖子上拿下来，顺势拿到面前亲一口，“我来接你。”

怎么可能不惊喜，涂南到现在心口还在一下一下地狂跳。她手滑下去，抓住他的手，拉一下：“先过去，等会儿就跟你走。”

到这时候才注意到远处石窟群高处那些人在看他们，她多少有点不好意思，猜想他们肯定很惊讶，刚才那一刻自己的反应，简直像是刚刚陷入热恋的人才会有的一样。

她像是要转移注意力似的，问石青临："你的游戏得到奖了吗？"

"猜猜看呢。"他故意没告诉她其实名单就是要在今天公布。颁奖典礼在旧金山，他让安佩顶替他在那儿参加，提前订了回程的机票，然后就直奔这里。

对他而言，重要的是获得认可，而不一定非要享受那个万众瞩目的时刻。这个时候他觉得他应该在这里，和她在一起，因为还有更重要的事想做。

"猜不到。"涂南说，一边不动声色地看了看他的侧脸，看到他下颌线一条明朗又漂亮的线条，拿不准结果。想说得到了，可又担心出个万一，让他失落了就不好了。

"如果没有得到怎么办？"石青临忽然问，看着她，脸色看似认真，又似揶揄。

涂南听他这么问，反而放开了，平静地说："那大不了，我再跟你合作一次，或许还能再做出下一个新扩展包来。"

石青临笑："只合作一次怎么够，你跟我怎么着也得合作一辈子吧。"她看看他，心里想着，有时候真恨不得把他嘴巴捂起来，这人怎么说什么都像是在给她灌迷魂汤呢。

组员们还算识趣，等他们回到石窟群那里，基本上已经散了。剩下的洞窟不多，留了两个给涂南单独考察，不妨碍他们。

涂南走到最后一个洞窟那里，这里没路，是文物工作者修了个扶梯在旁边，才能顺利上下，最后一个窟在下面。

石青临朝下看了一眼，说："我在这儿等你。"

涂南还以为他会跟自己一起下去的，不过也没关系，她一个人反而更快点："嗯，我尽快出来。"

她踩着扶梯慢慢下去，从口袋里掏出纸笔，进了洞窟。

石青临没有在原地等，走开了一下，在这人迹罕至的古老石窟群外，几乎没有路，他坎坎坷坷地走了一段，又走一段，一只手收在西裤的口袋里，摸着什么，始终没拿出来，感觉脚下走的路，如同走过了自己过往的人生。

很快，涂南从洞窟里出来了，没有看见石青临，她找了一圈，才发现他在很远的地方站着，一直看着她这里。接着他往这里走来。

她抓着扶梯往上爬，快到上面时，他蹲在那里，朝她伸出了手。涂南把左手递给他，他抓着，却没有拉她上去，手指上，多了样东西，忽地微微一沉。心里像被什么戳了一下，她抬眼看过去，那只手已被他整个握在手心里。

石青临看着她，眼神是她从未见过的认真："给你三秒，不拿下来，我就当你同意了。"

风吹着涂南的发丝、眼睫，她眨了一下眼，又眨一下，喉咙也跟着动了两下，忽然看他一眼，手想往外抽。石青临一把握紧了，没抽动。

她低下头，没忍住，笑了一下，又抬起头来看着他："我手上有汗，想擦掉。"石青临笑了，知道她是故意的："我帮你擦。"说着摊开她的掌心，擦了两下，然后抓紧了，一用力，把她拉了上去。

两人往回走，路上，涂南那只手一直被他牵着。

"户口本我已经从你爸那里拿了，我的随身带着，"石青临边走边说，"现在回去，民政局说不定还没关门。"

涂南说："哪有你这样的，让人一点心理准备都没有。"

他笑起来："那改天重新求一次，到时候我一定提前告诉你。"

涂南也被他弄笑了，低下头，看了眼手指，无名指上，戒指正合尺寸，分毫不差。

看起来随意，但这一个戒指还是露了底，他分明是早就精细地计划过了。

"你怎么会买得这么合适的？"

"回去再告诉你，"他说，"石太太。"

天和地是静默的，只有他们，牵着手，一直往前，朝着归途，身影渐行渐远。

人生似游戏，却不是游戏，而他和她合作的这部分，需要认真去操作的，叫作余生。

正文完

番外

合作余生

临南

一　人间欢喜

涂南最近越来越觉得，安佩这姑娘就是个矛盾的结合体。比如她的微信朋友圈里平时总爱发那些充满文艺气息却没有实际内容的东西，可实际生活里又是个风风火火、直来直去的豪爽派。又比如她几个月前还放出狠话说，就算全世界就剩下一个男人了，她也不会选择方阮。然后几个月后，她就成了方阮的女朋友……

涂南看着手机上方阮发来的消息，又看了他朋友圈的最新一条状态，两边发的内容是一模一样的——

我，方阮，脱单了！我女朋友是安佩大美女！不！是安佩小仙女！

后面是三个飞吻的表情。

下面安佩回复：你想死吗？谁允许你嘚瑟的？给我删掉！！！

方阮回了她一串："嘿嘿嘿……"

涂南切回和方阮的聊天框，看见他连名字都改掉了，改成了：佩佩的软软。

她不禁搓一下胳膊，真是被他给腻歪到了。还好她跟石青临没有改昵称的习惯，这可比改头像肉麻多了。真是好奇安佩怎么会自己打自己脸的，而且打得也太响了。

涂南：你是怎么让她点头的？

佩佩的软软：想知道吗？听我给你好好讲一讲吧！

看得出来，他从通知她这个消息时起就已经迫不及待地想要说了。

涂南：说吧，我现在正好有时间，网速也不错。

佩佩的软软：别急，我捋一捋。

这事还得从《剑飞天》入围全球大奖时说起。石青临当时让安佩顶替他在旧金山等结果，自己提前飞了回来，但其实方阮随后就跟过去了。以方阮的那个英语水平，在美国简直是寸步难行，但他还是鼓足勇气跑去了。据安佩自己后来说，她起初是生气，然后又哭笑不得。气的是这小子居然连美国都能追来，哭笑不得也是因为这个。原先她总以为这小子就是个油嘴滑舌不正经的，没一句实在话，可他偏偏又执着地追着她到了大洋彼岸。

那天半夜，当方阮拖着只行李箱灰头土脸地找到她下榻的酒店时，简直就跟和她失散了多年似的，差点没抱着她痛哭流涕。

丢不丢人，安佩恨不得装不认识他。

当然事情通过方阮的嘴来转述，这些糗的部分就不会说出来了。他尽挑好的说，什么后来安佩怕他丢了，特地出门去哪儿都带着他呀；什么就连点餐，她都要先问他再点啦；又什么她还特地推迟了回国时间，在那儿跟他多玩了一天啊之类的。

涂南看着他微信上发过来的长篇大论，怀疑自己是不是在看他编的小说。在她看来，那完全就是安佩看他英文不行，怕他在异国他乡有个好歹才带着他的吧。至于多玩一天，难道不是因为看他难得出国一趟，顺带的？

不过还是不打击他了，毕竟他现在这么兴奋。

微信“嗖嗖”响个不停，方阮没发语音，打字告诉她，这当中还出了个小插曲。可能是因为那两天一直跟着安佩，他在旧金山的大街上还被一个黑人警察给拦下盘问了。方阮比手画脚也说不清楚个所以然，更加惹人怀疑。警察向安佩询问，安佩看着方阮，白眼都快翻上天了，最后只好发话说这人是她男朋友，事情才算解决。

到这里也都还没怎么样，那不过是权宜之计，安佩顶多也就觉得他小子对追她这件事还算认真而已，说实在的，可能反而还更嫌弃他了。也就是最近出了个事，才有了转机。

英雄救美的老桥段。安佩那天在酒吧里应酬，多喝了两杯，路上被个浑球尾随。方阮正好这段时间总是去找她，自然而然就发现了，当场就把那浑球给暴揍了一顿。

方阮：说来你不信，我把那浑蛋揍的，差点没把我给拘留了。

涂南：？？？

难怪她前段时间手机上多了个方雪梅的来电，不过她当时没接到，是石青临帮她接的，后来也没说什么，八成就是因为这个事。

涂南：后来怎么处理了？

方阮：也没什么，罚款了事。

其实他是不想交罚款的，大不了拘留啊，但安佩没让，把他保出来了。出来后安佩问他：“你就不怕打出点事来啊？”

方阮说：“怕啊，怕我也要揍他丫的！”

“那你不是比他更恶劣，你怎么不揍自己啊？”

“我怎么可能比他恶劣，你说我亲你那事？不对啊，你不也没拒绝我吗？我们俩那算是你情我愿吧。”

谈话以安佩踹了他一脚结束。

尽管这样，方阮这次犹如打不死的小强，见缝插针，仗着网咖离她公司近，打那之后就开始成天地接送她。好在有分寸，人都离得远远的，也不打扰她，没惹她反感，否则他也要成尾随的那个了。

涂南：所以她就答应你了？

方阮：那是。

涂南将信将疑，有点想逗安佩，退出去给她发了个消息。

涂南：恭喜你们。

安佩：恭什么喜！我只答应他试一试！你当跟你们一样是结婚啊！

涂南：……

涂南：你这个试用期，是跟我学的吧。

安佩：再见。

涂南不拿她开玩笑了，这对活宝冤家，到底处得怎么样只有他们自己知道。

聊了半天，手机就快没电了，她跟方阮说了句：得走了。从椅子上起身，去给手机充电。方阮说：行了，去吧，代我问石哥好啊，顺便替我谢谢他。哦对了，新婚快乐啊！

涂南把电插上，手机搁在床头柜上，这是在酒店里，看一眼刚才坐着的地方，那里是阳台，午后热带岛屿的阳光从那里一直照进了房间，一片金黄，叫人不自觉地就想眯起眼。

她身上穿了件翠绿的长裙，一直盖到脚踝，拿了遮阳帽戴上，走出房间。

刚到酒店大堂，就看见石青临坐在那儿跟一对外国情侣聊着天，他身上穿着件热带风情的短袖衬衫，下面穿着短裤，一边说话一边朝这边望。所以几乎立刻，他就发现她到了，站起来跟那两个人说：“我太太来了，回头聊。”

那一对金发碧眼的情侣是从英国来度蜜月的，恰好住在他们隔壁，彼此已经算熟悉，跟涂南打招呼。

“涂，你可算来了，”女郎笑着说，“怎么忍心让你的丈夫等这么久。”

她的新婚丈夫只是略带腼腆地夸了她一句：“裙子很美。”

涂南跟他们简单地寒暄两句，挽住石青临的胳膊，跟他们告别，走出了酒店。

外面是一大片海滩。

“怎么聊这么久？”石青临从口袋里掏出墨镜戴上，顺手拨正她头上的帽子。

“方阮跟安佩在一起了，”她踩着拖鞋，蹭着满地的沙子，“你是不是给他支着了？”

不然怎么会说谢谢他，估计方阮会跑去旧金山都有他的支持。

“不算支着，我只是说喜欢就追，追不到也不要遗憾，其他的没说什么。”石青临拉一下她的手，按在臂弯里，让她挽紧自己，手指摸了摸她无名指上的戒指，“石太太，你能不能多专注我们自己的事，不要忘了，我们还在蜜月中。”

涂南低头，踩着他踩过的脚印，笑了笑：“好吧。”

他们选择旅行结婚，是因为觉得双方都没有必要去跟家庭亲友交代什么，需要交代的只有他们彼此，只在出发前，跟老爷子和涂庚山一起吃了顿饭，就上了飞机。

两万多米的高空处，没有鲜花，也没有白纱，对着机舱外的白云和阳光，交换了戒指。

一直以来都忙工作，只有结婚这件事，彻底休假，这段时间他们几乎跑遍了各个角落。涂南看到了南美洲山壁里的史前壁画，石青临也玩过了印第安人部落里最令人费解的游戏。遇到了陌生人他们会说，她是我妻子，他是我丈夫。

昨天在地球的另一端醒来，石青临忽然说还是很想看她穿婚纱的样子，于是两人毫不犹豫地飞来了这里，拍了套婚纱照。

要不是他们自拍了一张发在了朋友圈里，很多人还不一定知道他们已经结了婚。

涂南从没走过这么多地方，只是因为跟着他才疯狂得不像自己。

“想去潜水吗？”他问。

她摇头：“不会。”

“别怕，有我在，可以试试。”

“晚上你想吃海鲜吗？”

“你想吃我就想吃。”

他们一直走到海边，脱掉鞋，踏着海水，计划着一桩桩琐碎的小事，又计划了一下接下来的行程，最后定好了回国的日期。

然后在海潮拍上来之前，彼此拥抱，接吻。最后依偎着，直到太阳落下海平线。

就和每一对新婚夫妇一样。结婚，然后生活。

现在是新的开始，回去后，人生的路还很长。

二　人间挚爱

那是一个周六。

石青临忽然发现自己已经有很长时间没有玩过游戏了，具体长到已经快有两年了。这两年实在太忙了。忙着结婚，忙着工作，忙着过家庭生活。

难得有兴致，他拖了把椅子，在工作间里坐下来，打开电脑。

《剑飞天》的登录界面跳出来，他还记得自己以前创建的账号，登上去，过场画面之后，游戏里很快就跳出一个ID“石青”的剑客。

石青临单手操控着键盘，电脑上，自己的角色身负长剑，闲庭信步地进了主城，在熙熙攘攘的玩家当中穿梭。

原本只是随意地逛一逛，但很突兀地，面前陡然多了一个黑衣蒙面的刺客。

界面跳出对方请求比试的对话框。

[近聊]草言：阁下可敢与我一战？

刺客叫草言，石青临看了眼他的ID，点了确定，两手交握，活动几下，接着一手按着键盘，一手握住鼠标。

屏幕上，已经倒数到了一，比试开始。

石青临没有先出手，两年没玩，多少有点手生了。

刺客先动了。他只是看着，操控着角色跳了两下闪开，很快就摸清了对方的路数，手指按键，亮了兵器，背后的长剑一把抽出，跳跃过去应战。

几分钟后，一场激烈的战斗就结束了，伴随着一阵特效闪过，刺客头顶血条顿时空了，失败倒地。

屏幕上跳出“恭喜石青侠士获胜”的提示。

他在近聊里打了行字——

[近聊]石青：还要再战？

[近聊]草言：算了，赢不了。

石青临没什么表情，盯着屏幕上刺客躺在地上的身影，拉开抽屉，拿出烟盒，左手的无名指上，戒指套得牢牢的。

结婚两年，差不多就有两年没有抽过烟，今天却忽然又有了抽一支的想法。

刚点燃，刺客从地上爬了起来。

[近聊]草言：祝贺这个游戏拿到了全球大奖。

石青临叼着烟，看了一会儿那行字，双手敲动键盘。

[近聊]石青：以前有个人跟我说过，目标在全球是野心太大了。

［近聊］草言：但也有可能就是那个人向评委会推荐了这个游戏。

石青临吐口烟，说不上来什么滋味，内心出奇地平静，没有一点波澜，或许是因为过去的已经不重要了。

就这时候，他的腿上，忽然多了一只白白软软的小手掌。“巴巴……”奶声奶气的声音在叫他，粉白的小家伙扶着他的腿，睁着大眼睛拼命往上看他。

石青临立即掐灭了烟，摆了摆手扇去烟雾，弯腰把小家伙抱起来。

才一周岁的小家伙，最近刚学会走路，正喜欢到处跑，叫人也口齿不清，爸爸总是叫成“巴巴”，他单手就抱得稳稳的，一边走去窗边，推开窗户散味。

再走回来，他坐下，把小家伙放到腿上，逗他：“今天不要妈妈了？”

小家伙听到“妈妈”这个词，马上划着两条小腿要下地，嘴里咿咿呀呀地叫“麻麻”。

石青临手扣紧了，摆出严肃脸：“小石头，听话。”

孩子小名叫小石头，是老爷子取的。其实也是无心的，当时老爷子抱着孩子，也就顺嘴说了句：“这小子，这么活泼，简直跟石青小时候一个样，是我们家南南肚子里蹦出来的小石头。”从此就这么叫上了。

平常小石头和涂南贴得最紧，根本不要他这个当爸爸的抱，要不是实在太小，他早就训了，连他跟涂南相处的那点空间都快被抢走了。

小石头不算顽皮，被他一板脸似乎也懂，不再乱动了，只是伸出两只圆乎乎的小手去够键盘。

“你想玩？”石青临抱着他坐正，由着他够，“玩吧，这是爸爸和妈妈一起做的游戏。”

小家伙跟着学嘴：“巴巴，麻麻……”终于够到了，胡乱地拍了几下，居然有模有样的，也可能是依葫芦画瓢，全是跟石青临这个当爸的学的。

也不知道他按到了什么，屏幕上，一阵绚丽的特效闪过，剑客的剑飞了出去。

刺客到现在还没走，剑就从他身体里穿了过去，他头顶的血条顿时掉了半管。

石青临看得清清楚楚，腾出只手打字。

［近聊］石青：不好意思，是我儿子在捣乱。

［近聊］草言：你有儿子了。

［近聊］石青：嗯，一岁了。

［近聊］草言：叫什么？

［近聊］石青：小石头。

刺客还在那儿站着，血条还是那样半管，他也没打坐恢复生命值。

［近聊］石青：下了，再见。

［近聊］草言：再见。

点了退出，角色下线，屏幕退回到了登录界面上。

“好小子，”石青临摸摸儿子的小脑门儿，笑出了声，“真不愧是我亲生的。”

小石头一头浓密的黑头发，跟涂南一样天生有点卷曲，晃着小脑袋，不让他碰，嘴里哼哼呼呼的。

石青临换只手抱他，在登录界面上重新输入了GM账号，这个账号也好久没登了。

登上去，是想给阔别两年的江湖弄点福利，没想到刚一现身，世界上就有人通过系统公告发现了，很快就冒出一群刷屏的——

［世界］玩家一：有GM出现了。

［世界］玩家二：这个GM是不会跟我们聊天的。

［世界］玩家三：什么？还有GM会跟人聊天？

［世界］玩家四：来个人给新人科普一下当初那个平易近人的GM，也不知道他当年的妹子追到了没有。

石青临看着，一只手慢慢打出行字出去——

［世界］GM：感谢挂念，追到了，孩子都有了。

众玩家：我去？？？还是你呀！

紧接着不知是谁提到一句：听说制作人也结婚了，还有了个儿子。

顿时世界一片惊讶，那一定是个了不起的人吧，能嫁给制作人。

当天，石青临在游戏里几度登入账号，又退出账号，弄得好像是在带儿子玩。其实也没有玩太久，他担心小孩子对着电脑时间长了不好，不过小家伙在他关机前就已经趴在他的肩膀上睡了。

他关了电脑，把儿子抱出工作间。这间工作间是新的，房子也是新的，是当初旅行结婚回来后买的。

一开始涂南觉得没必要，但房子大有房子大的好处，比如现在他的工作间旁边就是她的画室，还和在公司里一样。更何况，这也是为了迎接家里的新成员。

他把孩子送进房间里，放到床上，看了看他的脸，亏这小子长得像涂南，不然就平时这么霸占着他妈，他更想训了。

每到这时候他就希望涂南生的是个女儿，女儿多贴心，儿子闹心。

就连老爷子口口声声说的是要抱重孙，其实也是想要个重孙女。小石头出生的时候老人家还感慨："我们老石家怎么尽是生小子，来个小闺女多好啊。"

话是这么说，但其实也无所谓，石青临和涂南都是原生家庭不太圆满的人，有了自己的家，对孩子就格外珍惜。一切顺其自然，毕竟他们的路还长着呢。

这些念头想起来也好笑，他伸手刮一下孩子的小鼻子，走出去，把门带上。

画室里，涂南原本正在临摹涂庚山当初最喜欢的那幅飞天壁画，这是利用工作间隙临摹的，还剩了点尾巴的时候她带了回来，在家里做。结果因为多了个小石头，拖了快一年了也没有做完。

石青临走进去，她正好出来，看见他一个人，就知道孩子已经睡着了，小声说："难得他那么想找你，我就让他去了。"

他笑笑，把她堵在门口，问："知道我刚才在游戏里碰到谁了吗？"

"谁？"

"薛诚。"草言，是他名字的偏旁部首，石青临一眼就认出来了，虽然他说话的口吻有了变化，但还是能确定是他。他既然会说那些话，应该也能料到会被认出来。石青临说："游戏的全球大奖也许是他推荐的。"

涂南看着他："你什么感觉？"

有了个小石头，她身上也没什么变化，脸到脖子还是白生生的，仿佛摸一下都能摸出一片滑腻。石青临想着，手就伸了出去，摸着她的脸，慢条斯理地说："挺难过的，你是不是该安慰安慰我。"

"你就装吧。"涂南看他脸色也不像难过的样子，他要是拿不起放不下，就不会告诉她了。或许薛诚只是想看他摔一跤，而他已经视作过往尘烟。

但是脸已经被他摸烫了。

石青临得寸进尺，声音低沉："趁小石头睡着……"

涂南贴着他，声音轻轻地撩拨耳郭："你就是想要我摹不完这幅壁画了。"

"急什么，你有一辈子的时间。"

这一天过的是个彻头彻尾的周末，没有任何事情分神打扰，只有他跟她在一起缠绵。

石青临没告诉她，以前在网咖里提过要不要在游戏里建个公会，当天他建了。公会的名字叫临南，他随手取了他们的名字拼起来的，还建了个小号，ID 叫小石头，才一级。

人生也像是这样，一点一点累积升级，而他会陪着他们母子一起。

爱，不就是这样。岁月静悄悄的，窗外，一天又过去了。

三　滚滚红尘

那一年的夏天燥热得难挨，道路两边的梧桐树上满是聒噪的蝉。

十四岁的涂南站在路口的小超市外面，左肩上搭着只大大的画夹包，眼睛盯着入口，想进去买烟。

已经连续画画快三个月了，中间没有过一回像样的休息，终于到了今天，她已经忍耐到了极限，今天什么都不想干，就想出格一回，想学坏，想跟学校里那些小太妹一样涂着指甲夹着烟吞云吐雾，反正就想跟涂庚山的要求反着来！

对，就这样！她决定了，抬脚就朝超市入口走，刚要跨进去，又停住了，目光落在柜台上，那儿贴着个横条，上面写着一行大字——“不得向未成年人售卖烟酒”。

涂南瞬间皱了眉，胸口剧烈起伏两下，像是一口气刚要畅快地吐出来，又硬生生地给憋了回去，木然地站了好几秒，抬手把画夹往肩上一拨，背过身，冷不丁扯到了后腰，嘴里轻“嘶”一声，感觉后腰上隐隐作痛。

那是她一个小时前跑去文身店的后果。本来是想给自己弄个叛逆的文身，代表自己长大了，完全不受涂庚山掌控了。什么绘画技巧，为了壁画累积学习，统统都滚一边去！

可是真开始文的时候才发现自己提供的纹样还是个佛前莲花，依然是从大量的壁画观摩里看来的，都深入脑海了，太可笑了，于是又喊了停。

莲花只文了一半，还是新鲜的，现在当然疼。

文身师停了之后才反应过来她还未成年，赶紧把她送出了店：“我真糊涂了！看你也就是个初中生吧？可别害我啊，真要文身也得等成年，不然我可就犯法了。行了行了，快回家吧，钱我也不收你的了！”

涂南默默离开了文身店，心里憋的那一口气还是得不到宣泄，脑仁突突直跳，干脆转念又来这儿买烟，结果未成年干什么都不行。

她对着燥热起烟的大马路眯了眯眼，深吸口气，再慢慢吐出胸口，忽然觉得挺没意思的，跟她爸较劲，本身就是很没意思的事。

有时候她想告诉她爸，画画她从没松懈过，会好好画，也会好好对待壁画，只不过是想按照自己的想法来，同样没什么意义，因为她爸不会改变。

“涂南！”忽然有人叫她。涂南拧眉转过头，看见方阮风风火火地跑了过来。

他居然连书包都没带，穿得花里胡哨跟个小混混似的，一头是汗地跑到她旁边，及时刹住脚步：“你不在画室也不在学校，站这儿干吗？”

“没事，不用管我。”涂南心情不好，懒得细说，对他这样子也见怪不怪，反正每次碰到都是他在瞎混胡闹，要么就是问自己借作业抄。

方阮来不及多问，扭头看看后面，拽一把她肩上的画夹：“快跑，有人正追我呢！”

果然，涂南没好气：“你又惹事？”

“哎呀来不及说了，我先溜了，你也快走！”方阮一溜烟地跑了。

涂南瞪着他跑远，连自己憋闷的情绪都被打断了，咬咬唇，扭头就走。

等她快步走过一个路口，回头看了一眼，果然有一群男生杀气腾腾地往这儿过来了。

大概是一群高中生，打头的男生直奔她这儿，一脸凶样：“哎！是不是认识方阮？他往哪儿跑了?!”

涂南不知道他们是不是刚才看到方阮跟自己说话了，烦躁地皱紧眉，转身就走，脚步更快了。

身后一连串的脚步声，那群人大概是追了过来。

“吱”一声响，是自行车刹车的声音。

涂南走出去一截，下意识扭头看了一眼，身后一辆自行车横冲出来，挡在了那群男生的路上。

没看清骑车的人，只看到那辆车似乎是个很昂贵的牌子，黑色的车轮压在白色的斑马线上，骑车人撑在地上的一条腿上裹着深色牛仔裤，腿很长，小腿笔直。

只这飞快的一眼，她趁机抓紧肩上的画夹，快步走远。

石青临一手握着车把，一脚撑在地上等红灯，转头看了眼刚刚从眼前飞快走过的女生，只看见一个纤瘦高挑的身影头也不回地走远，黑色的头发不长不短披在肩头掩着她雪白的脸颊，连长什么样都没看清，只留意到她好像背着个又扁又方的包，不知道是干什么的。

他收回目光，才注意到一群冲到面前的高中男生。

薛诚从后面蹬着车追上来，匆匆刹住，问：“干什么呢？”

石青临漫不经心说：“没干什么，好像无意中帮了别人个忙。”

“帮谁啊？”薛诚莫名其妙。

石青临看一眼那群高中男生，附近学校高一的，他见过。他现在心情不好，所以脸色也不是很好。

对方带头的已经认出他身上的短袖校服，跟同伴小声说：“贵高的，还是高年级，走了走了，换条路……”

私立高中在他们口中叫“贵高”，差不多跟高贵一个意思，很多人觉得里面的学生有钱多半也有势，最好别惹。

一群男生顷刻走了个光，石青临仿佛就没注意过他们，眼睛已经看向倒数的红灯。

薛诚看那群人走了，回头又问：“什么时候去美国？”

石青临脸色淡了不少，眼看着绿灯跳了出来，也没把车骑出去：“明天。”

“这么快！”薛诚惊讶，“我以为你要高考完再走的。”

石青临扯扯嘴角：“家里希望我赶紧走，连晚上的送行宴都订好了。”

薛诚看他情绪不高，拍一下他肩：“没事，我也要去加拿大了，有空就去看你。”

“无所谓，我又不是小孩子，出国还要做伴吗？”石青临语气听起来是很无所谓。

薛诚笑说：“那你赶紧多看看这儿，这一去还不知道什么时候回来，回不回来。你家里说不定会希望你留美发展。”石青临没作声，两只脚都撑在地上，眼睛缓缓扫过眼前城市的街道，这条街在这个时段莫名地行人很少，任凭绿灯跳成红灯，红灯又跳回绿灯。

他没来由地转头，往刚才那个纤瘦女生离去的方向又看了一眼。大概是因为虽然没看清她的脸，却感觉出对方好像心情不大好，走路携尘带风一样。

没想到这会儿还有跟他一样心情不佳的人。

“没什么好看的，走就走了，以后的事以后再说吧。”石青临说完把车骑了出去。

另一头的涂南已经走去街尾巷角，伸头出来看，没看到那群高中生再追过来，松了口气，似乎今天的愤懑压抑全被这突如其来的破事给打断了。

她对着燥热的天皱了皱眉，踢开脚边的一颗小石子，终于转身离去。

没留意到相反方向那个擦身而过的少年，连人带车在燥热的阳光下划过一道飞快的线，同样在向着远方离去……

今年的夏天一点也不热，甚至算得上凉爽舒适，在这座城市里简直是百年难得一见。

街道上车水马龙，不知是哪儿正放着一首歌，好像是首老歌，歌声断断续续地往人的耳朵里飘。

涂南提着行李包走在路上，一只手拿着手机，开着微信界面，听到歌声，脚步停了一下，终于听清了歌词——

“起初不经意的你，

和少年不经事的我，

红尘中的情缘，

只因那生命匆匆不语的胶着。

想是人世间的错，

或前世流传的因果，

终生的所有，

也不惜换取刹那阴阳的交流……”

手机动了一下，她回神去看，微信的聊天框里是石青临刚发过来的消息。

石青：不说了？

涂南和他聊了一路，只不过才停了一小会儿就被发现了。她听着歌，转头看看这座城市，忽然想到什么，低头对着微信打字。

涂南：石青，你说，我们以前就在一个城市，有没有可能早就遇见过？

石青临在那头秒回。

石青：嗯？

涂南还没等他回答就觉得不太可能，毕竟他当初出国那么早，又打了句话回过去。

涂南：没什么，我想到就问了，明天见。

石青：离明天到来还剩八小时十分钟。

涂南忍不住笑了下，仿佛都能想象出他抬腕看表的模样，收起手机往前一拐，进了僻静的居住区道路，远处就是别墅区，那阵歌声早已在脑后，却似乎还在余音袅袅地回荡。

又结束一次临摹工作，她今天是提前从外地返回的，什么明天见，马上就可以到家，石青临绝对想不到。涂南脚步轻快地到了家门口，开门进去，冷不丁听见安佩的声音：“石总！你又改安排！”

声音是从电话里传出来的外放，就在楼梯边的柜子上。涂南愣了一下，紧跟着听见一连串笃定又迅速的脚步声，从楼上往下由远及近地传下来，伴随着说话声，石青临的声音响起：“只要工作都做完了不就行了，我有事要出个差。”

“你出差我这个助理会不知道？你不就是又又又又要去接你的涂南吗?!”

石青临笑声近了：“知道还问什么，接老婆去了，再见。”

说话间他已经下了楼，一手拿着行李包，一手松了松衬衣领口，然后腾出手从柜子上拿了放在那儿的手机挂掉了电话。

涂南想躲都来不及了，转身的瞬间已经看见石青临的目光投了过来。

根本没看清他神情，下一刻，身后脚步声加快，一条有力的臂膀箍住了她的肩，她被搂着靠到门后，一扭头，对上石青临的脸。

“明天见？”他脸上似笑非笑。

涂南心口像是被什么给撞了一下，本来是想给他个惊喜，谁能想到他也早计划着要跑去找她，抿抿唇，懊恼说：“我白准备了，惊喜也没了。”

石青临低低笑两声：“太惊喜了，我受了惊，得教育你一下。”

涂南抬眼看他，一下迎上他黑亮的双眼，紧跟着就看他又松了一下衬衣领口，然后手臂用力，一弯腰，把她拦腰抱了起来。

涂南双手抱住他脖子，心跳得飞快，又急又快地说：“小石头……”

“小石头在老爷子那儿，”石青临抱着她往里走，“明天老爷子还会送他去你爸那里待几天，反正现在只有我……”

后面的话没说完，因为涂南已经被他吻住了。

石青临吻到她耳边，低低说：“这个惊喜不算，要不然你给我个别的惊喜？”

涂南陷在他臂弯里，掐着他腰上的文身说：“那换我教育你？”

石青临闷笑：“你试试。”

涂南翻身坐起来，搂住他脖子……

小别胜新婚用在他们身上简直一点都不过分。不知道多久，涂南无力地坐在他怀里，已经彻底没了力气。

石青临抱着她，从她肩头转过脸来，抵着她鼻尖，声音又缓又沉：“你之前问我什么？”

“什么？”涂南半掀了一下眼皮，没反应过来。

“你在微信上问我，我们有没有可能早就遇见过？”

涂南记起来了：“嗯，你觉得有可能吗？”石青临笑着抱紧她：“谁知道呢。”

涂南听见他笑声，窝在他怀里跟着笑。

谁知道呢，不过有些东西冥冥中注定，或早或晚，迟早都是你。

全文完

图书在版编目（CIP）数据

临南 / 天如玉著 . -- 长沙：湖南文艺出版社，2024.3

ISBN 978-7-5726-1528-3

Ⅰ. ①临… Ⅱ. ①天… Ⅲ. ①长篇小说－中国－当代 Ⅳ. ① I247.5

中国国家版本馆 CIP 数据核字（2024）第 004567 号

上架建议：畅销 · 青春文学

LIN NAN

临南

著　　者：天如玉
出 版 人：陈新文
责任编辑：张子霏
监　　制：邢越超
策划编辑：郭妙霞
特约编辑：万江寒
营销支持：周　茜
装帧设计：梁秋晨
插图绘制：鹿夕子　圣　圣
内文排版：百朗文化
出　　版：湖南文艺出版社
（长沙市雨花区东二环一段 508 号　邮编：410014）
网　　址：www.hnwy.net
印　　刷：三河市兴博印务有限公司
经　　销：新华书店
开　　本：680 mm × 955 mm　1/16
字　　数：471 千字
印　　张：25.5
版　　次：2024 年 3 月第 1 版
印　　次：2024 年 3 月第 1 次印刷
书　　号：ISBN 978-7-5726-1528-3
定　　价：52.80 元

若有质量问题，请致电质量监督电话：010-59096394
团购电话：010-59320018